ERIC VAN LUSTBADER

JIAN

Derjenige, der besonnen ist
und geduldig auf einen Feind wartet,
der es nicht ist,
wird siegreich sein.

– SUN TSU, *Die Kunst des Krieges*

Außer Ignoranz gibt es keine Sünde.

– CHRISTOPHER MARLOWE

ERIC VAN LUSTBADER

JIAN

ROMAN

ERSCHIENEN BEI HESTIA

Aus dem Amerikanischen übersetzt
von Kurt Simon

Titel der Originalausgabe
JIAN

Printed in Austria

ISBN 3-7770-0334-4
Umschlaggestaltung: Atelier Schütz, München
Umschlagillustration: Stephanie Gerber
Satz: Jung SatzCentrum, Lahnau
Druck und Bindung:
Wiener Verlag, Himberg bei Wien

DANKSAGUNG

Ohne den unschätzbaren Beitrag und die liebevolle editorische Betreuung meiner Frau Victoria wäre *Jian* ein völlig anderes Buch geworden.

An alle Mitglieder der Asien-Gesellschaft, besonders an Daisy Kwoh, die bei den Übersetzungen geholfen haben.

An alle Mitarbeiter von China-Büchern und Zeitschriften, die mir geholfen haben.

Dank, wie immer, an Henry Morrison für seine Expertise.

Für verlegerische und psychische Unterstützung: Peter Gethers.

Besonderen Dank für ihren Glauben an mich: Susan Petersen und Leona Nevler.

ANMERKUNG DES AUTORS

Ausgenommen die leicht erkennbaren Figuren der Geschichte besitzt keiner der Charaktere in *Jian* irgendwelche Ähnlichkeit mit einer lebenden oder toten Person.

Obwohl ich so genau wie möglich gewesen bin, sind gewisse Ereignisse im Kalenderjahr vorgezogen oder später angesiedelt worden, um der inneren Logik der Erzählung zu entsprechen.

Victoria, Eugenie und Eli,
Henry und Carol, Herb und Roni, Judy,
und Sue und Stu

KUNG HEI FAT CHOY!

GLOSSAR

Die Originalsprache jedes Wortes ist am Ende der Erläuterung mit einem Buchstaben gekennzeichnet: J – Japanisch, C – Chinesisch, R – Russisch.

a mi tuo fo – wörtl.: ›Suche Zuflucht beim gnadenvollen Buddha‹. C
ama-gasa – Regenschirm. J
amah – Haushälterin oder Amme. Traditionell aus den unteren Klassen der chinesischen Gesellschaft. C
asagao – wörtl.: ›Antlitz des Morgens‹. Eine japanische Winde, blüht früher als die westliche Variante. J
atemi – jede Art Preßschlag in *jujutsu*. J
ba-mahk – wörtl.: ›Fühl den Puls‹. Ein Zustand geistiger Bereitschaft, wobei Aspekte der vorher verborgenen Umgebung sichtbar werden. Siehe *qi*. C
bah-ba – Kantonesisch für ›Vater‹. C
beiju – wörtl.: ›Das Alter des Reis'‹. Der 88. Geburtstag. J
Boxer – der gebräuchliche Name für I-ho-t'uan, der angeblich ältesten chinesischen Geheimgesellschaft, von der die modernen Triaden von Hongkong abstammen. Die Boxer waren ohne Zweifel die gewalttätigsten Reaktionäre. 1900, während des Boxer-Aufstands, widersetzten die I-ho-t'uan sich den Befehlen ihrer Kaiserin Ts'e-hi und griffen das Gesandtschaftsviertel in Beijing an, wo sie die Ausländer 50 Tage lang festhielten. Diese wurden schließlich von einem Expeditionskorps von europäischen und japanischen Soldaten befreit.
bushido – der Weg des *samurai;* ein streng moralischer Ehrenkodex. J
chahm hai – wörtl.: ein ›in sich Versenken‹. Ein Meditationszustand, in dem man eins wird mit seiner Umwelt. C
chano-yu – die Kunst der Teezeremonie. J
dantai – eine Gruppe von Einzelpersonen, die so stark miteinander verbunden sind, daß sie ein enormes Gemeinschaftsbewußtsein entwikkeln. C
dew neh loh moh – eine kantonesische Redensart, die bedeutet ›f... deine Mutter‹. C
dieh loong – Erddrachen, von vielen Chinesen für mächtige Beschützer gehalten. C

dim sum – wörtl.: ›Rühr das Herz‹; chinesische Klößchen, gedämpft oder gebraten, gewöhnlich zum Frühstück oder zum Nachmittagstee gegessen. C

dojo – Art oder Halle für die Ausübung der Kriegskünste. J

domo arigato – Danke sehr. J

engawa – eine Veranda. In Japan der Treffpunkt für den Hausbesitzer und die Menschen seiner Umgebung. J

faan-gwai-loh – mandarin für ›Fremde Teufel‹. C

fan-tan – Chinesisches Glücksspiel mit Knöpfen. C

feng shui – die Kunst der Geomantik: Kunst der Wahrsagung aus Anzeichen der Elemente Erde, Feuer, Luft, Wasser. Kein Chinese beginnt ein größeres Geschäftsvorhaben oder eine persönliche Veränderung, z. B. Umzug, Verheiratung, usw., ohne vorher einen *feng shui*-Mann zu befragen. C

fu – in Chinas Vergangenheit ein kaiserlicher Stempel oder ein Siegel – gewöhnlich aus Jade oder Elfenbein hergestellt –, das der Kaiser im Fall seiner Abwesenheit seinen vertrauenswürdigsten Beamten gab. Der Gebrauch des *fu* war gleichbedeutend mit der Ausübung kaiserlicher Macht. C

Fuji-yama – höchster Berg in Japan. J

furin – japanische Glöckchen, hauptsächlich im Sommer gebraucht (auf einer *engawa*), weil ihre besondere Musik den Geist bei großer Hitze und Feuchtigkeit erheben und kühlen soll. J

furo – sehr heißes Bad. J

fusuma – eine Schiebetür, gewöhnlich durchscheinend. J

futon – dicke, zusammenfaltbare Baumwollmatte, auf der die Japaner schlafen. J

gaijin – ein Fremder. J

geisha – ein in den Künsten der Unterhaltung ausgebildetes Mädchen. J

geta – hölzerne Sandalen. J

giri – die komplexe Vorstellung von moralischer Pflicht oder Verbindlichkeit. J

go – der japanische Name für ein Strategiespiel mit weißen und schwarzen Steinen auf einem Gitternetzbrett. Siehe *wei qi*. J

godown – ein Lagerhaus. C

gwai loh – kantonesisch für ›Fremde Teufel‹. C

haiku – ein traditionelles japanisches Gedicht mit 17 Silben, das ein Maximum an emotionaler Resonanz in kürzester Form enthält. Oft tiefschürfende Betrachtung eines kulturellen Aspekts. J

hakama – der traditionelle geschlitzte Rock, der bei einer Reihe von Kriegskünsten, einschließlich des Bogenschießens, getragen wird. Siehe *kyujutsu*. J

hara – in sich selbst ruhend, Kraft des Geistes besitzend, innere Stärke; deshalb Ansehen gewinnend. Von Japanern hochgeschätzt. *hara* ist im Unterleib angesiedelt. J

huo yan – wörtl.: ›das bewegliche Auge‹. Ein ›Auge‹ wird beim *wei qi* gebildet, um den eigenen Stein vor der Einkreisung zu schützen. *huo yan* ist eine Verteidigungsstrategie, bei der der Spieler zwei ›Augen‹ bildet, die nebeneinander liegen. C

h'yeung yau – wörtl.: ›Duftende Schmiere‹. Bestechungsgeld. C

irezumi – uralte Kunst der japanischen Tätowierung. J

iteki – ein Barbar; ein verächtlicher Ausdruck. J

janomegasa – ein Regenschirm aus geöltem Reispapier. J

jian – in Mandarin hat dieses Wort viele Bedeutungen, unter anderen ›General der Armee‹, ›Großer Meister des *wei qi*‹, ›Schöpfer‹. C

jo-waza – beim *aikido* (eine Kampfart) eine von vielen Verteidigungsmethoden. J

jodan-uke – beim *aikido* eine hochangesetzte Angriffsbewegung der Hände. J

joss – die chinesische Vorstellung von Glück und Schicksal. C

kami – ein Geist. Die Shintoisten glauben, *kami* könnten, und tun es oft, das Leben der Lebenden beeinträchtigen. J

kamon – ein Familienwappen. J

kanji – Schriftzeichen, wie sie in der japanischen Schrift verwendet werden. J

karma – die buddhistische Vorstellung von Schicksal. Siehe *joss.* J

katana – das traditionelle Langschwert der *samurai.* J

kaibatsu – die traditionelle Bindung zwischen Blutsverwandten oder jenen, die in die Familie einheiraten. J

kenjutsu – die Kriegskunst des Schwertkampfes. J

kiai – ein Schrei, mit dem der Feind erschreckt und eingeschüchtert werden soll. C

kimono – ein traditionelles japanisches Gewand, aus Baumwolle, meist aus Seide. J

koinobori – das traditionelle japanische Knabenfest. J

kumi-uchi – der Kampfplatz für *sumo,* das auf offensiven Würfen basiert, bei denen hauptsächlich Beine und Hüften eingesetzt werden. Eine der ältesten Methoden des Nahkampfes. J

kyujutsu – die Kriegskunst des Bogenschießens. J

lou-sin – mandarin für ›Maus‹. C

lu – einer der 361 Schnittpunkte auf einem *wei qi*-Brett. C

manrikigusari – Waffe aus schwerer Kette mit Endgewichten. J

marumono – Leder- oder Baumwollpolsterung, die um einen dicken Holzpflock gewickelt ist. Eines der drei traditionellen Ziele beim *kyujutsu.* J

meinichi – obwohl seine beiden Ideogramme ›Lebenstag‹ bedeuten, ist es bei den Japanern als ›Todestag‹ bekannt. Am Jahrestag des Todes eines Vorfahrens versammelt die Familie sich am Begräbnisplatz und bringt mit Gedanken und Taten durch Erinnerung ›den Ahnen ins Leben zurück‹. J

nawanoren – eine Nachbarschaftskneipe. J
nunchaku – eine Waffe, die aus einem Stück schwerer Kette mit einem Metallstab an jedem Ende besteht. J
o-nigiri – Reisbällchen. J
oyabun – Chef eines *yakuza*-Klans. J
qi – beim *wei qi;* jeder Stein eines Spielers hat 4 *qi,* oder ›Atemzüge‹. Wenn er eingekreist ist, ist er aller *qi* beraubt und wird vom Brett genommen. Auch: treibende Kraft des Willens vereint mit der natürlichen Energie. Das Wesen der Macht. C
qun – in mandarin ›die Gruppe‹. C
ren – wörtl.: Mandarin für ›Ernte‹. Hier wird es für ›Meisterplan‹ gebraucht. C
sake – traditioneller japanischer Reiswein. J
samurai – Krieger, Angehöriger der höchsten Ebene des japanischen Kastensystems. J
sarakin – ein Geldverleiher, besonders für Lohnempfänger; gewöhnlich zu überhöhten Zinsen. J
sensei – ein Meister; gewöhnlich, wenn auch nicht immer, auf Kriegskünste beschränkt. J
sento – ein öffentliches Bad. J
shioyaki – gebratener Fisch mit Salz bestreut. J
shoji – Schiebetür, bestehend aus durchscheinendem Reispapier, das auf ein Holzgitter gespannt ist. J
sluzhba – ›Das Amt‹. Gewöhnlich intern von den Angehörigen als Kurzbezeichnung für den KGB gebraucht. R
sumi – farbige Tinte, aus gepreßter Holzkohle hergestellt. Siehe *irezumi.* J
sumi otoshi – beim *aikido* eine Wurftechnik. J
sumo – japanischer Ringkampf, oder ein Ringkämpfer. J
suchi – roher Fisch, um klebrigen Reis gewickelt, mit einem Klacks scharfen grünen Meerrettichs genossen. J
Ta Chiu – das Fest der Geisterbeschwichtigung. C
tabi – japanische Socken, gewöhnlich aus feiner Baumwolle oder manchmal aus Seide, mit einer Trennung zwischen großem Zeh und den übrigen. J
Tai He Dian – in Mandarin die ›Halle der Höchsten Harmonie‹. C
tai pan – der Chef eines großen Handelshauses in Hongkong. C
tai tai – die Ehefrau eines *tai pan.* C
tansu – hölzerne Truhe, ursprünglich von Händlern in den Edo- (1603–1867) und Meiji- (1868–1912) Perioden gebraucht. J
tatami – eine Binsenmatte, in traditionellen japanischen Räumen als Bodenbelag gebraucht. J
tetsu no kokoro – ein eiserner Geist. J
tian yuan – ein Abschnitt in der Mitte des *wei qi*-Bretts, bekannt als ›der Bauch‹. Seine Belegung ist höchst begehrenswert für jeden Spieler. C

ting – ein Sommerpavillon in einem *yuan,* einem Garten. C

tokonoma – eine Nische mit erhöhter Plattform in einem traditionellen japanischen Raum. In den Kamakura-(1185–1392) und Muromachi-(1392–1568) Perioden wurden Kunstgegenstände – besonders hängende Schriftrollen, aus China importiert – in japanischen Haushalten beliebt. Zunächst als bewegliche Darstellungen, einschließlich eines niedrigen Tischchens mit einer Vase, wurden sie bald zur festen Einrichtung. So entstand die *tokonoma.* J

tong zhi – mandarin, ehrende Bezeichnung mit der Bedeutung ›Genosse‹, wird nach dem Familiennamen gebraucht. C

tsuyu – wörtl.: ›Die Pflaumenregen‹. Schwere Regenfälle spät im Frühjahr und im frühen Sommer. J

umeboshi – gegorene eingelegte Pflaumen. J

usagigoya – wörtl.: ›Kaninchenverschlag‹. Ein winziges Appartement im modernen Tokio. J

wakizashi – das traditionelle Kurzschwert der *samurai.* Siehe *katana.* J

walla-walla – kleines Motorschiff in den Häfen rings um Hongkong, für den Transport von Personen. C

wei qi – wörtl.: ›Einkreisen‹. Ein chinesisches Spiel mit militärischer Strategie, identisch mit *go.* Das Ziel des Spiels ist das Einkreisen der gegnerischen Steine. Es wird auf einem Brett mit 19 senkrechten und 19 waagerechten Linien gespielt. Die Steine werden beliebig auf die 361 Schnittpunkte gesetzt. Das Spiel hat starke philosophische Untertöne. Wie bei den Kriegskünsten ist die *wei qi*-Strategie eine Projektion der Lebensauffassung. C

xing – wörtl.: ›Sterne‹. 9 strategische *lu* auf dem *wei qi*-Brett. C

yaba – ein Bogenschießstand. J

yakuza – Gangster der japanischen Unterwelt, die durch einen strengen Moralkodex gebunden sind. Siehe *giri.* J

yan – in *wei qi* ein ›Auge‹. Wenn ein Spieler einen Schnittpunkt mit seinen Steinen einkreist, kann der Gegner bestimmte Schlüsselsteine nicht wegnehmen. C

yin-yang – die buddhistische Vorstellung von der Zweiheit der Natur. Alles und jeder braucht zwei Seiten, um ein Ganzes zu sein. Die Dunkelheit und das Licht vereinigen sich, um vollkommene Harmonie zu erreichen. C

yuan – ein formeller Meditationsgarten, angelegt in Einklang mit den Regeln des Buddhismus. C

yuan lin – eine chinesische Villa, umgeben von einem Ziergarten. Siehe *yuan.* C

yuhn-hyun – kantonesisch für ›Ring‹ oder ›Kreis‹. Hier als der geheime Kreis von Leuten in Hongkong gebraucht, die in Zilins Hauptplan eine Rolle spielen. C

PROLOG

Toshima-*ku*, Tokio

SOMMER, GEGENWART

Der alte Mann mit den hängenden Schultern kam aus dem Regen und rollte seinen *janomegasa* – seinen Regenschirm aus Reispapier – zusammen, als wäre er das Segel eines Schiffes. Mit einer gewissen Bedachtsamkeit erklomm er die Schieferstufe, kroch an dem ausgehöhlten Steintrog vorbei, in den aus einem Stück Bambus darüber klares Wasser floß.

Dort hielt er einen Augenblick inne, hob den Kopf wie einer der aufmerksamsten Schüler und lauschte auf den Zusammenklang von Geräuschen: das Plätschern des Regens hinter ihm, das fröhliche Gurgeln des rinnenden Wassers an seiner Seite. Diese Verschmelzung, dachte er, war die vollkommene Mischung von Melancholie und Freude, die das Leben so kostbar machte. »Schönheit birgt Trauer«, erinnerte er sich an die Worte seines Vaters in seiner Kindheit. »Wenn du das verstehen kannst, wirst du aufhören, ein Knabe zu sein.«

Der alte Mann schüttelte den Kopf und schob sich mit dünnem Lächeln durch den Perlschnurvorhang am Eingang der *nawanoren*.

Der Raum dahinter war klein, angefüllt mit trinkenden und essenden Männern. Rauch wogte durch die Luft wie der Atem des Drachens, sich langsam auflösend und einen grauen Dunst zurücklassend.

Die *nawanoren* war eine Art Kneipe in der Nachbarschaft, deren Name sich buchstäblich von dem Perlschnurvorhang herleitete, der früher der einzige Zugang gewesen war. *»Irasshaimase«*, wurde er von Freunden gegrüßt, als er sich an einer großen Gestalt in einem Kimono vorbeischob. Der alte Mann nickte, wobei er die ausgezeichnete Handarbeit des Kimonos in Schwarz auf Schwarz bewunderte. Er nahm an einem Tisch Platz, wo er erwartet wurde. Ein Kellner stellte ein eisgekühltes Bier vor ihn hin, und er nickte dankend. Er bestellte, was er hier immer gern zu essen pflegte, gebratenen *hamachi*-Kopf. Nirgendwo in Tokio, glaubte er, bereiteten sie diesen Fisch besser zu.

Das Bier erfrischte ihn, das Essen kam und bald war er völlig vertieft in hitziger Unterhaltung mit seinen Freunden. Falls er überhaupt die Bewegung der großen Gestalt bemerkte, als diese den Perlvorhang zerteilte, der die rückwärtige Tür verdeckte, zeigte er es nicht.

Das hier war keine typische japanische Kneipe, wenn auch der vordere Raum aussah wie fast alle der Tausende solcher kleinen Etablissements für Speisen und Getränke, die es überall auf den Inseln gab.

Auf der anderen Seite des Flurs, der von der *nawanoren* wegführte, gab es eine Reihe von Räumen. Da die meisten Häuser in Japan nach dem Maß der traditionellen Binsenmatte, der *tatami,* gebaut werden, die etwa zwei mal zwei Meter messen – wurden die Räume nach der Mattenzahl gemessen.

Nichirens große Gestalt blieb einen Moment stehen, um seine Umgebung zu überblicken. Hier war jeder der größeren Räume – um die achtzehn *tatami* – mit einem einzigen langen, niedrigen Tisch aus Buchsbaumholz ausgestattet. Um diesen herum saßen Herren in dunklen Geschäftsanzügen. Ohne Ausnahme saßen sie nach vorn gebeugt, mit glühenden Augen, verschwitzten Gesichtern, die weißen Oberhemden geöffnet, gestreifte Krawatten gelockert und schief sitzend. Schweißtröpfchen hatten sich in ihren kurzen Haaren verfangen und funkelten im Lampenlicht wie Diamanten.

Brummend drückte Nichiren seine Verachtung für diese Männer aus. Dann wanderten seine Augen weiter. Verteilt unter den angespannten Spielern saßen Männer mit nacktem Oberkörper. Anstelle von Hemden oder Jacken trugen sie ihre Haut wie Kleidungsstücke. Von den Handgelenken bis zum Nacken, von den Schulterblättern bis zu den schmalen Taillen war jeder Quadratzentimeter ihrer Haut mit *irezumi* bedeckt. Die Kunstform der japanischen Tätowierung hatte nicht ihresgleichen auf der Welt. Das Einbringen der *sumi,* der farbigen Tinte aus gepreßter Holzkohle, wurde nicht mit einer elektrischen Nadel ausgeführt, sondern vielmehr, wie schon seit Jahrhunderten, mit von der Hand geführten Ahlen und Sticheln, die eigens für diese mühsame Aufgabe hergestellt wurden. Nichiren wußte sehr wohl, wieviel Jahre es dauerte, um einen einzigen Körper vollständig zu tätowieren. Er bewunderte den eisernen Willen dieser Männer; er empfand eine gewisse Verbundenheit mit dem Schmerz, den sie ertragen hatten.

Die einfallsreichen Entwürfe sprangen ihn regelrecht an, als er von einem zum anderen blickte. Hier waren es ein Paar sich verneigender Kurtisanen in kompliziert fließenden Roben aus kunstvoll gemusterter Seide; dort war es ein sprungbereiter Tiger, mit geschmeidig spielenden Muskeln, der durch das Unterholz an einem schnell fließenden Strom sprang; hier war es ein Drachenkopf, umrahmt von peinlich genau gezeichneten Flammen; dort holten Fischer mit ihren Leinen und Booten ihren Fang ein, hinter ihnen ließ der Fuji-yama in seiner weißgekrönten Majestät Mensch und Meer klein und gering erscheinen.

Nichiren war blind für die großen Geldsummen, die auf dem Tisch herumlagen. Rauch hing an den niedrigen Dachsparren des Raumes. Von Zeit zu Zeit servierten Geishas *sake* und *o-nigiri* oder Reisbällchen aus der Küche der *nawanoren.*

Ein Spieler erhob sich. Vielleicht, dachte Nichiren, hatte er genug von dem Tisch. Vielleicht verlangte es ihn nach einer Veränderung, weil ihm das Glück heute nicht hold war, vielleicht würde er woanders noch mehr

Geld verlieren. Nichiren lachte in sich hinein, als er den armen Teufel den Gang hinuntertaumeln sah, hinein in einen der kleinen Sechs-*tatami*-Räume weiter hinten. Dorthin würde eine Frau, für eine Extrazahlung zwei Frauen, geschickt, um anderes Verlangen zu stillen.

Nichiren ging weiter, vorbei an den beiden großen Schwimmbecken und zahlreichen Bädern, die der Entspannung der Kunden dienten.

Schließlich kam er zu einer *fusuma,* einer Schiebetür. Nach Ablegen der Holzsandalen kniete er, ehe er die Tür zur Seite schob, nieder, und trat, sich förmlich verneigend, ein.

Es war ein Neun-*tatami*-Raum, lediglich mit einem niedrigen schwarzen Lacktisch möbliert. Links davon, auf dem Platz der Macht, saß Kisan. Er war der Besitzer dieses Etablissements und *oyabun* – Chef – von Tokios mächtigstem *yakuza*-Klan.

Yakuza waren Gangster. Wie aber bei allen Dingen war auch die japanische Unterwelt ganz anders als ihr Gegenstück in anderen Ländern. Zum Beispiel waren die *Yakuza*-Klans streng geordnet, gebunden durch einen Moralkodex der *giri* – Pflicht – so zwingend, wie der des *bushido,* des Ehren- und Sittenkodex der *samurai.*

Wenn man von Ehre unter Dieben sprechen könnte, träfe das für die *yakuza* zu.

In die Mitte des Tisches eingelassen prangte Kisans *kamon,* sein Familienwappen. Es handelte sich um die Darstellung mehrerer ineinanderverschachtelter *masu,* Kästen von gestaffelter Größe, die traditionsgemäß zum Messen von Reis gebraucht wurden, dem uralten japanischen Symbol der Wohlhabenheit. *Masu* bedeutet demnach auch »vermehren« und »gedeihen«.

Links von Kisan, auf dem traditionellen Platz für den geehrten Gast, saß ein anderer Mann, gertenschlank von Gestalt und mit eingesunkenem Brustkasten. Seine Wangen waren ausgemergelt, was dazu beitrug, die dunkel brennenden Augen zu betonen.

Die drei Männer verneigten sich voreinander und warteten. Kisan hatte eigenhändig grünen Tee zubereitet und bediente zum Zeichen der Ehrung und des Wohlwollens die anderen. Außer höflichen Begrüßungsfloskeln wurde nichts gesprochen, bis der Tee fertig und serviert war und die ersten Schlucke auf Zunge, Gaumen und Kehle genossen wurden.

»Der Tee ist überaus köstlich«, sagte der Mann mit dem eingesunkenen Brustkasten. Er war in einen dunklen Nadelstreifenanzug gekleidet und trug dazu ein weißes Oberhemd und eine gestreifte Krawatte. Außer durch die tiefen Pockennarben unterschied er sich durch nichts von all den anderen Spielern in den Achtzehn-*tatami*-Räumen, die vom Flur abgingen.

»Domo arigato, Higira-*san.«* Kisan hob den kahlen Kopf. Er war gedrungen wie ein kleiner *sumo*-Kämpfer. Er besaß einen mächtigen Brustkorb mit muskelstrotzenden Gliedern und einem Stiernacken.

Seine Züge waren mächtig, aber grob; man konnte es ein Bauerngesicht nennen.

Im Gegensatz dazu zeigte Nichirens Gesicht feine Züge. Gerade diese seltsame, vergeistigte Schönheit schien für die mehr Abergläubischen seine fast geheimnisvolle Kraftquelle zu sein. Wie Kisan besaß auch er eine starke *hara,* eine in sich ruhende Sicherheit, die sichtbar war, ob er kniete oder stand. Seine gewölbte Stirn und flache, glatte Wangen waren es, die viele moderne japanische Künstler bewogen, ihn aufzusuchen, weil sie auf Papier oder Holz diesen gewissen Zauber einfangen wollten, den alle in seinem Antlitz fanden.

»Es ist immer eine Freude, dich im O-henro-Haus willkommen zu heißen«, sagte Kisan schließlich.

Higira lächelte grimmig. Das war Kisans verschrobener aktiver Sinn für Humor. Da *o-henro* »Pilgerfahrt« bedeutete, von denen die bedeutendste *hachiju-hakkasho* war, ein Rundgang, der achtundachtzig Buddha-Schreine einschloß, konnte sein Gebrauch des Wortes zur Bezeichnung dieses Etablissements nur ironisch gemeint sein. »Ich bin ganz sicher, du würdest es genießen, mich nicht mehr zu sehen.«

»Oh, das ist nicht wahr, Inspektor«, sagte Kisan. »Wenn du nicht mehr da wärst, gäbe es nur einen anderen, der die Sahne abschöpfte. Wir würden ihn nicht kennen, und ich kann dir versichern, wir hätten von ihm keine so hohe Meinung wie von dir.« Higira errötete bei dieser unverfrorenen Schmeichelei. Sie störte ihn nicht. Von seinen Vorgesetzten in der Dienststelle hörte er solche Komplimente nie.

»Domo«, sagte er, verneigte sich tief und war dabei bemüht, sich das Ausmaß seiner Freude nicht anmerken zu lassen. Heimlich blickte er auf die Armbanduhr. »Verzeih meine Unhöflichkeit, doch die Zeit diktiert meinen Tagesablauf.«

»Selbstverständlich«, sagte Nichiren, rührte sich aber nicht. Spannung umhüllte sie, eine Stille, die sich rasch so sehr vertiefte, daß die Ausrufe der fieberhaft Spielenden sie in Wellen erreichten, als säßen sie nahe an der See. Higira hatte trotz der Freundlichkeit des Treffens zu schwitzen begonnen. Er spürte Nichirens glänzende, unergründliche Augen mit einer solchen Intensität auf sich gerichtet, daß er glaubte, sie würden ihm Schmerz bereiten. Die Brust war ihm wie eingeschnürt, und es war, als hätte er vergessen, wie man Luft in die Lungen einzieht. Die Höflichkeit verbot ihm jedes weitere Wort, doch war es Nichirens starrer Blick, der ihm buchstäblich die Kehle zuschnürte.

Kisan ließ Nichiren keinen Moment aus den Augen, tat dies jedoch so heimlich, daß sein Gast es nicht merkte. Es war nicht nur diese außerordentliche Stille, die ihn zu einem so gefürchteten Gegner machte, dachte Kisan, sondern die Art und Weise, wie er aus diesem Stadium heraus völlig unvermittelt mit ungeheurer Macht explodieren konnte. Wie der über die See fegende Sturm erschien Kisan diese Macht elementar und deshalb um so tödlicher zu sein.

Nachgerade konnte Higira sich nicht länger beherrschen und wurde nervös. Bei *go*-Spielen hatte Kisan beobachtet, daß Nichiren genau diese Taktik anwandte, wenn er seinen Gegner in eine schlecht entwickelte Placierung manövrierte. Und dann bahnte er sich mit einer erstaunlich schnellen Serie von Zügen einen Weg in das geheime Herz eines jeden Spiels, durchbrach die Verteidigung des Gegners, bis er schließlich den Siegstein setzte.

Als sich auf Higiras Stirn Schweißperlen bildeten und diese ebenso glänzend machten wie seine eingefallenen Wangen, zog Nichiren die Winkel des schmallippigen Mundes hoch.

Aus verborgenen Falten seines fließenden schwarzen Kimonos zog er einen goldenen Schlüssel hervor. Diesen führte er in ein Schloß ein, das in der Maserung des hölzernen Fußbodens unter der *tatami* verborgen war. Eine Holzplatte klappte hoch. Aus der Vertiefung hob Nichiren einen geflochtenen Korb etwa von der Größe einer Hutschachtel heraus. Diesen stellte er auf den Lacktisch, genau auf die Stelle, wo Kisans *kamon* eingelassen war.

Higira war verblüfft. »Ist es das?« fragte er etwas dümmlich.

Als Antwort hob Nichiren den Deckel des Korbes hoch und legte ihn mit einer gewissen Reverenz neben sich auf die *tatami*.

»Was ist da drin, bitte?« Higira hatte einen trockenen Mund, der Speichelfluß war unvermittelt versiegt.

Mit einer Hand schob Nichiren den Kimonoärmel zurück, während er mit der anderen in den Korb langte. Als er sie wieder herauszog, klebte Higira die Zunge am Gaumen.

»Uff!« stieß er hervor, als wäre er auf den Solarplexus getroffen worden. Vor seinen Augen wurde ein abgetrennter menschlicher Kopf in die Höhe gehalten. Blut tropfte noch aus dem Halsstumpf, und weil er an den Haaren hochgehalten wurde, schwankte der Kopf leicht hin und her.

»Amida! Shizuki-*san!«*

»Dein Rivale in der Abteilung«, sagte Nichiren sanft. »Du wolltest doch deine Beförderung gesichert sehen, nicht wahr?« Seine Stimme war hoch und singend, eine Eigenart, die man eher mit einem Chinesen als mit einem Japaner verband.

»Ja, aber...« Die leicht schwingende Bewegung verursachte Higira Übelkeit in der Magengrube. Trotzdem konnte er die Augen nicht von dem grausigen Anblick wenden. Wie ein blutiges Kriegsbanner hing der Kopf vor ihm. Higira war so fasziniert, daß seine Stimme klang wie die eines Betrunkenen. »So habe ich es nicht gemeint. Ich... ich hatte keine Ahnung... ich...«

»Shizuki-*san* war durch *keibatsu* begünstigt«, sagte Nichiren, wobei seine hohe, seltsame Stimme das Bizarre der Szene noch erhöhte. »Er sollte Tanaba-*sans* – deines Chefs – Tochter heiraten. Das hätte, wie ich erfahren habe, sein Schicksal besiegelt... und deins. Du hattest guten

Grund zur Sorge, Higira-*san*. Die Heirat hätte ihn dir vor die Nase gesetzt.«

»Du bist zu den richtigen Leuten gekommen«, sagte Kisan, »um dein Problem lösen zu lassen.«

»Aber das...« Higira war, als hätte er einen Alptraum. Er wollte erleichtert aufatmen, wagte es aber nicht. Das Entsetzen darüber, was seine Forderung ausgelöst hatte, packte ihn mit eisernen Krallen.

»In zehn Tagen«, sagte Nichiren, »wäre es zu spät gewesen. Shizuki-*san* hätte geheiratet, wäre ein Teil von Tanaba-*sans* Familie gewesen und deshalb unantastbar.«

»Du siehst, es gab keine andere Möglichkeit«, sagte Kisan. Er starrte seinen Gast an. »Higira-*san?*«

»Ja, ja.« Mit äußerster Anstrengung riß Higira sich vor dem Abgrund zurück, an den diese Enthüllungen ihn getrieben hatten. Seine ganze Erziehung sagte ihm, wie schlimm das war. Und doch war er hier. Er war aus freien Stücken hergekommen, um ihre Hilfe in seiner mißlichen Lage zu erbitten. Seine Habgier und sein Ehrgeiz hatten ihn blind gemacht für die Folgen, die, wie er jetzt erkannte, wie die Wellen auf einem See waren, die sich kreisförmig von ihrer Quelle weg nach außen bewegten und die ganze Fläche bedeckten.

Ob es ihm gefiel oder nicht, er wußte, daß er eine unsichtbare, gleichwohl mächtige Schranke überschritten hatte und niemals mehr zur Sicherheit und Sorglosigkeit seines früheren Lebens zurückkehren konnte. Heim und Herd waren ihm niemals so weit entfernt erschienen. Von Stund an würde er entsprechend seiner Habgier und seines Ehrgeizes leben müssen. Einen Moment schloß er die Augen, als könnte die Besiegelung seines *karma* mit einem physischen Akt ihn beruhigen.

»Jetzt hast du in deiner Karriere keinen Rivalen mehr«, sagte Kisan, sehr zufrieden mit der Situation. Nichiren hatte Higiras mißliche Lage sehr gründlich durchleuchtet. Wäre Higira nicht von sich aus mit dem Ersuchen um Hilfe zu ihnen gekommen, sie hätten ein paar Ereignisse ausgelöst, die ihn dazu getrieben hätten, sich an sie zu wenden. Auf diese Weise, dachte Kisan, war es doch so viel unkomplizierter gewesen. »In einigen Jahren wird Tanaba-*sans* chronische Krankheit sogar für einen Mann von seinem eisernen Willen unerträglich werden. Die Zeit wird ihn zwingen abzutreten.« Er lächelte breit, wobei seine kleinen weißen Zähne wie die eines Fuchses schimmerten.

»Dann müssen wir also feiern, ja?« Er lachte. »Polizeichef Higira. Wie klingt das in deinen Ohren, mein Freund?« Er nickte. »Du siehst, wir freuen uns mit dir. Du bist jetzt ein Teil *unserer* Familie. Wir werden uns um dich kümmern.«

Gleichzeitig hoben die drei Männer die Teeschalen hoch. Während sie tranken, klopfte es vorsichtig. Nichiren erhob sich und ging quer durch den Raum zu einer *fusuma* direkt hinter Kisan. Er schob sie auf und stand ganz still, als betrachtete er ein kompliziertes und etwas verwirrendes Kunstobjekt.

Er starrte unmittelbar in das im düsteren Halbdunkel beleuchtete Gesicht. Schließlich sagte er: »Jetzt bist du also doch gekommen. Wirklich, ich hätte nie geglaubt, daß du es tun würdest.«

Draußen vor der *nawanoren* plätscherte trübselig der Regen, spritzte von Blättern an Zweigen, die sich unter dem Gewicht bogen.

»Yappari aoi kuni da!«

Auf der anderen Straßenseite schien der Eingang zur *nawanoren* eingerahmt von einem Dschungel blaugrüner Iris und Hortensien. Gardenienkreuzungen der gleichen Farbfamilie lugten hier und da hervor, als suchten sie schüchtern Achtung.

»Es ist *doch* ein grünes Land!«

Jake Maroc lächelte vor sich hin, als er Mandy Choi seinen geflüsterten Ausruf wiederholen hörte. In der Hockstellung, die beide Männer in dem tropfenden Hauseingang genau gegenüber vom O-henro-Haus eingenommen hatten, war es wichtig, so leise wie möglich zu sein, wenn auch der Regen eine große Hilfe war.

Aber natürlich war es ein grünes Land, dachte Jake. Es war *tsuyu,* die Zeit der »Pflaumenregen«. Die Japaner fanden Vergnügen an solcher Vielfalt von großen und kleinen Ereignissen, sie hatten für dieses Gefühl sogar ein Wort geprägt, *odayaka.* Dieses Vergnügen konnte sich auf eine Person wie auch auf ein unbelebtes Objekt beziehen, auf einen Felsen etwa, oder ein sich veränderndes, wie die See oder das Wetter. *Aoi,* diese Fülle von Blaugrüntönen, die unter dem frühen Sommer-*tsuyu* sproß, war das höchste *odayaka* aller Farben in der Natur.

Jake blickte auf die Uhr. »Mandy, hol die anderen«, flüsterte er auf japanisch. »Es ist fast Zeit.«

Der kleine Chinese nickte und verschwand in der regenerfüllten Nacht. Ganz schnell kam er mit vier Männern zurück. Alle waren Chinesen, von Jake selbst in der Station Hongkong ausgebildet. Obwohl sie perfekt Japanisch sprachen, war das hier ihre erste Reise. Bei Jake war das ganz anders.

Als sie kamen, betrachtete er sie stolz wie ein Vater seine Söhne. Sie waren gleich gekleidet: weiße T-Shirts mit V-Ausschnitt; Khaki-Hosen, an den Schenkeln ausgestellt wie Reithosen. *Hachimaki,* aus Kaliko gewickelte Bänder, trugen sie um die glänzende Stirn. An den Füßen trugen sie *jikatabi,* Stiefeletten mit Gummisohlen, die zwischen dem großen Zeh und den anderen gespalten waren und eher wie Handschuhe saßen als Schuhe. Sie waren weich und biegsam wie indianische Mokassins, so daß man mit den Füßen noch greifen konnte.

Kurz gesagt, die sechs schienen nichts weiter zu sein als eine Gruppe von Arbeitern, die sich auf ihrem Heimweg in einem Hauseingang zusammendrängten. Und das war genau der Eindruck, den sie vermitteln sollten.

Jake hatte im stillen die Sekunden gezählt, so daß er nicht wieder auf seine Uhr blicken mußte. So kurz vor dem Sprung wollte er die Augen nicht vom Eingang abwenden. Seine Information über den Zeitpunkt war außerordentlich präzise gewesen.

»Jake«, sagte Mandy Choi dicht an seiner Seite, »was ist, wenn er nicht da ist?«

»Er ist schon da.«

Mandy beobachtete die verhaltene Spannung im Gesicht seines Freundes und spürte, wie ihn ein leichter Schauer durchfuhr. *Ich wollte, wir wären nie hergekommen,* dachte er. *Heut ist der vierte Tag im Monat.* Er wußte, was das bedeutete. Der Zahlensymbolik zufolge war die Vier die Zahl des Todes. Ein sehr schlechtes Omen.

Mögen alle Götter uns beschützen, dachte er jetzt, als er sagte: »Die Gefahr hier ist akut. Hast du jemals daran gedacht, deinem Informanten zu mißtrauen?«

»Er ist dort«, erwiderte Jake. »Meine Information stimmt.«

Wenn es nur jemand anderes wäre als Nichiren, dachte Mandy. *Irgend jemand. Ich würde es lieber mit dem christlichen Teufel selbst aufnehmen, falls er existiert.*

Aber Nichiren und Jake . . .

Es stand zuviel zwischen ihnen, der Strom des Hasses war zu dunkel und breit. *Wenn es um Nichiren geht,* dachte Mandy, *hört Jake auf, klar zu denken. Deshalb muß ich mich um ihn kümmern.*

Jake holte dreimal tief Luft. Er konnte die Spannung und den beschleunigten Puls der anderen hinter sich fühlen wie eine Strömung, die ihn vorwärts trieb. *Nichiren,* dachte er, *endlich habe ich dich.* Schwarze Schatten drohten, sein Bewußtsein zu ertränken. Gedanken, die er sicher verschlossen hatte, rissen sich los und wirbelten nach oben. Und mit ihnen kamen Emotionen hoch.

Das Blut rauschte in seinen Adern wie ein Schlachtruf.

»Also los«, sagte er heiser. »Geh'n wir.«

Neonleuchten tauchten die Straße in rosa und blaßgrünes Licht. Ihre Schatten brachten im Vorübergehen die Dunkelheit der Nacht auf den Straßenbelag zurück. Die wenigen Passanten blieben hinter dem Schild ihrer *ama-gasa* verborgen, den Rücken hatten sie gegen den schrägfallenden Regen gekrümmt. Irgendwo bellte freudlos ein Hund; die engen Wände der Gasse verliehen dem Widerhall eine verzweifelte Note.

Der Rand der City schien, wie die Hitzewellen von einem Herd, geschwächt durch die Entfernung, das Zucken ihrer vibrierenden, farbigen Lichter verwässert durch das Wetter. Jake führte sie durch die Perlvorhänge und vernahm beim Zerteilen deren unnatürlich lautes Klappern. Er wußte Mandy dicht an seiner Seite, die anderen hinter sich, und fühlte, wie das kurze Kribbeln in seinem Magen nachließ. Er war keine

Einzelperson mehr; er war ein Teil von *dantai,* der Gruppe. Er war zurück in Japan.

»Weiter unten in der Straße ist ein Wasserrohrbruch«, sagte Mandy, als die Köpfe der Gäste sich ihm zuwandten und der Manager aus der winzigen Küche an der Seite herauskam. Achselzuckend sagte er: »Der viele Regen. *Tsuyu.* Wir müssen alle Gebäude in diesen sechs Blocks kontrollieren.«

Jake glitt so unauffällig wie möglich durch den Rauch. Die unterbrochene Unterhaltung wurde wieder aufgenommen, *sake* und Bier wieder getrunken. Lachen erfüllte den Raum aufs neue. Der Duft von gebackenem Fisch vermischte sich mit dem von Tabak und Schweiß.

Sie gingen an dem Manager vorüber und schossen behende durch die hintere, von Perlschnüren verdeckte Türöffnung. Zwei Wächter in Kimonos zogen Pistolen, aber Mandy und einer der anderen versetzten ihnen Handkantenschläge gegen das Schlüsselbein und ins Genick. Kimonos breiteten sich auf den polierten Holzdielen des Ganges aus, und die Eindringlinge stiegen schnell über sie hinweg.

Mit lautlosen, vorher vereinbarten Signalen schickte Jake zwei seiner Leute zum nördlichen, zwei andere zum südlichen Spielzimmer. Er und Mandy hasteten den Gang hinunter zum Westraum, wo nach seiner Information Nichiren sein sollte.

Die *fusuma* zur Seite schiebend, fand Jake sich in einer Art Vorzimmer wieder, einem Sechs-*tatami*-Raum. Dunkelrote und taubengraue *futons* lagen auf den Binsenmatten. *Tansu*-Truhen mit vor Alter schimmernden Metallbeschlägen standen in den vier Ecken des Raumes. An den Wänden hingen die sich wiederholenden Halbmonde von *katana* in ihren Scheiden.

Er blieb wie angewurzelt stehen. Eine andere Schiebetür wurde geöffnet, und zwei Männer traten ein. Einen kurzen Moment standen die drei einander gegenüber und starrten sich an. Dann zogen die beiden Männer – nackt bis zum Gürtel, die *irezumi* über ihren langen, geschmeidigen Muskeln zitternd – die Schwerter und drangen auf Jake ein. Mandy war außerhalb der Türfüllung noch in schweigsamem Kampf mit einem anderen Wächter begriffen.

Jake sprang nach rechts, weg von den ersten blindwütigen Hieben und hin zu den *katana*-Scheiden an der Wand. Er griff nach oben und zog ein *katana* heraus. Er wußte sofort, daß es sich um eine alte, vielleicht mehr als drei Jahrhunderte alte Waffe handelte. Der Griff war vorzüglich gearbeitet, und das Schwert lag wunderbar in der Hand. Es war ein Museumsstück, was aber nicht bedeutete, daß es seine tödliche Schärfe verloren hätte. Immer und immer wieder war der reine Stahl aufeinandergefaltet worden, hatte ein meisterlicher Schwertschmied mit zen-hafter Hingabe daran gearbeitet, die beste Klinge zu schaffen, die die Welt jemals gesehen hatte.

Als sie ihn so bewaffnet sahen, trennten die tätowierten Männer sich, um von beiden Seiten anzugreifen und so ihre Chancen auf Erfolg zu erhöhen.

Jake wußte, daß die Zeit ihm entglitt. Mit jedem Schlag der Uhr verringerte sich rasend schnell die Wahrscheinlichkeit, Nichiren zu fassen.

Als sie auf ihn einstürmten, wandte er die Technik des *kumi-uchi* an, indem er den Überkopf-Hieb des schmaleren der beiden Männer, der rechts von ihm stand, in der Luft mit einer horizontalen Parade stoppte, die den Raum mit einem rasselnden Klang erfüllte.

In derselben blitzschnellen Bewegung verbarg er bis zum letztmöglichen Bruchteil einer Sekunde den Schlag aus dem Handgelenk heraus, der jetzt den horizontalen Hieb auf Taillenhöhe fortsetzte, weg von der Klinge des dünnen Mannes und nach innen in einem teuflischen Bogen, mit dem er durch Haut, Fleisch und Knochen in den Bauch des zweiten Mannes schnitt.

Der schwerere der *irezumi*-Männer schrie auf und fiel auf die Knie und versuchte die gleitende Masse aus seinem Inneren, die aus dem Schnitt quoll, zurückzuhalten. Sein jetzt nutzloses *katana* fiel klirrend zu Boden, als Jake ihn mit der linken Hand nach vorn auf das Gesicht stieß, während seine Hüften die kraftvolle Drehung nach rechts begannen, fast aus der Richtung, die sein erster Gegner eingeschlagen hatte.

Leoparden mit wilden Augen, in roten und grellen gelben Farben, sprangen Jake an, die *irezumi* wölbten sich vor bei dem Bemühen des Mannes, seinen vorher abgelenkten Hieb von oben auf Jakes Schädel niederzubringen.

Jake jedoch war bereits in einer anderen Position, weit genug abgedreht, so daß er auf die Seite des Mannes blickte und sich außerhalb der Reichweite eines Frontalangriffs befand. Als der wütende Schwung des *yakuza* ihn vorwärts trieb, riß Jake seine Klinge auf Schulterhöhe und führte die Spitze in einem flachen Bogen nach außen. Es gab einen kurzen Schrei, als die rasiermesserscharfe Schneide den fleischigen Teil des Arms durchschnitt.

Kraft der Schärfe der Schneide und weil Jake sein ganzes Gewicht in den Hieb gelegt hatte, trennte der Stahl den Arm vollständig ab, schnitt heiß durch die Rippen in den Brustkorb und hinein in die von ihm geschützten lebenswichtigen Organe.

Blut spritzte, und es war übelriechender Luftzug zu spüren, als wäre ein Sarg kurz geöffnet worden. Jake sprang über den zusammenfallenden Körper, drehte kurz den Kopf, als er vor der Tür Bewegung hörte. Mandy und der Rest der Eindringlinge kamen durch den offenen Eingang.

Mit dem *katana* schnitt Jake die *shoji* zum angrenzenden Raum durch.

Er erblickte drei Männer, die um einen Gegenstand auf einem niedrigen Tisch herum saßen. Köpfe, Form einer Hutschachtel – womit gefüllt? Glänzendem schwarzem Stroh? – Gesichter, die sich ihm zuwandten wie blasse Blumen der Sonne. Dann konzentrierte Jake sich nur auf eine Person.

Dieser Mann war in einen schwarzen Kimono gekleidet. Seine achatfarbenen Augen wirkten groß in einem ziemlich schmalen Schädel. Sein Gesicht war dreieckig, hatte fast etwas Katzenartiges. Er besaß einen langen, nahezu weiblichen Hals und feingeschnittene Gesichtszüge. Er hatte kleine, anliegende Ohren. Sein dichtes Haar war blauschwarz, nach Art einer anderen Generation lang getragen.

»Nichiren!«

Das kam in einem zischenden Flüsterton, den Jake nicht zurückhalten konnte. Sein Herz klopfte schmerzhaft in der Brust, und sein Mund war ganz plötzlich trocken. Er erinnerte sich, wie er als Jugendlicher in Hongkong einen Film »Der Schrecken des Drakula« hatte sehen wollen und selbst zu Tode erschreckt worden war. Unsinnigerweise fühlte er jetzt und hier den gleichen unerklärlichen Schrecken in sich aufsteigen. Er erinnerte sich an das, was am Sumchun-Fluß geschehen war, und ein Schauder durchlief ihn.

Unvermittelt nahm Jake eine leichte Bewegung wahr, die Nichiren unter den Falten seines Kimonos ausführte. Das *katana* ausgestreckt, machte er einen Sprung. Aber Kisan war vor Nichiren hingetreten, die geballte rechte Faust ausgestreckt. Ein geschärfter sechster Sinn warnte Jake und er riß sein *katana* blitzschnell in die Höhe, als Kisans Finger sich öffneten, wie die Blütenblätter einer Blume.

Sein laut gerufenes *kiai* überraschte alle im Raum, die nicht darauf vorbereitet waren. Jake aber hatte gewußt, welch tödliche Waffe in der Hand des *oyabun* lag, und als die Metallglieder auf sein Gesicht zufuhren, verlagerte er die Spitze seiner Klinge um ein Bruchteil und fing so das mit einem Kugelgewicht versehene Ende auf. Die *manrikigusari* wikkelte sich um das *katana,* ehe aber Jake sie ergreifen konnte, wandte Kisan die *kokoiuchi* an, eine kreisförmige Drehung, mit der er sie löste.

Sofort ging er zum Angriff über und führte einen *sukuiuchi* aus, eine senkrechte Achterfigur, um in Jakes Deckung hineinzukommen. Es gelang ihm mit Härte, aber Jake wich aus und hob sein *katana.* Das blockte Kisan mit dem *jodan-uke* ab, brachte sofort seine Fäuste für den Augenstoß zusammen, der den Kampf beenden sollte.

Jake hatte ihn vorhergesehen und unterlief den *jodan-uke,* wodurch er seinen Oberarm befreite. Die schweren Enden der *manrikigusari* jagten auf ihn zu, als er schräg nach unten schlug.

Er stieß einen Grunzlaut aus, als die Klinge auf Widerstand stieß, weil Kisan sich bereits abdrehte. Der Hieb schnitt durch Arm und Schulter und traf auf Rippen.

Kisans Augen füllten sich mit etwas Unsagbarem, sogar noch, als er zitternd in die Knie brach. Jake war sich nicht darüber im klaren, wie tief seine Waffe eingedrungen war, stand im Begriff, seine Klinge nach vorn und für einen weiteren Hieb nach unten zu bringen, als von genau hinter

Kisan ein Wirbel von Bewegung kam. Ein wilder Schrei, als würde er sich nur unter größten Mühen aus einer zusammengedrückten Kehle lösen. Wäre Jakes Sicht nicht verdeckt, wären seine Sinne nicht auf den tödlichen Schlag konzentriert gewesen, hätte er vielleicht eine längere Vorwarnzeit gehabt. Eine kugelige, verschwommene Form kam auf ihn zugeflogen.

Verzweifelt rief er seinen Männern zu. Dann hatte er das Gefühl, als löse die Wirklichkeit sich in winzige Bruchstücke auf. Alles ging durcheinander und durcheinander, bis die Klarheit verlorenging und nur noch ein vager Eindruck übrigblieb, wie verschmierte Pastellfarben auf einer Leinwand.

Mandy packte ihn am Arm, drängte ihn zurück. Er spürte den Körper des anderen Mannes dicht an dem seinen, fühlte seine Wärme, den Schutz, den er ihm bot. Aber dabei fiel sein Blick auf die Leute auf der anderen Seite des Raumes, nicht weit weg an der gegenüberliegenden Wand. Japanische Gesichter. Und die Frau. Jedes Zeitgefühl verschwamm, das Element Zeit hatte jeden Sinn für ihn verloren. Ein Arm hob sich, und wie ein brokatener Vorhang ging ein Kimonoärmel in die Höhe, um ihr Antlitz vor seinem Blick zu schützen.

Der Raum wurde gelblichweiß. Er schien sich ihm entgegenzuwölben. Ein wildes Heulen erfüllte seine Ohren, bis es schmerzhaft laut wurde. Die Wände teilten sich und schossen auf ihn zu; die Decke brach auseinander wie eine Eisscholle und fiel mit einem unerträglichen Geräusch nach innen.

Der ungeheure Stoß erreichte ihn schließlich, wuchtete Mandy gegen ihn und warf beide mit unglaublicher Gewalt flach auf den Boden.

Nichirens Namen verfluchend, fiel Jake in Dunkelheit und unendlichen Schmerz, und es war, als würde das ganze Gebäude ihm nach unten folgen und ihn in den Tiefen festhalten.

ERSTES BUCH

TZU-JAN

[instinktiv, spontan reagieren]

Washington/Hongkong/Beijing/Tokio/ Moskau/Tsurugi

SOMMER, GEGENWART

»Werfen Sie es auf die Leinwand.«

Farbaufnahme, etwa 2,60 × 3,20, grobkörnig durch die Vergrößerung: ein Gesicht, das Macht ausstrahlte, genau wie ein Tiger, der mitten im Sprung aufgenommen wird. Lockiges, schwarzes Haar über breiter, intelligenter Stirn. Verschleierte, kupferfarbene Augen, außergewöhnlich in der Klugheit, die sie ausstrahlten. Ein aggressiver, klar geschnittener Kiefer, hohe Backenknochen, die die Augen tief in den Schädel setzten.

»Gibt es einen neuen Bericht über ihn?« Das war eine andere Stimme, etwas wärmer im Ton.

»Ich glaube nicht, daß es ihn allzu bös getroffen hat«, sagte Henry Wunderman. »Wenn wir auch noch nicht ganz sicher sind über das Ausmaß seiner Verletzungen, ist doch ziemlich klar, daß der schlimmste psychologische Aspekt der Tod der *dantai* sein wird.«

»Dantai?« fragte Rodger Donovan.

»Ja.« Gerald Stallings sagte das in dem leicht herablassenden Ton, den er gebrauchte, wenn er Donovan ansprach. Er war ein großer, grobschlächtiger Mann von einsneunzig mit der ausgeprägten Haltung eines Engländers, sprach aber mit einem irreführenden weichen texanischen Einschlag. Sonnenverbrannt war sein hageres, scharfgeschnittenes Gesicht, muskulös wie sein Körper, beherrscht von tiefsitzenden, jadegrünen Augen unter einer hohen, sommersprossigen Stirn. In Vietnam war er zu dem geworden, was er heute war; als Henry Wunderman ihn 1971 für die Quarry* anwarb, hatte er die Rebellenstreitmacht in einem kleinen, aber strategisch wichtigen afrikanischen Land geführt. Kräftig unterstützt von den Russen und sich nicht daran stoßend, war Stallings gerade dabei, den Sturm auf die Hauptstadt einzuleiten, als Wunderman eingegriffen hatte. Wunderman hatte Stallings vorzüglichen strategischen Verstand erkannt und auch, was man tun mußte, um ihn zu gewinnen. Er hatte eine sowjetische Militärchiffre ausgewählt, die von der Quarry abgefangen worden war. Ihr Code aus Vokaltransposition und veränderlichem Doppelkonsonanten war entschlüsselt worden; trotzdem konnte keiner in der Führung etwas damit anfangen. Wunderman

* Name der Spionageabteilung

nahm sie mit zu Stallings, der sie sich einmal gründlich betrachtete und schon gewonnen war.

Er war ein Schüler von Sun Tsu. »Entschlossenheit mit Spannkraft zu verbinden, darum geht es beim Kriegführen«, hatte er zu Wunderman an jenem heißen, schwülen Tag in Afrika gesagt, wobei die Schädel der von ihm und seinen Leuten getöteten Regierungsfunktionäre ringsum zuhauf lagen. Er liebte auch die Kunst der Strategie, Menschen auf der ganzen Welt hin und her zu bewegen, als wäre sie ein *wei qi*-Brett. Wie Jake.

»*Dantai* ist eine besondere Art von Gruppe«, fuhr Stallings fort, »enger in der Bindung sogar als eine Familie. Die Mitglieder verlassen sich blind aufeinander. In Situationen extremer Gefahr haben wir festgestellt, daß diese enge Beziehung die wünschenswertesten Kampfattribute wie Mut, Widerstandskraft und klares, ausgeprägtes Denken unter Zwang noch verstärkt.«

Stallings, der einzige aktive Außendienstmitarbeiter im Raum, konnte einfach niemand leiden, der diese Erfahrung nicht besaß. Von den drei Männern hatte nur Donovan keinen blassen Schimmer davon, was Außendienst bedeutete. Stallings hatte schon oft gedacht, daß Donovan, wenn er jemals dazu bestimmt würde, eine schwere Aufgabe zu übernehmen, alles über seine teuren Faulenzer abwickeln lassen würde.

»Die *dantai*«, fuhr Wunderman fort, »ist das, was Jake Marocs Einheit eine lange Zeit so erfolgreich gemacht hat.«

»Bis zum Zeitpunkt des Vorfalls am Sumchun-Fluß«, sagte Donovan. Gelegentlich blickte er nach unten auf einen Stapel Computerausdrucke. »Es ist einhellige Meinung des Stabes, daß dieses Zusammentreffen Jake Maroc völlig verändert hat.«

Stallings zuckte mit den Achseln. »Die Sache am Sumchun-Fluß war schon schlimm. Jake verlor... Wieviel waren es, Henry? Drei Mann?«

»Vier«, sagte Wunderman. Er war kleiner als Stallings, aber wesentlich stämmiger. »Henry, Sie sehen aus wie ein *sumo*-Ringer«, hatte Jake ihm lachend mehr als einmal gesagt. Er hatte grobe Gesichtszüge, mit der aderndurchzogenen, leicht knolligen Nase eines irischen Preisboxers, der schon zu lange im Geschäft ist. Der Ansatz seines dunklen Haars ging für seinen Geschmack schon zu schnell immer weiter zurück; seine Ohren waren groß wie die eines jungen Hundes. Seine Wangen trugen die Narben einer Pockenerkrankung in der Kindheit, seine weichen braunen Augen jedoch brachten es fertig, ein entschieden finsteres Gesicht in ein freundliches zu verwandeln. »Ein fünfter wurde für immer zum Krüppel. Das war vor mehr als drei Jahren, und seitdem hat Jake die neue *dantai* geformt. Die Männer sollten etwas ganz Besonderes sein. So etwas wie am Sumchun sollte seiner Meinung nach nie wieder geschehen.«

»Und doch passierte es. Er verlor sie alle – und fast auch sich selbst – in einem völlig hirnverbrannten Unternehmen.«

»Er sah eine Chance, Nichiren in die Hand zu bekommen, und er nahm sie wahr«, sagte Wunderman. »Nach dem, was am Sumchun geschah – können Sie es ihm verdenken?«

»Ich kann's nicht, weiß Gott«, sagte Donovan. »Aber der Alte tut es.« Donovan war bei weitem der jüngste im Raum, mittelgroß, hellhäutig, mit dichtem Blondhaar und kühlen grauen Augen, die, ohne daß man es merkte, alles wahrnahmen. Als Absolvent von Stanford und der Rand Corporation war er hier draußen der überlegene Außenseiter, und er wußte es. Er war aber auch schlau genug, nicht zu versuchen, das nicht wahrhaben zu wollen. »Sie wissen besser als ich, Henry, wie er über Disziplin denkt.« Seine Stimme nahm die tiefen, fast überlauten Töne von Antony Beridien an. »›Disziplin ist das Rückgrat der Quarry. Ohne sie hätten wir kein Mandat. Ohne unser Mandat gäbe es auf der Welt Chaos.‹« Donovan schüttelte den Kopf. »*Ich* will es nicht. Ich versuche nur, Sie vorzubereiten.«

»Scheiße«, sagte Stallings.

Spannung breitete sich im Raum aus wie Nebel; gleichwohl schien es, als hätten die drei Männer, die sich an dem runden Eschenholztisch gegenübersaßen, einen stillen Pakt geschlossen, das niemals offen zuzugeben.

Vier Sitze waren auf dem mit Blei belegten Fußboden fest verschraubt, doch einer war zur Zeit noch unbesetzt.

»Wo ist Antony?« fragte Wunderman schließlich.

»Er nimmt das Treffen mit dem Präsidenten im Außenministerium wahr. Ich glaube, sie sind alle ziemlich sauer wegen des Unsinns, den Jake angerichtet hat. Zur Zeit gebraucht die japanische Regierung die *yakuza,* um den Gewaltakt wegzuerklären, ich kann Ihnen aber sagen, daß sie heut sehr kühl zu uns gewesen sind. Das macht den Präsidenten stinkwütend, weil er die letzten neun Monate seiner Amtszeit dazu gebraucht hat, mit Japan eine Reihe von Handelsabkommen auszuhandeln, um unser enormes Handelsdefizit zu verringern. Jetzt weiß nur noch der Teufel, was geschehen wird. Und ich muß Sie nicht daran erinnern, daß der Alte, wenn der Präsident unglücklich ist, ein Feuer unter unserm Hintern anzünden wird.«

Die drei Männer erstarrten, als die mit Blei beschlagene Tür zu ihrem Allerheiligsten weit unterhalb des Straßenniveaus sich mit hörbarem Rumpeln öffnete. Im Eingang wurde die kleine, knorrige Gestalt von Antony Beridien sichtbar, dem Berater – und Hauptvertrauten – des Präsidenten bei allen Angelegenheiten, die die internationale Sicherheit betrafen.

Als die schalldichte automatische Tür sich hinter ihm schloß, fiel das Licht des Raumes auf ihn, machte seine Gesichtszüge sichtbar. Er besaß einen ungewöhnlich großen Kopf mit einer breiten, hohen Stirn, über der dichtes, lockiges, sorgfältig zurückgebürstetes Haar sproß. Er hatte sehr große Augen, kobaltblau, die von Zeit zu Zeit auch so hart erscheinen konnten wie diese Farbe. Seine breitrückige Hakennase hätte sonst das Gesicht beherrscht. Die tief eingegrabenen Falten in Wangen und Stirn, wie die Kerben in einem Revolvergriff, wurden eher mit Stolz getragen, als in Furcht vor der verrinnenden Zeit.

Vielleicht um seine mangelnde Größe zu kompensieren, bewegte er sich mit langen, federnden Schritten. Ohne ein Wort setzte er sich hin und sah sie alle an. Dann richtete er die harten Augen auf Wunderman.

»Ihr Mann Maroc nahm eine hervorragende Quarry-Einheit von ihrem vorgesehenen Einsatz außerhalb von Hongkong und verschwand mit ihr im Nebel. Er gefährdete ein vorbereitetes Quarry-Netz nahe an der Grenze, wodurch die Rotchinesen alarmiert und alle Chancen, diesen besonderen Auftrag jemals auszuführen, zunichte gemacht wurden.«

»Nichiren«, sagte Wunderman und preßte die Fäuste hart auf die hölzerne Tischplatte. »Er bekam einen Tip in bezug auf Nichiren. Das erste bißchen positiver Information, das wir in sechzehn Monaten bekommen haben. Auf diese Information hin hat er gehandelt. Es war keine Zeit, Sie zu benachrichtigen und den Dienstweg einzuhalten.«

»Uns mit dem Tod eines Polizeiinspektors in Verbindung zu bringen, Herrgott noch mal – das ist undenkbar!« Beridien bemühte sich gar nicht, sich zu beruhigen. »Sagen Sie mir eins. Hat er das mit Ihnen abgeklärt? Ich meine, Wunderman, Sie sind, verdammt noch mal, sein Vorgesetzter, oder? Sie führen den Kerl, genauso, wie Sie alle Agenten führen. So steht es in der Kompetenzbeschreibung des Leiters der Außenabteilung, falls Sie sich erinnern können. Oder führt Jake Maroc Sie, wie ich seit dem Vorfall am Sumchun-Fluß immer geargwöhnt habe?«

Wundermans Augen wanderten unwillkürlich zu Donovan, und Beridien, der das sah, sagte: »Es wird Ihnen diesmal nicht helfen, Henry. Ihre persönlichen Loyalitäten sind der vorschriftsmäßigen Leitung dieser Organisation für meinen Geschmack einmal zuviel in den Weg gekommen. Ich sollte . . .«

»Wenn es ernste Probleme zu diskutieren gibt, sollten wir das jetzt gleich tun«, sagte Donovan, mit einer Intensität, daß Beridien den Kopf schnell und ruckartig wie ein Vogel drehte.

»Bei allen Dingen steht die Quarry an erster Stelle«, sagte Wunderman. Zornig darüber, daß er sich in die Defensive gedrängt fühlte, war er gezwungen, das Offensichtliche festzustellen. »So ist es immer gewesen, seit Sie uns geschaffen haben.«

Beridien holte tief Luft, und seine Stimme wurde weicher. »Niemand beschuldigte Sie, unloyal zu sein, Henry. Guter Gott, Sie sind meine eiserne Faust gegen das Chaos draußen in der Welt. Aber, wie wir alle, sind auch Sie nur ein Mensch. Wir haben alle Schwächen, immer wieder handeln wir unbesonnen oder verlieren unseren Weg. In diesem gigantischen Labyrinth, in dem wir entschlossen waren, unsere Heimat zu finden, ist das ganz verständlich. Ich wollte das nur noch einmal hervorheben.«

Das Thema wechselnd, drehte er den Kopf in der gleichen schnellen und ruckartigen Weise, die dazu beigetragen hatte, ihm den Spitznamen »die Eule« zu geben, und er sagte zu Donovan: »Irgendeine Ahnung, was Maroc über Nichiren herausgefunden hat, und wie?«

Donovan schüttelte den hübschen Kopf. »Gar keine. Ich habe in den letzten sieben Monaten die neue Polar-Chiffreroute der Sowjets persönlich überwacht.« Er blickte auf eine Seite in der Mitte seines Stoßes von Ausdrucken. »Über unsere normalen internationalen Routen kam nichts, das ist sicher. Was auch immer Maroc sich irgendwoher besorgt hat, er tat es ganz allein.« Er zuckte die Schultern. »Alles, was wir bekommen hätten, wäre sofort an Sie weitergeleitet worden. Nichiren ist mehr als drei Jahre lang hier bei uns Code Rot gewesen.«

Beridien hob den riesigen Kopf. Die rosafarbenen Lampen tauchten seine Augen in tiefe Schatten, was ihn noch vogelähnlicher aussehen ließ. »Es ist demnach klar, daß Maroc irgendwelche flüchtigen Informationen über Nichiren erhielt. Er handelte außerhalb des Bereichs der Quarry, ohne« – hier schwenkte er seinen Kopf wieder in Wundermans Richtung – »Wissen der Quarry, ohne unsere Unterstützung oder Billigung.«

»Er hatte eine gute Möglichkeit, so scheint es«, sagte Donovan, »Nichiren zu erledigen, was ja die Bestimmung dieser Abteilung für ihn war, seit er vor etwas mehr als fünf Jahren als die Nummer eins der Liquidatoren auftauchte.«

»Zu den Folgen von Marocs Versagen werden wir gleich kommen«, sagte Beridien. »Im Moment sind aber Erfolg oder Mißerfolg der Operation unerheblich. Ich fürchte, Henry, daß die Wirksamkeit von Maroc bei uns für immer Schaden genommen hat.«

»Sir. . .«

Beridien hob die blasse Hand. »Henry, bitte. Wir sind hier alle Profis. Das habe ich euch von Anfang an klargemacht! Maroc wußte um die Disziplin, die bei uns herrscht. Wir haben nichts – überhaupt nichts –, wenn wir keine Disziplin halten. Die Quarry wurde vor fünfzehn Jahren mit der vollen Zustimmung des damaligen Präsidenten der Vereinigten Staaten aufgestellt, um das zu bekämpfen, was wir als ein wachsendes internationales Chaos ansahen, das zum Teil von fremden Regierungen geschürt wurde, die unserer Regierung gegenüber samt und sonders feindlich gesonnen waren oder es noch sind. Ich weiß, ich sage Ihnen damit nichts, was Sie nicht schon wüßten, seit Sie bei mir unterschrieben haben –, das heißt, von Anfang an. Was Sie aber vielleicht nicht wissen, ist, daß jeder Präsident von seiner Amtseinführung an eine Frist von 90 Tagen hat, in der er die Quarry neu bewerten und entscheiden kann, was mit ihr geschehen soll. Zu meiner Genugtuung kann ich sagen, daß kein einziger jemals unsere Auflösung in Betracht gezogen hat.

All das hat einen guten Grund. Wir sind die Besten, und wir werden streng kontrolliert. Unsere Disziplin ist so eisern, daß das, was in der CIA mehr als einmal geschah, hier nicht eintreten könnte. Wir mußten niemals Hausputz halten, und wir werden es niemals tun.

Diese plötzlich einberufene Besprechung im Außenministerium hat dem Präsidenten schwer zu schaffen gemacht. Anders als die CIA, die jetzt dem Land untersteht, unterstehen wir direkt dem Präsidenten. Deshalb fallen auch unsere Schnitzer unmittelbar auf ihn zurück. Er nimmt alle unsere Fehler ganz persönlich. Lassen Sie mich gleich sagen, die Quarry steht auf seiner Liste der beliebten Regierungsorganisationen nicht sehr weit oben.« Die Augen bohrten sich in Wundermans Schädel. »Was das Außenamt betrifft, so waren sie wie gewöhnlich in Panik über eine Reihe von besonders hitzigen Auseinandersetzungen mit dem Polizeichef von Tokio, Yasuhiro Tanaba. Es sieht so aus, als wäre sein Mann Higira bei Marocs mißlungenem Überfall sozusagen zufällig ums Leben gekommen, genauso wie der Geschäftsmann Kisan.

Ich war nicht sonderlich glücklich darüber, für die heutigen Schwierigkeiten des Präsidenten verantwortlich zu sein. Seine *cause célèbre* ist dieses gegenseitige Import-Export-Abkommen mit Japan gewesen.

Auf jeden Fall hat Maroc die Disziplin gebrochen, und Disziplin ist nun mal das, was uns stark macht. Sie ist auch das, Henry, was es uns ermöglicht, wechselnde Administrationen oder Regierungen zu überleben. In dem Augenblick, in dem Jake Maroc seinen Fuß auf japanischen Boden setzte, hat er sich selbst von uns getrennt. Er ist jetzt völlig auf sich selbst gestellt. Das ist endgültig.«

Wunderman sagte nichts. Nur seine Augen senkten sich auf die Finger seiner Hand, die ineinandergelegt vor ihm auf dem Tisch ruhten. Warum, fragte er sich, kam er sich wie ein Schuljunge vor, den der Lehrer vor die Klasse gerufen hatte? Zorn stieg in ihm auf über Beridiens grausame und, wie es ihm vorkam, herzlos-summarische Beurteilung. Wo blieb all das, was Jake in den Jahren für die Quarry getan hatte? Wunderman wußte, daß er jetzt den Mund aufmachen, sich heldenhaft für Jake einsetzen und ein leidenschaftliches Plädoyer für Jake halten müßte. Aber er blieb stumm. Warum? Weil er instinktiv spürte, daß Donovan recht hatte? Daß der Vorfall am Sumchun-Fluß Jake auf eine unerklärliche Weise für immer gezeichnet hatte? Daß das Trauma, das er dort erlitten, seine Fähigkeiten als Agent beeinträchtigt hatte?

Tatsache war, daß Jake wirklich die Disziplin gebrochen hatte. Wunderman hatte keine Ahnung von Jakes Vorhaben gehabt, bis die Nachricht von den Nachwirkungen des mißlungenen Überfalls im Hauptquartier der Quarry eintraf. Hol ihn der Teufel! dachte er jetzt. Hätte er mir wenigstens etwas gesagt, ich hätte ihm doch Rückendeckung geben können. Dann wäre ich jetzt in der Lage, ihm zu helfen.

Was war eigentlich am Sumchun-Fluß geschehen? fragte sich Wunderman. War es das Trauma, vier seiner Leute sterben und einen fünften zum Querschnittgelähmten werden zu sehen, das Jake hart und introvertiert gemacht hatte? Wunderman erinnerte sich an die Schlußbesprechung. Es war schwierig gewesen, Jake zu bewegen, in vollständigen Sätzen zu sprechen, und so war keine Rede davon gewesen, die ganze Geschichte zu erfahren. Jetzt, dachte Wunderman, habe ich den Verdacht, daß er mir nur Bruchstücke der Geschichte mitgeteilt hat.

»Nun zu Nichiren«, sagte Beridien, und Wunderman wußte, der Augenblick für die Verteidigung von Jake war vorüber. »Henry, haben wir irgendwelche Hinweise darauf, was nach der Explosion mit ihm passierte?«

»Nein.« Noch als er sprach, fragte er sich, was ohne die Quarry mit Jake geschehen würde. Wunderman wußte, er selbst wäre ohne diese Organisation wie ein ruderloses Boot. Wäre es nicht für Jake genauso? »Als der Mann vom Chiffrierdienst das Signal übermittelte, habe ich von Hongkong aus eine Rettungsmannschaft in Marsch gesetzt; Hongkong ist unsere nächstgelegene Basis. Einem der *dantai* war es gelungen, ehe er selbst starb, Maroc herauszuziehen. Sie nahmen Maroc mit zurück nach Kaulun. Mehr konnten sie nicht tun.«

»Fünf Mann!« Beridien schüttelte den Kopf. »Wie einen das fuchst, daß man sie auf die ohnehin schon viel zu lange Liste setzen muß. Mein Gott, dieser Nichiren ist ein Ein-Mann-Schlachthaus!«

»Ich muß es ihm aber doch lassen«, sagte Stallings. »Maroc hatte schon die richtige Idee, wie man Nichiren hochnehmen kann.«

»Wie meinen Sie das?« fragte Beridien.

»*Huo yan.* Das ganze Manöver war wie ein überzeugender *wei qi*-Zug. Ganz Jakes Art.«

»*Wei qi?*« sagte Beridien. »Was ist *wei qi?*«

»Ein chinesisches Brettspiel, bei dem es um militärische Strategie geht.« Stallings war endlich in seinem Element. »Die Japaner nennen es *go.*«

Beridien schnaubte. »Ein Spiel? Übertragen ins wirkliche Leben? Also hören Sie . . .«

Stallings ignorierte den Ton. »Anders als westliche Spiele hat *wei qi* eine starke philosophische Seite. Die *wei qi*-Strategie eines Spielers ist eine Übertragung seiner Lebensauffassung.«

»Und was ist Jake Marocs Lebensauffassung, Stallings?« wollte Beridien wissen. »Diesem Spiel zufolge?«

»Der Überfall verlief wie *huo yan* – ein Zug, der als ›das bewegliche Auge‹ bekannt ist. Ein ›Auge‹ wird geschaffen, wenn die Steine eines Spielers einen Schnittpunkt auf dem Brett umgeben. Indem er einen Raum in der Mitte freiläßt, schafft er eine Verteidigungsformation, die er dann auf das ganze Brett ausdehnt. Kein Stein des Feindes kann in das ›Auge‹ gesetzt werden. Wenn er eingeschlossen ist, stirbt er. Aber« – Stallings hob einen langen Zeigefinger – »ein ›Auge‹ kann auch für Angriffszwecke gebraucht werden. Wenn das geschieht, wird es *huo yan* genannt. Das war das Wesentliche von Jakes Überfall.«

»Und doch hat es nicht geklappt«, betonte Beridien.

Stallings nickte. »Offensichtlich wurde Jake ausgetrickst.« Er zuckte wieder. »Schade.«

Wundermans grobes Gesicht blickte finster drein. »Wir haben ein noch dringenderes Problem«, sagte er. Als er sicher war, die Aufmerksamkeit aller zu haben, wandte er den Blick Beridien zu und sagte: »Jake Marocs Frau, Mariana, wird vermißt.«

Aus der Stille heraus erhob sich Beridiens Bariton. »Was, zum Teufel, erzählen Sie uns da? Vermißt? Verdammt, was soll das heißen, sie wird vermißt?«

»Ich glaube, es ist besser, Sie sagen uns alles, Henry«, erklärte Donovan mit ruhiger Stimme.

Wunderman rückte sich zurecht und folgte der Aufforderung. »In der Nacht des chaotischen Überfalls war Mariana Maroc in ihrer Wohnung in Hongkong. Durch den Einsatz von Donovans Geistesprodukt, der RISS, der Telefonüberwachung, die wir jetzt bei allen Heimatbasen von aktiven Außenagenten anwenden, entdeckten die Lauscher um 5.57 Uhr Ortszeit ein Gespräch, das in Marocs Wohnung einlief.«

»Orts- oder Ferngespräch?« wollte Beridien wissen.

»Ferngespräch. Wie Sie wissen, ist die RISS zum Aufspüren und nicht zum Aufzeichnen bestimmt. Wir können deshalb den Ursprung eines Gesprächs bestimmen, aber nicht, wer es führt oder was von einer der Parteien gesprochen wird.«

»Weiter«, sagte Beridien.

»Der Ruf kam aus Japan. Tokio, genauer gesagt.«

»Maroc?« Beridien meinte, ob Jake das Gespräch geführt hatte.

»Das wäre natürlich die logischste Erklärung«, sagte Wunderman. »Sie hält aber nicht. Nach ETA waren wir in der Lage, den Weg der *dantai* zu verfolgen; Jake war um 5.57 Uhr unterwegs gewesen. In der Luft hätte er weder sie noch irgend jemand sonst über Telefon erreichen können. Alles, was wir wissen, ist, daß Mariana Maroc innerhalb von fünfzehn Minuten nach dem Anruf weg war.«

»Wohin?« fragte Donovan.

»Wir konnten sie bis Tokio verfolgen.«

»Haben sie oder Maroc irgendwelche bekannten Freunde dort?« wollte Beridien wissen.

»Jake hatte welche, aber rein geschäftlich«, antwortete Wunderman. »Soviel wir wissen, kannte Mariana niemand dort.«

»Wie viel wissen wir?« bellte Beridien.

»Genug.«

Es war sehr still in dem fensterlosen Raum. Beridiens dunkle Augen bohrten sich in die von Wunderman auf der anderen Seite des Tisches. »Haben Sie weitere Einzelheiten über den Ursprung des Anrufs, Henry?«

»Die Lauscher arbeiten daran. Wie Rodger ja weiß, sind noch immer einige Fehler in dem System. Sie sagen mir aber, wir hätten eine Chance, ihn auf wenigstens einen Bezirk einzukreisen und möglicherweise sogar die tatsächliche Nummer herauszubekommen.«

Im Raum war ein eigenartiger Geruch wahrzunehmen, so als wäre irgendwo außerhalb ihres Gesichtskreises ein Feuer angezündet worden.

»Das Verschwinden von Mrs. Maroc muß nichts bedeuten«, sagte Donovan. »Soviel ich weiß, sollen die beiden in letzter Zeit einige Schwierigkeiten gehabt haben.«

»Vermißt ist vermißt«, sagte Stallings. »Diese Art von Vorfällen ist *immer* ernst.«

»Ganz besonders unter diesen Umständen«, sagte Beridien scharf.

»Was heißt das?« wollte Wunderman wissen.

»Das heißt, ich traue Zufällen nicht. Vielleicht hängen die beiden – Marocs chaotischer Überfall und das Verschwinden seiner Frau – zusammen.«

»Das sehe ich nicht so«, sagte Wunderman und wußte in dem Augenblick, da er die Worte sprach, daß es ein Fehler war.

Beridiens urzeitlicher Kopf schwang herum. »Ja? Dieses – wie haben Sie es genannt, Gerry? – ›bewegliche Auge‹ von Maroc, es hätte funktionieren müssen. Tat es aber nicht. Vielleicht weil Maroc nicht mehr der Agent ist, der er einmal war. Vielleicht hat der Sumchun-Fluß sein Können untergraben, oder vielleicht, nur vielleicht, hat Nichiren irgendeine Information über den Überfall gehabt. Falls das zutrifft, kann es nur eine Quelle geben. Keiner innerhalb der Quarry wußte etwas. Nur Maroc und seine *dantai*. Seine feurigen Tiger.«

»Wollen Sie andeuten, Mariana Maroc hätte Nichiren etwas verraten?« Wunderman war skeptisch.

Antony Beridiens Augen schienen ihn zu durchdringen, ihn an die Wand zu nageln. Das hatte Methode. Beridien gefiel es gar nicht, daß Wunderman im Besitz von Fakten war, die er selbst nicht hatte. »Ich deute nichts an, Henry, sondern stelle nur eine Überlegung an. Wegen Marocs sträflich überstürzten Aktionen stehen wir jetzt unter Druck. Einer Art von Druck, die, wenn sie nicht sofort beseitigt wird, höchst bedenklich für uns werden kann. Vielleicht hat uns ein dummer Zufall in diese Lage gebracht. Wenn ja, werden wir uns damit abfinden müssen und von hier ab weitermachen.

Aber es besteht auch die Möglichkeit, daß wir es mit einem Eisberg zu tun haben: einem schädlichen Plan ausländischer Herkunft. Das würde aber einen Angriff auf uns bedeuten. Sollte das der Fall sein, dann teile ich Ihnen allen mit, daß ich bis zum Boden dieses Eisbergs gehen werde, und zwar äußerst schnell. Und meine Herren, Gott helfe dem Mann, der mir in den Weg kommt!«

»Alle Götter kacken auf dieses Wetter«, sagte David Oh auf kantonesisch. Draußen füllte der Regen die Straßen von Hongkong bis zum

Überlaufen. Seine Stimmung wurde immer schwärzer; er schlug mit dem Handballen auf das Fensterbrett, flehte Buddha an, daß Jake nicht etwas Dummes anstellen möge, wie beispielsweise nicht mehr aufzuwachen. Alle Tests waren durchgeführt worden und auch schon analysiert. Physisch war Jake aus dem Debakel im O-henro-Haus mit nur multiplen Abschürfungen und Prellungen davongekommen. Das Dazwischentreten von Mandy Chois Körper zwischen ihn und die Explosion hatte das bewirkt.

Obwohl er eine Gehirnerschütterung hatte, bewiesen die EEG-Aufzeichnungen, daß Jakes Gehirnströme nicht gestört waren. Und doch hatte er das Bewußtsein noch nicht wiedererlangt. Eine Frage der Zeit, hatten die Ärzte kopfschüttelnd gesagt. Grauer Regen, so dunkel wie David Ohs Stimmung, zeichnete Streifen auf die Fensterscheiben, verwandelte Staub in Schmutz.

Mit dem Rücken gegen die Tür gelehnt, hatte er im vierten Stock einige Zeit dagestanden, als hütete er sich, in das Zimmer selbst zu kommen. Er hörte das Geräusch von Atemzügen und war nicht sicher, ob es die seinen oder Jakes waren.

Er wollte sich nicht bewegen, wollte nicht näher herankommen, als könnte er durch diese Weigerung auch verdrängen, was er, wie er wußte, schließlich doch sehen mußte.

David Oh fragte sich, was Jakes Verstoß gegen die Disziplin für die Hongkong-Basis bedeuten würde. Nichts Gutes, das war sicher. Er fürchtete sich davor. Ehe Jake Maroc sich der Quarry angeschlossen hatte, war die Hongkong-Basis nichts weiter gewesen, als ein Haufen schlecht ausgebildeter Laufburschen, die wie die Ameisen in der Kolonie herumhasteten. Ohne seinen Einfluß konnte es leicht wieder so werden. Zur Hölle mit denen in Washington, die über unsere Zukunft entscheiden, ohne daß sie selbst etwas riskieren, dachte er. Ich bin sicher, sie bluten innerlich wegen Jake, Mandy Choi und den anderen.

Am Bettrand starrte er nach unten. Da war nicht viel, woran er sich halten konnte. Wenn das alles ist, was dabei herauskommt, warum tut dann jemand von uns so etwas? fragte er sich, obwohl er die Antwort längst kannte. Das Risiko war zweitrangig bei den Zielen, die zu erreichen sie sich verpflichtet hatten. Hingabe, David Oh wußte das sehr wohl, hatte viele Ursachen; aber ein Element gab es, das sie alle in der Quarry zusammenhielt.

»Jake.« Der geflüsterte Name war heraus, ehe er es wußte. Er hing in der Luft, vermengte sich mit allen Schatten, die den Raum erfüllten.

In diesen Schatten bewegte sich etwas, und David fuhr zusammen. Angestrengt starrte er in das Dunkel. Er hörte nur das stete Trommeln des Regens. Dann erkannte er die Gestalt.

»Furchtbarer Sung«, sagte er scharf. »Was tut Ihr hier?«

»Jake Maroc ist ein Freund«, sagte der andere Mann und bewegte sich lautlos ins Licht. »Ich bekunde meine Sorge, wie ich es bei jedem Freund tun würde.«

David Oh schnaubte verächtlich. »Aha, ich verstehe. Eure Sorge ist eher, ob Ihr die Bezahlung für diesen Monat bekommen werdet.«

Die beiden Männer hegten natürlich gegenseitige Antipathie. David Oh stammte aus Shanghai; Sung kam aus Kanton. Die beiden Städte vertrugen sich nicht besonders.

Das ernste Mondgesicht des Furchtbaren Sung war so leer wie eine weiße Wand. »Der Schutz, den wir Euch und allen Mitgliedern der Quarry hier in Euren Wohnungen bieten, verlangt eine Vergütung. Das zu verstehen, kann doch nicht so schwer sein.«

»Keineswegs«, sagte David. »Wir wollen aber doch nicht Geschäft mit Freundschaft verwechseln. Euer Geld wird in der gleichen Weise wie immer bezahlt werden.«

»Deshalb bin ich nicht gekommen. Wenn ich diese Information benötigt hätte, hätte ich mich in Eurem Büro an Euch gewandt. Wie ich schon sagte, was mich herführt, ist Jake Marocs Zustand.«

David Oh hatte nichts mehr zu sagen und wandte sich deshalb ab. Warum mußte der Kantonese gerade jetzt hier sein? Es war Jakes Idee gewesen, seine Kontakte gut zu nützen, als er hierher geschickt worden war. Seine Abmachung mit dem Furchtbaren Sung diente diesem Zweck, und sie hatte sich als hervorragend erwiesen. Davids Verwandte waren Rivalen des Furchtbaren Sung. Deswegen haßte David ihn. Aber vielleicht war es auch nur die Abneigung des Shanghainesen gegen den Kantonesen.

»Habt Ihr genug gesehen?«

»Ich war schon eine Weile hier, wenn Ihr das meint. Guten Tag.« Lautlos verließ der Furchtbare Sung das Zimmer.

»Dew neh loh moh!« Das eine Wort, *Jake,* gemurmelt zu haben, mit dem Sohn einer Hündin im Zimmer! David wand sich vor Scham. So einen Einblick in meine innersten Empfindungen zu geben! Eines Tages wird er einen Weg finden, das gegen mich zu verwenden. Ach, die Götter verfluchen mein *joss!*

Er zwang sich, auf Jakes schlafendes Gesicht hinunterzublicken. Eingehüllt in Binden. Dunkle Flecken wie Donnerwolken. Sag was zu mir, Jake. Irgendwas.

David Oh sank schwer auf einen Stuhl neben dem Bett. »Mögen alle Götter, groß und klein, auf alle Ärzte pinkeln.« Er stellte den Pappbecher nieder, den er in der Hand gehalten hatte. Der Tee war kalt und schmeckte bitter wie Galle. »Was, zum Teufel, wissen sie eigentlich wirklich? Sie sagen uns nichts, ziehen es vor, uns warten zu lassen. Dafür bezahlen wir sie, *heya?*«

Er sagte sich selbst, alles sei *joss,* ob Jake aufwachte oder schlief. Aber das reichte ihm nicht. Davids Mutter war katholisch, und er hatte ein bißchen von der westlichen Religion mitbekommen. Er war wie ein Mann, der auf einem schmalen Streifen Land zwischen dem Ozean und einem großen See gefangen war. Äußerlich ähnelten die beiden sich, aber unter der Oberfläche waren sie grundverschieden. Buddhisten fanden Befriedigung darin zu leben, sich zu verändern, wie die Jahreszeiten sich veränderten, zu akzeptieren, was das Leben zu bieten hatte ... oder nahm. Katholiken kämpften gegen die natürliche Ordnung, weil sie glaubten, der Mensch solle sich über solche niedrigen Instinkte erheben, er solle der schon vorhandenen Anarchie die besondere eigene Ordnung aufzwingen.

Falls Jake endgültig schlafen sollte, wußte David Oh, daß es ihn hart treffen würde. Wie viele Male hatten sie in den rund zehn Jahren, seit Jake der Hongkong-Basis zugeteilt worden war, einander das Leben gerettet? Dumm, das Zählen auch nur zu versuchen. Sie hatten den Tod geteilt, und deshalb teilten sie auch das Leben in einer Verbindung, die enger war als die von Brüdern. Brüder verbanden schließlich nur Blutsbande. Jake und David hatten aber gewissermaßen auch noch den Geist gemeinsam.

Jetzt stellte er fest, daß er auf Jake wütend war wegen dessen Zielstrebigkeit, die ihn alles aufs Spiel setzen ließ für die Chance, Nichiren wie eine fabelhafte Trophäe aus dem dunkelsten Afrika heimzubringen. Was zählte schon ein Hund wie Nichiren gegen jemand wie Jake?

David Oh seufzte. Er fand Krankenhauszimmer sonderbar, die Atmosphäre so feucht, daß sie alle zusammenhängenden Gedanken zu unterdrücken schien. Sie schienen immer überzuschwappen von heftigen Emotionen. Es war, als wären die Wände anstatt mit dem Stich eines früheren Klippers der Königin und dem farbigen Portrait der derzeitigen Königin mit Tränen und Klagen behangen. Sorgen und Resignation herrschten hier vor, wie in den nahegelegenen Slums.

»David.«

David Oh sprang auf. Die Schatten hatten seinen Namen gesprochen. Er blickte auf Jake Marocs bandagiertes Gesicht und sah, wie diese Katzenaugen in irritierender, bronzegetönter Topasfarbe ihn anstarrten.

»*Dew neh loh moh!* Jake.« Er setzte sich neben seinen Freund. »Du bist lange weggewesen. Ich hol' wohl besser die Ärzte. Sie werden ...«

»Warte. So schlecht fühle ich mich gar nicht.«

Marocs Worte klangen brüchig und spröde, als hätte er die Leichtigkeit der Rede verloren. Die Zunge kam hervor, tastete den Rand der trockenen Lippen ab. David Oh langte hinüber und goß aus einer Karaffe etwas Wasser ein. Vorsichtig hielt er den Becher an Marocs Mund und ließ ihn den Inhalt austrinken.

»Nichiren?« Der Name schien aus seinem tiefsten Inneren hervorgezogen zu werden.

»Die Kurve gekratzt, fürchte ich.«

Jake Maroc schloß fest seine Augen. »Wie lange?«

»Vier Tage heut.«

»Hätte ihn kriegen müssen.« Es war nur Wut in Jakes Stimme. »Ich hätte wetten können, daß er diesmal endgültig ausgezählt worden wäre.« Die gelben Topasaugen öffneten sich, fixierten David Oh mit ihrem starren Blick. Nicht einmal das, was er durchgemacht hatte, konnte die flammende Kraft mindern. »Ich will ihn haben, David.«

David Oh nickte. »Wir werden ihn schon kriegen.«

»Scheiße.« Der Gefühlsausbruch schwächte ihn, und er war eine Zeitlang still, um neue Kraft zu sammeln. »Ich denke nicht an die Abteilung. Ich denke an mich.«

David Oh wollte nicht das Offensichtliche aussprechen. »Er ist verschwunden, Jake. Wir haben überhaupt keine Spur von ihm.«

Jakes Augenlider flatterten. David Oh hatte das Empfinden, als kämpfte sein Freund darum, bei Bewußtsein zu bleiben. »Wie schlimm sind die anderen verletzt worden? Wie geht es Mandy?«

David Oh preßte die Hände zusammen, um sie am Schwitzen zu hindern. »Du bist der einzige, der durchgekommen ist.«

»Oh, Gott!« Jakes Augen schlossen sich wieder. David Oh wollte die Tränen nicht sehen, konnte es aber nicht ändern. Ein sengender Schmerz durchzog Jakes Brust, und er schrie so laut, daß David Oh ihn in den Arm nahm, als wäre der Kontakt mit einem anderen Menschen ausreichend, sein Leiden zu lindern.

Oh, guter Gott im Himmel, was habe ich getan? dachte Jake. So schnell, wie der Anfall gekommen war, klang er wieder ab. In den Nachwehen fühlte er eine Mutlosigkeit, als hätte sein Innerstes, das nur wenige Augenblicke vorher mit Leben erfüllt gewesen war, sich in bittere Leere aufgelöst.

Im Westen hatte Descartes dem modernen Menschen vielleicht seine Losung gegeben: *Ich denke, also bin ich.* Doch, wie mit allem – im Osten war alles anders.

Wir denken, also bin ich. Es wäre möglich, daß kein echter westlicher Mensch das voll verstehen könnte. Jake konnte es. Seine Einheit, mit der er gelebt und die er über ein Jahr lang ausgebildet hatte, hatte gerade diese Art von kollektiver Gegenwärtigkeit angenommen. Das war *dantai.* Und es war ihr kollektiver Tod, den er soeben in sich erlebt hatte. Sie waren eine in sich geschlossene Einheit gewesen. Wie es richtig und auch natürlich war, hatte ein Familienband sich zwischen ihnen entwickelt, so daß sie niemals, ganz gleich, in welche fremde Umgebung sie hingeschickt wurden, den Familienkreis wirklich verließen. Das war es, was ihnen ihre fast legendäre Stärke verlieh; damit war es ihnen möglich, zu tun, wozu keine andere Einheit in der Quarry in der Lage war: lange Zeit intakt zu überleben, trotz gefährlicher Pflichten.

Einmal, als er gedrängt wurde, die unheimliche Erfolgsrate der *dantai* näher zu erklären, hatte Jake zu Donovan gesagt: »Erinnern Sie sich daran, daß das berühmteste japanische Drama, ›*Chushingura*‹, nicht von *einem* Helden handelt, sondern von siebenundvierzig.« Doch bei so was stellten die Leute aus dem Westen immer direkte Fragen und erwarteten auch direkte Antworten. Sie waren folglich in Verlegenheit, wenn es darum ging, dunkle Antworten zu interpretieren.

»Sie waren alle noch so jung.«

Es war wie im Krieg, dachte David Oh. Das hast du über die Jungs draußen gesagt. Zeit weiterzumachen. »Die Führung glaubt, es muß eine undichte Stelle gegeben haben. Du bist zu gut. Die *dantai* war unsere beste Einheit.«

Marocs Augen waren rotgerändert, was noch betont wurde durch die blauschwarzen Flecken auf den Wangen. »Verraten? Aber von wem? Keiner in der *dantai* hätte auch nur ein Wort gesagt.«

»Es gibt immer die Möglichkeit, daß deine Nachricht bewußt falsch war.«

Jake schüttelte den Kopf. »Die Quelle ist über jeden Zweifel erhaben.«

»Dann fürchte ich, daß wir woanders suchen müssen.« David Ohs Stimme hatte einen etwas unsicheren Klang angenommen. Er mochte gar nicht, was er jetzt tun mußte. Er sah die Schweißperlen auf dem Gesicht seines Freundes und vermutete, daß sein Puls sich erhöht hatte. Er erkannte, daß er nicht viel Zeit haben würde. »Wenigstens liegt kein Gedächtnisverlust vor«, sagte er.

Jake dachte an Nichirens Gesicht. Hatte er Überraschung darin lesen können? Hatte er auf sie gewartet? Es waren aber doch noch andere bei ihm im Raum gewesen. Zwei waren gestorben. Von einem, Kisan, sagte man, er sei der einzige Freund Nichirens gewesen. Nichts von allem klang so, als wäre er vorgewarnt gewesen. »Du warst nicht dort, David. Aber ich. Ich glaube nicht, daß es da eine undichte Stelle gegeben hat.« Er bemühte sich, sich aufzurichten.

David Oh legte ihm die Hand auf die Brust und drückte ihn wieder nieder. Könnte er ihm doch nur sagen: »Beruhige dich!« Aber wenn er daran dachte, was er ihm gleich würde sagen müssen, kam ihm das albern vor. Regen trommelte gegen die kleinen Fensterscheiben, in Böen klang es, als hämmerten zornige Fäuste daran.

»War für Mariana geplant, irgendeine Reise zu unternehmen, während du weg warst?« Er zwang seine Stimme, ruhig zu bleiben, weil er wußte, Jake würde jede abweichende Nuance heraushören und darauf reagieren.

»Nicht, daß ich wüßte«, sagte er. »Wenn wir fertig sind, würdest du sie dann hereinschicken? Ich glaube, sie wartet darauf, mich wach und bei Verstand zu sehen.«

»Mariana ist nicht hier, Jake.« David Oh beobachtete den anderen. »Sie wurde am Kai Tak-Flugplatz gesehen, kurz nachdem dein Auftrag begann. Sie ging an Bord einer JAL-Maschine, die nach Tokio flog.«

In der gespannten Stille zwang er sich fortzufahren. »Wie du weißt, haben wir niemand in Japan, deshalb ist das alles, was wir wissen. Ich habe in deiner Wohnung nachgesehen, ob eine Notiz da ist, eine Erklärung, irgend etwas. Es war aber nichts da. Nicht das geringste.«

»Was?« Jakes Gesicht war weiß. »Was ist mit ihr passiert?« Er starrte in David Ohs Gesicht, sah irgend etwas darin. »Um Himmels willen, sag's mir!«

»Die Führung scheint einhellig der Meinung zu sein, daß die Nachricht von eurem Überfall vor eurer Ankunft im O-henro-Haus Nichiren überbracht wurde. Alles zusammen haben wir zehn Tote. Das ist nicht leicht zu erklären.«

»David«, sagte Jake zitternd, »um der Liebe Christi willen, was bedeutet das alles?«

»Mariana erhielt einen Anruf am Abend deines Überfalls. Wir wissen, daß er aus Tokio kam. Gerade heut morgen haben die Lauscher das Feld des Ursprungs bis auf den Bezirk eingeengt: Toshima-*ku*.«

Und Jake dachte sofort, das O-henro-Haus liegt in Toshima-*ku*.

David Oh fuhr fort. »Innerhalb von vierzig Minuten nach Einlaufen des Gesprächs war Mariana auf dem Kai Tak. Zwanzig Minuten später ging sie an Bord der JAL-Maschine nach Tokio.«

»Wohin ist sie gegangen?«

David Oh zuckte die Schultern. »Du weißt, das ist nicht unser Einflußgebiet«, erklärte er vielsagend.

»Das ist nicht möglich«, flüsterte Jake. »Mariana kennt niemanden in Japan. Keinen Menschen. Was sollte sie dort tun?«

»Die Führung meint, du könntest es ihnen sagen.«

»Aber ich kann nicht, verdammt noch mal!«

David Oh lehnte sich vor. Er spürte seine persönliche Wut auf Jake überschäumen. »Hast du überhaupt eine Ahnung, was für einen Wahnsinnswirbel dein Überfall verursacht hat? Er hat den ganzen Plan des Präsidenten für ein gegenseitiges Handelsabkommen gefährdet...«

»Scheiß auf den Präsidenten!« sagte Jake. »Nichiren ist wichtiger als alle...«

»Du hast die ganze Quarry in Gefahr gebracht!« David Oh ließ das erst einmal einen Augenblick wirken, ehe er fortfuhr. »Was sollen wir von Marianas Verschwinden halten? Ist es ein Zufall, daß von allen Bestimmungsorten auf der Welt sie gerade den einen gewählt hat, zu dem du unter dem Mantel absoluter Geheimhaltung unterwegs warst? Sag mir das.« Er schaute Jake an. »Beridien hat den Verdacht, daß wir hier die Spitze eines Eisbergs sehen.«

»Ist das auch deine Meinung?«

»Ich weiß nicht.«

»*Amida,* David, was ich getan habe, habe ich auf meine Verantwortung getan. Wie ein einziger Tropfen Tinte auf einer leeren Seite. Das ist alles. Beridien schlägt nach Papiertigern.«

»Vielleicht ist es so; du weißt aber auch, wie er ist. Wenn *du* nicht mal weißt, warum Mariana weggeflogen ist, wie sollen *wir* es dann wissen. Er wird keine Ruhe geben, bis er alles weiß.«

»Ich auch nicht.«

Regen trommelte noch immer an die Fensterscheiben. David ging vom hohen Bett weg, starrte hinaus und hinab auf den vom Regen dunklen Beton. »Buddha, aber da draußen ist's stürmisch.« Eine Frau stieg aus einem roten Nissan und rannte durch den Regenguß auf das Vordach über dem Eingang zum Krankenhaus zu. David bewunderte ihre Beine, den Schimmer ihres Haars. Ihm gefiel die Art, wie sie lief, kraftvoll und doch behende. Sehr zielbewußt. Er wandte sich wieder seinem Freund zu. »Jake, wie schlecht standen die Dinge zwischen dir und Mariana?«

»Darüber möchte ich nicht sprechen.«

»Es tut mir leid, daß ich mich einmische, aber die Antwort kann lebenswichtig sein.«

Einen Moment schloß Jake die Augen. »Nicht schlecht. Aber auch nicht gut.«

»Ich fürchte, damit wird Beridien sich nicht zufriedengeben.«

Jake schaute mit hartem Blick auf David Oh. »Wir haben sechs Monate nicht miteinander geschlafen. Ist dir das intim genug?«

»Was ist passiert?«

»Ich weiß nicht. Wir haben uns auseinandergelebt. Wir haben uns geändert. Was weiß ich? Es ist ja doch alles verfahren.«

»Es war nicht alles verfahren, als du geheiratet hast.«

»Damals waren wir anders.« Jake blickte ins Leere.

»Ja, *du* bist auf jeden Fall ein anderer geworden.«

Jakes Augen konzentrierten sich auf David Oh. »Was heißt das?«

David Oh kam zurück vom Fenster. »Du bist nicht die gleiche Person, die ich immer gekannt habe, Jake. Seit du von dem Massaker am Sumchun-Fluß zurückkamst, hast du dich wie ein Automat durch das Leben bewegt. Du denkst nur an eins – Nichiren.«

»Ich verstehe nicht, was daran falsch sein soll. Der Mann ist eine Mordmaschine. Er umklammert den Tod, als wäre er sein Liebhaber. Er muß aufgehalten werden.«

»Das wird er auch. Aber vielleicht kannst du das nicht allein tun.«

Jakes Augen glühten so fanatisch, daß David Oh sich außerstande sah, lange in sie hineinzublicken. »Ich kann und ich werde. Glaub ja nicht, mich könnte irgend jemand oder irgend etwas aufhalten.«

»Ich verstehe. Nicht einmal Mariana.«

»Was?«

»Jake, alles, was dich interessiert, ist Nichiren. Du hast keine Zeit für sie; du hast keine Zeit für mich oder sonst jemand. Nichiren hat uns alle aus deinem Leben verdrängt. In unserer freien Zeit hatten wir sonst so viel Spaß. Jetzt ist alles, worüber du reden willst, dein nächster Plan, wie du Nichiren fangen könntest. Ich kann mich nicht mehr erinnern, wann du das letztemal gelächelt hast.«

»Solange er da draußen ist, gibt es nichts, worüber man lächeln könnte.«

David Oh zeigte mit dem Finger auf ihn. »Du irrst, Freund. Du hast gesagt, Nichiren umarmt den Tod, als wäre er sein Liebhaber. Ich sehe, daß du genau dasselbe tust. Du hast in den letzten drei Jahren seit Sumchun nicht gelebt; du bist unentwegt gestorben.«

An der Tür klopfte es leicht. Als sie sich öffnete, wandten sich beide Männer um. David war überrascht, als er sah, wie der Wächter die Frau ankündigte, die er bei dem Lauf über den Parkplatz gesehen hatte. Durch den Türspalt konnte er nur ihre Augen, einen Teil der kleinen Nase, die Mitte ihrer Lippen sehen. Sie war so schön, daß es ihm den Atem verschlug.

»Ist Jake Maroc hier?«

David nickte stumm, wandte sich dann Jake zu. Er spürte ihre Gegenwart ganz deutlich, sogar durch die Schranke der hölzernen Tür hindurch. »Denk über das nach, was ich gesagt habe, *heya?* Es könnte wichtig sein.« Er ging an der Frau vorbei durch die Tür.

Rasch war sie im Zimmer. Mit dem Rücken gegen die Tür, sie stand steif da, fast so, als hätte sie Angst weiterzugehen.

Jake hatte sich bemüht, wach zu bleiben. Er war schrecklich erschöpft; das Bewußtsein war eine hauchdünne Schicht von Schleiern, die mit der Unbeständigkeit eines Traumes durch seinen verschwommenen Geist zu schweben schienen.

Er spürte die Gegenwart ihrer Person im Raum und sagte: »Wer ist das?« Eine schläfrige Schwärze gähnte vor ihm wie ein Abgrund. Sein Körper schmerzte überall, und er wollte dem entkommen. Schlaf schien etwas unendlich Verlockendes.

Die Gegenwart drängte sich ihm auf, schob den Schlummer mit rauher Hand fort.

»Wer ist da?« sagte er wieder, weicher diesmal.

»Erkennst du mich nicht?«

Die Frau verließ die Tür und kam ans Bett. »Oh, Jake«, sagte sie, streckte eine Hand aus und berührte seine Wange zwischen den Binden.

Seine Hand kam hoch und ergriff ihren Arm, tastete die Haut ab. Seine Augen bemühten sich um einen klaren Blick.

»Wer?«

»Ich bin Bliss«, sagte sie. »Wir haben doch immer...«

»Mit den Schlangen in der Ladder Street gespielt!« Seine Augen öffneten sich weit vor Erstaunen. Er spürte, wie sein Puls sich beschleunigte, versuchte, sich ihr zu nähern, konnte es aber nicht. »Bliss... wie ist es möglich –?«

»Das war im Winter«, fuhr sie fort. »Im Sommer haben wir immer in den Geschäften des Westbezirks Klippfisch gestohlen.«

»Und an den Docks das ganze Jahr über aus Pappschachteln Schweinekoteletts mit Reis gegessen!« Ein großes Schlafbedürfnis überkam ihn schnell, aber er wollte seine Augen nicht schließen. »Es ist so lange her. Ich erinnere mich aber noch.« Er verschlang sie mit den Augen, verglich die Wirklichkeit mit seiner Erinnerung. Wie oft hatte er sich gefragt, wie Bliss wohl aussehen würde, voll erwachsen? Jetzt wußte er es. Er schien zu seufzen.

»Du warst noch so klein – ein kleines Mädchen. Vor langer Zeit.« Er ließ ihren Arm nicht los, streichelte ihn, als wäre er blind. »Bliss«, flüsterte er. »Was machst du hier? Nach so langer Zeit. Mir kommt das so unwahrscheinlich vor. Unmöglich.«

»Ruh dich jetzt aus«, sagte sie sanft. »Wir werden noch Zeit genug haben, wenn du wieder wach bist.«

Washington war, wie alle Hauptstädte der Welt, mit der Macht beschäftigt. Die Leute, die dort arbeiteten, waren von der Stadt angezogen worden, als wäre sie das Epizentrum eines beginnenden Erdbebens. Die gewöhnlichen Sterblichen der Welt – die arbeitenden Holzköpfe, die von neun bis fünf schafften, nach Hause gingen, um ihr Fleisch und die Kartoffeln vor dem TV-Gerät und den kreischenden Kindern zu essen, ehe sie sich ins Bett schleppten, um in komisch-vorgetäuschter Intimität schwitzend auf ihren Frauen zu liegen – konnten nichts von den Ausstrahlungen wahrnehmen, die die Elite der Macht nach Washington zogen.

An unterschiedlichen Orten besitzt Macht unterschiedliche Bedeutungen. In New York, Amerikas Finanzhauptstadt, bedeutet sie, bei einer Broadway-Premiere in einer neuen, überlangen Volvo-Limousine vorzufahren; in Hollywood, Amerikas Unterhaltungsmetropole, bedeutet es, mit Sylvester Stallone Tennis zu spielen. In Washington – wo für die Wissenden die wirkliche Macht liegt – wird sie nach der Höhe der Nebeneinkünfte definiert. Für den Direktor der Quarry waren es viele und verwirrende Nebeneinkünfte.

Für Antony Beridien war bei weitem das Beste dieses ausgedehnte Herrenhaus aus dem neunzehnten Jahrhundert in Great Falls, Virginia. Hingesetzt in die Niederung eines kleinen, aber breiten Tals zwischen welligen, smaragdgrünen Hügeln, war es nur knapp eine Stunde vom Quarry-Hauptquartier im Nordwesten von Washington entfernt. Früher war es ein Gewahrsamhaus für den OSS, dann für die CIA gewesen. Man sagte, Eisenhower und Dulles, wie auch Wild Bill Donovan, hätten es im Zweiten Weltkrieg als kühle Zuflucht genützt, doch war das natürlich bloßes Gerücht. Daß Antony Beridien vorzog, es blind zu glauben, war vielleicht ein Gradmesser seiner Liebe zu dem Haus.

Neu angestrichen in genau demselben Farbton von Altweiß, wie es vorher schon gewesen war, war das Haus beladen mit gewölbten Giebeln, runden Türmchen und – an einer Seite – mit einer riesigen, mit Fliegendraht geschützten Veranda mit einem Fußboden aus Kiefernplanken, die schlachtschiffgrau angestrichen waren. Die Veranda war angefüllt mit übergroßen, weißen Korbmöbeln, auf denen in einer Art Dschungelmuster bedruckte Polster und Kissen lagen: kräftig kastanienbraun mit dunkelgrünen und altweißen Blättern.

Drinnen waren die riesigen Räume mit Antiquitäten vollgestopft, die Beridien in der ganzen Welt mühsam gesammelt hatte. Ein richtiger Innenarchitekt wäre wohl zusammengefahren bei diesem Durcheinander von urtümlichen Stühlen und dem Tisch aus der Vor-Bürgerkriegszeit mit einer massiven, reich verzierten Goldbronzeuhr Louis XIV. auf dem gefleckten Marmorkamin und einem prächtigen Chippendale-Sekretär daneben, aber das war Beridien völlig gleichgültig. Hier, in diesem Haus, konnte er die Zeit in all ihrer Großartigkeit spüren.

Wenn er langsam von einem Raum in den anderen ging, konnte er die Jahrhunderte des westlichen Menschen seit der Renaissance vorüberziehen sehen. Hier, weit entfernt von der notwendigerweise ultramodernen Nüchternheit der Quarry, konnte er seine Gedanken von den Schwingen der großen künstlerischen Errungenschaften der Menschheit davontragen lassen und knifflige Probleme überdenken, die er anscheinend niemals in seiner Dienststelle ganz entwirren konnte.

Beridien schwelgte schamlos in diesem besonderen Nebenerwerb. Obwohl mit dem Geld der Quarry gekauft, obwohl die Quarry es unterhielt, obwohl sie ihm gestattete, das Haus und den prächtigen Grundbesitz zu genießen, der angefüllt war mit sorgfältig gepflegten Rosen- und Tulpenbeeten sowie peinlich genau beschnittenen Baumfiguren – für ihn war dieses Haus sein Eigentum.

Er hatte ihm auch seinen derzeitigen Namen gegeben, Greystoke; denn in seiner Freizeit war er eifriger Leser der vielen Kurzgeschichten von Edgar Rice Burroughs. Wegen Beridien kamen der Präsident, der Verteidigungsminister und die meisten Angehörigen des Joint Chiefs of Staff hierher. Macht strömte durch diese alten Räume wie heißes Blut. Antony Beridiens Macht. Er war berechtigt, Greystoke als sein Eigentum zu betrachten.

An diesem sonnendurchfluteten Nachmittag saßen er und Henry Wunderman bei einem leichten Lunch – kaltem, pochiertem Lachs mit einer zitronensauren Dillmayonnaise, einem hellen Salat aus Endivien und Radieschen, den Beridien besonders liebte und der, nicht zufällig, die Spezialität des Küchenchefs in Greystoke war.

Wegen der Hitze – Beridien ließ keine Klimaanlage im Haus zu – hatte er entschieden, daß auf der geräumigen Veranda gegessen wurde. Vögel sangen in den beschnittenen Bäumen und im nahegelegenen Wald. Große Hummeln summten schläfrig im Rosengarten. Beridien schenkte selbst für beide Mineralwasser nach. In den Dienststunden wurde kein Alkohol serviert, nicht einmal Wein.

»Ich bin froh, daß Sie gekommen sind, Henry«, sagte Beridien nach einiger Zeit. Er hatte seinen Teller zurückgeschoben und reinigte seinen

Gaumen mit dem Perrier. Wunderman war schon vor ihm fertig gewesen.

Ein Hausboy kam und räumte die Teller ab. Nichts wurde mehr gesprochen, bis er mit kleinen Metallschalen zurückkam, in denen Birnensorbet mit Eisrand serviert wurde.

»Nach meinem Ausbruch bei der Konferenz in der letzen Woche –«

»Das ist doch alles vorbei, Antony«, sagte Wunderman gerade so, als hätte er in der Angelegenheit die freie Wahl gehabt. »Es ist vergessen.«

»Gut, gut.« Beridien hatte mit seinem Dessert begonnen, so daß es unklar war, ob er Wunderman antwortete oder das Sorbet kommentierte. Er aß mechanisch, sein Gesicht aber strahlte vor Vergnügen. Nach einiger Zeit seufzte er und kratzte mit dem Löffel die Metallschale leer. Aus einer Isolierkanne goß er sich Kaffee ein. Wunderman hatte sein Dessert nicht angerührt.

»Freundschaft hat in der natürlichen Ordnung der Dinge natürlich ihren Platz.« Beridien starrte an Wunderman vorbei, seine Augen ruhten auf dem pelzigen Körper einer Hummel, die dabei war, sich eine gelbe Hose aus Rosenpollen anzulegen. »Ich vergesse jedoch oft – und ich weiß, auch Sie müssen von Zeit zu Zeit vergessen –, daß *wir* nicht in der natürlichen Ordnung der Dinge leben.

Sie und ich, Henry, sind dabei, der Anarchie in der Welt unsere eigene Art von Ordnung aufzuzwingen. Das ist eine schwere Verantwortung. Es bedarf all unseres Verstandes, die Dinge voranzubringen, das glänzende Gespinst unserer Wahl wirksam werden zu lassen, trotz« – er zuckte die Schultern – »äh, widriger Winde, unwirtlichen Terrains, der Bemühungen von Schädlingen, die diese Ordnung nicht wollen. Ich denke, Sie verstehen, was ich meine, Henry.«

»Ja, Sir, ich verstehe.«

»Wir unterscheiden uns von den meisten Menschen auf der Welt«, fuhr Beridien fort, »und das ist so, weil wir selbst es wollten. Wir sind vielleicht Eigenbrötler. Sicher würden wir uns niemals zufriedengeben mit täglichem Einerlei. Was mich selbst betrifft, so weiß ich, belastet mit einem Leben, wie die meisten anderen es führen, würde ich mir selbst die Kugel geben.

Nein, nein. Was wir wollen – wonach wir uns *sehnen* –, ist, im dunkeln zu tanzen. Gerade nicht zu wissen, was hinter der nächsten Biegung liegt, ist es, das uns nicht losläßt. Wir sind Extrapolatoren, Henry. Seher. Wir blicken in die Zukunft und sehen die strategischen Tendenzen der Zukunft voraus.«

»Indem wir unsere Hände in die Eingeweide von Ziegen stecken«, sagte Wunderman, »wie die alten Römer.«

Beridien lachte, und seine Augen kehrten zu der unmittelbaren Umgebung zurück. »Wirklich sehr gut, Henry. Ja, ich vermute, da ist schon eine Parallele, irgendwo.« Er rutschte im Sessel hin und her. »Aber die Quarry wurde von mir aus einer Ahnung heraus geschaffen, ganz einfach so. Trends. Trends waren es, die uns geformt haben wie eine Muschel in einer ständigen Strömung.«

Er zog eine rotgebundene Akte hervor, schlug sie auf. Sein Finger klopfte auf die Akte. »Ist Ihnen klar, was wir mit Israel getan haben? Jedes Jahr geben wir ihnen 1,7 Milliarden Dollar Militärhilfe, obwohl das Land selbst die Hälfte seines Jahreshaushalts für das Militär ausgibt. Und dann geben wir ihnen weitere achthundertfünfzig Millionen Wirtschaftshilfe.«

Wunderman war verblüfft. »Wir wissen beide, daß Israel unser einziger stabiler Verbündeter im Mittleren Osten ist. Wenn wir sie nicht stützen, wer tut es dann? Ich kann mir nicht vorstellen, daß Sie sich um einhundertachtzig Grad gedreht haben und jetzt dafür sind, ihnen Hilfe zu kürzen?«

»Nein, nein. Keineswegs.« Beridien schien ärgerlich zu sein, wie ein Professor, dessen Starstudent sich vor seinen Augen in einen Schwachsinnigen verwandelt. »Nicht die von uns gegebene Hilfe ist es, die mich irritiert, sondern was diese Hilfe ihnen antut.« Sein Finger klopfte noch einmal auf die Akte. »Trotz unserer Hilfe befindet sich Israel in einer gefährlichen Wirtschaftskrise. Die Inflation beträgt über zweihundert Prozent pro Jahr! Stellen Sie sich das vor, Mann! Außerdem nimmt der Wert des Pfunds unaufhörlich ab. Da muß bald etwas Drastisches unternommen werden, um das Land zu stabilisieren.«

Er blickte auf die Papierbogen. »Und jetzt bedenken Sie bitte folgendes: Die Industrienation mit der höchsten und solidesten Wachstumsrate in den beiden letzten Jahrzehnten ist Japan gewesen. Was sagt Ihnen das?«

Wunderman sagte sich, unter Berücksichtigung der augenblicklichen Stimmung Beridiens täte er besser dran, seine Unkenntnis zu zeigen, als eine falsche Antwort zu geben. »Worauf wollen Sie hinaus, Antony?«

»Nur auf das«, sagte Beridien. »Israel, das jedes Jahr Milliarden für das Militär ausgibt, steht kurz vor einem wirtschaftlichen Zusammenbruch. Japans Wirtschaft hingegen läuft auf vollen Touren.« Die Ellenbogen auf der Tischplatte, neigte er sich vor. »Warum? Sollte es nur das gute Management sein? Wie sollte es! Die Israelis sind, wie wir wissen, alles andere als dumm. Tatsächlich täte es uns gut, auf manchen Gebieten von ihnen zu lernen. Also was?

Die Politik der Zerstörung«, sagte er in Beantwortung seiner eigenen Frage. »Die Strömung, von der die Quarry geformt wurde. Die Ahnung, die ich vor langer Zeit über die Natur der Welt in der Zukunft hatte. Und diese Zukunft, Henry, ist das Heute!«

Beridien klappte den roten Ordner hörbar zu, legte seine offene Hand darauf. »Es steht alles in diesem Dossier. Was es zeigt, ist, daß es eine Wechselbeziehung zwischen Militärausgaben und gesundem Wirtschaftswachstum gibt. Japans Militärausgaben sind fast Null im Vergleich zu denen Israels.

Einer von Lenins meistzitierten Sätzen lautet, ›Imperialismus ist die Endphase des Kapitalismus.‹« Beridien lächelte. »Was wäre wohl eine bessere Definition von Imperialismus als Waffenverkäufe, hm?

Und doch sind die Kommunisten auf diesem Gebiet äußerst rührig. Es gibt hier einen Bericht vom Wirtschaftsgipfel der Sowjets in Nowosibirsk aus dem letzten Jahr. Die einhellige Meinung der dort Versammelten war, daß steigende Militärausgaben eine starke Behinderung des Wachstums ihres Landes darstellten.

Im letzten Jahr lieferte Nordkorea für achthundertachtzig Millionen Dollar Waffen an den Irak, obwohl es ein Verbündeter des Iran ist, des Feindes der Iraker. In diesem Jahr wird die Zahl sich um die Hälfte erhöhen. Einunddreißig Länder der Dritten Welt haben ihre Militärausgaben von 1965 bis 1985 um einhundert Prozent oder mehr gesteigert. Natürlich wird fast jeder darauf kommen, daß Ägypten, Iran, Syrien und Irak zu ihnen gehören. Aber Sie und ich sind vielleicht die einzigen, die nicht überrascht sind, daß auch Honduras, Nigeria, Sambia, Simbabwe und Kuweit dazu gehören. Das Militär stellt heute die am schnellsten wachsende Komponente des Welthandels.«

Wunderman räusperte sich. »Und das ist in erster Linie unser Werk.«

Beridiens Augen funkelten. »Oh, ja. Sie und ich wissen das. Ob seine Motivationen ideologischer, religiöser, oder einfach politischer Natur sind – jeder Führer seines Landes wird sich mit einer größeren, besser ausgerüsteten Armee als die seiner Feinde natürlich sicherer fühlen. Wir wissen aber, daß Militärausgaben nicht nur zerstörerisch auf das Wirtschaftswachstum wirken, sondern auch auf die *politische Stabilität.*«

Wunderman hörte auf all das nur mit einem Ohr. Ein Teil seiner Gedanken war noch bei dem, was Beridien über Freundschaft gesagt hatte, darüber, wie die in der Quarry irgendwie anders wären, dieses Leben gewählt hätten *wegen* dieses Unterschieds.

Wunderman war aber ehrlich gegen sich selbst, er wußte, daß er sich der Quarry nicht angeschlossen hatte, um einer Gefängnisstrafe von fünf bis neun Jahren zu entgehen. Er hatte sich angeschlossen, um sich selbst – und seiner Frau – zu beweisen, daß er Anerkennung finden würde in einem Club aus Absolventen der Eliteuniversitäten des Landes.

Wunderman hatte die Abschlußprüfung an einer State University gemacht. Seine Noten waren Durchschnitt gewesen, und als seine Professoren im Verlauf seiner Rekrutierung für die Quarry befragt wurden, hatten sie gesagt, er sei als Student bestenfalls Durchschnitt. Manche mußten schon recht dringlich befragt werden, um sich an ihn zu erinnern; mehrere wußten gar nicht mehr, wer er war.

Den Leuten von der Quarry gefiel das; sie sahen in dieser Unbestimmtheit das Talent schimmern. Tatsache war, daß keiner sich an Wunderman erinnern konnte. Was ihn auszeichnete, war die Fähigkeit, durch Menschenmengen hindurchgehen zu können, ohne aufzufallen.

Seiner Frau jedoch, Marjorie, war er aufgefallen. Sie war an einer der

Seven-Sisters-Hochschulen *Homecoming Queen* gewesen. Sie war wunderschön.

Sie und Wunderman hatten sich auf einer Party kennengelernt, in die er mit mehreren Freunden ungebeten hineinplatzte. Er hatte so unbeholfen ausgesehen, daß sie sich gleich zu ihm hingezogen gefühlt hatte. Wunderman hatte nicht verstanden, was sie an ihm fand, aber er konnte ja niemals so recht erfassen, wie Frauen die Welt betrachteten.

Er hatte auch überhaupt nicht verstehen können, daß Marjorie schon in ihrem zweiten Jahr am College die Nase voll hatte von den intellektuellen, snobistischen jungen Männern, die gepflegt in Paul-Stuart-Kleidung mit ihrem Jaguar – und Triumph Spitfire – durch das gefallene Laub des Campus rasten. Sie hatten nur vom Club gesprochen, von Polo und vom Reiten, als wären das die Hauptsorgen auf der Welt.

Sie hatte in Wunderman eine Sanftheit erkannt, die andere fälschlicherweise für Schüchternheit hielten. Und als sie sich Zeit nahm, mit ihm zu reden, fand sie ihn aufgeweckt, wißbegierig und flexibel, drei Errungenschaften, von denen sie geglaubt hatte, sie würde sie niemals bei einem Mann finden.

Beim zweiten Rendezvous wußte sie, sie wollte mit keinem anderen ausgehen. Bei dem vierten war sie sicher, verliebt zu sein. Zu diesem Zeitpunkt mußte Wunderman nicht mehr zur Heirat überredet werden. Marjorie hatte ihn vom ersten Augenblick an verzaubert, als sie in der Turnhalle auf ihn zugekommen war. Daß sie ihn mochte, schien ihm ein größeres Wunder zu sein als sein Gewinn im Irischen Toto.

Er meinte das todernst. Seine Unsicherheit bezüglich ihrer Liebe hatte ihn in einen immer wiederkehrenden Alptraum getrieben, in dem er eines Morgens aufwachte, um festzustellen, daß er wirklich mit Marjorie verheiratet war; er selbst war aber jemand, der Harris-Tweed trug, Golf ohne Handicap spielte und mit Bostoner Akzent sprach.

Der Traum endete immer damit, daß Wunderman sich selbst im Spiegel anstarrte und ein von Sonne und Wind gebräuntes, gesundes und unerhört gut aussehendes Gesicht sah. Er brachte dann seine Hände an die Wangen, und sie zergingen wie Wachs, formten sich neu, wurden zu Wundermans wahrem Gesicht. Wenn er das sah, fühlte Wunderman sich in seinem Traum von Panik ergriffen bei dem Gedanken, auch Marjorie könnte wach werden und, wenn sie ihn sah, erkennen, welch schrecklichen Fehler sie gemacht hatte.

Ihr Haus im ländlichen Virginia, nicht weit von Greystoke entfernt, hatte in ihren ersten Jahren so gewirkt, als wäre es unbewohnt. Bis dahin hatte er Marjorie schon genug von dem erzählt, auf was er sich eingelassen hatte, so daß sie bereits mehr als einmal bemerkte, der Ort käme ihr vor wie von Schatten bewohnt. Viele Jahre lang hatte er ihr das eine verweigert, das für sie wirklich wichtig war: Kinder zu haben. Die Unsicherheit seines Lebens machte ihn unerbittlich. Er selbst hatte seinen Vater – einen Seemann – verloren, als er erst sieben Jahre alt gewesen war. Er wollte nicht, daß seine Kinder einmal das gleiche Schicksal traf.

Es hatte der Drohung Marjories bedurft, ihn zu verlassen, damit er erkannte, wie wichtig es für sie war, ein Baby zu bekommen. Schließlich hatte er nachgegeben, voller Angst, sein einziger Alptraum könnte wahr werden. Jetzt, später als alle ihre Freunde, hatten sie zwei Kinder, Teenager, einen Jungen und ein Mädchen.

Es verging kein Tag, an dem Wunderman nicht Angst um sie hatte. Er war sich aber bewußt, daß er dieses Gefühl auch für Marjorie empfand. Sie hatte schon immer recht gehabt: Wenn er dieses Leben wollte, war die Furcht etwas, mit dem er leben mußte.

»Politische Unbeständigkeit«, sagte Beridien jetzt, »ist unser täglich Brot, Henry. So habe ich es schon vor fünfundzwanzig Jahren betrachtet. Kennedy war meiner Meinung. Sein Name steht auf unserer Gründungsurkunde, und ich bin verdammt stolz darauf. Der Revisionismus in letzter Zeit in bezug auf ihn und seine Präsidentschaft ist nach meiner Meinung widerlich. Er war ein Präsident mit Courage, und deshalb sah er eine Notwendigkeit für uns, selbständig, völlig getrennt von der CIA zu arbeiten.

Wir haben die CIA bei mehr als einer Gelegenheit als Sündenbock gebraucht, kann ich Ihnen sagen. Wir finden es gut, wenn die Welt von Zeit zu Zeit sieht, was für Idioten sie sind. Diese Dinge entspannen die Leute, geben ihnen das Gefühl der Überlegenheit.« Beridien kicherte. »So mögen wir sie.« Er gestikulierte. »Dann kam der Skandal. Ich kann mir denken, nicht einmal Sie wissen, daß ich das gedeichselt habe. Ein paar Leute der Presse kamen zu dicht an uns heran. Wir liefen Gefahr, enttarnt zu werden. Der Präsident und ich hielten Vernebelung für unsere beste Verteidigung.« Er zuckte mit den Achseln. »Auf jeden Fall war der sich ergebende Hausputz bei der CIA gut für sie. So wurden sie die nutzlosesten Mitglieder los.«

Er räusperte sich. »Wo wir gerade von Ballast sprechen, Henry, ich denke daran, Stallings in Japan hinter Mariana Maroc herzuschicken.«

»Das verstehe ich nicht«, sagte Wunderman. »Stallings ist hervorragend bei zwei Dingen: planen und töten.«

»Ja, stimmt schon.« Beridien klopfte seine Fingerspitzen zusammen, als überlege er diese Tatsache zum ersten Mal. »Das ist keine plötzliche Entscheidung, soviel ist sicher.« Aus seiner Jackentasche zog er einen gefalteten Bogen Durchschlagpapier heraus und reichte ihn herüber.

Wunderman nahm ihn und faltete ihn langsam auseinander. Er hatte das Gefühl, als hätte er plötzlich einen Eisblock im Magen.

»Der Schlußteil des Berichts der Lauscher über den RISS-Telefonanruf«, sagte Beridien. Seine Stimme hatte den besonderen distanzierten ruhigen Tonfall, den Richter gewöhnlich annehmen, wenn ein Land die Todesstrafe duldet.

Wunderman sah hoch. »Der Anruf für sie kam vom O-henro-Haus.«

»Wo Nichiren auf Jake Maroc wartete, ja.« Beridien nahm das Durchschlagpapier zurück. »Es tut mir leid, Henry. Sie müssen sich aber daran erinnern, was ich vorhin über Freundschaft gesagt habe. Sie ist ein Luxus für Leute wie uns. Und manchmal ist sie sogar ein gefährlicher Luxus. Ich befürchte, diesmal ist es solch ein Fall.

Mariana Marocs Verbindung zu Nichiren muß erforscht werden. Wir müssen der Sache sofort auf den Grund gehen. Und, was am wichtigsten ist, sie muß aus der Welt geschafft werden.« Er machte einen Augenblick Pause. »Sind Sie nicht meiner Meinung, Henry?«

Wunderman fühlte sich wie betäubt. Er dachte an die Zeiten, als er noch nach Hongkong geflogen war. Immer hatte er bei Jake gewohnt. Mariana hatte ihn umsorgt, als wäre er ein Lieblingsonkel. Sie hatte ihm alles über die Kronkolonie beigebracht, mit ihm Ausflüge in alle Stadtteile unternommen, ihm die Geschichte, die einzelnen Dialekte, Religionen, Ausblicke erklärt. Sie hatte ihm die Macht des Gouverneurs gezeigt, die Triaden, den Royal Hongkong Jockey Club. Durch sie hatte er die irrsinnige Welt der chinesischen Glücksspiele, chinesische Eßgewohnheiten, chinesische Architektur kennengelernt. Und als er an Grippe erkrankt war, war sie die ganze Nacht an seinem Bett geblieben und hatte die Kompressen gewechselt, die sein hohes Fieber bald herunterdrückten.

»Henry?«

Mariana Maroc und Nichiren? Diese Vorstellung war absurd! Was machte das für einen Sinn? – Die RISS konnte aber nicht lügen, und die Lauscher konnten unmöglich einen Fehler dieser Größenordnung machen. Er mußte der Wahrheit schon ins Gesicht sehen. Nichiren hatte Mariana in der Nacht von Jakes Überfall angerufen. Es war unvorstellbar, daß irgend jemand sonst im O-henro-Haus den Anruf ausgeführt hatte. Niemand dort hatte von ihrer Existenz überhaupt eine Ahnung.

»Henry, ich warte.«

Verrat war ein Begriff, mit dem Wunderman von einem Tag zum anderen lebte; er war ein Teil der Schattenwelt, in der zu leben er gewählt hatte. Aber die Ursachen jener Treuebrüche verfehlten niemals, ihn bestürzt zu machen. Er war weit entfernt von jenem kühlen und kalkulierenden Spion, wie er in Romanen geschildert wird, der Verrat von seinem besten Freund, seiner Freundin, ja sogar seiner Frau erwartete. Solche Treuebrüche deprimierten ihn zutiefst, die Überraschung zehrte an seiner Energie wie der Biß eines Vampirs. Er spürte das innerliche Ausdörren, das unfreiwillige Zusammenziehen seines Skrotums, die erste primitive Reaktion eines männlichen Lebewesens auf unerwartete Gefahr. Er fühlte sich traurig und niedergedrückt.

»Ich möchte diesen unwiderruflichen Zug nicht ohne Ihre Zustimmung machen«, sagte Beridien. »Ich glaube, es ist Ihr Recht.«

»Daumen nach oben oder unten«, sagte Wunderman sanft. »Genau wie die alten Römer.«

Beridien erinnerte sich an Wundermans früheren Bezug und nickte. »Genau wie die alten Römer.«

Wunderman erhob sich vom Tisch. Draußen bewölkte sich der Tag. Alle leuchtenden Farben waren jetzt stumpf, als verbargen die Blumen vor ihm das Gesicht.

»Dann muß es eben sein«, sagte er. Die welligen Hügel, jetzt im dunklen Jägergrün, schienen weit entfernt von ihm. »Daumen nach unten.«

Shi Zilin stieg aus dem schwarzen Dienstwagen, gleich nachdem dieser knirschend innerhalb der Tore von Xiangshan zum Stehen kam. Diese Duftenden Hügel, wie sie genannt wurden, etwa sechzehn Kilometer nordwestlich von Beijing, waren 1972 für die Öffentlichkeit geschlossen worden. Zilin kam gern hierher. Der Frieden half, seine zunehmenden Schmerzen zu vertreiben. Links hinter ihm war der Hauptplatz vor dem Teil des Sommerpalastes, der als Yuanmingyuan bekannt war. Die Anlagen dort waren natürlich eine Touristenattraktion ersten Ranges.

Zilin selbst fand sie traurig. Nachdem sie 1860 von den Engländern und Franzosen geplündert und gebrandschatzt worden waren, war ein Versuch zu ihrer Restaurierung 1879 wegen mangelnden Geldes im Sande verlaufen.

Danach waren die wenigen übriggebliebenen Stücke von Marmor, Skulpturen, handglasierten Kachelwänden und Backsteinen verschwunden. Alle Bäume, sorgfältig gepflegt über Jahrhunderte hinweg, wurden als Brennholz umgeschlagen, die größeren Bauwerke abgetragen, um an das Eisen zu gelangen, das die Teile zusammenhielt.

Von den chinesischen Bauwerken – ganz aus Holz gebaut – war keine Spur übriggeblieben. Mauern und die Überreste einiger europäischer Paläste mitten in den flachen Reisfeldern waren zurückgeblieben, wo einst die großen Gärten mit den verschlungenen Wegen sich über weite Flächen erstreckt hatten.

Zilin hatte bewußt all diesen Dingen den Rücken gekehrt und schaute lieber auf die Duftenden Hügel mit ihren purpurgrauen Hängen, die sich parallel zu dem Yuquanshan, Jade-Quell-Hügel, erstreckten. Hier hatte vor Jahrhunderten ein massiver geologischer Umbruch eine Schicht harten Kalksteins auf die Oberfläche des Hügels ausgespien. Im Laufe dieses Prozesses hatten mächtige Kräfte den Kalkstein in Marmor umgewandelt, der zuerst von den Quin für den Bau von Palästen, Tempeln und einem Park gebraucht worden war. Einstmals hatte es hier viele buddhistische und taoistische Tempel gegeben, sowie eine Reihe von ausgezeichneten Felsenschreinen, die in den Marmorhügel gehauen waren.

Jetzt hatte Zilin das Gelände in eine militärische Zone umgewandelt, damit es jetzt, da China seine Tore für den Westen weiter öffnete, nicht von neugierigen Besuchern überrannt wurde. Offiziere und Soldaten grüßten ihn gleichermaßen, als er langsam seinen Weg auf den Hügel nahm. Er haßte die Metallschiene an seinem rechten Bein, die er tragen mußte, doch ohne sie würde der Schmerz seine Muskeln untauglich machen.

Jeden Tag machte er in seiner Villa außerhalb von Beijing Gymnastik, wobei er Aquatonika gebrauchte und auch Übungen mit Gewichten ausführte. Jeden zweiten Tag besuchte ihn ein bekannter Akupressurfachmann, und einmal in der Woche kam mit unwandelbarer Regelmäßigkeit sein Akupunkteur, um ihn zu behandeln.

Nichts von alledem – dessen war Zilin sich bewußt – vermochte die Degenerationserscheinungen, die ihn befallen hatten, zu heilen; doch in seinem Alter – er ging auf sechsundachtzig zu – spielte das keine große Rolle mehr. Erleichterung seiner Schmerzen war sein kurzfristiges Ziel, und das boten ihm seine Günstlinge in zufriedenstellender Regelmäßigkeit.

Zilin wandte das Gesicht der Sommerbrise entgegen. Reisfelder umgaben ihn, linderten irgendwie seinen Schmerz. Seine Augen fielen auf die Umrisse der Gebäude der Qinghua-Universität auf der anderen Seite des weiten Feldes, die von der Sonne angestrahlt wurden.

Das war ein weiterer Grund, warum Zilin gern hierherkam. Neben der Natur fühlte er sich auch den jungen Männern und Frauen näher, die buchstäblich Chinas Zukunft darstellten. Es war so schwer, seinen Ministerkollegen klarzumachen, daß Chinas kostbarste natürliche Ressourcen seine jungen Menschen waren. Ohne Ausnahme mißtrauten seine Kollegen den Jungen, fürchteten den verräterischen Einfluß westlicher Dekadenz und suchten mit allen Mitteln, die jungen Menschen zu hemmen, wie sie selbst vor fünfzig Jahren zurückgehalten worden waren.

Es gab mehr als nur einen Widerstand gegen Veränderungen in diesem Land, dachte Zilin traurig. Es gab fast eine Fremdenfeindlichkeit hier. Widerstand war eine Sache. Das dahinrauschende Wasser konnte letztlich die hart gewordene Oberfläche abtragen und sie in der Strömung glätten.

Furcht war aber etwas völlig anderes. Sie war eine unvernünftige Reaktion und deshalb immun gegen die Wirkung normaler Erosion. Furcht schlich sich in das Gefüge der Dinge ein, machte sie undurchdringlich, unwandelbar.

Und doch konnte auch das Zilin nicht abschrecken. Wenn der Strom in seinem endlosen Fluß einen Gegenstand in seinem Weg nicht erodieren konnte, mußte er eben seinen Weg ändern und das Objekt liegenlassen, bis es in der sengenden Sonne vertrocknete. Bald würden die natürlichen Kräfte, ohne den Schutz des Stromes, den Gegenstand aufbrechen und restlos zerstören.

Das war das Schicksal, das Zilin für seine Feinde plante, die sowohl zahlreich als auch mächtig waren. Zusammen waren sie vielleicht noch mächtiger als er. Wie die Zyklen der Zeitalter schienen sie sich zu erneuern, wurden immer listiger und entschlossener, ihn zu stürzen.

Zweimal schon in den letzten fünf Jahren hatte es gemeinsame Bemühungen gegeben, ihn zu entfernen. Einmal war es die Idee, ihn zu der gleichen Art von Beispiel zu machen, das die Viererbande gewesen war. Das war fehlgeschlagen, doch nur etwas mehr als ein Jahr später hatte diese *qun,* eine Gruppe von Ministern, versucht, ihn wegen seines fortgeschrittenen Alters und seiner Krankheit in den Ruhestand zu versetzen.

Kurz nach diesem zweiten Fehlschlag hatten zwei der bösartigeren Mitglieder der *qun* im Abstand von nur einem Monat bedauernswerte und tödliche Unfälle erlitten. Zumindest die amtlichen Untersuchungsergebnisse hatten sie als Unfälle bezeichnet. Möglicherweise empfanden das die übrigen Mitglieder der *qun* anders, denn seit dieser Zeit hatte Zilin keine Störung von einem von ihnen erfahren, und die Öffnung Chinas für wenigstens einige Profitmethoden des kapitalistischen freien Marktes hatte begonnen.

Das heißt, bis vor sechs Wochen. Von einer seiner Quellen wurde ihm klargemacht, daß ein aufkommender junger – nach der chinesischen Terminologie heißt das, ein zweiundfünfzig Jahre alter – Bürokrat namens Wu Aiping, der im vergangenen Jahr zum Leiter des Wissenschaftlichen und Technologischen Instituts für die Nationale Verteidigung ernannt worden war, mit einem Mitglied der *qun* Kontakt aufgenommen hätte. Wu Aiping besaß, wie Zilin wohl wußte, das Ohr des Chefs der Kommunistischen Partei und des Verteidigungsministers. Riesige Summen Geldes wurden in das Institut gepumpt, weil, wie jeder zugab, eine moderne Verteidigung von überragender Bedeutung für das neue China war. Das machte ihn wirklich mächtig, mehr als jedes einzelne Mitglied der *qun,* obwohl sie alle hochrangige Minister waren. Es war Wu Aiping, der den Kampf gegen Chinas Abkehr von der strikten marxistisch-leninistischen Ideologie anführte.

Zilin wandelte zwischen Friedhöfen zu beiden Seiten. Es war, wie wenn die ganze Geschichte Chinas entlang dieser Straße begraben wäre, endlose Familien, die alles erduldet hatten: Wetter, wechselnde Dynastien, Invasionen durch die Mandschus, die Japaner und die *gwei loh* so vieler fremder Nationen. Und China erduldete noch immer. Es war zerschmettert und geschlagen worden, dezimiert durch den Starrsinn der Mandschu-Regierung und, viel später, durch Kriegsherren wie Tschiang und Halbgötter wie Mao.

Zilin kam jetzt der Gedanke, daß sein geliebtes Land sich trotz aller seiner Bemühungen für das Gegenteil, seit dem Ende des Zweiten Weltkrieges auf fast allen Gebieten zurückentwickelt hatte. Und diese Rückentwicklung drohte weiterzugehen.

Sollte das nie ein Ende haben? fragte er sich.

Die stummen Geister all jener, die rings um ihn begraben waren, schienen die Luft mit einem allgemeinen Murmeln zu erfüllen. *Nicht mehr,* schienen sie in sein Ohr zu flüstern. *Es muß für China ein Ende haben, damit es in das einundzwanzigste Jahrhundert übergehen kann.*

Zilin standen Tränen in den Augen, als er zu der Kreuzung kam und den Weg nach rechts einschlug. Hinter der Biegung stand Wofosi, der Tempel des schlafenden Buddhas.

Dieser Ort, einst berühmt in ganz China wegen seiner seltenen Bäume, gehörte zu den ältesten in der Umgebung von Beijing. Der Tempel selbst war von den Tang gebaut worden, und obwohl man sagte, es hätte bereits eine Buddhastatue aus Sandelholz darin gelegen, benützten die Yuan ungefähr 275 000 Kilogramm Kupfer, um eine neue und prächtigere zu gießen. Siebentausend Arbeiter waren an der Aufgabe beteiligt gewesen. Sie brauchten zwei Versuche in insgesamt zehn Jahren, um das zu erreichen, was heute wegen der Kosten unmöglich wäre.

Dem Erbe dieses Ortes gerecht werdend, hatte Zilin eine sehr moderne Forstschule in dem lange verlassenen Nebengebäude untergebracht. Was den Tempel selbst betraf, so wurde er für ihn intakt gelassen.

Drinnen kam er sich in der Stille des Ortes völlig verloren vor. Es gab keine Türen, so daß Vögel und kleine Waldtiere das Innere nützen konnten. Vogelrufe hallten von den Dachsparren wider und schienen melodisch auf den Garben kräftigen Sonnenlichts zu verweilen.

Es hätte sicher viele Plätze gegeben, die Zilin für solche Augenblicke innerer Einkehr hätte benützen können. Doch an keinem anderen fühlte er die Offenbarung Buddhas mit solcher Kraft und Intensität wie an diesem.

Was galt der Kommunismus, dachte er jetzt, angesichts der Macht solch universellen Gesetzes?

Er drehte sich mit einiger Schwierigkeit auf einem der beiden Campingstühle, die an einem Steintisch standen, in den das *wei qi*-Brett eingelassen war. Ein Spiel war bereits angefangen worden. Zilin richtete die Augen auf die vertraute Anordnung; seine Gedanken aber waren noch immer woanders.

Wu Aipings Ansuchen an die *qun* fiel auf die Woche genau mit Zilins Einleitung der Endphase seiner Vorhaben in Hongkong zusammen. Das bedeutete nichts Gutes. Zilin war zu alt, um an Zufälle zu glauben, zumindest nicht bei etwas von diesem Ausmaß. Obwohl seine Sicherheitsmaßnahmen immer hervorragend gewesen waren, liefen seine Projekte doch schon so viele Jahre, daß es töricht wäre anzunehmen, es hätte nicht der kleinste Hinweis durchsickern können.

Noch einmal wandte Zilin sich dem *wei qi*-Brett zu. Es bestand aus neunzehn senkrechten und neunzehn waagerechten Linien. Das Spiel wurde mit kleinen ovalen Steinen aus kühlem Perlmutt gespielt, die eine seltsame seidige Textur besaßen, die niemals verfehlte, ihn zu entzükken, wenn er sie aus den seitlichen Schalen herausholte und beim Überlegen zwischen Daumen und Zeigefinger rieb. Schwarz und weiß waren sie, wie Armeen aus alten Zeiten angeordnet. Hier auf dem Brett wurden sie auf die dreihunderteinundsechzig *lu* oder Schnittpunkte der Linien plaziert.

In dieser Vielfalt von Territorien, Routen, Verbindungen, starken und schwachen Linien, in der die beiden sich bekämpfenden Kräfte sich schlagen, sich jeweils wieder vereinigen, ausdehnen und verlorenes Terrain wieder zurückerobern mußten, wo jeder Spieler Territorialabschnitte abschneiden wollte, um den Vorteil vor dem anderen zu erringen, sah Zilin einen Mikrokosmos der realen Welt.

Am Tempeleingang rührte sich etwas. Als Zilin aufblickte, erkannte er den Umriß einer Gestalt im Sonnenlicht, das schräg hinter ihr hereinströmte. Auch ohne jegliche sichtbaren Einzelheiten konnte Zilin sich den etwas plumpen Körper vorstellen, der fast komisch in seinen schlecht sitzenden, zerknüllten Anzug eingehüllt war.

»Kommt, kommt, Zhang Hua«, sagte er. »Ihr seid so spät. Ich hätte fast ohne Euch angefangen.«

Der andere Mann eilte zu dem freien Stuhl gegenüber von Zilin. Er rieb das breite Mongolengesicht mit einem leinenen Taschentuch ab und schneuzte sich dann die Nase. Er schob seine Nickelbrille auf dem fast nicht vorhandenen, abgeflachten Nasenrücken zurück. »Ich muß mir eine Notiz machen, nicht wieder zu spät zu kommen«, sagte er entschuldigend.

»Es wird schon mal klappen.« Zilin lachte gutmütig. Dann, als er den Blick im Gesicht des anderen Mannes sah, sagte er: »Seht, Zhang Hua, wir sind Freunde und auch vorgesetzter Minister und Assistent. Wir haben in offiziellen und geheimen Angelegenheiten zusammengearbeitet – wie lange schon? – zwölf Jahre jetzt? Ich glaube, Unpünktlichkeit ist Eure einzige Untugend. Was soll's also! Alle Menschen sollten eine Untugend haben – solange es nur eine geringfügige ist. Denkt Ihr nicht auch so?«

»Ich wünschte, ich hätte keine, Shi Zilin.«

»Aber, mein lieber Zhang Hua, das ist doch töricht. Ich traue dem Mann nicht, der erklärt, er habe keine Schwächen. Ich denke dann, *was* will dieses Abstreiten verbergen? Nein, nein, Ihr müßt verstehen, daß kleine Untugenden uns vor den größeren bewahren.«

Er langte vor, um einen schwarzen Stein auf den *tian yuan* zu setzen, den wichtigsten der neun *xing* oder Sterne, Schnittpunkte, die das Schlachtfeld in Territorialzonen teilen. *Tian yuan* lag in der Mitte des Bretts. In der neuen Position gingen eine ganze Reihe von Konsequenzen von dem Stein aus: bisher verborgene Strategien wurden offenbar, neue Möglichkeiten eröffneten sich, andere wurden abgeschnitten.

Jedes Stück konnte bis zu vier *qi* oder Atemzüge haben. Einen gegnerischen Stein von allen Seiten einzukreisen bedeutete, ihn all seiner *qi* zu berauben. Das war der Zug, den Zilin gerade ausgeführt hatte. Der tote weiße Stein starrte die beiden Kämpfer an.

»Ihr werdet Euch um Euer Opfer kümmern müssen, Zhang Hua.«

»Heut morgen wurde eine Nachricht in Eurem Büro abgegeben«, sagte der Assistent, während er seinen Stein wegnahm und auf dem Brett seinen nächsten Zug zu finden suchte. Er erkannte die oberen Quadranten rechts und links als regelrechte Minenfelder des *huo yan*. Auf den ersten Blick erschienen sie einladend, weil sie nur wie harmlose *yan*, ›Augen‹, aussahen. Aber Zhang Hua erkannte sie bald als tödliche Fallen. Die schwierigen *huo yan* waren eine Spezialität von Shi Zilin.

»Ihr seid für Freitag um neun zum Premier befohlen.«

Zilin grunzte. »Schlechte Nachricht. Ist in dem Befehl ein Grund angegeben oder der Name von jemand, der auch da sein wird?«

»Nein.«

»Noch schlimmer.« Zilin blickte vom Brett auf. Sein Blick fing den von Zhang Hua ein. »Mein Freund, wir müssen annehmen, daß dieser Befehl auf Betreiben von Wu Aiping erging.«

»Das befürchte ich auch.«

Zilin schaute wieder nach unten. »Ihr habt noch keinen Zug gemacht.«

Zhang Hua hatte die Augen nicht vom Gesicht seines vorgesetzten Ministers gewandt. »Shi Zilin, ich habe Angst. Dieser Mann erschreckt mich zu Tode.«

»Ich verstehe das«, sagte Zilin. »Und es ist gut, daß Wu Aiping Euch Schrecken einjagt. Das bedeutet, Ihr versteht das volle Ausmaß seiner Bedrohung für uns und alles, wofür wir so lange gearbeitet haben.« Er lächelte zuversichtlich. »Schrecken ist eine menschliche Regung, mein Freund. Ihr müßt lernen, ihn eher zu respektieren, als davor zurückzuschrecken. Wenn Ihr so weit kommt, könnt Ihr ihn auch nützen. Ja, Zhang Hua, sogar *ihn* nützen.«

»Furcht lähmt mich.«

»Und doch«, bekannte Zilin, »wir beide kennen die Bedeutung wahrer Furcht. Es war schon schlimm genug, als wir es nur mit der russischen Marine und der Luftwaffe in Wladiwostok und mehreren anderen kleinen Häfen in Fernost zu tun hatten. Diese Bedrohungen zusammen mit sowjetischen Streitkräften in Sibirien sind seit dem Ende des Zweiten Weltkrieges wie ein Damoklesschwert über unseren Köpfen gewesen.«

Zilins schwarze Augen waren tief und glänzend, zogen Zhang Hua in den Strudel der Macht, der von dem alten Mann ausging. »Jetzt aber ergeben sich eine Reihe von schrecklicheren Entwicklungen. In den letzten drei Jahren haben die Russen begonnen, ihre etwa fünfzig Divisionen – sieben von ihnen gepanzert – entlang unserer nördlichen Grenze besser auszurüsten. In Ostsibirien, wo wir besonders verwundbar sind, haben sie knapp einhundert TU-22 Bomber und einhundertfünfzig mobile Raketen SS-20 mit Atomsprengköpfen stationiert. Die Bomber, übrigens bei den Amerikanern als ›Backfire‹ bekannt, haben eine Reichweite von 8500 Kilometern und tragen Kernwaffen, entweder Bomben oder Luft-Boden-Raketen.

Und das ist noch nicht einmal das Schlimmste. Die Vereinigten Staaten, in ihrer unendlichen Weisheit, hatten die größten Flugplätze und Marinestützpunkte im gesamten südostasiatischen Raum in der Cam Ranh-Bucht und bei Da Nang gebaut. Jetzt, da sie aus Vietnam geflohen sind, haben die Russen diese Basen übernommen. Von dort aus überwacht sowjetisches Personal die gesamte Region.

Eine Zeitlang wurden von dort aus nur Aufklärungsflugzeuge gestartet. Aber neuerdings haben wir, wie Ihr wißt, TU-16 Mittelstreckenbomber auf den Flugplätzen fotografiert. Marinepatrouillen aus der Cam Ranh-Bucht haben sich von 11 500 Stunden auf See im Jahre 1981 auf 27 000 im vergangenen Jahr erhöht.

Jetzt können die Sowjets uns von Norden *und* Süden aus angreifen. Sie haben einen Ring militärischer Macht um China gelegt. Wir stecken in einer Schlinge, mein Freund.

Und weltweit gesehen, haben die Russen auch die Möglichkeit, in die Malakkastraße vorzudringen, sollte der Krieg im Mittleren Osten eskalieren. Durch diese Straße müssen alle Öltanker fahren, die für die Südchinesische See bestimmt sind. Mit Luftsicherung von sechs weiter ausgebauten und modernisierten Flugplätzen in Afghanistan können die Russen Schlachtschiffe und Zerstörer in den Nordindischen Ozean entsenden. Außerdem besitzen sie in der Vietnamesischen Armee eine potentiell riesige Hilfsstreitmacht, deren Stärke sich auf etwa eine Million Soldaten beläuft.«

Zilin breitete die Hände über der Schlacht aus, die auf dem *wei qi*-Brett stattfand. »Diese Schlinge um China muß unsere erste Sorge sein, Zhang Hua. Wie unbedeutend ist doch das Vorhandensein von Wu Aiping im Vergleich zu jener eisernen Faust, die von General Anatoli Karpow so brillant geschmiedet und gelenkt wird.«

»Ich wollte, ich hätte Eure Zuversicht, Minister.«

Nein, dachte Zilin, ich glaube nicht, daß du diesen überwältigenden Druck würdest spüren wollen, mein Freund. Wiederum wußte er, daß jeder gern dort sitzen möchte, wo er gerade nicht sitzt. Auch das ist menschlich.

In Wirklichkeit fragte Zilin sich, ob er wohl wirklich soviel Selbstvertrauen besaß, wie der jüngere Mann es ihm zuschrieb. Gewiß, er hatte Angriffe gegen sich auch vorher schon abgewehrt. Er war der letzte narbenbedeckte Krieger aus der alten Zeit. Er war wirklich schon mehrmals arg in der Klemme gewesen, hatte sich gegen jede Menge listiger Gegner behaupten müssen. Aber Wu Aiping war irgendwie anders als der Rest. Vielleicht lag es daran, daß er zu einer anderen Generation gehörte. Der Gedanke, Männer wie Wu Aiping könnten die Entwicklung von Chinas Zukunft beeinflussen, ließ Zilin innerlich erschauern. Wie stark unterschied sich doch dieser Mann von den Legionen junger Leute im Land, an Zilins eigener Forstschule oder auch an der nahegelegenen Universität, wo sie sich auf Chinas Morgen vorbereiteten.

Tatsächlich gab es gute Gründe dafür, Wu Aiping zu fürchten. Möglicherweise war er in ganz Beijing der einzige, der die jahrelange Arbeit an den Hongkong-Projekten zunichte machen konnte.

Und Zilin wußte: Wenn er nur den Schatten einer Chance erhielt, würde er genau das tun.

Zhang Hua hatte der flachen Schale an der Seite des Bretts einen weißen Stein entnommen. Im unteren linken Viertel fand er, was er gesucht hatte, und setzte seinen Stein auf einem Schnittpunkt nieder. Er hatte *zhang* vollendet, eine Ausdehnung, womit er einem seiner Steine zwei Atemzüge zurückgab, die einem Angriff auf dem anschließenden Schnittpunkt ausgesetzt gewesen waren.

»Warum sollte Wu Aiping Euch stören, mein Freund«, sagte Zilin, »wenn Ihr Euch mit solcher Präzision und solchem Mut bewegt?«

»Weil das hier *wei qi* ist. Wenn mein Stein seiner vier Atemzüge beraubt ist, nehme ich ihn vom Brett. Ich aber lebe noch.«

Du hast unrecht, mein Freund, sagte Zilin zu sich. Und das ist der Unterschied zwischen dir und mir. Du siehst nicht über das Brett hinaus; du verstehst dich nicht auf die Anwendung dieser Strategie auf das Leben. Deshalb bist du ein guter Spieler, aber kein *Jian.*

Er wählte einen schwarzen Stein aus und war dabei, ihn in der linken unteren Ecke des Bretts auf den Schnittpunkt 5/19 zu setzen. Er blickte nicht hoch und seine scharfen Ohren vernahmen keinen Laut, doch sein sechster Sinn spürte Zhang Huas gesteigerte Spannung.

Wenn er diesen Stein hier richtig ausspielte, hätte Zilin ›leicht zugeschlagen‹. Dieser *pu* würde sechs weiße Steine an der Vereinigung hindern. Nach entsprechender Überlegung entschloß er sich, den Stein auf einen anderen Platz auf dem Brett zu setzen.

Zhang Hua nahm sich keine Zeit für seinen nächsten Zug und setzte seinen weißen Stein auf den Schnittpunkt 5/19, um den Gegner daran zu hindern, hierher zurückzukehren. Er stieß einen unhörbaren Seufzer der Erleichterung aus.

»Aber General Karpow ist nicht der einzige, über den wir uns Sorgen machen müssen, Zhang Hua«, sagte Zilin jetzt. »Hinter und über Karpow steht ein anderer Mann, der auf seine Weise weitaus gefährlicher für uns ist: Jurij Lantin. Er ist es, für den die Vernichtung Chinas der erste notwendige Schritt auf dem Weg zur Weltherrschaft ist. Wenn wir Jurij Lantin nicht neutralisieren können, sind wir verloren. Unser Angriff auf ihn muß aber sehr delikat sein, absolut geheim; er muß aus einer Richtung kommen, gegen die er machtlos ist.

Wir müssen seinen schwachen Punkt entdecken und ihn dort treffen, während seine Gedanken auf etwas anderes gerichtet sind.«

Zilin nahm seinen schwarzen Stein und setzte ihn hart auf den offenen Schnittpunkt 7/19, womit er ein *huo yan,* ein bewegliches Auge, schuf. Er hatte alle sechs Steine Zhang Huas weggenommen. Das wäre ihm nicht gelungen, wenn Zhang Hua nicht auf 5/19 gesetzt hätte.

Ich sehe die Parallelen, dachte Zilin. Jeder Augenblick jeder Stunde eines jeden Tages bringt Veränderungen. Veränderung schreckt die meisten Menschen, aber für mich liegt in der Veränderung das Wesen der Strategie. Wie ein Künstler, der Farbe auf eine Leinwand bringt, beobachte ich, daß häufig Bewegung an sich schon ein ausreichender Angriff ist. Ich habe gelernt, alles zu nutzen. Sich nicht bewegen, kann manchmal ein Angriff sein. Genau das habe ich soeben bewiesen.

Ja, *wei qi* und das Leben sind nicht zu trennen. Für die, die es erkennen können. Für die, die es zu nützen verstehen. Für die, die kühn genug sind, das Licht zu stehlen. Wie Laotse schrieb: Der *Jian* zeichnet sich aus durch sparsamen Einsatz: Es gibt keine nutzlose Person; nichts wird verworfen.

Jake jagte eine schmale, gewundene Straße hinunter Schatten nach. Aus den gefiederten Fächern der Dunkelheit hörte er exotische Vögel rufen. Daraus wurde der Laut seiner Mutter, die ihn heranwinkte; weit lehnte er sich vor – trotzdem hörte er nur, daß dicker Schleim ganz hinten ihre Kehle verstopfte, das eigentümlich beklemmende, wässerige Rasseln, als sie starb.

Um ihren schmutzigen Hals: Der Talisman, eingeschlossen in seinen weichen Lederbeutel. Auch seine Kraft konnte sie nicht retten. Schatten und Licht spielten darüber hin. Ihn ins Licht haltend, konnte er fast hindurchsehen. Fast. Der Himmel war blaßlila. Er sah Wolken in seiner getriebenen Fläche, einen Tierhuf auf der Vorderseite. Kühl in der Hand.

Das war lange her, jagende Schatten. Eine schmale, sich windende Straße. Übersät mit Schutt und Papierschlangen. Schau, wie sie sich bewegen! Sich drehen und winden. Nach oben wirbeln, wenn der Wind sie hochriß. Schnattern von Affen, die in Bäumen hingen und sich schaukelten. Die gelben Zähne gebleckt. Mandarin – Elfenbein.

Das Schnattern wurde zu Gelächter, leicht und perlend. Er sah das Mädchen im Umriß in einem Flecken von Perlgrau. Folgte ihm hinunter. Jagte ihren Schatten bis zum Ufer. Die See lockte. Kleine Wellen schwappten gegen verrottende Holzpfähle. Der Geruch von Salz und Phosphor. Fischschuppen. Innereien, die in der Sonne trockneten. Kreisende Möwen kreischten. An Bord der Fähre verlor er sie in der Menge. Schatten wogten. Schwarzes Sonnenlicht fiel ein. Ein Gefühl von Bewegung. Von Schieben, Stoßen. Hörte ihr Gelächter, folgte ihm über die ganze Länge des Schiffes. Wieder ein Schatten.

Widerstand wurde schwächer, der Sog der Menge ließ immerhin soweit nach, daß er meinte, doch etwas vorangekommen zu sein.

Sah sie nahe am Bug, langes Haar im Wind, weiche Lippen halb geöffnet, ein Glühen in den Augen. Das sanfte Heben ihrer Brüste, die gestreckte Länge eines Beines. Ihre schlanke Fessel und die Spitze ihres Schuhs. Die Unschuld ihrer Pose ließ die Erotik des Augenblicks entstehen. Wurde intensiver, so daß er spürte, wie es sich in ihm regte. Nicht nur im Schritt. Überall. Er war erfüllt von Verlangen. Sein Penis war steif und zitterte. Als wäre er sein ganzer Körper.

Ihre gebräunten Arme waren bloß. Sie stand in natürlicher Haltung, die Reling drückte ihr ins Kreuz, spannte ihren Brustkorb. Ihre Brüste.

Ihre Augen waren voller Versprechungen.

Sein Denken war erfüllt von Mariana, und als er näher herankam, öffnete er den Mund, hatte er ihren Namen auf den Lippen.

Der Pulsschlag in der empfindlichen Halsgrube offenbarte ihr Verlangen. Er zog sie an sich, sein eigenes Verlangen überwältigte ihn. Es war, als hätte er sie sein Leben lang aus der Ferne angestarrt, aber nie besessen. Ihre Glut entfachte sein Feuer. Ihr Mund öffnete sich unter dem seinen, Lippen so weich, die Zunge heiß und forschend, die die seine umspielte, sie streichelte. Er war jetzt so hart, daß es schmerzte.

Stöhnte in ihren Abgrund, rief schließlich laut ihren Namen.

Bliss.

Setzte sich im Bett auf, schnappte nach Luft, wie ein Fisch auf dem Trockenen.

Sie war das erste, was er sah.

»Bliss!«

»Ist schon gut, Jake, ich bin da.«

Er blinzelte, als sie zu ihm herüberkam und mit einem Handtuch die Schweißtropfen abtupfte. Sie tat es, als hätte sie das schon oft getan.

»Es ist jetzt leichter«, sagte sie, als hätte sie seine Gedanken erraten. »Es sind jetzt weniger Binden.«

Er beobachtete sie mit verdeckten Augen. Sie war Eurasierin, doch unter den *gwai loh* könnte sie leicht als reinblütige Chinesin gelten, auch wenn feine Hinweise hier und da in ihrem Gesicht dem kritischen Auge ihre Herkunft verrieten. Stammte ihr Großvater oder die Großmutter aus Österreich? Er konnte sich nicht erinnern. Sah er aber die Spuren der stahlgrauen Stäubchen in ihren schwarzen Augen, den kräftig ausladen den Kiefer, die Form ihrer Ohren, erkannte er den Pinselstrich des kaukasischen Künstlers.

Das lange dicke Haar trug sie streng zurückgestrählt und zu einem breiten, glänzenden Zopf geflochten. Ihre großen Augen waren an den Außenwinkeln steil nach oben gezogen. Ihre Backenknochen waren hoch angesetzt, die Lippen dick und sinnlich. Er erschrak, als er ihre Verwandtschaft mit den Lippen aus dem Traum empfand. Ein plötzlicher Stich von Schuld traf ihn, wie ein Schlag ins Gesicht.

»Ob ich wohl etwas Wasser haben könnte?«

Sie wandte sich ab, um aus der Karaffe einzuschenken, und er legte seine Handfläche an seine Wange, um das Brennen zu spüren. Sie zeigte ihren bloßen Nacken, und er spürte, wie sich sein Erröten vertiefte.

Sie trug eine einfache ärmellose Seidenbluse in Hellgrün, ohne Kragen; die Haut zwischen ihren Schultern schien weich. Um die Taille trug sie einen blauen Ledergürtel. Ihr grüner Leinenrock sah frisch und adrett aus.

Während er das Wasser trank, das sie ihm reichte, versuchte er, in dieser hinreißenden Frau das kleine Mädchen zu finden, mit dem er vor so vielen Jahren gespielt hatte. Verspürte wieder das Schuldgefühl, wie den Biß einer giftigen Viper. Sein Magen revoltierte.

Warum bist du zurückgekommen? fragte er sie wortlos. Warum jetzt? Warum überhaupt?

»Was für ein Tag ist heute?«

»Donnerstag«, sagte sie. Sie hielt den Kopf zur Seite geneigt, bedachte ihn mit einem prüfenden Blick. »Du siehst entschieden besser aus.«

»Besser als was?«

Sie lachte, und er sah ihre kleinen weißen Zähne. Alles an ihr ließ in ihm den Wunsch wach werden, sie beide in seinen Traum zurückzuziehen.

»Als das *dim sum* von gestern.«

»Ich muß hier raus.«

»Hast du Hunger?«

»Ich würde dich anknabbern, wenn du einen Schritt näher kämst«, sagte er; dann, als er die zweite, sexuelle Bedeutung erkannte, war es ihm peinlich. Der Traum. »Das heißt, ich bin am Verhungern.«

»Dann stehen die Aussichten, daß du hier rauskommst, sehr gut.«

Wenn sie die unbeabsichtigte Zweideutigkeit mitbekommen hatte – anmerken ließ sie es sich nicht. Aber, *war* sie wirklich unbeabsichtigt gewesen? fragte Jake sich. Eine Freudsche Fehlleistung schien eine bessere Definition zu sein. »Ich meine, sofort.«

Bliss lehnte sich vor und klingelte nach der Schwester. »Ich glaube, es ist besser, wenn du erst einmal etwas Handfestes zu essen bekommst.«

Jake seufzte. Er war bereits unruhig. Die vier weißen Hände schienen auf ihn einzustürzen. Er dachte an die *dantai,* den schwarzen, leeren Raum in sich. War das der Verlust der *dantai,* den er empfand, oder seine Entfremdung von Mariana? War es, daß er sie nicht mehr liebte, oder hatte David Oh recht? War es, daß er nicht mehr in der Lage war, irgend jemand zu lieben?

Was war an den schwarz daliegenden Ufern des Sumchun-Flusses mit ihm geschehen? Möglicherweise wußte er es nicht mehr. Wahrscheinlich wollte er es gar nicht wissen. Es war, als hätte er das heiße Skalpell eines Chirurgen genommen und seine eigene schreckliche Wunde ausgebrannt, wobei sämtliche damit zusammenhängenden Emotionen in einem dunklen Winkel seines Verstandes eingekapselt worden waren.

Mariana. Von dem Tag an, da er vom Sumchun zurückgekehrt war, hatten sie sich emotional nicht mehr erreicht. Sie hatten sich geküßt, miteinander geschlafen, gelegentlich sogar freundliche Worte gewechselt. Doch nichts von alledem hatte etwas bedeutet. Asche in seinem Mund, ein Geschmack, den er niemals loswurde. *Nun ja,* du bist *jedenfalls an-*

ders. Hatte das David Oh nicht gesagt? Hatte das Mariana nicht durchblicken lassen, als sie Nacht für Nacht aus der Dunkelheit geflüstert hatte, *Jake, was ist los? Was ist im Norden mit dir passiert? Was immer es auch war, meinst du nicht, ich könnte dir dabei helfen?*

Er hatte nie geantwortet. Wieder und wieder. Wie sollte sie auch wissen, daß er sich bereits darum gekümmert, das Chirurgeninstrument an die Wunde gelegt hatte. Aus- und weggebrannt. Weg.

Jake, weg von Mariana.

War es das, was ihnen widerfahren war? Sumchun-Fluß?

Oder war es Nichiren?

Jetzt war sie fort, und er suchte in sich selbst nach einer Antwort. Fand keine. Spürte nur die Viper sich in seinen Eingeweiden zusammenrollen, in ihm nagen. Wo war Mariana? Er wußte nur, daß er es herausfinden wollte. Was war mit ihr geschehen? Auch das wollte er wissen. Was erwartete sie in Tokio, in Toshima-*ku?* Im O-henro-Haus?

Wer wartete dort auf sie? Nichiren?

Sein schlimmster Alptraum wurde wahr.

Dunkelheit drehte sich um sie wie ein Kreisel. In einen fensterlosen Raum gebracht, hatte sie das Gefühl, als sei sie blind. Die Dunkelheit war absolut. Bis ein Druck auf ihre Stirn und die Augen daraus wurde. Eine Zeitlang hatte sie Mühe gehabt zu atmen. Das war auf dem Höhepunkt ihrer Panik gewesen, als sie überzeugt gewesen war, verleumdet worden zu sein.

Später, als sie sich beruhigt hatte, zu sich selbst in ruhigen, vernünftigen Sätzen sprach, hatte sie begonnen, das leise Summen der Klimaanlage wahrzunehmen, und es war nicht mehr ganz so, als wäre sie lebendig begraben.

Ihre Sinne kehrten zurück, und sie entschloß sich, die Zen-Übungen auszuführen, die Jake ihr kurz nach ihrer Heirat beigebracht hatte. Sie stand von dem Holzstuhl auf und sank auf dem nackten Fußboden nieder in die Lotusposition und begann, sich von so viel Kohlendioxyd zu befreien, wie es ihr möglich war. Allmählich steigerte sie die Kraft ihrer Atemzüge.

Versuche, es einem Baby gleichzutun. Sie konnte Jakes Stimme hören, kräftig und bestimmt. *Ein Baby atmet tief, mit dem ganzen Körper. Erst wenn wir erwachsen werden, vergessen wir, wie man atmet. Wir atmen flach, nur mit einem Teil der Lungen. Lerne wieder, wie man atmet. Atme so tief wie möglich ein, dann atme mit offenem Mund wieder aus. Lausche auf deine Atemzüge. Mach auch dann weiter, wenn du das Gefühl hast, du hättest allen Atem ausgestoßen. Mach weiter. Du stirbst nicht daran.*

Es war gar nicht spaßig. Es war genau so, wie Mariana sich bei den ersten Versuchen gefühlt hatte, als sie abbrechen und nach Luft schnappen mußte. Jetzt atmete sie tief und spürte, wie eine große Ruhe sie befiel.

Jetzt, wo der Schrecken sie nicht mehr verwirrte, begann sie, klarer zu denken. Sie erinnerte sich an den ungeheuren Krach. Den Schlag gegen die Wände ihrer dunklen Welt. Wie eine Explosion hatte es geklungen. Der Fußboden hatte sich leicht bewegt, dessen war sie sicher. Was war geschehen?

Sie hatte erwartet, daß er zurückkäme und ihr alles erklärte. Doch nichts geschah. Stille. Dunkelheit. Und schließlich der Druck, den der immer größer werdende Schrecken verursachte. Als würde sie lebendig begraben.

Er ist der Feind meines Mannes, dachte sie. Warum habe ich ihm geglaubt? Die Antwort darauf kannte sie. Es war offensichtlich. Er hatte ihr die Wahrheit seiner Worte an einem ebenso bestürzenden wie erschreckenden Beispiel bewiesen.

In diesem elektrisierenden Augenblick hatte er ihre Welt auf den Kopf gestellt. Sie wußte nicht mehr, wer ihre Feinde waren. Wo war Jake? Was machten sie mit ihm?

Vor einem Monat hätte sie sich gefragt, ob es sie wirklich noch interessierte. Sie hatten sich weit auseinandergelebt. Er hatte eine Mauer um sich herum errichtet, einen liebesundurchlässigen Kasten, an dem alles abprallte, was sie versuchte. Bis sie so weit kam, es zu hassen, es abzulehnen. Sie hatte sich eingebildet, Jake zu hassen.

Aber die Gefahr, deren Zeugin sie gewesen war, zeigte ihr, wie sehr sie ihn noch immer liebte. Was ihm im Norden auch geschehen sein mochte, sie wußte, daß er sich hinter der Mauer nicht verändert hatte. Sie war für immer an ihn gebunden. Sie hatte die Trauformel in voller Erkenntnis ihrer Bedeutung gegeben, hatte genau gewußt, welche Verantwortung sie mit sich brachte. In ihrer Jugend hatte sie sich vorgestellt, eine solche Verantwortung würde sie entmutigen. Als aber der Tag ihrer eigenen Heirat herandämmerte, war sie im Herzen sicher gewesen, sie freudig zu begrüßen.

Das tat sie noch immer. Was ihr in dieser schrecklichen Nacht gezeigt worden war, hatte ihr bewiesen, daß sie die von ihm errichtete Mauer ablehnte, nicht aber den Mann dahinter.

»Jake, wo bist du?« flüsterte sie in die Dunkelheit. Plötzlich fühlte sie sich eine Million Meilen von ihm entfernt. Sie langte nach unten, unter den Saum ihres Kleides, zog den Lederbeutel hervor, der an der Innenseite des Höschenbundes befestigt war. Öffnete mit zittrigen Fingern die Schnur. Schüttete sich den Inhalt auf den Handteller.

Die Jade war von ihrem Körper leicht erwärmt.

»Jake«, sagte sie, schloß die Hand um den Gegenstand, fühlte sich ihm jetzt näher, da sie wußte, wie wichtig dieses Kunstwerk für ihn war. Warum hat man mir gesagt, ich solle das mitbringen? fragte sie sich. Was hat das zu bedeuten? Warum wollen seine Feinde es unbedingt haben?

Es gab keine Antwort auf ihre Fragen. Nur weitere Fragen tauchten am Horizont ihres Verstandes auf.

Wann wird er mich holen? fragte Mariana sich. Wann wird er alle meine Fragen beantworten, wie er es versprochen hat?

Wo ist Nichiren?

General Daniella Alexandrowna Workuta steckte die letzten Papiere in die schmale Aktentasche, als es höflich an der Bürotür klopfte. Das Büro des Generals lag im fünften Stock des riesigen, schmutzigen Gebäudes mit ockerfarbener Vorderfront, Dscherschinski-Platz Nr. 2; das Zuhause des Komitet Gossudarstwennoi Besopasnosti war ironischerweise im Neo-Renaissancestil gebaut.

Der Raum sah weniger nach einem Büro aus, als sie es sich wünschte. Es war nur ein 3,30 × 4 Meter großes Geviert mit zwei Fenstern, die jeweils in vier Scheiben unterteilt waren; von hier konnte man auf den Platz hinabschauen, der von einer Bronzestatue des Felix Dscherschinski beherrscht wurde. Dieser Sowjetheld, ein polnischer Aristokrat, der sich zum Revolutionär gewandelt hatte, wurde 1917 der erste Leiter der sowjetischen Geheimpolizei, die kurz nach dem Sturz des Zaren von Rußland durch die Bolschewiken gegründet wurde. Heute diente sein Standbild dazu, die Massen an den wahren Zustand des Menschen zu erinnern; der Begriff des revolutionären Ethos diente dem KGB noch immer gut, wenn auch seine praktischen Anwendungen im Land längst in der gefrorenen Erde begraben worden waren, und das noch nicht einmal mit dem Salut auch nur eines einzigen Soldaten.

Das Büro von General Workuta sah aus wie die Büros aller anderen hochrangigen Funktionäre dieser überaus mächtigen Bürokratie in der Sowjetunion. Es war klein, dunkel, langweilig mit mehreren erdrückend schweren Holzmöbeln ausgestattet, die kümmerlich in Rumänien oder der Tschechoslowakei hergestellt wurden. Die Decke war niedrig und bedurfte eines neuen Anstrichs. Dunkle Wirbel und Flecken bedeckten die Fläche, das angesammelte Ergebnis von Zigarren- und Zigarettenrauch, der im Laufe endloser Konferenzen, Verhöre und einsamer Strategiesitzungen ausgestoßen worden war. In den vergangenen neun Monaten hatte sie eine Reihe von Anforderungen auf den Dienstweg geschickt und neue Möbel verlangt. Diese waren auch versprochen worden, kamen aber niemals an. Trotzdem schickte sie pünktlich wie ein Uhrwerk zu Beginn jeden Monats ihre Anforderungsformulare ab.

Daniella Workuta drückte die letzte ihrer schwarzen Zigaretten in dem unschönen Ascher aus Geschützmetall aus, der wie eine Warze auf der Mahagonifläche ihres zerkratzten Schreibtischs stand. Der Tag war dick von niedrigen, dahinjagenden Wolken verhangen, wie in der Morgenansage vorausgesagt, gab es Niederschlag. Wie um diese Düsterkeit zu unterstreichen, hatte sie nur eine Lampe brennen lassen, eine Stehlampe aus schwarzem Metall mit doppeltem Schirm. Blasses Licht breitete sich über dem Tisch aus, aber nicht weiter. Der General selbst saß im Schatten.

»Wkhoditse«, sagte Daniella, und die Tür öffnete sich nach innen.

Ein uniformierter Kurier lief stramm durch den Raum zu ihrem Schreibtisch. Er trug eine kleine lederne Aktentasche. »Das ist soeben für Sie angekommen, Genossin General«, sagte er knapp. Er blickte auf einen Punkt gerade über ihrem Kopf.

General Workuta quittierte den Empfang. Sie wartete, bis der Kurier gegangen war, ehe sie einen kleinen Messingschlüssel benützte, den sie an einer langen, an ihrem Gürtel befestigten Kette trug. In der Tasche fand sie vier Blätter aus dickem Papier, mit Zeichen bedeckt, die aussahen wie altertümliche Hieroglyphen. Tatsächlich handelte es sich um eine Chiffre, die sie selbst vor einigen Jahren entwickelt hatte, als sie noch beim Sluzhba Aktiwnykh Meropriyatiyi, dem Amt für aktive Maßnahmen, mit Textverschlüsselungen beschäftigt gewesen war. Damals war es nur eine Übung gewesen; jetzt war viel mehr daraus geworden.

Daniellas Herz schlug schnell. Was sie in der Hand hielt, war der neueste Bericht von »Medea«. Ihre Aufmerksamkeit erhöhte sich. Sie hatte darauf gewartet. Ihre Erregung steigerte sich noch mehr. Jetzt galt es, sich hinzusetzen und über die neuen Informationen nachzudenken.

Dunkle Schatten ergossen sich durch die Öffnung, erfüllten den kleinen Raum. »Guten Morgen, Genossin General.« Die Worte wurden von einem tiefen Baß gesprochen. Das Stichwort aufnehmend, lächelte Daniella, erwiderte den freundlichen, formlosen Gruß und ignorierte die Eisstückchen, die plötzlich in ihrem Unterleib herumwirbelten.

Anatoli Desidowitsch Karpow trat durch die Tür. Einen Augenblick lang verdeckte seine bärenhaft-massige Figur die Gestalt hinter ihm. Aber dann machte sich die überragende Größe des zweiten Mannes bemerkbar.

Daniella legte die Hand vorsichtig auf die vier Blatt kostbaren Papiers. General Karpow, Leiter des Ersten Hauptdirektorats, ging still über die nackten, abgetretenen Fußbodenbretter und sank auf den harten Sitz des einzigen Stuhls, der wie ein Ungeheuer genau vor Daniellas Schreibtisch stand. Karpow war kein großer Mann, aber trotzdem beeindruckend. Er hatte breite Schultern und einen Brustkorb wie ein Faß. Seine Muskeln traten eindrucksvoll hervor, obwohl er soeben seinen zweiundsechzigsten Geburtstag gefeiert hatte.

Karpows dichtes, glattes Haar war pechschwarz, doch Daniella wußte, daß es so blieb, weil er zweimal in der Woche fleißig mit der Färbflasche hantierte. Das Alter hatte auf seinem kantigen Gesicht Linien und Furchen eingegraben, seine hohe Stirn ragte über dichten Augenbrauen auf. Die klaren, braunen Augen blickten durchdringend und einschüchternd hinter einer Nickelbrille hervor. Wenn er aber lächelte, strahlte er eine Treuherzigkeit aus, auf die Daniella ansprach.

Er trug einen adretten dunkelblauen Anzug. Auf dem linken Revers prangten viele Orden, die er an der Front erworben hatte und auf die er so stolz war. Sie freute sich bei der Feststellung, daß seine Krawatte von der Klammer aus schwarzem Onyx gehalten wurde, die sie ihm vorige Woche zum Geburtstag geschenkt hatte.

Ihre Augen wanderten zu dem anderen Mann, als Karpow sagte: »Sie kennen Genossen Jurij Wassiljewitsch Lantin?«

»Ich habe natürlich von ihm gehört«, sagte Daniella vorsichtig. Lantin war Mitglied des Politbüros und des Zentralkomitees, einer von einer Handvoll Moskauern, die innerhalb der höchsten Ränge der sowjetischen Hierarchie Positionen von geradezu stratosphärischer Macht bekleideten. Daniella kannte ihren Chef gut.

Sie wußte, daß er diese Fahrt vom modernen Hauptquartier des Ersten Hauptdirektorats aus Glas und Stahl an der Moskauer Ringstraße hierher nicht ohne Grund unternommen hatte. Sein eigenes Büro im obersten Stock des halbmondförmigen Gebäudes, mit dem Blick auf den umgebenden Wald, war, wie Daniella wußte, weitaus eindrucksvoller als ihr beengtes und muffiges Büro. Daß Karpow sich entschlossen hatte, Lantin zum Dscherschinski-Platz zu bringen, war von Bedeutung. Hier wurde Macht gezeigt. Macht von unfaßlichen Dimensionen. Und es war sehr klar, auf welcher Seite des Raumes Genosse Jurij Wassiljewitsch Lantin stand. Sie wappnete sich für das, was auf sie zukommen sollte.

Geduldig zündete Karpow sich mit einem Feuerzeug aus massivem Gold eine Zigarre an. Das war kein kapitalistischer Luxus. Daniella war schon lange genug mit Karpow bekannt, um zu wissen, was das bedeutete.

Karpow und Jurij Andropow hatten 1956 in Ungarn die Streitkräfte der Roten Armee befehligt. Rücksichtslos und unerschrocken, so hatte man Daniella erzählt, hatten beide die schwierige und höchst unsichere Situation gemeistert.

Zur Erinnerung an diese Tapferkeit hatten die beiden Freunde Geschenke ausgetauscht. Jetzt hielt Karpow jedesmal, wenn er die Flamme zündete, die Erinnerung an Andropow wach.

Karpow stieß eine Wolke aromatischen kubanischen Tabakrauchs aus und starrte auf das Ende der Zigarre und schürzte nach einem Augenblick die schmalen Lippen, als er sie kurz kirschrot aufglühen sah.

»Ich habe den Genossen Lantin heut hierhergebracht, weil er ein besonderes Interesse an bestimmten Angelegenheiten hat, die in den Aufgabenbereich von Abteilung S fallen.«

Jetzt wußte Daniella, er meinte KVR-Interessen, für die sie verantwortlich war. Aber nicht einmal die Anfangsbuchstaben KVR wurden jemals laut ausgesprochen, weder innerhalb dieser dicken Mauern, noch draußen; deshalb war Karpows recht schwerfällige Umschreibung vielleicht verständlich.

»Besonders Nichiren.« Lantin sprach zum ersten Mal, und Daniella brauchte einige Zeit, um den Klang zu analysieren. Man konnte, wie sie gelernt hatte, viel aus dem Klang einer Stimme heraushören.

Lantin stand gegen die Wand gelehnt da; sein Kopf verdeckte die Mitte eines Standardportraits von Lenin, das entweder einer der vorigen Dienststelleninhaber aufgehängt hatte oder irgendein, wie Daniella dachte, Trottel vom Versorgungsbüro. Lantins lange Beine waren an den Knöcheln übereinandergeschlagen; die Hände hatte er locker hinter dem Rücken gefaltet. Er trug einen anthrazitgrauen Anzug, der den von Karpow alt und unmodern erscheinen ließ. Er könnte ebensogut einen Ruderwettkampf an den Ufern der Themse beobachten.

Daniella betrachtete sein Gesicht. Es war lang und etwas düster. Er mochte ein Mittfünfziger sein, recht jung für solch einen hohen Posten, man konnte aber unmöglich sicher sein. Das lange, dichte Haar glänzte in dem schwachen Lampenlicht. Er hatte einen Leberfleck auf einer Wange, der ihn noch attraktiver erscheinen ließ, als es seine tiefliegenden Augen, die Form seines Kiefers und die fast elegante Linie eines hervorragend gepflegten, bleistiftdünnen Schnurrbarts ohnehin taten. Nur seine Lippen, schmal und irgendwie grausam, sogar wenn sie entspannt waren, vertrugen sich nicht mit dieser Anziehungskraft.

»Nichiren wird von General Workuta geführt«, sagte Karpow, sehr darauf bedacht, bei dieser Unterhaltung zu dritt die Oberhand zu behalten. »Ich hatte die Idee, einen bekannten, einzelgängerischen Terroristen zur Förderung unserer Ziele einzusetzen. Auf diese Weise konnten wir, dessen bin ich sicher, Dinge erledigt bekommen, die uns andernfalls ein gewisses Maß an internationalen Schwierigkeiten hätten einbringen können.« Daniella warf ihm einen durchdringenden Blick zu, als er fortfuhr. »Nichiren ist verdammt viel besser als die Bulgaren und zuverlässiger als alle unsere arabischen Kontakte.«

Daniella schob den häßlichen Ascher quer über die Holzplatte in seine Richtung. »Mit ihm hatten wir kurzfristig eine erstaunliche Erfolgsquote gehabt«, sagte sie in ihrem besten Geschäftston. »In Ghana, Tschad, Angola; im Libanon, in Syrien, Ägypten; in Nicaragua, Guatemala. In all diese Länder und noch andere haben wir ihn eingeschleust und ihn gebraucht, um bestimmte revolutionäre Führer auszuschalten, Haß zu schüren, Polaritäten zu sichern, gelegentliche Revolutionen so aufzuheizen, daß sie eines Tages zusammenwirken . . .«

»›Ideologische Explosivität‹«, fuhr Lantin fort. »Ich glaube, das ist der Ausdruck, den General Karpow in seinen Monatsberichten an das Präsidium gebraucht. Er besitzt schon einen gewissen Klang. Meinen Kollegen gefällt er.« Er hob ein wenig den schmalen, gepflegten Kopf. »Auch Ihnen gefällt also die Arbeit, die Ihr einzigartiger Agent geleistet hat.«

Jetzt war es so weit, sich auf das Äußerste zu konzentrieren. Daniella wußte das. Komplimente waren selten im *sluzhba,* oder ›Amt‹, wie es allgemein bei allen Eingeweihten genannt wurde. Sie wußte auch, daß, falls das Politbüro ihr wegen der Führung von Nichiren hätte gratulieren wollen, es Karpow gelungen wäre, sich zwischen sie und die da oben zu schieben, um sich in ein gutes Licht zu setzen. Daß er Lantin erlaubt hatte, in ihr Büro zu kommen, war ein schlechtes Zeichen.

»Ich danke Ihnen, Genosse«, sagte sie und setzte ein Lächeln auf. »Ich bemühe mich bei meiner Arbeit für das *sluzhba.* Es tut gut, wenn man hört, daß die eigenen Leistungen in anderen, höheren Kreisen anerkannt werden.«

Karpow studierte das dunkle Ende seiner Zigarre, ihre erstarrte Asche. »Sie wissen, Genossin General, wir neigen oft dazu anzunehmen, es gäbe außerhalb dieses Gebäudes keine andere Macht. ›Wir sind Rußland.‹ Wie oft habe ich diesen Satz in diesen Korridoren schon gehört!« Er nickte. »Vielleicht steckt auch ein Körnchen Wahrheit darin.« Er blickte ihr ins Gesicht, seine dunklen Augen hielten die ihren fest. »Bis zu einem gewissen Punkt, Genossin.«

Rollend streifte er die Asche von seiner Zigarre. Er mußte nicht lange erklären, daß Jurij Lantin die größere Macht außerhalb der Mauern vom *sluzhba* repräsentierte. Die wirkliche Macht von Mütterchen Rußland. Daniella verstand Karpows unausgesprochene Warnung.

»Ihr Agent«, sagte Lantin, »wurde in der letzten Woche bei einem Überfall beinahe selbst ausgeschaltet. Auf seinem eigenen Grund und Boden. Das ist höchst beunruhigend.« Sein Zeigefinger fuhr am unteren Rand seines dünnen Schnurrbarts entlang. »Besonders, weil es durch ein Team der Quarry geschah, angeführt von Jake Maroc.«

»Maroc, Maroc.« Karpow sang den Namen fast, als gälte es, eine neue Sprache zu lernen. Seine Augen studierten die Decke. Kräftig zog er an seiner Zigarre, ließ den Rauch in einer trägen Spirale nach oben steigen.

»Nichiren erledigte fünf Mitglieder des Teams«, sagte Daniella.

»Aber nicht Maroc.« Lantins Ton war hart geworden, und Daniella machte die Ohren weit auf. Sie wollte wissen, was das zu bedeuten hatte.

»Verletzt, aber nicht erledigt«, sagte Karpow in einem Ton, dem es gelang, wie eine Anklage zu klingen.

»Bei Berücksichtigung der bisherigen Akte dieses Mannes Nichiren finde ich es unmöglich, daß er dieses Team – für ihn doch Gegner – so nahe an sich herankommen ließ. Noch dazu auf seinem eigenen Boden.«

Daniella spürte Lantins Augen wie einen Blitz auf ihrer Haut brennen und wandte den Blick von Karpow ab. Sie sah dort etwas, etwas Seltsames, etwas, das nicht in diesen Raum gehörte und das sie bis zu einer späteren Überprüfung zunächst verdrängte. Im Augenblick wollte sie ein zunehmend schwieriges Wasser nicht noch zusätzlich trüben.

»Man hätte seine Quellen für besser halten können«, fuhr Lantin fort. Er schien niemals zu blinzeln. Daniella fragte sich, ob er wohl Haftschalen trug. Das würde zumindest teilweise die außerordentliche Intensität seines Blicks erklären. »Die Erfüllung von Aufgaben ist eine Sache. Aber die meisten seiner Aufträge sind in der Vergangenheit erfüllt worden. Ich glaube, Genossin Workuta, es wäre an der Zeit, Ihren Nichiren einem gewissen Test zu unterwerfen.«

Daniella wollte schon protestieren, aber eingedenk Karpows Warnung verschluckte sie die harten Worte. Dafür sagte sie: »Was für einen Test würden Sie vorschlagen?«

»Etwas Bestimmtes.« Lantin besaß eine Lässigkeit, die sie bewundern mußte, ob sie wollte oder nicht. »Es bietet sich eine Möglichkeit an, die ebenso zeitsparend wie elegant ist.«

»Und was könnte das sein?« fragte Daniella, indem sie seinen Tonfall nachahmte.

Lantin löste sich von der Wand und schien mit seiner Ausstrahlung den Raum zu erfüllen. Niemand brachte es fertig, auf seine Worte nicht zu hören. »Sie werden folgendes tun, Genossin«, sagte er sanft. »Schicken Sie Agenten in seine Umgebung. Lassen Sie sie direkt an ihn heran, um ihn zu beobachten. Auf Ton- oder Videoband, wenn Sie es für nötig halten. Ich möchte schlüssig wissen, ob er noch immer den Tötungsinstinkt besitzt. Dann geben Sie den Befehl: Lassen Sie Nichiren Jake Maroc ausschalten.«

General Karpows Zigarre war ausgegangen. Er legte sie in den Ascher auf Daniellas Schreibtisch.

Drei-Eide-Tsun starrte über den Hafen bei Aberdeen. An die Reling seiner großen, hohen Dschunke gelehnt, beobachtete er die Dünung des brackigen Wassers, den niedrigen schwarzen Himmel, der wie ein Schleier über dem Südchinesischen Meer hing, die Nachwirkung des Sturms, der den ganzen Tag angehalten hatte. Ihn störte das Wetter nicht.

In der linken Hand hielt er ein Blatt dünnen Reispapiers, das sorgfältig viermal gefaltet war. Trotz der offensichtlichen Sorgfalt zeigte die Außenseite hier und da terrakottabraune Flecken, die die lange Reise vom Verfasser bis zum Empfänger verrieten.

Auf dem Papier waren fünf senkrechte Linien aus kalligraphischen Zeichen zu sehen, die Hakka hätten sein können, es aber nicht waren. Gerade wie ich, dachte Drei-Eide-Tsun. Unbewußt ballte er die riesige Hand zur Faust und zerknüllte das dünne Papier. Sein Herz schlug schnell, und sein Blut rauschte in seinen Adern.

Drachenherz. So hatten sie es damals genannt. Es besaß für sie eine besondere Bedeutung, eine Bedeutung, die niemand außerhalb ihres Kreises auf irgendeine Weise verstehen konnte.

So hat es also begonnen, dachte er. Aber vielleicht ist es bereits zu spät.

Drachenherz. So war die chiffrierte Kalligraphie überschrieben. Das war es, was Drei-Eide-Tsun angetrieben hatte. Das war es, was ihn veranlaßte, Sohn Nummer eins den Furchtbaren Sung mit aller gebührlichen Eile holen zu lassen. Das Protokoll verlangte eine solche Ehre für jemand wie den Furchtbaren Sung.

Die vielen tanzenden Lichter, die über den Hafen verstreut waren, hatten keinerlei Wirkung auf Drei-Eide-Tsun. Seine Gedanken kehrten vielmehr zur Dringlichkeit des Eides zurück, den er vor langer Zeit geschworen hatte.

Drachenherz. Seine Berufung zum letzten Akt hatte in dem Augenblick begonnen, als Sohn Nummer zwei an Bord gekommen war; die fleckige Botschaft auf Reispapier hatte zusammengerollt wie eine Viper in einem Metallrohr gesteckt, das mit einem Klumpen roten Wachses versiegelt gewesen war. Oder, überlegte er, vielleicht hatte sie bereits in dem Augenblick begonnen, als das Rohr fern von hier versiegelt worden war.

Er zuckte mit den Achseln. Was soll's. Was sein mußte, würde getan werden. Nun, das konnte er sich selbst sagen, von jetzt an bis zu dem Augenblick, da die Himmelsdrachen in ihrer Wachsamkeit nachließen und in ihrem Ringen Donner und Regen freisetzten. Die Wahrheit war, es würde ein vollständiger Sieg sein.

Die Familie, dachte Drei-Eide-Tsun. Das Leben ist nichts ohne die Familie.

In diesem Augenblick vernahm er leise Geräusche hinter sich, spürte das unendlich schwache Schwanken der Dschunke, als sie an Bord kamen. Stille und das Plätschern des Wassers an der Bordwand, das, wie er wußte, überhaupt kein Geräusch war. Er blickte auf das, was er so fest mit der Faust umklammert hielt. Die Finger seiner linken Hand schienen erfüllt von einer Kraft, die jedes normale Maß überstieg. Feuer aus den Worten auf dem Papier.

»Beim Geiste des Weißen Tigers, ich werde das Erforderliche tun. Ich komme meiner Verpflichtung nach.« Mit einem Ruck riß er das dünne Papier auseinander; welch zartes Medium für Worte, die die Welt verändern konnten.

Ins Wasser mit den Fetzen, die wie Mondstäubchen hinausgeschwemmt würden in die Weite des Südchinesischen Meeres – für alle Zeiten verloren, und doch unauslöschlich in seinem Gedächtnis eingeätzt. Dreimal holte er tief Luft und wandte sich vom Wasser ab. Bald, das wußte er, mußte er fort, wenn er seine Verabredung einhalten sollte. Niemand, nicht einmal sein Sohn Nummer eins, wußte, mit wem er in dem Durcheinander gewundener Wasserwege flußaufwärts zusammentreffen würde.

Sung Po-han, eine Zeitlang nur unter seinem Triadennamen Furchtbarer Sung bekannt, stand schattenhaft im Mondlicht. Er hatte eine Gestalt wie eine Birne: breite Hüften, fast keinen Hals und mit Beinen, die so krumm waren, daß sie bei jedem anderen Mann komisch gewirkt hätten. Nicht bei dem Furchtbaren Sung. Sung war 489, der Kopf der 14K-Triade.

Jetzt kam er über das knarrende Deck näher, spuckte kräftig über die Seite der Dschunke. »Das Rennen der Drachenboote am Sonntag«, sagte er. »Mein Bruder meinte, wettet, wettet, wettet – setzt auf das Boot von T. Y. Chung. Ich sage nein, weil wir mit dem von Drei-Eide-Tsun Geld verdienen.« Er stand vor dem anderen, beobachtete ihn genau, hielt alle wahren Empfindungen hinter seiner Maske von einem Gesicht verborgen. »Ich denke, ich komme besser zur Quelle und finde heraus, wo ich meine schwerverdienten Taels einsetze. Immerhin hat Chungs Boot im letzten Jahr gewonnen.«

Drei-Eide-Tsun behielt sein ausdrucksloses Gesicht bei. »Beim Himmelblauen Drachen, der Kapitän von T. Y. Chung hat betrogen, um diesen Sieg zu erringen. Dieses Jahr haben meine Männer den Befehl, ihren Weg unter allen Umständen freizuhalten.«

»Das klingt ja nachgerade verflucht ernst.« Der Furchtbare Sung saß auf einer großen Taurolle. »So wie ihr beide die Sache angeht, bleibt vielleicht von keinem von euch etwas übrig, worüber man sich in einem der *tai pan*-Häuser das Maul zerreißen könnte.«

»Ich denke, Ihr übertreibt.« Drei-Eide-Tsun hielt ein brennendes Streichholz an seine Elfenbeinpfeife, die er vorher gestopft hatte. Er zog mehrmals heftig daran. Als er zufrieden war, sagte er: »Fehden sind hier Teil des Lebens. Sie sind oft eine gute Möglichkeit, den Wettbewerb anzuregen.« Er sagte das vorsichtig, weil soviel verborgene Empfindung dahinter steckte. Geschäftsfehden waren eine Sache, und es war schon richtig, hier in Hongkong gehörten sie zum Leben. Aber diese Sache mit T. Y. Chung war etwas anderes. Das war recht persönlich. Schrecklich, auch nur daran zu denken.

Der Furchtbare Sung grunzte. »Ihr erwerbt Donnelly & Tungs Tankerflotte, T. Y. Chung kauft die Fan Man Metallwerke; Ihr erwerbt die Tang Shan *godown*-Kette, T. Y. Chung kauft Southchina Electronics. Ich frage mich, wieviel Geld hat er bei dem Versuch ausgegeben, Eure Erwerbungen zu blockieren? Wieviel Geld habt Ihr ausgegeben, um seine Käufe zu verhindern?

Es muß eine Grenze sogar dafür geben, was *tai pan* wie Ihr und T. Y. Chung ausgeben können. Irgendwann werden Eure Finanzreserven gefährlich knapp werden. Mit einer derart dünnen Reserve in einer Zeit, die von den kotfressenden Kommunisten durch ihre schauerlichen Warnungen vor der Zukunft so gefährlich gemacht wird, heißt das, das Unheil heraufbeschwören. Und die überall kreisenden Haie machen es zu einer tödlichen Sache.«

»Haie wie Sawyer & Sons, Five Star Pacific, und Mattias, King, meint Ihr?« Drei-Eide-Tsun nahm die Pfeife aus dem Mund. Er war höchst erfreut, die Unterhaltung von dem schwierigen Thema T. Y. Chung wegführen zu können.

»Verdammt unnatürlich, alle *gwai loh tai pan*«, sagte der Furchtbare Sung. »So sicher, wie ein Hund auf die Mitte der Straße seinen Haufen macht, werdet Ihr Euch mit den ersten beiden zufriedengeben müssen. Was aber Mattias, King & Co. betrifft, so ist das etwas ganz anderes.«

Drei-Eide-Tsun schwieg.

»Ich habe ein Gerücht gehört.«

Tsun fragte sich, welchen Preis der Kantonese wohl für seine Information würde haben wollen. Er lehnte sich vor. »Möchtet Ihr was zu trinken?« Er brachte eine Flasche Johnnie Walker aus dem Schatten hervor.

»Dieses Scheißwetter macht den Mund zur Wüste«, sagte der Furchtbare Sung, packte die Flasche am Hals und trank wie ein Seemann. Dann reichte er seinem Gastgeber den Scotch zurück und beobachtete, wie dieser die Flasche nach oben kippte.

Nachdem die Formalitäten vorüber waren, sagte der Furchtbare Sung: »Ich habe einen dritten Vetter, der nicht zur Triade gehört. Er ist Kapitän eines Handelsschiffes. Vor kurzem kam er zu mir mit einem Problem. Es handelt sich um folgendes: Seine Fahrten werden dauernd von einer Reihe von Frachtdiebstählen heimgesucht. Nichts sehr Ernstes, hat er mir klargemacht, doch genug für seine Herren, daß sie gesagt haben, sie würden die zukünftigen Verluste von seinem Gehalt abziehen. Nun hat mir mein Vetter gesagt, er habe alles in seiner Macht Stehende getan, um diesen Dieb der Diebe ausfindig zu machen. Vergebens.

Folglich kam er zu mir. Ich sagte ihm, ich würde helfen, obwohl das eigentlich völlig abseits von meinen Geschäften liegt.« Der Furchtbare Sung stieß ein gellendes Lachen aus.

»Gerüchte«, sagte Drei-Eide-Tsun und klopfte seine Pfeife an der Außenseite der Reling aus. »Man zahlt oft einen hohen Preis für etwas, das sich bei Tageslicht besehen als völlig wertlos erweist.« Er blies durch das Mundstück, um die Tabakreste zu beseitigen. »Meiner Erfahrung nach muß man sehr vorsichtig sein, wenn es sich um Gerüchte handelt.«

Der Furchtbare Sung nickte mitleidig. »Ohne eine sichere Quelle ist ein Gerücht so nützlich wie die verfluchten Ratten auf einem Schiff. Ich würde nicht einmal eine Kupfermünze für solch ein Gerücht zahlen. Deshalb sehe ich mir die Quellen an, ehe ich Gerüchte für bare Münze nehme. Ich würde auch meinen Freunden nichts anderes erlauben. Das ist eine eiserne Regel.«

»Ich denke, wir können noch einen Drink vertragen«, sagte Drei-Eide-Tsun.

Als die Runde beendet war, sagte der Furchtbare Sung: »Ich habe gehört, Mattias, King & Co. werden Hongkong verlassen, vielleicht schon im Herbst.«

»Hongkong verlassen?« Das interessierte Drei-Eide-Tsun so sehr, daß er Gleichgültigkeit vortäuschte. »Das ist lächerlich.«

»Vielleicht. Für Euch und mich. Wir sind aber keine *gwai loh*. Wenn der *tai pan* von Mattias, King sich, was die Zukunft betrifft, von den

Kommunisten bedroht fühlt, obwohl diese eine Schonzeit von fünfzig Jahren zugesichert haben, hält er das möglicherweise für die richtige Entscheidung.«

»Das würde hier zuviel Unsicherheit auslösen; ihr Besitz hier wäre gefährdet. Beim Geiste des Weißen Tigers, stellt Euch vor, was das für den Hang Seng bedeuten würde! Der Marktwert würde absinken wie ein Stein. Es wäre eine Wiederholung des Herbstes von 1983.«

Der Furchtbare Sung nickte. »Der Hang Seng fiel in zehn Tagen um fast zweihundert Punkte, als die Kommunisten ihre Angstkampagne bezüglich unserer Zukunft begannen. Er hat sich natürlich seitdem wieder recht gut erholt, aber was passiert, wenn der *gwai loh tai pan* etwas weiß, was wir nicht wissen? Es wäre möglich, *heya?* Wenn ich in meinen siebenundsechzig Jahren etwas gelernt habe, dann ist es, daß alles möglich ist. Was ist, wenn die verdammten Kommunisten ihr Wort nicht halten? Was ist, wenn sie hier vor 2047 einmarschieren? Wo stehen wir dann?«

Drei-Eide-Tsun dachte einen Augenblick darüber nach. Sein ältester Sohn würde bald auf dem Weg nach Amerika sein, um eine richtige Ausbildung zu erhalten – und um seine grüne Karte zu bekommen. Das war eine der Sicherungen von Drei-Eide-Tsun gegen die verdammten Kommunisten. Er fragte den Kantonesen nach dem Namen des Schiffes seines dritten Vetters und hielt sich selbst für den Gewinner in diesem Austausch. Hinter ihm suchten laute *walla-wallas* ihren Weg zwischen den Wohndschunken der Hakka. »Wenn das, was Ihr gehört habt, wahr ist, dann sollten wir uns vorbereiten, indem wir unsere Aktien verringern.«

»Aber langsam«, sagte der Furchtbare Sung. »Eine zu schnelle Aktion würde Panikverkäufe auslösen.« Er zündete sich eine Zigarre an und warf das Streichholz über Bord. »Wir werden auch ein Gerangel zwischen Sawyer & Sons und Five Star Pacific erleben.« Er sprach von den beiden mächtigsten westlich geführten *tai pan*-Häusern nach Mattias, King & Co. »Ihr wißt so gut wie ich, daß unter diesen Bedingungen Five Star Pacific gegen Sawyer vorgehen werden. Vor fünf Jahren griffen sie Sawyer durch Aufkäufe über Strohfirmen an. Der alte Mann konnte sie damals gerade noch abwehren.« Als ob ich das nicht wüßte, dachte Drei-Eide-Tsun. »Wer weiß, ob er das heute noch immer kann. Ich persönlich denke, er ist verwundbar.«

Drei-Eide-Tsun gähnte fast. Innerlich aber schlug sein Herz rasend schnell. »Ja, wieso?«

»Gebrauchsgüter«, sagte der Furchtbare Sung in einem wissenden Tonfall. »Five Stars haben die New Territories unter ihre Kontrolle gebracht, jetzt, wo sie dabei sind, das Pu Lo-Abkommen zu unterzeichnen. Dieses Gebiet ist fast sieben Monate lang heftig umworben worden. Wenn Buddha nicht einen Blitzstrahl schickt, denke ich, daß Sawyers Güter geschluckt werden können, wenn man es richtig macht.«

Drei-Eide-Tsun verschränkte die Arme vor der Brust und lehnte den Kopf gegen die Kabinenwand. Er hätte einschlafen können. Heut nacht ist noch viel zu tun, dachte er.

»Mir scheint, daß alles ist aber nicht so wichtig«, sagte der Furchtbare Sung. »Zwar ist alles interessant, *a mi tuo fo.* Aber doch nicht das, weshalb nach mir geschickt wurde, wie ich mit Recht vermute.«

»Nein.« Drei-Eide-Tsun starrte auf die See hinaus. Ein Tanker, pechschwarz, durchbrach den Silberstreifen des Südchinesischen Meeres und fuhr schwerfällig dahin, vielleicht nach Japan. Mondlicht übersäte den Pfad vor und hinter ihm wie eine einsame Straße. »Ich habe endlich etwas von unserer Quelle gehört.«

»Wir sind doch aber noch nicht so weit«, sagte der Furchtbare Sung.

»Mir wurde auch gesagt, daß der nächste Gipfel um eine Woche verschoben worden ist«, fuhr Drei-Eide-Tsun fort und wechselte anscheinend das Thema.

»Das ist schlecht.« 489 stand auf, streckte die Arme über den Kopf. »Pläne müssen aufgestellt werden, Verpflichtungen eingegangen.«

»Das stimmt, leider. Ich befürchte aber, es ist zu umgehen.«

»Für die 14 K ist es nicht unumgänglich. Es ist schon verflucht schlecht, mit Leuten aus Shanghai, Chiu-Chow und dem Rest dieses Packs von raffgierigen Hyänen umzugehen. *Dew neh loh moh,* erwartet Ihr von mir, daß ich durch Reifen springe? Die ganze Idee war von Anfang an Irrsinn.«

»Ist es Irrsinn, daß wir für uns eine Zukunft haben wollen?« Drei-Eide-Tsuns Augen glühten. »Glaubt Ihr, ich würde mich an etwas binden, von dem ich annehm', es wären die Delirien eines Wahnsinnigen?«

»Natürlich nicht, aber...«

»Habt Vertrauen, Sung Po-han«, sagte er, den Namen aus der Kindheit von 489 gebrauchend. »Wenn wir überhaupt noch eine Zukunft haben wollen, müssen wir alle der Quelle vertrauen. Das ist das einzigste, das uns verbindet, das eine Chance in sich birgt, uns wieder zu vereinen. Ihr seid Zeuge der Macht gewesen. Wolltet Ihr bewußt einer solchen Chance den Rücken kehren?«

Der Furchtbare Sung drehte den Kopf und spuckte kräftig über die Seite. »Auf wen sollte ich meine Taels am kommenden Sonntag setzen?« fragte er als Antwort.

»Mein Boot wird an dem Tag siegen.«

Der Furchtbare Sung grunzte und wandte sich ab; er dachte dabei, vielleicht sollte auch ich auf T. Y. Chungs Fahrzeug setzen. Nur um sicherzugehen.

Drei-Eide-Tsun hörte die Wagentür schlagen, als Sohn Nummer eins den Kantonesen heimfuhr; schwerfällig trat er an die Reling seiner Dschunke. Er rieb sein Bein. Das Wetter ändert sich, seine Wunde sagte ihm das.

Er dachte an den Furchtbaren Sung. Sie alle zusammenzuhalten ist, wie wenn man die vier Winde fangen wollte, dachte er. Besonders jetzt. Alles ist so zerbrechlich wie ein Strohhaus. Drachenherz. In jedem plötzlichen Windstoß konnte es weggeblasen werden und es wäre vorbei. Einfach so.

Bei den Acht Betrunkenen Sterblichen, das darf nicht passieren!

Einigermaßen mühselig kletterte er die Strickleiter hinunter und setzte sich in das kleine *walla-walla,* das Sohn Nummer sechs an der Seite der Dschunke vor Anker hielt. Im Schatten, außer Sichtweite für alle. Besonders für den Furchtbaren Sung.

Zeit, dachte Drei-Eide-Tsun. Es reicht gerade noch, um die Verabredung einzuhalten.

»Wo ist er?«

»Wo soll wer sein?«

David Oh beobachtete sie, wie sie das Bett machte. Jemand hatte ihr beigebracht, wie man im Krankenhaus die Laken einschlägt. »Er ist nicht verlegt worden; und er ist nicht entlassen worden.« Er wandte sich Bliss zu. »Sie wissen verdammt gut, von wem ich spreche. Jake Maroc!«

»Er ist nicht hier.« Bliss lächelte süß.

»Das weiß ich. Ich kann sehen, daß seine Kleider nicht im Schrank sind. Wohin ist er gegangen?«

Das fu *fehlt.* Sie war hergekommen, um ihm das zu sagen.

Es fehlt? hatte Jake gefragt. *Das verstehe ich nicht.*

Es ist aus deiner Wohnung verschwunden, sagte sie. *Mariana hat es mitgenommen.*

Aber warum?

Bliss wußte es nicht; deshalb war sie ja hier. Das *fu* war wichtiger als das Leben irgendeines einzelnen, ausgenommen das von Jake.

Für sie war das *fu* kein Geheimnis. Jake hatte sie damit spielen lassen, als sie noch Kinder waren. Es war auch für ihn kostbar, aber aus ganz anderen Gründen.

Du mußt es zurückholen, hatte sie gesagt.

Er hatte sie angestarrt. *Das ist der Grund, warum du zurückgekommen bist!?*

Es ist jetzt in Japan. In Toshima-ku.

Yakuza-Gegend.

Auch der von Nichiren.

Willst du mir nicht sagen, wer du bist? hatte er gefragt.

Du weißt doch, wer ich bin.

Sie hatte darüber gelacht, vielleicht in Selbstverteidigung.

Ich bin Bliss. Hier bin ich.

Er hatte aber nur den Kopf geschüttelt. Ich kenne nur ein kleines Mädchen.

Wenn deine Erinnerungen wieder klar sind, Jake, dann kennst du mich.

Bliss –

Vorläufig mußt du mir glauben, daß ich ein Freund bin. Ich glaube nicht, daß ich sonst etwas von dem fu *wüßte.*

Wenn Nichiren davon weiß, wenn er es jetzt hat . . .

Deshalb mußt du nach Japan gehen. Jetzt.

Was ist mit David Oh?

Ich kümmere mich um die Angelegenheiten hier.

Er blickte ihr starr in die Augen, und Bliss wußte, er war dabei, sich zu entscheiden, ob er ihr trauen sollte oder nicht. *Was hast du zu verlieren?* hatte sie gesagt.

»Was ich weiß, habe ich Ihnen jetzt gesagt«, sagte Bliss zu David Oh.

»Sie haben mir nichts gesagt.«

»Dann wissen Sie bereits, wie weit ich bereits drinstecke. Jake und ich sind zusammen aufgewachsen. Wir waren schon als Kinder Freunde.«

»Und jetzt sind Sie zurückgekommen. Einfach so.«

»Ich will Ihnen etwas Trauriges sagen, Mr. Oh«, sagte sie ernst. »Tod und Verwundung haben es an sich, Zeitschranken niederzureißen. Sie zeigen uns unsere Sterblichkeit. Das Leben ist begrenzt. So ist es auch mit den Früchten der Freundschaft. Es ist ein Jammer, daß erst das Unglück uns das erkennen läßt.«

»Sie werden mir mein mißtrauisches Wesen verzeihen«, sagte er und zündete sich eine Zigarette an. »Das ist angeboren.«

Bliss lächelte. »Ich bin nicht beleidigt.«

»Sie wissen also nicht, wohin Jake gegangen ist?« Es war, als hätte er umgeschaltet auf eine andere Stelle desselben Tonbands.

»Ich kam kurz vor Ihnen hier herein.« Sie hielt ihm ihre offenen Handflächen entgegen. »So viel habe ich gefunden.«

Mit seinen Fragen kam David nicht weiter; sie wußte offensichtlich gar nichts. Sich entschuldigend ging er auf den Korridor zurück. In der Schwesternstation fragte er weiter. Keiner war aufgefallen, daß Jake das Zimmer verlassen hatte – vom Krankenhaus ganz zu schweigen. Eine Schwester rief den verantwortlichen Arzt an, um ihn zu informieren.

Nichts. Es war, als wäre Jake von der Erdoberfläche verschwunden. David Oh drehte sich um, sah Bliss das jetzt leere Zimmer verlassen. Achselzuckend lächelte sie ihm zu.

Er schaltete den starken Empfänger-Sender ein, ein helles Licht im Äther, das um den Erdball sauste. Krachen und Zischen in den Ohren; er stellte den Kopfhörer richtig ein.

Als die Einstellung einwandfrei war, begann er die komplizierten Phasen des Erkennungskodes für Stunde, Tag, Woche, Monat und Jahr. Er wartete geduldig, bis er die als Antwort zurückkommende Zahlenkette hörte.

Kontakt!

»Nichiren«, sagte die Quelle, »habt Ihr Mariana Maroc festgesetzt?«
»Ja.«
»Wo ist sie?«
»Noch in Tokio.«
»Ich möchte, daß sie dort herauskommt. In einer Stadt dieser Größe gibt es zu viele Schwachstellen. Wenn sie von einem Ort zum anderen gebracht wird, würde früher oder später jemand sie sehen.«
»Ich weiß schon, wohin ich sie bringe.«
»Gut. Kümmert Euch darum.« Laut knisternde Störung. »... Ordnung?«
»Bitte wiederholen. Ich habe den ersten Teil nicht gehört.«
»Ist sie in Ordnung?«
»Ich denke schon. Ja.«
»Habt Ihr nicht mit ihr gesprochen?«
»Ich war nicht viel mit ihr zusammen.«
»Gibt es einen Grund dafür?«
Nichiren zögerte, und die Stimme merkte es sofort. »Ihr solltet dabei keine persönlichen Gefühle haben.«
»Das ist unmöglich. Sie ist seine Frau.«
»Na, und? Man kann Disziplin nicht nach den eigenen Launen auslegen. Entweder ist Disziplin vorhanden, oder nicht.« Es gab eine Pause, in der Nichiren spürte, wie ihm der Schweiß ausbrach. »Sagt mir, was Ihr für sie empfindet. Wenn Ihr lügt, weiß ich es.«
»Keii Kisan ist tot. Daran ist ihr Ehemann schuld. Ich ertrage es nicht, mit ihr im selben Raum zu sein.«
»Um so mehr Grund, genau das zu tun.« Der Stimme war kein Verweis anzumerken; das war einer der Gründe, warum Nichiren seine Quelle niemals anlog. »Bleibt mit ihr zusammen, bis die Abneigung schwindet. Ihr seid gelehrt worden, an nichts anderes zu denken, wenn Ihr *wei qi* spielt. Hier ist es genauso. Denkt an das Spiel!«

Die *usagigoya* war zwei Blocks von Yasukumi-*dori* entfernt. Sie war winzig, wie es zu dem Namen – Kaninchenverschlag – paßte, aber man konnte über den Sumida-Fluß schauen, wo er von der Ryogoku-bashi-Brücke überspannt wurde.

Das war Kamisakas Zufluchtsort; Nichiren war auf der ganzen Welt der einzige Mensch, der außer ihr von seiner Existenz wußte.

Kamisaka, die zumindest in Nichirens Vorstellung eine wunderbare Mischung aus Schüchternheit und Aggressivität war, hatte sich monatelang dagegen ausgesprochen, ehe sie schließlich nachgab. Sie zögerte noch immer, als sie seine Hand nahm und ihn nach oben zur Tür des Appartements führte. Den Schlüssel nicht aus der Hand lassend, trat sie als erste über die Schwelle. Dann drehte sie sich um und verneigte sich, wie es sich für eine richtige Gastgeberin gehört, und bat ihn einzutreten.

Natürlich hätte sie sich die Miete allein nicht einmal für diese *usagi-goya* leisten können. Und es wäre auch nicht in Frage gekommen, ihren Vater um das Geld zu bitten; seiner autokratischen Herrschaft wegen brauchte sie eine solche Zuflucht ja gerade. Außerdem hätte er sie stundenlang nach den Gründen befragt, warum sie eine solch große Summe Geldes benötigte.

Kamisaka war eine kluge Frau, auch wenn sie erst neunzehn Jahre alt war. Sie war zu ihrem älteren Bruder gegangen, einem sehr erfolgreichen Rechtsanwalt. Als Gegenleistung für seinen Schutz, ohne Fragen zu stellen, hatte sie eingewilligt, bis zum Verlassen der Schule an drei Tagen der Woche umsonst in seinem unterbesetzten Büro zu arbeiten. Sie hatte jetzt nur noch ein Jahr vor sich. So groß die Belastung für sie auch war, sie beklagte sich nicht.

Ihre größte Freude – als sie sich schließlich daran gewöhnt hatte, ihre Zuflucht mit einem anderen Menschen zu teilen – war es, Nichiren bitteren grünen Tee zu bereiten. Die Kunst der *chano-yu,* der Teezeremonie, hatte sie früh gelernt – dafür hatte ihre Mutter gesorgt. Kamisaka hatte das angenommen wie ein Karpfen einen funkelnden neuen Teich.

In ihr, sagte sie, erlebte sie einen absoluten Frieden. Und mit Nichiren empfand sie es besonders entspannend. Er war eine geheimnisvolle Figur in ihrem Leben, über zwanzig Jahre älter als sie, offensichtlich wohlhabend – sie hatte einen hervorragenden Blick für Maßanzüge und die Art und Weise, wie Leute ihr Geld ausgaben – und, was vielleicht das Wichtigste war, er besaß das Auftreten des Traditionalisten der alten Oberschicht. Manchmal fühlte sie sich regelrecht bürgerlich in seiner Gegenwart, als wäre sie zurück im achtzehnten Jahrhundert und sie, Tochter eines Kaufmanns, wäre durch irgendeine kulturelle Verwirrung mit einem *samurai* in Kontakt gekommen.

Wenn sie aber die Teezeremonie zelebrierte, verschwanden Dinge wie Geld und Klassenunterschied. Nur die Würdigung der vorgeschriebenen Höflichkeit wurde beachtet.

Andererseits war Kamisaka verrückt nach seinem Körper. Seine muskulöse Gegenwart an ihrer seidigen Glätte war Balsam für ihre müden Nerven. Der Schmerz in ihrem Unterleib, der die ganze Zeit über, da sie gezwungen war, vor der diktatorischen Herrschaft ihres Vaters klein beizugeben, wie eine grelle unerbittliche Sonne war, wurde völlig überlagert von der Wolke, die ihr Liebhaber war.

Obwohl erst kürzlich verlobt, ist sie mit keinem anderen Mann als Nichiren ins Bett gegangen. Ihr zukünftiger Ehemann war nicht ihre Wahl, sondern ihr vom eisernen Willen ihres Vaters diktiert. Die Ehe sollte dazu dienen, die beiden Familien zu stärken. *»Keibatsu«,* hatte ihr Vater in Beantwortung ihrer begründeten Proteste gesagt, »wird unsere beiden Familien stärker machen. Deine Ehe mit Shizuki-*san* wird für alle Beteiligten gut sein.« Als letzte Rettung hatte Kamisaka es mit Hysterie versucht, aber dem hatte ihre Mutter rasch ein Ende gesetzt, indem sie Kamisaka zur Seite nahm und sie ermahnte, daß ›keine zivilisierte Dame von Kultur und Herkunft daran denken würde, sich derart ihrem Vater und dem zukünftigen Ehemann gegenüber zu benehmen‹.

Jetzt mußte Kamisaka sich nicht mehr um die Heirat sorgen. Shizuki-*sans* schrecklicher Tod auf den Geleisen der Untergrundbahn vor einer Woche hatte ihre ganze Familie in Trauer versetzt. Innerlich hatte Kamisaka ihr *karma* gesegnet, während sie im stillen den *kami* ihrer Vorfahren dankte, zu denen sie um Rettung gebetet hatte.

Dämmerung über Tokio. Die Neonlichter warfen die herankriechende Dunkelheit zurück und verliehen ihrem Teil des Himmels die blassen streifigen Farbtöne der Innenseite einer Muschelschale.

Wenn Nichiren bei ihr war, zündete sie nur die Nachttischleuchte an. Die schwache Lampe unter dem Reispapierschirm verbreitete einen Schein, der sie beide erwärmte. Aber jetzt, wenn sie allein war, mußte sie sogar am hellen Tag alle Lichter anmachen. Was sie auch tat, es wollte ihr nicht warm werden.

Tatsächlich hatte Kamisaka in den letzten Wochen Angst bekommen vor ihren eigenen Gefühlen. In der Schule, sei es im Unterricht oder bei Prüfungen, ertappte sie sich bei den Gedanken an Nichiren. Wie Geißblatt schien er sich um ihren Verstand gerankt zu haben. Ohne ihn kam sie sich leblos vor, schwung- und ziellos.

Das jedoch waren Probleme, die nur sie selbst etwas angingen; sie wußte, sie durfte ihm niemals etwas davon sagen – oder irgendeinem anderen. Deshalb empfing sie seine Mitteilung mit einem Schauer schrecklicher Furcht.

»Kamisaka-*san*«, sagte er sanft, »ich muß weg. Wahrscheinlich für lange Zeit.«

Kamisakas Herz erstarrte, und ihre Zunge klebte am Gaumen. Es war nicht das erstemal, daß er das zu ihr sagte – immer wieder ging er auf sehr geheimnisvolle Reisen. Irgendwie hatte das zu seiner Anziehungskraft beigetragen, denn in ihrer romantischen Fantasie konnte sie sich ausmalen, was er tat; heroisch ein Unrecht in Recht wandeln oder sonst etwas, von dem sie im Innersten wußte, daß es absurd sei. Und doch hatten diese simplen Tagträume dazu beigetragen, daß sie ihn bei jedem Wiedersehen mehr liebte.

Während sie in seine ungewöhnlichen Augen starrte, sah Kamisaka, daß diese Reise anders war. Irgendwie war es ihr möglich, alle Schichten seiner eisernen Täuschung zu durchdringen. Sie wußte, daß »eine lange Zeit« sehr wohl bedeuten könnte »für immer«.

Das Herz klopfte ihr bis zum Hals herauf, und sie kämpfte gegen den Drang, die Augen wie ein in Panik geratenes Tier weit aufzureißen. Der Gefühlsüberschwang war so stark, daß plötzlich Übelkeit sie überkam.

Sie sehnte sich danach, die Augen zu schließen; sie spürte das Verlangen, zu seinen Füßen zu weinen und gleichzeitig keifend über ihn herzufallen wie eine alte Vettel. Sie tat jedoch nichts von alledem und dachte an die Worte ihrer Mutter, daß ein solches Verhalten sich für eine zivilisierte Dame von Kultur und Herkunft, die Kamisaka sicherlich war, nicht gehörte.

Sie neigte vielmehr den Kopf und murmelte: »Ich wünsche dir viel Glück.«

Nichiren beobachtete sie. »Kamisaka-*san* . . .« Er hielt einen Augenblick inne, und in der Stille konnte er über dem gedämpften Geräusch des Rush-hour-Verkehrs das traurige Heulen eines Flußbootes auf dem Sumida hören. Der Klang stimmte Nichiren melancholisch und ließ ihn sich nach der ländlichen Gegend sehnen, wo er aufgewachsen war. »Möchtest du mit mir reden? Kamisaka-*san* . . .«

Sie schüttelte den Kopf, die Kaskade ihres langen, dichten Haars fiel über ihre Schultern herab, verdeckte einen Teil der Vorderseite ihres Kimonos.

»Ich muß aber . . .«

Ihr langer, schlanker Zeigefinger, den sie gegen seine geschürzten Lippen preßte, unterbrach ihn. Sie drängte sich auf dem Bett an ihn. Ihr Körper war heiß unter der dünnen Seide, die fließend zwischen ihnen lag, eine Schranke für ihr erwachendes Verlangen.

Nichiren hob die schwieligen Hände und legte sie leicht auf ihre Schultern. Behutsam schob er sie nach unten und nahm dabei den Kimono mit.

Seine Lippen verließen die ihren noch voller Verlangen, seine Zunge glitt in die Halsgrube, dann hinunter zu den nackten Brüsten. Sie waren klein und fest, mit ungewöhnlich reagierenden Warzen. Unter seiner zärtlichen Liebkosung schienen sie auf die Länge eines Fingergliedes anzuwachsen.

Kamisaka stöhnte mit offenem Mund. Ihre geschlossenen Augenlider flatterten. Sie hatte den Hals eines Schwans. Das Lampenlicht ließ ihre straffe Haut glänzen. Als Nichirens Mund nach unten ging, schlug sie die Augen auf. Sie liebte es, ihn zu beobachten, wenn sie beisammen waren. Ihr eigenes Vergnügen schien sich zu steigern, während sie das Spiel seiner Muskeln beobachtete. Der Anblick seines nackten Körpers war ein derart erotischer Reiz für sie, daß sie oft spürte, wie sie vor Erregung heiß und feucht wurde, während er sich anzog, rasierte oder unter die Dusche ging.

Sein Körper war genau so, wie Kamisaka es sich erträumt hatte. In der Schule hatte sie die männlichen Sportler beobachtet, wenn sie in ihren Uniformen aus Shorts und ärmellosen Netzhemden trainierten: lange, flache Muskeln, denen eines *kenjutsu sensei* oder eines Langstreckenläufers ähnlich, aber nicht denen eines Ringers oder Bodybuilders. Kamisaka hatte oft die Muskelberge gesehen, die vom Hantelpumpen herrührten – es schien, als trügen viele ihrer Klassenkameradinnen Magazine mit sich herum, die voll waren von Farbfotos von eingeölten Gestalten, die wie eingebildete Pfauen posierten – aber sie konnte darin nichts Attraktives sehen.

Sie liebte es, die Finger in Nichirens Muskeln zu bohren, genau zu fühlen, fast wie ein Arzt, wie weit sie nachgeben würden und an welchem Punkt sie ihr absoluten Widerstand leisteten.

Wenn sie vereint waren, tat sie nichts lieber, als ihn zu beißen. Die doppelte Befriedigung dadurch, daß er heiß in sie eindrang, während sie zwischen ihren Zähnen seine feste Haut spürte, verfehlte niemals, ihren Orgasmus wie eine riesige Blüte in ihrem Inneren aufgehen und ihre Glieder sowie das pochende Herz zerfließen zu lassen.

Sie ließ ihn nicht mit dem Mund zu ihr kommen, wenn sie nicht das Gleiche tun konnte. Sie hielt ihn mit den Lippen umfaßt, bis Nichiren auf dem Bett hin- und herschlug und sie beide in die Laken verwikkelte. Kehrte er dann nach dem ersten Sturm auf seinen Platz zwischen ihren Schenkeln zurück, genoß sie seine Liebkosungen, bis sie die heftigen Wellen spürte, die ihn durchfuhren, sich vervielfältigten und zu einem Teil ihrer eigenen Flutwelle der Lust wurden.

Kamisaka war keine passive Liebhaberin, und sie verabscheute Frauen, die es waren; sie war sicher, das feststellen zu können, indem sie sie nur in eine Unterhaltung verwickelte. Sie hielt nichts davon, sich einfach zurückzulegen und auf alles im Leben zu warten – besonders auf das Vergnügen. Obwohl sie gut ausgebildet worden war und deshalb einem *gaijin,* einem Nicht-Japaner, an der Oberfläche sanft und fügsam erscheinen mochte, war doch nichts weiter von der Wahrheit entfernt.

Gerade diese Sicherheit war es gewesen, durch die Nichiren sich zu ihr hingezogen gefühlt hatte. Vor Kamisaka hatte er sich nicht vorstellen können, die Nacht mit einem Mädchen ihres zarten Alters zu verbringen, ganz zu schweigen davon, eines regelmäßig aufzusuchen.

Kamisaka hatte ihn aber an eine Grundregel des Lebens erinnert – daß alles wandelbar ist, wie auch alles möglich ist.

In dieser Nacht waren ihre Liebkosungen noch zärtlicher als gewöhnlich, ihre gemurmelten Worte für ihn süßer als alle, an die er sich erinnern konnte. Inmitten seiner stürmischen Leidenschaft, gehalten von ihren Fingern und ihren arbeitenden Lippen, der Zunge und dem Gaumen, spürte Nichiren ein völlig anderes Gefühl in sich aufsteigen. Statt ihn aber aus seiner Ekstase herauszureißen, riß es ihn noch tiefer hinein. Er empfand mehr Leidenschaft, mehr Lust als je zuvor – ja mehr, als er überhaupt für möglich gehalten hätte.

Nichiren spürte, wie Kamisakas Schlangenzunge seine Leidenschaft auf die Spitze trieb, ohne zum Überlaufen zu führen.

Ihre samtenen Schenkel erhoben sich wie die Säulen Buddhas zu beiden Seiten seines Kopfes, das Beben ihrer Muskeln an den Innenseiten übertrug ihre Erregung in spürbaren Wellen auf ihn. Er wühlte sich noch tiefer hinein, bis er sie so einhüllte wie sie ihn.

Mit dem Ansteigen dieser neuen Empfindung fand Nichiren auf eine ganz andere Art als gewöhnlich Kamisaka wieder. Er war in ihr, ohne in sie eingedrungen zu sein. Wie war das möglich? Es geschah nicht oft, daß Nichiren sich selbst Fragen stellte, weil er sich auf seine voll entwickelten Instinkte verließ, die ihm auf seinem Weg durchs Leben die Antworten lieferten.

Und in diesem völlig offenen Zustand spürte Nichiren ihre Furcht so greifbar, als hätte er inmitten eines dunklen Waldes einen Vogel mit gebrochenen Flügeln gefunden.

Er erkannte das Wesen dieser Furcht genau in dem Augenblick, da das Begreifen seines eigenen Fühlens ihn durchflutete. Dann überkam sie beide der von ihm und Kamisaka erzeugte Sturm der sexuellen Entspannung und vertrieb eine Zeitlang alle anderen Gedanken.

Im Abklingen schlief Kamisaka erschöpft ein. Sie lag leicht zusammengerollt auf der rechten Seite, das Gesicht Nichiren zugewandt.

Lange Zeit lag er wach neben ihr. Er tat nichts, sondern beobachtete sie nur, zeichnete mit den Augen die Umrisse ihres Körpers nach und bemühte seine Erinnerung bei den Stellen, die das unzureichende Licht nicht erreichte. Er empfand ihr Atmen, als läge er am Strand ausgestreckt in der Brandung, dem Saugen und Ziehen der Gezeiten ausgesetzt. Der Glanz ihres langen Haars zeigte das gleiche geheimnisvolle Glitzern des Sonnenlichts, das sich am Horizont auf dem Ozean ausbreitete.

Wie gern hätte er sie berührt, er tat es jedoch nicht. Er fürchtete, sie würde wach werden und konnte die Beendigung dieses Augenblicks nicht ertragen. Er gab sich damit zufrieden, die Wärme ihres Atems auf seinem Handgelenk zu spüren.

Gleichwohl wußte er, dieses Gefühl konnte nicht lange dauern. Die Zeit verrann zu schnell. Langsam, vorsichtig, um sie nicht zu wecken, stand er auf. In völliger Stille zog er sich an. Draußen, auf dem Sumida heulte das Flußboot oder auch ein anderes, und es klang wie der Schrei eines Kindes.

Sehr rasch ging er hinaus.

Unter dem Schutz der Anonymität nahm Jake am Flughafen Narita den stadteinwärts fahrenden Bus. Er hatte keine Schwierigkeiten gehabt, unter seinem Paßnamen Paul Richardson, Vertreter einer New Yorker Versicherungsfirma, auf Urlaub in Japan, an der Einwanderungskontrolle vorbeizukommen.

Regen tropfte an den Fenstern herab, während der überfüllte Bus fast geräuschlos auf seinem Weg nach Tokio hinein dahinraste.

Es war schon seltsam, so kurz nach der Explosion wieder hierherzukommen. Erinnerungen an die Hochstimmung der *dantai* überwältigten ihn heftig. Manchmal in den letzten Tagen hatte er ihr Fehlen so akut gespürt, daß er zeitweilig desorientiert gewesen war.

In Tokio nahm Jake die U-Bahn nach Toshima-*ku* und meldete sich in einem kleinen, nicht teuren Hotel an, von dem er wußte, daß es nicht vom normalen Durchgangsverkehr frequentiert wurde. Obwohl westlich eingerichtet, hatte es doch nur eine Toilette auf jedem Flur und gar keine Dusche. Das war Jake egal; er hatte entschieden, daß der beste Platz für ihn in einem *sento* war.

Wie fast alle billigen *hoteru,* war auch dieses gerade um die Ecke von einem öffentlichen Bad gelegen. Er trat durch die gläserne Schiebetür mit der Bezeichnung HERREN, kaufte eine Eintrittskarte und ein kleines, dünnes Handtuch, das auch als Waschlappen diente. Damit betrat er den ersten der gekachelten Gemeinschaftsräume, wo eine Wärterin ihm einen Weidenkorb für seine Kleider reichte, den sie dann auf ein offenes Regal stellte. An Diebstahl dachte hier niemand.

Im nächsten Raum befanden sich die offenen Duschen und, tiefer an der weißgekachelten Wand, zwei Wasserhähne. Es war wichtig, sich hier gründlich zu reinigen, ehe man in den Beckenraum ging.

Nackt ging er zu den Wasserhähnen und schrubbte sich gründlich ab. Er spürte die Stellen, wo sein Körper noch wund und geschwollen war. Wenn auch aller Binden ledig – und auch die schlimmsten Verfärbungen waren verschwunden –, machte er doch eine vollständige Inventur seiner Schmerzen.

Sein Verstand fühlte sich noch immer fremd in seinem Kopf an, fast als hause er jetzt im Körper eines anderen. Seit dem Überfall im O-henro-Haus hatte er das Gefühl, als lebte er das Leben eines anderen. Was war mit seinem eigenen geschehen? Seine Frau war fort – vielleicht unverständlicherweise zu seinem Erzfeind; sein *fu* fehlte; ein Mädchen – nein, stimmt nicht, eine Frau! –, die er jahrelang nicht gesehen hatte, war in sein Leben zurückgekehrt, ebenfalls unerklärlicherweise.

Und die *dantai* – dahin, dahin, dahin! Das war allein sein Fehler. Blind waren sie ihm gefolgt, und er hatte ihnen den Tod gebracht. Schock und Furcht waren wie der Geschmack rohen Schießpulvers in seinem Mund. Mandy Choi hatte ihn vor dem Tod gerettet. Wer hatte ihn aus den Trümmern gezogen? Wer von der *dantai* war gestorben, um ihn zu befreien? Er würde das niemals wissen, und irgendwie erschien diese kleine Tatsache ihm schrecklicher als alle anderen.

Als er mit der Seife über die Schläfe fuhr, zuckte er zusammen. Die schlimmste Stelle. Vorsichtig berührte er sie noch einmal, um zu fühlen, wie tief es ging. Er schloß die Augen. Er mußte sich erinnern, wo er war, was er hier machte.

Mariana.

Mariana finden. Das *fu* finden.

Er ging weiter in den nächsten Raum. Dieser war ein ganzes Stück größer. Hier wurde durch ein offenes Rohr auf den Grund des Beckens unerträglich heißes Wasser eingelassen. Am anderen Ende tropfte aus einem Hahn kaltes Wasser. Nur die mit einem schwachen Herzen versammelten sich dort. Natürlich erwartete man von allen *gaijin,* daß sie sich in die Nähe des kalten Wassers setzten.

Nackt wählte Jake einen Platz in der Mitte des Beckens aus und ließ sich langsam in das dampfende Bad nieder. Leise stöhnte er vor sich hin, als seine gespannten Muskeln auf die Hitze reagierten.

Rechts von ihm ragte eine Wand, über der auf einem hohen Stuhl ein Wärter saß und wie ein Schiedsrichter das Männerbad, in dem Jake sich einweichen ließ, und auf der anderen Seite das Frauenbecken überblickte.

Schweiß lief ihm aus dem dichten Haar über die feuchten Wangen und das Kinn herab. Die anderen Badenden nahm er durch den Dampfschleier nur schwach wahr, der von der fast stillen Wasserfläche des Beckens aufstieg. Wenn er seine Stellung änderte, zwang ihn die Temperatur des Wassers, das mit der übertriebenen Langsamkeit eines Betrunkenen zu tun. Und wirklich, er fühlte sich erleichtert von der intensiven Einwirkung der Hitze.

Losgelöst, nur nicht von der Hitze. Er durchmaß die Tunnel seiner Erinnerung . . .

Mit sieben, in einem Frühjahr, das ungewöhnlich heiß gewesen war, hatten er und mehrere Freunde die Gelegenheit wahrgenommen, die ein Feiertag bot, um von der Insel zu fliehen. Es war Ta Chiu, das Fest der Geisterbesänftigung, und sie hatten die Fähre benützt, um zu der winzigen Fischerinsel Cheung Chau zu fahren.

Jake und seine Freunde hatten die erste sich bietende Gelegenheit genützt, um von den alten, zerfallenden Kaianlagen zu springen. Während Männer mit nackten Oberkörpern damit beschäftigt waren, die zwanzig Meter lange Bambushütte für das Fest zu errichten, hatten die Kinder sich in einen Wettbewerb eingelassen, wer Steine am weitesten flach über das Wasser springen lassen konnte.

Nach dem Essen waren sie die staubigen Pfade an der Reihe der Bambushütten entlanggegangen. Drinnen konnten sie zusehen, wie die Männer drei Meter hohe Nachbildungen des Festtriumvirats der herrschenden Götter aus Papiermaché errichteten. In der Mitte stand der weißbärtige Weise. Er wurde flankiert auf der Linken von dem grimmig blickenden Dämonengott und auf der Rechten von dem leuchtenden Kriegergott in voller Rüstung. Diese Papiermachéfiguren waren so raffiniert gearbeitet, daß die Kinder wie verzaubert zuschauten, als die Figuren vor ihren Augen scheinbar lebendig wurden.

Im dunstigen Zwielicht kamen Lichter näher, und Fackeln wurden angezündet. Eine Prozession von Frauen trug die langen Stangen herbei, an denen frischgebackene süße Brötchen befestigt wurden. Mit viel Geschrei und Aufregung wurden die Stangen aufgerichtet, so daß die Kuchen sich in den dunklen Himmel erhoben, wo sie von den hungrigen Seelen der Piratenopfer im neunzehnten Jahrhundert auf dieser Insel verspeist werden sollten. Kinder versammelten sich in zunehmender Zahl rings um die Stangen. Der Höhepunkt von Ta Chiu war fast gekommen. Die Seelen hatten Zeit gehabt, sich zu sättigen, jetzt waren die Lebenden an der Reihe.

Auf ein Signal von einem der Männer, die als Schiedsrichter bestimmt worden waren, stand es den Kindern frei, an den Stangen hochzuklettern und, wenn sie so weit kamen, das zu nehmen, was von den Kuchen noch übrig war, und es zur Belohnung zu essen; so erwarben sie auch Glück für das kommende Jahr.

Jake und Bliss sprangen an zwei nebeneinander stehenden Stangen hoch. Das Feuer sprühte Funken und knisterte rings umher, wie in einem Feuerwerk. Weit draußen brachte das Glitzern des Ozeans ein Gefühl von der Welt außerhalb ihrer *juk saan,* der Bambusberge.

Bliss war behende, aber Jake hatte mehr Kraft und, was vielleicht wichtiger war, mehr Durchhaltevermögen. An der Spitze der *juk saan* griff er nach dem Kuchen und riß ihn von der Stange. Dann nahm er ihn zwischen die Zähne und glitt wieder hinab. Am Boden wurde er umringt und beglückwünscht. Bliss hingegen wurde nicht so begrüßt. Sie hatte nur dreiviertel der Höhe erreicht, als die Kraft sie verließ.

Jake löste sich aus der Menge und brach den Kuchen in zwei Stücke. Zögernd nahm Bliss das Stück entgegen, das er ihr reichte.

»Das bedeutet aber, daß du nur die Hälfte des Glücks haben wirst, das du dir verdient hast.«

Jake zuckte mit den Achseln. »Vielleicht sollte man Glück teilen«, sagte er, indem er ihr das Teigstück aufdrängte. »Vielleicht vermehrt es sich auf diese Weise.«

Glücklich bei diesem Gedanken biß Bliss in ihr Stück hinein. Sie kauten zusammen. Später, als sie die letzte Fähre zur Insel verpaßt hatten, rief Jake zu Hause an und gab seiner Mutter die Namen aller Kinder durch, die bei ihm waren, damit sie deren Familien benachrichtigen konnte. Sie sprach wohl mit ruhiger Stimme, aber sogar durch das Telefon erkannte Jake, daß sie sich sorgte. Er bat sie, sich keine Gedanken zu machen.

Wegen des ungewöhnlich warmen Frühlingswetters schien es nicht nötig, eine Unterkunft zu suchen. Das Fest war beendet. In den Bambushütten starrten nur die großen Götter blind und unbeweglich vor sich hin. Die Kinder fanden Plätze, wo sie sich hinlegen und es sich bequem machen konnten.

Jake und Bliss fielen gemeinsam in den Schlaf, doch nach ein paar Stunden wurde er von irgend etwas geweckt. Es war tief in der Nacht. Die Lichter waren gelöscht worden, und nur die Stümpfe der Fackeln waren übriggeblieben und flammten tropfend manchmal kurz auf.

Jake schaute sich um, als erwartete er eine Wiederholung des Geräusches, das ihn aus dem Schlaf geholt hatte. Oder hatte er geträumt? Er war sich nicht sicher. Kein Mensch war zu sehen. Er starrte nach oben. Die Sterne, kalt wie Diamanten, glitzerten auf ihn herab wie Drachenaugen.

Wieder das Geräusch.

Er wandte den Kopf. Es schien aus den Schatten der Bambushütte zu kommen. Den Arm von Bliss wegschiebend, den sie um seine Hüfte gelegt hatte, stand Jake auf. Vorsichtig ging er auf die Hütte zu.

Drinnen ging er um die Sockel der Statuen herum und schaute in jede Ecke. Vielleicht ein Hund, dachte er. Da war nichts. Es war, als wäre auf ganz Cheung Chau er allein noch wach.

Dann bemerkte er eine winzige Bewegung und schaute hoch. Hatte eine der Statuen sich bewegt? Das war unmöglich. Sie bestanden doch aus Papiermaché. Jake hatte selbst gesehen, wie sie gebaut wurden. Und doch ... hatte der Kriegergott nicht während des ganzen Ta Chiu starr geradeaus geblickt? Jetzt war sein Blick gesenkt, fast als blicke er direkt auf Jake!

»Du schaust mich an, als würdest du mich kennen.«

Jake fuhr herum. Der Kriegergott hatte gesprochen!

»Hast du keine Zunge, junge Kaulquappe?«

»Ich ...« Jake blickte nach oben. »Du kannst nicht lebendig sein. Ich hab' gesehen, wie du gebaut wurdest.«

»Du hast mein Abbild gesehen. Jetzt wohne ich in dem Abbild.«

»Du bist aus Papier und Leim gemacht«, beharrte Jake.

»Oh, du vorwitziges Kind. Ist auf dieser Welt kein Platz mehr für Wunder?« Dabei bewegte sich der rechte Arm des Kriegergottes.

»Da, siehst du?«

Jake langte nach oben, zog an den Fingern der rechten Hand des Kriegergottes und zerrte, bis der Arm abbrach und neben ihm auf den Boden fiel. »Gott, Gott«, rief er. »Welcher Gott? Es gibt nur einen Gott!«

Schatten bewegten sich, als die Panzerplatten der Statue aufschwangen. Ein Mann trat aus dem hohlen Inneren der Figur. »*Ein* Gott?« Sein Gesichtsausdruck zeigte Überraschung. »Und wer hat dich das gelehrt, junge Kaulquappe? Das ist sicherlich keine chinesische Idee.«

»Meine Eltern.«

Der Mann kletterte herab und nahm auf dem Papiermachéfuß des Gottes Platz. Er hatte ein schmales Gesicht und eine hohe Stirn. Das, was von seinem Haar noch vorhanden war, war sehr lang und schütter. Jake hatte diesen Typ schon früher in einem Bilderbuch gesehen und wußte, er stammte aus einem anderen Zeitalter.

»Ich bin Jake«, sagte er. »Jake Maroc.«

»Juden«, sagte der Chinese sanft. »Deine Familie ist jüdisch.«

Jake nickte. »Habt Ihr einen Namen?«

»Fo Saan.«

Jake starrte den Mann an. »*Fo saan* heißt ›Vulkan‹.«

»Tatsächlich?« sagte Fo Saan. »Was bedeutet *dein* Name?«

»Ich weiß es nicht.«

»Nun, es wäre vielleicht an der Zeit, daß du das feststellst.«

– Jetzt blieb sein Kopf bei der Hitze des Bades und dem Druck seiner Gedanken gesenkt. Er fühlte sich in einem riesigen Gespinst verfangen, dessen Muster ihm verborgen war. Unter Schmerzen bewegte er sich von einem feinen, glänzenden Faden zum nächsten, ohne das gesamte Muster erkennen zu können. Er wußte, er war verloren, wenn er nicht dieses Muster erkennen und es *für* sich, anstatt wie jetzt gegen sich arbeiten lassen könnte.

Jake schloß die Augen, versank wieder in der Vergangenheit.

Fo Saan war ein Künstler, aber anders als alle, denen er bisher begegnet war. Fo Saan war zum Beispiel der Ozean bekannt. Er hatte Jake gezeigt, was darunterlag und die wechselnden Färbungen schuf; er hatte die Verschmelzung der See mit der Küste beschrieben, das allmähliche Aufsteigen von Gestein, das von den mahlenden Hebungen der Erde verursacht wurde.

Sie waren, wie Jake bald entdeckt hatte, die Quellen von Fo Saans Macht. Er wußte, wie man die Kräfte der Natur einspannt, um sie zu nützen, wenn man sie braucht.

»Sind solche Dinge für dich interessant?« hatte Fo Saan ihn in jener ersten heißen Nacht gefragt.

Jake hatte daran gedacht, wie schwierig es manchmal war, in Hongkong als *gwai loh* aufzuwachsen. Natürlich war Bliss seine Freundin. Sie war Eurasierin. Wer sonst würde mit ihr spielen?

Durch wie viele Gassen hatte Jake Umwege gemacht, um weitere Prügel zu vermeiden, nachdem er seine ersten in einer Gasse von Chinesen bezogen hatte.

Was war es wirklich, das Fo Saan ihm anbot?

»Wenn du eine Waffe aufnimmst«, hatte Fo Saan einige Zeit später gesagt, »mußt du erst einmal wissen, was du handhaben wirst.« Er hatte ein Langschwert gezogen, die Schneide so scharf, daß Jake sie nicht sehen konnte. Das war das erste, was Fo Saan ihm darüber beigebracht hatte. Es sollte noch vieles andere kommen, ehe er Jake erlaubte, auch nur die Hände um den Griff zu legen. Jake sollte Atmung, Gleichgewicht, Haltung und anderes erlernen, ehe er eine Waffe in die Hand nahm. Er mußte lernen, seinen Körper als Armee zu betrachten. Seine Schwächen wie auch seine Stärken, seine Grenzen zu verstehen.

Während er nach der Schule täglich mit Fo Saan trainierte, entwickelte sich sein Körper, streckte sich und wurde hart, die Muskeln bauten sich auf um biegsame Knochen und zähe Sehnen. Es war nicht so, daß seine Eltern die Veränderung in ihm nicht gesehen hätten. Das Gegenteil war der Fall. Seine Mutter aber, ängstlich nach den ersten Straßenkämpfen, in die er unvermeidlich geraten war, sah einen anderen Menschen entstehen; da sie klug war, hütete sie sich, in den Entwicklungsprozeß einzugreifen. Daß das vielleicht eine atypische Reaktion von einem Elternteil war, ist nicht überraschend, da sie weit davon entfernt war, eine typische Mutter zu sein und von Anfang an in Jake den Kern von Einmaligkeit gesehen hatte, den sie nun täglich vor ihren Augen sich entfalten sah.

»Wenn du Verbündete hast«, sagte Fo Saan, »schließe dich mit ihnen zusammen. Wenn du dich auf feindlichem Gebiet befindest, verweile nicht. Gerätst du in Gefangenschaft, mußt du deinen Körper ruhighalten und alle Gedanken konzentrieren, bis sich von selbst ein Ausweg anbietet. Aber bei alledem mußt du daran denken, daß es einige Straßen gibt, denen du nicht folgen darfst, einige Feinde, die nicht zu schlagen, einige Städte, die nicht anzugreifen sind, und gewisse Gebiete, um die man nicht kämpft.«

Jahre später war Jake darauf gekommen, daß Fo Saan »Die Kunst des Krieges« von Sun Tsu wiedergegeben hatte. Jake fragte sich jetzt, ob er wohl auf einer der Straßen ging, denen er nicht folgen sollte. Falls ja, wußte er, wohin sie unweigerlich führen mußte: in eine Sackgasse, wo letztlich die einzige Möglichkeit darin bestand, bis zum Ende zu kämpfen.

Jake spürte eine Bewegung im heißen Wasser, schaute nach links. Er erblickte einen jungen Japaner mit einem Wieselgesicht. Tätowierungen bedeckten seine Brust, die Schultern, Oberarme und den Rücken wie ein phantastisches Hemd.

»Ich sollte eigentlich gar nicht hier sein«, sagte Wieselgesicht. »Nicht nach dem Schlamassel im O-henro-Haus. Diese Information war teuer.« Er blickte um sich, obwohl niemand in ihrer unmittelbaren Umgebung zu sehen war. »Ihr hättet mir sagen müssen, warum Ihr Nichiren finden wolltet. Ich wußte ja nicht, daß er halb nach Hiroshima geblasen werden sollte.«

»Er war es, der Sprengstoff gebraucht hat.«

Wieselgesicht lachte schallend. »Buddha, das hätte ich auch getan, wenn Ihr mich gejagt hättet.«

»Ich brauche wieder Eure Hilfe«, sagte Jake.

Wieselgesicht schaute weg. »*Neh.* Nichts zu machen.«

»Es ist aber wichtig, sonst wäre ich nicht so schnell hinter Euch her, nach dem letzten Tip, den ich von Euch gekauft habe. Ich weiß, womit Ihr zu kämpfen habt.«

»Seht, ich glaube nicht, daß Ihr es wißt. Ihr habt keinen Anhaltspunkt. Was macht Euch überhaupt so schlau?«

Jake erkannte die Nervosität des Japaners und entschloß sich, etwas kürzer zu treten. »Die Sache ist die«, sagte er vorsichtig, »es ist jetzt persönlich geworden.«

»Das überrascht mich nicht«, erwiderte Wieselgesicht. »Was erwartet Ihr, nachdem Ihr Nichirens besten Freund getötet habt? Das wird er Euch eine ganze Weile nicht vergessen.«

Darauf wußte Jake nichts zu sagen. »Zehntausend U. S.«

»Nichts zu machen.«

»Wenn es eine Sache des Geldes ist . . .«

»Ist es nicht«, unterbrach Wieselgesicht. »Es geht um meinen Hals, versteht Ihr?« Er schnaubte. »Ich kann nichts mehr tun. Ihr könnt froh sein, daß ich gekommen bin. Ich denke, das war ich Euch schuldig.«

»Ich kann es selbst nicht tun.«

»Das ist schlecht. Daran hättet Ihr denken müssen, ehe Ihr ihn habt durch die Finger schlüpfen lassen.«

Jake dachte einen Augenblick nach. Wenn die Quelle des Japaners Nichiren einmal hatte aufspüren können, konnte sie es sicherlich noch einmal. »Wie ist es, wenn ich Euch garantiere, Euch nicht hineinzuziehen. Ihr habt dann zehntausend U. S. Dollars in Eurem Schrank. Ihr geht dann hinaus, und damit hat's sich.«

Wieselgesicht wandte den Kopf ab.

»Ihr seid ja bereits hier«, sagte Jake; er spürte, er war nahe daran. »Ihr seid diese Bindung eingegangen. Ich verlange ja nicht mehr.«

»Jaa? Also, *was* wollt Ihr wissen?«

»Den Namen der Quelle für die Information, die Ihr mir beim letzten Mal verkauft habt.«

»Über Nichiren?«

»Über Nichiren.«

»Ihr müßt mich für blöd halten.«

»Nein. Ihr wäret aber innerhalb von zehn Minuten verdammt viel reicher.« Jake zuckte mit den Achseln. »Was habt Ihr zu verlieren? Ich kann nicht zu Eurer Quelle gehen. Ich kann Euch in keiner Weise hineinziehen.«

»Fünfzehntausend!«

Hab' ihn! »Zehn. Das ist mein Limit.«

»O. K.« Wieselgesicht wußte, in seinem ganzen Leben würde er niemals mehr so viel Geld so leicht verdienen. »Meine Quelle für diese Information stammt aus dem Komoto-Klan.«

»Von wem in dem Klan?«

»Jetzt geht Ihr zu weit. Der Name hat keinen Preis.«

Jake nickte. Er kannte die Grenzen genauso wie der andere.

Fast zwei Stunden, nachdem er in das *sento* gekommen war, ging er wieder hinaus; zumindest fühlte er sich entschlossener. Es war eine Sache, von der er wußte, sie mußte durchgekämpft werden. Wenn es bedeutete, zum ersten Mal in seinem Leben die Lehren von Fo Saan vergessen zu müssen, dann mußte es eben sein. Ohne Rücksicht auf den Preis mußte er sie jetzt akzeptieren, solange noch die Möglichkeit zur Umkehr gegeben war. Es war sein *joss*, genau wie es auch sein Entschluß war. Er war sein Schöpfer.

Es goß noch immer, der trübe Nachmittag war einem matten, unbestimmten Zwielicht gewichen. Neonlicht malte Streifen auf Pflaster und Straßen, doch der beständige Regen wusch alle Farben aus den Spiegelungen. Mit einem plötzlichen Schmerz wurde Jake an den Augenblick erinnert, als die *dantai* die Straße überquert hatte, um in das O-henro-Haus einzudringen.

Er verzichtete auf den Big Mac im örtlichen McDonald's, schaute aber doch etwas wehmütig auf die jugendlichen Amerikaner, die trotz des unfreundlichen Wetters vor der bekannten gelbroten Fassade herumstanden. Sie erschienen so sorglos, während sie lauthals lachten und die Jungen plump mit den Mädchen flirteten.

Er aß *sushi,* den er mit Kirin-Bier hinunterspülte, danach trank er den dampfendheißen, leicht nach Fisch schmeckenden Tee, der üblicherweise in *sushi*-Bars serviert wurde.

Es war dunkel, als er fertig war; Zeit für ihn zu beginnen. Er brauchte nicht lange, um es zu finden. Diese Spieletablissements gab es in Fülle, sie waren aber nur für die zugängig, die sie kannten. Da er unbekannt war, und vielleicht auch, weil er ein *gaijin* war, wurde ihm ein sehr hohes Eintrittsgeld abverlangt.

Drinnen kämpfte Jake seinen Weg durch die wogenden Wolken von Zigarettenrauch, vermengt mit dem sauren Gestank nach Schweiß und, im Fall eines Verlierers, nach Angst.

Um einen niedrigen Tisch aus Zypressenholz, der vom stundenlangen Polieren durch die Hände glänzte, knieten die Spieler wie Büßer vor dem Altar. Die meisten waren Geschäftsleute mittleren Alters, noch immer in ihren dunklen Anzügen, mit steifgestärkten weißen Oberhemden und dunklen Krawatten. Es war heiß und eng in dem Raum, doch keinen schien das zu stören.

Die Bankhalter des Spiels saßen mit nacktem Oberkörper da, ihre spektakulären *irezumi* zitterten, wenn die Muskeln sich bei den schnellen Bewegungen zusammenzogen, während sie Geld zusammenrechten oder auszahlten.

Jake, der gegen das *déjà vu* ankämpfen mußte, fand einen leeren Platz am Tisch und begann zu spielen. Er fing vorsichtig an und hatte innerhalb einer Stunde bereits etwas gewonnen.

Dann wurde er nach Meinung der ihn umgebenden Japaner vom Spielteufel gezwickt und begann bei dem Versuch, seine Gewinne zu steigern, hoch und unüberlegt zu wetten. Nach drei Stunden war er blank, aber noch nicht bereit aufzuhören.

Er erhob sich recht wackelig vom Tisch und sprach leise ins Ohr einer Kellnerin. Sie nahm ihr Tablett in die andere Hand und zeigte den Weg durch eine Tür mit Vorhang im Hintergrund des Raums.

Der *sarakin* war nur drei Blocks entfernt, die Lichter seines Nachtbüros drangen verwaschen auf die regennasse Straße.

Er war ein riesiger Mann. Fettsäcke hingen von seinen Wangen herab, und seine Augen schienen in dicken Falten seines breiten, runden Gesichts verloren. Er hatte kleine, plumpe Finger, die er auf der kugelförmigen Ausdehnung seines mächtigen Leibes gefaltet hielt.

»Wie kann ich Ihnen helfen?« fragte er auf englisch.

»Ich brauche einen Kredit«, sagte Jake auf japanisch.

Der *sarakin* – sein Name war Fujikima – grunzte. Seine kleinen braunen Augen blickten finster drein. »Was haben Sie für Sicherheiten?«

»Ich habe eine Menge Geld auf der Bank«, log Jake. Er setzte ein entschuldigendes Lächeln auf. »Bedenken Sie aber die Zeit. Ich kann jetzt nichts bekommen. Heut nacht wird sich mein Glück aber wenden. Ich weiß das.«

»Aha«, sagte Fujikima, »ein Spieler.« Er lächelte. »Ich habe eine besondere Schwäche für Spieler.« Das Lächeln verschwand ganz plötzlich. »Haben Sie Ihren Kontoauszug bei sich?«

»Ich befürchte, nein.«

»Hm. Sie leben hier? Haben Sie eine feste Anschrift? Eine Stellung?«

»Ich komme hier vier- oder fünfmal im Jahr durch«, sagte Jake. »Deshalb brauche ich das Konto hier.«

»Welche Bank?«

Jake nannte sie ihm.

Der *sarakin* schüttelte den Kopf. »Zu großes Risiko. Sie können mir überhaupt nichts bieten. Ich glaube nicht, daß es klug wäre von mir . . .«

»Mein Paß«, unterbrach Jake ihn und griff in seine Jackentasche. Er legte ihn auf Fujikimas zerkratzten Schreibtisch und nahm einen Zettel und einen Bleistift auf. »Hier wohne ich zur Zeit. Ich garantiere Ihnen, ich werde um zehn Uhr morgen früh mit dem Geld hier sein.«

Der riesige Japaner starrte auf den Paß und die aufgeschriebene Anschrift.

»Schauen Sie.« Jake legte einen bittenden Ton in seine Stimme. »Ich kann ohne Paß nirgendwo hingehen. Und Sie haben selbst gesagt, Sie hätten etwas für Spieler übrig.«

»Der Preis wird aber hoch sein.«

»Das verstehe ich.«

Fujikimas Hand bedeckte den Paß und fegte ihn vom Tisch. »Zehn Uhr pünktlich morgen früh.« Er schaute Jake ins Gesicht. »Also, wieviel brauchen Sie?«

Zehn Minuten später saß Jake wieder am Tisch. Eine Zeitlang war er, wie seine Mitspieler sehen konnten, in der Lage, sich zu beherrschen, und er machte eine Reihe vernünftiger Züge. Dann wurde er übermütig, hängte er sich einem Gewinner an und verlor alles, was er vom *sarakin* geliehen hatte. Die Veteranen rings um ihn beobachteten, daß er zitternd und mit bleichem Gesicht wegging; sie redeten untereinander über ihn, bis die Bankhalter am Tisch sie daran erinnerten, wozu sie hier waren.

Die Spiele gingen hitziger noch als zuvor weiter, und Jake war mit Ausnahme von einigen wenigen vergessen.

Nicht vergessen jedoch war er von Fujikima, und als er um Viertel nach elf noch immer nicht aufgetaucht war, griff der *sarakin* nach dem Telefon. Er wählte eine bekannte Nummer, und als er am anderen Ende das *›Moshi-moshi‹* hörte, fragte er nach Mikio Komoto. Komoto war der Mann, für den Fujikima arbeitete. Er war auch der Mann, dem das Spielunternehmen gehörte, in dem Jake in der Nacht zuvor so viel Geld verloren hatte.

Mikio Komoto war ein *yakuza oyabun.* Er hatte einen Ruf zu verteidigen, genauso wie der *sarakin.* Mit der Information, die Fujikima ihm gab, schickte er zwei seiner Leute in Jakes Hotel.

So wachte Jake aus einem tiefen und traumlosen Schlaf auf, als er die Mündung einer 38er Automatik mit Schalldämpfer an seiner Schläfe spürte.

»Steh auf«, sagte einer der Männer in rauhem, gutturalen Japanisch. »Steh sofort auf.«

Die Straße, der er nicht folgen sollte. Aber er war jetzt auf ihr, und es gab keine Umkehr für ihn.

Die Quarry unterhielt in Virginia eine Reihe von ausgedehnten ländlichen Anwesen, die einer Vielfalt von Zwecken dienten, die vom Kampftraining bis zu etwas reichten, das die Dienststelle ›stärkende Neuorientierung‹ nannte und bei dem Agenten gegen alles mögliche behandelt wurden: von Schocks bis zu verrenkten Rücken.

Das »Kino«, wohin Gegner geschickt wurden, wenn sie sich als widerspenstig erwiesen, sah eher wie ein Rummelplatz aus denn wie irgend etwas anderes. Ein Holzzaun im Westernstil umgab das Sechzig-Morgen-Grundstück. Es gab hier Ställe, zwei Reitbahnen mit Hindernissen für Reiterei im englischen Stil und eine Fülle von sich windenden, schattigen Pfaden durch die umgebenden Hügel zum Reiten im Westernstil.

Bei all diesem Drum und Dran für Reiter war es sehr wohl möglich, das niedrige, fensterlose Betongebäude zu übersehen, das massiv wie ein Bunker in den Hang eines Hügels hineingebaut war, der dem Ort den Namen gab.

Gerard Stallings legte aber Wert darauf, das Betonungetüm zu beobachten, als er seinen Fuchshengst aus dem Stall führte. Das »Kino« diente ihm als ständige Mahnung an die dunklere Seite seines Berufs und schreckte und beruhigte ihn gleichermaßen. Es war ein Symbol für die unbeschränkte Macht der Quarry und ein Beweis dafür, daß das Gute über das Böse triumphierte. Das erzeugte in Stallings wirklich ein sehr gutes Gefühl.

Bis vor einigen Monaten war das Reiten seine einzige Erholung gewesen. Es war eine Leidenschaft, mit der er als Kind in Texas groß geworden war. Er beherrschte ein Pferd besser als ein Auto, und dabei war er Spitze in der Handhabung aller Autos; daher war das nicht nur seine eigene Meinung, sondern auch die der Quarryführung.

In der letzten Zeit hatte Wunderman begonnen, Stallings in der Bedienung eines Computers zu unterrichten. Zuerst hatte Stallings nicht gewollt. Er war prinzipiell gegen jede Tätigkeit, die nicht im Freien, in der frischen Luft ausgeführt wurde. Wunderman hatte aber darauf bestanden und Stallings klargemacht, er könne seine Problemlösungskapazität vervierfachen, wenn er einige der Schwierigkeiten dem Computer überließe. Er hatte Stallings ein praktisches Beispiel vorgeführt, und dieser war davon angetan gewesen. Jetzt gebrauchte er das Gerät als intellektuelles Spielzeug und fand neue Lösungen für anscheinend unlösliche Probleme.

Stallings hatte jedoch geschworen, seine Pferde nicht zu vernachlässigen; deshalb war Rodger Donovan gezwungen, wenn er ihn brauchte, zum »Kino« hinauszufahren, ein Pferd zu nehmen und dem Agenten nachzureiten.

Donovan fühlte sich auf dem Pferd nicht wohl. Er hatte als Kind niemals etwas mit Pferden zu tun gehabt. Folglich hatte er die den Erwachsenen innewohnende Furcht vor etwas so Großem, das ihn im Nu abwerfen konnte.

Trotzdem war er entschlossen, es auf diese Weise zu erledigen und nicht den Piepser zu benützen, um Stallings zurückzurufen. Donovan wußte sehr gut, daß es der Ausweg eines Feiglings war und seine bereits geringe Achtung in Stallings Augen noch weiter verringern würde. Nach Stallings Meinung war man nur ein echter Mann, wenn man reiten konnte, und zwar gut reiten.

Schließlich fand er Stallings ausgestreckt im Schatten einer ausgewachsenen Eiche, den Cowboyhut tief ins Gesicht gezogen. Er schien zu schlafen, ohne an sein nicht angebundenes Pferd zu denken, das zufrieden im wohlschmeckenden Gras weidete.

Donovan beschloß, den unbeobachteten Augenblick zum Absteigen zu nützen, das für ihn eher ein unbeholfenes Herunterrutschen war. Er nahm die Zügel seines Pferdes und führte es hinüber zu Stallings' Hengst, wo er sich bückte und auch dessen Zügel aufnahm. Er begann, die Pferde zum Baum zu führen.

»Machen Sie das nicht.« Donovan blieb ruckartig stehen. »Er mag es nicht, angebunden zu werden.« Stallings hob seinen Hut und starrte Donovan an. »Warum lassen Sie ihn nicht frei laufen?«

Donovan ließ die Zügel von Stallings' Pferd fallen. Da er nicht wußte, was er tun sollte, tätschelte er den Hals seines eigenen Pferdes. Überrascht schnaubte das Tier und schwang den Kopf so hart gegen Donovan, daß dieser stolpernd einen Schritt zurückwich.

»Lassen Sie Ihr Pferd immer wissen, wo Sie sind«, sagte Stallings und stand langsam auf. »Sie sehen nicht so wie wir Menschen. Daran müssen Sie immer denken, oder Sie bekommen eines Tages einen Tritt in den Hintern. Und das würden Sie so schnell nicht vergessen – jedenfalls nicht, wenn Sie hinterher sechs Wochen mit einem gebrochenen Oberschenkel im Krankenhaus liegen.«

Donovan stand jetzt etwas abseits von seinem Pferd. Der Gedanke, wieder aufzusteigen, erfüllte ihn mit Furcht. »Sie müssen fort«, sagte er, froh, das Thema zu wechseln.

»Wohin?«

»Nach Tokio.«

»Japan, eh?« Stallings spuckte. »Ja, ja, ich bin sechs Jahre nicht dort gewesen. Es wird Zeit, mein Japanisch wieder aufzupolieren.« Er trat ins Sonnenlicht, reichte seinem Hengst ein Stück Zucker. Das Pferd hob den Kopf, wieherte und rieb sein Maul in Stallings' Handfläche noch lange, nachdem der Leckerbissen verschwunden war. »Was liegt an?«

»Jake Marocs Frau, Mariana.«

Stallings stand still wie ein Denkmal. Vielleicht, um noch ein Stück Zucker zu bekommen, stupste der Hengst ihn mehrmals mit der Schnauze an, aber Stallings ignorierte ihn. »Das müssen Sie mir näher erklären. Wir sprechen von jemand, der im weiteren Sinne zur Quarry gehört.«

»Es ist bedauerlich, ich weiß«, sagte Donovan und versuchte, es so leicht wie möglich zu machen. »Aber der Alte hat das nun mal so bestimmt. Der Anruf, den sie in jener Nacht erhalten hat, kam aus dem O-henro-Haus.«

»Nichiren?«

Donovan zuckte mit den Achseln. »Maroc selbst hatte David Oh gesagt, seine Frau hätte keine Freunde in Tokio. Jetzt ziehen Sie Ihre eigenen Schlüsse aus dem Anruf.«

»Es kann trotzdem noch alles Zufall sein.«

Aber Donovan sah, daß Stallings sich in keiner Weise sicher war. »Es ist eine viel zu gefährliche Situation, um ein Risiko einzugehen. Denken Sie an den Eisberg des Alten. Er ist zu dem Schluß gekommen, daß es ihn wirklich gibt. Die Computer haben diesmal geholfen. Mariana Maroc muß aus dem Verkehr gezogen werden.«

»Wenn wir angegriffen werden, hält mich nichts.« Mit einem Satz war Stallings im Sattel seines Hengstes, riß an den Zügeln, so daß der Hengst den Kopf hochwarf. Seine Nüstern blähten sich. Sogar Donovan, der von Pferden nichts verstand, konnte sehen, daß es ein großartiges Tier war.

»Die Reiseonkels haben die Instruktionen für Sie, mit all dem anderen üblichen Zeug: Paß, Visa, Devisen, Hintergrunddokumente.«

»Wer bin ich diesmal?«

»Lassen Sie den Cowboyhut hier«, sagte Donovan. »Der paßt nicht.«

Was General Workuta am wenigsten an Moskau leiden mochte, war, daß die Stadt so weit von hier entfernt war. Sie war in der pulsierenden Hafenstadt Odessa geboren, an der äußersten Nordwestecke des Schwarzen Meeres. Ihr Vater war Kapitän einer Fischereiflotte gewesen, die aus sechzehn Schiffen zum Fischen und weiteren vier Einheiten bestand, die ausschließlich vom KGB für, wie sie es nannten, »äußere Sicherheit« gebraucht wurden, was aber nichts weiter als Spionage war. Rumänien, Bulgarien und die Türkei stellten ihre Einflußsphäre dar.

Das Komitee für Staatssicherheit hatte, gleich nachdem sein tüchtiger Geschäftssinn die Flotte von acht auf sechzehn Einheiten erweitert hatte, mit Nikita Makarowitsch Workut Kontakt aufgenommen. Anfangs war er es gewesen, der die *apparatschiks* des KGB seemännisch und auch zu professionellen Fischern ausgebildet hatte. Danach holten sie lediglich von Zeit zu Zeit seinen Rat ein. Genaugenommen gehörte er nicht zum KGB, doch wurde er behandelt, als wäre es so. Sie vertrauten ihm, sagten sie. Aber sie hatten ja die ganze Zeit seine Tochter.

Es war also nicht überraschend, daß sie gern zu dieser *datscha* kam, denn die lag am Wasser, wenn auch nicht in Odessa selbst. Die *datscha* mit marineblauen Dachziegeln lag kurz außerhalb von Jalta, auf der Halbinsel Krim, die fast rechtwinklig ins Schwarze Meer hineinragte. Sie lag ungefähr gleich weit entfernt von Bukarest, Istanbul und Rostow, was General Workuta das Gefühl gab, sich in einer Art Mittelpunkt zu befinden. Vielleicht war es aber auch nur eine Folge ihrer Kindheit. Im Vergleich zu Moskau erschien dieser Ort klein und abgeschieden. Jedesmal wenn sie herkam, so fand sie, machten ihr die Stille und die salzige Luft mehr Freude.

An diesem Morgen aber, als die Generalin aus der schwarzen Zil-Limousine ausstieg, die sie am Militärflughafen von Odessa abgeholt hatte, verfluchte sie das launische Krimwetter.

Es regnete, nein, es goß in Strömen. Die Wolken hingen tief und grau wie Schiefer. Häuser und Bäume waren im feuchten Dunst nur undeutlich zu erkennen. Alles in der *datscha* war klamm; alles sah unfreundlich und ungebraucht aus.

Die Generalin ließ die Fenster trotz des Gießens weit öffnen. Sie befahl, die Heizung anzumachen, um etwas von der durchdringenden Feuchtigkeit zu vertreiben. Dann trat sie auf die breite, mit Fliegendraht abgeschirmte Veranda hinaus, von wo sie das Meer überblicken konnte.

Wind und Regen hatten dem Wasser weiße Schaumkronen aufgesetzt. Auch das Wasser war grau, fast nicht vom Himmel zu unterscheiden. Während sie hinausstarrte nach Süden, wo die Grenze zur Türkei fast vierhundert Kilometer entfernt lag, sah sie eine Möwe hoch oben kreisen und schräg durch den Regen nach unten schießen. Mit einem Schrei kam sie der Oberfläche der rauhen See ganz nahe. Eine vom Windstoß erfaßte Welle schnellte hoch und griff nach ihr. Der Vogel gewann sofort wieder Höhe und verschwand in dem grauen Dunst, der Himmel sein sollte. General Workuta starrte ihr nach; sie war sicher, den Vogel erschauern gesehen zu haben, als das kalte Wasser ihn bespritzte.

»Genossin General.«

»Ja.« Daniella Workuta drehte sich um.

General Karpow stand in der Mitte des dunklen Wohnzimmers. Er trug die braun-rote Armeeuniform – seine Kleidung außerhalb des Dscherschinski-Platzes Nr. 2. In diesem Raum erschien er mächtig und anziehend. Er erfüllte das Zimmer so, wie Jurij Lantin ihr Büro erfüllt hatte.

»Schön, dich hier zu sehen.« Er lächelte sie an. *»Danuschka.«*

Er breitete die Arme aus, und sie stürzte sich hinein. Seine Lippen schlossen sich um ihre. Sie preßte ihren Körper an den seinen.

1971 hatte Daniella in der Abteilung S gearbeitet, einer riesigen Einheit innerhalb des Ersten Hauptdirektorats, die damit befaßt war, Leute für den KGB anzuwerben, auszubilden und zu führen – Leute, die dann ins Ausland geschickt wurden. Sie war verantwortlich gewesen für die Werwölfe, die Abteilung, die Legenden erfand, mit denen die Agenten glaubhaft gedeckt wurden.

In diesem Jahr ging Oleg Lyalin, ein hoher Funktionär der Abteilung V, die mit Attentaten und Sabotage zu tun hatte und die kurz zuvor von der Abteilung S übernommen worden war, zum Feind über und ließ sich mit einigen der dunkelsten KGB-Geheimnisse in London nieder. Für die Dienststelle war das ein schwerer Schlag, aber als Daniella einige Monate später in Lyalins Dossier eine Reihe von Fakten entdeckte, die nicht sonderlich auffielen, aber doch merkwürdig waren, begann sie, tiefer hineinzutauchen.

Vielleicht konnte nur sie, ein Werwolf, geschult in der Erfindung bestimmter Lügen und deshalb auch fähig, solche zu entdecken, die Unstimmigkeiten bemerken. Drei Wochen zunehmend eifriger Arbeit führten sie zu einem zwingenden Schluß. Ihren erdrückenden Beweis zusammenfassend, trug sie ihr umfangreiches Dossier zu General Karpow, damals Chef der Abteilung S.

Innerhalb von zwölf Stunden hatte er entschieden und rücksichtslos gehandelt. Was Daniella entdeckt hatte, war, daß Lyalin vorm Überlaufen mehr als zwei Jahre lang britischer Maulwurf gewesen war.

Die fremdenfeindliche sowjetische Paranoia fegte durch die Abteilung S, konzentrierte sich auf die hochrangigen Offiziere der Abteilung V, die entweder summarisch exekutiert wurden, nachdem man sie intensiv »verhört« hatte – und zwar unter denselben heißen Leuchten, unter denen sie früher enttarnte Fremde verhört hatten –, oder sie wurden degradiert, um junge Rekruten der Schule für Auslandsspionage auszubilden.

Genosse Karpow sorgte dafür, daß es die Abteilung V nicht mehr gab, und für seinen heldenhaften Dienst für den Staat erhielt der General einen weiteren Orden, wurde befördert und auf den Stuhl des Chefs vom Ersten Hauptdirektorat gesetzt.

Natürlich war es Karpow, der allen Ruhm und die Ehren für die Entdeckung von Lyalins Verrat einheimste, doch vergaß er nicht, woher seine Informationen stammten, und sobald es praktikabel war, versetzte er Oberst Workuta in die neuerstellte Abteilung 8, die die Funktionen der inzwischen aufgelösten Abteilung V übernahm.

Karpow war jedoch nicht nur von Dankbarkeit motiviert worden. Es war auch nicht einzig und allein die Entdeckung ihrer Fähigkeiten, die ihn bewegten. Er hatte nach ihr gegiert vom ersten Augenblick an, als ein Mitglied seines Stabes ihn auf sie aufmerksam gemacht hatte. Neunzehn war sie damals gewesen, eine Sekretärin im Amt für Aktive Maßnahmen. Und trotzdem hatte sie schon mehrere hervorragende Chiffren für Agenten entworfen.

Sie hatte ihn mit ihrem dichten blonden Haar, kühlen grauen Augen und weichen, einladenden Lippen verwirrt. Bis zu jener Zeit war Karpow seiner Frau noch nie untreu gewesen. Er war bereits mehr als dreißig Jahre verheiratet und hatte in all dieser Zeit niemals daran gedacht, sich in eine Affäre einzulassen. Der Anblick von Daniella Workuta hatte das alles über den Haufen geworfen. Allerdings war der General aber ein viel zu kluger Karrieremensch, um nur von der Sinnenlust ins Schwanken gebracht zu werden. Sein Ehrgeiz beherrschte ihn bei allen Dingen. Nur in seinem Dienstbereich würde er Daniella Workuta an sich binden.

Von Zeit zu Zeit beauftragte er einen seiner Adjutanten, ihre Fortschritte zu überprüfen. Er wurde informiert, als sie nach Europa geschickt wurde, um für das Erste Hauptdirektorat Leute anzuwerben. Sie hatte das Talent und auch den Willen, aus sich heraus aufzusteigen, doch gelegentlich hielt der General es für klug, hie und da ein Wort für sie einzulegen und sie, wie es ihm paßte, von einem Amt in das andere zu versetzen. Nach sechs Monaten ließ er sie zurückrufen. Er mochte es nicht, wenn sie so weit von ihm entfernt war. Außerdem machte ihm die Art und Weise Spaß, wie sie in ihrer Arbeitsumwelt die tauben Nüsse und Schmarotzer aufstöberte. Sie war ein scharfer Hund, und er bewunderte das. In gewissem Sinne formte er sie nach seinem Bilde, obwohl weder sie es bemerkte, noch – seltsamerweise – er selbst.

Daniellas Coup ermöglichte es ihm, sie ganz offen nach oben zu bringen. Er brachte sie in eine untergeordnete – und das war nach seiner Denkweise das entscheidende Element – aber gegnerische Position zu dem Mann, von dem Karpow keineswegs sicher war, daß er der Aufgabe gewachsen war.

Nach achtzehn Monaten war Oberst Workuta in einer Position, die neue Leiterin der Abteilung 8 zu werden, ganz so, wie Karpow es gewünscht hatte. Sie hatte ihm bereits ihren unendlichen Wert bewiesen, und, was noch besser war, sie war genau an dem Platz, wo sie ihm am meisten nützen konnte. Das Politbüro sah es in der Karriere eines *apparatschiks* nicht gern, wenn zuviel Seitwärtsbewegung zu erkennen war, und Karpow wünschte keineswegs, in diesem Stadium die Aufmerksamkeit des obersten Gremiums von Staat und Partei zu erregen.

Dementsprechend ließ Karpow sie eines Morgens in sein Büro rufen und erklärte ihr seine Pläne für sie. Leiterin der Abteilung 8. Und das sollte selbstverständlich nur der Anfang sein.

Wenn . . .

Der General hatte geduldig gewartet, bis er sie haben konnte. Jetzt war sie da: seine Gelegenheit, völlig im Dienst seiner eigenen Karriere. Er war entschlossen, das Beste daraus zu machen.

Daniella lehnte ab.

Je mehr sie sich zurückhielt, desto mehr entflammte der General. Sein Blick wanderte zwischen ihren sinnlichen Lippen und den kühlen grauen Augen hin und her. Sie erschien ihm wie eine wilde Stute von verwirrender Stärke und Behendigkeit. Er mußte sie zähmen. Sehr zu seiner eigenen Überraschung stellte er fest, daß er in seinem ganzen Leben niemals etwas so heftig begehrt hatte. Als sie sein Büro verließ, merkte er, daß er tatsächlich nur noch an sie denken konnte. Für einen Mann in seiner Position konnte das katastrophale Folgen haben.

Ich muß sie haben, dachte er. Ich *muß*.

Er hätte ihr natürlich ein Verhältnis befehlen können, doch mußte er sich selbst eingestehen, daß er jede so vollkommen fügsame Frau bald verabscheut und abgelegt hätte. Er wußte, daß Daniella für ihn viel zu wichtig war, um eine Situation dieser Art zu riskieren.

In seinem Innersten wünschte er, sie würde aus eigenem Willen ja sagen.

An diesem Tag sagte er alle Termine ab, holte ihr Dossier aus der Bücherei und nahm es mit nach Hause. Seine Frau war zwei Wochen fort, um ihre Schwester in Riga zu besuchen. Karpow hatte die Wohnung also für sich allein.

Er goß sich ein Glas Wodka ein, trug es in sein kleines, heimeliges Arbeitszimmer, setzte sich in den ledernen Ohrensessel und schlug die Akte auf. Drei Stunden und zwei Gläser später glaubte er, die Antwort gefunden zu haben.

Daniella war in Odessa geboren und aufgewachsen. Zufällig lag ihre *datscha* in der Nähe, am Schwarzen Meer. Eine Fahrt nach Hause. Das ist genau das, was sie braucht, überlegte er.

Was Daniella anging, so hatte sie auf jeden Fall die Absicht, bei der ersten guten Gelegenheit mit General Karpow zu schlafen. Sie fand seine Macht, seine Figur und sein Benehmen sehr attraktiv. Aber, wie ihr Vater sie gelehrt hatte, sollte man niemals verschenken, was man verkaufen konnte. Sie hatte Karpow als hohen Bieter erkannt. Sie hätte taub, blind und stumm sein müssen, um die Leidenschaft in seinem Blick nicht bemerkt zu haben.

Das gefiel ihr, mehr als sie zugeben mochte. Denn Daniella wurde ebenfalls von Ehrgeiz getrieben, und sie wußte sehr wohl, daß persönliche Leidenschaft leicht von der Disziplin ablenken konnte. Wenn Karpows tiefschwarze Augen sie abtasteten, ließ sie das innerlich erschauern. Der Gedanke, daß dieser Mann, der so viel absolute Macht innerhalb und außerhalb Rußlands verkörperte, bei ihrem Anblick dahinschmolz, war wirklich ein berauschendes Aphrodisiakum.

»Odessa«, hatte er spät am Freitagnachmittag überschwenglich gesagt. »Ich bin schon lange nicht mehr am Wasser gewesen.«

Daniella, amüsiert von der Richtung, die die Unterhaltung nahm, sagte: »Meine *datscha* geht auf das Schwarze Meer hinaus.« Sie zuckte mit den Achseln. »Ich habe aber leider selten Zeit genug, um das zu nützen.«

»Wie wäre es mit diesem Wochenende?« fragte Karpow, als wäre ihm der Gedanke eben erst gekommen.

Daniella seufzte. »Leider habe ich zuviel zu tun.«

»Arbeit«, sagte er. »Nehmen Sie sie mit, wenn Sie müssen.«

Daniella lachte. »Heißt das, Sie laden mich zu einem Wochenende in *meiner datscha* ein?«

Karpow, noch immer unsicher bezüglich ihrer persönlichen Vorlieben, war vorsichtig und deshalb auch ernst bei seiner Antwort.

»Ist das zu revisionistisch für Sie?«

Darüber wiederum mußte sie herzhaft lachen.

Am Sonntagmorgen hatte Karpow ihr die Abteilung 8 angeboten. Daniella verlangte das KVR *und* eine Beförderung zum General. Mit weniger wäre sie nicht zufrieden, sagte sie ihm.

Wie sich herausstellte, brauchte sie das auch nicht zu sein. In seiner Jugend, auf seinem Weg nach oben, hatten viele Frauen sich Karpow hingegeben. Keine von ihnen hatte jedoch die Wirkung auf ihn wie Daniella. Er hatte sich niemals für einen einfallslosen Mann im Bett gehalten. Seine Frau hatte sich auch nie beklagt; auch keines der vielen Mädchen in seiner Jugend. Daniella aber zeigte ihm, daß es in der Kunst der Liebe noch viel zu lernen gab. Sie blamierte ihn nicht; er war vielmehr überwältigt. Es war, als hätte sie ihn an der Hand zu einer vertrauten Tür geführt und ihm beim Hindurchgehen ein völlig neues Universum gezeigt. Die Tiefe der Lust, die er mit ihr erlebte, schien grenzenlos zu sein. Dann zeigte sie ihm, wie er das gleiche für sie tun konnte.

Danach gab er ihr alles, was sie wollte, und hielt sich dabei für überreich belohnt. Sie war brillant in ihrer neuen Arbeit, auch brillant im Schlafzimmer. Karpow war höchst zufrieden. Dann wurde Mondstein genehmigt, der Plan des Generals für die Einkreisung Chinas, und er erhielt begrenzte Jurisdiktion über bestimmte, ausgesuchte Elemente der GRU, um die Direktive auszuführen. Jurij Lantins Beredsamkeit innerhalb des Präsidiums hatte Karpow geholfen. Jetzt arbeiteten die beiden eng zusammen, da Lantin mit der GRU stark verbunden war und persönlich den Weg für die übergreifenden Verantwortlichkeiten des Generals im Rahmen von Mondstein freigemacht hatte. Es war Karpows Glückstag, als die Akte Mondstein über den Schreibtisch Lantins kam.

»Genossin General«, sagte Karpow noch einmal. Er flüsterte es in Daniellas Mund, lachend. Es amüsierte ihn, Geheimnisse vor Lantin zu haben. Das war einer der Hauptgründe, warum er ihn in Daniellas Büro gebracht hatte. Er wünschte, daß die Unterströmung den anderen Mann umspülte. Er wollte Daniella »Genossin General« nennen, während er *Danuschka* dachte. *Er* wußte es; Daniella wußte es. Jurij Lantin, trotz all seiner ungeheuren Macht, wußte es nicht. Das verlieh Karpow eine gewisse Kontrolle angesichts einer Macht, die er, offen gestanden, sonst als überwältigend empfand.

Er drehte Daniella herum, forschte in ihrem Gesicht, als ihre grauen Augen das schiefergraue Licht einfingen. Ihr Haar war straff aus ihrem blassen Gesicht zurückgekämmt, wodurch die flachen Wangen betont wurden, ihr schmales, energisches Kinn. Ihre Ohren trugen keinen Schmuck, obwohl sie durchstochen waren.

»Jetzt hast du das andere Ende von Mondstein getroffen«, sagte er ihr. »Ach, ich hätte mich fast totgelacht, als du ihn zum ersten Mal gesehen hast, Genossin General.«

Daniella schien weniger amüsiert als er. »Mondstein ist eine Sache«, erwiderte sie. »Nichiren eine ganz andere. Was hat Jurij Lantin mit dem KVR zu tun?«

Karpow kicherte und schwenkte sie, nachdem er seine Hände hinter ihrem Kreuz gefaltet hatte, leicht hin und her. »Jurij Lantin hat mit *allem* innerhalb des *sluzhba* zu tun.«

»Du bist aber der Chef des Ersten Hauptdirektorats«, sagte sie, während sie ihn betrachtete.

»Meine liebe Danuschka, sicherlich wirst du doch verstehen, daß es auch über dem Ersten Hauptdirektorat noch eine Autorität gibt. Denk an das, was ich gesagt habe. Das *sluzhba* ist eine Welt für sich, aber nur bis zu einem gewissen Punkt. Es ist wichtig, daß du unsere Grenzen erkennst.«

Sie wandte sich ab und, seine Finger auseinanderziehend, betrachtete sie nachdenklich das Meer. Ihr schwindelte leicht bei dem Gedanken, daß jemand Fremdes ihr über die Schulter schaute. Sie zitterte ein wenig.

Karpow trat von hinten an sie heran und drückte ihr seine Erregtheit in den Rücken. »Was ist los? Warum solch schwarze Gedanken hier draußen, so weit entfernt von Moskau?«

»Aber nicht so weit von der Zentrale«, sagte sie.

»Ist es das?« Er drehte sie herum, bis sie ihn ansah. Sie erkannte die Sorge in seinem Gesicht. »Ist es Lantin? Danuschka, er war schon immer da. Ist es nicht besser, daß du ihn jetzt kennst?«

»Ich will aber nicht, daß er sich bei meinen Agenten einmischt!«

»Aber Nichiren gehört ganz Rußland, meine Liebe. Seine Tüchtigkeit und sein Ruhm sind schon so weit verbreitet, daß du ihn nicht mehr für dich allein haben kannst. Verstehst du nicht, daß er zu einer Berühmtheit geworden ist, außerhalb des *sluzhba* und auch drinnen? Denkst du denn, Lantin hätte die Mondstein-Akte aufgenommen und mit der ihr gebührenden Sorgfalt gelesen, um sie dann achtlos in den Kasten für AUSGANG zu werfen? Er kannte meinen Namen aus den Monatsberichten. Er erinnerte sich an mich wegen Nichiren.«

»Agenten sollten keine Berühmtheit werden«, behauptete Daniella. »Und ganz sicher nicht *meine* Agenten.«

»Du wirst lernen müssen, damit zu leben«, sagte Karpow. »Genau so, wie du lernen wirst, mit deiner Kenntnis von Jurij Lantin zu leben.« Seine Hände schoben sich hoch, umfaßten leicht ihre Brüste. Er begann, sie zu drücken, bis er fühlte, wie die Warzen sich aufrichteten. Sie hatte es gern, wenn ihre Brüste gestreichelt wurden.

Daniella legte den Kopf zurück, bis ihr dichtes Haar sich um seine Schultern legte. Karpows Zunge fuhr an der Seite ihres Halses entlang, folgte der sanften Kurve bis zu den Schultern.

»Ich will nicht mehr über ihn reden«, sagte Karpow mit belegter Stimme.

»Über wen?« flüsterte Daniella.

Er öffnete ihre Bluse, griff hinein und holte die Brüste heraus. Er rollte die Warzen leicht zwischen den Fingern, bis er aus ihren geöffneten Lippen keuchenden Atem hörte.

Er fiel vor ihr auf die Knie, und Daniella schürzte ihren Rock. Er legte die flachen Hände auf ihre von den Strümpfen bedeckten Schenkel. Mit der Zunge fuhr er um den Rand der Strümpfe und saugte am nackten Fleisch. Sein breiter Daumen strich vor und zurück über den Venushügel, bis sie anfing zu stöhnen. Als ihr Becken anfing, sich ihm kreisend entgegenzudrücken, ergriff er den Gummi ihres Höschens und zog es bis auf die Mitte ihrer Schenkel herunter.

Sein Kopf hob sich und der Mund drückte sich auf ihre Scham. Daniella hielt den Atem an. Zunächst fühlte sie nur, wie sein heißer Atem ihr Haar kitzelte. Dann, nach und nach, spürte sie, wie seine hurtige Zunge sie Falte um Falte öffnete. Als er die innerste Schicht erreichte, war sie bereits ganz feucht.

Ihre Finger fuhren in sein drahtiges Haar, und sie drückte seinen Kopf fester an sich. Sie kam seinen Bewegungen entgegen und fühlte, wie sich Wohlbehagen in ihren Adern und Muskeln aufbaute. Ihre Schenkel begannen zu zittern, und die harten Muskeln im Unterleib flatterten beim Beginn ihres Orgasmus. Sie atmete schwer, die Nasenflügel waren gebläht. Sie rollte die Hüften.

Im letzten Augenblick, als sie auf der Schwelle zur Erlösung war und die Kontraktionen sich bereits verstärkten, löste er Zunge und Lippen von ihrer Scham. Daniella keuchte vor Enttäuschung. Er schob sich tiefer, seine Zunge streckte sich nach der anderen Öffnung aus. Daniella stöhnte auf und hielt mit den Fingern die Backen auseinander. Sie spürte die Lust sich verdoppeln, vervierfachen.

»Oh, ja«, rief sie laut. »Oh, jaaa.«

Sie hatte das Gefühl, als verzehrte ein Feuer ihre Lenden, ein erotisches Kitzeln raste durch ihr ganzes Inneres. Sie konnte sich nicht länger bezähmen, sich selbst zu berühren, und tauchte mit den Fingerkuppen hoch oben in die Falten, fand die richtige Stelle.

Als Karpows aufreizende Zunge ihre Finger verdrängte, stieß sie einen kurzen, hohen Schrei aus. Plötzlich schien sein Mund ihre ganze Scham zu verschlingen, und sie hatte das Gefühl, er würde sie in sich hineinsaugen. Die feuchte Reibung war zuviel.

Sie schrie auf im Rhythmus der Kontraktionen ihres Körpers, als Welle um Welle der Ekstase sie einhüllte; in sengender Berührung schlugen ihre Hüften gegen ihn.

Halb bewußtlos sank sie nieder, schob die Hand von oben in seine Hose und fand ihn hart wie Eisen. Er zitterte, als ihre Hand sich um ihn schloß. Sie suchte den Hodensack, fuhr mit den Fingern über seine ganze Länge dahin. Als sie den Kopf erreichte, hörte sie sein dumpfes Stöhnen, merkte, wie sein Glied einen warnenden Ruck ausführte.

Schnell zog sie nur den Schaft aus der Hose, stülpte die Lippen über das seidige Rund, gerade zur rechten Zeit. Als die Lippen sich um ihn schlossen, bäumte er sich auf, und sie fühlte, wie er sich heftig in ihren Mund und den Rachen verströmte, während ihre Zunge ihn weiter sanft liebkoste.

Hinterher, ohne sich etwas dabei zu denken, schloß sie Karpow in ihre Arme.

»Nicht!« sagte er und machte die Augen auf. »Du weißt, ich kann keine Einengung vertragen!«

Daniella fragte sich, wieso ihre liebevolle Umarmung eine Form von Einengung für ihn sein konnte. Sie beobachtete ihn, während er in tiefen Schlummer fiel. Sie dachte an Liebe, und Traurigkeit befiel sie, als sie daran dachte, daß sie diese reine Empfindung nicht mehr gefühlt hatte, seit ihre Mutter sie zum letzten Mal auf die Wange geküßt hatte.

Karpow begann zu schnarchen, und sie setzte sich auf, starrte über seine behaarte Schulter auf das Schwarze Meer hinaus. Der schöne Ausblick hatte etwas Aschgraues für sie. Vielleicht werde ich seiner überdrüssig, dachte sie, oder war es das Gewicht von Medea, der Rasiermesserschärfe des schrecklichen, des tödlichen Spiels, das sie für sich selbst erdacht hatte?

Sie drehte sich auf der Stelle um und ging hinüber in ihr Arbeitszimmer. Sie setzte sich an einen Steintisch, den sie sich vor einigen Jahren heimlich aus Beijing hatte importieren lassen, als Medea gerade begonnen hatte. Die Platte war ein eingelegtes *wei qi*-Brett, sie nahm einen schwarzen Stein auf und setzte ihn überlegt. Dann wechselte sie die Seiten, suchte nach einem Gegenzug für Weiß. Das Kriegsspiel war aber schon kompliziert genug, wenn man sich nur auf die eigene Strategie konzentrierte. Beide Seiten spielend, hatte sie nie ein Spiel beendet; was vor ihr auf dem Brett stand, war noch immer dasselbe, das sie vor mehr als drei Jahren begonnen hatte.

Daniella lief ein kalter Schauer über den Rücken. Lantin. Sie sah ihn vor sich, wie er in dieser lässigen, fast gleichgültigen Art in ihrem Büro dastand. Sie fragte sich, was wohl hinter diesen schwarzen Augen verborgen sein mochte. Wenn er so tief in das *sluzhba* eingedrungen war, würde es dann lange dauern, bis er Medea aufdeckte? Daniella wußte, daß sie sich das nicht leisten konnte.

Gedankenverloren nahm sie eine Handvoll Steine auf und schüttelte sie hin und her. Sie legte den Kopf in den Nacken und schloß die Augen. Sex hatte oft eine interessante Wirkung auf sie: Er erlaubte ihr, sich ganz tief zu konzentrieren. Was war mit Lantin zu tun? Es mußte ein Weg gefunden werden, ihn zu neutralisieren. Seine absolute Macht machte das zu einem Problem. Daniella wußte aber, daß es auf alle Probleme eine Antwort gab. Man mußte sie nur finden.

Was mit Lantin zu tun war, das wußte sie – es galt, das zu tun, was ihr Vater sie gelehrt hatte. *Die Stärke eines Feindes erkennt man schneller als seine Schwäche,* hatte er gesagt. *Wenn die Zeit ein wesentlicher Faktor ist, wirst du dir die Suche nach seiner Schwäche nicht leisten können. Stelle vielmehr seine Stärke fest, und finde dann einen Weg, sie gegen ihn zu gebrauchen.* Die graue Wolke hob sich. Durch die Fenster waren hoch oben tiefblaue Flecken zu sehen, als die Wolken begannen aufzureißen. Daniellas Augen öffneten sich. Sie starrte auf das Brett hinunter und fragte sich, ob sie die Antwort gefunden hätte. Mit ausgestrecktem Arm führte sie den letzten Zug für Weiß aus. In der nächsten Runde, dem einhundertzweiundsechzigsten Zug, mußte Schwarz mit fünf Punkten siegen. Das Spiel war endlich beendet.

Und ein neues hatte begonnen.

Die Minuten tickten langsam dahin. Jake nützte die Zeit, um seinen Atem zu vertiefen und ihn damit zu verlangsamen. Er zentrierte sein Ich, indem er auf eine niedrigere Ebene des Bewußtseins sank, wo, wie Fo Saan ihn gelehrt hatte, alle sechs Sinne geschärft waren. Gebrauchte man in diesem Stadium beispielsweise seine Augen, konnte man den ganzen Raum erfassen. Man reagierte und bewegte sich auch schneller. Dies war ein Zustand, den zu erhalten er sich in allen potentiell gefährlichen Situationen bemühte.

Ihm war klar, daß er sich im Augenblick in einer solchen Situation befand. Auf die beiden *yakuza* hatte draußen ein Wagen gewartet. Sie fuhren ihn weiter nach Nordwesten, tiefer hinein nach Toshima-*ku,* durch das Gassengewirr von Ikebukuro, das linker Hand von der ausgedehnten Rikkyo-Universität lag. Nach rechts etwa eineinhalb Kilometer auf dem Yamate-*dori* dahin. Eine Linkskurve in die Kaname-*cho* hinein.

Sogleich wurden die Blocks größer, die Häuser teurer. Rasenflächen tauchten auf, Steintore, hohe Bambuszäune. In Sichtweite des Baseball-Platzes der Universität fuhren sie durch ein Eisentor in einem vier Meter hohen Bambuszaun. Buchsbaum und Cryptomeria erhoben sich über die martialisch aussehenden Zaunspitzen. Sie waren alt und gut gepflegt.

Jake hatte kaum den Schimmer eines Hauses wahrgenommen, als

dichtes Blattwerk ihm wieder die Sicht nahm. Sie stiegen aus, und er lief über rundes Steinpflaster unterschiedlicher Größe, über eine weite Fläche mit sorgfältig gerechtem, ockerfarbenem Kies. Er kam an einer Gruppe von drei Felsblöcken vorbei, alle von unterschiedlicher, sich jedoch ergänzender Größe.

Er wurde in das Haus gedrängt, als käme er zu spät zu einer Verabredung. Es ging einen schmalen, grau und weiß tapezierten Korridor entlang. Er kam an mehreren *fusuma* auf beiden Seiten vorbei, die Schiebetüren waren aber alle geschlossen. An der Schwelle zu einem Raum wurde ihm bedeutet, die Schuhe auszuziehen. Durch eine offene *shoji* trat er in ein Sechs-*tatami*-Zimmer. Die Wände waren in einer traditionellen natürlichen Tonfarbe gestrichen. Die Decke bestand aus Zedertäfelung. Entlang der rechten Wand sah er eine *tokonoma,* eine Biedernische. Auf deren leicht erhöhtem Boden stand eine schlanke Tonvase mit malvenfarbiger Glasur, in der eine einzelne weiß-karmesinrote Lilie steckte. Dahinter, an der Wand, hing eine Schriftrolle. Die Kalligraphie darauf lautete: *Wo die Banner des Generals wehen, dort ist seine Armee; wohin der General zeigt, dorthin rückt seine Armee vor; wenn der General einen Verbrecher bestraft, wird das Herz der Armee streng kontrolliert. Auf diese Weise werden Schlachten gewonnen.*

Jake fragte sich, ob er jetzt den General sehen würde.

Eine *shoji* in der linken Wand öffnete sich, und einer der *yakuza,* die in das Hotel gekommen waren, erschien, und er hielt sie auf, als eine andere Gestalt in das Zimmer trat. Dieser Mann kam mit kurzen, äußerst athletischen Schritten über die Schwelle der Schiebetür. Mit leicht gespreizten Beinen stand er vor Jake, womit es ihm gelang, einen simplen Raum in einen Gerichtssaal zu verwandeln. Der Mann war eine unbestreitbar stattliche Erscheinung.

Jake studierte ihn. Er war breitschultrig, mit schmalen Hüften. Sein gewaltiger Brustkorb gab nur zögernd Raum für einen Stiernacken und ein finsteres Mondgesicht mit einer Spur von Haarstoppeln auf dem Kopf. Er hatte kleine, dicht am Schädel anliegende Ohren und dunkle, dreieckige Augen unter überraschend dichten Brauen. Sein Mund war breit und fast lippenlos.

Er war flott in einen dunklen Anzug mit europäischem Schnitt gekleidet, zu dem er eine gestreifte Ripskrawatte und ein blaßrosa Oberhemd trug. Eine kleine goldene Anstecknadel am Revers war der einzige Schmuck, den Jake sehen konnte, bis der Mann eine Hand hob. Ein Goldband in Form eines Drachens umgab den Ringfinger der linken Hand.

»Ich bin Mikio Komoto«, sagte der Mann ohne Einleitung. »Der *sarakin,* von dem Sie das Geld geliehen haben, arbeitet für mich. Sie haben mich zu einem höchst ungünstigen Zeitpunkt überrascht. Ich habe sehr wenig übrig für Leute wie Sie, Mr. Richardson.« Er hob Jakes Paß in die Höhe und wedelte damit, als fächele er sich Luft zu. »Was soll ich mit

Ihnen machen? Sie bitten um einen Gefallen und haben dann die schlechte Manier, die Rückzahlung dieses Gefallens zu verweigern. Ihr Spieler seid doch alle gleich. Wie bei einem Vielfraß sind die Augen immer größer als der Magen.« Hier hatte er das Wort *hara* gebraucht, das sowohl Magen, wie auch eine Art Gesamthaltung bedeutete, die die Japaner voll respektieren.

Jakes Herz schlug schneller. Er hatte recht gehabt. Das war der Mann, den er hatte sehen wollen. *»Oyabun«,* sagte er, sich auf traditionelle *yakuza*-Art verbeugend. »Wollt Ihr mir erlauben, mich bei Euch und Eurem *sarakin* in aller Form zu entschuldigen?«

Mikio Komoto blieb stumm, deshalb begann Jake, auf ihn zuzugehen. Der *yakuza* an der *shoji* reagierte. Komoto hielt ihn mit einer leichten Handbewegung zurück. Seine schwarzen Augen waren auf Jake gerichtet, als wäre er eine Eidechse auf einem Felsen.

Jake griff tief in seine Brusttasche und brachte seine Brieftasche hervor. Sorgfältig zählte er genügend Yen ab, um das, was er in der Nacht zuvor von dem *sarakin* geliehen hatte, plus Wucherzinsen zurückzuzahlen. Er fügte weitere einhunderttausend Yen hinzu. Dieses Bündel Geldscheine legte er vor Komoto hin.

»Ich entschuldige mich für die Ungelegenheiten, die ich Euch verursacht habe, *oyabun*«, sagte er und verneigte sich nochmals in ritueller *yakuza*-Manier. »Doch mit der Differenz zwischen dem Betrag, den ich letzte Nacht in Eurem Spielsalon verloren habe, und dem der Rückzahlung, habe ich, wie ich glaube, für einen Augenblick Eurer Zeit gut bezahlt.«

Komoto gab seinem Mann ein Zeichen, die Scheine aufzunehmen, und als der es getan hatte, sagte der *oyabun:* »Toshi-*san,* führt diesen *iteki* hinaus.« Er ließ Jakes Paß auf die *tatami* fallen, wo Jake das Geld hingelegt hatte. Dann wandte er sich zum Gehen.

»Ich weiß, wer Ihr seid, *oyabun*«, sagte Jake. »Ich muß unbedingt mit Euch reden.«

Komoto drehte sich halb um. »Ihr denkt, ich wäre beeindruckt davon, wie gut Ihr meine Sprache beherrscht? Ihr denkt, ich wäre beeindruckt davon, daß Ihr einige der Riten kennt? Ihr seid *iteki.* Ein Barbar. Ich unterhalte mich nicht mit Barbaren. Ich nehme ihr Geld, wenn sie schwach sind, wie ihr schwach seid.«

»Ich bin hier wegen Nichiren, *oyabun.*«

»Ich weiß nichts von Nichiren.«

»Keii Kisan war *yakuza oyabun.* Ihr seid *yakuza oyabun.* Euer Klan und der von Kisan sind bittere Rivalen um Toshima-*ku.* Solltet Ihr mich nicht lieber anhören?«

Mikio Komotos Augen funkelten, und Jake konnte spüren, wie seine innere Energie sich gefährlich aufbaute. Als der *oyabun* wieder sprach, war seine Stimme kalt genug, um das Zimmer einzufrieren. »*Yakuza*-Gewerbe ist *yakuza*-Gewerbe. Vielleicht glaubt Ihr, es wäre klug gewesen, hierhergebracht zu werden. Laßt mich Euch eines Besseren belehren. Ihr seid recht dumm gewesen. Es ist bekannt, daß ich in bestimmten extremen Fällen mehr tue, als nur das Geld eines dummen Barbaren zu nehmen. Wenn ein *iteki* mir entgegentritt, töte ich ihn.« Den letzten Satz spie er fast aus.

Der Hohn war deutlich auf seinem Gesicht zu erkennen. *»Iteki«,* wiederholte er. »Toshi-*san,* nehmt diesen Barbaren und seinen Paß und werft sie beide hinaus. Es ist ein Gestank in diesem Zimmer, den ich nicht leiden kann.«

Seine beunruhigend hohe Stimme schien gerade so weit zu tragen, daß sie sie erreichte. Sie war vollkommen moduliert. Mariana war mehrmals verlegt worden, immer mit verbundenen Augen. Folglich war ihre Desorientierung tiefer als die Dunkelheit.

»Wo bin ich?« fragte sie. Anders als Jake sprach sie nicht japanisch und nur wenig kantonesisch.

»Haben Sie heute gegessen? War das Essen gut?«

»Ja, auf beide Fragen«, antwortete sie. »Ich habe aber keinen großen Appetit.«

Eine Zeitlang war es still.

»Ich komme mir vor wie eine Ratte im Keller«, sagte sie.

»Ich verstehe nicht.«

»Ich habe schon eine ganze Zeit kein Licht mehr gesehen.«

»Das tut mir leid.«

Ein Aufleuchten wie von einer Sonne, und Mariana hielt den Arm schützend vor die Augen. Sie hörte ihn von der Tür weggehen. Durch den Schlitz ihrer Augen sah sie nichts weiter als die Beuge ihres Arms. So viele Fragen ihr auch durch den Sinn jagten, sie wollte keine stellen, ehe sie nicht richtig sehen konnte. Es störte sie, daß sie sich, wenn sie nichts sah, so verletzbar fühlte.

»Es ist wichtig, daß wir äußerste Geheimhaltung wahren«, sagte Nichiren. »Das ist der Grund für alle Verlegungen, die fensterlosen Räume. Die Gefahr war sehr groß.«

»Und jetzt?«

»Es hat sich nichts geändert.«

Was tat er? Alle Geräusche hatten aufgehört. »Wo bin ich?« fragte sie wieder.

»Die Antwort ist für Sie unerheblich.« Seine Stimme war sachlich. »Irgendwo in Tokio.«

Sie hörte, daß er jetzt näher herankam. »Ich beginne zu bedauern, daß ich getan habe, was Sie mir aufgetragen haben.«

»Das verstehe ich nicht«, sagte er in seinem Englisch mit starkem Akzent. »Sie leben noch, und das *fu* ist in Sicherheit.«

»Ich bin seit Tagen in pechschwarzer Nacht eingesperrt, ohne Gesellschaft oder Erklärung«, sagte sie recht heftig. »Was erwarten Sie, wie ich mich sonst fühlen soll?«

»Ehrlich gestanden, habe ich niemals darüber nachgedacht«, antwortete er, fast in verblüfftem Ton. »Ich habe getan, was ich mußte, um Sie vor Ihren Feinden zu schützen.«

»Und was ist, wenn Sie mich belügen?«

»Ich habe Sie in jener Nacht nicht belogen. Sie sahen, was Sie gesehen haben. Das ist die Wahrheit.«

»Ich weiß nicht mehr, was die Wahrheit ist«, sagte sie mit rauher Stimme.

»Wollen Sie jetzt weinen?«

Sie hob den Kopf. Das blendende Licht war mittlerweile fast gänzlich verschwunden. »Glauben Sie, ich würde Ihnen diese Befriedigung verschaffen?«

»Ich denke, das ist es doch, was Frauen tun, wenn sie unter großer Anspannung stehen.« Er war in einen sehr gut geschnittenen, rußgrauen Anzug aus leichtem Leinen gekleidet. Der konservative Kragen seines schneeweißen Oberhemds schien in die Halsmuskeln zu schneiden. Sein schwarzes Haar war dicht und aus der breiten Stirn straff nach hinten gekämmt. Er hatte ein katzenähnliches, fast dreieckiges Gesicht. Außer denen von Jake waren seine Augen die außergewöhnlichsten, die Mariana je bei einem Mann gesehen hatte. Was sie in ihren Tiefen träge schwimmen sah, erschreckte sie, obwohl sie so etwas keinem Menschen gegenüber zugeben würde. Er sah adrett und gepflegt aus. Sie konnte erkennen, daß er sehr durchtrainiert war.

Trotz ihrer Angst vor ihm, oder vielleicht wegen ihr, spürte sie Wut in sich aufsteigen. »Sie sind ein Idiot«, fauchte sie.

Dann bemerkte sie seine Hände. Die Kanten waren so übersät mit Schwielen, daß sie gelb aussahen, mit einer Patina wie altes Elfenbein. Das stand in scharfem Gegensatz zu seinen Fingern, die so lang und fein waren, daß sie fast Neid empfand, wenn sie sie betrachtete.

Nichiren sah sie mit beunruhigender Gemütsruhe an. »Wir müssen jetzt gehen«, sagte er nach einer Weile.

»Gehen?« fragte sie. »Wohin gehen?«

»Aus Tokio verschwinden«, antwortete er, als wäre das an sich schon eine genügende Erklärung.

Jake konnte nichts weiter tun als warten. Er war schon einige Blocks gegangen, als er an einen Schreibwarenladen kam. Dort erstand er einen kleinen Notizblock und einen Kugelschreiber. In der Nähe fand er eine *nawanoren.* Den Perlenvorhang beiseiteschiebend, trat er ein und setzte sich an einen Tisch in der Ecke. In der Nähe tranken zwei alte Männer ihr Bier und spielten *go.* Es war die Zeit zwischen Mittag- und Abendessen; sonst war keiner da.

Jake bestellte ein Kirin und *shioyaki*. Als er die Hälfte des gesalzenen Bratfischs gegessen hatte, bestellte er noch ein Bier. Die alten Männer waren mit ihrem Spiel weit vorangekommen, und es wurde jetzt langsamer.

Jake nahm den Notizblock und den Kugelschreiber heraus und begann, aus dem Gedächtnis den Umriß von Mikio Komotos Haus aufzuzeichnen. Ehe er das Schreibwarengeschäft aufgesucht hatte, war er um das ganze Anwesen herumgegangen, so daß er etwa die Größe und besonders den Grundriß kannte. Drinnen zeichnete er die Flure und Zimmer ein, durch die er ein- und ausgegangen war. Toshi hatte ihn durch die Vordertür hinausgeführt. Als nächstes gab er jedem Zimmer eine Funktion. Dann begann er, die Funktionen im Rest des Hauses zu erraten.

Das war keine unmögliche Aufgabe, wie es erst scheinen mochte. Traditionelle japanische Häuser sind nach einem starren Schema gebaut. Raum war kostbar; sogar der reichste Kaufmann mußte sich bescheiden bei dem ihm zur Verfügung stehenden Platz. Außerdem war die Größe eines Zimmers ein Mehrfaches der Größe einer *tatami;* es war also leicht, einen Innenraum aufzuteilen; es gab keine asymmetrischen Räume oder Überraschungen. Die japanische Empfindsamkeit konzentrierte sich überdies auf Zusammenfluß: klare Linien, die sich eine wie die andere ohne Verwirrung aufeinander zu bewegen. Mit diesen Tatsachen waren die Möglichkeiten auf strenge Regeln reduziert.

Eine andere Tatsache zugunsten Jakes war, daß die Räume von Komoto bestimmt in einem getrennten Flügel des Hauses lagen. Keine Frau, mit Ausnahme vielleicht der Putzfrau, wäre dort zugelassen. Das war der Bereich, der Jake am meisten interessierte.

Als er seine Zeichnung fertig hatte, studierte er sie eine Zeitlang. Er fragte sich, ob das alles von Wert war. Was wäre, wenn Komoto gar nicht wußte, wo Nichiren zu finden war? Aber offensichtlich hatte er es doch vorher gewußt; warum also nicht noch einmal?

Jake entschied, es hätte keinen Zweck, sich darum jetzt schon Sorgen zu machen. Er würde es sowieso bald herausfinden. Er stand auf und zahlte. Auf seinem Weg nach draußen blickte er auf die Konstellation des Spiels der beiden Männer. Er sah die Straße zum Sieg, die sie nicht erkannten. Er wünschte, das wirkliche Leben wäre auch so leicht zu durchschauen.

Draußen war es noch immer hell. Er ging weiter, bis er mehrere Läden fand, die er gesucht hatte. In jedem tätigte er Einkäufe. Als er aus dem letzten herauskam, stellte er fest, daß in der Nähe ein Kino war. Er ging hinein und sah die Wiederholung eines Films über den letzten großen Meister der japanischen Tätowierkunst, der anscheinend die Haut seiner Kundin für seine Nadel aufnahmebereiter hielt, wenn sie den Geschlechtsakt ausführte, während er seine Zauberkunst an ihr ausübte.

Das erinnerte Jake an den Unterschied zwischen Fiktion und Realität. »Wohlklingende Worte«, hatte Fo Saan ihm einmal gesagt, »sind nicht wahr. Hüte dich vor dem Mann, der seine Fähigkeit zu reden geschliffen hat; er ist ein Lügner.

Andererseits, Kunst ist Wahrheit. Kunst nimmt das Nichts – eine leere Seite, eine weiße Leinwand – und macht daraus etwas Ergreifendes. Kunst kann nur durch das Gefühl definiert werden, das sie im Betrachter auslöst. Sie setzt nichts voraus; sie behauptet nichts. Wie die großen Meere und Ströme auf der Welt gehört die Kunst den Herren der Bergschluchten. Ihre Macht rührt davon her, daß sie sich zurückhält.«

Jake hatte erwartet, Fo Saan würde es ihm eines Tages einbleuen, aber nichts derartiges war geschehen. Vielmehr sagte Fo Saan, als Jake ihn fragte, ob es nicht Teil seiner Ausbildung sein würde, wenn Kunst so mächtig sei: »Es *ist* deine Ausbildung.«

Jake hatte einige Zeit gebraucht, bis er das verstand. Das war in Ordnung. Man lernt ohnedies in kleinen Schritten. Das war auch die Bedeutung von *chahm hai,* sich versenken. Lehren ganz in sich aufzunehmen, behauptete Fo Saan, sei die einzige Methode zu lernen. »Man glaubt«, sagte er eines Morgens, »›ich lerne mit den Augen; ich lerne mit den Ohren; ich lerne mit der Nase; ich lerne durch Berührung.‹ Man glaubt sogar selbstgefällig: ›Ich lerne mit meinem Verstand.‹« Er zeigte mit dem Finger. »Geh den Abhang hinunter. Geh immer weiter.«

Jake tat, was ihm befohlen wurde. Der Nebel war so dicht, daß Jake bald jegliche Orientierung verlor. Er fühlte, wie die Erde unter den nackten Füßen zu trockenem, lockeren Ton wurde, dann zu dünnem heuähnlichem Gras und schließlich, als der Abhang steiler wurde, zu Sand. Auch der Sand wechselte beim weiteren Abstieg von grob zu fein.

Überrascht fand er sich im Wasser wieder. Er schnupperte kräftig und wunderte sich, daß er das Meer nicht gerochen hatte, ehe er hineinging. Dann blickte er nach oben und sah, daß er von einem schillernden Wirbel umgeben war. Er sah keinen Himmel, keine Wolke, keine Sonne. Er drehte sich um und stellte fest, daß er außer Sichtweite des Landes war. Der Nebel . . .

Er rief nach Fo Saan, zögernd erst und dann, mit den Händen einen Trichter am Mund bildend, lauter. Seine Stimme klang fremd und gedämpft, ein seltsamer Ton, wie er sich von den Alpträumen her erinnerte, wenn er versuchte, laut zu schreien und nur ein heiseres Flüstern herauskam.

Mit den Beinen bis zu den Waden im Wasser konnte er nichts fühlen. Bei unzureichender Sicht, ohne etwas zu riechen oder zu hören, konzentrierte er sich auf sein Gefühl, stellte aber bald fest, daß er noch nicht einmal sehen konnte, wie hoch das Wasser ringsumher gestiegen war, bis er voller Schreck merkte, daß es über den Bund seiner Shorts reichte. Wie hatte er so weit hinausgelangen können? Er wußte es nicht. Bis zu diesem Augenblick war er sicher gewesen, er hätte nur einen oder zwei Schritte getan. Er kam zu dem Schluß, daß die Flut ihn überrascht haben müsse. Aber warum hatte er dann nichts von der Strömung bemerkt?

Panik stieg in ihm auf. Seiner Sinne beraubt, fühlte er sich vollkommen verloren und isoliert. Er versuchte, sich durch sachliche Überlegung zu beruhigen, aber sein Verstand schien den zuverlässigen üblichen Fluß der Empfindungen abgeschaltet zu haben. Er konnte nicht mehr denken. Er wußte nicht, was tun.

Er rief nach Fo Saan.

Der Klang seiner Stimme erschreckte ihn. Die darauf folgende Stille erschreckte ihn noch mehr. Er begann, um sich zu schlagen bei dem Versuch, die Küste zu erreichen. Die Flut hatte ihn schon zu tief erfaßt und ließ ihn so leicht nicht wieder los. Er fühlte sich gefangen im Treibsand.

Der Ozean umspülte seine Brust, dann den Hals. Als er merkte, daß das Wasser bis zum Kinn reichte, rief er mit aller Kraft.

»Du kannst mit deinen Augen nicht lernen«, sprach eine Stimme in seinem Ohr, »weil du dem, was du siehst, nicht trauen kannst.«

»Fo Saan?« schrie er. »Wo seid Ihr?«

»Du kannst mit deinen Ohren nicht lernen«, fuhr die Stimme fort, »weil du dem, was du hörst, nicht trauen kannst.«

»Fo Saan, ich ertrinke!«

»Du kannst mit deiner Nase oder mit dem Gefühl nicht lernen, weil du dem, was du riechst oder fühlst, nicht trauen kannst. Deshalb denke nicht.«

»A mi tuo fo, Fo Saan!«

»Ba-mahk!« Fühle den Puls!

Welchen Puls? dachte Jake, während er Salzwasser aus der Nase schnaubte. Die Augen brannten ihm, und er fühlte sich unter Wasser gezogen, im Griff der Flut. Ich werde sterben, dachte er.

»Ba-mahk!«

Da ging er unter, gerade so, als hätten die Fangarme eines monströsen Meerestieres sich um seine Beine geschlungen. Verzweifelt schlug er um sich, auch mit den Beinen, und hielt den Atem an. Die Flut drehte ihn herum. Es war dunkel. Ein abgerissenes Brüllen in seinen Ohren klang wie absolute Stille. Er wollte Luft holen und konnte nicht. Er war in einer fremden Welt, die dem Leben feindlich gegenüberstand. Seinem Leben.

In diesem Augenblick spürte er das Gleichgewicht von Leben und Tod. Es war, als hinge er zwischen zwei festen Seinsmöglichkeiten. Sie besaßen keine physische Form, lediglich eine psychische Gegenwärtigkeit. Die Dunkelheit und das Licht. Er wußte, von welcher Seite dieses anarchische Brüllen ausging. Er wollte keinen Teil der Dunkelheit, und so wandte er sich von ihr ab.

Ba-mahk! Fühle den Puls.

Nicht mit einem seiner Sinne, nicht mit seinem Verstand. Mit seinem Herzen. In der aufwallenden, urzeitlichen Dunkelheit schwebend, hatte er alle seine Sinne fahrenlassen. Er hatte aufgehört zu denken und begonnen, nur zu fühlen. Und hatte seinen Pulsschlag gefunden.

Es war wie ein Strom aus Silber in der Dunkelheit. Es war wie ein schmaler Steg über einem tiefen Abgrund. Ohne zu denken folgte er ihm, und er führte ihn nach Hause.

Keuchend hatte er am Strand Fo Saans Gegenwart dicht neben sich gespürt. Er hatte gespürt, wie die Decke sich um seine Schultern legte und – wie dankbar er war! – seinen zitternden Körper einhüllte.

»Du hast den Pulsschlag gefunden.«

Jake wollte antworten, aber seine Zähne klapperten zu heftig.

»Jetzt weißt du, wo du suchen mußt, um die Wahrheit zu finden«, sagte Fo Saan.

Jetzt, von der Nacht eingehüllt, bewegte Jake sich um das eingezäunte Anwesen von Mikio Komoto. »Wenn du in das Haus eines anderen Mannes eindringst«, hatte Fo Saan gesagt, »darfst du dich nicht auf irgendeinen Sinn, oder überhaupt auf die Sinne, verlassen. *Ba-mahk.*«

Der Puls, den zu fühlen Fo Saan ihn veranlaßt hatte, war natürlich *qi.* Könnte man es beschreiben, würde man sagen, es sei die unsägliche Kombination von *i,* dem Willen, und *qi,* der inneren Energie.

Was Fo Saan Jake unbedingt beibringen wollte, war die Erringung des *hao ran zhi qi* – die ungeheuer große, die ungeheuer starke Macht.

Jake suchte jetzt seinen Puls, und als er ihn gefunden hatte, betrat er Mikio Komotos Reich.

Die Elemente waren mit ihm. Der Mond war ein blasser, unbeständiger Schatten, abwechselnd verschwommen und ausgelöscht von den niedrig dahinziehenden Wolken, die auf Regen hindeuteten. Die alten Bäume schienen ihre Äste auszubreiten, als hießen sie ihn in der Pechschwärze willkommen.

In die tiefsten Schatten geduckt, band Jake sich ein hauchdünnes schwarzes Leinentuch um Nase und Mund, um jegliches Atemgeräusch zu dämpfen. Er rieb Ruß unter die Augen, auf die Stirn und den oberen Teil des Nasenrückens. Dann zog er Schuhe und Strümpfe aus.

Er lauschte dem Wind in den Weiden und Cryptomeria. Beim Heraustreten aus seinem vorübergehenden Versteck gebrauchte er *seuhn-fung* oder ›Schritte mit dem Wind‹, wie Fo Saan sie ihn gelehrt hatte: Anstatt zu versuchen, kein Geräusch zu machen, was dann mißlang, klang es, als seufzte der Wind in den Bäumen.

Auf diese Weise gelangte er auf die Westseite des Hauses. Hierher war er früher am Tage gebracht worden. Es war Mikio Komotos Flügel. Nach mehreren Augenblicken der Überlegung ging er am Seiteneingang vorbei, der von einem hellen, hoch angebrachten Scheinwerfer bestrahlt wurde.

Er ging weiter, vorbei an den gepflegten Hecken. Dahinter sah er, was ihm an diesem Nachmittag entgangen war: einen wunderbaren Privatgarten. Dieser war schmal, aber weitaus länger als der Seitenflügel. Ein hohes, gleich anschließendes Gehölz von ausgewachsenen Cryptomeria rauschte am fernen Ende.

Jake durchquerte den Garten und benützte die Treppenstufen, um den

Kies zu vermeiden. Dieser Pfad endete an einem flachen, erhöhten Stein. Das war die letzte Stufe zur *engawa,* einer Veranda mit Zedernholzdielen. Jake kroch hinauf. Die Wand direkt vor ihm war eine *fusuma.* Daneben lag ein Fenster. Die Lichter in diesem Raum waren gelöscht, obwohl sie in anderen Teilen des Hauses noch brannten.

Jake nahm ein kleines Glas mit flüssigem Silikon heraus und trug davon mit einem *mimikaki,* einem japanischen Ohrstocher, etwa einem übergroßen Q-Tip ähnlich, auf die obere und untere Schiene der Schiebetür auf. Mit einer Messerklinge in der Fuge zwischen Tür und Wand fand Jake bald den Verschlußhaken und klappte ihn hoch.

Vorsichtig schob er die *fusuma* einige Zentimeter zurück. Der Mond trat hinter einer Wolkenbank hervor, und Jake stellte jede Bewegung ein, bis das fahle, wässerige Licht hinter einem weiteren Wolkenband verschwand.

Als er die Tür weit genug geöffnet hatte, schlüpfte er hinein und zog sie hinter sich wieder zu. Er saß da, hielt die Füße hoch und rieb mit einem Baumwollappen den Tau von den Sohlen. Dann zog er ein neues Paar *tabi* an, japanische Socken, wie sie im Haus getragen werden. Wenn er diese anhatte, hinterließ er keine Fußabdrücke.

Er knipste einen Leuchtstab an. In dem Elektronikladen, wo er ihn gekauft hatte, hatte der Verkäufer ihn vor unnötigem Gebrauch gewarnt. Die Japaner, die Schöpfer der miniaturisierten, tragbaren elektronischen Wunder wurden zunehmend beunruhigt durch den anwachsenden Fallout: Umweltverschmutzung durch weggeworfene Batterien.

Jake ließ den schmalen Lichtstrahl durch den Raum wandern. Hier gab es nichts für ihn. Das hätte auch schon Zufall sein müssen. Er mußte jetzt auf den Flur hinaus.

Lautlos schritt er über die *tatami* dahin. Eine Hand an der *shoji,* holte er tief Luft. Konzentrierte sich. Suchte wieder seinen Pulsschlag. Als er ihn gefunden hatte, zog er den Rahmen auf sich zu.

Und sah sich einem kleinen Japaner mit runzeligem Gesicht gegenüber, dessen Augen sich vor Schreck weiteten. Dann, wie in einer perfekten Parodie, taten seine Lippen dasselbe. Gerade wollte er anfangen zu sprechen, als Jake ihn vorn am Hemd packte und über die Schwelle in den Raum hereinzog. Er schob die *shoji* hinter sich zu.

Sein Daumen war viel wirksamer als das Vielzweckmesser, das er bei sich trug und jetzt unter das Kinn des kleinen Mannes schob. Er fand die Schlagader und begann, sie abzudrücken. Die Augen des Mannes traten hervor.

»Name?« sagte Jake auf japanisch. Ließ den Druck des Daumens nach.

»Ka – Kachikachi.«

»Akten?«

»Ich weiß ni – ach!«

Der Daumen war in seinem Fleisch verschwunden. Jake hielt den Druck ausreichend lange aufrecht.

»Akten«, wiederholte er.

Kachikachis übergroßer Kopf schlug auf und nieder. Er wimmerte vor Schmerzen.

»Führ mich dahin, wo sie sind.«

Zusammen traten sie auf den Flur hinaus. Er war dunkel und leer. Die Zeit, da in diesem Haus Geschäfte getätigt wurden, war längst vorüber; das geschah höchstens in Notfällen. Es war zweifelhaft, ob Komoto selbst noch hier war, zu dieser späten Stunde.

Wie sich herausstellte, war Jake zwei Zimmer weiter gewesen. Er zog ein Stück Nylonschnur hervor, legte Kachikachi auf die *tatami* und band ihm die Hände und Füße zusammen. Mit dem Baumwollappen knebelte er den Japaner. Dann machte er sich daran, soviel wie möglich über Nichiren herauszufinden.

Was er fand, war nicht viel. Das war immer das Risiko. Er hatte gewußt, daß die Informationen über Nichiren flüchtig waren. Es bestand immer die Möglichkeit, daß man im Klan ausschließlich mündlich kommunizierte.

Mit wachsender Enttäuschung las er die spärlichen Notizen durch: Nichirens Jagden nach Frauen; seine häufigen, unregelmäßigen Reisen außerhalb Japans; sein Kommen und Gehen im Kisan-Territorium und besonders im Bezirk von Keii Kisan. Aus dem letzteren ging wenigstens hervor, daß Nichiren hier nicht wohnte, nicht einmal über Nacht blieb. Das konnte also als potentielles Versteck gestrichen werden.

Dann fand er eine handgeschriebene Aufzeichnung. Die anderen waren mit der Maschine getippt. Er brauchte einige Zeit, bis er das verkrampfte *kanji* entziffern konnte. Nichiren war zweimal beobachtet worden, als er aus den japanischen Alpen, nördlich von Tokio, herabkam. Beim ersten Mal, so schien es, war er rein zufällig gesehen worden. Einer von Komotos *yakuzas* hatte ihn im Urlaub von einem Restaurant aus gesehen, als Nichiren auf der anderen Straßenseite zum Tanken anhielt.

Der listige Komoto hatte ihn dann beschatten lassen und, siehe da, elf Tage später war Nichiren auf derselben Straße entdeckt worden. Dieses Mal war festgestellt worden, daß er die Straße aus Tateyama herunterkam. Aber offensichtlich war Komoto nicht weitergekommen mit den Beobachtungen. Nichiren war dann drei Wochen lang verschwunden und hatte sich, als er nach Japan zurückkehrte, mehr oder weniger in der Umgebung von Tokio aufgehalten. Schließlich hatte Komoto die Überwachung aufgegeben, da es ihm für ein mehr als zweifelhaftes Ergebnis eine Verschwendung von Zeit und Personaleinsatz erschien.

Doch diese Information war die Lücke in Nichirens Rüstung, die Jake gesucht hatte. Er legte die Akte zurück, ließ Kachikachi gefesselt auf der *tatami* liegen und ging durch den Flur, um das Haus zu verlassen, wo er hereingekommen war.

Er holte seine Schuhe und Socken gerade rechtzeitig. Es hatte schon wieder zu regnen begonnen.

Uniformierte waren überall. Der Premier war vernarrt in die Soldaten. Zilin hielt das für eine fixe Idee. Der Premier war es gewesen, der die Befehle zur Erledigung der Viererbande gegeben hatte. Zilin erinnerte sich sehr wohl daran.

Der Premier hatte zugesehen, wie die abgeordneten Soldaten ihre Arbeit verrichteten. Seit er im Rang aufgestiegen war, hatte er dafür gesorgt, daß jeder wußte, er hätte das Vorgefallene nicht vergessen.

Macht ist vergänglich. Wie ein römischer Kaiser hatte der Premier seine Prätorianergarde. Ohne Zweifel, dachte Zilin, sicherte der Premier sich gegen das ab, was seinen Vorgängern widerfahren war. Was *einmal* in China passiert war, konnte wieder geschehen.

Nun, das war gar nicht so abwegig. Wäre es nach Wu Aiping gegangen, wäre auf dem Platz Tian An Men mehr ideologisches Blut vergossen worden. Auch meines, dachte Zilin.

Tai He Dian, die Halle der Höchsten Harmonie, die Halle des Premiers, war so riesig, daß es darin sogar jetzt, mitten im Sommer, kühl war, während alle anderen Orte in China heiß und schwül waren. Die Decke war so hoch, daß sie kaum zu sehen war. Der Dunst der Jahrhunderte schien in der Luft zu hängen, um den Möbeln aus hartem Holz einen Firnis wie aus Zitronenöl zu geben. Diesem haftete ein seltsamer aber markanter Duft an, der Zilins Erinnerung aufwühlte und in die Vergangenheit führte – *seine* Vergangenheit. Im Augenblick war ihm das jedoch nicht klar.

Als er sich dem fernen Ende des Raumes näherte, konnte er sehen, daß Wu Aiping bereits da war. Der Minister saß zusammengekauert auf einem geschnitzten Ebenholzstuhl – wie eine Gottesanbeterin, nur Ekken und scharf umrissene Linien.

Der Premier dagegen, rund und fett, saß hinter einem hohen hölzernen Schreibtisch, der aussah wie der erhöhte Sitz eines westlichen Richters. Diese physische Erhöhung liebte er als persönliche Darstellung seiner Macht. Es war im reinsten Sinne eine antikommunistische Geste, überlegte Zilin. Wir werden das Wort ›Genosse‹ gebrauchen, auch wenn wir nichts dieser Art sind. Die Hierarchien der Macht sind überall zu finden; sie besiegen uns alle am Ende, wenn wir nicht vorsichtig sind, sehr vorsichtig.

Armer Karl Marx! Welch unruhige Zeit muß sein Geist erdulden, denkt man an die Freiheiten, die seine Gefolgsleute sich mit seinen Geboten genommen haben.

Als Zilin sich auf den niedrigen Sitz eines Ebenholzstuhls niederließ, überlegte er, daß die Kommunisten und die römisch-katholische Kirche noch nie so dicht beieinanderlagen wie heute, weder im Geiste, noch in den Auslegungen ihrer Gebote. Historisch gesehen waren beide Ideologien im Namen der Reinheit von denen korrumpiert worden, die nach Macht strebten. Tod und Verderben waren unter ihrer Ägide verbreitet worden. Beide waren sie Bastionen scheinheiliger Macht.

Und ich, dachte Zilin, bin kaum schuldlos. Eine plötzliche Welle der Verzweiflung überkam ihn mit fast schmerzhafter Intensität. Wenn ich auch keine Hand erhoben habe, bleibt meine Schuld doch dieselbe. Ich habe stumm zugesehen, als in den Straßen brutal Blut vergossen wurde – dieselben Straßen, durch die ich heute gehe. Ich habe geschwiegen, als Stimmen sich erhoben und das Blutvergießen als richtig und notwendig erklärten, um ideologische Krankheit aus dem Korpus des modernen Chinas auszutreiben. Tod im Namen der heiligen Reinheit! Das ist so viele Jahre lang unser Kreuzzug gewesen. Wir sind ein armes, von Selbsttäuschung geschlagenes Volk.

In diesem Augenblick dachte er daran, den *ren* aufzugeben, den Meisterplan, den er für sein Verdienst hielt. Verzweiflung war eine mächtige Emotion; sie konnte die Arbeit von Jahrzehnten zunichte machen. Und sie würde es hier und jetzt tun, Zilin wußte es, wenn er nicht seinen Weg hinaus fand. Sicherlich hatte er Verzweiflung schon vorher gekannt. Zhang Hua wußte, daß er Anfällen tiefster Schwermut ausgesetzt war; da er Zilin gut kannte, führte er das darauf zurück, daß Zilin keine Familie hatte. Ihm war bekannt, daß Zilin keine Angehörigen besaß, weder Frau noch Kinder. Und dann, wie noch stets, erinnerte Zilin sich daran, daß es sein Schweigen gewesen war, das ihn so weit gebracht hatte. Von all den alten Führern war er der einzige, der noch lebte; nur er, von all den alten Männern, hielt noch einen Teil der schlüpfrigen Zügel der Macht in den Händen.

Nichtstun ist auch eine Handlung. Das war ihm vor langer Zeit gelehrt worden, als er gelernt hatte, wie man *wei qi* spielt. Schweigen ist eine Stimme, die irgendwo gehört, die von irgend jemand verstanden wird. Ohne dieses, das war ihm klar, stünde sein *ren* nicht kurz vor der Erfüllung. Er kannte die persönlichen Vorteile, die er ihm bringen würde, wie auch den dauerhaften Nutzen für sein Land. Er konnte sich von keinem mehr aufhalten lassen. Nicht einmal von Wu Aiping.

»Minister«, begann der Premier, »ich grüße euch im Namen Chinas und der Revolution. Wir sind heute hier, um Angelegenheiten zu diskutieren, die sowohl lebenswichtig als auch schwierig sind.« Er räusperte sich und schob in der Zwischenzeit Papiere hin und her.

»Shi *tong zhi*«, fuhr er fort, »Wu *tong zhi* hat eine formelle Anhörung wegen Eurer Außenpolitik in Hongkong gefordert. Anstatt zu wiederholen, was er mir vorgelegt hat, möchte ich ihn auffordern, das Problem selbst vorzutragen.«

Langsam richtete Wu Aiping sich von seinem Stuhl auf. Er war groß für einen Chinesen, knapp ein Meter achtzig. Sein Brustkorb zeigte eine Veränderung, die man bei uns Verwachsung nennen würde. Seine großen Augen waren wie Leuchtfeuer in der Nacht. Er war mindestens drei Jahrzehnte jünger als die beiden anderen im Raum, was jedoch nicht das Zwingende seiner Persönlichkeit minderte. Ganz im Gegenteil, da tatsächlich wenige in China eine derartige Intelligenz bei einem Mann seines Alters erwarteten.

»Die öffentliche Bekanntmachung unserer Kompromißpolitik – so genannt von Shi Zilin – mit den *faan-gwai-loh* Briten bezüglich der Zukunft von Hongkong ist für mich und die führenden Mitglieder meiner Akademie ein Quell großer Sorge gewesen.

Wie Euch bekannt sein wird, waren wir gegen jede Kapitulation vor den Fremden Teufeln, in welcher Form auch immer. Dieser sogenannte Kompromiß schmeckt nach der Kurzsichtigkeit der Mandschu-Dynastien, die die Invasion des souveränen Territoriums des Reiches der Mitte überhaupt erst zuließ.

Meine Kollegen glauben wie ich, daß wir, je länger wir die Übernahme Hongkongs hinausschieben, desto mehr Gesicht verlieren werden und daß es auch unwahrscheinlicher wird, daß wir mit der Übernahme Erfolg haben werden. Es ist schon schlecht, vor einem zivilisierten Menschen das Gesicht zu verlieren, es aber vor einem *faan-gwai-loh* zu tun, ist unerträglich.

Genosse Premier, seit Ihr zugelassen habt, daß die Formulierung der Hongkong-Politik von Shi Zilin diktiert wird, haben wir nichts weiter als konfuse Signale an den Westen gegeben. Der bevorstehende Abfall von Mattias, King & Co. ist nur das neueste Beispiel. Ich glaube nicht, daß wir uns diese Unschlüssigkeit leisten können. Wenn wir Hongkong wieder zu unserem Eigentum machen wollen, müssen wir so schnell wie möglich hineingehen können, um zu gewährleisten, daß die Geschäfte ungestört weitergehen, während wir unsere Truppen hineinschicken und das Gebiet zu einem Kontrollgebiet mit Sonderverwaltung machen.

Darin sind der Parteichef und der Verteidigungsminister einer Meinung.« Er brachte versiegelte Päckchen hervor. »Hier sind ihre unterzeichneten Erklärungen.«

Der Premier nahm sich Zeit zum Lesen der beiden Dokumente. Endlich hob er den Kopf. »Shi *tong zhi?*«

Mit Mühe stand Zilin auf. Er hatte seinen Stock nicht mitbringen wollen und war deshalb genötigt, sich mit beiden Händen auf den Armlehnen des Ebenholzstuhls abzustützen.

»Genosse Premier, bei allem nötigen Respekt vor dem Minister, Wu *tong zhi* hat keine Ahnung von der Politik innerhalb Hongkongs. Er weiß nichts von den Millionen Chinesen, die dort unter kapitalistischem System geboren und erzogen wurden. Er hat keine Vorstellung von den Schwierigkeiten, die uns erwarten bei der Umschulung jener Millionen, sollten wir uns entschließen, ihnen eine völlig andere soziale und wirtschaftliche Struktur aufzuzwingen. Wir wären . . .«

»Soll das heißen, wir können Hongkong nicht zu einem Teil Chinas machen?« Wu Aiping hatte sich zu Zilin umgedreht. »Wir sind alle einer bestimmten Lebensart verpflichtet, Shi *tong zhi.* Ausnahmslos. Da ist kein Platz für einen Kompromiß, wenn es um Hongkong geht. Dieser Teil Chinas wurde uns von den Barbaren gestohlen. Sie haben ihn noch immer, bis heute.«

»Mit allem nötigen Respekt«, sagte Zilin, »Hongkong gehört uns bereits.«

»Unsinn!« Wu Aiping explodierte. »Es ist ein Nest für kapitalistische Lasterhaftigkeit und Korruption!«

»Was uns jedes Jahr Millionen einbringt. Mittel, die wir dringend für die Schwerindustrie brauchen. Mittel, möchte ich hinzufügen, die nicht zu einem geringen Teil dem Kam Sang zufließen.«

»Ideologie, Shi *tong zhi*«, zischte Wu Aiping. »Reinheit des Zweckes. All dieses Gerede von Geld schmeckt nach Ketzerei und ideologischer Abtrünnigkeit. Ihr wart darin gegen mich, gerade so wie Ihr Euch hartnäckig geweigert habt, das Kam Sang-Projekt zu unterstützen. Ich – und viele andere auch – finde Eure Ansichten extrem unerwünscht.« Seine Augen blitzten. »Deshalb habe ich beim Premier beantragt, Euch von dem Posten als Leiter der Polizeieinheit Hongkong abzusetzen. Huang Xiao ist mehr als qualifiziert, Euch zu ersetzen.«

Huang Xiao, dachte Zilin im stillen, ist einer der *qun.*

»Meine Genossen Minister«, sagte der Premier, »in letzter Zeit hat es innerhalb der Regierung wegen dieser Probleme viel Aufregung gegeben. Und zwar so viel, daß wir einen gefährlich entzweienden Zustand erreicht haben.

Wu *tong zhi* hat recht. Ich sehe eine Rückkehr zu den Tagen von 1900, als die Mandschus an der Macht waren, als Feudalherren sich untereinander stritten, als die militanten Boxer *tong* sich auf mächtigen Schwingen zu einer vorher unvorstellbaren Macht erhoben.

In der Zwischenzeit stahlen uns die *faan-gwai-loh* unser Land.

Das darf nicht noch einmal geschehen. Das wurde beschlossen. Wenn auch die Arbeit von Shi *tong zhi* für den Staat über eine Spanne von vielen Jahrzehnten bewundernswert ist, sind einige Einzelheiten in Wu *tong zhis* Antrag doch beachtenswert. Deshalb ist beschlossen worden, daß Shi *tong zhi* eine Zeitspanne von dreißig Tagen erhält, um die der gegenwärtigen Hongkong-Politik innewohnenden Probleme zu lösen. Danach wird an diesem Ort eine zweite Anhörung einberufen werden. Wenn die Arbeit von Shi *tong zhi* dann für nicht zufriedenstellend angesehen wird oder sich in irgendeiner Weise als mangelhaft erweist, dann wird Huang Xiao den Platz von Shi *tong zhi* einnehmen. Das ist beschlossen.«

Auf seinem Weg aus der Tai He Dian hinaus, sah Zilin das befriedigte Lächeln auf Wu Aipings Gesicht. Zilin konnte fühlen, wie die Schlinge um seinen Hals sich zusammenzog. Er wußte, der Angriff auf ihn war so sicher, als hätte Wu Aiping eine Bombe unter seinem Schreibtisch angebracht.

In diesem Moment fühlte Zilin sein Alter. Er fragte sich, ob seine Zwillingsfeinde, Zeit und die Nähe der Macht, sich schließlich zusammengetan hätten, um ihn zu stürzen. Er hatte zu lange mit beiden gelebt. Wu Aiping könnte ihr Mittelsmann sein.

Vielleicht ist meine Zeit gekommen, dachte er. Wenn ja, dann war mein *ren,* mein Verdienst, nur der Traum eines sterbenden Mannes.

Die japanischen Alpen erstrecken sich fast unmittelbar durch die Mitte der Insel Honshu. Anders als die europäischen Alpen, deren heutiges Pflanzenreich zum großen Teil von der Vereisung in der Eiszeit diktiert wurde, war ihr asiatisches Gegenstück davon nur geringfügig betroffen. Tatsächlich waren ihre schmalen V-förmigen Schluchten von schweren Regenfällen und schmelzendem Schnee ausgewaschen worden. Daher stammt auch ihr hervorragend dichter Bewuchs, reich an breitblätterigen Laubbäumen wie Eichen und Buchen. Die japanischen Alpen sind ein Zufluchtsort für eine große Vielfalt von Floraspezies, im Gegensatz zu der von der Eiszeit zerfurchten alpinen Region Europas.

Der nördlichste Teil der japanischen Alpen ist die Hida-Kette. Im Süden, wo ihre Berge an das Japanische Meer stoßen, liegt eines der tückischsten Gebiete in ganz Asien. Die Bergkette besteht aus zwanzig Gipfeln, sechs davon sehr hoch, mit durchschnittlich mehr als dreitausend Metern.

Der Heilige Tateyama ist einer davon. Er wird im Norden von Shiroumayama begrenzt und im Süden von dem riesigen Hotaka-Massiv mit fünf Spitzen, einem matterhornähnlichen Riesen.

Auch der Tateyama hat viele Gipfel. Einer davon, Oyama, beherbergt einen Buddha-Schrein aus dem achten Jahrhundert. Ein anderer ist als Tsurugi bekannt. Seine acht steil aufragenden Gipfel waren der Grund für seinen Namen: das Schwert. Unter japanischen Bergsteigern ist das der Ursprung des Satzes ›das Schwert besteigen‹, was verwandt ist mit ›den Rubikon überqueren‹. Auf dem Tsurugi, sagt man, gibt es keine Umkehr, wenn man einmal den Aufstieg begonnen hat.

Heute sind Teile des Schwertes zugänglich für Autos, Busse und eine Seilbahn. Es ist jedoch immer noch ein abgelegener, und wie manche sagen, unwirklicher Ort. Sicherlich würde keiner der Touristen, die täglich die einzige schmale, gewundene Straße zu einer Reihe von Ausblicken hinaufgefahren werden, daran denken, über Nacht oben zu bleiben, geschweige denn hier ein Haus zu bauen.

Aus diesem Grund unter anderen hatte Nichiren sich entschlossen, Tsurugi zu seiner Zuflucht vor der Welt zu machen. Was bedeutete, daß es sein einziges, wahres Heim war.

Zu seiner Steinhütte auf der Nordseite des Schwertes hatte er jetzt Mariana gebracht. Er hatte den Platz gewählt, weil er abseits der Touristenwege lag. Es war auch der gefährlichste. Was in den oberen Regionen der Hida-Bergkette an Überresten der Gletscher noch zu finden war, war hier. Die Winter brachten wirbelnde Winde, starke Schneefälle und tosende Eisstürme. Verwehungen konnten im Januar und Februar leicht eineinhalb bis zweieinhalb Meter erreichen. Die klaren Tage brachten ein schimmerndes Blau, das nirgendwo auf der Welt seinesgleichen hatte, und wenn die Sonne auf die zerklüfteten, steilen Hänge des Schwertes traf, ließen die von Eis und Schnee erzeugten Regenbogen sein Herz höher schlagen.

Von der Welt verwundet, mußte sich Nichiren von Zeit zu Zeit hierher zurückziehen, um die Wunden heilen zu lassen.

Im Sommer war es ein Traum. Das bedrückende Wetter, das auf Japan lastete, blieb weit unten in den Tälern, die durch Hitze und Feuchtigkeit nur undeutlich zu erkennen waren. Die direkte Sonneneinstrahlung war extrem heiß in dieser Höhe, es war aber eine klare, durchdringende Hitze, wie der erste Schritt in ein *furo;* man fühlte sich durch sie gereinigt.

In dem gesprenkelten Schatten der Eichen- und Buchenstände verließ die frische Kühle niemals die Hänge, nicht einmal mitten im August.

Nichiren hatte Tee zubereitet. Er saß am Rand der *engawa* seines Hauses und trank ihn aus einer rauhen Tonschale. Der traditionelle Teil eines jeden japanischen Hauses ist eine loggiaähnliche Veranda. Auf genau solch einem Platz hatte er als Kind gewöhnlich gespielt. Nur eine Stufe höher als der äußere Garten gelegen, diente die *engawa* vielen Zwecken. Sie wurde im Sommer offen gelassen, um die warme Brise einzufangen, die, zumindest in geringeren Höhenlagen, das Innere des Hauses kühlte. Im Winter wurde sie vor den Elementen verschlossen und vermehrte so die Wohnfläche des Hauses. Sie hatte aber noch eine weitere, mehr soziale Funktion. Es zeugte von schlechten Manieren, jemand vorbeigehen zu lassen – beispielsweise den Briefträger –, ohne ihm eine Schale Tee oder ein Stück süßen Gebäcks anzubieten, um die Lebensgeister aufzufrischen. Einen gelegentlichen Bekannten in das Haus zu bitten, bedeutete den Beginn einer langen Reihe von Formalitäten, die einmal eine Verletzung der privaten Sphäre des Hauses bedeuten würden und auch äußerst unpassend wären. Die *engawa* diente demnach als neutraler Boden, wo gelegentlich ohne Schaden Höflichkeiten ausgetauscht werden konnten.

All diese Dinge gingen Nichiren durch den Sinn, während er auf die majestätischen Berge im Norden blickte. Gelegentlich tauchte er ein Paar Eßstäbchen in ein Glas mit hausgemachten *umeboshi,* leicht eingelegten Pflaumen, rot durch die Gärung mit den minzeähnlichen *shiso*-Blättern. Diese legte er dann auf einen Sockel aus weißem Reis, wodurch *hinomaru bento* entstand, das »Mittagsmahl der aufgehenden Sonne«, das er mit schnellen, ruckhaften Bewegungen seiner Eßstäbchen aß.

Bald darauf bewegte ein zweiter Schatten sich über die polierten Holzdielen der *engawa,* vermischte sich mit seinem. Er wandte sich nicht um, sondern fragte nur: »Haben Sie Hunger? Ich habe hier etwas zu essen für Sie.«

»Ich bin müde«, sagte Mariana Maroc. Sie trug einen Kimono, den Nichiren für sie im Haus gefunden hatte. Wegen ihrer zierlichen Gestalt paßte er gut. Er war in Erdfarben gehalten: Dunkelbraun, Siena, Rost. Die überragende Kunst des Webers hatte die Herbst-Tagundnachtgleiche dargestellt. An den Füßen trug sie schneeweiße *tabi* und dunkle, hölzerne *geta.*

Sie bewegte sich, und Nichiren drehte sich um. Er beobachtete sie.

»Sie sind nicht plump«, sagte er. »Sie laufen gar nicht wie eine Kaukasierin.«

»Soll das ein Kompliment sein?«

»Nur eine Feststellung.«

Sie kam heran und setzte sich neben ihn, den Kimono sorgfältig unter die Knie faltend. Die Schalen mit Reis und *umeboshi* und die Teeschalen standen zwischen ihnen.

»Trinken Sie«, sagte Nichiren ruhig. »Sie müssen ja Durst haben.«

»Ich will Jake haben.«

Marianas durchsichtige Schönheit war jetzt durch die dunklen Ringe unter den Augen beeinträchtigt. Sorgen und fehlender Schlaf hatten gemeinsam ihre natürliche Lieblichkeit besiegt.

Nichiren deutete mit dem Finger. »Sehen Sie den hohen Gipfel im Norden? Er heißt Shiroumayama, Weißes Pferd. Im Winter nimmt er die Form eines Pferdes an, doch daher hat er seinen Namen nicht. Anfang Mai zieht der Schnee an den Hängen sich zurück und gibt eine Felsgruppe frei, die den Bauern darunter die Form eines Pferdes zeigt. Jedes Jahr, wenn sie diese natürliche Jahreszeituhr sehen, wissen sie, es ist Zeit, den Reis anzupflanzen.

Vor langer Zeit gaben sie ihm den Namen Berg des Reispferds. Sie wissen vielleicht nicht, daß *shiro* mit zwei *kanji*-Zeichen zusammenhängt. Eines bedeutet ›Reisfeld‹, das andere ›Weiß‹. Irgendwo hat vor Zeiten ein Schreiber einen Fehler gemacht, und so wird der Berg mit einem Namen bedacht, den er niemals haben sollte.«

Mariana zuckte mit den Achseln, während sie die Teeschale an die Lippen führte und daran nippte. »Es scheint doch leicht zu sein, das zu korrigieren.«

»Nichts im Leben ist leicht.« Nichiren stellte seine Schale ab. »Am wenigsten der Versuch, seine Fehler zu korrigieren.«

Mariana sah ihn an. Sie hatte das Gefühl, als spräche er von etwas ganz anderem. Sie spürte in ihm eine seltsame Melancholie, die ihr einen gelinden Schauder, einen undefinierten Schmerz durch den Körper jagte, genau so, wie man sich fühlt, wenn man in einer silbrigen Herbstnacht den Ruf einer Eule hört.

»Wann werde ich Jake sehen können?« fragte sie und stützte sich auf den Ellenbogen.

»Ringsumher ist Gefahr«, sagte Nichiren anscheinend zusammenhanglos.

In der Zeit, die sie mit ihm zusammen war, hatte Mariana sich an seine seltsame Art zu sprechen gewöhnt. Sie hatte recht schnell gelernt, daß man seine Worte nicht immer verstehen konnte; man mußte vielmehr lernen, sie zu interpretieren.

»Das haben Sie mir auch gesagt, als Sie in Hongkong den ersten Kontakt mit mir aufnahmen.«

»Ich habe Ihnen die Wahrheit gesagt«, antwortete er und schenkte Tee nach. »Feinde entstehen aus den unmöglichsten Positionen. Beim *wei qi,* wie auch im Leben, ist das schwer zu lernen. Sie haben ein gutes Urteilsvermögen bewiesen, als Sie meinen Anweisungen folgten.«

»Ich hatte ja nichts zu verlieren.« Mariana raffte sich zusammen. »Aber Jake muß doch vor Sorge den Verstand verlieren.«

»Vielleicht ist das gar nicht so schlecht.«

Marianas Kopf flog herum. Sie blitzte ihn an und legte in die Augen all den Zorn, die Verwunderung und Furcht, die sie empfand, seit sein Anruf sie in diesen Alptraum gestürzt hatte.

Nichiren mußte etwas gefühlt haben, denn er rührte sich, als fühlte er sich plötzlich unbehaglich. »Wenn Sie Ihren Verstand gebrauchen und nicht Ihren Emotionen folgen, können Sie die Weisheit meiner Worte erkennen.« Er machte bewußt eine Pause, als wollte er es ihr ermöglichen, eigene Schlüsse zu ziehen. »Wenn Ihr Mann nicht weiß, wo Sie sind, dann können es seine Feinde auch nicht wissen.«

Mariana war eine Zeitlang still. Es war unmöglich, seine Logik zu widerlegen. Nichiren lehnte den Kopf zurück an einen der hölzernen Vierkantpfosten, von denen sechs über die Länge der *engawa* verteilt waren. Gefiltertes Licht spielte auf den glatten Flächen seines Gesichts. Er sah recht gut aus, dachte Mariana. Er besaß ein stolzes Gesicht, mit Zügen, die irgendwie reiner waren, als sie irgendein menschliches Gesicht zu Recht haben dürfte.

»Ich möchte etwas wissen«, sagte sie. »Waren Sie am Sumchun-Fluß, als Jake dort war?«

Er nippte an seinem Tee. »Ist das wichtig?«

»Es könnte sein«, erwiderte sie. »Es könnte eine Menge erklären.«

»Aha.« Er stellte die Schale zwischen sie. »Würde ich ja sagen, so würde ich alles in ein schönes kleines Paket schnüren. Sie hätten die leichte Antwort auf Ihre Probleme.«

»Nichts im Leben ist leicht«, sagte sie und wollte ihn nachahmen, was ihr aber nicht gelang. Sie war wütend über seine Unnachgiebigkeit, aber er bremste ihre scharfe Zunge auf eine für sie unfaßbare Art. Sie merkte, daß sie den Wunsch verspürte, ihn zu verstehen, als wäre sie dann besser in der Lage, Jake zu verstehen.

»Sie haben ein gutes Gedächtnis«, sagte er, »das paßt zu Ihrem guten Urteilsvermögen.«

»Warum wollen Sie mir nichts sagen?« fragte sie, plötzlich gereizt.

»Aus dem gleichen Grund, warum Erwachsene ihren Kindern nicht alles sagen, was sie wissen wollen.«

»Bin ich ein Kind?« brauste sie auf. »Halten Sie mich dafür?«

»Wenn Sie weiter voreilige Schlüsse ziehen«, sagte er ruhig, »werde ich überhaupt nicht mit Ihnen reden können.« In die Stille hinein drehte das *furin* sich am Ende der *engawa,* als die Brise es erfaßte. Sein leichtes Klingeln füllte die Stille.

»Worte sind nur Worte«, sagte er nach einiger Zeit. »Man kann sie glauben oder nicht.«

»Was wollen Sie damit sagen?«

»Daß Sie meine Antwort auf Ihre Fragen nicht glauben würden.«

»Warum versuchen Sie es nicht mit mir?«

»Ich habe keine Lust«, antwortete er, »ein Lügner genannt zu werden.«

Jake, dachte sie, wohinein bist du geraten?

Zu ihrer Rechten bewegte das *furin* sich wieder in einem Windstoß, seine drei schlanken Metallstäbe berührten sich unterhalb der Glocke in einer klingenden Kaskade, die sanft über die *engawa* und hinaus in den Garten zog. In der drückenden Hitze war dieses ästhetische Geläut ein Geräusch, auf das man sich konzentrierte. Seine Gegenwart aus einer anderen Welt war wie ein sich wiederholendes *mantra,* eine Flucht aus der entkräftenden Lethargie.

Rings um sie sang das *furin* sein Sommerlied.

Die Klimaanlage im Nissan war unzureichend. Jakes Jacke war schon längst wie ein erschöpfter Krieger auf dem Rücksitz ausgelegt worden. Sein Oberhemd mit offenem Kragen war unter den Armen, auf der Brust und dem Rücken dunkel von Schweiß.

Gegen Mittag, bereits weit nördlich von Tokios Vororten, hielt er an einem Stand an der Straße, um Aal-teriyaki zu essen, die traditionelle Sommermahlzeit, weil es ›Kraftnahrung‹ war. Während des Essens vertrat er sich die Beine. Er befand sich auf einer kleinen Durchgangsstraße, wo links und rechts Fachwerkhäuser standen. Viele Türen waren weit geöffnet in dem Versuch, die Hitze zu mildern. Alte Männer saßen in der Unterwäsche auf der *engawa,* fächelten sich mit langsamen, mechanischen Bewegungen Kühlung zu und waren in Gedanken bei den *go*-Spielen. Unter einem großen Buchsbaum, wo er gehalten hatte, um aus der sengenden Sonne herauszukommen, konnte man das Klingeln von *furin* hören, das die Luft mit Melodien durchwebte und die drückende Feuchtigkeit linderte.

Wie es so üblich war, urinierte er, ehe er wieder in den Nissan stieg, in die Büsche am Straßenrand. Der Halt hatte für die Temperatur im Inneren nichts gebracht. Obwohl er doch sorgfältig im Schatten geparkt hatte, war es zum Ersticken, als er startete. Noch immer Richtung Norden.

Die japanischen Alpen beherrschten den Horizont vor ihm. Jake sah, wie das Land mit mannigfaltigen Grüntönen an ihm vorüberhuschte. Er spürte ein plötzliches Nachlassen der Hitze, als die Farben draußen auf eine niedrigere Intensitätsebene abkühlten. Wolken zogen hinter ihm auf und verdunkelten den Himmel.

Jake wußte, er ging ein großes Risiko ein. Wenn Komotos Information falsch oder überholt war, würde er Mariana nicht finden. Wenn Nichiren sich irgendwo anders verbarg, würde er sie hier nicht finden. Und doch, je mehr er darüber nachdachte, desto logischer für die besondere Situation kam ihm diese Bergzuflucht vor. Sie war isoliert und deshalb leichter zu verteidigen als jedes Quartier in Tokio. Außerdem war es für Nichiren logisch, sich nach dem Überfall auf das O-henro-Haus vor einem weiteren Eindringen zu hüten.

Hoffentlich hatte er recht. Es war ihm aber auch klar, daß seine Verzweiflung ihn zwang, kurzfristig Entscheidungen zu treffen, die in normalen Situationen einige Überlegung erfordert hätten. Für diese spontanen Handlungen bewegte er sich, wie er wohl wußte, im falschen Gelände. Die Gefahr war also akut.

Die Berge stiegen jetzt rings um ihn hoch auf. Mehrmals war er gezwungen, den Wagen scharf an den Rand zu ziehen, um hupend an den langsameren Touringbussen vorbeizufahren, die häufiger wurden, als er in die Hida-Bergkette hineinfuhr.

Es wird regnen, dachte er und schaltete die laute Klimaanlage ab. Er war bereits recht hoch, und es hatte einen fühlbaren Wechsel in der Luftfeuchtigkeit wie auch in der Hitze gegeben. Dankbar drehte er trotz des drohenden Regengusses die Scheibe herunter. Kühle Luft strich über sein Gesicht, und er fühlte sich sofort erfrischt.

Die ersten Tropfen fielen. *Potsu-potsu,* dachte Jake. Man sagt, die Japaner seien Gemütsmenschen, ihre Sprache sei mehr damit befaßt zu beschreiben, wie die Dinge sich anfühlen, und weniger wie sie duften oder schmecken. *Potsu-potsu* war eines dieser Worte, es bedeutete »einige Tropfen hier und dort«. Jake wußte, wenn es schlimm wurde, mußte er anhalten. Die Straße war nicht geeignet für Fahrten bei nassem Wetter. Zu oft kam der Rand dem Abgrund zu nahe.

Er schnaubte und schielte nach oben, auf die dahinziehende Wolkenbank. Der Himmel hatte sich beträchtlich verdunkelt, und bald setzte tiefes Donnergrollen ein.

»Scheiße«, sagte er laut.

Mit einem Knall schien er auf eine Wasserwand zu treffen. Die Welt wurde graugrün und verschwamm rings um ihn herum. Er schaltete die Scheibenwischer auf schnellen Gang.

Zaa-zaa, sagte er still vor sich hin. Es gießt wie aus Kübeln. Zeit, Schutz zu suchen.

Mehrere Kilometer weiter oben fuhr er in ein kleines Dorf ein. Anscheinend hatten andere auf dem Weg nach oben die gleiche Idee gehabt, denn die Straße war voll mit silbrigen Touringbussen und Wagen, die abgestellt waren oder mitten im Regenguß im Leerlauf dröhnten.

Jake fuhr in eine Lücke zwischen einem Toyota und einem schnittigen Mercedes. Er stellte den Motor ab und drehte die Scheibe so hoch, daß er nicht naß werden konnte.

Sommer, dachte er und blickte zum Himmel. Wie habe ich den als Kind geliebt. Jetzt ist es ganz anders. Resigniert zuckte er mit den Achseln. Na ja, es ist keine Jahreszeit für Erwachsene. Unbeteiligt beobachtete er, wie eine Tür des Mercedes aufging und unter einem eleganten, blau und grün gestreiften Regenschirm eine junge blonde Frau in weißer ärmelloser Bluse und marineblauem Leinenrock ein sechsjähriges Mädchen in gleicher Kleidung über die im Platzregen glänzende Straße in eine Teestube führte, deren Fenster beschlagen waren.

Donner grollte wieder von links nach rechts, wie man auf einer Seite schreibt. Zwei Wagen weiter vom geparkten Mercedes stiegen vier Männer aus einem gemieteten Subaru. Sie waren groß, und es sah aus, als müßten sie sich die Beine vertreten. Sie reichten einen billigen schwarzen Nylonschirm von einem zum anderen, während sie die Beine streckten, die Knie beugten, sich drehten, und so weiter. Sie hätten Bergsteiger sein können oder...

Jake spürte, wie sein ganzer Körper sich spannte. Er wischte die beschlagene Innenseite der Windschutzscheibe frei.

Er ließ den Motor an. Die Wischer begannen sofort ihre Arbeit und machten die Windschutzscheibe noch klarer. Jetzt war er sicher, und sein Herz schlug rasend.

Er hatte einen der Männer erkannt, die wieder in den blauen Subaru einstiegen. Jetzt waren alle wieder drin. Der Regen ließ nach, und der Wagen stieß aus der Lücke zurück.

KGB. Erstes Hauptdirektorat. KVR.

Stunden hatten sie schon das tiefe Grollen des Donners gehört, das aus den dunkelblauen, wirbelnden Wolken herausklang. Das Gewitter erfüllte die Schluchten und Täler wie eine aufwallende Flut, verdunkelte alles, bis auf die höchsten Spitzen der Alpen.

Nichiren war hineingegangen, um an den drei *wei qi*-Spielen weiterzumachen, die er angefangen hatte. Sie befanden sich alle in komplizierten Mittelstadien, und nach einigen Augenblicken oberflächlicher Betrachtung hatte Mariana jeden Gedanken daran aufgegeben, sie könnte die Bezugsgrößen für Angriff und Verteidigung erkennen. Außerdem erinnerten Bretter und Steine sie an Jake.

Sie kehrte auf die *engawa* zurück, obwohl die Luft jetzt kühler und in den langen, schrägfallenden Schatten sogar kalt war.

Die dunkelrote Sonne wirkte auf einer der blutigen Spitzen des Tsurugi wie aufgespießt. Mariana stand an einen der Holzpfosten gelehnt und starrte hinab in das Dunkel des Gewitters. Schließlich erkannte sie, daß es aus dem Talgrund an den zerklüfteten Hängen des Berges aufstieg. Bald würden sie vom Regen überschwemmt werden.

Der Nissan schlidderte um eine Haarnadelkurve und begann, auf den Abgrund unterhalb der Felsnase zuzuschießen, der bis zum Talgrund etwa tausend Meter abfiel.

Gegensteuernd begann Jake, den Wagen abzufangen und auf die Fahrbahn zurückzubringen. Er saß ganz bewegungslos da, denn er wollte sein eigenes Gewicht nicht durch Verlagern den bereits wirkenden Fliehkräften hinzufügen.

Zurück auf der Straße, trat er das Gaspedal durch und trieb den Nissan weiter nach oben. Bei heftigen Unwettern wie diesem, das war ihm bekannt, waren Erdrutsche oder herabfallende Felsbrocken möglich. Zumindest konnten die unbefestigten Ränder abbröckeln.

Er hatte einige Zeit verloren und konnte den bergauf rasenden Subaru nicht mehr sehen. Das Gewitter schien ihm zu folgen und verstärkte sich auf dem Weg nach oben an den Hängen des Tsurugi. Die Nacht war vorzeitig hereingebrochen, ihre Umarmung war schwer und widerlich. Prasselnder Regen klatschte herab, besiegte die wild laufenden Scheibenwischer.

Wenigstens konnten sie ihm nicht ausweichen. Es gab nur eine Straße zu den Reihen von Ausblicken. Er konnte sie also nicht verlieren. Der Wagen ruschte wieder um eine Haarnadelkurve, sein Magen revoltierte gegen die Fliehkraft. Bei diesem Wetter konnten sie ihn nicht sehen, auch nicht, wenn sie den Verdacht hätten, sie würden verfolgt. Er fluchte, als er wieder fast nach außen schleuderte. Das Wetter wird schlimmer. Er sprach fast mit sich selbst.

Er beugte sich hinüber, drehte die Heizung und den Defroster an, um die Windschutzscheibe klar zu bekommen.

»Der Regen ist auf dem Weg nach oben.«

Mariana stand in der offenen Tür, schaute zu dem über das mittlere Brett gebeugten Nichiren hinein. Er nahm einen schwarzen Stein hoch, überlegte den Zug. Er setzte ihn nieder, nahm einen weißen Stein vom Brett. Dann blickte er sie an.

»Gewitter haben die Eigenart, so hoch hier oben an Intensität zuzunehmen«, sagte er. »Seien Sie aber unbesorgt. Wir sind hier sicher.«

Mariana lachte leise. Nach dem, was sie bisher durchgemacht hatte, fand sie es etwas komisch, daß er sie wegen eines Gewitters beruhigen wollte. Ein Gewitter konnte sie nicht umbringen.

»Schon als Kind habe ich Blitze geliebt«, sagte sie. »Mein Vater mußte oft kommen und mich mitten in einem Gewitter vom Feld heimholen. Wenn ich den Blitz, auf den ich wartete, noch nicht gesehen hatte, habe ich geweint. Mein Bruder sagte immer, ich wäre ein tapferes Kind.«

»Sie waren halt mehr auf die Natur eingestellt, als er.« Nichiren sagte das in einem so neutralen Ton, daß Mariana nicht erkennen konnte, ob die Aussage ein Kompliment sein sollte oder ein Tadel.

»Nichiren«, sagte sie. Er betrachtete sie so vorsichtig, als wäre sie ein Reh auf einer Waldlichtung. Die Stille dehnte sich, und noch immer sagte er nichts. Er half ihr auch nicht. Sie wußte nicht, wie sie es sagen sollte, bis sie schließlich doch damit herauskam: »Vielleicht ist es Zeit zu gehen?«

Er schüttelte den Kopf, und ihr Mut sank wieder.

»Ich kann diese erzwungene Isolierung nicht mehr ertragen. Ich kann den Gedanken nicht mehr ertragen, was Jake alles durchmachen mag.« Ihre Augen flehten ihn an. »Ich möchte bei ihm sein. Verstehen Sie das nicht?«

Sein Gesicht wandte sich ab in den Schatten des Raumes, aber nicht ohne daß sie einen flüchtigen Blick seiner Augen aufgefangen hätte. Ein Vorhang war gefallen, so schwer und sicher wie Blei. Woran mag er denken? fragte sie sich.

»Wenn Sie jetzt hier weggehen, werden Sie mit Sicherheit umkommen.« Sie konnte nicht sehen, wie sein Mund sich bewegte, es war zu dunkel im Haus.

Ihre erregten Sinne wurden von einem Satz gefangen. »Ich verstehe nicht. Warum ist mein Leben für Sie wichtig? Ich bin die Frau Ihres Feindes!«

»Ich habe meine Anweisungen.« Er kniete auf der *tatami*. Schatten ergossen sich über ihn. Er schaute zur Tür, sah den Umriß ihrer schlanken Gestalt in Kimono und *getu*. Mit einiger Überraschung erkannte er, daß seine Abneigung gegen sie verschwunden war. Draußen mochte sie Jake Marocs Frau sein. Das hier war aber Tsurugi, und hier war sie etwas anderes. Er wußte nur nicht, was.

»Anweisungen?« wiederholte sie. »Vielleicht sind Sie überhaupt kein Mann. Vielleicht sind Sie nur eine Marionette. Wenn jemand an Ihren Schnüren zieht, springen Sie.« Sie betrachtete ihn ruhig. »In der Schule, im Biologieunterricht, wurde mir einmal ein Frosch gegeben. Er war tot, man sagte mir aber, ich könnte, wenn ich ihn mit einem spitzen Instrument anstieße, seine Muskeln sich bewegen lassen. So sind Sie. Ein toter Frosch.«

»Worte«, erwiderte er und wandte den Blick dem *wei qi*-Brett zu. »Worte bedeuten nichts. Handlungen sind alles.« Er machte einen Zug.

»Sie spielen dieses Spiel. Jake kann es auch. Ich verstehe ja nicht, warum. Leben soll gelebt werden, man soll nicht mit ihm spielen. Man kann nicht Menschen herumschieben, so wie man diese weißen und schwarzen Steine auf dem Brett bewegt. So einfach funktioniert das Leben nicht.«

Nichiren schaute hoch. »Aber genau das tut jemand. Ihr Tod, das Einfangen des *fu*. Das war alles geplant.«

»Und funktionierte nicht.«

»Wegen eines wohlüberlegten Gegenzugs.«

Mariana war verwirrt. »Was ist denn Jakes *fu?*«

»Im alten China«, begann Nichiren, »schuf der Kaiser nach seinen Angaben ein *fu*. Es wurde aus Jade oder Elfenbein geschnitzt. Oft wurden mehr als eines angefertigt. Das *fu* war ein königliches Siegel, das in großem Maße die Macht des Kaisers verlieh. Er gab sie seinen vertrautesten Ministern, damit sie seine verlängerten Arme wurden. So wurde seine Macht zehntausendfach erweitert.«

»Und Jakes *fu?*«

»Alle *fus* sind für Macht geschaffen. Diejenigen, die sie vorzeigen, besitzen die Macht. Ich nehme an, es ist genauso mit diesem *fu*.«

»Sie nehmen an? Dann wissen Sie es also nicht genau?«

»Wie könnte ich?« antwortete er und drehte sich ab. »Ich bin ein toter Frosch.«

In Tokio hatte Stallings Jakes Spur aufgenommen. Toshima-*ku*. Das war der logische Ort, um anzufangen. Dort war das O-henro-Haus, wo der Zusammenstoß der Territorien von Kisans und Komotos *yakuza*-Klans heftige Wirbel verursachte, wo Nichiren am besten geschützt und am mächtigsten war, während er in Japan weilte.

Jakes Anwesenheit hatte Stallings etwas verwundert. Soweit ihm bekannt war, lag Jake noch immer in einem Krankenhaus in Kaulun. Und doch paßte es irgendwie, ihn hier zu finden.

Obwohl es das beste war, das Stallings sich hatte erhoffen können, brachte es doch ein Problem mit sich. Stallings machte nicht den Fehler, Jakes Fähigkeiten zu unterschätzen, und er hatte sich gefragt, wie lange es dauern würde, bis Jake auf ihn stieß.

Zunächst war es für ihn ein Grund zur Besorgnis gewesen, daß Jake ihn nicht bemerkte, bis er an den ungeheuren Druck dachte, unter dem der andere Mann arbeiten mußte. Seine Frau verschwunden zu wissen, vielleicht mit seinem Feind, war eine Belastung, die aus der Ferne beobachten zu können Stallings dankbar war.

Er hatte einige schlimme Augenblicke erlebt, als Jake in der Stadt haltgemacht hatte. Es war dort so bevölkert, daß er an einem Platz parken mußte, von wo er nur einen Teil vom Heck des Nissan sehen konnte. Zum Glück hatte es aber gereicht, um sehen zu können, daß Jake wegfuhr.

Jetzt, als er Jakes Nissan in die Alpen folgte, grinste er, so erleichtert war er. Er beherrschte seinen Wagen, als er ihn durch eine scharfe Kurve zog. Er fuhr ohne Scheinwerfer. Es wäre wohl sicherer gewesen mit Licht, doch den Luxus konnte er sich nicht leisten. Jake fuhr seinen Nissan mit wechselnder Geschwindigkeit. Längere Zeitspannen hindurch war er wegen der vielen Straßenwindungen außer Sichtweite. Er wußte, wenn Jake auf Strecken mit schlechter Sicht langsamer wurde, würden seine Scheinwerfer in Jakes Rückspiegel sichtbar werden. Dann hätte er ihm auch gleich eine Warnung schicken können.

Die schmale Straße, der rutschige Asphalt, die weichen Straßenränder, die wachsende Möglichkeit eines Erdrutsches, die schlechte Sicht – sie alle forderten seine ganze Geschicklichkeit heraus. Es war alles, woran er dachte. Das, und das Töten.

Draußen war es in den Pausen zwischen dem Donnergrollen recht still geworden. Der Wind hatte infolge des schnell näherrückenden Tiefdrucksystems nachgelassen.

»Ich fragte . . .«

»Psssst!« Der rauhe Zischlaut unterbrach sie. Lautlos sah sie ihn aufspringen, wie ein todbringendes Tier. Von einem Augenblick auf den anderen stand er an ihrer Seite. Sie betrachtete seine Augen, die auf eine mittlere Entfernung gerichtet schienen. Nach einiger Zeit erkannte sie, daß er ganz intensiv lauschte.

»Manchmal«, flüsterte er, »tragen die Felsen die seltensten leisen Geräusche herauf. Ich kann Tiere bis zu dreihundert Meter tiefer hören, wenn sie auf Futtersuche sind, oder das Rufen von Vögeln.«

Sie war sicher, daß er jetzt nicht auf so etwas lauschte. »Was ist es?«

»Ein Auto«, sagte er und trat in das sich vertiefende Zwielicht hinaus. »Ich höre ein Auto, wo jetzt kein Auto sein dürfte.«

Sobald er angehalten hatte, sprang Jake aus dem Nissan heraus. Er war vom strömenden Regen bis auf die Haut naß. Er kroch die grobe Geröllhalde hinauf, zu der Stelle, wo der Subaru haarscharf am Rand des letzten und höchsten Ausblicks stand. Er war leer.

Sie sind noch höher gegangen, dachte Jake. Es ist die einzige mögliche Richtung.

So hoch oben waren noch immer Flecken mit vereistem Schnee zu sehen, die sich jetzt bei dem Regenguß aufzulösen begannen. Windstöße heulten rings um ihn her und schleuderten Hagel in sein Gesicht. Die Temperatur war gefallen, und sein durchnäßtes Hemd klebte an seinem Körper. Er hatte eine Gänsehaut.

Oft, dort wo das nasse Wetter die eisige Kruste des Berghanges gelockert hatte, war er gezwungen, sich an Baumstämmen festzuhalten. Für diese

Arbeit war er nicht richtig gekleidet, und das machte sein Vorankommen noch schwieriger.

Jake war jetzt verzweifelt. Wenn Mariana bei Nichiren war, dann würde das KGB-Team sie finden. Noch konnte er sich nicht mit dem Gedanken befassen, warum der KGB Nichiren umbringen könnte. Mariana war alles, woran er dachte.

Er kroch weiter, seine Kleidung zerriß auf dem Weg, auf dem er stolperte und immer wieder hinfiel. Schieferplatten zerbrachen unter seinen scharrenden Sohlen, stürzten mit Gepolter den Berghang hinab, doch das Gepolter wurde vom tobenden Gewitter verschluckt.

Schließlich erreichte er eine Art Plateau und hielt so abrupt an, daß er fast kopfüber ins Leere geschleudert worden wäre.

Diese kräfteverschleißenden Bewegungen zusammen mit seiner Sorge um Marianas Sicherheit schwächten ihn. Er hatte seinen Aufenthalt im Krankenhaus noch nicht überwunden. Keuchend holte er mehrmals Luft, ehe er seinen Aufstieg fortsetzte, wobei er eine flache Geländevertiefung umging. Hier war die Bergwand nicht so steil und schien aus festerem Fels zu bestehen, so daß er weniger Mühe hatte, den holperigen Hang zu bewältigen.

Es war jetzt beträchtlich dunkler, aber Blitze begannen zu zucken und erhellten die Landschaft jeweils sekundenlang mit dem grellen Licht wie vom feurigen Atem eines Drachens.

Der Kopf wollte Jake zerspringen, und seine Schulter hatte wieder angefangen zu schmerzen – kurze, scharfe Schocks, wie die Spannungsstöße aus einer nackten elektrischen Leitung. Er atmete bewußt tief, obwohl er den beunruhigenden Drang verspürte, in raschen, flachen Zügen zu schnaufen. Das erschreckte ihn mehr als alles andere in dieser sich sehr rasch verschlechternden Situation, bedeutete das doch, daß er sich nicht völlig auf seinen Körper verlassen konnte. Ihm war klar, daß er mit Sicherheit verloren wäre, wenn er keine Kontrolle darüber hätte. Und mit ihm auch Mariana.

Denk nicht an solche Dinge! schalt er sich selbst. Als er aber das Feuer in seiner Brust spürte, als er weiterhin gegen den Zwang ankämpfte, den Atem auszustoßen, um mehr Sauerstoff einatmen zu können, begann er, das Vertrauen zu sich selbst zu verlieren. Ich bin zu alt, dachte er. Vor zehn, vor fünf Jahren noch, hätte mir der Aufenthalt im Krankenhaus sehr wenig ausgemacht. Aber jetzt ...

Denk nicht, sagte er sich wütend. Mach, daß du dort raufkommst. Weiter! Nicht nach oben sehen! Nur auf den nächsten Schritt konzentrieren! Und den nächsten! So ist's richtig! Geh weiter, alter Mann! Alter Mann! Alter Mann! Alter Mann!

Und mit diesem Ansporn, der wie eine Litanei in seinem Kopf hämmerte, in dem alle Wut und aller Stolz in ihm frei wurde, raffte er seine Energiereserven zusammen und kämpfte sich die restlichen Meter des Felsabhangs hinauf.

Jake schwang sich über den letzten Überhang, bewegte sich in Hagel und gefrierendem Regen über eine endlos scheinende Wiese. Er hielt sich gebückt und starrte in das Dunkel auf der Suche nach Schatten – und fand die Russen, schwarze Gespenster, die in einem Gebüsch noch nicht einmal einen Meter vom Rand der Wiese entfernt hockten, wo an diesem Punkt das Gelände fast senkrecht in die Schlucht weit unten abfiel.

Fast bis auf die Knochen abgekühlt, schlängelte er sich auf dem Boden auf sie zu. Er gebrauchte die Ellenbogen, um sich vorwärtszuziehen, ohne den Körper dabei zu erheben. Das Gras stand dicht, aber sicher nicht hoch genug, um ihn zu verbergen.

Er war bis auf etwa dreißig Meter an sie herangekommen, als er eine Reihe von Schüssen hörte. Er riß seinen Kopf herum und sah rechts, undeutlich über die Erdspalte hinweg auf dem anderen Abhang, die Umrisse eines Hauses. Eine Gestalt rannte durch das Gras jenseits der Spalte. Wer war es? Der Hagel machte das Erkennen unmöglich. Er stand auf.

Dann sprach eine Pistole, mit einem Knall wie der rollende Donner, der hoch oben dröhnte.

Nichiren hatte sie ins Innere des Hauses geschoben, mit der dringenden Ermahnung, unter allen Umständen dort zu bleiben. Mariana hatte gesehen, wie er sich durch den Garten stahl und auf die Wiese hinausging, die zum Rand der keilförmigen Schlucht in hundert Meter Entfernung führte.

Angestrengt verfolgte sie seinen Weg, als er in dem verhagelten Abend zu verschwinden begann; sie bewegte sich vorsichtig hinaus an den Rand der *engawa,* um ihn bis zum allerletzten Augenblick sehen zu können.

Als sie ganz allein war, drehte sie sich um, ging, seiner Anweisung folgend, wieder hinein und verriegelte die Vordertür. Zitternd stand sie in der Mitte des Raumes, allein mit den drei nicht zu Ende gespielten *wei qi*-Spielen.

Aus irgendeinem Grund wünschte sie jetzt verzweifelt, das Spiel verstehen zu können. Jake hatte ihr gesagt, die Strategie eines Spielers in diesem Spiel sei die gleiche wie im Leben. Langsam ging sie um die Bretter herum und konzentrierte sich.

Aus diesem Grund ließ die Salve von Schüssen, die durch das Holz der hinteren Tür schlug, sie heftig zusammenfahren und laut schreien. Sie war wie von Sinnen vor Angst, und das ließ in ihr den animalischen Instinkt wach werden. Um sich zu schützen, rannte sie los.

Mit einem rauhen Schrei des Entsetzens riß Mariana den Bolzen der Vordertür zurück, und zwar so heftig, daß es rasselte. In ihren *geta* stolperte sie, und verzweifelt schüttelte sie sie ab. Nur in den *tabi* rannte sie hinaus in das Unwetter, wobei ihr blinder Instinkt sie denselben Weg nehmen ließ, den Minuten vorher Nichiren genommen hatte.

Die Pistolen in den Händen, folgten die KGB-Jäger ihr, als sie sie entdeckt hatten, mit kühlen, gar nicht eiligen Schritten.

Jenseits des Abgrunds machte der Sturm noch immer viel Krach, aber auch wenn es ein stiller Abend gewesen wäre, hätten sie nicht gehört, wie Jake näherkam.

Furcht und das Adrenalin, das durch seine Adern raste, ließen ihn mit zurückgezogenen Lippen und gebleckten Zähnen grinsen. Er kam an die Stelle, wo sie am Rand des Abhangs knieten.

Der ihm am nächsten knieende, schwergewichtige Mann drehte sich um, als Jake gerade in das *irimi nage* ging, den Eingangsschwung. Sie krachten zusammen. Der Russe überragte ihn und gewann falsches Vertrauen in seine illusionäre Position der Stärke.

Jake paßte sich dem Angriff des anderen an, statt ihm zu begegnen. Diese Ausweichbewegung verwandelte sich fließend in eine zentralisierende, in der *irimi nage* die Energie des Gegners zu kontrollieren begann und ihre Kraft auf Jake übertrug.

Das volle Gewicht der etwa zweihundert Pfund des Russen stand gegen Jake, der, dem Zwang des Manövers folgend, die ihm wellengleich übertragene Energie nützte, indem er seinen Oberkörper nach unten beugte und sich dann mit der ihm zuströmenden Energie wieder aufrichtete, wobei er den rechten Arm unter den linken des Russen steckte. Dieses Aufrichten raubte dem Russen das Gleichgewicht, und sein Oberkörper begann, sich unter der ungebrochenen Macht von Jakes Stärke plus seiner eigenen, sich gegen ihn selbst gewandten Energie, nach hinten durchzubiegen. Jetzt, auf dem Höhepunkt seines Aufwärtsschwunges, hielt Jake seinen Oberkörper aufrecht, beugte aber rasch die Knie und schnellte wie ein Blitz wieder hoch, wie ein vom Bogen abgeschossener Pfeil.

Der Russe hatte das Gleichgewicht verloren. Seine Beine zogen ihn noch immer nach vorn in einem Schwung, den er nicht mehr kontrollierte, als Jake seinen Oberkörper schmerzhaft nach hinten bog. Während er waagerecht auf den Boden schlug, führte Jake einen harten Schlag gegen die Leber aus, und der Russe erhob sich nicht mehr.

Stöhnend vor Schmerz wirbelte Jake herum. Seine Linke fuhr in einem Bogen nach oben, schlug dem nächsten Russen die auf ihn gerichtete Waffe aus der Hand. Mit beiden Händen packte er die noch immer ausgestreckte Hand des Russen. Gleichzeitig führte er mit dem linken Bein einen Schritt nach hinten aus, wodurch der Russe in einem Bogen herangezogen wurde. Der Russe hob die zur Faust geballte Linke, um sie auf seinem Weg dicht an Jake vorbei auf dessen Kopf zu schmettern. Doch inzwischen hatte Jakes linke Hand ihren Griff gelöst. Er hob sie im letzten Augenblick und blockierte den beabsichtigten schweren Schlag.

Während der Russe so beschäftigt war, ergriff Jake den rechten Arm des anderen, benutzte das rechte Bein als Drehpunkt, trat mit dem linken einen Schritt vor und begann, den Russen herumzuschwingen.

In dieser Drehung schlug Jake auf den ungeschützten Nacken des Russen, der nach vorn kippte, als wäre er über einen Stein gestolpert. Er fiel schwer mit dem Gesicht in das von Steinen übersäte Gras. Jake war schon wieder hoch und rannte auf den undeutlichen grauen Umriß einer weiteren Gestalt zu, die am Rand des Abhangs hockte.

Nichiren spürte jemand hinter sich. Er hatte sich so stark auf die Gestalt in der Ferne, jenseits der verschwommenen Felsschlucht konzentriert, daß er einige Zeit brauchte, bis er glaubte, was seine Sinne ihm vermittelten.

Er befand sich sehr dicht am Rand der Klippe, nachdem er beträchtlich viel Zeit gebraucht hatte, sich den Rand entlang den Weg durch die Büsche zu bahnen. Er hatte die Russen nicht gefunden und hatte sich gerade entschlossen, sich in die Deckung eines langen Zedernbestandes zurückzubegeben, als er die Schüsse hörte. Er wünschte verzweifelt, zum Haus zurückzulaufen, war aber in dieser Falle gefangen. Jede offene Bewegung seinerseits würde ihn voll in ihre Sicht führen. Er war dabei, langsam vom Rand zurückzuschleichen.

Mariana änderte das alles. Ihr verängstigter Lauf nach draußen in seine Richtung veranlaßte Nichiren, unfreiwillig aufzustehen. Da er sich so intensiv konzentrierte, hatte er sie nicht bemerkt, bis sie ihm recht nahe war. Jetzt fürchtete er, sie hätte jedes Gefühl dafür verloren, wo sie auf dem Hang war, und könnte sich in ihrer wilden Aufregung in den Abgrund stürzen.

Dann sah er sie, zwei Bären, die sie in der üblichen halbgebückten Haltung verfolgten. Sie waren bewaffnet. Einer trug ein langläufiges Gewehr, wie Attentäter es benützen.

Es blieb nicht viel Zeit. Nichiren schleuderte zwei *shuriken*, kleine Stahlklingen, und die Russen gingen zu Boden, eins, zwei, wie Pappsoldaten auf einem Schießstand.

Nichiren fuhr herum und lief Mariana nach. Sie war weit voraus, wand sich durch die Büsche. Hin und wieder beleuchteten gespenstische Blitze ihre unbesonnene Flucht. Nichiren war schneller als sie, und er kannte das Gelände. Erstaunlich schnell verringerte er den Abstand zu ihr. Er war jetzt schon sehr nahe und wußte, er würde sie einholen können.

In diesem Augenblick hörte er den Knall eines Gewehrschusses, und – so erschien es ihm später – im selben Moment sah er, wie Mariana zur Seite geschleudert wurde und in das Dickicht von Buchen und Unterholz neben ihr stürzte. Buddha, dachte er, der Schuß war von jenseits des Abgrunds gekommen!

Hagel hatte sich rot verfärbt. Der gefrorene Regen auf der Brust von Marianas Kimono floß in roten Rinnsalen herab. Nichiren sah, wo sie getroffen worden war, und seine Augen schlossen sich kurz. An der

Seite ihres Halses begann ein Flattern. Ihre Augen öffneten sich, fixierten ihn mit ihrer Intensität.

»Mariana-*san.*« Es war das erste Mal, daß er ihren Namen aussprach.

Sie öffnete die Lippen, um etwas zu sagen, aber in diesem Augenblick gab die Erde, durch den Regen in Schlamm verwandelt, unter ihrem Gewicht nach.

Instinktiv hob Nichiren einen Arm und klammerte die Finger um den Stamm einer Buche. Mariana war auf einen Felsvorsprung keine zwei Meter unter ihm gefallen. Er streckte eine freie Hand nach ihr aus. Sie drückte etwas zwischen seine Finger. Er starrte sie an. Diese Augen! Ihre Tiefen offenbarten ihm ihre Seele. Die Wildheit ihrer Leidenschaft erregte sein Innerstes.

Er langte nach ihr und wußte, er wollte nicht, daß sie starb.

»Nein!« schrie Jake.

Wie rasend sprang er Stallings an, wand ihm die Waffe aus der Hand. Er versuchte, den offenen Stahlkolben in die gespannte Kehle zu rammen, um Kehlkopf und Ringknorpel mit einem Schlag zu zerschmettern. Er fühlte sich jedoch so, als wäre er eine Woche lang mit einem Gummiknüppel durchgeprügelt worden. Sein Verstand war verschwommen, seine Reflexe nicht vorhanden.

Stallings stieß nach ihm und ließ dem Stoß einen wuchtigen Schlag ins Genick folgen, der Jake auf die Knie schickte.

Schlamm geriet in seine Augen. Blind versuchte er, nach seinem Gegner zu greifen.

Stallings, der dafür keine Zeit hatte, schnappte sein Gewehr und rannte die zerbröckelnde Geröllhalde hinunter. Himmel, dachte er, was für eine Sauerei. Was, zum Teufel, machen die Russen überhaupt hier?

Für ihn gab es auf diese Frage keine Antwort; er hatte jedenfalls seine Mission erfüllt. Da war jetzt keine Zeit für die Lösung von Problemen. Er wußte, Jake würde bald wieder aufstehen, und er hatte keine Lust, mit dem Mann nochmals in ein Handgemenge zu kommen.

Tief holte er Luft und setzte seinen Weg den Hang hinunter in die Schlucht fort. In kurzer Zeit war er in dem Hagelregen verschwunden.

Jake hustete und spuckte Blut. Er keuchte und war benommen. In seinen Ohren rauschte es. Wie ein verwundetes Tier fiel er gegen den Stamm eines Baumes. Als er sich genügend erholt hatte, stand er auf und kroch nach vorn an den Rand der Böschung. Er vernahm ein Krachen und sah, wie ein Teil des Berghangs gegenüber nachgab.

Das Gewitter ließ nach, und zögernd kehrte bessere Sicht zurück. Er sah die Frau in dem fleckigen Kimono, mit Armen und Beinen um sich schlagend, fallen. Zwei Meter tiefer traf sie auf einen Vorsprung und lag mit dem Gesicht nach oben in dem kalten Regen, die Arme ausgebreitet, als wollte sie das Unwetter umfassen.

Jakes Herz schlug schmerzhaft in seiner Brust, und seine Eingeweide verkrampften sich.

Mariana!

Wie er jetzt wünschte, daß Komotos Information falsch gewesen wäre. Er sah sie voller Blut langsam das Bewußtsein verlieren, auf dem Felsen sterben – sterben für seine Sünden, seine Unterlassungen, seine Ichsucht. Alle Tage, seit er vom Sumchun-Fluß zurückgekehrt war, lasteten auf ihm. Die ganze Zeit, die sie hätten zusammen verbringen können und es nicht taten, all die Liebe, die sie hätten teilen können und es nicht taten, all das Leben, das sie ihm angeboten und das er nicht angenommen hatte.

Er hatte aufgehört, sie zu lieben in dem Moment, da er aufgehört hatte, sich selbst zu mögen. Am Sumchun hatte es begonnen, und hier endete es. Mariana lag im Sterben, und er war nicht in der Lage, ihr zu helfen, getrennt von ihr durch einen Abgrund, so wie es in den letzten drei Jahren gewesen war. Er war nicht bei ihr, sondern ein anderer. Wer?

Er sah, wie eine Hand sich nach ihr ausstreckte. Um sie über den letzten Rand zu stoßen? Er verfolgte, wie sie etwas weiter an die Leere heranglitt. Wenn sie nur aufblicken wollte und ihn sah! Dann hörte er ein Geräusch wie von einem mächtigen Windstoß.

»Mariana!«

Sein Schrei hallte wider in dem nachlassenden Sturm, fiel ab in den Abgrund. Marianas Körper folgte ihm in das immer mehr sich vertiefende Dunkel, nicht mehr als ein Staub in der Luft, das auf den rauschenden Winden schwebte.

Jake hob das tränenüberströmte Gesicht von der schrecklichen Leere, die unter ihm gähnte. Seine Finger gruben sich wie Klauen in die zu Schlamm gewordene Erde. Er rutschte etwas, als er sich auf die zweite Gestalt konzentrierte, die wie ein Affe von einer überragenden Buche kletterte.

Die Gestalt hielt auf dem Weg in die Sicherheit inne, blieb stehen, und ihre Blicke trafen sich über die Unendlichkeit des Abgrunds hinweg.

Jake und Nichiren.

Sutschou/Shanghai

SOMMER–HERBST 1910/ SOMMER 1921–FRÜHJAHR 1927

Im Jahr 1895, genau fünf Jahre vor der Geburt Shi Zilins, suchten die Chinesen bei den fanatischen, höchst disziplinierten japanischen Streitkräften um Frieden nach. Wie in dem Vertrag von Schimonoseki festgelegt, erwarb Japan den Besitz Formosas und Freiheit für Korea. Indem Japan die Struktur des chinesischen Kaiserreiches aufbrach, ging es aus dem Krieg als mächtige Nation hervor, eine Nation, mit der die ganze Welt fortan rechnen mußte.

Wenn auch die Japaner durch Intervention Rußlands, Deutschlands und Frankreichs den hartumkämpften Stützpunkt auf der Halbinsel Liaodong, gar nicht so weit von Beijing selbst entfernt, nicht behalten konnten, so gewannen sie immerhin etwas weit Wichtigeres. Eine maßgebende Klausel des Vertrages erlaubte den Japanern die Errichtung von Industrieanlagen in den im Vertrag bezeichneten Hafenstädten entlang der chinesischen Küste.

Nicht einmal die gewöhnlich schlauen englischen *tai pan,* die in Shanghai immens profitable Firmen errichtet hatten, dachten an so etwas. Die *tai pan* waren im Handelsgeschäft, kauften Waren aus dem riesigen Inneren des asiatischen Kontinents und leiteten sie weiter an den Rest der wartenden Welt, wobei sie natürlich ihren Teil des Profits abschöpften.

Fabriken in Shanghai! Das war eine fantastische Vorstellung, denn zu jener Zeit war, mit Ausnahme einiger weniger Seidenwebereien, die Fremden gehörten, in der Internationalen Siedlung Industrie völlig unbekannt. Sanktioniert durch die »Meistbegünstigungs-Klausel« in dem eigenen 1842 unterzeichneten Vertrag Britanniens mit China, schwammen die *tai pan* von Shanghai im Kielwasser der listigen Japaner und wandten sich mit enormem Eifer der Industrialisierung zu.

So waren also die Japaner für die Geschichte Chinas von höchster Bedeutung, genauso, wie sie es auch für Zilins Leben werden sollten. Obwohl er und seine beiden Brüder in Sutschou (oder Soochow, wie die Leute aus dem Westen es damals nannten) geboren wurden, war er schon als Teenager nach Shanghai gekommen. Dabei blieb Sutschou mit den spektakulärsten Gärten immer in seinem Gedächtnis. Er war in der Nähe eines der berühmtesten geboren worden und wurde auch nach ihm genannt: der Wald der Löwen.

Heute gehören diese Gärten natürlich der Allgemeinheit. Aber in Shi

Zilins jüngeren Jahren waren sie alle privat angelegt, unterhalten und genossen worden. Damals gehörten sie den Mandarinen, die sich aus den anstrengenden Konflikten, die das Hofleben im Norden mit sich brachte, zurückgezogen hatten; oder die Besitzer waren einfach reiche örtliche Beamte.

In beiden Fällen hatten sie Grundstücke in Sutschou gekauft und dann begonnen, ihre Gärten einzurichten. Diese *yuan lin* waren natürlich viel mehr als nur Gärten. Sie waren ländliche Anwesen, wie es sie freilich im ganzen Land verstreut auch sonst gab. Was die Anwesen von Sutschou auszeichnete, waren die *yuan,* die Gärten.

Die Gärten waren eher für Meditation gedacht als zum Vorzeigen. Die gleichen buddhistischen Lehren, die ihren Weg über das Südchinesische Meer nach Japan fanden und dort zur Bildung der Zen-Gärten führten, waren bereits hier am Wirken.

Der Garten, an den Shi Zilin sich am besten erinnern konnte, lag am Ende einer schattigen, schmalen Gasse, die kaum so breit war, daß zwei Personen aneinander vorübergehen konnten. Man betrat ihn durch eine hölzerne Tür in einer Steinmauer, die den *yuan lin* völlig einschloß.

Wirklich großartige *yuan* waren selten. Der Jian eines solchen mußte Architekt, Poet, Maler und Bildhauer in einer Person sein. Solche Männer waren sogar in China selten. Durch alle Zeitalter hindurch hatte der Ausdruck *jian* viele Bedeutungen gehabt. In früheren Zeiten hatte er »General der Armee«, »Großer Meister des *wei qi*«, oder »Himmlischer Wächter« bedeuten können. In der jetzigen Periode chinesischer Geschichte bedeutete er »Schöpfer«.

Das Ziel des *jian* war es, soviel variierende Perspektiven zu schaffen, wie man möglicherweise innerhalb eines streng limitierten Raumes unterbringen konnte.

Dieser besondere *yuan* schien zunächst von einem *ting* beherrscht zu werden, einem nahe dem westlichen Rand gelegenen Sommerpavillon von erlesener Schönheit. Dieser *ting* war, wie Zilin einst gedacht hatte, wie ein zartes junges Mädchen, das beim Meditieren überrascht wurde. Und gleich einer natürlich und deshalb unvollkommen reflektierenden Oberfläche, wie beispielsweise der eines Sees, offenbarte er mehr von dem ihm zugrundeliegenden Geist, als ein von Menschen geschaffener Spiegel es jemals könnte.

Verbrachte man jedoch mehr Zeit in diesem *yuan,* begann man den *ting* nicht als isoliertes Element zu sehen, sondern als eine der vielen Möglichkeiten, den tiefen Frieden dieses Ortes zu erleben.

Zilin hatte oft den Refrain gehört, *Shang you tian tang, xia you Su Hang.* »Im Himmel ist das Paradies; auf Erden Sutschou und Hangtschou.«

Nicht weit vom Sommerpavillon entfernt erhob sich ein sanft ansteigender Hügel, von dem aus man eine andere – eine völlig andere – Perspektive vom *yuan* erlebte. Ursprünglich hatte Zilin den Jian für unglaublich glücklich gehalten, ein Stück Land mit solch einer Besonderheit gefunden zu haben, weil Sutschou mitten in einer Ebene lag, die absolut flach war. Erst später hatte er verstanden, daß der Hügel künstlich aufgeschüttet worden war. Steine waren herangeschleppt und dann mit Erde und Vegetation bedeckt worden, um ein völlig natürliches Aussehen zu schaffen.

Diese Überraschungen gehörten zum Zauber dieses *yuans,* aber auch zu seiner eigenen Entwicklung – genauso wie übrigens die *hu shi,* diese *hu shi* waren weitere »Steine aus dem See«, so angenehm zu betrachten wegen der natürlichen Erosion, die ihre Oberfläche vernarbt und durchlöchert hatte und die ihnen damit ein weiches Aussehen verlieh. Auch sie waren nicht das, was sie zu sein schienen. Sie waren vom Jian eigenhändig auf den Grund des Tai Hu Sees gelegt worden, als er noch ein junger Mann gewesen war.

Stundenlang konnte Zilin an dem kleinen Teich sitzen, der von Zwergbambusbeständen und Miniatur-Zitronenbäumen umgeben war. In der Stille des träge darin schwimmenden gefleckten Karpfens begann er, durch die Täuschungen der Welt bis in ihr heiliges inneres Herz zu blicken.

Wenn er es auch in vielen zukünftigen Jahren noch nicht erkennen mochte – seine Lebensphilosophie wie sein späterer Geschäftssinn wurden hier geprägt. Hätte der Jian des *yuan* gewußt, daß seine Schöpfung einmal einen derartigen Prozeß in Gang setzte, hätte seine Freude keine Grenzen gekannt.

Wie die Dinge lagen, wäre es nur fair zu sagen, daß er zumindest eine Ahnung von den in dem jungen Zilin beginnenden Veränderungen hatte. Ganz gewiß wußte er um die Besonderheit des Jungen.

Eines heißen Nachmittags in der trägen Sommerhitze trat der Jian aus dem Schatten seines *ting* und ging im gesprenkelten Sonnenlicht dorthin, wo Zilin neben dem Karpfenteich saß. Die Zikaden zirpten ihren schrillen Gesang. Gelähmt von der drückenden Hitze klammerten die Vögel sich an die Zweige. Sogar die hohen Schäfchenwölkchen standen regungslos am blassen Himmel.

Der Jian überquerte die karmesinrot lackierte Brücke, die er mühsam von Hand gebaut hatte, und durchmaß das Inselchen, auf dem er den Teich angelegt hatte.

In der Ferne, in der Hitze jetzt leicht verschwommen, konnte er die Zeile der *hua chuang* ausmachen. Diese vieleckigen Gitterfenster waren sein ganzer Stolz. Sie waren aus Ton hergestellt, getrocknet, gebrannt und dann sorgfältig getüncht; für jedes hatte er neun Monate benötigt. Jedes war ihm so teuer wie ein Kind. Vielleicht war es so, weil er keine eigenen Nachkommen besaß; seine Frau war vor vielen Jahren bei einer Fehlgeburt gestorben. Er hatte nicht wieder geheiratet.

»Jeder, der jetzt hierherkommt«, sagte er, »glaubt, der *yuan* sei völlig natürlich. In all den vergangenen Jahren, wenn ich versuchte, meine Kunst zu erklären, konnte ich die Reaktionen nicht ausstehen.« Er lächelte in des Knaben offenes, zu ihm aufsehendes Gesicht. »Alle zogen es vor, an die Vollkommenheit der Natur zu glauben.« Er nahm Zilins kleine Hand in die seine. »Ausgenommen selbstverständlich du.« Er runzelte die Stirn. »Warum glaubst du, daß das so ist, hm?«

Zilin dachte eine Weile nach. Er beobachtete die sich schlängelnden Bewegungen der Karpfen durch das trübe Wasser und wünschte sich ihre Leichtigkeit der Bewegung für sein Leben. »Vielleicht, Älterer Onkel«, sagte er und gebrauchte die ehrende Anrede, »ist es so, weil ich es vorziehe, an die Vollkommenheit des menschlichen Geistes zu glauben.«

Lange blickte der Jian ihn nachdenklich an. Der Knabe sprach mehr wie ein älterer Gelehrter, als es viele der älteren Gelehrten in des Jians Bekanntschaft taten.

»Ich denke«, sagte er schließlich, »daß Vollkommenheit für dich immer etwas Faßbares bleiben wird, Jüngerer Bruder.«

Zilin hob eine Hand. »Ist aber dieser *yuan* nicht vollkommen, Älterer Onkel?«

Der Jian lächelte. »Für dich vielleicht, Jüngerer Bruder.« Er drückte dem Jungen die Hand. »Und das erfreut mich sehr.« Er schüttelte den Kopf. »Was mich aber betrifft, so bin ich ja schon länger da, als du mit deinen zehn Jahren. Es ist deshalb möglich, daß wir unterschiedliche Auffassungen davon haben, was Vollkommenheit sein könnte.«

»Dann seid Ihr hier nicht glücklich?«

Der Jian lächelte wieder. »Glücklich, ja, Jüngerer Brüder. Aber nicht zufrieden. Dazwischen gibt es einen großen Unterschied.« Er ließ Zilins Hand los, nahm einen glatten Kieselstein auf und ließ ihn in den Teich fallen. Die Karpfen kamen herbei, wie sie es bei Fütterungen taten; da sie aber kein Futter fanden, kehrten sie zu den trägen Bewegungen zurück. »Vielleicht wirst du nach einiger Zeit feststellen, daß das Leben ein fortwährendes Suchen ist.«

»Ein Suchen nach Vollkommenheit?« wollte Zilin wissen.

»Na ja, vielleicht ein wenig. Andere finden, daß Vollkommenheit nicht von dieser Welt ist und deshalb auch nicht errungen werden kann.«

»Würde das Euch vom Versuchen zurückhalten, Älterer Onkel?«

»Ich glaube nicht, nein.« Er hob einen Finger. »Es gibt aber einige – wie auch mich, könnte ich mir denken –, die gar nicht wünschen, Vollkommenheit zu finden.«

»Warum nicht?«

»Weil das Leben nur in einem Zustand der Zufriedenheit existieren kann. Ich glaube manchmal, der Tod ist der einzige Zustand der Vollkommenheit, zu dem wir alle befähigt sind.«

»Was ist dann mit Buddha?«

»Ich bin nicht der Buddha«, sagte der Jian gedankenvoll. »Und auch du, Jüngerer Bruder, bist es nicht.« Er schien jetzt traurig zu sein, als hätte sich Dunkelheit über ihn gesenkt wie der Mantel der Nacht. »Du wirst Fehler machen, während du größer wirst. Jeder tut das. Du mußt aber immer bestrebt sein, weiterzumachen und aus deinen Fehlern zu lernen. Ein Narr bist du nur dann, wenn du sie wiederholst, nicht, wenn du sie machst.«

Die Sonne röstete sie durch den Rest des Nachmittags. Keiner sprach mehr in diesen langen Stunden, jeder bevorzugte die stille Meditation, für die dieser besondere *yuan* angelegt worden war.

Der Sommer wandelte sich in den Herbst, und bald nahm der Schulunterricht Zilins Zeit voll in Anspruch. Auch ging innerhalb der Familie das Gerücht um, sie würden im Winter nach Süden ziehen, vielleicht bis nach Shanghai.

Als er das nächste Mal eine Gelegenheit fand, die schmale, schattige Gasse entlangzugehen, fand Zilin die hölzerne Tür zum *yuan* verschlossen. Das war höchst ungewöhnlich, und mit klopfendem Herzen rannte er um die Mauer des Anwesens herum bis zum vorderen Eingang.

Ein fremder Mann öffnete die Tür auf Zilins Klopfen hin. Er war in die Robe eines Priesters des örtlichen Klosters gekleidet.

»Ja?«

»Verzeiht mir, Älterer Onkel«, sagte Zilin und versuchte, um die Leibesfülle herumzuspähen, »ich suchte aber den Jian dieses Landsitzes.«

Der Priester lächelte. »Er steht doch vor dir.«

Zilin war verblüfft. »Ich verstehe das nicht. Ich bin doch die ganze Zeit hierhergekommen. Ich . . .«

»Oh, du mußt den früheren Besitzer meinen.«

»Den früheren?«

Der Priester nickte. »Er war, soviel ich weiß, ein recht wilder Spieler. Er verlor diesen *yuan lin* bei einem *fan-tan*-Spiel. Und danach wurde er vom Kloster gekauft.« Er trat in den Eingang zurück. »Du bist aber trotzdem willkommen hier, Jüngerer Bruder«, sagte er listig lächelnd. »Vielleicht gibt es hier mehr für dich zu lernen, als in der Schule.«

Zilin war erschrocken. »Aber der Jian«, sagte er traurig. »Wo ist er?«

Der Priester zuckte mit den Achseln. »Ich habe keine Ahnung.« Über sein rundes Gesicht breitete sich wieder ein Lächeln aus. »Nun, wollen wir hereinkommen? Es gibt immer etwas zu lernen . . .«

Zilin rannte bereits die staubige Straße hinunter, ein Hund lief ihm bellend nach.

Obwohl er sich alle Mühe gegeben hatte, er hatte den Jian nie finden können. Vielleicht war das auch gut so. Der Jian gehörte in seinen *yuan,* und Zilin zog es vor, ihn sich dort vorzustellen, inmitten seiner Bambus- und Zitronenbäume, seiner Iris und Oleander. Wohl hatte er das lange, hagere Gesicht eines Weisen, aber es war doch immer braune Erde unter seinen Fingernägeln. Die Knie seiner Hosen waren immer feucht vom Boden, auf dem er bei der Gartenarbeit gekniet hatte.

Als Kind war Zilin verzweifelt gewesen, nichts Greifbares mitgenommen zu haben – nicht einmal etwas Kleines wie den glatten Stein, den der Jian an jenem dampfenden Nachmittag im August in den Teich hatte fallen lassen –, um es zur Erinnerung zu behalten. Jetzt war er froh, daß er es nicht getan hatte. Was der Jian in dem *yuan* gepflanzt hatte, war dazu bestimmt, dort zu bleiben. Außerdem hatte Zilin etwas weitaus Wertvolleres mitgenommen als ein kindliches Andenken an die Vergangenheit: Er besaß seine Ideen.

Angetrieben vom Konzept des *yuan,* hatten diese Ideen Shi Zilin zu einem sehr reichen Mann gemacht. In seinem *yuan* hatte der Jian geschickt kunstvolle Vorrichtungen gebraucht, um etwas Mächtigeres und Dauerhafteres als Illusion zu schaffen. Das war es, was die meisten Menschen nicht erkannt hatten; deshalb waren sie so enttäuscht gewesen, als er seine Geheimnisse offenbarte: Jetzt sahen sie nur Illusion.

Zilin jedoch hatte die Wahrheit erkannt. Die Kunstwerke des Jian hatten Stimmungen geschaffen und Empfindungen hervorgerufen. Diejenigen, die in den *yuan* kamen, ohne seine Geheimnisse zu kennen, wurden tief angerührt und dadurch verändert.

Der junge Zilin wuchs heran und begriff, daß sich die gleiche geschickte Methodik auf sein ganzes Leben anwenden ließ. Wenn man den Menschen gab, was sie wollten – zu diesem Schluß war er gekommen –, spielte es keine Rolle, ob dies alles künstlich oder unecht war. Überließ man sie ihren eigenen Einfällen, glaubten die Menschen an das, was ihnen am meisten nützen würde. All diese Gedanken kamen ihm zugute, als es Zeit war für ihn, Sutschou zu verlassen.

Shanghai war vielleicht die am günstigsten gelegene Stadt in ganz China. Sie war der einzige größere Hafen in Zentralchina, der vom Inland nicht durch Berge abgeschnitten war. Außerdem war Shanghai der natürliche Ausgang zum Meer und stellte damit umgekehrt das Tor zum üppigen Yangzi-Becken dar, eine der reichsten Regionen auf dem gesamten Kontinent.

Hilfreich war auch gewesen, daß Zilins Vater, ein ausgezeichneter Betriebsingenieur, in Sutschou befördert und dann an den einzigen Ort versetzt worden war, wo seine Kenntnisse am wirksamsten genutzt werden konnten: Shanghai.

Bis zum Vertrag von Schimonoseki war die Nachfrage nach Betriebsingenieuren zwangsläufig begrenzt, und man könnte vielleicht sagen, daß Zilins Möglichkeit, seiner Zeit voraus zu sein, ein Fall von Vererbung war.

Auf jeden Fall versetzte die wirtschaftliche Revolution, die die Japaner 1895 in der Stadt in Gang gesetzt hatten, ihn in die Lage, aus der Stille von Sutschous relativer Rückständigkeit in die geschäftige, modern östliche Metropole zu reisen, die damals schon Chinas bevölkerungsreichste Großstadt war.

Außer mehr Gehalt und Prestige für seinen Vater, bot Shanghai hervorragenden Schulunterricht für Zilin und seine beiden Brüder. Er und sein jüngster Bruder besuchten die Futan-Universität, während der mittlere die Universität für Wissenschaft und Technik in Shanghai vorzog.

Zilins Wissenshorizonte wurden stark ausgeweitet, er lernte Englisch, er gewann viele Freunde, er kam in Kontakt mit Fremden Teufeln und lernte die Meinungen nicht nur der Älteren, sondern, was noch wichtiger war, auch die seiner Altersgenossen kennen. Aber nichts von alledem übertraf das, was er im *yuan* des Jian erfahren hatte, vielmehr vertiefte es das noch.

Die Chinesen beherrschten nicht ganz China und hatten das auch sehr lange nicht getan. Für Zilin waren die Meinungen seiner Altersgenossen bezüglich des Eindringens der Fremden Teufel genauso nutzlos, wie die der Älteren. Die älteren Leute glaubten an eine Art konfuzianischer Geduld. Das Reich der Mitte gehörte den Chinesen, so glaubten sie, und schließlich würden sie das Zepter wieder im ganzen Land führen. In der Zwischenzeit rieten sie zu Toleranz, wenn es um den Verkehr mit Fremden ging.

Andererseits waren Zilins Zeitgenossen fast alle militant und zogen es vor, aus Rache für reale und eingebildete Demütigungen gegen die Fremden Teufel zurückzuschlagen.

Privat hielt Zilin sie alle für kurzsichtige Narren. Er hatte eine völlig andere Vorstellung. Der Jian hatte ihn gelehrt, über Fehler nachzudenken, anstatt in ihnen zu verharren – tatsächlich aus ihnen zu lernen. Während er heranwuchs und Wissen erwarb, war das genau das, was Zilin mit der neueren Geschichte seines Volkes tat.

Was ihm sofort auffiel, war, daß die Chinesen die Kontrolle über ihr Land durch ihre eigenen Schwächen an die Fremden Teufel verloren. Die Leute aus dem Westen waren klug genug gewesen, jeden internen Bruch in dem zersplitterten politischen System der Chinesen auszunützen und auf diese Weise die Chinesen wie Weidengerten nach ihren Bedürfnissen zurechtzubiegen.

In der Mitte des achtzehnten Jahrhunderts erlebte das Kaiserreich eine fast beispiellose Blütezeit. Die Bevölkerung hatte sich im Zeitraum von etwa vierzig Jahren um ungefähr 130 Millionen vermehrt. Landwirtschaftliche Reformen wurden in Gang gesetzt und neue Feldfrüchte wie Mais angebaut, daneben auch Tabak. Staatliche wie private Unternehmen begannen, in großem Umfang bezahlte Arbeiter für Seidenweberei, Metallbearbeitung, Töpferei und so weiter zu beschäftigen.

Zugleich mit der wirtschaftlichen Blüte kam aber auch der Wunsch nach Ausdehnung auf; dem kam das Kaiserreich nach, indem es Krieg führte, im Süden gegen die Burmesen und in Zentralasien gegen die Eleuthen.

Für wenig industrialisierte Nationen wie China zeitigen Kriege – auch erfolgreiche, wie diese – häufig mehr negative als positive Ergebnisse. In diesem Fall wurde die Macht der Mandschus ernsthaft geschwächt. Infolgedessen wuchs die Stärke der Gegner des Regimes. Die Geheimgesellschaften entstanden.

Jetzt hatte China mehr als nur internen Streit, mit dem es fertig werden mußte. Die russischen Zaren waren kurz vorher erst in Sibirien eingefallen. Im Süden hatte England das Indische Kaiserreich gegründet und die Holländer Niederländisch Ostindien. Beide Gebiete – lange Zeit Zuflucht für Emigranten, die aus der Armut der chinesischen Provinzen Fujian und Guandong geflohen waren – wurden jetzt auf Grund der kürzlichen Bevölkerungsexplosion mit Chinesen überschwemmt.

Durch diese Emigranten und auch durch andere Quellen war Chinas neuen Nachbarn seine mißliche Lage wohlbekannt, und sie saßen auf dem Sprung, um Vorteile aus den Rissen zu ziehen, die die Herrschaft der Mandschus zu zerbrechen begannen.

Die Engländer, die 1839 schon einige Zeit in Kanton saßen, waren damit beschäftigt, Opium illegal zu exportieren. Der Gewinn daraus half dabei, das starke Handelsdefizit auszugleichen.

In diesem Jahr entschloß ein Mandarin namens Lin Zexu sich, für die Fremden Teufel ein Exempel zu statuieren. Er hoffte, dadurch den schnell abbröckelnden Einfluß der Mandschus auf das Land wieder zu stützen. Die mit Kriegen wohlvertrauten Engländer zögerten nicht lange mit der Vergeltung. Westliche Kanonenboote fuhren, nachdem sie die chinesischen Festungen an der Mündung geschleift hatten, den Xijiang hinauf. Im Juni 1842 hatten die Engländer Shanghai und Nanking eingenommen. Der folgende Vertrag öffnete dem englischen Handel fünf strategische Häfen und, was vielleicht noch wichtiger war, sprach ihnen Hongkong zu.

An diesem Punkt hätte die Regierung nach Zilins Meinung die Fremden Teufel auffordern müssen, ihre Streitkräfte in China zu belassen, um dabei zu helfen, dem Land politische Stabilität zurückzugeben. Die Mandschus hätten dann die Briten benutzen können, genau so, wie umgekehrt die Briten die Mandschus benutzt hatten; der Hof hatte jedoch den Fremden nie viel Aufmerksamkeit geschenkt, und es schien auch jetzt kein ausreichender Grund vorhanden zu sein, sich für sie zu interessieren.

In Beijing war man viel zu sehr damit beschäftigt, mit den aufständischen Moslems fertig zu werden, die sich gegen Ende des Jahrzehnts in Yünnan und Turkestan erhoben hatten. Bald gab es eine noch ernstere Bedrohung der Existenz des Hofes, mit der er sich befassen mußte.

Eine chinesische Splitterpartei, bekannt als Tai Ping, gewann sehr schnell an Macht. Sie wurde gut geführt und hatte bald die Provinz Guang-xi übernommen; bis 1852 hatten die Gewalttätigkeiten sich bis Hankou ausgebreitet. Nur ein Jahr später erklärte der Führer von Tai Ping, Hong Xiuquan, Nanking zur Hauptstadt des Tai Ping Tian Guo, des Himmlischen Königreiches des Großen Friedens. Er begann, Gesetze zu erlassen und führte bald seine Armee nach Norden, um Beijing einzunehmen.

Während die Mandschus auf diese Weise beschäftigt waren, nützten Briten und Franzosen, die sich bereits entschlossen hatten, ihre Handelswege in China auszuweiten, den inneren Aufruhr im Land, um einen weiteren militärischen Feldzug zu beginnen.

Der Hof in Beijing hatte gerade genug Zeit, die Tai Ping zurückzuschlagen, als er sich den geladenen Kanonen der Fremden Teufel gegenübersah. Im Süden sammelten die Tai Ping sich noch einmal. Im Oktober 1860 marschierten die britischen und französischen Truppen auf Beijing. Noch immer erfaßten die Chinesen die europäische Bedrohung nicht in ihrem vollen Ausmaß.

So erhielten die Streitkräfte der Fremden Teufel den Befehl, die Sommerpaläste einzunehmen. Ein Freund Zilins war dort und erzählte ihm später genau, was geschah. Die wertvollsten Kunstgegenstände und Möbelstücke wurden methodisch beiseite gestellt, um, wie bekannt wurde, zu einem späteren Zeitpunkt an Königin Victoria und Napoleon III. geschickt zu werden. Als das getan war, konnten die Soldaten den Rest nach Belieben plündern. Die Plünderung geriet aber irgendwie aus der Kontrolle, und um den Wahnsinn einzudämmen, befahlen die englischen Offiziere, die Gebäude niederzubrennen.

Danach hatte der Hof keine andere Wahl, als den Forderungen der Fremden Teufel zuzustimmen. Endlich war ihm klargemacht worden, daß die heilige Hauptstadt, so weit im Norden und abseits von allem, was in Hongkong, Shanghai und Kanton geschah, Angriffen genauso ausgeliefert war wie die südlichen Städte.

Der Vertrag von Peking öffnete dem fremden Handel weitere elf neue Häfen. Außerdem wurden den ausländischen Bewohnern bestimmte Privilegien zugestanden wie beispielsweise das Recht auf Gewerbeausübung, Freiheit für Missionare und extraterritoriale Rechte.

Als Gegenleistung setzten die Europäer zusammen mit der Regierung ihre eigene militärische Macht ein, um die Tai-Ping-Revolte niederzuschlagen. Im Juli 1864 war Nanking wieder in der Hand der Mandschus. Die Macht der Regierung über ihr Land war demnach ernsthaft geschwächt.

Und wieder war Zilin überzeugt davon, daß die Mandschus Schuld daran waren, wenn sie ihren Feind nicht verstanden. Hätten sie eine genügende Anzahl Spione bei den Tai Ping untergebracht, so hätten sie herausgefunden, daß die Partei nach ihrer Niederlage vor den Toren Beijings von Rivalitäten zerrüttet war und die Anführer sich gegenseitig umbrachten. Sie hätten auch erkannt, daß sie jetzt die fremden Soldaten gar nicht brauchten.

Sun Tsu hat geschrieben, daß jemand, der seinem Feind mutig begegnet, aber aus Arroganz wegen seines höheren Ranges oder anderer Ehren oder wegen einiger hundert Goldstücke keine Geheimagenten einsetzt, kein Heerführer und kein Meister des Sieges ist.

Die Mandschus hatten von Sun Tsu offensichtlich nichts gelernt.

In der Zwischenzeit wuchs bei Hofe die Sorge wegen des Fortschritts, den die Franzosen in einem weiteren Nachbarland, in Annam, machten. 1883 brach in Chinas Südwestprovinz Krieg aus. Zwei Jahre später wurden den Franzosen in zwei Städten an jener Grenze Handelsrechte eingeräumt.

Jetzt war die Aufteilung des einstmals großen Landes fast vollkommen. Die Europäer kontrollierten in zunehmendem Maße die Sitten des Landes. Sie hatten jetzt Land gepachtet, und ihre in Beijing errungenen Konzessionen schlossen den Bau von Eisenbahnlinien in ganz China ein. Der letzte Schritt war die Einteilung des Landes in »Interessensphären«. Das geschah kurz vor der Jahrhundertwende. Die Russen erhielten den Norden, die Deutschen Shantung, die Briten das Yangzi-Tal.

Die I-ho-t'uan aber, die mächtigste und fremdenfeindlichste chinesische Geheimgesellschaft, war im Entstehen. Der Westen nannte sie »Boxer«. Ihre Revolte in Beijing am Vorabend der Jahrhundertwende führte dazu, daß fremde Mächte zum ersten Mal den kaiserlichen Palast besetzten. Das wiederum führte elf Jahre später zur Revolution und zur Gründung der Republik China.

Zilins Auffassung unterschied sich entschieden von der seiner Altersgenossen. Er war weder fremdenfeindlich noch entgegenkommend, wenn es sich um die Fremden Teufel handelte. Er betrachtete ihre Gegenwart in seinem Heimatland, wie es vielleicht kein anderer Chinese tat. Es gab Möglichkeiten, die Europäer zu benutzen, sich ihrer zu bedienen, wie sie es mit den Chinesen getan hatten. Das hatte Zilin im *yuan* des Jian gelernt; dort war die grundlegende Macht des Kunstgriffs ihm nahegebracht worden.

Warum, dachte er, sollte ich wünschen, sie loszuwerden, wenn sie für mich und mein Land so nützlich sein können?

Nachdem der Boxeraufstand niedergeschlagen worden war, erlebten die Europäer in China eine Periode beispielloser Blüte. Aber im Jahre 1906 veränderte sich alles unwiderruflich.

Der japanische Sieg über das russische Kaiserreich war wie das Läuten einer großen Tempelglocke. Ihre Schwingungen wurden in China vernommen und verliehen den Revolutionären dort neuen Mut und Entschlossenheit. Ihr Führer war Sun Zhongshan, der im Westen als Dr. Sun Yat-sen bekannt wurde. Er war in Kanton geboren und hatte die Unterstützung der südchinesischen Bourgeoisie. Was aber weit wichtiger war, er fand Rückhalt bei den chinesischen Studenten, die im Westen ausgebildet worden waren, bei den ausgebürgerten Chinesen, die reich genug waren, um ihn und die von ihm gegründete Vereinigung, die Tong Meng

Hui, mit Geldmitteln auszustatten, und dann seine Partei, die Kuomintang.

Sun Zhongshan war klug und nützte jeden Fehler der Regierung, jede Unzufriedenheit des kleinen Mannes zu seinem und seiner Partei Vorteil aus. So nahm die Macht der Kuomintang zu, während die der Mandschus in Beijing abnahm.

Als die Qing-Kaiserin Ts'e-hi 1908 starb, hätte die Regierung in keiner schlechteren Verfassung sein können. Es war kein erwachsener Qing da, dem sie die Zügel der Macht hätte übergeben können. Deshalb designierte sie den zweijährigen Puyi zu ihrem Nachfolger.

Es war unvermeidlich, daß eine derart unsinnige Idee den Hof in den heftigsten inneren Kampf stürzen mußte, den er seit mehr als einem Jahrhundert erlebt hatte. Anhänger des Regenten, der gleichzeitig der Vater des winzigen Puyi war, kämpften erbittert mit denen des mächtigsten Generals, Yüan Shi-kai.

Im August 1911 entschloß die Regierung sich, die Eisenbahnen zu verstaatlichen. Das war ein direkter Schlag gegen die Hierarchie der chinesischen Kapitalisten. Wie ein Pistolenschuß war dieser Schachzug ein Signal für die Revolte. Die Aufstände waren so ausgedehnt und so heftig, daß der Hof sich gezwungen sah, General Yüan Shi-kai um Unterstützung zu ersuchen. Der General aber, der einen Wechsel seiner Fortüne erkannte, zog es vor, sich auf die Seite der Revolutionäre zu schlagen.

Er wußte, was er tat, denn im Dezember dieses Jahres trat eine Delegation von Beamten aller weit verstreuten Provinzen zusammen, um Sun Zhongshan zum Präsidenten zu wählen. Aber schon dreißig Tage später machte er freiwillig Platz für den General. Scheinbar erwies sich das als ein guter Schritt, denn Yüan Shi-kai war in der Lage, schon einen Monat später die Abdankung des letzten Qing-Kaisers zu bewirken. Für diese Tat wurde er zum Präsidenten auf Zeit der neuen Republik ernannt.

Doch dann verriet der gute General die Revolution. Die Verlockung, den Thron des Kaisers selbst zu besteigen und eine neue Dynastie zu gründen, war für ihn zu groß, um ihr zu widerstehen. Er löste die Kuomintang und auch das Parlament auf, das Anfang 1913 gebildet worden war, doch erneute innere Kämpfe vereitelten schließlich seine Thronbesteigung, und er starb 1916, noch immer nicht mehr als ein grober Militarist.

In Beijing wurde eine Papierregierung gebildet. Wieder verhinderten rivalisierende Splittergruppen, daß sie wirksam und stark wurde. Mehrmals versuchte Sun Zhongshan in Kanton eine, wie er es nannte, »Nationalregierung« zu bilden. Schließlich war er doch in der Lage, die Provinz Guangdong zu stabilisieren, indem er sie für sein Anliegen gewann.

All dies diente als Hintergrund für Zilins Liebesaffäre mit der wilden

Mai. In dieser Nacht, am 1. Juli 1921 nach dem westlichen Kalender, lernte er sie mitten in der Hitze und starken Erregung der ersten wahren Anfänge der Revolution kennen, die erst achtzehn Jahre später verwirklicht werden sollte.

Auf dieser Versammlung wurde die Chinesische Kommunistische Partei gegründet. Doch selbst die Tatsache, daß rings um ihn her Geschichte gemacht wurde, vermochte für Zilin nicht das strahlende Bild von ihr zu verdunkeln, die ihm so nah und inmitten der Zuhörer doch so weit entfernt war. Er verliebte sich unsterblich in diese uncharakteristisch temperamentvolle, revolutionäre Frau.

Sie war sehr jung, noch keine zwanzig, und eine Waise – was, wie Zilin immer empfand, für ihre entschieden unweibliche Haltung verantwortlich war. Aber anstatt ihr auszuweichen, wie es die meisten Männer in der Partei taten, fühlte Zilin sich – der mehr aus Neugier, als aus wirklicher revolutionärer Gesinnung auf diese Versammlung gegangen war – zu ihr hingezogen.

Er war einundzwanzig und in fast jeder Beziehung welterfahrener als sie, hatte aber auch ein hochkultiviertes Leben, ein Leben der Oberklasse geführt. Das war bei ihr nicht der Fall, und vielleicht bildete ihre Fähigkeit, ein eigenes, selbständiges Leben zu führen, ein besonderes Band zwischen ihnen. Sie wußte von sich aus, was Klugheit und List waren.

In dieser Nacht ahnte auch Zilin nicht die wahre Rolle, die die Kommunisten in der Zukunft seines Landes spielen sollten. Aber seine untrügliche Nase für Geschichte hatte ihn hergeführt, und wenn er zu der Zeit von Mai mehr hingerissen war als vom Geist des Kommunismus – er war immerhin da.

Hinterher, als er allen Mut zusammennahm und sie ansprach, konnte er sie zum erstenmal richtig betrachten. Sie war klein, von einer gelbbraunen Geschmeidigkeit, die ihn eher an einen jungen Burschen als an eine Frau erinnerte. Nicht etwa, daß sie unweiblich gewesen wäre; es war nur so, daß so unendlich viel Energie in ihr steckte. Und Energie war das alleinige Vorrecht der Männer. Zilin hatte das zumindest bis zu diesem Abend geglaubt.

»Seid Ihr ein Mitglied?« fragte er, als er sich zu ihr durchgekämpft hatte. Es war das einzige, das ihm einfiel; er hatte sehr wenig Erfahrung mit Frauen gehabt.

»Ich bin Sun Zhongshans Assistentin.« Ihre Augen glänzten vom Eifer der Versammlung, doch zeigten sie nicht den glühenden Ausdruck der Fanatikerin, der Zilin zuvor immer vor den von revolutionärem Geist Besessenen hatte zurückschrecken lassen.

»Ich hab' ihn hier nicht gesehen«, sagte Zilin. »Dafür habe ich viele Russen beobachtet.«

Sie richtete den Kopf auf. »Findet Ihr das seltsam?«

»Ich finde es interessant. Ich möchte mehr darüber wissen.« Er warf ihr ein schnelles, nervöses Lächeln zu. Der Saal leerte sich rasch, und nur der saure Geruch von Schweiß blieb zurück.

»Warum gehen wir nicht irgendwohin und reden?« fragte Mai.

»Bald«, sagte sie, die Hände um eine große Teeschale aus Porzellan gelegt, »wird die Kuomintang sich mit der Chinesischen Kommunistischen Partei zusammentun. Das wird uns stark machen. Wir werden nicht mehr aufzuhalten sein.«

Der Tisch war übersät mit den Überresten von Reis, gesottenen Garnelen und Hühnchen mit Champignons.

Mai lachte plötzlich, als sie auf die Trümmer zwischen ihnen sah. »Das war das beste, das ich seit Jahren gegessen habe.« Sie klopfte sich auf die schmale Hüfte. »Ich bin voll.«

»Es ist ein gutes Gefühl, nicht wahr?« sagte Zilin. »Nach einer guten Mahlzeit gibt es eine gewisse Zufriedenheit.«

Sie betrachtete ihn, das Lächeln schwand aus ihrem Gesicht. »Ich bin nicht so sicher, ob das *wirklich* gut ist. Zufriedenheit erzeugt Gleichgültigkeit. Es gibt viel zuviel Unrecht, das in China verübt wird, um das jemals zuzulassen.«

»Würdet Ihr Euch denn lieber die Mahlzeit aus der Nase gehen lassen und den Küchenchef beleidigen? Es ist immerhin sein Werk, über das Ihr jetzt urteilt.«

Einen Augenblick lang glaubte Mai, er meine es ernst, und eine scharfe Zurückweisung lag auf ihren Lippen. Als sie jedoch ihre Augen über sein Gesicht wandern ließ, sah sie listig die Belustigung durchscheinen und mußte lachen.

»Vielleicht habt Ihr recht«, sagte sie. »Alles zu seiner Zeit. Wenn man aber gezwungen wurde, aus der Heimat zu fliehen, wie ich es mit Zhongshan habe tun müssen, wird der Humor brüchig, vergißt man ihn fast.«

»Ich meine, in Zeiten der Not brauchte man den Humor am nötigsten.«

Sie nickte und stimmte ihm insgeheim zu. »In Japan, wohin zu fliehen wir gezwungen waren, als Zhongshans erbitterter Kampf mit dem Verräter General Yüan sich gegen uns wandte, war wenig mit Humor anzufangen. Wir fanden, daß die Japaner ein seltsames und schrecklich kaltes Volk sind.«

»Und doch haben sie Euch Asyl gewährt, als sogar die eigenen Leute Angst hatten, es zu tun. Sie müssen also zumindest mutig sein.«

»Wie kommt es«, fragte Mai, »daß Ihr auf alles eine Antwort habt?«

Zilin lachte. »Nicht auf alles. Sonst wäre ich ja schon ein *tai pan* mit gewaltigem Reichtum und mit Macht, anstatt zu sein, was ich bin.«

»Und was ist das?«

Er blickte von ihrem schönen Gesicht auf die tanzenden Lichter am überfüllten Kai. »Nur ein Mann mit allen möglichen verschrobenen Ideen.«

Sie erlebten beim Spiel der Wolken und des Regens den Himmel auf Erden. Obwohl Zilin noch nie geliebt hatte, stellte er fest, daß er keine Angst hatte. Bei Mai fand er ein gewisses Wohlbefinden, als enthielte ihre glühende Energie, die auch in diese Situation überströmte, genügend Mut für sie beide.

Während sie bei ihrem Tun feurig vorging, war er zärtlich, und diese Mischung, dieses wahre *yin-yang,* erregte sie zutiefst. Früher hatte ihr Verhalten im Bett ihre männlichen Partner – die an solche Aggressivität bei einer Frau ausnahmslos nicht gewöhnt waren – dazu gebracht, entweder ihre Verbissenheit zu verlieren oder zu versuchen, ihrem Temperament so offenkundig zu begegnen, daß sie das abstoßend fand.

So war Mai, obwohl sie früher schon Sex erlebt hatte, vor dieser Nacht noch nie in diese Ekstase geführt worden. Ihre Schreie bei dieser erregten Begegnung brachten Zilin dazu, selbst jegliche Kontrolle zu verlieren, was ihm ein köstliches Vergnügen bereitete.

Hinterher, mit verschlungenen Gliedern daliegend, sprachen sie in höchst offener Weise miteinander, frei von allen Künsteleien, die sie vorher niemals hatten ablegen können, auch nicht bei Menschen, die ihnen nahestanden.

Es wäre deshalb nicht falsch zu sagen, daß jeder von ihnen zur gleichen Zeit die Bedeutung wahrer Liebe erkannte: Mai, die, solange sie Sun Zhongshan gekannt hatte, nur die Vorstellung der Revolution von den Drei Volksprinzipien geliebt hatte – Nationalismus, Demokratie und Lebensunterhalt –, und Zilin, der als einzige Liebe nur das Konzept der Künstlichkeit gekannt hatte.

Beide sahen jetzt, tief in jener heißen Sommernacht, daß ihre Vorstellungen von der Welt und vom Leben etwas engstirnig gewesen waren, daß im Leben anstelle einer brennenden, alles überdeckenden Liebe eine Hierarchie von Lieben existieren konnte, jede in Harmonie mit den anderen. Für die beiden so selbstmotivierten Menschen war das eine Offenbarung ersten Ranges.

Innerhalb von drei Monaten war Zilin in die Welt Sun Zhongshans eingeführt worden; nach sechs Monaten heirateten er und Mai.

Für Zilin war Zhongshan eine weitere Offenbarung. Der Doktor der Medizin war in solch unterschiedlichen Instituten wie einem anglikanischen Internat in Honolulu und einer Hochschule für Medizin in Hongkong ausgebildet worden. Es war offensichtlich die erste Schule, in der er unter den Einfluß westlichen Gedankenguts und des Christentums gelangt war.

Zilin kannte den Mann zu diesem Zeitpunkt noch nicht gut genug, um mit ihm über seine privaten Pläne für die Fremden Teufel zu sprechen. In hitzigen Diskussionen zwischen den dreien – wenn auch manchmal andere Parteiführer wie Hu Hanmin und Wang Chingwei dabeiwaren – vertrat Zhongshan oft einen westlichen Standpunkt. Besonders bei diesen Gelegenheiten saugte Zilin seine Worte wie ein Schwamm auf. Es war für ihn höchst faszinierend, durch einen östlichen Geist gefiltert von westlicher Philosophie und wirtschaftlicher und politischer Theorie zu hören, vor allem aus dem Mund eines so brillanten Geistes wie dem des Doktors. So war es also nicht verwunderlich, daß Zilin bald seinem Charme erlag.

Diese Diskussionen hatten aber auch eine rauhe Seite. Wenn es zu dem Thema russische Kommunisten kam, waren Zhongshan und Mai heftig uneins. Vielleicht war es die anglikanische Lehre, die – wie Mai sagte – diese Seite in ihm »korrumpiert« hatte.

Es war tatsächlich so, daß sie beide dieses zugegebenermaßen emotionale Problem von zwei unterschiedlichen Ebenen angingen. Zhongshan sah die Kommunisten von einem fast religiösen Standpunkt aus. Mai hingegen betrachtete sie lediglich aus einer historischen Perspektive. Die russischen Kommunisten, so argumentierte sie immer wieder, besaßen den wahren revolutionären Geist der Zeit. Sie waren hervorragend organisiert, sie übten eine unberechenbare Macht aus, und sie waren bereit, der Kuomintang durch die neugebildete Chinesische Kommunistische Partei zu helfen.

Zwischen beiden kam aber nie Bitterkeit auf; dazu hatten sie viel zuviel Respekt voreinander. Doktor Sun war aber oft aufreizend resolut in seiner Position und zitierte häufig die Meinung seines militärischen Beraters, Tschiang Kai-schek, der verbissen gegen alles eingestellt war, was in seinen Augen eine kommunistische Einmischung in die inneren Angelegenheiten Chinas war.

Eines Abends spät im Herbst – der Regen schlug gegen die Fensterscheiben, am Himmel waren weder Mond noch Sterne zu sehen – warf Mai schließlich verärgert die Hände hoch. »Ihr seid unmöglich!« rief sie wütend. »Sogar Zilin ist ein Licht aufgegangen über die Kommunisten.«

Doktor Sun hatte seinen Kopf gedreht und richtete die klaren Augen nachdenklich auf Zilin. »So? Dann sagen Sie mir mal, junger Mann, was Sie genau in dieser gottlosen Gruppe sehen.«

Zilin dachte wieder an listiges Vorgehen. »Nun, mir scheint, als besäßen die russischen Kommunisten zwei wertvolle Eigenschaften, die nach meiner Meinung die Kuomintang nirgendwo sonst finden kann.«

»Und das wären?« fragte Zhongshan kalt.

»Erstens könnten sie die Kuomintang organisieren, wie es zur Zeit kein Chinese tun kann. Ihre Organisation würde damit schlagkräftiger und gleichzeitig fortschrittlicher. Geld kommt weiterhin von Übersee herein, ich weiß das, aber jede Sparmaßnahme, die wir durchführen können, kann nur nützlich sein.«

Er machte eine Pause und räusperte sich. »Zweitens, und das ist, wie ich glaube, noch wichtiger, kann der Kommunismus zu einem mächtigen Schlagwort für die Armen werden. Sie stammen aus Kanton, Doktor Sun, und deshalb brauche ich Ihnen nicht zu wiederholen, wie elendiglich die wirtschaftlichen Bedingungen in den südlichen Provinzen sind. Hongkong, Annam, Burma, Indien werden von Emigranten aus China überschwemmt, die bessere Lebensbedingungen suchen. Das ist seit Jahrzehnten so gewesen.

Wenn die Kuomintang sich vielleicht mit der Chinesischen Kommunistischen Partei vereinte, würde das Ihnen den zusätzlichen Schwung verleihen, um die Mehrheit des Landes für Ihre Sache zu gewinnen.

Ehrlich gesagt, glaube ich nicht, daß Sie auf irgendeine andere Art die Kontrolle über China an sich reißen können.«

»Ich war auf dich stolz heute abend.«

»Stolz?« Zilin verstand nicht, was Mai meinte. Sie waren von einem Treffen mit Zhongshan heimgekehrt, und Mai wollte sofort mit Zilin schlafen. Sie war besonders erregt.

»Ja, mein Lieber.« Sie streichelte ihm die Wange. »Ich habe ihn beobachtet, während du sprachst, obwohl ich kaum minder überrascht war von allem als er. Ich glaube, du hast seinen Panzer durchbrochen.«

»Gut«, sagte Zilin. »Ich mag ihn; ich denke, was er für China will, ist richtig. Ich möchte schon, daß er Erfolg hat.«

Mai lachte und drückte ihn. »Ich wußte, ich würde dich noch überzeugen. Du bist ein echter Kommunist hinter deiner Fassade.«

Zilin war nüchtern geworden. »Versteh mich nicht falsch, Mai. Ich habe keine Bindung zum Kommunismus. Ich bin völlig neutral in bezug auf sein Konzept. Allerdings: als Mittel für die Ziele Zhongshans halte ich die Russen für ungeheuer wichtig und nützlich.«

Mai schmollte. »Dann ist also alles Schwindel. Dein Eifer ist nur Teil deiner Listentheorie.« Tränen standen ihr in den Augen.

Zilin setzte sich auf und zog sie an sich. »Hör zu, Mai. Was macht es aus, wie ich empfinde? Wichtig ist, daß Zhongshan dazu gebracht wird zu erkennen, daß die Kommunisten jetzt seine Retter in China sein können. *Das* ist das einzig Reale.«

Nach einer Weile der Stille lachte und weinte Mai an seiner Brust. »Und ich dachte«, flüsterte sie, »ich würde dich allmählich kennen.«

Später, als sie Zeit gehabt hatte, über das, was er gesagt hatte, nachzudenken, drehte sie sich in der Dunkelheit zu ihm hin.

»Das wirkliche Hindernis für eine Vereinigung der Kuomintang mit der Chinesischen Kommunistischen Partei ist nicht Zhongshan selbst, sondern Tschiang Kai-schek.«

Zilin dachte eine Zeitlang darüber nach. Er hatte Tschiang mehrmals getroffen, hatte zweimal mit ihm gesprochen und war aus beiden Gesprächen mit einem schlechten Gefühl im Magen herausgekommen. »Sag mir, was du von ihm weißt«, sagte er ruhig.

»Er ist vierunddreißig«, begann sie. »Seine Ausbildung hat er auf einer japanischen Militärakademie genossen und Felderfahrung in einem japanischen Linienregiment gemacht. Er kam rechtzeitig hierher, um noch an der Revolution gegen die Mandschus teilzunehmen. Er kämpfte mit Zhongshan gegen General Yüan. Die beiden sind sehr eng befreundet. Für meinen Geschmack zu eng.«

»Warum sagst du das?«

»Weil ich«, sagte Mai gedankenvoll, »in ihm eine andere Loyalität spüre, die irgendwie anders ist als die, die er für Zhongshan bekundet.«

»Glaubst du, er steht im Dienst eines Feindes der Kuomintang?«

»Nein, ich bin sicher, das tut er nicht.«

»Würde er Zhongshan verraten?«

»Nicht, solange Zhongshan lebt«, sagte Mai. »Ich glaube, was Tschiang in Japan neben der Kunst der Kriegsführung gelernt hat, war, Tschiang Kai-schek treu zu bleiben. Ich denke, sein Ehrgeiz geht weit über diese Revolution hinaus. Privat hält er nichts von Zhongshans Idealen für das Volk, obwohl er sagte, er tue es. Er ist ein starker Mann, mit den Visionen eines starken Mannes.«

»Zhongshan braucht jetzt einen starken Mann. Er wird auch einen brauchen, wenn er an die Macht kommt. Er wird immer Schutz brauchen, Mai.«

»Ja.« Mai nickte. Das dunkle Haar fiel ihr über das Gesicht und verhüllte eine Wange. »Doch Schutz wovor? Das ist es, was ich mich dauernd frage.«

Sie versuchten danach zu schlafen, doch das war unmöglich. Die Uhr auf dem Kaminsims auf der anderen Seite des Raumes hielt sie wach, als wäre es das Läuten einer Glocke. Draußen auf der Straße tönten die Rufe der Fischer den Kai entlang, von der regenschweren Luft wie vorüberziehende Wolken getragen. Nach einer langen Zeit rollte Zilin sich herum. »Mai?«

»Ja, Liebling?«

»Wenn, wie du sagst, meine Worte die Tür geöffnet haben, dann mußt du dafür sorgen, daß sie offenbleibt.«

»Du weißt, daß ich es versuchen werde.«

»Gut«, sagte er. »Ich habe nämlich eine Idee, die Zhongshan von Tschiang befreit und ihn vielleicht gleichzeitig seine Methoden ändern läßt.«

»*Dew neh loh moh!* Bei allen Göttern, wie?«

Zilin lachte. »Wenn man Zhongshan erst einmal dazu bringt, zu erkennen, daß es klug wäre, die Russen zu benutzen, dann mußt du ihm vorschlagen, seinen vertrautesten Militärberater, Tschiang Kai-schek, in die UdSSR zu schicken, damit er dort die richtige Organisation des Militärs erlernt. Borodin wird dem nur allzu gern zustimmen. Wenn Tschiang sich sträubt, was er höchstwahrscheinlich tun wird, schlag dem Doktor vor, Tschiang klarzumachen, es wäre für Tschiang selbst weitaus besser, die neue Organisation dort zu lernen und sie bei seiner Rückkehr hier zu vermitteln, als den Russen zu erlauben, hierherzukommen und es für ihn zu tun.«

Mai lachte bereits. Das Lachen hielt unvermindert an, bis ihr Tränen die Wangen herabrollten. Sie warf ihren nackten Körper auf den ihres Mannes und umarmte ihn.

Wieder Gelächter, das wie Donner von den Wänden ihrer kleinen Kammer zurückkam.

1923 schickte Zhongshan Tschiang Kai-schek tatsächlich mit dem Argument, das Zilin in jener Nacht Mai vorgeschlagen hatte, zu den Russen, um deren Organisationsmethoden zu erlernen. Ein Jahr später vereinte er die Kuomintang mit der Chinesischen Kommunistischen Partei.

Mit Hilfe der sowjetischen Berater und ihres Materials wurde eine neue, besser ausgerüstete Revolutionsarmee aufgestellt, deren Angehörige gleichzeitig Mitglieder der Partei waren. Revolutionärer Geist lag in der Luft, und neu erwachter Optimismus belebte sie alle.

Weil Mai bei der Arbeit an dem Parteiprogramm in zunehmendem Maße mit Zhongshan zu tun hatte, ging Zilin daran, andere Mitglieder der Kuomintang kennenzulernen. Seine eigene Arbeit als Angestellter im Büro des Hafenmeisters war so wenig anstrengend, daß er seine Freizeit nach seinen Wünschen verbringen konnte.

Es dauerte nicht lange, bis er sich Hu Hanmin anschließen konnte. Hu war schon zweiundvierzig, dem Alter nach viel näher an Zhongshan als alle anderen Gefolgsleute. Er war ein großer, hagerer Mann mit einem freundlichen Gesicht und einer normalerweise sanften Stimme, die er allerdings als Redner notfalls bis zum Gebrüll steigern konnte.

Er war Rechtsanwalt und war Zhongshan und Mai begegnet, als er in Japan auf der Schule war. Sein scharfer analytischer Verstand wurde sofort von Zhongshans revolutionärem Geist gefangengenommen, und sie waren treue Freunde geworden. Deswegen, und weil er so gut mit Menschen umgehen konnte, war Hu sehr schnell in der Kuomintang aufgestiegen.

Vor allen bedeutenderen Gefolgsleuten Zhongshans war wohl Hu dem Doktor am ähnlichsten. Er war, wie Zhongshan, im wesentlichen Humanist, hatte ein Herz für das Volk Chinas und glaubte an dieses Volk. Sein Versagen – sofern man es überhaupt so nennen will – lag darin, daß er den Kampf um den Sieg mit militärischen Mitteln nicht begriff. Dafür wurde er von Tschiang Kai-schek oft verspottet, der, vielleicht ganz zu Recht, in ihm seinen ernstesten Rivalen bei der natürlichen Nachfolge der nationalistischen Regierung erkannte.

Was Zilin an Hu am besten gefiel, war seine schnelle Auffassungsgabe.

Er war sehr oft derjenige in den langen politischen Versammlungen, der in der Lage war, sich durch die verschlungenen Fäden der politischen Argumente bis zum Kern des Problems hindurchzufinden. Worauf er bei Hu auf der unterschwelligen emotionalen Ebene am meisten reagierte, war die Offenheit in der Gesinnung des Mannes.

Zilins Vater hatte wenig Zeit für seine Familie gehabt. Das schnell westlich werdende Shanghai hatte mehr und mehr von seiner Zeit in Anspruch genommen. Viele Jahre lang war er der einzige Chinese mit ausreichender Schulung und Sachkenntnis, um viele größere Projekte durchzuführen. Tatsächlich war er in den ersten drei Jahren, nachdem er mit seiner Familie nach Shanghai gezogen war, bei Japanern wie Europäern ständig gefragt.

Demzufolge verließ er das Haus früh und kam erst spät heim, fast immer erst dann, wenn die Familie die Abendmahlzeit längst beendet hatte. In dieser Hinsicht war es eine recht untraditionelle Familie, und er hatte sich gegenüber seiner Frau durchsetzen müssen mit seinem Wunsch, nicht auf seine Rückkehr zu warten, bis die Kinder essen konnten. Und doch wollte sie selbst vor seiner Heimkehr nichts zu sich nehmen. Für sie war es schon schlimm genug, daß die Kinder nicht warteten. Für den älteren Shi war das kein Zeichen für Respektlosigkeit, sondern lediglich ein Anzeichen sich ändernder Zeiten.

Auf jeden Fall hatte Hu Zeit für den jungen Zilin, in dem er ohne Zweifel das Genie sah, das im Ansatz bereits zu erkennen war. So kam es, daß die beiden an vielen Abenden durch die gewundenen Gassen und über den geschwungenen Kai schlenderten und jedes Thema unter der Sonne diskutierten.

An einem Spätnachmittag gegen Ende des Jahres 1924 brach Hu ihre Unterhaltung ab. Er war ungewöhnlich melancholisch geworden und starrte hinaus auf den Hafen mit dem Wald von schwarzen Masten, Spieren und Takelwerk. Es war kühl und relativ trocken, wenn auch weitaus wärmer als das Wetter mit minus dreiundzwanzig Grad, unter dem Beijing zu leiden hatte. Im Norden lag Schnee, der aus den sibirischen Steppen kam, doch hier verwandelte die rote Sonne, die wie ein Stein versank, die Schiffe in stachelbewehrte bewegte Silhouetten. Zilin konnte die noch immer arbeitenden mächtigen Bagger in der Hafenmündung sehen, wo sie schon den ganzen Tag über gerattert hatten. Aus zwingenden Gründen war der Verkehr für sie angehalten worden. Doch keiner der *tai pan* protestierte dagegen. Riesige Geldsummen wurden jedes Jahr ausgegeben, um den sich ständig wieder ansammelnden Treibsand daran zu hindern, das Hafenbecken für die für Chinas Handel so lebenswichtigen Hochseedampfer unpassierbar zu machen.

Zilin wandte seine Aufmerksamkeit dem älteren Manne zu. Seine Zuneigung für Hu war seit ihrer ersten Begegnung ständig gewachsen, und er haßte es, ihn so niedergedrückt zu sehen.

»Älterer Onkel«, sagte er nach einiger Zeit, »Zhongshan sagte mir, es sei ein westlicher Brauch, eine Last unter Freunden aufzuteilen.«

Hu wandte sich um, blickte Zilin an. Er lächelte, aber in seiner Geste lag eine Härte, die den jüngeren Mann schaudern ließ.

»Es mag in anderen, mehr barbarischen Kulturen der Brauch sein, Jüngerer Bruder, die Gefühle eines Freundes so wenig zu achten, daß man den Schmerz teilen möchte«, sagte er achselzuckend. »Es ist schon eine wirklich seltsame Welt.«

»Und doch gibt es vielleicht etwas Gutes, das ich tun kann«, sagte Zilin. »Bei Angelegenheiten der internen Kuomintangpolitik könnte es sich als nützlich erweisen, sich an einen Außenseiter zu wenden, an jemand, der eine faire und unparteiische Meinung äußern kann.«

Jetzt mußte Hu lachen. »Bei allen Göttern, Zilin, Ihr seid ein recht bemerkenswerter junger Mann. Seid Ihr sicher, niemals Jura studiert zu haben? Mit Eurer Überzeugungskraft würdet Ihr einen hervorragenden Rechtsanwalt abgeben.«

»Ich möchte gern helfen, Älterer Onkel«, sagte er ernst.

Die Bagger machten jetzt Schluß. Die Dämmerung war über die Stadt hereingebrochen. In ihrem düsteren, malvenfarbenen Licht hatte das schlammige Wasser etwas Ursprüngliches und war voller Versprechen. Ein opaleszierendes Licht markierte, als die Nachtbeleuchtung anging und die Herdfeuer auf den Hausbooten aufflammten, den geschwungenen Bogen des Kais. Über allem hing schmutziger Rauch, der den jetzt sichtbaren Halbmond bläulich-purpurn färbte.

Sie setzten sich wieder in Bewegung. »In Euren Worten liegt schon etwas Wahrheit«, sagte Hu schließlich. »Ich möchte Euch jedoch nicht mit hineinziehen.«

»Macht Euch darüber keine Sorgen«, fiel Zilin ein. »Mai hat dafür schon gesorgt.«

»Nun gut«, gab Hu nach. »Wie gut kennt Ihr Ling Xichu?«

Zilin zuckte mit den Achseln. »Genug, um hin und wieder mit ihm zu sprechen. Nach meiner Meinung ist er etwas brutal. Er gebraucht Gewalt, ohne fair zu sein. Es scheint, als hätte er sich die Methodik der Bolschewiki recht gut angeeignet. Zumindest ist er leicht zu durchschauen.«

»Er hält sich für meinen Hauptrivalen. Ihr und ich, denke ich, wissen aber, daß das Tschiang ist; Ling glaubt jedoch nicht, daß Tschiang die Unterstützung zusammenbekommt, die er braucht, um Führer der Kuomintang zu werden.«

»Aber Ihr könnt es.«

»Nun«, sagte Hu, »was denkt Ihr?«

»Ich halte Tschiang für gefährlich, muß aber zugeben, daß meine Meinung in dieser Hinsicht vielleicht etwas vorbelastet ist. Mai haßt und mißtraut Tschiang. Sie meint, er könnte imstande sein, die Revolution zu verraten.«

»Tschiang«, sagte Hu, Mais Meinung zustimmend, »denkt nur an

Tschiang.« Er zuckte mit den Achseln. »Ich denke, ein Offizier muß so denken. Ein Befehlshaber kann im Krieg nicht zuviel über seine Leute nachdenken, sonst würde er sie niemals in die Schlacht schicken, um zu sterben.

Andererseits hat Ling keinen Grund, so zu denken. Und doch tut er es. Im Zentralkomitee der Kuomintang ist er jetzt gegen mich. Er schlägt sich auf Tschiangs Seite bei der Forderung nach einem energischen militärischen Vorrücken nach Norden, um Beijing einzunehmen.

Wenn auch die Armee große Fortschritte gemacht hat, seit Tschiang aus Rußland zurückgekehrt ist, glaube ich, daß wir noch nicht genug vorbereitet sind, die Regierung zu übernehmen. Und wenn wir jetzt, nach so vielen Schlappen in der Vergangenheit, versagen, fürchte ich, könnte das das Ende für uns sein. Zhongshan hat nicht mehr besonders viel Stehvermögen. Er hat Arbeitstage von zwanzig Stunden; er zwingt sich eine Arbeitslast auf, die für einen viel jüngeren Mann schon jenseits der Toleranzgrenze liegt. Jetzt einen größeren militärischen Feldzug zu führen, würde ihn sicherlich umbringen.«

Junge Burschen kamen an ihnen vorbei, rannten und riefen sich etwas zu. Große Säcke mit Reis wurden verladen, um zu einem der großen schnellen Dampfschiffe der *tai pan* gebracht zu werden. Auch Teekisten waren auf den Docks gestapelt, bis sie von Shanghai aus in alle Welt gingen. Und irgendwo in diesen Kisten war, ohne Zweifel, ein Vermögen an Opium versteckt.

Zilin beobachtete diese Aktivitäten, während seine Gedanken durch all das schwirrten, was sein Freund ihm erzählt hatte. »Ihr müßt auch weiterhin im Komitee gegen sie opponieren«, sagte er. »In Euren Reden solltet Ihr sie nicht reizen, sondern lieber mit kühlen Worten Eure vernünftige Reaktion beweisen.« Er sah Hu an. »Dann müßt Ihr Euch privat mit Zhongshan treffen. Sagt ihm das, was Ihr mir gesagt habt. Wenn er diesen Feldzug durchführt, ehe die Armee bereit ist, ehe alle Unterstützung vereint ist, und wenn er auf dem langen Marsch nach Norden umkommt, dann wird sein Traum von einer Revolution mit ihm sterben. Denn wenn er den Marsch an der Spitze der Armee antritt und ihn nicht beenden kann, wird seine Soldaten jeglicher Kampfgeist verlassen und die Macht der Kuomintang dahinschwinden. Zhongshan kennt doch die Weisheit der Geduld!«

Hu starrte auf die Kisten mit Tee, als hätte er solche Fracht noch nie zuvor gesehen. »Ihr wißt«, sagte er sehr bedachtsam, »ich sollte heut abend eine Sitzung des Komitees leiten. Im letzten Augenblick wurde sie aber abgesagt. Alle Götter sind Zeugen, es war ein gutes Omen. Sonst hätte ich Euch nicht treffen können.«

Es mußte nicht mehr gesagt werden. Zilin lächelte, und sie schlenderten um eine Biegung, außer Sicht der Myriaden Schiffe, die vor Anker lagen, um über Nacht zu ruhen.

Eine Woche vor dem chinesischen Neuen Jahr – Anfang 1925 – weckte Mai ihn aus dem Schlaf. Es war noch tief in der Nacht. Ein voller Mond tauchte die Straße draußen in ein blaues Licht. Ein Betrunkener lallte ein Seemannslied, und weiter entfernt erhoben Stimmen sich in einem Disput.

»Zilin!«

»Ja? Was ist los?!« Er bemühte sich, den Schlaf abzuschütteln.

»Ich mache mir Sorgen um Zhongshan.«

»Hus Klugheit hat ihn davor bewahrt, den langen Marsch zu versuchen. Was ist also jetzt los?«

»Er ist krank.« In ihren Augen standen Tränen. »Ernsthaft krank.«

Jetzt war auch Zilin besorgt. »Davon höre ich das erste Mal. Auch von Hu selbst habe ich nichts erfahren.«

Sie schüttelte den Kopf. »Konntest du auch nicht. Er hat es vor allen geheimgehalten, außer vor mir. Jetzt habe ich es dir gesagt. Ich weiß nicht, was ich tun soll.«

»Mai«, sagte er, hielt sie fest, »du bist kein Arzt. Du kannst gar nichts tun, ihn höchstens zu einem bringen.«

»Das ist alles schon getan worden.« Sie wandte sich ihm zu, und in dem kühlen Halblicht sah er, wie blaß sie war. »Keiner kann etwas für ihn tun.«

»Muß er sterben?«

Sie nickte. »Zilin, ich hab' solche Angst. Wenn Hu Hanmin nicht die Zügel ergreift, bange ich um die Revolution. Tschiang ist ein Tier; er wird alles in seiner Macht Stehende tun, um die Kommunistische Partei zu zerschlagen, sobald Zhongshan ihn nicht mehr unter Kontrolle halten kann. Ich möchte es ja nicht sagen.« Sie fiel zusammen, schluchzte an seiner Brust, sie zitterte wie Espenlaub. »Er wird bald sterben«, flüsterte sie. »Ich kann es nicht glauben. Es ist zu früh. Viel zu früh.«

Im Augenblick konnte Zilin nichts weiter tun, als sie festzuhalten und sie zu trösten, so gut er konnte.

Nach einer Weile hatte sie sich so weit beruhigt, daß er sagen konnte: »Dann mußt du alle deine Kenntnisse einsetzen, um sicherzustellen, daß Hu die Unterstützung bekommt, die er für die Übernahme der Macht braucht. Man muß sich nicht nur vor Tschiang hüten, sondern auch vor Ling Xichu.«

Mai weinte wieder, bewegte den Kopf vor und zurück. »Ich weiß nicht, Zilin, ich glaube nicht, daß ich noch so viel Kraft habe. Ohne Zhongshan . . .«

»Jetzt hör mal, Mai«, flüsterte er streng. »Was würde er sagen, wenn er solche antirevolutionären Worte hörte? Er würde dich ganz sicherlich zurechtweisen. Seine Kraft durchströmt dich. Ich weiß es. Ich fühle es. Und andere auch. Deshalb sind sie ja so eifersüchtig auf dich. Also, jetzt ist die Zeit gekommen, wo du diese Kraft voll nützen mußt.« Er starrte in ihr blasses, tränenüberströmtes Gesicht und dachte, daß er sie jetzt mehr liebte als je zuvor und daß es ein ganz seltsames Gefühl war. »Deine Feinde warten nur darauf, dich wanken zu sehen. Sie werden sagen, du bist doch zu nichts zu gebrauchen. Wie alle Frauen brichst du bei der ersten Krise zusammen. Du fängst zu weinen an, wie es kein Mann tun würde, und kniest schluchzend und zerbrochen vor Zhongshans Andenken.

Diesen Weg hat er nicht für dich geplant, Mai. Deshalb hat er dich nicht an sich gezogen, hat dich nicht an seinen innersten Gedanken teilnehmen lassen, hat dir nicht vor allen anderen vertraut, sogar noch vor seinem geliebten Tschiang. Siehst du nicht, daß Zhongshan sich völlig auf dich verläßt, so, wie du von ihm abhängst? Und vielleicht ist es jetzt *deine* Kraft, die ihn durchhalten läßt. Vielleicht hätte seine Krankheit ihn ohne diese Kraft schon längst hinweggerafft.«

»Ja.« Mais Stimme war nur ein Seufzen. Ihr Kopf sank nach vorn, bis die feuchte Stirn sich an seine Schulter drückte. Sie war wie ein Langstreckenläufer, der am Rande der Erschöpfung in sich den Mut wiederfindet weiterzumachen, Kraft aus der Überzeugung zu schöpfen, sie könnte beenden, was sie so kühn begonnen hatte.

»Ich danke dir, Liebling«, flüsterte sie. »Ja.«

Im April jenes Jahres erhielt Zilin die Beförderung zum Büroleiter des Hafenmeisters. Am Ende des Arbeitstages eilte er nach Hause, um sein Glück mit Mai zu teilen. Er hatte fleißig einen Teil seines Gehalts beiseite gelegt und, anstatt es der Partei zu spenden, wie Mai oft vorgeschlagen hatte, begonnen, es zu investieren. Er und seine beiden Brüder hatten ihr Geld zusammengelegt und Land in Teilen der Stadt gekauft, das noch nicht voll erschlossen war, von dem sie aber annahmen, es würde bald an Wert gewinnen. Auf diese Weise hatten sie zwei Grundstücke bereits innerhalb von sechs Monaten wieder verkauft und den Einsatz verdreifacht. Mit dem Gewinn von einem dritten Stück Land, zusammen mit Zilins erhöhtem Gehalt, bekam er die Idee, den vierten Teil eines Dampfers zu erwerben. Seine Brüder glaubten nicht, daß so etwas möglich wäre, doch Zilin war bereits dabei, einen Plan aufzustellen.

Mai war noch nicht zu Hause, als er in der Dämmerung heimkam. Er ging gleich an seinen Schreibtisch, nahm Feder und Tinte zur Hand und stellte seine Kalkulationen an, um die möglichen Gewinne aus einer Miteignerschaft an den großen Hochseeschiffen zu berechnen. So beschäftigt, hörte er nicht gleich, daß Mai hereinkam. Aber die völlige Stille ließ ihn schließlich doch den Kopf von den ordentlichen Zahlenreihen heben, die er in seiner sauberen Handschrift geschrieben hatte.

»Mai?«

Ihr Gesicht war weiß, ihr Körper zitterte. Zilin kam hinter dem Schreibtisch hervor und nahm ihre Hände in seine. Sie waren eiskalt. »Bei allen Göttern, was ist geschehen?«

Stumm suchten ihre Augen die seinen. In ihnen lag eine so tiefe Trauer und Verzweiflung, daß er, ohne es von ihr zu hören, wußte: Zhongshan war tot.

»Er ist allein nach Beijing gegangen«, sagte sie gepreßt nach langer Pause. »Ich wollte mit ihm gehen. Ich beschwor ihn, aber er war unerschütterlich in seiner Überzeugung.« Zilin erkannte jetzt die große Tapferkeit in ihr, die Entschlossenheit, nicht zu weinen. »Es war, als wollte er dahin gehen, um zu sterben; als fühlte er den Tod nahen und wollte nicht hier inmitten seiner Familie sterben.«

Zilin war tief von dem Verlust getroffen. Es war, als wäre eine tröstende Hand plötzlich weggezogen worden, an die er sich über Jahre hinweg gewöhnt hatte. »Vielleicht dachte er, wie immer, an die Revolution«, sagte er gedankenvoll. Mai sah ihn an. »Unsere Erinnerungen an ihn sind um so stärker, denke ich, weil wir ihn in seiner Hinfälligkeit, seiner unausbleiblichen letzten Schwäche nicht erlebt haben. Wir sehen ihn vielmehr noch als stark und heil und begierig, die Schlacht fortzusetzen.«

»Und trotzdem«, flüsterte Mai, »habe ich Angst um uns alle.«

Mit dem Tod Sun Zhongshans kam auch das unvermeidliche Streben nach seiner Nachfolge aus den Reihen der Kuomintang. Wie zu erwarten, ging Hu Hanmin als der stärkste Kandidat hervor. Seine Stimme im Forum des Zentralkomitees war die der Einsicht und der geduldigen Vernunft. Natürlich opponierte Ling Xichu bei jeder Gelegenheit gegen ihn und plädierte für eine sofortige militärische Mobilmachung. Seltsamerweise blieb aber Tschiang Kai-schek, sonst ein stimmgewaltiger Befürworter eines solchen Schrittes, still. Steif und unbeweglich, in fast richterlicher Haltung und umgeben von seinem Gefolge, saß er auf seinem Platz und ließ die beiden streitenden Rivalen nicht aus den Augen.

Zhongshans Witwe hatte natürlich in gar nichts mitzureden, doch Zilin fühlte sich beunruhigt durch diese höchst ungewöhnliche Haltung Tschiangs. Er war immerhin ein Mann der Tat, und Zilin, Mai und Hu hatten alle vom General erwartet, er würde sofort handeln.

Andere Ereignisse führten dazu, daß Zilin keine Zeit blieb, um über den internen Streit in der Kuomintang nachzudenken. Verhandlungen mit dem amerikanischen *tai pan* Barton Sawyer über die Beteiligung an seiner Dampfschiffflotte hatten begonnen.

Die Gedanken der Shi-Brüder hatten sich erst auf einen der britischen *tai pan* konzentriert, die im allgemeinen schon allein deshalb, weil sie am längsten in China waren, auch mächtiger waren. Im Verlauf seiner Arbeit hatte Zilin aber festgestellt, daß ein *tai pan* in den letzten sechs Monaten mit seinen Hafengebühren ständig im Verzug war: Barton Sawyer von Sawyer & Sons. Das, so argumentierte er gegenüber seinen

Brüdern, war der schwache Punkt, den sie gesucht hatten. Schließlich kamen die drei überein, Zilin mit der Annäherung zu betrauen.

Während die Debatten innerhalb der Kuomintang wüteten, saß also Zilin in seiner besten Kleidung in der Vorhalle der Büros von Sawyer & Sons in der amerikanischen Konzession.

Ein geschäftiger junger Mann aus dem Westen saß an seinem Schreibtisch und machte viel Gewese, um dem barbarischen Chinesen, der im Warteraum saß, die Bedeutung seiner Position klarzumachen. Nach einer ausreichenden Wartezeit sagte der junge Mann, der für das hiesige Klima völlig unpassend gekleidet war, zu Zilin, er könne jetzt hineingehen.

Barton Sawyer war ein breitschultriger Mann mit einem groben Gesicht. Sein Teint war so rot, daß Zilin zunächst verwirrt war. Zilin verneigte sich, ergriff dann aber schnell die angebotene Hand des Amerikaners, wie er es schon viele Male bei Leuten aus dem Westen gesehen hatte, und drückte sie – was nach seiner sorgfältigen Beobachtung die richtige Erwiderung auf den Druck war, den er spürte. Die meisten seiner Brüder wären nur zusammengezuckt, wenn ihre Hand stark gedrückt worden wäre, und hätten sie zurückgezogen.

Sawyer lächelte. »Na, Sie wissen ja, wie man sich die Hand schüttelt.« Er hatte eine laute, dröhnende Stimme, die Zilin im Innersten störte, doch nach außen hin ließ er sich nichts anmerken. »Wo ich herkomme, aus Virginia, wird ein Mann nach seinem Händedruck beurteilt. Mein Daddy war bekannt dafür, daß er mit jemand nur dann Geschäfte machte, wenn der einen festen Händedruck hatte.«

Es war der Dünkel der Amerikaner zu glauben, jeder, mit dem sie in Kontakt kamen, wüßte, wo ihr Geburtsort lag. Als wäre ein Kontinent auf der anderen Seite der Welt ein offenes Buch. »Kommen Sie«, sagte Sawyer jovial und hob eine Hand, »setzen wir uns und machen Sie es sich bequem.« Er dirigierte Zilin zu einem Polstersofa, das offensichtlich vom Westen importiert worden war. Zilin fand es äußerst unbequem, war aber entschlossen, hier in der Welt der Fremden Teufel das Beste daraus zu machen. Er mußte lernen, sich zu akklimatisieren, sagte er sich.

»Nun«, sagte Sawyer, noch immer mit lauter Stimme, obwohl sie doch dicht beieinander saßen, »was kann ich für Sie tun?«

Kein Tee, keine zivilisierte Unterhaltung, um die Beziehung zu stabilisieren, um ein Gefühl für den Geist des anderen Mannes zu bekommen. Zilin war verblüfft. Doch dann, als er sich erholte, schwor er sich, es wäre das letzte Mal, daß die Derbheit eines Fremden Teufels ihn so verwirren sollte.

»Es ist mir aufgefallen, daß gewisse monatliche Zehnte, die von der Stadt Shanghai verlangt werden, von Ihrer Firma noch nicht bezahlt worden sind. Ich . . .«

»Jetzt erkenne ich Sie!« Sawyer schnappte mit den Fingern. »Sie arbeiten im Büro des Hafenmeisters!« Sein Gesicht verdüsterte sich. »Seit wann schicken die Mandarine Schreiber, um ihre Eintreibungen vorzunehmen?«

»Ich bin nicht«, sagte Zilin höflich, »in irgendeiner offiziellen Funktion hier.«

»Das sind Sie nicht?« Der Amerikaner begann, ihn sorgfältiger zu betrachten. »Wollen Sie damit sagen, Sie sind nicht hier, um Geld zu verlangen?«

»Nein, Sir.«

Sawyer lehnte sich vor, nahm eine Zigarre aus einem parfümierten Kästchen. Er biß die Spitze ab, spuckte sie seitwärts auf den Teppich und entzündete ein Streichholz. Eine Zeitlang paffte er herzhaft, genoß den Tabak. »Also, zur Hölle, Sohn! Ich muß sagen, Sie haben Nerven, mich sprechen zu wollen.« Er schickte sich an, sich zu erheben. »Ich habe keine Zeit . . .«

»Sie werden überhaupt keine Zeit mehr haben«, sagte Zilin, »wenn Sie den Hafenzehnten für den nächsten Monat nicht bezahlen können.«

»Das geht Sie nichts an«, sagte Sawyer kalt. »Ich diskutiere die Angelegenheiten von Sawyer & Sons nicht mit einem Chinesen.«

»Die Leute im Westen nennen das Stolz«, sagte Zilin ruhig. Er hatte sich nicht bewegt. »Vielleicht ist es auch Vorurteil. Ich habe gehört, die Amerikaner wären etwas weniger provinziell im Denken als ihre britischen Brüder.«

»Die Briten sind keine Brüder von mir«, sagte der Amerikaner schnell.

»Nein«, fuhr Zilin fort, »ich denke, nicht. Die englischen *tai pan* mit ihren neuen, schnelleren Dampfschiffen schlagen Sie bei jeder Gelegenheit. Folglich sind Ihre Gewinne in den letzten Jahren so drastisch zurückgegangen, daß Sie Ihre Gemeinkosten nur mit Banksicherheiten zahlen konnten. Und jetzt haben Sie Schwierigkeiten, ihre Zinsen zu bezahlen.«

Sawyer blickte argwöhnisch auf ihn herab. »Sie wissen ja allerhand für einen kleinen Chinesen.«

»Ich bin vielleicht klein von Gestalt«, sagte Zilin, »aber mit meinem Verstand ist das etwas anderes.«

Offenen Mundes starrte Sawyer ihn eine Weile an, ehe er in einen Lachanfall ausbrach, wobei er im Gesicht so rot anlief, daß Zilin fürchtete, ihm seien Äderchen geplatzt.

»Aah, ooh.« Sawyer wischte sich die Augenwinkel und setzte sich wieder neben Zilin. »Ja, ja, ja«, sagte er, »ich glaube wirklich, wir haben da einen seltenen Fang gemacht. Ein Chinese mit echtem Sinn für Humor!«

Zilin nickte. »Ich danke Ihnen«, sagte er. »Doch ich würde es wirklich vorziehen, wenn Sie mich mit meinem Namen ansprechen wollten.« Dieses Denken und Reden wie ein Fremder Teufel war tatsächlich anstrengend, dachte er.

»Also gut.« Der Amerikaner klopfte die Asche von der Zigarre. »Was tun Sie so, Mr. Shi? Ich meine, außer im Büro?«

»Meine Brüder und ich haben ein gewisses Anlagekapital«, begann Zilin, pausierte kurz, um tief Luft zu holen. *Dew neh loh moh,* dachte er, mein Herz schlägt so schnell, es wird sicher gleich bersten. »Wir möchten es nützen, um uns in Ihre Schiffahrtslinie einzukaufen.«

Einen Augenblick war Zilin sicher, daß Sawyer ihn gleich schlagen würde. Alle Farbe war aus seinem Gesicht gewichen, und Zilin war entsetzt über sein verzerrtes Aussehen.

»Also, jetzt hören Sie mal, Mr. Shi . . .«

»Natürlich«, beeilte Zilin sich, »gibt es gewisse Garantien, die meine Brüder und ich zu geben bereit sind, als ersten Beitrag für die Firma . . . und als Zeichen unseres guten Willens.«

»Das kommt alles nicht in Frage«, sagte Sawyer. »Sawyer & Sons sind eine rein amerikanische Firma. Wenn ich verkaufe, bleibt für meinen Sohn Andrew und dann dessen Sohn nichts übrig.«

»Wenn Sie jetzt nicht einen Teil Ihrer Firma hergeben, Mr. Sawyer, befürchte ich, daß Ihre Schulden alles auffressen, lange ehe die Leitung an den jungen Master Andrew übergeht. Was für eine Art von Erbe ist eine bankrotte Firma?«

»Kommt nicht in Frage!«

»Um Sie für die Abtretung eines Anteils an Sawyer & Sons zu entschädigen«, fuhr Zilin fort, »sind meine Brüder und ich bereit, mehr als nur das so dringend benötigte Kapital in die Firma einzubringen. Zunächst können wir garantieren, daß das Firmeneigentum nicht von den Kommunisten oder den Revolutionären angerührt wird. Es wird in den nächsten paar Jahren im ganzen Land eine Art von Explosion geben. Logischerweise werden ausländische Belange ein Hauptziel solcher Unruhen sein.

Zweitens werden Sawyer & Sons – da ich Zugang zu allen Aufzeichnungen des Hafenmeisters habe – in jede Lieferung, die im Hafen von Shanghai ent- oder verladen wird, eingeweiht sein. Sie werden vor jedem anderen Konkurrenten wissen, wer was verschickt – und wieviel und wohin.

Drittens garantieren wir die sicherste und schnellste Methode des Transports von Opium aus dem Inneren Chinas über Shanghai nach Hongkong, von wo Sie es nach Übersee verschiffen.«

Sawyer brauchte einige Zeit, um seine Zigarre auszudrücken. Als er dann sprach, waren sein überheblicher Ton und seine Wut verflogen. »Nehmen wir das letzte zuerst, Mr. Shi. Wie, in Teufels Namen, können Sie so etwas garantieren?«

Zilin lächelte. »Mein jüngster Bruder verdient seinen Unterhalt damit, mit einer Lorcha auf den Flüssen hin- und herzufahren. Er kennt sie alle, kennt die Anbauer, die besten Felder und wie man den besten Preis aus ihnen herausholt. Zur Zeit ist er noch selbständig, doch das ändert sich natürlich, wenn wir den Handel abschließen.«

»Wieviel Geld wollen Sie einbringen?«

Zilin nannte eine Summe. Sawyer stellte eine Blitzkalkulation an, sein Puls raste. Zilin wußte, die Geldsumme war unzureichend. Sie würde gerade über die nächsten zwei Monate die Gemeinkosten decken, einschließlich der Kreditkosten und der Hafengebühren.

Sawyers Antwort war vorauszusehen. »Tut mir leid, Mr. Shi. Einige der Vorschläge klingen recht gut. Das Kapital bleibt aber weit hinter dem zurück, was ich brauchen würde. In dreißig Tagen bin ich wieder in der gleichen Lage, nur noch ärmer, weil ich Ihnen einen Prozentsatz der Firma überschrieben hätte.«

»Aber nicht«, sagte Zilin, »wenn Sie innerhalb der nächsten zehn Tage die Hafenbaggerkonzession erhalten würden.«

»Jetzt reden Sie aber Unsinn«, erwiderte Sawyer. »Die haben doch Mattias und King, das älteste und größte der britischen *tai pan*-Häuser, im Sack. Sie tun das schon, solange ich denken kann. Das können Sie glatt vergessen.«

»Das würde ich lieber nicht tun. Sehen Sie, ich habe Zugang zu Informationen, die nicht einmal *tai pan* besitzen.«

Sawyer bemerkte Zilins Ton und nickte. »Wir sind natürlich in *Ihrem* Land, Mr. Shi. Ich verstehe, was Sie meinen. Fahren Sie bitte fort.«

»Das Baggern ist noch nicht beendet. Morgen früh, wenn die englischen Kapitäne aufwachen, finden sie ihre Bagger verlassen vor. Nicht einer von der Crew wird an Bord sein.«

»Das wird sie nicht lange aufhalten. Mattias und King kennen ihre Leute. Für Geld kann man von einem Kuli viel verlangen, Mr. Shi. Für einen englischen Shilling würde er sterben.«

»Ja, natürlich würde er das«, stimmte Zilin zu. »So finden also die Kapitäne Behelfsmannschaften, und wenn sie die an Bord nehmen, kommen auch einige junge Revolutionäre mit, deren Eifer für Zerstörung in seiner Engstirnigkeit beängstigend ist. Kurz, es werden Feuer an Bord ausbrechen. Die Bagger werden verlorengehen oder sicher außer Betrieb gehen müssen.«

»Entschuldigen Sie, Mr. Shi, wenn ich das so sage, aber der Plan ist seine Mühe nicht wert. Sicher, die *tai pan* werden Geld und Zeit verlieren.« Er zuckte seine bulligen Schultern. »Doch was soll's? Sie werden die Schiffe wieder flottmachen, früher oder später.«

»Wenn es nicht früher ist – so früh, daß sie gar keine Chance haben, es zu tun –, werden die Konzessionsrechte am Baggern an den Hafenmeister zurückfallen. Sehen Sie, in dem Vertrag ist ein Zeitlimit enthalten. Es wurde im beiderseitigen Einvernehmen zwischen Mattias und King und der Stadt darin aufgenommen, als er ursprünglich vergeben wurde. Die Arbeit muß innerhalb von sechs Tagen getan sein, sonst gehen zuviel Geschäfte verloren.

Wenn die Rechte in mein Büro zurückkommen, wird der Hafenmeister versiegelte Angebote von den interessierten *tai pan* anfordern. Mit meiner Hilfe können Sawyer & Sons nicht verfehlen, die Konzession zu erhalten. Da die Arbeit sofort abgeschlossen werden muß, kommt auch das Geld innerhalb von zwei Wochen nach der Beendigung.«

Der *tai pan* starrte Zilin an, als wären ihm plötzlich Flügel gewachsen. »Na, ich will verdammt sein, wenn Sie nicht an alles gedacht haben!« Gedankenverloren setzte er sich.

Als Zilin glaubte, der Amerikaner hätte genügend Zeit gehabt, sagte er: »Da gibt es noch eine zusätzliche Vorkehrung.«

»Ich wußte es doch«, sagte der Amerikaner. »Jetzt kommt der Haken.«

»Keineswegs«, sagte Zilin. »Ich möchte nur, daß Sie meinen mittleren Bruder in die Firma aufnehmen. Sie können ihn interviewen und bestimmen, in welcher Position und auf welcher Ebene er anfangen soll. Danach soll er in der Firma nur nach seiner Leistung aufsteigen. Nach zwei Jahren aber, falls er sich als zufriedenstellend erweist, möchte ich, daß er in Ihr Büro in Hongkong versetzt wird.«

»Damit kann ich leben«, sagte Sawyer. »Aber hören Sie, wenn er nachläßt oder das Geschäft nicht erlernen kann, oder wenn er mit den Händen in der Ladenkasse erwischt wird oder Firmeninformationen an einen Konkurrenten weitergibt, dann ist er blitzschnell draußen. Das ist dann *meine* Entscheidung, als *tai pan* von Sawyer & Sons.«

Zilin lächelte. »Ich lege sein Schicksal in Ihre fähigen Hände, Mr. Sawyer.« Er stand auf. »Eine letzte Bedingung bei unserem Handel ist, daß der Name der Firma in keiner Weise geändert werden soll. Wir werden stille Teilhaber bei Sawyer & Sons sein.«

Jetzt konnte der Amerikaner ein Lächeln nicht unterdrücken. »Zur Hölle, lassen Sie uns rausgehen und die beste Mahlzeit einnehmen, die man für Geld bekommt, eh, Mr. Shi?« Er war sicher, Shi würde das mögen, denn so besiegelten die Chinesen einen erfolgreichen Geschäftsabschluß untereinander. Er lachte, und dieses Mal erschien es Zilin nicht annähernd so laut und grob wie vorher. »Vielleicht stellen Sie sich als der beste Geschäftspartner heraus, den ein Mann haben kann.«

Als er an der Eingangstür Geräusche hörte, blickte Zilin von seiner Arbeit im Büro des Hafenmeisters auf. Stimmen wurden laut. Als er Mai sah, ließ er den Federhalter fallen. Trotz der Rufe von anderen lief sie auf ihn zu. Sie war außer Atem, als wäre sie ein großes Stück gerannt.

»Zilin«, keuchte sie, »eine Katastrophe! Eine Katastrophe ohnegleichen! Wir sind alle erledigt!«

Er hielt die zitternde Frau fest im Arm. »Mai, was ist los?« Alle im Büro starrten sie an.

»Ling Xichu wurde letzte Nacht ermordet aufgefunden. Heute morgen haben die Behörden Hu Hanmins Ersten Vetter verhaftet. Er wird des politischen Mordes angeklagt.«

»Was ist mit Hanmin?«

»Du kennst ihn so gut wie ich. Er sprach gerade vor dem Zentralkomitee. Ich war sicher, sie würden ihn in dieser Woche zum Präsidenten wählen. Jetzt hat er seinen Namen von der Kandidatenliste zurückgezogen.«

Es herrschte atemlose Stille. »Und?«

Mai weinte. »Das Schlimmste ist passiert. Tschiang hat den Mund schließlich doch aufgemacht. Er verurteilte alle politischen Morde. Er sprach für eine starke, vereinigte Führung. Keiner, nicht einmal Hu, hat seine Stimme gegen ihn erhoben. Das Komitee wird heut abend wählen. Sie wollen einen Präsidenten und, Liebling, ich bin sicher, es wird Tschiang sein.«

Selbstverständlich hatte Mai recht. Das Zentralkomitee der Kuomintang wählte Tschiang Kai-schek, und so geriet die Kantonesische Nationalregierung unter seine Herrschaft.

Wie es die ganze Zeit schon seine Absicht gewesen war, sammelte er Macht um sich, und als er sie für ausreichend hielt, verkündete er im Juni 1926 die Nordexpedition. Sowohl Mai wie auch Hu versuchten, gegen ihn zu opponieren, indem sie vernünftigerweise Vorsicht predigten; doch der Drang nach vorn, den Tschiangs Militarismus der Bewegung eingeflößt hatte, war zu ansteckend. So begann der lange Marsch in das, was viele als Freiheit für das chinesische Volk erhofften.

Dieses Jahr hindurch und am Anfang des nächsten rollte Tschiangs Nationalarmee durch die Zentralprovinzen und erhielt auf dem Marsch weitere Unterstützung. Bis Anfang 1927 hatte sie zusätzlich drei Provinzen im Osten gewonnen.

Die ganze Zeit über arbeitete Mai mit Hu und der kommunistischen Partei an dem Versuch, zu gewährleisten, daß Zhongshans Ideale in dem wachsenden Imperialismus der siegreichen Armee des Generals nicht verlorengingen.

Zilin hingegen hatte sich in seine wachsenden Geschäfte vertieft. Angesichts der zunehmenden Unruhen im Land hatte er auf seine Brüder eingewirkt, all ihren Landbesitz zu verkaufen; obwohl die Gewinne vielleicht nicht ganz so groß waren, wie sie bei längerem Abwarten sein konnten, fühlte er sich doch sicherer, wenn ihr Geld anderweitig angelegt wurde.

Dieses »anderweitig« war ein zunehmend größerer Anteil an Sawyer & Sons.

Mit Hilfe der Gebrüder Shi war die sino-amerikanische Firma bis zu dem Punkt gediehen, da sie alle anderen, bis auf zwei von britischen *tai pan* geführte Firmen, ausstach.

Zilins Bruder in der Firma stieg sogar schneller auf, als Zilin selbst erwartet hatte. Sawyer, der, wie Zilin entdeckt hatte, ein hervorragender Beurteiler von Charakteren war, bestand bald darauf, daß der junge

Mann direkt mit ihm zusammenarbeitete. Und als Zilin ihn an sein Versprechen erinnerte, den Mann nach Hongkong zu schicken, zögerte der Amerikaner damit.

»Er ist hier für mich von unschätzbarem Wert, Mr. Shi«, sagte er.

»Bedenken Sie dann aber«, erwiderte Zilin, »wieviel wertvoller er sein wird, wenn er die Büros in Hongkong leitet.«

Im Frühjahr 1927 kehrte Tschiang im Triumph nach Shanghai zurück. Allerdings mußte er feststellen, daß die Kuomintang einen neuen, in seiner Abwesenheit gewählten Präsidenten hatte. Und doch war Tschiangs Macht so stark gewachsen, daß seine Rückkehr die Kuomintang in zwei Lager spaltete.

Mai war bestürzt, mitansehen zu müssen, wie die Blüte von Zhongshans Traum dahinwelkte; sie tat alles in ihrer Macht Stehende, um die beiden sich bekämpfenden Seiten zusammenzubringen, doch ohne Erfolg. Böses Blut war vergossen worden, und es gab keine Möglichkeit, die Strömung umzukehren, die die Revolution in zwei Teile auseinanderriß.

Kurz nach dem chinesischen Neujahr wachte Zilin mitten in der Nacht auf. Er hatte geträumt, konnte sich aber, wie es manchmal der Fall ist, nicht erinnern, wovon. Schweißgebadet drehte er sich Trost suchend zu Mai um; sie war aber nicht da.

Er sprang aus dem Bett, zog den Morgenmantel über und ging durch die Zimmer. Er fand sie an der Haustür. Zwei Soldaten und ein Offizier der Nationalarmee waren bei ihr.

»Was ist hier los?«

»Das betrifft Sie nicht«, sagte der Offizier herrisch. »General Tschiang wünscht Frau Shi zu sprechen.«

»Sie ist meine Frau«, sagte Zilin, indem er auf den Blick von Mai reagierte. »Alles was sie betrifft, betrifft auch mich.«

»Das hier ist eine Angelegenheit des Zentralkomitees der Kuomintang.« Der Offizier sprach wie auswendig gelernt. »Im Namen des Generals befehle ich Ihnen, sich nicht einzumischen.« Er drehte sich auf dem Absatz um. »Also, Shi Mai, Sie werden mitkommen.«

»Ich möchte mit meiner Frau sprechen, ehe sie . . .«

Die Soldaten hatten sie schon ergriffen und aus der Wohnung geführt.

»Zilin!« Er hörte Mais Stimme. »Mein Mann!«

»Warte!« schrie er. Der Offizier richtete aber eine Pistole auf seine Brust.

»Seien Sie vernünftig, und gehen Sie wieder schlafen, Shi Zilin«, befahl er. »Ihre Frau wird zurückgebracht, wenn der General mit ihr fertig ist. In unseren Händen ist sie sicher.« Er zog die Tür hinter sich zu.

Im Handumdrehen wich die Lähmung, und Zilin eilte zum Fenster. Draußen auf der Straße konnte er sehen, wie die Soldaten Mai in die Dunkelheit führten. Kurz ehe auch er außer Sicht kam, blickte der Offizier hoch. Seine weißen Zähne blitzten in der Straßenbeleuchtung. Er hob den Lauf seiner Pistole, als wollte er grüßen oder warnen. Dann war er verschwunden.

Zilin war wie im Fieber. Sein Herz zog sich schmerzhaft zusammen, als er in das andere Zimmer eilte, um sich schnell anzuziehen. Sein Verstand war so durcheinander, daß er erst, als er in den vorderen Raum zurückkehrte, das Hämmern an der Tür hörte. In dem Gedanken, alles sei doch ein Irrtum gewesen und der Offizier brächte Mai zurück, sprang er zur Tür und riß sie auf.

Hu Hanmin stand da. Sein Gesicht war weiß wie Reispapier. »Ich bin soeben vom Parteihauptquartier gekommen. Vor unserem Haupteingang steht Tschiangs Armee. Sie nehmen Verhaftungen vor und schießen Leute nieder, wenn sie fliehen. Exekutionen nennen sie das. Tschiang hat mit der Partei gebrochen. Er hat die Kuomintang selbst übernommen. Mais schlimmste Befürchtungen sind wahr geworden.« Er schaute sich um. »Wo ist sie, Zilin? Ich habe Angst, daß sie in Gefahr ist.«

»Buddha!« schrie Zilin. »Die Armee hat sie mitgenommen!« Er griff nach seinem Freund. »Kommt, los, Hanmin, wir müssen sie aufhalten, ehe sie zu Tschiang kommen!«

Sie klapperten die Stufen hinunter und rannten auf die Straße. Eine Stimme aus dem Dunkel hielt sie im Laufen auf.

»Gehen Sie irgendwohin, meine Herren?«

Zilin erkannte diese Stimme, noch ehe er die Gestalt des Offiziers aus dem Schatten der Straße treten sah. Seine Pistole war auf einen Punkt gerade zwischen den beiden Männern gerichtet.

»Also auch hier hatte General Tschiang recht. Er war sicher, mit der Zeit würde Hu Hanmin sein wahres Gesicht zeigen.« Er lächelte. »Und das hat er jetzt getan.« Er bellte einen Befehl, und seine Leute erschienen. Sie hielten Mai zwischen sich.

»Laßt sie los«, sagte Zilin. Er machte einen Schritt auf sie zu, aber der Offizier zielte mit der Pistole, und er blieb stehen. »Laßt sie los«, sagte auch Hu. »Laßt sie los und ich gehe freiwillig mit euch.«

»So lauten meine Befehle nicht«, sagte der Offizier und genoß seine Position der Stärke offensichtlich. Er lächelte. »Außerdem ist es mir ganz gleich, ob sie freiwillig oder anders mitkommen.«

Er befahl seinen Leuten: »Haltet sie fest!«

Seine Männer gehorchten und ergriffen Mais Handgelenke fester. Sie standen weit abseits von ihr, und plötzlich wußte Zilin, daß der Offizier niemals die Absicht gehabt hatte, sie zu Tschiang zu bringen.

»Nein!« schrie er, sprang vorwärts, als der Offizier schon seine Waffe abfeuerte.

Mais Augen waren auf ihn gerichtet, und er sah keine Angst in ihnen, als das Geschoß ihr Herz durchschlug. Zilin glaubte, sie hätte geseufzt.

»Nein!« schrie er noch einmal und taumelte nach vorn. Der Offizier machte nicht einmal den Versuch, ihn aufzuhalten; ihm machte Zilins Kummer zuviel Spaß.

So sah er auch nicht, daß Zilin im letzten Augenblick die Richtung wechselte und auf ihn zuschoß. In seiner Wut riß Zilin dem Offizier die Pistole aus der Hand und drückte ab.

Der Knall dröhnte in seinen Ohren, und er spürte den schweren Rückschlag. Dann starrte er auf das, was vom Gesicht des Offiziers übriggeblieben war, eine rote, rohe Masse. Muskeln zuckten in nutzlosen Reflexen, während der Leichnam zu Boden sank. Mit der unbewußten Präzision des in die Enge getriebenen Tieres drehte Zilin sich um und zog den Abzug noch zweimal durch, als die Soldaten ihre tote Last zu Boden gleiten ließen, um ihrem Kommandanten zu Hilfe zu kommen. Nachdem auch sie zu Boden gegangen waren, leerte Zilin die Waffe in ihre Körper.

Dann ging er dorthin, wo Mai im Staub lag, und kniete neben ihr nieder. Ihre Augen waren geschlossen, und es war nur sehr wenig Blut zu sehen.

Wenn er seine Gedanken abschaltete, konnte er glauben, sie schliefe nur.

ZWEITES BUCH

WU-WEI

[um vom Streit abzulassen]

Hongkong/Krim/Beijing/ Tsurugi/Tokio/Washington

SOMMER, GEGENWART

Andrew Sawyer erwachte und konnte sich noch an den Traum erinnern. Er setzte sich im Bett auf und starrte auf sein Bild in dem großen Spiegel an der gegenüberliegenden Wand. Was er sah, waren ein langes Gesicht und die kornblumenblauen Augen seines Vaters. Der peinlich genau geschnittene Schnurrbart war so weiß wie das schütter werdende Haar auf dem Kopf.

Geistesabwesend fuhr er sich mit einer von Leberflecken bedeckten Hand übers Gesicht. Wann, fragte er sich, war sein Haar so stark zurückgegangen? War es zur selben Zeit gewesen, als sein schmutzigblonder Schnurrbart seine Farbe verloren hatte? Wo waren die Jahre geblieben?

Er rollte sich über die Satinlaken und tastete nach der Porzellankaraffe mit Wasser auf dem Nachttisch, goß sich ein Glas voll und trank durstig. Ich muß Peter Ng sofort anrufen, dachte er, während er die Flüssigkeit schluckte. Peter wird sicher eine gute *Sam Ku* kennen.

Sawyer stellte das Glas nieder. Dabei fiel sein Blick auf den Handrükken. Wie spröde die Haut aussah, wie von der Zeit gezeichnet. Wie kräftig die sichtbaren Adern pulsierten, wie dicht unter der Oberfläche.

Er war gewöhnlich nicht der Mann, der Gedanken an die Sterblichkeit nachhing. Als *tai pan* von Sawyer & Sons, jetzt schon über vierzig Jahre lang, hatte er sich immer um die Leitung des Familienbetriebs gekümmert. Nicht einmal der Tod seiner ersten Frau Mary in dem Taifun von '48 hatte ihn lange davon abgehalten.

Heute, im Alter von siebzig Jahren, hätte er keinen Gedanken an die Vergangenheit verschwendet, wäre nicht sein Traum gewesen. Und der Tod von Miki.

Er war achtundzwanzig gewesen, als Mary ihm genommen worden war. *Joss.* So könnte man es nennen, aber Miki war nur achtzehn Monate alt gewesen, als sie starb. Viele Jahre lang war ihm der Gedanke an eine Wiederverheiratung nicht in den Sinn gekommen. Er vermutete, daß er ohne das Drängen von Peter Ng, seines *compradors,* des ersten und vertrautesten Beraters, niemals mehr daran gedacht hätte. Ng aber hatte für eine Familie plädiert. Ein *tai pan* mußte einen Erben haben, an den er die Zügel der Macht weitergeben konnte.

Es war aber erst zehn Jahre später, daß er jemand kennenlernte, für den er etwas empfand. Susan Welles war dreißig Jahre jünger als er, und ihre Heirat hatte in der Kronkolonie so etwas wie einen Skandal verursacht. Das ließ Sawyer an den möglichen Skandal denken, vor dem Shi Zilin ihn vor vielen Jahren in Shanghai bewahrt hatte.

Von der ganzen großen Familie, wie sie in der Firma mitarbeitete, hatte sich nur der loyale Peter Ng aufrichtig für ihn gefreut. Die Ehe war nicht sonderlich glücklich. Susan war ein Jahr später bei einer schweren Geburt gestorben. Das kleine Mädchen, das Sawyer Miki genannt hatte, lebte achtzehn Monate, bis es der Fülle von Kinderkrankheiten erlag, mit denen es geboren worden war.

Von Miki hatte er geträumt.

Sawyer griff nach dem Telefon und wählte eine vertraute Nummer.

»Es tut mir leid, dich so früh zu stören, Peter«, sagte er in die Sprechmuschel, »aber ich muß dich sofort sehen.« Er hörte einen Augenblick zu. »Nein, Büro ist schon in Ordnung.« Dann, wütend über sich selbst, daß seine Sorgen ihn die guten Manieren vergessen ließen, fügte er hinzu: »Wie geht es Jocelyn? Und den Kindern? Gut. Also, in fünfundvierzig Minuten?«

Geduscht, rasiert und gepudert, makellos gekleidet in einen leichten Anzug aus Leinen und Seide in der Farbe von Milchkaffee, wartete Sawyer, bis sein Chauffeur die Tür des Rolls-Royce öffnete. Er stieg am Sawyer Place aus, der einzigen Straße in Hongkong, die nach einem Amerikaner benannt ist. Um die Ecke auf der breiten Durchgangsstraße Connaught Road Central herrschte bereits zu dieser frühen Morgenstunde Hochbetrieb.

Sawyer blickte am Gebäude von Sawyer & Sons in die Höhe. Auf der anderen Straßenseite lag rechts der Connaught Tower. Links war das Gebäude, in dem Mattias, King & Co. untergebracht waren, Rivalen seit der Gründung von Hongkong durch den Westen.

Niemals war Sawyer sich der Wandelbarkeit des Lebens bewußter als in diesem Augenblick, da er die rosafarbenen Marmorstufen zur messingbeschlagenen, massiven Mahagoni-Doppeltür hinaufstieg. In seiner Jugend hatte er das Gefühl gehabt, unsterblich zu sein, doch in letzter Zeit war ihm eher so gewesen, als wäre nur die Firma unsterblich. Im allgemeinen hatte er das hysterische Gerede von der Übernahme durch die Chinesen 1997 ignoriert.

Als der Hang Seng 1980 praktisch über Nacht um einhundert Punkte gefallen war, hatte er es wie alle anderen gemacht. Doch anders als viele der anderen *tai pan,* die in den folgenden Tagen weiter verkauften, hatte Sawyer seine Firma angewiesen zu kaufen. Seine Klugheit wurde ein Jahr später offenbar, als der Hang Seng nach der Grundstückspanik nach oben schnellte und Sawyer & Sons in einem Dutzend neuer Unternehmen Hauptaktionäre waren, die nach dem jahrelangen wirtschaftlichen Abwärtstrudeln, das von der kommunistischen Ankündigung ausgelöst wurde, alle zu gedeihen begannen.

Privat glaubte Sawyer, die Chinesen klopften nur Sprüche.

Sie mußten ihr Gesicht wiedergewinnen und taten das wie besessen, indem sie die Königin am Boden kriechen ließen. Nun, das war alles recht und schlecht – soweit es ging. Die Wahrheit dabei war jedoch, daß die Kommunisten eine komplizierte Handels- und Industriemetropole wie Hongkong genausowenig verwalten konnten, wie auf dem Mond spazierengehen. Würde die Kolonie geschlossen, wäre der jährliche Einkommensverlust für China schwindelerregend. Die Kommunisten waren ja keine Narren, ganz gleich, was sie sonst sein mochten.

Sawyer wurde in seiner Auffassung bestätigt. Die Ankündigung in diesem Jahr, daß der Kolonie eine Übergangsperiode von fünfzig Jahren eingeräumt würde, in der sich nichts ändern sollte, war für ihn keine Überraschung. Doch das Zittern innerhalb der Kolonie hatte seit der zweiten Ankündigung *zu*genommen, war nicht weniger geworden, wie Sawyer als sicher angenommen hatte.

Insgeheim glaubten viele Geschäftsleute den Kommunisten nicht, trauten ihren Worten nicht. Sogar das neue unterzeichnete Abkommen bedeutete in ihren Augen gar nichts. Immerhin, so argumentierten sie, was sollte die chinesische Armee daran hindern, die fünfzigjährige Gnadenperiode zu ignorieren und pünktlich um Mitternacht am 1. Januar 1997 einzumarschieren?

Andere ließen sich von dem fünfzigjährigen Aufschub beruhigen. Sie glaubten, alles, was der Kolonie nach dieser Zeit geschehen würde, könnte ihnen sowieso nicht mehr schaden. Sawyer wußte, das war eine falsche Hoffnung. Hongkong hatte immer auf dem Rücken der Handelshäuser in Familienbesitz floriert, das bedeutete Kontinuität aufeinanderfolgender Generationen, die jeweils auf dem weiterbauten, was vorher erreicht worden war.

In seinem tiefsten Inneren tat diese Spanne von fünfzig Jahren nichts dazu, seine Angst um die Zukunft Hongkongs zu beschwichtigen.

Wenn das Gerücht wahr ist, daß Mattias & King ihr Unternehmen aus Hongkong verlegen wollen, dann gnade uns allen Gott, dachte er – einschließlich der Kommunisten. Mitanzusehen, wie das älteste und angesehenste der *tai pan*-Häuser die Kolonie verließ, konnte nur ein tödlicher Schlag für das Vertrauen von Investoren bedeuten.

In seinem Büro, das fast die Hälfte des obersten Stockwerks seines Gebäudes einnahm, schritt Sawyer durch die äußeren Türen in sein Allerheiligstes. Durch die großen, am nördlichen Ende des Raumes gelegenen, drei Meter hohen Fenster lag ihm ganz Kau-lung, verschwommen in dem feuchten grauen Dunst, zu Füßen. Jenseits vom Victoria-Hafen legte unterhalb des alten Uhrturms, wo vor vielen Jahren die Züge angekommen und abgefahren waren, eine Star-Ferry vom Pier ab.

Als er leichte Schritte im Vorraum hörte, drehte Sawyer sich um, gleich danach trat Peter Ng ein. Er war ein adretter, kleiner Chinese mit breitem Gesicht und klugen Augen, denen nichts entging. Wie üblich trug er einen anthrazitgrauen Anzug aus Rohseide und schwarze Slipper.

»Guten Morgen, *tai pan*«, sagte er in seiner hohen, singenden Stimme. »Ich habe uns Frühstück mitgebracht.«

»Guten Morgen, Peter. Danke.«

Ng stellte ein paar Styroporschachteln auf Sawyers Rosenholzschreibtisch. Er kramte Eßstäbchen aus Plastik hervor, und sie nahmen einander gegenüber Platz; hastig aßen sie Reis, Bratensoße und zarte Schweinefleischstückchen und tranken Tee aus Plastikbechern dazu. Das war bei ihnen ein Ritual. So früh im Büro zu sein, bedeutete oft, daß eine Krise ins Haus stand, und Sawyer hatte festgestellt, daß ruhiges und ordentliches Nachdenken das beste Mittel zur Bewältigung einer Krise war.

»Schlechte Nachrichten, *tai pan*«, sagte Ng und legte die leere Schachtel beiseite. Chinesen sprechen nie von Geschäften, solange sie essen. »Ich habe soeben gehört, daß Mattias & King heute nachmittag ihre Verlegung auf die Bermudas ankünden werden.«

Sawyer schloß die Augen. Er saß ganz still, aber seine Gedanken wirbelten um die Möglichkeiten, die sich jetzt vor ihm auftaten.

»Der Hang Seng wird am Montag steil abstürzen, das ist sicher«, bemerkte Ng. »Fragt sich nur, wie weit er fallen wird und ob wir bereit sein sollten, Montag morgen zu verkaufen.«

Sawyer riß die Augen auf. »Niemals verkaufen, Peter. Auf keinen Fall. Diese Kolonie ist unser Herzblut. Mattias & King bekommen Angst. Ich kann nicht glauben, daß sie so überreagieren, doch es ist so. Auf den Bermudas können sie riesigen Steuererleichterungen sicher sein, denn schließlich sind sie Diener Ihrer Majestät Regierung. Von der Seite her werden sie nichts verlieren. Aber sonst, mein Gott! Denk an die Gelegenheiten für uns! Wenn Mattias, King weg sind, werden Sawyer & Sons das größte und angesehenste der westlichen *tai pan*-Handelshäuser sein.«

»Sie werden bekanntgeben, daß der Umzug den Umfang ihres zukünftigen Handels hier in keiner Weise beeinträchtigen wird.«

»Gesichtswahrung«, sagte Sawyer kalt. »Du und ich und alle Kaufleute in der Kronkolonie wissen, daß sie dann nicht mehr den Einfluß haben werden, den sie hatten. Wenn sie einmal zumachen, sind sie Außenseiter. Die besten Geschäfte werden ihnen verschlossen bleiben.«

»Dann sind da aber immer noch die chinesischen Häuser«, gab Ng zu bedenken. »Zwischen sich haben T. Y. Chung und Drei-Eide-Tsun die Verschiffungs- und Lagerhausbetriebe so ziemlich aufgeteilt. Und Five Star Pacific sind stark engagiert in den Versorgungsbetrieben hier und in den New Territories.«

»Ich vermute, der fluktuierende Markt wird Tsun härter treffen als andere. Er hat einige verzwickte Finanzprobleme. Gemeinsam mit

Mattias, King ist er in dieses Kam Sang-Kernkraftwerk in China eingestiegen. Ihr Auszug könnte ihn in eine schwierige Position bringen.«

»Die Kommunisten genauso«, sagte Ng, »wenn der Hang Seng am Montag stark fällt.«

»Oh, das wird er. Da kannst du sicher sein. Und wir müssen bereit sein, Nutzen daraus zu ziehen. Der Krieg zwischen T. Y. Chung und Drei-Eide-Tsun kann für uns nützlich sein. Kriege – jeder Art – erschöpfen die Ressourcen derer, die sie führen.«

»Pak Hanmin?«

»Tsuns Arm der Versorgungsbetriebe, ja. Durch Pak Hanmin und den Kam Sang-Handel versucht Tsun, einen Fuß in die Tür zu kriegen. Nur mit einem Projekt von der Größe, dem Umfang und der Langlebigkeit von Kam Sang könnte er auf Erfolg hoffen.« Sawyers Augen glänzten. »Vielleicht haben wir bei unserem mächtigen Feind eine Achillesferse entdeckt?«

»Glauben Sie nicht, daß auch Chung und Bluestone die gleiche Idee haben könnten?«

Sawyer beendete sein Frühstück. »Warum warten wir es nicht ab, hm?«

Peter Ng begann, die Reste der Mahlzeit vom Schreibtisch des *tai pan* abzuräumen. »Wie dumm sind doch die Kommunisten mit ihrer Unschlüssigkeit. Eine Gnadenfrist von fünfzig Jahren ist doch überhaupt keine Entscheidung. Es hilft ganz gewiß nicht, den Wert der Grundstücke zu sichern.«

»Ich denke«, sagte Sawyer, »sie haben keine klare Vorstellung davon, wie sie diese Situation meistern sollen. Es ist neu für sie, und die Rotchinesen können, geschichtlich gesehen, mit neuen Situationen nicht fertig werden. Werden sie Truppen entsenden oder nicht; werden sie sich nach 1997 in die Verwaltung der Kolonie einmischen oder nicht; werden sie möglicherweise die ganze Industrie verstaatlichen oder nicht? Ich persönlich glaube, sie wissen nicht genau, was sie tun sollen.

Aber schließlich werden sie doch dahinterkommen. Sie sind immerhin große Pragmatiker. Sie brauchen uns genausosehr, wie wir Hongkong brauchen. Sie brauchen kein Land; sie haben keine Erfahrung im Geschäftsmanagement, auch nicht – und das ist noch schlimmer für sie – im Umgang mit dem Rest der Welt. Nein, zumindest für jetzt brauchen sie Mittelsleute, die die Geschäfte für sie abwickeln. Auf diese Weise kann ringsum das Gesicht gewahrt werden.«

»Sie brauchen unser Know-how für diesen neuen Verwaltungsbezirk, unter den Hongkong fällt, wenn die Pacht abläuft. Die Briten werden den Gouverneur stellen müssen. Aber was soll's. Gouverneure haben hier keinerlei Macht. Die üben die Chinesen sowieso aus. Hongkong ist Chinas einziger wirklicher Zugang zum Reichtum und der Industrie des Westens.

Die Entscheidung von Mattias, King muß für sie eine schreckliche Katastrophe sein.«

»Das Wichtige ist, daß wir daraus einen Triumph für uns machen.«

Beide Männer waren eine Zeitlang still. Um sie herum konnten sie das Erwachen des Büros hören. Telefone summten leise, Lichter blinkten auf erhöhten PBX-Konsolen, man hörte gedämpfte Stimmen, Türen schlossen sich leise, Absätze klapperten auf den Fluren.

»Tai pan?«

Sawyers Augen waren wieder geschlossen. »Ja, Peter?«

»Worüber wollten Sie mit mir sprechen?«

Sawyer seufzte. »Über Miki.«

»Miki?«

»Letzte Nacht ist sie mir im Traum erschienen. Ihr Geist ist einem anderen Geist begegnet, den sie zu heiraten wünscht.« Wenn auch Miki noch ein Baby war, als sie starb – sind Geister natürlich zeitlos. Nach chinesischer Denkweise werden sogar Geister einsam, verlangen nach Glück, wünschen Vollkommenheit. Das war es, was Sawyer meinte.

»Das ist doch wunderbar, *tai pan*«, sagte Ng und lehnte sich vor. Träume wie der, den Sawyer hatte, waren in China bei Eltern, die Kinder verloren hatten, recht üblich. Ng hielt es für interessant, wenn auch kaum überraschend, daß sein *tai pan* einen solchen Traum gehabt hatte. Von einem *gwai loh* nahm man für gewöhnlich nicht an, derlei flüchtige Emotionen überhaupt zu haben, doch Sawyer war, wie Ng wußte, sehr angepaßt an chinesische Kultur. »Ihr Geist wird jetzt sehr glücklich sein. Hat sie Ihnen gesagt, wen sie heiraten möchte?«

»Hier ist der Name des Mannes«, sagte Sawyer und schob ein Blatt Papier über den Schreibtisch. »Wir werden eine *Sam Ku* brauchen, um uns die Anschrift der Familie sagen zu lassen und auch die Vorkehrungen für die Geisterhochzeit zu treffen.«

»Das ist ein glückliches Zeichen«, sagte Ng und nahm das Papier auf. »Ein überaus günstiges Omen, *tai pan*. Ich weiß, welche *Sam Ku* genau die richtige ist. Wenn wir Glück haben, hat die Familie des toten Mannes sich wegen Miki schon an sie gewandt. Manchmal passiert das. Die Träume kommen den Gliedern beider Familien gleichzeitig.« Er stand auf. »Ich werde sie gleich anrufen.«

Als er allein war, legte Sawyer seine Hände flach auf das polierte Rosenholz. Als er sie kurz danach wieder hob, konnte er ihre Abdrücke, einen Teil seiner selbst, sich in Luft auflösen sehen. Gerade wie Miki!

Sei An, seine Sekretärin, stand in der Tür. Sie war soeben hereingekommen.

»*Tai pan*, brauchen Sie irgend etwas?«

Andrew Sawyer schüttelte langsam den Kopf. »Nein, nichts.«

In der *datscha* war es so still, daß sie das Wasser und den Wind hören konnte. Es war spät, aber noch immer hell, etwas, weshalb sie schon immer die Sommerzeit geschätzt hatte. Ein Vogel rief – ungewöhnlich laut, wegen der Stille.

Unten im Keller holte sie aus seinem Versteck hinter zwei Backsteinen in der Westwand das Notizbuch hervor. Sie dachte daran, daß die dunkle Nische dahinter genau so ein Ort war wie jene, in denen Russen oft ihre Ikonen verstecken. Daniellas Mutter war eine praktizierende russisch-orthodoxe Gläubige gewesen, eine Tatsache, die ihrem Ehemann zu offenbaren sie nie gewagt hatte. Es entging Daniella nicht, daß das, was sie jetzt tat, genau dem glich, was sie ihre Mutter vor vielen Jahren hatte tun sehen; es war kein Zufall, daß sie diese Art von Versteck für ihren kostbarsten Besitz gewählt hatte.

Die Gefahr war also jener gleich, die ihre Mutter lange Jahre hindurch mit Daniellas Vater erlebt hatte. Ihm niemals von ihrem innersten Glauben erzählen. Ihre Abschirmung gegen ihn. Und jetzt erlebte Daniella das gleiche mit Karpow.

Sie saß am Tisch, legte das Quellenbuch und den Chiffrierschlüssel nebeneinander und begann die Übertragung. Eine Leuchte mit einem grünen Blechschirm warf einen Kegel hellen Lichts auf sie.

Sie arbeitete rasch und zügig. Da es ein Code war, den sie entworfen hatte, brauchte sie nur ein Mindestmaß an Zeit. Und wieder wurde sie an ihre Mutter erinnert, die sich so heimlich, daß sie ihrem Ehemann etwas vormachte, in die Kirche wegschlich. Im religiösen Untergrund war sie mit anderen zusammengekommen, die entschlossen waren, die Macht der russisch-orthodoxen Kirche wiederherzustellen; es sollte ein Patriarch eingesetzt werden, der unabhängig vom Willen der kommunistischen Partei war.

Gelegentlich hatte Daniellas Mutter sie zu den Versammlungen mitgenommen. Diese religiösen Einweisungen, ein von Mutter und Kind geteiltes Geheimnis, führte sie eng zusammen. Es war so, als hätte Daniellas Mutter sie in die Oper mitgenommen oder zum Ballet Russe. Langsam hatte Daniella ein Verständnis für Religion entwickelt. Vielleicht war sie schon in jenem Alter von der enormen Macht fasziniert worden, die eine Idee ausüben konnte. Der Kapitalismus, und vielleicht auch der Kommunismus, waren vergängliche Dinge; Gott war es nicht.

Das hatte ihre Mutter ihr nicht erst sagen müssen. Dahinter war sie ganz allein gekommen – und hatte es nie vergessen, weil die Geschichte es bestätigte. Alle politischen Systeme waren vergänglich, weil sie Schöpfungen des Menschen waren. Sie dachte, Gott war es nicht.

Als sie mit der Übertragung fertig war, klappte sie das Notizbuch zu und legte es in das Versteck zurück, wobei sie sorgfältig darauf achtete, daß sie die beiden Backsteine wieder einsetzte, genau wie vorher. Dann ging sie an den Tisch zurück und begann, diesen neuesten Bericht vom Medea-Nachrichtendienst zu studieren.

Medea war ein Projekt, das jetzt bereits etwas über drei Jahre lang lief. Der Hauptagent war ein Mann, den Daniella selbst rekrutiert hatte. Sie hatte im Verlauf eines anderen reinen Routineprojekts Kontakt mit ihm aufgenommen. Das Ergebnis war zufriedenstellend ausgefallen. Zu jener Zeit hatte sie alle Mitglieder der Opposition überprüfen lassen. Einer, Zhang Hua, ein hochrangiger chinesischer Beamter der Kommunisten, hatte, wie sich herausstellte, einen jüngeren Bruder in Hongkong. Diesen stellte Daniella sofort unter Beobachtung. Innerhalb von zehn Tagen besaß sie ein vollständiges, detailliertes Bild von den Aktivitäten der Familie.

Mit diesen Kenntnissen wandte sie sich an Zhang und machte ihr Angebot. Er weigerte sich. Das war keine Überraschung. Daniella gab daraufhin den Befehl, die Frau des Bruders zu schnappen und festzuhalten. Zhang hielt achtundvierzig Stunden durch, ehe er verängstigt kapitulierte.

Daniella ließ die Frau des Bruders erst freisetzen, nachdem sie die erste Nachricht erhalten und ausgewertet hatte. Danach war sie noch immer mißtrauisch gewesen. Das war nur natürlich. So hatte Zhang ihr in monatlichen Abständen drei weitere Spionagemeldungen zugespielt. Alle hatten sich als hochwertig herausgestellt.

Am Anfang war Daniella versucht gewesen, mit ihrem Triumph zu Karpow zu gehen und sich einen Orden zu verdienen. Aber dann dachte sie noch einmal gründlich darüber nach. Und je mehr sie das tat, desto sicherer wurde sie, daß sie eigene Agenten und auch ihre private Leitung nach Beijing haben könnte. Sobald Meldungen von der Medea übermittelt wurden, überprüfte sie diese sehr sorgfältig, gab jeweils nur ein winziges Stück weiter und lotete so die Tiefe aus.

Der Tag, an dem sie den Überfall auf den Schwerwasserreaktor in Sinkiang durchführte, war ihre erste ernstere Prüfung. Ihre Leute nahmen drei Ingenieure fest, die irgendwie von den Chinesen umgedreht worden waren. Das brachte ihr Nachfragen von Karpow ein. Natürlich wollte er ihre Quelle wissen. Eine Lüge war leicht, und die Legende, die sie ihm gab – daß Verdachtsmomente sich erhärtet hätten und schließlich bis zu ihrem Büro gelangten –, war völlig plausibel.

Jetzt erhielt sie wirklich ihren Orden – und behielt Medea doch für sich. Als sie den neuesten Bericht las, war sie darüber sehr froh. Er sagte ihr, daß ein bitterer, heftiger Streit innerhalb der chinesischen Regierung tobe, und zwar über die endgültige Bestimmung von Hongkong. Im Grunde gab es zwei Lager. Die traditionellen Verfechter einer harten Linie wollten 1997 die vollständige Kontrolle über die Kronkolonie übernehmen. Sie litten noch immer unter der Art und Weise, in der 1842 souveränes chinesisches Gebiet von der Kaiserin »unter schändlichstem erpresserischem Zwang« Fremden Teufeln überlassen worden war. Sie fühlten sich beschämt, daß andere eine Ecke ihres Landes so erfolgreich verwalteten und daß weltweit angenommen würde, die chinesischen

Kommunisten wären dazu nicht imstande. Es wäre unbedingt erforderlich, sagten sie, zu beweisen, daß China sehr wohl die nötigen Kenntnisse für modernes Management besäße, wenn es jemals neben den anderen Großmächten bestehen sollte.

Auf der anderen Seite dieser Medaille waren die sogenannten Modernisten. Diese waren dem Medea-Geheimbericht zufolge im Grunde der Natur nach mehr chinesisch – das heißt, chinesischem Nationalbewußtsein näher als dem kommunistischen Ethos. Sie glaubten, weil der Kommunismus ihnen die Macht in dem bevölkerungsreichsten Land der Erde verlieh, seien sie auch berechtigt, sie zu gebrauchen. Aber nur oberflächlich. Die Modernisten waren überzeugt, daß China, wenn es jemals als lebensfähige Macht in das einundzwanzigste Jahrhundert gehen wollte, die Methoden des Westens annehmen müßte – zumindest für einige Zeit.

China brauchte auch gewaltige Kapitalspritzen. Den täglichen freien Handel der Chinesen in Hongkong zu unterbrechen, würde bedeuten, diesen Goldstrom nach China abzuschneiden oder doch zumindest ihn so ernsthaft zu drosseln, daß er wertlos würde. Seit etwa sechs Jahren wußte Daniella aus ihren eigenen Nachforschungen, daß die chinesischen Kommunisten bei Geschäften in der Kronkolonie sehr viel aktiver geworden waren. Ihre Gewinne gediehen prächtig.

Wie auch die ihren, seit sie ihr Pilotprogramm dort eingerichtet hatte. Doch das war lediglich ein Anfang, wie sie von Beginn an schon gewußt hatte. Und das war genau der Grund, warum sie Medea ursprünglich eingerichtet hatte.

Sie kam zum Kern des Berichts. Einer der Modernisten, ein Beamter von »höchstem Rang«, war dabei, eine Hongkong-Operation zu arrangieren. Laut Medea schien er zwei Ziele zu verfolgen. Eines war die Sicherstellung, daß die Modernisten schließlich ihren Willen in der Kronkolonie durchsetzten. Das andere war, »angeblich heimlich die Kontrolle über alle Geld- und Goldtransaktionen zu gewinnen, die durch Hongkong und Macao gingen«.

Hongkong kontrollieren! Das war Daniellas kühnster Traum. Doch bisher war das in Wirklichkeit ein unerreichbarer Traum gewesen. Karpows fast besessener Drang, Mondstein auf den Weg zu bringen, irritierte sie, um so mehr, als Lantins Eingreifen begonnen hatte, das Wirklichkeit werden zu lassen. Die mutwillige Zurschaustellung militärischer Macht in ganz Asien durch die Sowjetunion war nach ihrer Meinung ein gefährlicher Kurs. Karpow und Lantin kamen ihr vor wie ein paar jugendliche Strolche, die in einem alten Karren »Feigling« spielten. Nur war der Wagen, gegen den sie antraten, das Eigentum Chinas – und beide Fahrzeuge waren mit Atomgefechtsköpfen beladen.

Daniella wußte, es mußte außer der Bedrohung seiner Grenzen noch einen anderen Weg geben, China zu beherrschen. Hongkong war so ein Weg. Sobald sie sich Medeas sicher war, war sie sich dessen gewiß.

Wenn Medea sie in das Unternehmen der chinesischen Kommunisten einschleusen konnte, wußte sie, könnte sie die Kontrolle darüber erlangen. Sobald sie den Goldverkehr in die Kolonie und aus ihr heraus überblickte, würde sie alles bekommen. Der ganze Reichtum, der über Macao lief! Er hinterließ keine Spuren; er war nicht zu verfolgen. Gewinne der Handelshäuser wurden – zumindest teilweise – auf diese Weise »gewaschen«. Riesige Summen, die sogar an den Dividenden der Aktionäre vorbeigingen, die ihren krummen Weg auf Nummernkonten in Schweizer Banken fanden und nur für die *tai pan* zugängig waren – so war der Handel in Hongkong über ein Jahrhundert lang getätigt worden.

Ihre Finger in dem Hin und Her eines solchen Reichtums zu haben, war die Erfüllung all ihrer Träume. Mit dem Wissen könnte Daniella die Ressourcen jedes Handelshauses in Hongkong anzapfen. Ihre Geheimnisse wären für sie keine mehr; der *tai pan* würde tun, was sie wollte.

Daniella las die Passage noch einmal. Ihr Puls beschleunigte sich. Oh, dachte sie, oh, oh oh! Soll ich das alles glauben? Der Gedanke, die Kontrolle über eine solche Operation zu gewinnen und sie für ihre Ziele umzudrehen – ihren Traum zu verwirklichen –, machte sie schwindeln. Sie hielt den Atem an. Das ist reines Geld, dachte sie. Wenn es stimmt. *Wenn!* Welchen Beweis bot Medea an?

Sie holte mehrmals tief Luft, damit sie den Bericht zu Ende lesen konnte, ohne daß die kyrillischen Buchstaben vor ihren Augen verschwammen.

Information noch immer unvollständig, las sie, *ich warne aber davor, Mangel an Einzelheiten mit mangelhafter Glaubwürdigkeit zu verwechseln. Nachricht stammt von Quelle in höchster Position. Operation dreht sich irgendwie um einen Nichtchinesen: Mann aus dem Westen, namens John Bluestone. Er ist einer von fünf* tai pan *aus der Leitung von Five Star Pacific, einem der besten Handelshäuser der Kolonie.*

Bluestone! dachte Daniella. Guter Gott, wie ist das möglich? Sie las weiter: *Diese Tatsache direkt aus Akte des Beamten fotografiert. Abzug beiliegend.*

Daniella wandte sich dem letzten Blatt zu, einem grobkörnigen Schwarzweißabzug, der auf 20 × 28 Zentimeter vergrößert worden war. Aus einer Schublade nahm sie ein ovales Vergrößerungsglas heraus. Sorgfältig führte sie es über die Vergrößerung. Sie hielt an, als sie zum Siegel kam, dem Signaturzeichen des »Beamten von höchstem Rang«, dem geistigen Vater der Hongkong-Operation.

Sorgfältig kopierte sie die Schriftzeichen heraus und las das Ergebnis.

»Shi Zilin«, sagte sie laut vor sich hin. Jetzt hatte sie ihren Beweis.

Drei-Eide-Tsun saß am besten Tisch im Chiu-chow-Restaurant an der Causeway Bay. Zu seiner Rechten saß eine hinreißend aussehende chinesische Frau mit flachem Gesicht, aber hochsitzenden Backenknochen; sie gebrauchte nur ein Minimum an Kosmetik. Es war ein Gesicht, das genauso gut am frühen Morgen im Bett aussah wie unter blitzenden Lampen am Abend.

Zur Linken von Drei-Eide-Tsun war der sechs Meter lange Kasten mit Reihe neben Reihe von Schwalbennestern, deren Preise sich von vier bis einhundert Hongkong-Dollars bewegten. Wie Tsun es getan hatte, trafen viele Gäste ihre Wahl, woraufhin aus dem Schwalbennest eine unbeschreiblich köstliche Suppe zubereitet wurde. Das richtige Nest auszusuchen, war natürlich eine Kunst, wie es ja jedes kulinarische Element in China war, und Drei-Eide-Tsun rühmte sich selbst, ein Meister darin zu sein.

Er hatte seine Freundin Neon Chow soeben mit einer Smaragdhalskette beschenkt. Neon Chow arbeitete für den Gouverneur, und am Tage war sie so zurückhaltend, wie ihre Arbeit es verlangte. Eines der Dinge, die sie an Drei-Eide-Tsun bewunderte, war, daß er sie in ihrem natürlichen Zustand gernzuhaben schien.

Sie hatte ohne Hemmung gekreischt, als sie das Etui öffnete, und hatte sich, ehe sie ihr Geschenk anlegte, über den vollen Tisch gebeugt und die Arme um Drei-Eide-Tsun geworfen.

»Heh, das ist wunderbar!« schrie sie. Eine Locke ihres dichten schwarzen Haares hatte sich gelöst und fiel aufregend seitlich über ihre breite Stirn. Drei-Eide-Tsun sah es und spürte nicht nur in seinem kostbaren Glied ein Rühren, sondern auch weiter nördlich, in der Gegend des Herzens. Er war ständig verwundert, wie diese junge Frau – sie war eben dreiundzwanzig – ihn berührte. Nur durch eine Bewegung ihres wunderbar anmutigen Arms, nur durch die heimliche Berührung seiner Schulter, oder durch ihr Lachen, das den Raum erfüllte, wenn sie aus waren, konnte sie ihn über seine wildesten Vorstellungen hinaus erregen. Und wenn wir, dachte er, den siebenten Himmel erleben, *oh ko!*

Drei-Eide-Tsun rief den Kellner heran und bellte die Bestellung von *tie quan yin,* einem feinen Ulong-Tee, bekannt als »Eiserne Göttin der Gnade«. Der Tee war so stark und teuer, daß er in Täßchen von der Größe eines Fingerhuts serviert wurde.

»Ich bin so froh, daß wir jetzt zusammensein können«, sagte sie. »Ich war schon soweit zu glauben, du wolltest mich nicht mehr.«

»Was sagt dir denn die Halskette?«

»Geschenke sind gut und schön«, sagte sie und machte einen Schmollmund, der ihn wild machte, »du hast aber so viel Zeit mit Bliss verbracht, ich hab' mir schon Sorgen gemacht.«

»Geschäfte müssen dich nicht besorgt machen, eh?«

»Was könntest du mit deiner eigenen Tochter für Geschäfte haben?«

»Was bist du, taub?«

Der Schmollmund wurde noch süßer, doch jetzt war er gefeit dagegen. Seine Gedanken hatten umgeschaltet, was für Neon Chow schlecht war, und das wußte sie. »Du behandelst mich manchmal wie ein Kind. Ich bin kein Teenager. Ich habe einen sehr verantwortungsvollen Posten.« Sie warf den Kopf zurück. »Ich glaube nicht, daß der Gouverneur so mit mir reden würde.«

»Dann mach doch dein Jadetor für ihn auf«, sagte Drei-Eide-Tsun kurz. »Gouverneur hin, Gouverneur her, er bleibt doch ein *gwai loh*. Ich hatte ja keine Ahnung, daß du auf ihre verdammte barbarische Art so versessen bist.«

Neon Chow wußte sofort, daß sie zu weit gegangen war. »Es tut mir leid, daß ich so eifersüchtig bin.« Ihre Stimme sank zu einem heiseren Flüstern herab. »Wenn ich nicht in deiner Nähe bin, muß ich dauernd an dich denken. Wenn ich mir wünsche, mehr bei dir zu sein, verdiene ich dann, wie ein Müllsack behandelt zu werden?«

Drei-Eide-Tsun grunzte. Das hieß, er würde darüber nachdenken. Wenn sie gut war.

Neon Chow nahm den Ausdruck seines Gesichts in sich auf und legte eine vollkommen geformte Hand über seine. Ihre Augen waren dunkel wie die Nacht und so glänzend wie die Edelsteine in ihrer Halskette. Die Fingernägel kratzten seine Haut ganz zart, fast mit einer gewissen Sittsamkeit.

»Ich liebe dein Geschenk«, sagte Neon Chow und befingerte die Smaragde, wo sie lagen – glühend und geheimnisvoll, in ihrer Halsgrube. »Ich liebe dich.«

Unter dem Tisch begann Drei-Eide-Tsuns kostbares Glied sich wieder zu recken.

Wut. Das rote Herz der Dunkelheit verschlang ihn. In den Nachwehen des Sturms sammelte er seine Kräfte. Wut war wie ein Mantel, wärmte ihn, heilte seine Wunden oder milderte wenigstens den Schmerz.

Er sah die Umrisse der Steinhütte jenseits des Abgrunds und wußte, er wollte dorthin. Er folgte dem zerklüfteten Rand der Geröllhalde mehrere hundert Meter weit nach links. Als er sicher war, daß es hier keinen Weg gab, ging er den gleichen Weg zurück und fand schließlich den von Steinen und Schlamm bedeckten Abhang, der hinabführte.

Grauer Dunst hing in der Schlucht wie Schleier. Er tauchte hinein und schürfte sich die Haut von den Handballen, als die lose Erde unter ihm nachgab. Er fiel zurück und rutschte weiter abwärts.

Als er unten ankam, eilte er durch den Dunst voran. Sein Atem war heiß, und sein Herz hämmerte erbarmungslos. Wut.

Es gab keinen Himmel, keinen Horizont. Die Welt hatte sich in Perlmutt verwandelt, gab ihm das Gefühl, als befände er sich im Inneren einer Muschel. Er hörte das Echo seiner Schritte, den Schrei eines Falken, das *dri-dri-dri* von Insekten, das schnelle Rascheln eines Wiesels oder Dachses im Gestrüpp. Ein Mosaik aus elementaren Lebensäußerungen.

Jake nahm die Schönheit ringsum nicht wahr. Nachdem er am anderen

Ende der Schlucht herausgeklettert war, überquerte er die Stelle, wo er Mariana zuerst gesehen hatte. Ihr Blut an dem hohen Gras färbte seine Hosenbeine. Er sah den flachen Felsen, auf den sie gefallen war. Regen hatte ihn sauber gewaschen.

Er hob den Kopf. »Nichiren!« rief er. »Wo bist du!« Rot, rot, Wut, sich steigernd. »Nichiren!« Er heulte wie ein Tier. »Ich werde dich umbringen!«

Vor dem Haus hielt er inne. Die Vordertür stand offen, die *engawa* lag verlassen da. Ein sanftes Klingeln. Jake wandte den Kopf. *Furin.* Die Glocken des Sommers, Kinder spielen an der Küste, lachend, sorgenfrei. Lebend!

Heiße Tränen rannen ihm über das Gesicht. Mariana, dachte er. Mariana, ich habe dich umgebracht.

Drinnen sah er sich um. Er erblickte zwei *wei qi*-Bretter mit angefangenen Spielen, sah ein drittes auf dem Boden, dessen Steine, schwarze und weiße, in den vier Ecken des Raumes verstreut lagen. Er ging zu einem Brett, nahm einen weißen Stein hoch. Es war leicht, einen Stein zu töten. Man brauchte ihn nur vom Brett zu nehmen. Mit einem menschlichen Wesen war es etwas anderes. Der Gedanke, daß Mariana tot war, verwirrte ihn. Wie würde das Leben ohne sie sein? Drei Jahre lang hatte er sie nur ignoriert. Sie hatten sich selten geliebt. Niemals in all der Zeit hatte er etwas anderes gefühlt, wenn sie kam, als eine gewisse Erleichterung.

Der Steinmann. Hatte sie ihn nicht einmal so genannt? Schließlich hatten ihre Verwirrung und Frustration sich in Wut verwandelt bei dem Versuch, an ihn heranzukommen. *Warum bin ich hier, wenn du mir nichts zu geben hast, Jake?* hatte sie geschrien. *Als wir heirateten, haben wir uns geliebt. Ich dich, du mich. Oder ich hab' das wenigstens geglaubt. Mein Gott im Himmel, siehst du denn nicht, was mit dir geschehen ist? Der Sumchun-Fluß hat alle Liebe, alle Menschlichkeit, die in dir waren, zerstört. Was immer es auch war, das mich dazu gebracht hat, dich zu lieben, ist weg. Jake, verstehst du? Jake, der Steinmann. Die Quarry*** *ist schon der richtige Platz für dich.*

Ein weitaus besserer jedenfalls als die schmutzigen Straßen von Hongkong. Hätten es die Marocs genauso empfunden? Er wußte es nicht. Sie hatten zuviel Zeit damit verbracht, ihm von seiner toten Mutter und dem Vater zu erzählen. Er hatte eine vage Vorstellung von ihnen, konnte sich aber das Bild seines Vaters nicht recht in Erinnerung rufen.

Sie hatten ihm ein Stück des *fu* gegeben. Das sei sein Erbe, sagten sie ihm. Die Verbindung mit seiner Vergangenheit, Beweis für die Liebe seiner Eltern zu ihm. Ob die Marocs viel von dem, was sie ihm erzählten, erfunden hatten, wußte er nicht. Vermutlich hätte es nicht viel geändert. Sein Gefühl dafür, wie seine Eltern gewesen sein mochten, war alles, was

** Quarry: dtsch. Steinbruch. A. d. Ü.

zählte. Wie sehr er wünschte, daß sie jetzt hier wären! Das Bewußtsein ihres Verlustes durchströmte ihn wieder, vermischte sich mit dem Schmerz, den er für Mariana empfand.

Oh, Buddha! dachte er. Ich habe nichts. Wieder einmal stehe ich mit leeren Händen da!

Dunkelheit rings um ihn her. Dieser Ort war mit Schatten angefüllt. Was hier fehlt, ist etwas Licht, dachte er. Nur ein kleines bißchen. In einer Ecke fand er einen Stapel Petroleumkanister. Bis auf einen waren alle gefüllt.

Wut. Sie machte vernünftiges Denken unmöglich. Er riß die Kanister auf und vergoß den Inhalt überall. Wieder und wieder, bis nichts mehr übrig war. Dann ging er zur Tür zurück, trat hinaus auf die *engawa.* Nur das leise Klingeln der *furin* leistete ihm Gesellschaft. Erinnerungen packten ihn.

Er riß ein Streichholz an und warf es hinein. Dröhnen wie Donner. Echo rollte den Berghang hinab. Ein fettiger Feuerball aus Schwarz und Karmesinrot löste den klebrigen Dunst auf, wandelte ihn in gespenstische Farben.

Jake saß auf dem wankenden Boden, hatte die Hände um die angezogenen Knie gefaltet und beobachtete die züngelnden Flammen, die die alten Holzbalken fraßen. Das Haus stöhnte, als es sein langes Leben aufgab.

Jake weinte wieder, er war traurig über das, was seine Wut ihn hatte tun lassen, so wie er auch traurig darüber war, wozu er sich im Zorn hatte hinreißen lassen. Er schämte sich. Einmal, als er noch ein ganz kleiner Junge gewesen war, lange ehe er Fo Saan begegnet war, hatte er einen Frosch zu Tode gesteinigt. Er war an einem Flußufer auf ihn gestoßen. Er war riesig, häßlich, hockte unbeweglich da wie ein Götze. Zuerst warf Jake einen Stein nach ihm, einfach um zu sehen, daß er sich bewegte. Als das Tier es aber nicht tat, wurde Jake unerklärlicherweise von Zorn gepackt. Er warf einen weiteren Stein und noch einen. Sein Zorn wandelte sich in Wut über den dummen Frosch. Jetzt warf er die Steine in der Absicht, ihn zu treffen. Und noch immer weigerte sich das Tier, sich zu bewegen.

Und dann, ganz plötzlich, konnte es sich nicht mehr bewegen. Es war tot. Das gleiche Gefühl der Scham und Reue, das ihn damals erfüllt hatte, überkam Jake jetzt, und er bettete den Kopf auf die Unterarme.

Wieviel Zeit vergangen war, konnte er nicht sagen. Vielleicht hatte er geschlafen. Auf jeden Fall verfolgten ihn Alptraumbilder: Mariana, eingeschlossen in Flammen, nach ihm rufend; Mariana auf dem Felsen, blutend, er griff nach ihr, streckte sich und – stieß sie in den Abgrund; Mariana, die ihn dabei beobachtete, wie er Bliss liebte, ihre Brüste drückte, die Schenkel auseinanderdrückte, den Venushügel mit den Lippen berührte; Mariana in der Furt eines Flusses, wie sie sich bis zu den Oberschenkeln in wirbelndem Wasser stehend abmühte: ihr Blut spritzt ihm ins Gesicht, macht ihn blind, in der Hand hält er einen glatten Stein, sein

Arm krümmt sich, die Finger öffnen sich, der Stein trifft sie, zerschmettert ihr das Gesicht.

Nein!

Sein Kopf flog hoch. Hatte er laut geschrien? Hatte er geträumt? Sein Gesicht war in Schweiß gebadet, und er hatte zu zittern begonnen. Nacht umgab ihn. Sternenlicht tauchte ihn in lumineszierendes Blau.

Er saß ganz still, lauschte dem Zirpen der Grillen, dem Rascheln der nächtlichen Räuber, hörte den Wind durch das Gras streichen und in den Baumkronen rauschen. Endlich begann er, seine Gedanken zu sammeln.

Er sah ein, daß es töricht gewesen war, allein hierherzukommen. Es war ganz offensichtlich, daß er Hilfe brauchte. Hier war aber nicht Hongkong. Er hatte hier keine echten Freunde. Niemand, an den er sich wenden konnte. Sicherlich konnte er keinem im Kreis seiner Informanten gestatten, ihn in diesem Zustand zu sehen. Sie mußten Respekt haben vor ihm, wenn sie weiterhin für ihn arbeiten sollten.

Er atmete tief durch und dachte an Fo Saan. Was hatte der ihm doch einmal gesagt? *Es wird eine Zeit kommen, mein Sohn, in der du dich auf feindlichem Territorium befindest, wo du dich mit überwältigenden Nachteilen messen mußt; wo sogar deine Freunde zu deinen Gegnern geworden sind.*

Wo er sich jetzt befand, war ganz sicherlich feindliches Territorium. Hatte nicht Stallings Mariana getötet? Stallings und die Quarry? *Warum?* Warum war Mariana bei Nichiren gewesen? Beides schien zusammenzuhängen. Stallings war kein Schurke; er war ein Mann der Firma. Wer hatte die Befehle gegeben? Beridien? Donovan? Wunderman?

Der letzte Gedanke ließ ihn zwar erschauern, doch konnte Jake die Möglichkeit nicht ausschließen. Was alles wußte er *nicht?* Bei so vielen unbeantworteten Fragen durfte er keine vorschnellen Schlüsse ziehen, nichts überstürzen. Er hatte eine Rechnung mit der Quarry zu begleichen, aber zuvor war ein undurchdringliches Netz zu entwirren. Geduld!

Und Nichiren. Sein erstes Ziel.

Nur eines war sicher: Er war faktisch vom Quarry-Hauptquartier abgeschnitten. Wenn du nicht weißt, wem du trauen kannst, traue niemandem. Die schmutzigen, gefährlichen Gassen von Hongkong hatten ihn das schon früh gelehrt.

Wenn du dich auf feindlichem Territorium befindest und überwältigenden Nachteilen ausgesetzt bist, hatte Fo Saan ihm geraten, *suche Hilfe. Wenn du glaubst, es ist niemand da, dir zu helfen, ist das der Zeitpunkt, dein Denkmodell zu ändern. Wisse, daß Hilfe an den unwahrscheinlichsten Orten gefunden werden kann.*

Jake sann darüber nach. Er dachte an jeden möglichen Weg, ob alt oder neu. Er kam jedesmal zu demselben Schluß. Es gab in Japan nur eine Person, die er um Hilfe bitten konnte. Flüchtig betrachtet, erschien das eine absurde Vorstellung. Nochmals dachte er an Fo Saans Worte, und das belebte ihn. Also, was hab' ich schon zu verlieren? fragte er sich selbst.

Beim ersten Tageslicht war er bereits auf dem Weg, den Berg hinab, der als das Schwert bekannt ist.

Zhang Hua schob seine Brille mit den dicken Gläsern auf den Nasenrücken zurück, als er das düstere Büro betrat. Die Geste half nicht viel; das Augenglas glitt einen Augenblick später wieder auf seiner Nase herab.

Draußen, durch das billige Fensterglas zu erkennen, wogte die dunstige Weite des Tian-An-Men-Platzes, als erblickte man sie durch den Schleier der Auspuffwolken eines mächtigen Lastwagens.

»Fühlt Ihr Euch heute besser, Genosse Minister?« fragte er, als er einen Stoß Dossiers in den Drahtkorb auf dem Schreibtisch legte.

Shi Zilin grunzte, hätte ihn fast ignoriert. Er war vertieft in einen Stoß von Meldungen, die ihm, wie Zhang Hua beobachtet hatte, kurz zuvor von einem uniformierten Kurier ausgehändigt worden waren.

»Ihr seht gut aus«, sagte Zhang Hua, während er Zilin beobachtete, der die Meldungen sorgfältig in zwei Stapel sortierte. In Wirklichkeit, dachte er, sah der Minister entschieden schlecht aus. Seine Gesichtsfarbe war blaß, und Zhang Hua war sicher, daß das Zittern der Hände des alten Mannes sich verstärkt hatte. Vielleicht wirkte die Akupunktur nicht mehr.

Zilin schaute plötzlich hoch, und sein Blick fing das intensive Starren von Zhang Hua ein; wie ein Kind, das bei etwas ertappt wird, wandte der Assistent die Augen ab.

»Ihr schwitzt, mein Freund«, sagte Zilin und konzentrierte sich auf sein Gegenüber. »Fühlt Ihr Euch nicht wohl?«

»Ich bin ganz in Ordnung, Genosse Minister.«

»Na, na«, erwiderte Zilin und streckte eine Hand aus. »Wir müssen doch unter uns nicht so förmlich sein, nicht wahr, Zhang Hua?« Er merkte, in welche Richtung der Blick seines Assistenten ging. »Schließt die Tür, mein Freund, und setzt Euch neben mich.«

Als Zhang Hua dem nachgekommen war, klappte Zilin den Aktendeckel über den Meldungen, die er gelesen hatte, zu. Seine alten schwarzen Augen forschten in dem Gesicht des jüngeren Mannes. Die vergangenen Jahre hatten ihnen nichts von ihrem intelligenten Glanz genommen.

Er nahm einen Emailtopf und eine dazu passende Schale von einem niedrigen hölzernen Tisch an seiner Seite. »Trinkt etwas Tee, der wird Euch wieder auf die Beine helfen.« Er goß ein und reichte die Schale hinüber. Das Zittern seiner Hand war besonders deutlich. »Er ist lauwarm, befürchte ich. Ich vertrage das Heiße nicht mehr so gut wie in meiner

Jugend. Heut kühlt mich der Tee, so wie er mich vor Jahren immer erwärmte.«

Die beiden Männer tranken gleichzeitig.

Zilin schaute Zhang Hua in die Augen. »Ich habe schon früh in meinem Leben den Entschluß gefaßt, ein Himmlischer Wächter Chinas zu werden. Alle, die mir folgen, müssen diese Last auf sich nehmen.«

»Ich weiß, *lao* Shi, aber diese Situation mit Wu Aiping muß doch böse Folgen für uns zeitigen. Ich fürchte, er ist zu mächtig für uns. Für jemand mit solcher Machtfülle ist er sehr jung. Er ist Leiter der mächtigsten Akademie in China. Ihr einziger Zweck ist die Entwicklung der militärischen Abschreckung gegen die an unserer Grenze von den Sowjets ausgehende Gefahr. Die gegen Euch aufgestellte *qun* hätte keinen besseren Führer finden können. Sein Angriffsgeist hat eine schreckliche Anhängerschaft in Beijing. Sie scheint jeden Tag zu wachsen. Wenn Wu Aiping sich durchsetzen sollte...« Er zitterte sichtbar, während seine Worte erstarben.

Zilin seufzte und stellte seine Schale ab. »Ich habe diese Zukunft vorausgesehen, mein Freund. Ach, ich meine nicht unbedingt Wu Aiping. Doch sicherlich jemand wie ihn. Ja, er ist stark. Er könnte uns vielleicht besiegen. Wir dürfen aber nicht nachlassen in unserem Bemühen. Ohne uns ist China verloren. Wir sind seine Zukunft. Das weiß ich schon seit langem, genauso wie ich wußte, daß ich gebraucht würde, um bei seiner Gestaltung zu helfen. Mir war auch klar, daß die Durchführung eine ungeheure Konzentration erfordern würde. Und Opfer. Ich konnte natürlich nicht alles haben, wie die anderen, die auf der Hybris ihrer Selbsterhebung aufstiegen und stürzten. Tschiang, Mao, all die anderen glaubten, sie könnten die Welt umschließen. Sie hatten unrecht.

Aus dieser Zeit habe nur ich überlebt, Zhang Hua. Wegen meiner Hingabe – nicht an mich selbst. Wie ein buddhistischer Mönch hatte ich meinen Gott, dem ich mein ganzes Leben geweiht habe. Um China zu dienen, wie ich es tat, war es nötig, mich all meiner irdischen Besitztümer zu entledigen. Aller.«

Eine Zeitlang war das einzige Geräusch, das die beiden Männer vernahmen, das Schwirren des Metallventilators auf dem Aktenschrank auf der anderen Seite des Raumes. Wenn er sich hin- und herbewegte, spürten sie, wie die feuchtkalte Luft über ihre Gesichter strich.

»Manchmal«, sagte Zhang Hua mit leichtem Zittern in der Stimme, »ist es wichtig zu wissen, wenn man geschlagen ist.«

»Mein Freund, das glaubt Ihr jetzt von uns? Nach all unserer Zeit zusammen, habt Ihr Euren Glauben so leicht verloren?«

»Glauben ist etwas, was man nie aufgeben darf«, sagte Zhang Hua. Aus den Augenwinkeln beobachtete er, wie dem alten Minister die Hände zitterten. »Diesen Eindruck wollte ich Euch nicht vermitteln.«

»Gut. Jetzt trinkt Euren Tee aus, Zhang Hua. Ich habe Eurem Vater versprochen, mich um Euch zu kümmern, und ich bin ein Mann, der sein Wort hält.«

Er schloß die Augen und dachte über Opfer nach. All die Winkelzüge, die er gemacht hatte und auch weiterhin machte. All die Menschen, die er nach einem von ihm allein kontrollierten Rhythmus hatte tanzen lassen. War das die Zukunft, die er wirklich für China gewünscht hatte? Er wußte, daß sie es war. Von Opfer zu sprechen war gut und schön. Die wahre Natur eines Opfers verstand man aber erst, nachdem man gehandelt hatte.

Wie lange ist es her, fragte er sich, daß ich wahres Glück erlebt habe? Darüber sann er schon geraume Zeit nach, doch die Antwort fehlte ihm noch immer.

Stallings hatte ausreiten wollen. Er war sogar so weit gegangen, den Stallmeister im »Kino« anzurufen, er solle seinen Hengst satteln.

Dann hatte er seine Meinung geändert. Gerade als er einen Löffel voll Weizenflocken und Erdbeeren essen wollte, war er aufgestanden und hatte seine Verabredung abgesagt. Ließ sein nur halb gegessenes Frühstück auf dem Tisch stehen und fuhr in das Büro in der H-Street.

Auf dem Heimflug von Japan hatte er zwar geschlafen, aber nicht tief. Er hatte geträumt, in einem dunklen Wald verfolgt zu werden. Zu Pferde suchte er seinen Weg vom Schauplatz einer Exekution. Irgendwie hatte man ihn entdeckt. Zweige peitschten sein Gesicht und die Schultern. Obwohl er sich zu ducken suchte, trafen ihn die Bäume weiter, bis er an allen exponierten Körperstellen wund war und blutete. Dann fing sein Hemd an, in Fetzen abzufallen.

Er gewann die Überzeugung, bestraft zu werden. Aber wofür? Er hatte seinen Auftrag reibungslos durchgeführt. Er hatte wieder getötet.

Dann kam ihm der Gedanke, er hätte die falsche Person getötet. Dieser Gedanke jagte ihm Angst ein. Und das war der Augenblick, als ihm klarwurde, daß er verfolgt würde. Wie war das möglich? Er war so vorsichtig gewesen. Wie stets.

Und noch immer konnte er das Geräusch von Pferdehufen hinter sich hören. Er trieb sein Tier an. Damit machte er das Peitschen der Zweige nur noch ärger. Er kam nicht schneller voran.

Das Stampfen der Verfolgung laut in den Ohren, grub er die Hacken in die Flanken seines Pferdes, beugte er sich tiefer auf die wehende Mähne des Tieres hinunter, rief ihm zu, schlug es auf die Seite des Halses, um das Tempo zu steigern.

Schatten kletterten auf seinen Rücken, kamen von allen Seiten. Er konnte den Himmel nicht sehen. Blut strömte heiß aus seiner zerschundenen Haut. Je schneller er ritt, desto heftiger wurde er bestraft. Warum?

Die Geräusche der Verfolgung wurden lauter, und Stallings wandte seinen Kopf, um hinter sich zu schauen. Sah das reiterlose Pferd, mit geblähten Nüstern und dämonisch glühenden Augen.

Er hatte so laut aufgeschrien, daß zwei Stewardessen angerannt kamen. Eine von ihnen, die junge Frau mit dem kastanienbraunen Haar und dem Schönheitsfleck am Mundwinkel, blieb und gab ihm schließlich ihre Telefonnummer, so daß es kein völliger Verlust gewesen war.

Der Traum verfolgte Stallings: zu Hause, als er heiß duschte, um den Reisestaub abzuwaschen; als er unbestimmte chinesische Speisen aus Kartons aß, die klebrig waren von Soyasauce; als er Donna, die kastanienbraune Stewardeß liebte; und im Fitneßklub, als er sich mit Hanteln und Gewichten abmühte.

Anders als bei seinen sonstigen Träumen war dieser nicht bis zum Abend und auch nicht im hellen Tageslicht vergangen. Deshalb hatte er seinen Ritt abgesagt, war er in den Wagen gesprungen, noch ehe er sein Frühstück beendet hatte.

Der Traum ließ ihn nicht los. Irgendwie klang das ganze plötzlich vertraut, obwohl es eine tiefsitzende Furcht in ihm wachgerufen hatte. Warum?

Er war gewillt, es herauszufinden.

In seinem fensterlosen Büro sitzend, schaltete Stallings sein Terminal ein. Die Quarry hatte für ihre Arbeit einen Xicor-Computer bauen lassen, der dem, was im normalen Geschäftsbetrieb üblich war, mehrere Generationen voraus war. Das GPR-3700 Hauptgerät war in temperatur- und feuchtigkeitskontrollierter, staubfreier Umgebung tief im Inneren des Quarry-Gebäudes untergebracht.

Einen Moment schloß Stallings die Augen, rief sich die lange Reihe von Zugriffscodes ins Gedächtnis, die ihn in die tieferen und mehr geheimen Ebenen des Computerspeichers führen würden.

Er dachte an das reiterlose Pferd, dachte daran, wie er Mariana Maroc im Visier einfing, den Abzug durchdrückte, ein, zwei, dreimal, die Kugeln in die Sturmnacht hinausjagte. Er sah, wie sie zu Boden geschleudert wurde, Fassungslosigkeit in den weitaufgerissenen Augen.

Verlor sie für Augenblicke im Sturm aus den Augen, fand sie ausgestreckt auf dem Felsen wieder. Jake über ihm jetzt. Sah sie auf dem langen Sturz in die Dunkelheit.

Er dachte an das reiterlose Pferd. Und die Russen oben auf dem Schwert-Berg. Ironie des Schicksals, dachte Stallings. Hätte Jake sich nicht so tatkräftig um sie gekümmert, wäre Mariana Maroc vielleicht noch am Leben. Vielleicht.

Das reiterlose Pferd. Die Russen. Was, zum Teufel, hatten sie dort zu suchen gehabt? Wenn sie die Operation unterlaufen hätten ... doch Wunderman hatte auf dem Flughafen keine Bemerkung gemacht, als er Stallings abholte und ihn im Wagen auf dem Weg zu Stallings' Holzhaus aus der Vor-Bürgerkriegszeit in der S-Street von Georgetown unterrichtete. Sein Haus lag nur eine Straße entfernt von Dumbarton Oaks, und Stallings hatte das Eindringen des vorgesetzten Beamten in seinen ureigenen friedlichen Privatbesitz sehr übelgenommen. Sein Heim war sein Heim, Punkt. Er nahm niemals irgendwelche Arbeit mit hierher. Außerdem war die kastanienbraune Stewardeß unterwegs zu ihm. Wenn auch, wie sich herausstellte, die Geistererscheinung des reiterlosen Pferdes ihr Zusammenkommen etwas weniger großartig erscheinen ließ.

Stallings machte die Augen auf, sah auf dem Bildschirm die Schrift leuchten: MONTAG ZUGRIFF FREI. Der GPR-3700 hatte sieben Zugriffsebenen, abgestuft nach den Tagen der Woche. »Montag« war die am wenigsten sensitive, »Sonntag« die sensitivste Ebene. Agenten und Beamte erhielten Zugangscodes, deren Sensitivitätsebene dem jeweiligen Rang in der Quarry-Hierarchie entsprach. Stallings, einer des inneren Fünferrates, dem der Präsident angehörte, hatte Zugriff bis zur siebenten Ebene einschließlich, wenn er sich auch noch nicht die Mühe gemacht hatte, so tief zu graben.

»Donnerstag« war sein vertrautester Bereich, das von ihm am meisten benutzte Feld, wenn er über seine dornigen Feldprobleme nachdachte. Jetzt, nach drei Stunden auf dieser Ebene, stellte er fest, daß es nicht ausreichte. Er konnte für das Vorhandensein der Russen keine Erklärung finden.

Er lehnte sich zurück, drückte die Daumen in die Augenhöhlen und massierte sie leicht. Das lange Starren auf den Bildschirm machte ihm immer noch zu schaffen.

Sie waren schließlich nicht einfach nur Russen, dachte er jetzt. Oder auch KGB-Agenten. Von denen gab es immer welche dort, wo er sich aufhielt. Er hatte gelernt, mit ihnen zu leben, so wie ein armer Mann lernt, in seiner Mietwohnung mit Küchenschaben zu leben. Nein, diese Männer waren etwas Besonderes. Abteilung S, KVR. Das war General Workutas Bereich, und Stallings, Macho-Mann, der er war, hatte sogar gelernt, die Intelligenz und den Scharfsinn dieser besonderen Frau zu respektieren.

Einheiten unter ihrem Kommando hatten in den letzten zwei Jahren zwei seiner Unternehmungen zunichte gemacht – und es bei einer dritten versucht. In Angola, im Libanon und in – wo war es doch? – Guatemala, ja! Mit diesen mittelamerikanischen Staaten hatte er Schwierigkeiten, sie waren für ihn alle gleich.

Das erstemal war das haarsträubendste gewesen – jene Jagd den Berghang in Guatemala hinab, in einem Wagen, der schon zehn Jahre früher auf den Schrottplatz gehört hätte. Das drittemal, in Angola, war jedoch das schlimmste gewesen. Zwei 38er Geschosse in Schulter und Oberarm – ein drittes, das um ein Bruchteil seinen Kopf verfehlt hatte.

Alles KVR. Alles von General Workuta entworfen.

Stallings hatte recht schnell Respekt vor ihr bekommen. Er drehte seinen Stuhl herum, tippte einen weiteren Zugriffscode ein: FREITAG ZUGRIFF FREI. Seine Finger flogen über die Tasten, als streichelten sie die

Flanken eines Pferdes. Er ging durch das Zugriffsverfahren für KVR-Unternehmungen. »Zurückverfolgen«, hatte Wunderman zu ihm gesagt, »ist oft die beste Methode für die Arbeit mit der Speicherbank. Wenn Sie ein Problem in der Gegenwart haben, so finden Sie häufig Spuren davon in der Vergangenheit.«

In dieser Liste waren es sechsunddreißig, und er begann die mühevolle Aufgabe, jede Operation im einzelnen durchzugehen. Fand die von Guatemala, kontrollierte das Datum, um sicherzugehen, daß es mit seiner Unternehmung übereinstimmte. Routineinformation, bis er zum Ende kam und eine elektronische Fußnote entdeckte. Prüfte nach, konnte aber auf dieser Ebene keine Spur davon finden. Finger tanzten.

SAMSTAG ZUGRIFF FREI.

Fand die Spur da unten. MATAS SANDINAR STIRBT – hier gab die Anzeige ein Datum an, das etwa drei Tage nach dem Zeitpunkt lag, an dem Stallings' Operation schiefgegangen war – AN ACICOT-VERGIFTUNG. Stallings hielt inne, war verwirrt. Er hatte die Meldung über den Tod Sandinars gelesen, der damals Präsident der Republik gewesen war. Es war ein massiver Herzinfarkt gewesen. Herzschlag. Was war das mit einer Vergiftung?

Stallings dachte darüber nach. Sandinar war ein starker erbitterter Gegner von Carlo Guerrerra gewesen, Stallings' Zielperson. Nach Sandinars Tod hatte Guerrerras Macht zugenommen, hatte sich seine zerlumpte Rebellenarmee verdoppelt – bis Stallings sechs Monate später wieder nach Guatemala kam und den Rebellenführer liquidierte.

Er fuhr fort, Zugriffscodes zu KVR-Operationen auf dieser Ebene einzugeben. Fand Angola. Und wieder eine Fußnote, nicht auf dieser Ebene. Er überprüfte rasch Libanon, konnte es nicht finden, und ging noch tiefer.

SONNTAG ZUGRIFF FREI.

Das elektronische Sternchen kam wie ein Korken hoch: CHOJO MTUBA STIRBT AN ERSTICKUNG AUFGRUND VON ZERTRUEMMERUNG DES KEHLKOPFRINGKNORPELS. Das eingegebene Datum lag eine Woche nach Stallings' Operation. Veröffentlichte Berichte gaben als Grund für Mtubas Tod einen Sturz vom Pferd an, das, vor einer Schlange scheuend, sich unerwartet aufgebäumt hatte.

Und wieder, wie beim Unternehmen Guatemala, war Mtuba General der Splitterpartei gewesen, die gegen die von Stallings' Zielperson angeführten Aufrührer opponierte. Das waren nur zwei von Stallings' vielen Operationen, aber was ihm auffiel, waren die Angaben über die Ermordungen. Sie waren abgefaßt und plaziert, als wären sie von der Quarry angestiftet worden. Das war aber einfach unmöglich. Die Liquidierung von Sandinar und Mtuba war undenkbar. Völlig entgegengesetzt zur Politik der Quarry.

Stallings dachte an die Russen auf dem Schwert-Berg. Das reiterlose Pferd. Er machte weiter.

Und fand Libanon. Das war vergraben in einer Reihe von nichtkompatiblen Informationen, wie ein Edelstein im Schutt. Wäre er nicht noch dabei gewesen, den Umgang mit dem Computer zu lernen, wäre es zweifelhaft, ob er es überhaupt gefunden hätte.

Er fragte sich, warum es gerade hier zu finden war. Was ihn betraf, so war es wenig mehr als Routine gewesen. Nun ja, er hatte das KVR-Team entdeckt, als es ihm auf den Fersen war. Aber nach Guatemala war er auf der Hut gewesen und hatte sie schon kurz nach seiner Ankunft aufgespürt.

Er hatte sich eine Finte ausgedacht und hatte das zur Perfektion gebracht, indem er die Lieblingswaffe der Russen gebrauchte: Falschinformationen. So war er – während das KVR-Team darauf wartete, er würde dort, wo sie den Treffpunkt vermuteten, auftauchen – quer durch die Stadt gelangt und hatte aus einer Entfernung von 280 Metern eine Kugel durch Mahmed Al-Qassars Kopf gejagt. Perfekte Liquidierung. Das Ende eines der mächtigsten und am meisten gefürchteten pro-sowjetischen Parteiführers im Mittleren Osten. Rein und raus in sechsunddreißig Stunden, und wie hat Ihnen das gefallen, General Workuta?

Warum war das hier auf der siebten und sensitivsten Ebene?

Schließlich fand er es nach vieler Mühe heraus. Er wünschte, er hätte es nicht getan. Die Antwort lag in einem benachbarten Informationsblock vergraben. Ein weiteres elektronisches Sternchen. Da es schon die tiefste Ebene war, gab es offensichtlich keinen anderen Platz dafür.

MAHMED AL-QASSAR, las er, LIQUIDIERT – hier stand das richtige Datum – WIE BEFOHLEN. DOPPELAGENT FUER TIMOTHY LAINE.

Stallings traten fast die Augen aus dem Kopf. Nein! dachte er. Das kann nicht sein! Timothy Laine war Direktor der CIA (Central Intelligence Agency).

In einer Art kalter Raserei kehrte Stallings zum Libanon-Block zurück und dachte, könnte ich einen unserer eigenen Agenten getötet haben? Wie hätte das passieren können? Ging an das Ende des Blocks. Er hörte in der Mitte des Satzes auf. Stallings drückte die Taste für den Zugriffsblock immer und immer wieder, bekam aber nichts. Er drückte auf Schirmwiedergabe. Der Schirm wurde leer.

Dann, sich an seine Lehrstunden erinnernd, drückte er die Taste CONTROL und erhielt das:

FORTSETZUNG DES BLOCKS STRENG *BEFUGTEN AUGEN VORBEHALTEN, QUARRY DIREKTOR,* ZUGRIFFSCODE FUER *YAHU* BENUETZEN.

Was, um Himmels willen, ist *yahu?* fragte Stallings sich selbst.

Er brauchte drei Telefongespräche, das letzte mit einem Linguisten, und eine Fahrt zur Library of Congress, um es herauszufinden.

Yahu, so schien es, war ein burmesisches Wort. In dieser Kultur war es der Name für den achten Tag der Woche.

Was Jake jetzt in den Sinn kam, war ein Fragment der Kalligraphie auf der Rolle in Mikio Komotos Haus. *Wenn der General einen Verbrecher bestraft, wird das Herz der Armee streng kontrolliert.*

Er hegte jetzt den Verdacht, daß die Mentalität des Generals, wie sie so ausdrücklich auf dem Banner zum Ausdruck kam, Komoto beherrschte. Jake war sich bewußt, den Mann absolut verstehen zu müssen, ehe er ihm begegnete. Andernfalls – das war ihm klar nach dem, was er im Haus des *yakuza oyabun* getan hatte – hätte er bei der Begegnung keine Chance. Komoto würde ihn zur Abschreckung seiner Truppen bestrafen.

Nach seiner Fahrt vom Gebirge herab war Jake an Komotos Haus angekommen. Der *oyabun* war der einzige Gegner von Jake, bei dem die Möglichkeit bestand, ihn zum Verbündeten zu machen.

Dabei hing viel davon ab, was für ein Mensch Komoto unter seiner zur Schau getragenen Maske war. Und das war es, was die nächsten Stunden so überaus verzwickt und gefährlich machen würde. Jake würde vieles im letzten Augenblick entscheiden und seine Taktik ändern müssen, je mehr Komoto sein Wesen offenbarte. War er ein durchtriebener Mensch, konnte Jake dem begegnen. War er ein moralischer Mensch, konnte auch das ein Vorteil sein.

Michi. Der Pfad. Jake würde den richtigen finden müssen, wollte er auch nur die geringste Chance haben, Nichiren und das Stück *fu* zu finden, das Mariana ihm weggenommen hatte.

Es war etwas früher am Abend als das letzte Mal, als Jake kam. Er näherte sich dem Haus auf die gleiche Weise. Diesmal sah er aber zwei Wagen an der Seite des Hauses stehen. Einen erkannte er als den von Komoto. Er stand dem in Licht getauchten Seiteneingang am nächsten.

Jetzt gelangte er wieder an die beschnittene Hecke. Jenseits davon fand er den Privatgarten. Neugierig wegen ihrer unnatürlich langen Ausdehnung ging er an ihr entlang. Am anderen Ende fand er die Antwort, die nicht völlig überraschte. Unter den Zweigen einer schlanken Cryptomeria entdeckte er ein *marumono.* Es hing an einem Stück Schnur. Jake hob eine Hand und setzte es in Bewegung, so daß es wie ein Pendel vor- und zurückschwang. Das rief Erinnerungen in ihm wach, wie die Kreiswellen auf einem stillen See, wenn man einen Stein hineingeworfen hat.

Das *marumono* war eines der drei traditionellen Ziele für *kyujutsu,* ein Pfahl, mit Stroh oder Baumwolle umwickelt und dann mit einer gegerbten Lederhaut bespannt.

Über Jahrhunderte waren Bogen und Pfeil die Hauptwaffe der japanischen Krieger gewesen. Nur die *samurai* durften Schwert und Bogen gebrauchen; der einfache Mann benützte Spieß und Stock als Waffen.

Kyujutsu war die Kriegskunst der Bogenschützen. Der Grund für das Aufhängen des *marumono* ging auf den Ursprung des Bogenschießens zurück, der, wie Fo Saan gesagt hatte, mit dem berittenen Krieger zusammenhing. Bei der Ausbildung lernte man, eine Vielzahl von Zielen, auch bewegliche, zu treffen. Dieses hier war ein *marumono,* das schwierigste von allen.

In der Feudalzeit besaß jeder *samurai*-Haushalt mehrere *yaba* oder Bogenschießstände für Übungszwecke. Jake sah, daß die Zeiten sich nicht sehr geändert hatten.

Kurz entschlossen kehrte er zur Vorderseite des Hauses zurück, ging ruhig den gepflasterten Pfad hinauf und klopfte an die Tür.

Sie wurde sofort geöffnet. Toshi stand im Türrahmen. Als er Jake sah, kniff er die Augen halb zu. Er machte ein Gesicht, als erblicke er einen der Höllenwächter.

Seine Hand fuhr zum Hosenbund und zielte mit einer kurzläufigen 38er mitten auf Jakes Bauch.

Jake stand ganz still. Er dachte daran, die Hände über den Kopf zu heben, dann aber, sorgfältig Toshis Gesicht beobachtend, entschloß er sich, gar keine Bewegung zu machen. Dafür kontrollierte er seine Atmung. Er mochte keine Pistolen, hatte nie mit einer geübt, doch das war nicht der Grund, warum er eine gesunde Furcht vor ihnen hatte. Nach seiner Erfahrung benützten Männer keine Pistolen; vielmehr spielten Knaben mit ihnen.

In den Händen eines perfekten Attentäters war das Gewehr eine wirksame Waffe. Sonst aber hielt Jake Feuerwaffen für nutzlos. Faustwaffen waren sperrig, konnten auf Flughäfen nur schwer durch die Sicherheitskontrollen geschmuggelt werden, waren unberechenbar und, was am schlimmsten war, machten süchtig. Sie waren für faule Leute eine Lösung zur Beherrschung gefährlicher Situationen. Mit einer Pistole mußte man nicht denken. Man zielte und schoß. Die gleiche Lösung für alle Probleme. Träges Denken.

Außerdem war es gefährlich, sich so weitgehend auf irgendein mechanisches System zu verlassen. Wieder die Einstellung von Knaben. Am deutlichsten zeigte sie sich in der Verherrlichung von Revolverhelden.

Was Toshi betraf, so konnte Jake sehen, daß er nicht anders war als alle anderen. Er war verliebt in seine Pistole – verliebt in die Macht, die sie ihm über andere verlieh.

Suche immer die Schwachstelle im Charakter deines Gegners zu entdekken, hatte Fo Saan ihm eingebleut. Bei Toshi hatte er sie gefunden, das wußte Jake. Das machte diesen zwar nicht weniger gefährlich, nur etwas berechenbarer.

»Ich möchte Komoto-*san* sehen«, sagte Jake.

»Ihr werdet sehen, was ich Euch sehen lasse«, erwiderte Toshi. *»Iteki.«* Er fuchtelte mit seiner Pistole in Jakes Richtung. »Vielleicht sollte ich Eure Kniescheiben zerschießen, eine nach der anderen.« Sein Lächeln war wie das Grinsen einer Leiche. »Auf diese Weise werdet Ihr begreifen, wie man zu uns aufschaut.«

»Sagt Komoto-*san,* ich hätte eine dringende Nachricht für ihn.«

Toshi lachte. »Sagt es ihm selbst.« Die Mündung der Pistole beschrieb einen Bogen, aufwärts zu Jakes Herzen, abwärts zur Leistengegend. »Ihr scheint zu glauben, dieses Haus sei für Euch offen, also geht an mir vorbei. Seht, wie weit Ihr kommt.« Sein Gesicht verfärbte sich, als das Blut hineinschoß. Jake dachte, er müßte jetzt bald etwas unternehmen oder riskieren, erschossen zu werden.

»Sagt Komoto-*san* . . .«

»Sagt Komoto-*san* was?«

Jake sah eine Gestalt im Dunkel des Ganges gleich hinter Toshi. Er sah, wie der *yakuza* erstarrte, hatte aber bereits die Stimme erkannt.

»Ich versuche nicht, Euch in die Quere zu kommen, *oyabun*«, sagte Jake und dachte an Komotos Drohung.

»Jetzt winseln Sie vor mir, Mr. Richardson. Was kommt dann? Wollen Sie zu meinen Füßen kriechen und um Vergebung flehen?«

Der Ekel in seiner Stimme war unüberhörbar.

»Ich dachte, Sie unterhielten sich nicht mit Barbaren.« Absolute Stille. Jake wußte, er spielte ein äußerst gefährliches Spiel. Komoto konnte ihn hier vor seiner Türschwelle töten lassen, und niemand in Japan würde danach fragen. Jake wußte aber auch, daß er keine andere Wahl hatte. Zeit war für ihn kostbar, und er mußte den Traditionspanzer des Mannes durchdringen.

»Das ist kaum eine Unterhaltung«, sagte Komoto. »Ich höre nur die Laute der Grillen und meine eigene Stimme.«

»Ich kam hierher, um Euch folgendes zu sagen«, begann Jake; er wußte, er spielte seine letzte Karte aus. »Mein Name ist Jake Maroc. Ich habe Keii Kisan getötet.«

Mit einem Ruck seines sich im Schatten befindenden Kopfes sagte der *oyabun:* »Bring ihn rein. Führe ihn in den Sechs-*tatami*-Raum und halte ihn dort fest, bis ich fertig bin.«

Toshi tat wie befohlen und starrte Jake daher mit kalten Augen an, als wollte er Jake veranlassen, eine unüberlegte Bewegung zu machen. Als Jake aber nichts unternahm, streckte er die freie Hand aus und zerrte Jake heftig über die Schwelle.

Er schlug die Tür zu und sagte nur: »Schuhe!«

Jake zog sie aus und, sich Toshis stummer Anweisung beugend, verstaute sie in dem hölzernen Verschlag neben der Tür. Als er sich aufrichtete, war Komoto gegangen.

Toshi führte ihn den schwach erleuchteten Flur hinunter, durch eine offene *fusuma,* in denselben Raum, in den er beim erstenmal gebracht worden war. Toshi ließ ihn sich der *tokonoma* gegenüber aufstellen, was er ohne Zweifel absichtlich tat.

Im ganzen Haus herrschte eine ungewöhnliche Stille. Es war, als hätte die Nacht sie alle verschluckt. Jake hörte ein schwaches Geräusch, und als er auf die andere Seite des Raumes blickte, sah er, daß der untere Rand des Rollbildes mit der Kalligraphie flatterte. Sein Blick wanderte weiter, und er bemerkte, daß die *shoji*-Schirme zum Garten hin offenstanden.

Die Dunkelheit war fast physisch zu spüren. Es schienen keine Sterne, kein Mond vorhanden zu sein. Vielmehr schien eine Samthülle von draußen in den Raum zu gleiten. Die Hitze des Tages war noch nicht vergangen, und auch das schien ein Element der Schwärze zu sein.

Jake schloß die Augen. Er konnte den eigenen Atem hören und nach einem Augenblick auch den von Toshi. Er versuchte, den emotionalen Zustand des anderen nach der Tiefe und dem Rhythmus seines Atems einzuschätzen und spürte, wie die Spannung vom *yakuza* in Wellen ausging. Das mußte er sich merken. Als Komoto den Raum wieder betrat, war er wie ein *samurai* aus dem achtzehnten Jahrhundert gekleidet. Er trug eine lose sitzende, dunkelfarbene Seidenbluse und das traditionelle schwarze *hakama,* das geteilte Hemd des Bogenschützen.

Er sah Jake nicht einmal an, nickte Toshi nur kurz zu und sagte: »Hinaus!«

Der *yakuza* streckte die freie Hand aus und stieß Jake an der Schulter an. Draußen fand er sich im *kyujutsu*-Garten wieder. Er war am diesseitigen Ende. Er sah mehrere Bogen auf einem Ständer aufgereiht, alle zwischen 2,30 bis 2,60 Meter lang, die traditionellen Langbogen, die aus Bambusrohr hergestellt wurden. Daneben stand ein *yadate,* ein zylindrischer Köcher, angefüllt mit Pfeilen.

Jake spürte Toshi hinter sich herankommen, und als er die Hand des Mannes auf seiner Schulter fühlte, fragte er sich, ob er ihn jetzt angreifen sollte, sah jedoch keinen Sinn darin.

Es sollte also *kyujutsu* sein. Er hatte bereits mehrere wichtige Dinge über Komoto gelernt. Jake kannte ihn jetzt besser als vorher. Wenn er Toshi niederrang, wußte er, würde die Informationsquelle versiegen, und das konnte er sich nicht leisten.

Sie führten ihn an das andere Ende des Gartens. Das *marumono* schwang leicht an der Cryptomeria hin und her.

»Du weißt, was zu tun ist«, hörte er Komoto sagen. Die Stimme erschien seltsam und verschwommen in der Dunkelheit, als käme sie von einem Geist.

Jake fühlte, wie eine Schnur um seine Handgelenke gewickelt wurde. Er zog eine Grimasse, als Toshi sie festzog und verknotete. Dann drehte Toshi ihn um, so daß er zum anderen, weit entfernten Ende des Gartens blickte. Das Ende, wo Bogen und Pfeile aufgereiht standen und geduldig warteten.

Toshi hatte seine Pistole nicht mehr in der Hand. Dafür hielt er ein Stück Seil fest. Er schob Jake zurück, gerade hinter das *marumono,* so daß er mit dem Rücken den Stamm der Cryptomeria berührte. Dann fesselte er ihn dergestalt an den Baum, daß jede Bewegung unmöglich war.

Das *marumono* hing genau vor Jakes Gesicht, nahm ihm den Ausblick.

»Lügen ist ein strafbares Vergehen.« Er hörte Komotos Stimme in der Ferne. »So wie Einbrechen und ein Klan-Mitglied angreifen. *Yakuza*-Geschäft bleibt *yakuza*-Geschäft.«

»Oyabun . . .«

»Kriech nicht am Boden, *iteki.*« Komotos Stimme hatte einen hochmütigen Tonfall angenommen. »Ihr seid gewarnt worden und habt die Warnung ignoriert. Ich kann nicht sagen, daß ich überrascht bin. Ihr seid ein Barbar. Jetzt müßt Ihr die Bestrafung hinnehmen.«

Jake spürte, wie Komoto sich entfernte. Aber nicht Toshi. Unversehens langte der *yakuza* herüber und setzte das *marumono* in schwingende Bewegung. Quer vor Jakes Gesicht. Hin und her, im Sekundenrhythmus.

Die Nacht war ruhig. Heiß. *Tick-tock,* der Bogen des *marumono.* Eine endlose Zeitspanne, in der nichts zu sehen, nichts zu hören war. Jake fühlte sich zurückversetzt auf Cheung Chau, schenkeltief im südchinesischen Meer. Umgeben von Nebel. Nach Fo Saan rufend.

Dann vernahm er das scharfe Surren. Das Geräusch verstärkte sich mit beängstigender Schnelligkeit, bis es die Schwere der Nacht durchschnitt.

Der erste Pfeil hatte getroffen.

David Oh steckte den Schlüssel in das Schloß von Jakes und Marianas Wohnung auf der Insel Mid Levels in Hongkong. Die Tür öffnete sich nach innen, und er schritt über die Schwelle.

Er roch ein Gemisch von Düften: Spuren von Kochdünsten, von Marianas Parfüm. Eine dünne Staubschicht lag hier und da. Draußen vor den Fenstern war die Dämmerung fast vorüber. Straßenlaternen blinkten, und weit unten im Hafen bewegten schwerfällige Dschunken sich zurück auf ihre Liegeplätze, die Segel wie schwarze Schwingen vor dem letzten amethystfarbenen Licht. Es war die Zeit des Abendessens.

Langsam ging er durch die Zimmer. David Oh hätte nicht sagen können, was er suchte. Etwas Ungewöhnliches, vielleicht einen Hinweis auf Marianas Motivationen, einen Fingerzeig darauf, wohin Jake verschwunden war. Gewiß hatte Jake gegenüber Mariana keine Geheimnisse preisgegeben. Also, was konnte sie schon wissen? Welche geheimen Dinge konnte sie Nichiren über ihre interne Arbeit schon erzählen? Und doch, David Ohs Magen hörte nicht auf, sich unangenehm zu rühren; der kupferne Geschmack von Furcht verschwand nicht aus seinem Mund. Er hatte ein Gefühl, als hätte er den ganzen Morgen Blut geschluckt. Er flehte alle Götter an, daß Jake nicht etwa allein nach Japan gegangen war.

Er kam aus dem Bad heraus. Nichts. Er schlenderte in die Küche. Durch die Fenster blickte er hinab auf einen schmalen Fahrweg, an dessen Ende das Garagentor ragte. Die ölbefleckte Betonfläche sah unaussprechlich häßlich aus im Vergleich zu dem von Nebel verhüllten Anblick der Insel und, jenseits des Hafens, von Kau-lung, einem großen, dunklen Juwel in der Fassung des Südchinesischen Meeres.

Er wandte sich wieder dem Raum zu. Gläser und Geschirr im Abwaschbecken, ungespült. Ein Teller stand noch mit festgeklebten Essensresten auf dem runden Holztisch. Daneben sah er ein noch teilweise gefülltes Glas mit Wein. Es am Stiel erfassend, hob er es an die Nase und schnupperte daran. Ein vollblumiger Roter. Mariana. Jake hätte *sake* vorgezogen.

Sie muß verdammt schnell aufgebrochen sein, dachte er. Das war nicht Marianas Art. Sie war ordentlich und sehr diszipliniert. Keine schmutzigen Teller im Becken. Und doch waren hier welche. Noch einmal blickte er in das Becken. Die Essensreste auf diesen Tellern schienen weniger ausgetrocknet zu sein. Er bohrte einen Finger durch die Haut an der Oberfläche. Einwandfrei weniger trocken. Jemand hatte hier gegessen, nachdem Mariana gegangen war. Aber wer? Bestimmt nicht Jake. Der mußte bereits in Tokio gewesen sein.

David Oh beugte sich vor, sah genauer auf das Durcheinander von Tellern herab. Fettige und ölige Stellen waren für den Anfang immer die besten. Rings um die Essensreste, das machte es leichter. Er nahm eine Rolle durchsichtiges Klebeband aus seiner Jackentasche, riß zwei fünf Zentimeter lange Streifen ab. Diese klebte er sorgfältig auf den erhöhten Rand zweier Teller.

Er zählte dreißig Sekunden ab und zog sie dann nacheinander langsam und stetig wieder ab. Es war wichtig, nicht ruckartig zu ziehen, weil das das Band verformt hätte. Schnell klebte er die Bandstücke auf eine leere weiße Karteikarte. Damit trat er an das Fenster und starrte auf seine Arbeit. Was er unter der schützenden Abdeckung des Klebebandes sah, waren zwei perfekte Fingerabdrücke.

Er steckte die Karte ein und verließ die Küche. Er dachte, vielleicht hat es nichts zu bedeuten. Doch etwas in seinen Eingeweiden sagte ihm das Gegenteil.

»Verflucht unnatürlich, alle unsere Gegner«, sagte er laut in die leeren Zimmer hinein.

Grinsend kam Toshi heran, um das *marumono* von der linken Gesichtshälfte Jakes wegzuziehen. Der Pfeil, den Komoto in der Dunkelheit auf ihn abgeschossen hatte, traf das Ziel mit solcher Wucht, daß er es zurückgeschoben hatte. Da er das *marumono* gerade in dem Punkt getroffen hatte, wo es sich in seiner Schwingung seitwärts von Jakes Gesicht befand, schlug das Ziel hart gegen dessen Ohr und Wange.

Toshis Hand langte nach der Rückseite von Jakes Hose. »Wie geht's, tapferer *iteki?*« sagte er. »Haben Sie sich schon in die Hose gemacht?« Er grunzte. »Nein? Na, ja, wir haben Zeit, Ihnen zu beweisen, daß Sie ein Barbar sind.« Er ging zurück, nachdem er das *marumono* wieder in

Schwingung versetzt hatte. Durch das zusätzliche Gewicht des Pfeiles war der Bogen der Schwingung jetzt kleiner. Er kam kaum noch über die Seiten von Jakes Gesicht hinaus.

Dunkelheit. Die bedrückende Nacht sank herab, Hitze strömte aus dem Boden zurück. Jake konnte fühlen, wie erster Tau seine Zehen befeuchtete. *Tick-tock,* ein bleiernes Pendel vor seinen Augen.

Stille. Jake dachte daran, wie das Südchinesische Meer seine Beine umspülte. Er dachte an Fo Saan. Und er fragte sich, ob das, was er um sich aufbaute, ein Haus der Illusion wäre.

Schrecken lauerte gleich hinter der nächsten dunklen Ecke seines Bewußtseins. Doch wenn das eine Illusion war, dann war das alles, was zwischen Ruhe und Furcht lag. Er zog es an sich wie einen eisernen Vorhang, hüllte sich darin ein.

Wütendes Surren durchschnitt die Nacht. Kaum Zeit zum Atmen. Er spürte, wie sich ihm die Gliedmaßen abschnürten und abstarben, und das beunruhigte ihn. Das war das Ergebnis der Ranken seiner Angst, die durch die Lücken seiner Illusionen krochen. Vielleicht war er überhaupt nicht sicher. Denke nicht! Atme, sagte er sich selbst. Atme.

Aber das war schwierig, wenn man wußte, was durch die Schwärze in seine Richtung schwirrte.

Plop!

Wie ein Pistolenschuß. Und einen Augenblick vorher hatte er das Wehen der winzigen Brise gespürt, das das Nahen anzeigte.

Tod.

Das *marumono* schlug hart gegen sein rechtes Ohr. Zwei Pfeile steckten jetzt in seiner Mitte. Er war sicher, die Spitze hatte seinen Backenknochen nur um einen oder zwei Millimeter verfehlt. Er spürte, wie der Schweiß ihm unter den Armen herabrann und in seinem Kreuz.

Jemand lachte. Toshi trat in sein Gesichtsfeld, zog das schwere Ziel von ihm weg. »Heiße Nacht«, sagte er und lachte wieder.

Jake spürte ein Stechen und blinzelte rasch mit den Augen, um das Gefühl loszuwerden. Schweiß rann hinein.

Toshi fühlte an Jakes Schritt nach. Diesmal konnte er seine Enttäuschung nicht verbergen. »Schwitz doch, *iteki*«, sagte er.

Jake konnte eine andere Gegenwart spüren. Komoto kam langsam die Länge des Gartens herauf. Er hielt einen Langbogen in der linken Hand, sagte nichts, beobachtete Jake nur mit verstohlenem Blick, während Toshi prüfte, ob die Fesselung noch sicher war.

»Diesmal«, sagte Komoto schließlich, »werde ich das hier verwenden.« Er hielt ein Stück Baumwolltuch hoch, eine Augenbinde. Dann wandte er sich ab und ging zum anderen Ende des Gartens zurück.

»Das wird gut«, sagte Toshi, setzte das *marumono* in Schwingbewegung und entfernte sich. Das Ziel war jetzt so schwer, daß es Jakes Gesicht nicht mehr freigab, sondern lediglich vor ihm hin- und herschwang.

Jake versuchte, seinen Blick nicht darauf zu richten, sah jedoch dauernd die gezahnten Spitzen der beiden Pfeile aus der Mitte des Ziels herausragen. Wenn er seinen Kopf nach vorn beugen würde, könnte seine Nase sie berühren.

Er spürte den Tunnel, der ihn von Komoto trennte und auch mit ihm verband. Er hing völlig von der Gnade des *oyabun* ab. Vielleicht war das der Kernpunkt von Anfang an gewesen. Eine Lehrstunde in Demut. Ein Beispiel für Macht. Jake wußte, daß Mikio Komoto sein Leben in der Hand hielt. Aber das hatte er von dem Augenblick an gewußt, da er sich an diesem Abend an der Tür des *oyabun* meldete. Jetzt war der Augenblick der Wahrheit gekommen.

Hinter allem aber die Frage, was für ein Mann war Mikio Komoto?

Jake konnte es nur raten, doch gleich würde er der Antwort Auge in Auge gegenüberstehen.

Ruhe, hatte Fo Saan gesagt, *wird dich schließlich lehren, was du über den Sieg wissen mußt.* Er dachte jetzt darüber nach, sagte es für sich auf, als wäre es ein *mantra,* das ihn vor Schaden bewahren sollte.

Hörte das ferne Surren, es eilte auf ihn zu mit erschreckender Geschwindigkeit. Hörte das Geräusch gleichermaßen mit beiden Ohren und wußte, es kam auf die Mitte seines Gesichts zu.

Tick-tock, das *marumono* schwang. Es markierte seine Bewegungen in Helligkeitsstufen: heller, dunkler, heller; Seite, Mitte, Seite. Wenn der Pfeil in einem der helleren Momente einschlug, war er tot.

Tick-tock . . .

Heller, dunkler, heller –

Plop!

Absolutes Dunkel, und Jake fühlte, wie das Ziel auf seinen Nasenrükken zuschwang, gebremster jetzt als eben noch. Er richtete den Blick darauf, sah die Spitze des dritten Pfeils in einer Reihe mit den anderen. Genau in der Mitte.

Es dauerte einige Zeit, bis das *marumono* vor seinem Gesicht weggenommen wurde. Und als es geschah, stand nicht Toshi da.

»Vielleicht haben wir die Bestrafung den Verbrechen angepaßt«, sagte Mikio Komoto.

»Falls ich überhaupt irgendwelche Verbrechen begangen habe«, erwiderte Jake im Flüsterton, »war es Verzweiflung, die mich dazu trieb. Nichiren hatte meine Frau. Ich mußte erfahren, wo sie waren. Deshalb ging ich zum *sarakin,* um an Sie heranzukommen. Ich hoffte, Sie würden mir helfen.«

»Noch mehr Lügen«, erwiderte Komoto kalt. »Was könnte ein *iteki* wie Sie mit Nichiren zu tun haben?«

»Ich will ihn haben. Jetzt ist meine Frau tot. Es geschah letzte Nacht, oben auf dem Schwert.«

»Tsurugi?« Komoto schien überrascht zu sein. »Sie waren während des Sturms oben auf dem Tsurugi?«

Jake nickte. »Ich fand Nichirens Versteck.«

»Sich in mein Haus stehlen«, sagte Komoto. »Einen meiner Männer angreifen. Das haben Sie getan. Ich will keine Ihrer *iteki*-Lügen mehr hören!« Er begann, sich abzuwenden.

»Es ist ein schlechter General, der sich weigert, auf Informationen zu hören, die für ihn lebenswichtig sein könnten.«

Der *oyabun* schnappte: »Wer sind Sie, daß Sie davon sprechen, was Generale tun oder nicht tun?«

»Ich weiß, daß ein guter General alle ihm zur Verfügung stehenden Quellen nützen muß, will er den Sieg kosten.«

Komotos schwarze Augen verengten sich. »Was für ein Gerede!«

»Ich habe Keii Kisan vor Nichirens Augen getötet.«

»Worte«, sagte Komoto kurz. »Alles, was ich von Ihnen höre, sind Worte.«

»Dann lassen Sie mich meine Worte durch Taten beweisen.«

Komoto blieb stocksteif stehen. Er wollte seine Bestürzung nicht zeigen. Er war klug genug zu erkennen, daß er ausmanövriert worden war. Er hatte keine andere Wahl, als Jakes Verlangen jetzt zu honorieren; andernfalls würde er sein Gesicht verlieren.

Er rief Toshi zu: »Binde den *iteki* los!«

»Ja, *oyabun*.«

»Auch seine Handgelenke.«

Als Toshi das befolgt hatte, grunzte Komoto und sagte: »Bring ihn mit.«

Am anderen Ende des Gartens blieb Komoto stehen und sah Jake an. »Sie werden mir jetzt Taten zeigen. Nur ein *samurai* hätte Keii Kisan niederstrecken können. Nur ein *samurai* hätte unter Nichirens Nase in das O-henro-Haus eindringen können.«

Jake wählte einen Langbogen aus. Toshi wollte ihn davon abhalten, aber Komoto winkte ihn zurück.

»Ein *samurai* sollte in vielen Disziplinen Meister sein«, sagte Jake. »*Kyujutsu* ist eine der wichtigsten. Ich sage Ihnen damit aber nichts, was Sie nicht schon wissen, *neh?*«

Er wählte einen Pfeil mit gezahnter Spitze, nahm die richtige Position für das hängende Ziel ein. »Möchte Toshi-*san* es in Schwingung versetzen?«

Da er das für einen Bluff hielt, gab Komoto Toshi ein Zeichen zu tun, was Jake wollte.

»Aber, *oyabun* . . .«

»Glaubst du, ich wäre nicht in der Lage, mich zu verteidigen?« bellte er. »Tu was dir gesagt wird und komm wieder her.« Komoto drehte sich wieder Jake zu. »Auf diese Entfernung, ohne Licht und mit einem *marumono* ist das, wie ich glaube, ein Kunststück, das der Schüler eines guten *sensei* ausführen könnte, aber auch *der* Mann wäre von Keii Kisan lebendig gefressen worden.« Er streckte seine Hand aus. »Sie müssen das hier benützen.« Darin lag die Augenbinde.

Jake nahm sie, gerade als Toshi zurückkam. Einen Moment dachte er über die Herausforderung nach, ehe er antwortete. »Es ist offensichtlich, daß Sie ein *kyujutsu sensei* sind, *oyabun*. Sagen Sie, hätten Sie Keii Kisan Mann gegen Mann angegriffen?«

»Ganz ohne Zweifel«, erwiderte Komoto. »Ihre Unwissenheit zeigt sich schon wieder, *iteki*. Kommen Sie sich nicht komisch vor?«

»Mir ist klar«, sagte Jake, die Bemerkung des anderen überhörend, »daß Sie von jeder Leistung, die weniger furchteinflößend ist als das, was Sie soeben demonstriert haben, nicht überzeugt würden.«

Jake blickte ihn fest an. »Wollen Sie dann, *oyabun,* sich an den Baum stellen, wo ich gestanden habe?«

Komoto fühlte die Wut in sich aufsteigen. Der *iteki*-Hund hat mich zweimal drangekriegt, dachte er. Sehr sauber. Ich kann es ihm unmöglich verweigern.

Der *oyabun* zwang sich zur Entspannung. »Eine solche Tat«, sagte er, »würde mich wirklich von der Wahrheit Ihrer Worte überzeugen. Ich muß allerdings auf einer Bedingung bestehen. Toshi-*san* wird an Ihrer Seite stehen. Seine Pistole wird an Ihrem linken Ohr sein. Wenn Sie meine Leistung nicht wiederholen können, bläst er Ihnen sofort das Hirn aus.«

Jake entging das leichte Lächeln nicht, das sich über das Gesicht des *oyabun* ausbreitete. Sie sahen sich in die Augen. Er fühlte den Machtkampf in ihrem psychologischen Krieg. Aber außerdem spürte er zum erstenmal eine andere Emotion vom *yakuza*-Chef ausgehen: Respekt. Grollend zwar, ja, und zögernd, aber trotzdem echt. Das war etwas, woran man sich halten konnte. Jake deutete eine Verbeugung an. »Ich nehme die Bedingung an.«

»Natürlich tun Sie das, *iteki!*« sagte Komoto. »Natürlich tun Sie es.« Er gab ein Zeichen. »Toshi-*san,* bring die Augenbinde an.«

Während der *yakuza* dem Befehl nachkam, sagte Jake: »Sagen Sie mir Ihre genaue Größe, *oyabun.*«

»Ein Meter fünfundsiebzig. Groß für einen Japaner, eh?« Er schien plötzlich gut gelaunt zu sein. Jake fragte sich, ob das des *oyabun* eigene Form von Illusion wäre. Er hatte doch keine Ahnung, ob Jake überhaupt etwas von *kyujutsu* verstand, ganz zu schweigen davon, ob er vom Kaliber eines *sensei* war. Jake starrte ihn an, fixierte seine Gestalt in seinem Gedächtnis.

»In Ordnung«, sagte er zu Toshi. Die Binde verdeckte seine Augen.

»Paß auf, daß sie nicht zu fest sitzt«, hörte er Komotos Stimme. »Wir wollen nicht, daß irgend etwas unbequem ist für den *iteki*« – er lachte wieder – »in den letzten Augenblicken seines Lebens.«

Jake hielt den Atem an. »Was meinen Sie damit?« Er konnte Toshi dicht hinter sich spüren.

»Was Sie auch tun, ich denke, ich werde Toshi-*san* Ihr Gehirn ausblasen lassen.«

»Das war aber nicht unsere Abmachung.«

»Abmachungen sind für zivilisierte Leute«, sagte Komoto; seine Stimme wurde leiser, als er den Gartenweg hinabging. »Nicht für *iteki.*«

»Sogar ein Tier besitzt Ehre«, sagte Jake, konnte aber nicht sicher sein, daß der *oyabun* ihn noch gehört hatte.

Er merkte, wie Toshi um ihn herum auf die linke Seite ging.

Gleich darauf fühlte er den kalten Stahl der Pistolenmündung in seinem Ohr.

»*Iteki*«, sagte Toshi ruhig, »Sie sind verdammt, ganz gleich, was Sie tun. Mein Befehl lautet, zu schießen, noch ehe Sie den Pfeil loslassen.«

Jake erwiderte nichts. Er kämpfte damit, die Worte des anderen zu ignorieren. Vermutlich sollten sie ihn jetzt restlos fertigmachen, indem sie ihn in Angst versetzten. Komoto wollte sicherlich liebend gern sehen, wie er zusammenbrach, um die Minderwertigkeit des Barbaren zu beweisen. Jake schwor sich, ihm diese Befriedigung nicht zu geben. Und trotzdem nagte der Zweifel an ihm. Vielleicht logen sie nicht? Vielleicht waren das seine letzten Augenblicke?

Er verschloß seinen Verstand vor allen äußeren Einflüssen und konzentrierte sich auf das Gefühl für den Langbogen in seinen Händen, von seiner Mitte bis hinauf zur *kata,* der Schulter am Ende, um die die *tsuru,* die Sehne, gewickelt war. Die Sehne bestand aus Hanf und war sehr hart. Das war eher ein Kampfbogen, als ein ritueller. Um so besser.

Jake stand regungslos da. Er begann zu atmen, konzentrierte sich. Sein Geist dehnte sich aus, während er sich in seine Umwelt versenkte. Vor seinem inneren Auge tauchten die umgebenden Bäume auf, der Tunnel, durch den er gleich den Pfeil schicken würde. Er spürte die Bewegung der Nacht, einen linden, unregelmäßigen Wind, den er erst im letztmöglichen Moment in Betracht ziehen mußte.

Er hörte das Surren der Insekten, das Summen der weißen Nachtfalter um die Hauslampen. Er wurde eins mit dem Garten, und indem er das tat, fand er *ba-mahk,* den Puls. Dies zog ihn vorwärts, in gerader Linie direkt auf den Punkt zu, wo Mikio Komoto stand. Jake fühlte die kurzen Schwingungen des *murumono* an dem Stück Schnur.

Er nahm *ashibumi* ein, die Position des Bogenschützen. Er atmete tief und rhythmisch, tief aus dem Bauch heraus, wo nach der Überzeugung der Japaner alle Macht ruhte: *hara.*

Er hob die linke Hand, legte das gefiederte Ende des Pfeils auf die Bogensehne: *yugame.* Er brachte den Bogen hoch, in Schußposition, wurde eins mit ihm, dem Diktat von *ba-mahk* folgend. Er konnte Komotos Gegenwart fühlen, so deutlich, als wäre er nur einen halben Meter von ihm entfernt, und nicht neunzig.

Jake begann, die Sehne zurückzuziehen, so daß der Pfeil parallel zu seiner Mundlinie lag. Das war *kai,* der letzte der drei entscheidensten Schritte beim *kyujutsu.* Die Konzentration hatte jetzt den höchsten Punkt erreicht, da die Muskeln gespannt waren, um den Bogen in maximaler Position zu halten, und der Geist auf das Ziel gerichtet war, das hin- und herschwang, hin und her, *tick-tock* . . .

Stahl rührte sich in seinem Ohr. Toshis zitterndes Flüstern: »Leb wohl, *iteki.*«

Ignoriere alles außer dem Bogen, die Bogensehne zittert unter der Spannung, die Kraft baut sich im Bambus auf. *Ba-mahk.* Fühle den Puls.

Tick-tock, das *marumono* schwang mit seinem Besatz an Pfeilen vor Komotos Gesicht hin und her.

Hanare! Der Schuß!

Jetzt war *zanshin* wirksam. Diese Eigenschaft, die es dem *kyujutsu sensei* ermöglichte, den Flug des Pfeils bis ins Ziel zu leiten. Sie war verwandt mit dem Verfolgen in anderen Kriegskünsten, im Sport. Der Abschuß bedeutete wenig, wenn es danach kein Verfolgen gab.

Zanshin.

Hörte das *zischsch!* des Pfeils auf seinem Weg ins Ziel, dann das befriedigende *Plop!,* auf das Jake gewartet hatte. Er ließ den Bogen sinken und nahm die Augenbinde ab. Das Kitzeln in seinem linken Ohr war weg. Er blickte erst auf Toshi, der mit der Pistole in der Hand dastand, die Mündung zeigte auf den Boden. Toshis Augen waren weit aufgerissen.

Jake sah zum fernen Ende des Gartens. Der *oyabun* stand vor der schlanken Cryptomeria. Zu seinen Füßen lag das *marumono,* auf der Seite, wie eine weggeworfene Stoffpuppe.

Die Schnur war von Jakes Pfeil sauber durchtrennt worden, der Pfeil selbst steckte im Baum, etwa drei Millimeter über Mikio Komotos Kopf.

Die glänzend schwarze Zil-Limousine jagte die Tschaika-Fahrbahn hinunter, die auf allen größeren Durchgangsstraßen in Moskau für den offiziellen Regierungsverkehr freigelassen ist.

Auf dem Rücksitz saßen General Karpow und Jurij Lantin nebeneinander. Es war Abenddämmerung. Die Straßen, durch die sie fuhren, erschienen verschwommen in einem Übermaß an Sonnenlicht, als fühlte sich diese Stadt ungemütlich bei solcher Freigebigkeit. Könnte es sein, daß sie sich eher nach dem schweren blauen Schnee der langen Winterzeit sehnte, nach den bereiften Bärten in den Reihen der Besucher von Lenins Grabmal, nach dem sichtbaren Atem im kalten schwarzen Morgen?

Es war das Ende des Arbeitstages, auch für die Elite des KGB. An einem Abend der Woche lud Lantin, anstatt in seine Junggesellenwohnung am Kutusowsky-Prospekt zurückzukehren, General Karpow zum Essen ein.

Lantin stand innerhalb des *sluzhba* im Ruf, so etwas wie ein Gourmet zu sein. Obwohl Moskowiter, war sein Geschmack am Essen wählerisch. Sein derzeitiges Lieblingsrestaurant war das *Aragwi,* so benannt nach dem Fluß, der allen Georgiern bekannt war und von ihnen geliebt wurde.

Lantin war aber anscheinend nicht der einzige, der von dem Lokal begeistert war. Jeden Abend bildeten sich, ohne Rücksicht auf das Wetter, gleich nach der Arbeit und auch weiter in die hereinbrechende Nacht hinein lange Schlangen, wenn Moskowiter auf eine Chance warteten, in diesem hervorragenden Restaurant essen zu können. Natürlich wurden Lantin und Karpow jede Woche direkt hineingeleitet. Immer fanden sie ihren Tisch vorbereitet, glänzend gedeckt mit fleckenlosen Bestecken.

Sobald sie sich gesetzt hatten, bestellte Lantin *lobio tkemali,* und die beiden kauten ihre zarten weißen Bohnen in einer sauren Pflaumensauce, die nach frischem Koriander duftete, während sie die Speisekarte studierten.

Dickflüssiger, eiskalter Wodka wurde eingeschenkt und die Flasche in einen Eiskübel an Karpows linkem Ellenbogen gestellt.

»Nun, Jurij«, sagte Karpow, die Brille abnehmend, während er die Speisekarte weglegte, »was nehmen Sie heut abend?«

»Das *satsivi*«, erwiderte Lantin und wählte damit das berühmteste georgische Walnußgericht, das aus bei Zimmertemperatur pochiertem Hühnchen bestand, völlig bedeckt mit einer fetten Sauce aus gemahlenen Nüssen, Koriander, Zimt, Essig und Eigelb. Karpow wählte für sich ein Lammgericht, zubereitet mit dem feurigen *adzhika,* einer Kombination von scharfem und süßem roten Paprika, abgeschmeckt mit Koriander und Knoblauch, sowie dem unvermeidlichen *khmeli suneli.* Das Rezept für diese letztgenannte Marinade variierte von Familie zu Familie, und ihre Geheimnisse wurden so gut gehütet wie ein KGB-Dossier. Die Grundbestandteile waren, wie Lantin seinem Gast erklärte, unterschiedliche Mengen von schwarzem und Cayenne-Pfeffer, Minze, Basilikum, Dill, Petersilie, Bohnenkraut, getrocknetem Koriander und getrockneten und gemahlenen Ringelblumen, die ihr die charakteristische Farbe verliehen.

Karpow kippte den Wodka runter und langte nach der Flasche, um sein Glas wieder zu füllen. Lantin gab die Bestellung auf, und der Kellner verschwand. Lantin trank nur Mineralwasser. Er nippte an seinem Glas mit einer Affektiertheit, die zumindest nach Karpows Meinung ein absolut weibischer Zug war. Insgeheim fragte er sich, wie er sich von Lantin befreien könnte. Trotz der Hilfe des anderen hielt er ihn nicht für seinen Verbündeten. Persönlich lehnte er den Mann ab. Er benützte Lantin, um sicherzustellen, daß Mondstein durchgeführt wurde.

Karpow wußte, daß es eine Sache war, die Feuerkraft rings um China aufzubauen, aber eine ganz andere, sie einzusetzen. Karpow war kein Narr. Er wußte: Das, was er als das letzte Ziel für Mondstein vorschlug, war gefahrvoll. Das Risiko war aber kalkuliert. Als Militär hatte er täglich mit kalkulierten Risiken zu tun. Er war dazu ausgebildet worden, solche Entscheidungen zu treffen und, darüber hinaus, sich ausdrücklich auf sein eigenes Urteil zu verlassen. Er wußte auch, sogar mit Lantins Unterstützung gab es noch immer eine Opposition im Präsidium gegen die endgültige Durchführung von Mondstein.

Alte Männer und verängstigte Weiber. So dachte er über sie. Die Macht in Rußland hatte schon zu lange in den Händen alter Männer gelegen, die die Zaghaftigkeit von Frauen besaßen. *Sie sollten die Führung dieses Landes uns überlassen.* Wie oft hatte er das schon zu seiner Frau gesagt?

Karpow verabscheute es, sich mit jemand wie Lantin zusammenzutun. Er hatte keine Achtung vor dem Mann. Man schaue seine Hände an, dachte Karpow jetzt und schenkte sich einen weiteren Wodka ein. Sie sind weich, wie die Hände einer Frau. Alles, was er kennt, sind nur Schreibtisch und die alten Hallen. Was weiß er vom Kommandieren? Vom Kämpfen? Hat er jemals einen Mann getötet? Er würde sich die Hosen vollmachen bei dem Gestank, bei dem Anblick von rinnendem Blut, den verschleierten, blicklosen Augen. Und doch hat er die Macht, die ich brauche, um Mondstein in die Endphase zu bringen.

Und gerade im Hinblick darauf sagte er jetzt: »Ich nehme an, Ihnen gefällt die vorletzte Phase von Mondstein.«

Lantin befaßte sich weiter mit seinem Mineralwasser, als wäre es *das* Lebenselixier. »Hab' ich das nicht erwähnt? Entschuldigen Sie. Meine Kollegen und ich waren recht beeindruckt von den letzten Verwüstungen, die die vietnamesische Armee im Malipo-Bezirk in Yunnan angerichtet hat. Wieviel chinesische Verluste hat es gegeben?«

»Das ist mit einiger Sicherheit kaum zu sagen«, antwortete Karpow. »Während die Vietnamesen bei der Ausführung unserer Befehle Hervorragendes leisten, haben sie doch eine vielleicht verzeihliche Neigung, auf dem Gebiet ihrer Tüchtigkeit an der Front zu übertreiben.«

»Nichts sollte verzeihlich sein, wenn es sich um Soldaten und Krieg handelt«, sagte Lantin scharf. Er setzte sein Glas ab und sah Karpow an. »Ich habe dieser Phase von Mondstein zugestimmt, weil ich die Absicht dahinter erkannte. Die Vietnamesen zu benützen, um in bestimmte festgelegte Grenzgebiete Chinas einzufallen – Gebiete, die wir wegen ihres strategischen Wertes aussuchen –, ist eine gewisse Eleganz nicht abzusprechen. Es ist kein Kunststück, über Thach Propaganda zu machen«, – er sprach von Vietnams Außenminister Nguyen Co Thach –, »über chinesische Aggressionen in Malipo und in der Provinz Ha Tuyen. Da alle Fremden gleichermaßen ausgeschlossen sind von diesen Gebieten, ist eine unabhängige Bestätigung unmöglich. Unser Wort gegen ihres zu setzen, ist eine altehrwürdige Taktik, die wir leicht bis zum Letzten ausnützen können.

Und doch wäre auch nur die geringste Unzuverlässigkeit seitens der Vietnamesen für den gesamten Zeitplan von Mondstein schädlich. Wir können uns keinerlei Übertritte oder Unzufriedenheit leisten. Ehe das eintritt, müßte ich von Ihnen erwarten, daß Sie Ihre Henker hinschicken und die störenden Elemente beseitigen.«

Karpow zuckte innerlich zusammen bei dem Wort »Henker«. Das war nur ein Beispiel für das, was er an dem Mann nicht leiden konnte. Er warf mit Ausdrücken um sich, ohne sie voll zu verstehen. Karpow bereitete seine Antwort vor, als das Essen kam, und er wartete, bis sie wieder allein waren.

»Sie müssen sich um die Vietnamesen keine Sorgen machen. Ich . . .«

Lantin hob den Kopf. »Lassen Sie mich Ihre Meinung korrigieren. *Ich* mache mir keine Sorgen um die Vietnamesen oder auch um Mondstein. Das sind Ihre Sorgen ganz allein.«

»Wie ich schon sagte«, fuhr Karpow fort, »ich habe in jede vietnamesische Einheit, die einen Einsatzbefehl erhält, meine eigenen Leute als Beobachter gesteckt. Jeder Agent hat genaue Anweisungen, wie er mit Abtrünnigen zu verfahren hat. Die Liquidationen« – er legte etwas Betonung auf das Wort, um Lantins falsche Terminologie leicht zu korrigieren – »müssen öffentlich und auf der Stelle erfolgen.«

»Ich kann mir vorstellen, daß bei der einheimischen Bevölkerung diese Art von hartem Durchgreifen nötig ist, um ihr die Sache klarzumachen.«

Karpow starrte Lantin eine Weile an. Er dachte an die Mörsereinschläge und das Geschütz- und Handwaffenfeuer, die vor nur wenigen Stunden zwei Städte ausgelöscht und Hunderte von Männern, Frauen und Kindern getötet hatten. Er dachte an die verkrüppelten Soldaten, die an ihrem eigenen Blut erstickten, an die verletzten Kinder, die schwangeren Frauen – den Verlust zweier Leben auf einmal. Haß packte ihn wie die Krallen eines Tiers, das in seinem Bauch eingesperrt war.

»Bisher«, sagte er so ruhig, wie es ihm nur möglich war, »hat es keine Zwischenfälle gegeben. Nicht einen.«

»Gut«, erwiderte Lantin, während er seinen Teller säuberte. »Ich möchte, daß das so bleibt.« Er sah vom Teller auf. Sein Gesicht war gerötet, als hätte er eben erst ein Sexerlebnis gehabt.

»Wie wär's mit einem Nachtisch? Es gibt eine recht verlockende Auswahl hier.«

Karpow, der sowieso sein Essen meistens von einer Seite des Tellers auf die andere geschoben hatte, lehnte mit äußerster Höflichkeit ab. Er fragte sich, ob er nicht heute nacht ein Team in Lantins Appartement schicken sollte, um ein für allemal mit ihm aufzuräumen. Doch wegen des Schicksals von Mondstein, das dann in der Schwebe hängen würde, kämpfte er die Versuchung nieder.

Über starkem, schokoladenbraunem Kaffee sagte Lantin plötzlich: »Ich würde gern über General Workuta mit Ihnen sprechen.«

Karpow erstarrte in Regungslosigkeit. Ein winziger Eisball begann sich in seinen Eingeweiden zu bilden. Eine innere Stimme sagte ihm, daß sie jetzt am entscheidenden Punkt dieses Zusammenseins am heutigen Abend angelangt waren. Karpow fragte sich wie ein Kind mit der Hand im Bonbonglas, ob er erwischt worden war. Wußte Lantin etwas von seiner Affäre mit Daniella? Wenn ja, wie würde er es gegen ihn verwenden? Doch scheinbar hatte er sich geirrt.

»Ich habe mir noch immer keine Meinung über sie bilden können.« Lantin nippte an seinem Kaffee und ließ die Pause, die er machte, zur Stille werden. Es war, als nähme er an, Karpow hätte die ganze Zeit gewußt, was er wollte.

»Wieso?« Das preßte Karpow endlich aus sich heraus, und er haßte sich dafür – haßte Lantin aber noch mehr.

»Hm.« Es war nicht zu erkennen, ob das ein Laut des Nachdenkens war oder einfach ein Räuspern. »Ich, was ihre Haltung betrifft, bin nach wie vor nicht überzeugt.«

Wieder sagte Lantin zu wenig. Jetzt war Karpow wirklich auf der Hut, denn er wußte, wenn er auf diese unausgesprochenen Fragen antwortete, würde er eine Menge Informationen freigeben, die Lantin viel zu denken geben könnten. Andererseits, nichts zu sagen, wäre noch schlimmer.

Karpow entschloß sich zu einer möglichst unverfänglichen Antwort. »Ich habe sie immer für einen loyalen und intelligenten Agenten gehalten.«

»Vielleicht«, sagte Lantin. »Das ist aber keine Antwort. Sie hütet ihre Abteilung mit einem Eifer, den ich als störend empfinde. Für mich grenzt das schon an Fremdenfeindlichkeit. Entweder das, oder sie hat etwas zu verbergen.«

»Unsinn«, erwiderte Karpow sofort. Vorsicht! sagte er sich. Man kann nicht wissen, was er sucht. »Jurij, die Abteilung, die ich General Workuta anvertraut habe, ist die geheimste im gesamten *sluzhba,* daran muß ich Sie doch nicht erst erinnern. Ich habe ihr eine schwere Aufgabe übertragen, und sie hat diese bewundernswert gelöst. Ich glaube, Sie reagieren zu scharf.«

Lantin zuckte mit den Achseln, als wäre das Ganze nicht so wichtig für ihn. »Vielleicht. Ich habe aber nicht wenig Erfahrung mit den Symptomen eines schlechten Gewissens bei meinen Mitmenschen. Um ganz sicher zu gehen, werden Sie wohl nichts einzuwenden haben, wenn ich sie einen oder zwei Monate lang von meinem Büro überwachen lasse.«

»Natürlich nicht. Wenn Sie es wünschen.« Was schlechtens Gewissen betraf, so fragte Karpow sich, ob Lantin wirklich Daniellas Loyalität bezweifelte, oder ob das seine Art war, wie er die Parameter seiner Macht in Karpows Richtung bog. Sicher war es töricht von ihm, Daniella zu verdächtigen, und wenn letzteres der Fall war, konnte Karpow keine bessere Methode sehen, als die von Lantin gewählte. Zum Teufel mit seiner Einmischung, dachte Karpow. Ich kann das unmöglich lange zulassen, ohne sie zu treffen.

Auf dem Heimweg in Lantins Zil überlegte er, ob er Daniella anrufen sollte, um sie wenigstens zu warnen. Sofort verwarf er das wieder. Das war genau dasjenige, das er sich in diesem Stadium des Spiels nicht leisten konnte. Er mußte an Mondstein denken. Lantin war der Schlüssel zu

Mondstein. Bis sich an diesem mißlichen Zustand nichts änderte, mußte er auf seinem Weg bei jedem Schritt in der Reihe bleiben.

Aber Karpow schwor sich, wenn die Endphase von Mondstein begonnen hat und ich die Unterstützung von Lantin nicht mehr brauche, werde ich meine Rache bekommen. Ich werde sie nicht nur bekommen, sondern sie so genießen, wie er sein reiches Mahl heute abend genossen hat. Ich werde ihm vergiftetes Fleisch vorsetzen – eine passende Art für Genossen Jurij Lantin zu sterben –, und dann nehme ich Daniella, und wir werden auf seinem Grab tanzen.

»Hallo, Rodger«, sagte Antony Beridien. In seinem Büro waren die Jalousien heruntergelassen, und durch die regelmäßigen Zwischenräume konnte man das angestrahlte weiße Haus wie einen Brunnen in der Dämmerung über Washington leuchten sehen.

Beridiens riesiger Kopf drehte sich wie der eines Habichts seinem näherkommenden Assistenten zu. Das dämmerige Licht im Büro ließ seine Augen unter dichten Brauen im tiefen Schatten liegen.

»Ich wollte mit Ihnen über unseren Eisberg reden«, sagte er.

»Ich bin seit fünf Uhr heute morgen am Computer gewesen.«

Donovan setzte sich in einen Ledersessel, der aussah wie eine Schleuder und auch etwa so bequem war. »Was haben Sie entdeckt?«

Beridien grunzte. »Eine ganze Menge. Hier, sehen Sie sich das an.« Er schob einen Stoß gefalteter Computerausdrucke über den Schreibtisch. Er beobachtete den Gesichtsausdruck seines Assistenten, während dieser das Gewirr von Listen, Tabellen und Diagrammen durchblätterte. »Mir kommt es so vor, als könnte unser Eisberg Nichiren selbst sein.«

»Wie wäre das möglich? Wir wissen, daß er nur ein freier Mitarbeiter ist.«

»Das ist genau das, was wir glauben sollten!«

Donovans Kopf fuhr in die Höhe. »Falschinformation? Soll das heißen, daß die Russen . . .«

»Genau!« Beridien hieb mit der Faust auf die Tischplatte, daß es dröhnte. »Dieser Eisberg beginnt, Form und Gestalt anzunehmen, Rodger. Und je mehr von ihm sichtbar wird, desto besser wird seine Quelle erkennbar.«

»Karpow?«

»Eine gute Vermutung, aber falsch.« Beridien genoß offensichtlich seine Machtposition. Das war es, wie Donovan festgestellt hatte, was in großem Maße den Mann motivierte. Er konnte das zwar nicht ausstehen, hatte aber mit der Zeit gelernt, damit zu leben. »Sie sind noch immer dabei, die Tricks der KGB-Bürokratie zu lernen. Diese zweieinhalb Jahre, die das Außenministerium Sie in Paris stationiert hatte, waren wohl gut für andere internationale Angelegenheiten, aber nicht für diese.«

Diese Rede, in Beridiens vertrautem Baß gehalten, war ein bekanntes

Merkmal, nach Meinung des Präsidenten eines seiner erfolgreichsten Attribute. Der hatte oft hinter verschlossenen Türen gesagt, Beridien könne jederzeit jedem alles verkaufen. Sogar den normalerweise feindlichen Unterausschüssen des Senats.

Da Donovan aber jeden Tag damit leben mußte, wußte er, daß diese Fähigkeit half, einen Verstand zu tarnen, der in der Lage war, jede Gelegenheit, und sei sie noch so gering, zu nützen, um sie zu seinem Vorteil umzumünzen, ohne es den anderen merken zu lassen.

»Nein«, fuhr Beridien fort, »Nichiren ist ein viel zu eleganter Bursche, um aus Karpows Modell zu kommen.« Er nahm eine Kristallkeule hoch und hielt sie in der Hand, bis sie warm war, dann stellte er sie wieder zurück. »Es scheint, daß Nichiren, weit davon entfernt, der gedungene Killer zu sein, für den wir ihn gehalten haben, von einer ganz besonderen Quelle geführt wird. Und ich glaube, diese Quelle ist General Daniella Workuta. Das KVR war nichts, ehe sie es übernahm. Jetzt müssen wir sie bei jeder kleinen Mission mit allen denkbaren Mitteln bekämpfen.« Er schüttelte den Kopf, als hätte er sich soeben entschieden. »Ich denke, General Workuta hat uns einen Eisberg untergeschoben und läßt ihn Tag für Tag höher kommen.«

Donovan schaute auf seine Uhr. »Es ist Zeit für Ihre wöchentliche Untersuchung. Wenn wir auf dem Weg weiterreden, könnten wir Zeit sparen.«

Sie traten auf den Korridor hinaus, dessen nackte Wände lehmbraun gestrichen waren. Er hatte keine Türen. Als Beridien die flache Hand dagegenhielt, öffnete sich am fernen Ende eine bronzefarbene Fahrstuhltür. Drinnen gab es nur zwei Knöpfe. Beridien drückte auf den unteren, und sie fuhren im Schacht nach unten.

Sechs Stockwerke tiefer öffnete die Tür sich, und sie betraten den ersten in einer Reihe von sterilweißen Räumen, von denen einer ein voll mit modernstem Gerät einschließlich Laserskalpellen, kyrochirurgischen und pathologischen Einrichtungen ausgestatteter Operationssaal war.

Der diensttuende Agent nahm ihre ID-Karten aus Plastik und steckte sie in den Schlitz eines Terminals, dann sah er teilnahmslos zu, wie die beiden Männer in einen kaltweißen Raum eintraten, in dem ein Untersuchungstisch stand; außerdem waren darin ein Wagen, gefüllt mit unzähligen Phiolen, Flaschen und Röhrchen, alle in der Sprache der Ärzte beschriftet, ein kleines halbrundes Becken in einer Ecke und ein Mülleimer mit Fußpedal. Neben einem Breuerschen Wiener Stuhl, auf dem die Kleider abzulegen waren, stand eine Waage, und die Zahlentafel des Augenarztes hing an der Wand. Eine junge Schwester in einer steif gestärkten Uniform begrüßte die beiden Männer. »Genau rechtzeitig, Mr. Beridien«, sagte sie, als wäre er ein Kind. »Die Frau Doktor ist bereit für Sie.«

»Sie ist immer bereit für mich«, brummte Beridien. »Geier.«

»Sagten Sie etwas, Mr. Beridien?« fragte die Schwester, als hätte sie nicht gehört, was er sagte.

Beridien wartete gelassen, bis sie hinausging. »Da wir jetzt Nichirens Quelle kennen, ist es dringender denn je, daß wir ihn so schnell wie möglich liquidieren«, sagte er zu Donovan.

»Und wie können wir das erreichen? Maroc war doch angeblich unsere große Hoffnung, wenn es sich um Nichiren handelte.«

»Das war er«, erwiderte Beridien. »Bis zum Sumchun-Fluß. Ich nehme nachgerade an, daß er von dieser Mission nur als halber Mensch zurückgekommen ist.«

»Seine Leute wurden massakriert – von Nichiren, vermute ich, wenn auch sein Bericht schwierig zu werten und schließlich – zumindest für uns – unzureichend war. Vielleicht hätten wir früher Verdacht schöpfen und ihn auswechseln sollen.«

»All diese Spekulationen sind jetzt nutzlos«, sagte Beridien kalt. »Man kann nicht für seine Soldaten bluten und gleichzeitig erwarten, sie in die Schlacht führen zu können. Ich möchte, daß Sie daran denken, Rodger, wenn Sie das nächste Mal einen Anflug von Mitgefühl verspüren.« Donovan fand, daß dieser Satz wie eine versteckte Drohung klang. »Was wirklich wichtig ist, ist das, was dort oben passiert ist. Ich meine, außer dem Massaker.«

Donovan war neugierig. »Wie können Sie wissen, *daß* etwas passiert ist?«

»Durch Marocs Haltung. Ich kenne meine Leute. Maroc war immer ein gut angepaßter Eigenbrötler.« Er lachte kurz auf. »Ich weiß, das klingt wie ein Widerspruch. Der Präsident würde das ganz sicher so auffassen. Aber er hat ja auch nicht die Erfahrung, die ich in dieser Schattenwelt habe.«

»Auf jeden Fall war Maroc mit Stallings unser bester Agent. Tatsächlich war er in vieler Hinsicht sogar besser. Er hatte auch einen erstaunlichen Riecher für Verwaltungsdinge. Wir haben niemals eine solche Fülle erstklassiger Meldungen von unserer Basis in Hongkong bekommen wie zu der Zeit, als er sie leitete. Er war der geborene Führer. Die Leute drängten sich, nur um eine Chance zu erhalten, in seine Einheit aufgenommen zu werden.« Donovan fiel auf, daß Beridien ständig von Jake Maroc sprach, als wäre er schon tot.

»All das änderte sich jedoch in dem Augenblick, als er vom Sumchun-Auftrag zurückkam. Er verlor den persönlichen Kontakt zu David Oh und anscheinend auch zu seiner Frau. Es war, als schnitte er sich selbst von allem ab, das er im Leben am meisten liebte. Wenn ich es nicht besser wüßte, würde ich sagen, er hätte sich auf das Sterben vorbereitet.«

»Marocs psychologisches Profil läßt aber nichts von einem Todeswunsch erkennen«, sagte Donovan. »Vielmehr kamen unsere Ärzte zu dem Schluß, daß genau das Gegenteil der Fall wäre. Sein Wille zu leben war außerordentlich stark.«

Beridien nickte und begann geistesabwesend, sich auszuziehen.

»Um so mehr Grund, danach zu fragen, was wirklich da oben vor sich gegangen ist.« Er wandte sich um und legte das Hemd ab. »Das bringt uns wieder zu Quadrat Eins zurück: zu unserem Eisberg. Nichiren. Wir suchen ihn, und wir stoßen auf General Workuta. Rodger, ich will sie aus dieser Position raus haben. Sie hat das KVR in eine tödliche Waffe verwandelt. Ich denke, wir werden selbst ein paar Falschmeldungen einsetzen, um zu sehen, ob wir an Karpows Käfig so stark rütteln können, daß das Unbehagen ihn dazu zwingt, etwas zu tun, was er besser nicht täte.«

»Zum Beispiel General Workuta loswerden.«

»Das wäre gut«, gab Beridien zu. »Das wird aber einige Nachforschungen und viel Zeit erfordern. In der Zwischenzeit müssen wir Nichiren mit aller gebotenen Eile beseitigen. Schicken Sie Stallings wieder hinaus. Er ist ja gern inmitten all dieser Knirpse.«

Beridien schob sich auf den Untersuchungstisch. »Das ist schon ein verdammter Mist, wissen Sie das?«

»Ich denke«, sagte Donovan, als die Ärztin durch die Tür kam, »daß Sie langsam daran gewöhnt sein müßten. Sie waren es doch, der es zur Pflicht gemacht hat, daß der Leiter der Quarry jede Woche untersucht und dabei von einem hochrangigen Beamten begleitet wird.«

Die Ärztin, eine Frau von Vierzig, die Donovan heimlich begehrte, zog das Klinikhemd über Beridiens weiße Arme. Sie besaß ein feines, stark slawisches Gesicht, schwere Brüste und gutgeformte lange Beine. Donovan wünschte sich, er könnte diese Beine eines Tages besteigen. Sie schenkte beiden ein professionelles Lächeln, ließ aber sonst nicht erkennen, daß sie für sie etwas anderes wären als neutrale Patienten. Einmal im Monat bohrte und klopfte sie an Donovan herum, an einem Tag, den er jedesmal im Kalender rot anstrich.

»Ich denke, ich werde mir etwas vormerken«, sagte Beridien.

»Nächste Woche werde ich Wunderman herunterschicken, damit er an meiner Stelle untersucht wird.«

Die Ärztin bedachte ihn mit dem gleichen strengen Blick, mit dem sie einen übertrieben lauten Teenager ansehen würde. Beridien lachte, weil er dachte, er hätte sie endlich einmal getroffen.

Es brannte nur noch ein Licht. In seinem bernsteinfarbenen Schein erschienen die Flächen von Mikio Komotos Gesicht so hart wie Stein.

»Maroc-*san.*«

Die Worte waren der Gradmesser der Veränderung in seiner Haltung, für einen Japaner aber überaus bedeutsam. Er war aus der völligen Dunkelheit am Ende seines Gartens herausgetreten wie ein Stein, der aus den Tiefen eines Brunnens zurückkehrt.

Jake war sich seiner näherkommenden Gegenwart bewußt. Das Licht fiel auf das lockere Hemd und die *hakama.* Schließlich, als er einen Schritt vor Jake haltmachte, lösten sich seine Gesichtszüge aus der Nacht.

Sein Gesicht war verschlossen. Dafür gab es eine japanische Bezeichnung, aber sie wollte Jake nicht einfallen. Komoto trug seine *hara* – seine in ihm ruhende Macht – auf fühlbare Weise. Nichts sonst war erforderlich.

Er zeigte seine Hände. Quer darüber lag der Pfeil, den Jake abgeschossen hatte. »Ich glaube, das ist der Eure.«

Wie in einem Traum streckte Jake die Hand aus, nahm das Geschoß vom *oyabun* entgegen. Er hatte seine Handlungen noch nicht zu Ende gedacht. Endlich dämmerte ihm, was er begonnen hatte und, was wichtiger war, daß er Erfolg gehabt hatte.

Dieser Pfeil gehörte zu den besonderen Waffen eines *samurai* – dieses bestimmten *samurai*. In einem recht realen Sinne war er ein Teil seines Erbes. Mit Sicherheit wurde es niemals weggegeben, außer in Anerkennung einer Tat von außerordentlichem Wert. Jake erinnerte sich, daß man in der Feudalzeit sagte, *sensei* – das heißt Meister – einer bestimmten Kriegskunst, die sich zum ersten Mal begegneten, tauschten Stücke ihrer persönlichen Ausrüstung aus, um Verträge für die *daimyo*, ihre Oberherren, zu besiegeln.

Jake verneigte sich. »*Domo arigato,* Komoto-*san.*«

Er merkte, daß Toshi verschwunden war. Er und Komoto waren allein in der Nacht. Die hohen schwarzen Bäume wölbten sich über den beiden. Angefüllt mit nistenden Vögeln und surrenden Insekten, wiegten sich die Wipfel im Nachtwind und vermittelten dem Garten Bewegung, als wäre er eine Schale in einem weiten, mondbeschienenen Meer.

»Zeit«, sagte der *oyabun,* »etwas zu trinken.«

Sie betranken sich mit Suntory-Whiskey. Drinnen, auf der *tatami* sitzend, einen kleinen gutgeölten Buchsbaumtisch vor sich, sprachen sie über große und kleine Dinge, so als wären sie ihr Leben lang Freunde gewesen und nicht vor einer Stunde noch Gegner.

»Keii Kisan«, sagte Komoto, »ist wohl zu seinen Ahnen gegangen. Er war aggressiv, zäh, und bei weitem das gescheiteste Mitglied seines Klans gewesen.«

»Er hat Euch Schwierigkeiten gemacht.«

»Ich denke«, meinte Komoto in einem wohlüberlegten Ton, »es wäre richtiger zu sagen, daß Nichiren uns Schwierigkeiten bereitet hat. Toshima-*ku* war zu einer Quelle für Reibereien zwischen meinem und Kisans Klan geworden. Ich bin überzeugt, daß das Nichirens Werk war.«

»Warum?« Jake schenkte ihnen beiden Whiskey nach. »Was besitzt Toshima-*ku,* das dieses Blutvergießen wert ist?«

»Außer, daß es traditionell ein Anhang vom Komoto-Territorium ist, nichts.«

»Dann bezweifle ich ernsthaft, daß Nichiren darin verwickelt war. Er hätte keinen Grund gehabt, zu einer aggressiven Politik zu raten, und jeden Grund, die Lage auf seinem Heimatgrund ruhig zu halten.«

»Da habe ich meine Zweifel«, sagte Komoto. »Nach unseren Informationen ist Nichiren ein Maulwurfagent des KGB.«

Jake starrte ihn an. Er bemühte sich, sich nicht anmerken zu lassen, wie sein Herz flatterte. »Nach meinen Informationen ist er ein Einzelterrorist.«

»Dann seid Ihr etwas hinter der Zeit zurück.«

Jake dachte eine Zeitlang darüber nach. Schließlich sagte er: »Wie lange führen ihn die Sowjets schon?«

Komoto zuckte mit den Achseln. »Ich werde Euch die ganze Akte zeigen. Drei, vier Jahre. Wir sind nicht ganz sicher. Wir kennen aber seine Führung. General Daniella Workuta.«

KVR, dachte Jake. Buddha! Kein Wunder, daß sie oben auf dem Schwert waren. Flüchtig fragte er sich, wieso die Quarry davon nichts gewußt hatte.

Der *oyabun* starrte Jake ins Gesicht. »Ich würde sagen, Ihr seid entweder sehr betrunken oder sehr überrascht.«

»Wenn ich noch betrunkener wäre«, sagte Jake, »würde ich nicht einmal verstehen, was Ihr gesagt habt.«

Mikio Komoto lachte. »Das ist Barbarenwhiskey!« schrie er. »Wir kommen jetzt zu den richtigen Sachen! Toshi-*san,* bring den *sake* herbei!«

Für Nichiren war *meinichi,* der Tag des Todes.

In einen meergrünen Kimono mit schneeweißem Doppelradmuster gekleidet, stapfte er bewußt langsam den steilen, sich windenden Sandpfad hinauf. Durch die Kiefern und Zedern – mit ihren Wipfeln wie der Fuji-yama, verloren im grauen Nebel – stieg er vom mit Ziegeln bedeckten Dach der Eisenbahnstation zum Nordwesten von Tokio auf. Hinter ihm dehnte sich die große Metropole über die Insel – im Vergleich zu dem Nebel, der durch die Zweige über seinem Kopf zog – in harten, kalten Grauschattierungen.

Hier und da fegten Knaben in Shinto-Roben den Staub der Jahrhunderte mit Bambuswedeln weg, ihre erste Pflicht am Tempel. Man mußte erst Demut erlernen, den ersten Schritt auf dem Weg zur Einheit mit allen Dingen.

Kurz vor dem Scheitel des Hügels wandte er sich nach links, weg von den karmesinroten und schwarzen Tempelgebäuden. Hier endete der Pfad an einem Steintor. Dahinter lag der Friedhof.

Obwohl es noch früh am Morgen war, konnte er im Nebel die knieenden Gestalten ausmachen, die im Gebet vor den steinernen Gedenktafeln ihrer Ahnen verharrten. Das intonierte Gebet erhob sich durch den Nebel in einer Weise, in der es das im Sonnenlicht nicht konnte.

Während er die schmalen Pfade entlangtrottete, ließ er sich von den frommen Worten überrieseln, bis er zur vertrauten Steintafel kam. Dort kniete er nieder und steckte vor den Stein die Räucherstäbchen, die er aus der Stadt mitgebracht hatte. Bedächtig und ein Gebet auf den Lippen, zündete er eines nach dem anderen an, bis ihr brennender Duft sich mit dem Nebel vereinte.

Sein Kopf war gesenkt. Seine Gedanken weilten nur bei seiner Mutter. Auf dem Stein vor ihm standen zwei Reihen Schriftzeichen, die er aber nicht zu betrachten brauchte; ihre Botschaft war für immer in sein Herz gegraben.

Meinichi, wenn auch seine Bedeutung »Todestag« war, setzte sich aus zwei Schriftzeichen zusammen, die getrennt »Leben« und »Tag« bedeuteten. Dieser scheinbare Widerspruch war leicht wie folgt zu erklären: Wenn man sich vornahm, sich an den Todestag eines Vorfahren zu erinnern und in Gedanken und in Wirklichkeit die Pilgerfahrt zur Begräbnisstätte unternahm, hatte man den oder die Toten tatsächlich in die Welt der Lebenden zurückgeholt, zumindest für diese kurze Zeitspanne des Jahrestages.

Es war auch eine Zeit für die Zusammenkunft der Familie, um Bindungen zu erneuern, die durch die weit auseinanderliegenden Wohnorte der einzelnen Mitglieder vielleicht etwas gelockert wurden. Nichiren empfand eine große Traurigkeit darüber, daß außer ihm niemand hier war. Die Familie, die wie bei allen Japanern so viel für ihn bedeutete, war auf eine Person reduziert.

Bittere Tränen rannen unter seinen gesenkten Lidern hervor und verweilten einen kurzen Augenblick auf seinen Wangen, ehe sie herabtropften und seinen Kimono befleckten.

Yumiko war schon viele Jahre tot, doch durch das Wunder des *meinichi* war sie für Nichiren wieder lebendig. Er erinnerte sich an ihr Gesicht, das in den Jahren nichts von seiner porzellanenen Schönheit verloren hatte. Die jugendlichen, feinen Züge waren vielmehr weicher geworden, die Haut nahm einen Schimmer an wie eine hochgeschätzte *ningyo.*

Als Kind hatte er viele dieser Puppen in ihren Glaskästen in Schaufenstern gesehen, gegen die er seine Nase gepreßt hatte, bis er anfing zu schielen. Er konnte sich an billige Puppen aus Reispapier erinnern, die während der Jahre seines Krankseins in seinem Zimmer gehangen hatten. Viel später erst hatte er erfahren, daß sie Yumikos Wächter gegen das Böse waren, das ihn, wie sie fest glaubte, befallen hatte. In diesen langen Tagen, in denen er vom Fieber befallen dalag, waren ihre Hände damit beschäftigt, neue Papierpuppen herzustellen, die bei der Abwehr weiterer Krankheiten helfen sollten.

Wenn er sich genügend erholt hatte von seinen Krankheitsanfällen, machte sie sich daran, ihn körperlich und geistig so stark zu machen, daß in den Jahren danach Krankheit für ihn zu etwas völlig Unbekanntem wurde.

Für Nichiren war Yumiko Mutter und Vater gewesen. Sie hatte nicht wieder geheiratet. Tatsächlich konnte er sich nicht daran erinnern, daß sie jemals einen Liebhaber im Haus hatte. Sie hatte sich vielmehr in die Mysterientexte vergraben, die aufzutreiben sie oft in die entlegensten Winkel Japans führte.

Oft lag er nachts wach und hatte ihren hypnotischen Gesang in den Ohren, eine seltsame Art von Flüstern, das sich mit den Geräuschen der Insekten und dem Trillern der Nachtvögel vermischte und ihm Schlaf bringen sollte.

Klein und schön, hatte sie trotzdem einen heftigen, unbeugsamen Willen gehabt. *Tetsu no kokoro,* ihren eisernen Sinn. Sogar im goldenen Schein der Erinnerung gab es nur eine Spur von Sanftheit bei ihr. Obwohl sie ihn liebte, hatte sie ihn niemals übertrieben verhätschelt oder liebkost. Tatsächlich hatte sie ihn kaum berührt.

Nichiren konnte sich deutlich nur an ein einziges Mal erinnern. Er war nach Hause gekommen und trug einen Hund auf dem Arm, den er entweder aus Wut oder in Frustration darüber getreten hatte, daß er der Schule verwiesen worden war. Er stand bereits unter der Vormundschaft von Mitsunobu und hatte nur einmal mit der Schuhspitze zugetreten und der armen Kreatur das Genick gebrochen.

Yumiko hatte nur einen Blick auf das Tier geworfen und Nichiren befohlen, es außerhalb des Grundstücks abzulegen. Dann hatte sie ihn ins Haus mitgenommen und verprügelt. Sie besaß nicht genügend physische Kraft, um ihm Schmerzen zu bereiten, doch irgend etwas, vielleicht ein Fingernagel oder ein Ring, hatte seine Haut geritzt, und er hatte zu bluten begonnen.

Als sie das sah, hatte ein Ausdruck tiefsten Schreckens das Gesicht seiner Mutter verändert. Sie hatte aus tiefstem Herzen aufgeschrien, ihn fest an sich gezogen, die Arme um ihn geschlungen und ihn gewiegt.

Mit der Zeit hatte er ihre heißen Tränen auf seinen Lippen gespürt. Ihr schauerlicher Schrei hallte ihm in den Ohren wider, und sie zitterte. Niemals wieder hatte er einen solchen Laut aus einer menschlichen Kehle gehört. Daß ein Mensch so verzweifelt sein und sich selbst so verabscheuen konnte!

Dieser Augenblick war für beide bedeutsamer gewesen, als sie selbst erkannt hatten. Er verband ihre Seelen auf eine unergründliche Weise. Was Yumiko von ihm verlangte, tat er. Das hatte er zwar schon immer getan, aber jetzt tat er mehr. Was sie glaubte, glaubte auch er. Er jedoch zumindest war sich bewußt, was er tat. Er liebte sie. Für ihn war sie das Leben. Er war bereit, alles zu tun, nur um zu gewährleisten, daß sie niemals wieder so schrie.

Seine Mutter blieb in seiner Erinnerung die schönste Frau, die er je gesehen hatte. Die Zeit hatte diese Erinnerung nicht getrübt. Er stellte sich Yumiko vielmehr mit einer Deutlichkeit vor, die man gewöhnlich bewahrt, wenn man alte Fotos betrachtet.

Erst als sie starb und er sie zur Vorbereitung für das Begräbnis wegbrachte, sah er sie nackt. Diese einzige Erinnerung, die zu vergessen er sich innig wünschte, galt dem, was er erlebte, als er das Laken zurückschlug: unterhalb eines Gesichts, das nicht einmal der Tod hatte entstellen können, die schreckliche Verwüstung ihres kleinen Körpers. – –

Meinichi. An diesem Tag lebte Yumiko wieder, jedenfalls so lange, wie er an ihrem Grab kniete. Er fühlte sich ihr nahe, spürte, wie ihr Geist sich um ihn legte wie ein Mantel um seine Schultern.

Als er im blassen Sonnenlicht des frühen Morgens aufgewacht war, hatte er sich unbehaglich gefühlt. Während er sich für diese Gelegenheit das traditionelle Gewand anlegte, dauerte das unbehagliche Gefühl unvermindert an. Er hatte von Mariana Maroc geträumt. In seinem Traum hatte er sie geküßt. Zärtlich hatte sie seinen Kopf gehalten und mit solcher Zärtlichkeit in seine Ohrmuschel gesprochen, daß er in seinem Traum geweint hatte.

Erschrocken war er aus dem Schlaf hochgefahren, hatte die Ohren gespitzt, um ihre Worte zu hören. Was hatte sie ihm zugeflüstert, das ihn so bewegt hatte? Wie sehr es ihn danach verlangte, das zu wissen, immer war er kurz davor, die Worte zu erkennen. Fühlen konnte er sie, aber nicht hören.

Jetzt, als er spürte, wie Yumikos Geist ihn umwehte, fühlte er das Unbehagen nicht mehr, und er seufzte tief, so wie er es als Junge manchmal getan hatte. Er erinnerte sich wieder an den Tag, da sie ihn gewiegt hatte, weinend. Nach einiger Zeit hatte sie eine Erklärung verlangt.

Warum hast du den Hund zu Tode getreten? hatte sie ihn gefragt.

Er hatte sich etwas Zeit gelassen, weil er es oberflächlich wirklich nicht wußte, aber sich doch klar war, daß seine Antwort wichtig sein könnte. *Ich bin wütend geworden,* sagte er schließlich.

Wütend worüber? Auf wen? Yumikos feucht glänzende Augen sahen ihn forschend an.

Die Kinder in der Schule. Sie reizen mich, weil ich ein Außenseiter bin. Sie sagen, ich bin überhaupt kein Japaner. Immer stehen sie auf der einen Seite und ich allein auf der anderen.

Yumiko hatte ihn ruhig angesehen. *Hast du ihnen deine Empfindungen klargemacht?*

Immer und immer wieder. Sie lachen mich aus, belegen mich mit Schimpfnamen. Werfen Steine nach mir, manchmal.

Warum hast du dann nicht deine Wut an ihnen ausgelassen? Warum nimmst du einem Tier das Leben, das dir nie etwas getan hat?

Er hatte vor Scham den Kopf hängen lassen. *Ich habe Angst vor ihnen.*

Furcht, sagte Yumiko fest, *hat nichts damit zu tun. Es ist lediglich eine Sache der Ehre.* Sensei *würde dir das gleiche sagen. Du weißt das in deinem Herzen selbst.* Jetzt gab es keine Tränen mehr, keine Berührung. Yumikos *tetsu no kokoro* war mit solcher Macht zurückgekehrt, daß jedes von ihr vorgebrachte Wort ihm wie ein brennendes Geschoß vorkam, das im Zentrum seines Gehirns landete. *Du wirst keine Ehre haben, bis du dich ihnen stellst, bis du ihnen den Irrtum ihres Handelns klargemacht hast.*

Meinichi. Nichiren atmete den Todestag ein, die Erinnerung an Yumiko, atmete den *tetsu no kokoro* ein, das lebendige Erbe, mit dem sie ihn ausgestattet hatte.

Er hatte nicht seiner Quelle bedurft, ihn an diesen Tag zu erinnern. Er war überrascht gewesen, daß das Thema überhaupt aufkam, als er spät in der vergangenen Nacht auf der Überseeleitung die Nachricht erhielt.

»Am Grab Ihrer Mutter werden Sie niederknien, die Räucherstäbchen anzünden und die Gebete für die Toten sprechen«, sagte die Quelle, so, als sollte das eine geschäftliche Verabredung sein.

Nichiren hatte sich gesträubt. »*Meinichi* ist ein privates Ritual, eine Angelegenheit nur für die Familie. Sie haben kein Recht, sich da einzumischen.«

»Im Gegenteil«, hatte die Quelle gesagt, »ich habe jedes Recht. Es gibt ein anderes Ritual, das Sie ausführen müssen, und nur ich kann Sie führen.«

Nichiren hörte genau zu, was die Quelle danach sagte. Als sie fertig war, sagte er: »Woher wissen Sie das? Das ist unglaublich!«

»Ich weiß alles, was es über Sie zu wissen gibt«, sagte die Quelle in dem elektronisch verzerrten Ton, der es unmöglich machte, auch nur das Geschlecht der Stimme zu erkennen. »Das war immerhin der Grund, warum Sie überhaupt angeworben wurden. Ich führe Sie. Das hat Ihnen eine Wirkung verliehen, die über die zweifelhafte Funktion eines Attentäters hinausgeht. Das Leben kann nicht nur nach der Zahl der Leute gemessen werden, die man liquidiert. Das wäre sinnlos: reines Chaos, das Ende aller Dinge.«

Nichiren hatte nichts darauf erwidert. Seltsamerweise dachte er an Mariana, daran, wie nahe er herangekommen war, ihr das Leben zu retten. Wie er nur um Haaresbreite versagt hatte, verraten vom Wind und vom Regen und der abbröckelnden Erde: Natur. Es war ganz offenkundig, daß er Leben weitaus besser nehmen konnte als retten. In diesem Gedanken hörte er das Echo der Worte seiner Mutter.

Sonnenlicht streichelte seinen Rücken wie die starken Hände seiner Mutter, wenn sie ihn badete, weil er zu krank war, es selbst zu tun. Er schaute hoch, an dem kleinen Steinmonument vorbei. Er sah die Reihen der anderen. Hier und da, wie Farbtupfer, die ein guter Maler gesetzt hatte, bewegten Menschen sich auf den schmalen Wegen. Sonst war der Friedhof nur grau und grün.

Nichiren blickte nach rechts. Die Quelle hatte gesagt, in der unmittelbaren Nachbarschaft gebe es eine leere Stelle. Für ihn eines Tages reserviert. Wie konnte die Quelle das wissen? *Ich weiß alles, was es über Sie zu wissen gibt.* Nichiren rutschte näher an die freie Stelle heran; unter seinem Kimono holte er eine kleine Gartenschaufel hervor. Er maß genau sechs Zentimeter ab, von der linken Ecke der Grabstelle an der Grundlinie, weitere sechs in sie hinein.

Steckte seine Schaufel in den grasbedeckten Lehm.

Keiner schaute her. Auf einem Friedhof sind die Augen der Menschen nach innen gerichtet: in Erinnerung verloren. Er grub bis zur Tiefe der Länge des Schaufelblattes, dann benutzte er die Finger, weil er nicht beschädigen wollte, was in der Erde lag, wie die Quelle ihm gesagt hatte. Das auf diesen Tag gewartet hatte. Auf ihn gewartet.

Er stieß auf die Oberfläche des Päckchens, grub vorsichtig rings um den Rand wie ein Archäologe, der sich seinem Fund nähert. Schließlich konnte er es herausheben: eine ovale Form, vielleicht zweimal ein Meter, in Reispapier eingewickelt. Die äußeren Schichten, die er sah, als er die Erde abklopfte, mußten mit einem Konservierungsmittel angestrichen worden sein, denn zersetzt hatten sie sich nur an einigen Stellen. Ihm kam der Gedanke, daß der Gegenstand recht alt sein mußte, vielleicht aus der Zeit kurz nach dem Zweiten Weltkrieg, denn es war keine Plastikfolie verwendet worden, was man später gewiß getan hätte.

Er öffnete es und erblickte eine *ningyo,* eine jener Papierpuppen, wie seine Mutter sie immer hergestellt hatte. Tatsächlich war es ohne Zweifel eine von ihr. Wenn sie auch vom Alter vergilbt war, er erkannte ihre Arbeitsweise.

Brich die Puppe auf.

Das hatte die Quelle in der vergangenen Nacht ihm zu tun befohlen. Wie konnte er das aber? Die *ningyo* hatte seine Mutter gemacht. Konnte er das zerstören?

Er stand unter Kontrolle. *Sie sind ein Killer,* hatte die Quelle ihm vor Jahren gesagt, als er angeworben wurde. *Sie zerstören Leben mit einer Gefühllosigkeit, die grauenvoll ist. Es ist auch erschreckend. Ich kann Ihnen sagen, das ist nicht der Grund, weshalb Sie in diese Welt gebracht wurden. Sie sind nicht der Racheengel, für den Ihre Mutter Sie gehalten und auch zu sein gelehrt hatte. Sie sind kein Raubtier in der Nacht.*

Ich bin Nichiren, hatte er geantwortet.

Sie hat Ihnen auch den Namen gegeben.

Sie glaubte an mich. Sie war die einzige.

Sie glaubte an den Tod. An den Tod allein. Ich glaube an Sie.

Nichiren brach die Puppe auf.

Was er darin fand, war der hintere Teil eines Tigers, ein Stück aus blaßlila Jade, die Gravur scharf und fließend. Mit angehaltenem Atem nahm er den Wildlederbeutel, den Mariana Maroc ihm in die Hand gedrückt hatte, und öffnete ihn. Ließ den Inhalt in seine Handfläche gleiten, neben den anderen Teil des Tigers.

Schultern, Nacken, grimmig grinsender Kopf. Die beiden Teile aus blaßlila Jade paßten zusammen, bildeten einen ganzen Tiger, eine Hälfte des *fu.*

Macht, sie wuchs.

»Ich muß mich im Namen des *tai pan* höflichst entschuldigen«, sagte Peter Ng. »Es war ihm aber unmöglich, Ihrer Einladung für heute abend zu folgen.«

Drei-Eide-Tsun lächelte. »Das macht nichts«, sagte er im freundlichsten Ton. »Ich kenne Sie ja schon so lange, wie ich Andrew Sawyer kenne, Mr. Ng. Ich weiß, daß Sie für ihn sprechen.« Er legte die Hände zusammen, Handfläche auf Handrücken. »Auf jeden Fall war es dringend erforderlich, daß dieses Treffen vor Montag stattfindet.«

Peter Ng nickte. »Der *tai pan* hat die Dringlichkeit in Ihrer Einladung erkannt und entsprechend gehandelt. Ich denke, diese Lösung ist zufriedenstellend.«

»Oh, höchst zufriedenstellend, Mr. Ng. Wirklich, höchst zufriedenstellend.«

Es war kurz nach neun. Die beiden Chinesen saßen im Prunkbüro von Drei-Eide-Tsun, an Bord seiner Dschunke, die im Aberdeen-Hafen vor Anker lag. Draußen über ihren Köpfen kämpfte der Sommerabend um die Vorherrschaft mit dem Zusammenfluß von Neon und Glühlicht, in dem die Kolonie erstrahlte.

Drei-Eide-Tsun schloß die Augen, spürte das sanfte Schaukeln der Dschunke unter sich. Alles wird gutwerden, sagte er sich durch das hämmernde Schlagen seines Herzens. Hab Vertrauen.

In diesem Augenblick erschien eine seiner Töchter; sie trug ein Tablett mit Teekanne und Schalen, kleinen Tellern, Eßstäbchen und Platten mit dampfenden Fischspeisen.

»Man sagt, Mr. Ng, daß Hakka-Speisen den Geist stärken wie nichts sonst auf der Welt.« Drei-Eide-Tsun öffnete die Augen, beobachtete seine Tochter Nummer zwei, wie sie die Mahlzeit mit perfekter Präzision servierte. Ich habe sie alle gut geschult, meine Kinder, dachte er.

»Ich hoffe, Sie sind hungrig, Mr. Ng.«

Peter Ng, adrett wie immer in seinem anthrazitfarbenen Leinenanzug mit weißem Oberhemd, taubengrauer Krawatte mit weißen Punkten und schwarzen Slippers, hob den Kopf. »Ich bin immer hungrig um diese Zeit am Abend, Ehrenwerter Tsun«, sagte er, trotz des flauen Gefühls, das er im Magen hatte. Das geschah ihm jedesmal, wenn er an Bord eines Bootes ging. Es spielte keine Rolle, daß die Dschunke vor Anker lag, daß nur eine unendlich leichte Schaukelbewegung zu spüren war. Allein schon der Gedanke genügte Ng, um Zustände zu bekommen.

Als kleiner Junge war er von seinem älteren Bruder ins Wasser geworfen worden. Es war nur ein harmloser Streich gewesen, doch Peter konnte sich noch überdeutlich an das Gefühl des Wasserschluckens erinnern, an das Sinken in das Wellental, an das Ertrinken in luftloser Dunkelheit.

Der *tai pan,* dem Ngs Übel – ein seltsames Übel für einen Inselchinesen – auf einer Geschäftsfahrt nicht verborgen geblieben war, auf der sie die Fähre nach Macao nehmen mußten, hatte einmal vorgeschlagen, einen Psychiater zu konsultieren. Ng hatte sich nie dazu entschließen können. Er konnte nicht einsehen, wie ihm eine Erfindung der *gwai loh* nützen sollte.

Jetzt, als er sich niedersetzte, um die Speisen seines Gastgebers zu essen, stählte er sich – oder genauer, seinen Magen – gegen das unbeständige Flattern.

Wie es der Sitte entsprach, unterhielten sie sich während des Essens nur über belanglose Dinge: das Wetter, Tsuns Kinder, Ngs Familie und so weiter. Beide vermieden sorgfältig Geschäftsangelegenheiten zu berühren, sogar die, die keinen von beiden direkt betrafen.

Endlich kam Tochter Nummer zwei zurück, um das Geschirr abzuräumen und die leere Teekanne gegen eine volle auszuwechseln. Sie brachte auch eine volle Flasche Johnnie Walker Black und zwei altmodische Gläser mit.

Jetzt, dachte Peter Ng, ist es nur noch eine Frage der Zeit. Sein *tai pan* hatte ihn in sein Büro gerufen, kurz nachdem er den Anruf von Drei-Eide-Tsun erhalten hatte.

»Die Dinge werden langsam heiß«, sagte er zu Ng. Ein leichtes Lächeln lag auf seinem Gesicht, ein Hinweis darauf, daß er sich inmitten eines ernsten Denkprozesses befand. »Es sieht so aus, als wollte der Ehrenwerte Tsun mich heute abend sprechen.« Er sah Peter fest an. »Ich möchte, daß du an meiner Stelle gehst. Das wird zweierlei bewirken. Es wird Tsun zeigen, daß ich bereit bin zuzuhören, aber nicht unbedingt scharf darauf bin. Es wird ihn aber auch unsicher machen. Vielleicht sagt er dir etwas – entweder bewußt oder unabsichtlich –, was er mir nicht sagen würde.«

»Und wenn er uns einen Vorschlag macht?«

»Oh, er hat schon einen Vorschlag für uns«, sagte Sawyer und lehnte sich im Sessel zurück. »Da habe ich keinen Zweifel. Bleib unverbindlich, Peter. Das ist, wie ich meine, wichtig. Tsun wird so schnell wie möglich einen Handel abschließen wollen. Ich denke, der Montag ist sein äußerster Termin, wenn alle Warenmärkte offen sind. Auch wenn sein Angebot gut erscheint, reagiere nicht positiv. Wenn wir entscheiden, daß das, was Tsun will, interessant ist, werden wir bis zum letztmöglichen Augenblick warten – spät am Sonntag abend –, um unser Interesse zu zeigen. Bis dahin werden wir ohne Zweifel bessere Bedingungen aushandeln, als wenn wir gleich zugreifen.«

Jetzt, als sein Gastgeber Chrysanthementee in die Schalen goß und mit Kandiszucker süßte, sowie drei Finger hoch Whisky in die Gläser, kämpfte Peter Ng mit seinem Übelsein. Die Speisen, die er gegessen hatte, lagen ihm, obwohl sie leicht gewesen waren, wie Blei im Magen. Er holte dreimal tief Luft und schluckte den süßen Tee, worauf er sich gleich besser fühlte.

»Mr. Ng«, begann Drei-Eide-Tsun, »Ihre Firma und die meine haben nie viel gemeinsam gehabt. Das weiß jeder. Auf den Gebieten, wo unser

Handel sich überschnitt, sind wir lebhafte Konkurrenten gewesen. Es hat aber niemals eine Spur von Feindschaft gegeben. Korrigieren Sie mich, wenn ich etwas Falsches sage.«

Seine Pause wurde nicht genutzt.

Befriedigt nickte Drei-Eide-Tsun kurz. »Ich glaube, unsere beiden Häuser sind aus vielen Gründen starke Konkurrenten geblieben, von denen Flexibilität nicht der geringste ist. Die Zeiten erfordern überall auf der Welt ständig neue Anpassung. Das trifft besonders für Hongkong zu. Ich denke, Sie werden mir da zustimmen. In den letzten zehn Jahren haben wir eine Folge von geschäftlichen und politischen Umwälzungen erlebt, die das Gesicht der Stadt buchstäblich verändert haben.

Sie haben auch uns gezwungen, unsere Vorstellung von unserer Zukunft zu ändern. Ich befürchte, daß der Auszug von Mattias, King & Co. uns allen noch weitere, weniger schmackhafte Veränderungen aufzwingen wird.«

»Es ist sicher«, sagte Ng, »daß zumindest die kurzfristigen Auswirkungen auf die gesamte Geschäftswelt katastrophal sein werden.«

Seltsamerweise, dachte Ng, lächelte Tsun jetzt. »Nun, vielleicht muß nicht *jeder* leiden, Mr. Ng.«

»Entschuldigen Sie . . .?« Peter bemühte sich, jede verborgene Nuance in den Worten seines Gastgebers in sich aufzunehmen.

»Ich bin bereit, Sie an einem Geheimnis teilhaben zu lassen«, sagte Drei-Eide-Tsun. »Aber zuerst wäre ich dankbar für einen, äh, Beweis der Ernsthaftigkeit Ihres *tai pan.*«

»Ich denke, mein derart kurzfristiges Erscheinen sollte das anzeigen.«

»Vielleicht.« Tsuns Tonfall wies jedoch darauf hin, daß er dem nicht beipflichtete. »Ich würde aber auch gern wissen, ob Andrew Sawyer bereit ist, eine Menge zu riskieren . . . um ein Vermögen zu machen – tatsächlich ein Vermögen – in den kommenden Monaten.«

Ng überlegte einen Augenblick, dachte an seine Anweisungen. »Geld«, sagte er schließlich, »ist es, was alles bewegt. Ein Geschäftsmann, der kein Geld verdienen will, ist tot und begraben. Und doch lernt man mit den Jahren in einem schmerzlichen Prozeß, sein Verlangen nach Kapital mit der Weisheit der Vorsicht zu zügeln.«

So, dachte Drei-Eide-Tsun, du hast also nichts gesagt. Aber das sagt mir schon eine ganze Menge. Wir werden also von hier aus gehen müssen. Wenn ein Fluß in seinem Bett einen Felsen findet, der zu groß ist, um bewegt zu werden, ändert er seinen Lauf. »Natürlich«, fuhr er fort, »Maßhalten, Geduld, Ausdauer: das Glaubensbekenntnis des reichen Mannes. Ich verstehe vollkommen.« Er drehte sich um, sah auf die Uhr auf seinem Schreibtisch. »Nun, ich sehe, ich habe Sie schon zu lange aufgehalten. Das war nicht meine Absicht. Bitte nehmen Sie meine Entschuldigung an.«

Ng geriet in Panik. Er wußte, wann er zu gehen hatte, wenn die richtigen Worte gesprochen wurden. Er wußte auch, daß ihm, wenn er mit leeren Händen zu Sawyer zurückkam – obwohl er wußte, daß da ein Handel im Entstehen war –, ein roter Umschlag mit seiner Entlassung überreicht werden würde. Vertrautes Mitglied des Hauses oder nicht, der *tai pan* würde in seinem Herzen keine Vergebung für ein solches Versagen finden.

»Ehrenwerter Tsun«, sagte er, etwas zu hastig, »mir scheint, als hätte ich mich nicht klar genug ausgedrückt. Sie müssen mir vergeben. Ich bin nicht ganz so schnell wie mein *tai pan*. Meine Vorfahren waren langsame und geduldige Menschen, und sie lehrten mich, es ihrem Verhalten gleichzutun.«

Bei den Acht Betrunkenen Unsterblichen, dachte Drei-Eide-Tsun, der hat ja eine goldene Zunge. Seine Demut würde jeden *gwai loh* dazu bringen, in den Taschen nach Geld für ihn zu kramen.

»Geduld ist gut und schön«, sagte er leicht, um zu zeigen, daß er nicht gekränkt war, »doch immer wieder sehen wir *kai ho*, und wenn wir diese Lücke erkennen, müssen wir schnell handeln, oder wir bleiben für immer außen vor.«

»Es ist meine Meinung, daß der *tai pan* ähnlich denkt«, sagte Ng und verbarg die Erleichterung, die er zutiefst fühlte.

»Gut.« Drei-Eide-Tsun nickte. »Dann lassen Sie mich Ihnen ganz im Vertrauen sagen, daß die Entscheidung von Mattias, King die Kolonie zu verlassen, eine Änderung gewisser Geschäftsvorhaben für sie herbeigeführt hat.«

Ngs Pulsschlag beschleunigte sich beträchtlich. Er glaubte zu wissen, was jetzt kommen würde, und er suchte die Aufregung darüber zu zügeln.

»Wie Sie vielleicht wissen«, fuhr Drei-Eide-Tsun fort, »sind Mattias, King und ich zu jeweils einem Drittel Partner der Kommunisten bei dem Kam Sang-Kernkraftprojekt in der Provinz Kuangtung. Mattias, King haben mich wissen lassen, daß sie sich zurückziehen. Natürlich boten sie mir über meine Firma Pak-Hanmin zunächst einen Vorzugspreis an. Doch, offen gesagt, diese Ausgabe auf lange Sicht wäre für meine anderen Geschäfte ein zu großes Risiko.

Deshalb biete ich Ihrem Handelshaus deren Anteil von einem Drittel an.«

In Ngs Kopf wirbelten zehntausend Fragen herum. Warum gerade Sawyer & Sons, von allen Häusern? Warum nicht, zum Beispiel, Five Star Pacific, die Hauptversorgungsbetriebe in den New Territories? Wären sie nicht die erste logische Wahl? Hatten Mattias, King ihren Anteil wirklich Tsun angeboten? Log er, wenn er sagte, warum er ihn nicht selbst nehmen wollte? Und so weiter. Peter wußte aber, daß er keine dieser Fragen stellen konnte – daß er faktisch überhaupt kein Interesse bekunden durfte.

»Kam Sang«, sagte er vorsichtig, »hat einen recht hohen Preis, wenn ich es richtig verstehe.«

Drei-Eide-Tsun nickte. »Sechs Milliarden U.S. Dollar.« Ng wäre fast an dem Whisky, den er gerade trank, erstickt. *Dew neh loh moh!* dachte er. Das ist ein unglaublich hoher Preis für ein Kraftwerksprojekt.

»Aber«, fuhr Drei-Eide-Tsun fort, »das Potential für Gewinn ist buchstäblich unbegrenzt. *Wenn* wir Kam Sang bauen können, und bald.«

Ngs Augen verengten sich. »Gibt es da ein Problem?«

»Die Zukunft von Hongkong und eines großen Teils von Südchina hängt unmittelbar vom Kam Sang-Projekt ab«, erklärte Drei-Eide-Tsun. »Unsere Energiequellen sind zumindest begrenzt. Sie wissen so gut wie ich, welches Unglück über uns hereinbrechen würde, wenn kein Wasser mehr durch die Rohrleitung zu uns hereingepumpt wird. Kam Sang soll uns nicht nur mit Elektrizität versorgen, sondern auch mit Wasser. Unbegrenzt.«

Ng setzte sich aufrecht hin. »Davon habe ich noch nichts gehört.«

»Das können Sie auch nicht. Es ist ein streng gehütetes Geheimnis. Kam Sang soll uns mit einer nicht teuren Entsalzungsanlage versorgen.«

»Meerwasser in Trinkwasser!«

Drei-Eide-Tsun nickte. »Keine Rationierung mehr für Hongkong. Keine Knappheit mehr. Wasser jederzeit.«

»Und die Probleme?«

»Die Sowjets«, sagte Tsun. »Sie haben bereits zweimal versucht, das Projekt zu sabotieren. Es gibt keinen Grund für die Annahme, sie würden es nicht wieder versuchen. Das ist Ihr Hauptrisiko. Es würde sich aber hundertmal erhöhen, wenn die Sowjets hinter das Geheimnis von Kam Sang kämen.« Er sah Ng an. »Sie werden jetzt verstehen, warum ich von Ihrem Haus umgehend eine Antwort haben muß.«

Ngs Verstand wirbelte. »Ich muß das natürlich mit dem *tai pan* besprechen.«

»Mr. Ng«, sagte Drei-Eide-Tsun und erhob sich, »ich spreche von Stunden, nicht von Tagen!«

Peter nickte und erhob sich ebenfalls. »Ich verstehe Sie vollkommen.«

»Gut.« Drei-Eide-Tsun machte eine verabschiedende Geste. »Mein Sohn Nummer drei wird Sie vom Schiff führen.«

Ng verneigte sich. »Ich danke für Ihre Gastfreundschaft, *tai pan.*«

»Ich bin immer dankbar für interessante Gesellschaft beim Abendessen, Mr. Ng.«

Drei-Eide-Tsun beobachtete, wie Peter Ng die Treppe hinauf auf Deck geführt wurde. Nach einem Augenblick rief er leise. Eine Gestalt kam den schmalen Niedergang herab, eingehüllt in Schatten.

»Es tut mir leid, daß ich dich warten lassen mußte, *bou-sehk.*« *Bou-sehk* bedeutete »Edelstein«.

»Macht nichts«, sagte Bliss, während sie die Staatskabine betrat. »Ich hatte eine köstliche Mahlzeit mit *a-ma.*« Bliss hatte es sich zur Gewohnheit gemacht, seine Tochter Nummer eins, also die älteste, mit *a-ma,* »Mutter« zu bezeichnen.

»Du hast Informationen für mich.« Das war keine Frage. Er schenkte ihnen beiden Whisky in frische Gläser ein, die er aus einer Schublade seines Schreibtisches genommen hatte.

»Jake Maroc ist in Japan.«

»Ahh!« Er wandte sich ihr zu. »Wir haben ihn auf den Weg geschickt.« Er reichte ihr ein Glas. »Auf Jake Marocs *joss!*« Sie tranken beide.

»Ich fühle mich unbehaglich dabei«, sagte sie. »Als hätten wir Jakes *joss* manipuliert.«

»Was für ein ungewöhnlicher Gedanke. *Bou-sehk,* du weißt so gut wie ich, daß *joss* nicht von Menschen beeinflußt wird. *Joss* ist vielmehr Teil der allen Dingen innewohnenden Natur.«

In ihren Augen war eine gewisse Furcht zu erkennen. »Vielleicht...« Sie zögerte einen Augenblick. »Vielleicht würdet Ihr mir jetzt sagen, warum Ihr mich angewiesen habt, ihn nach Japan zu schikken.«

Sein Gesicht verfinsterte sich. »Du bist ein Werkzeug des *yuhn-hyun.*« So gebraucht, konnte das Wort entweder Ring oder Kreis bedeuten. »Ich könnte dich nicht mehr lieben, wenn du mein eigen Fleisch und Blut wärst. Ich sehe dich als meine Tochter an, *bou-sehk,* aber gleichzeitig bist du etwas Besonderes, anders als meine anderen Kinder. Du wurdest mir anvertraut, damit ich dich aufziehen und schulen sollte. Du bist eingeweiht, meine anderen Kinder nicht. Für sie bin ich, was zu sein ich scheine. Nur du allein kennst die Wahrheit.«

Er starrte sie fest an. »Nichts darf den *yuhn-hyun* verändern.« Er fixierte ihre Augen eine endlos lange Zeit. Dann blickte er auf den Kalender auf der Schreibtischplatte. »Jetzt«, sagte er, das Thema wechselnd, um ihr auf diese Weise einen mündlichen Verweis zu ersparen, »hat Nichiren ohne Zweifel das Stück seines *fu* gefunden.« Er schien sich über etwas klarzuwerden. »Ich habe dich nicht belogen. Er wurde hingeschickt, um sein Stück des *fu* zu holen.«

»Aber warum? Welche Bedeutung kann es in der Welt von heute haben?«

»Es bedeutet Macht. Macht, die vor langer Zeit eingesetzt worden ist.«

»Macht worüber?«

»Das kann ich wirklich nicht sagen. Vielleicht wird sie selbst eine Antwort auf diese Frage geben.«

Eine Weile war es still. Bliss senkte den Kopf, als könnte sie in dieser Haltung besser nachdenken. Als sie aufblickte, sagte sie: »Vater, wer gehört noch zum *yuhn-hyun?*«

Einen Augenblick lang glaubte sie, er würde vor Wut explodieren, dann schien es, als träfe ihn ein gewaltiger Schlag, und er sank auf einem Campingstuhl zusammen.

»Ich frage mich«, sagte er nach einer Weile gefaßt, »was mit dieser

Welt los ist. Keiner von meiner ganzen Familie würde es wagen, mir eine solche Frage zu stellen. Und jetzt tust du es. Eine Frau!« Er schüttelte den Kopf.

»Vater«, sagte sie und ging zu ihm. »Ich wollte Euch nicht erzürnen.« Den Kopf gesenkt, kniete sie vor ihm.

»Nicht nötig«, sagte er. »Nicht nötig, meine pflichtbewußte Tochter.« Aber gleichzeitig fühlte er ein Glühen in sich bei ihrer kindlichen Ehrfurcht. Es war eine zweischneidige Klinge, die Wärme ihrer Verehrung gemischt mit der Unabhängigkeit, die ein Teil und eine Folge ihrer Ausbildung war.

»Obwohl du«, sagte er jetzt, »ein Gefäß des *yuhn-hyun* bist, gibt es Dinge, die dir nicht offenbart werden können.«

»Warum? Es wird sich nicht vermeiden lassen, daß Jake anfängt, Fragen zu stellen. Je länger ich mit ihm zusammen bin, desto mehr Fragen wird er stellen. Ist es nicht wichtig, ihm die richtigen Antworten zu geben?«

Lange dachte sie, er hätte sie nicht gehört oder wollte ihr nicht antworten. »Für jetzt zumindest, ist es für Jake wichtig, so wenig wie möglich zu wissen. Das ist Teil deiner Aufgabe, und es wird nicht leicht sein. So lauten aber deine Anweisungen, und sie sind fraglos auszuführen.

Du kennst mich gut, *bou-sehk*. Besser als alle meine anderen Kinder. Ich wage zu sagen, besser als meine Frau es jemals getan hat. Ich bin ein Mann der Tradition. Wenn man sein Erbe aufgibt, behält man nichts weiter als Asche zurück. Die Traditionen zu wahren, die uns zu dem gemacht haben, was wir heute sind, ist alles, was zwischen uns und dem Ende unserer Kultur steht. Die *gwai loh* haben uns im Laufe der Jahre bereits so viel weggenommen. Und sie wollen noch mehr. Sie sind unersättlich. Wie Allesfresser sind sie erst zufrieden, wenn sie alles haben.«

Mit alten Augen blickte Drei-Eide-Tsun auf sie herab. Es verlangte ihn, sie zu berühren, auch wenn das nicht chinesische Art war. Sie war für ihn so kostbar, in seinem Herzen hatte er soviel Zuneigung für sie – so wie er sich um China sorgte –, daß sie manchmal die Grenzen zu überschwemmen drohte, die er um dieses Herz errichtet hatte. Seine Hand zuckte, bewegte sich aber doch nicht weg von der Armlehne seines Sessels.

»Du darfst die Tradition niemals aufgeben«, sagte er endlich. »Es wird die Versuchung geben, die Geschäftspraktiken des Goldenen Berges« – er sprach von Amerika – »anzunehmen, die Einflüsse der echten englischen Gesellschaft. Vielleicht wachst du eines Tages auf und stellst fest, daß du westliche Männer begehrst, ihr scharfkantiges abendländisches Aussehen, ihre schnellen Wagen, ihre Philosophie. Vielleicht stellst du fest, du sehnst dich danach, von ihnen anerkannt zu werden, und wenn du das tust, vergißt du das Land, das dich hervorgebracht hat.«

Bliss fühlte die Nähe von Drei-Eide-Tsun. Das hätte sie eigentlich trösten müssen, doch heute abend zitterte sie in Reaktion auf die Furcht und die Sorge, die sie von ihm ausgehen spürte.

»Ich werde tun, was der *yuhn-hyun* von mir verlangt.«

Drei-Eide-Tsun blickte sie an. Er kippte sein Glas, trank den Rest Whisky aus. »Dessen, *bou-sehk,* bin ich gewiß.«

Als Stallings aufwachte, war es bereits nach elf. Er blinzelte, starrte einen Augenblick auf das Zifferblatt seiner Uhr. Dann wurde ihm klar, daß er ja erst nach drei ins Hotel zurückgekommen war. Eine sehr lange Nacht der Frustrationen an den Lieblingsplätzen der *yakuza.*

Er schwang die Beine aus dem Bett, setzte sich auf und fuhr mit den Fingern durch das verwühlte Haar. Er konnte sich nicht mehr genau daran erinnern, mit wieviel Leuten er gesprochen hatte, wieviele verschiedene Ausreden er gebraucht hatte. Es machte wirklich nichts aus. Er hatte nichts erreicht. Nun ja, er war auch nicht überrascht. Auch wenn er fließend japanisch sprach, so war er doch ein *gaijin.* Als Fremder war er zu nichts berechtigt, was die innere Funktion der japanischen Gesellschaft betraf. Ach, zum Teufel, dachte er. Wieder ein Tag in Tokio, an dem ich mit dem Kopf gegen eine Steinmauer stoße.

Als er aufstand, bemerkte er, daß das Kontrollicht blinkte. Er nahm das Telefon hoch und ließ sich die Rezeption geben. Man sagte ihm, eine schriftliche Nachricht sei für ihn abgegeben worden.

»Wann haben Sie die bekommen?«

»Tut mir leid, Sir. Ich fange um neun an. Und da war sie schon hier.«

Stallings legte auf und nahm sich vor, am Abend den Nachtportier zu befragen. Er trottete ins Bad und stellte sich zehn Minuten unter die kalte Dusche, bis er sich wieder ein wenig menschlich fühlte.

Er zog khakifarbene Leinenhosen an und ein blau und braun gestreiftes Izod-Hemd. An den Füßen trug er leichte Mokassins. Dann zog er noch eine leichte Nylonjacke über. Unten nahm er auf dem Weg zum Frühstücksraum die Notiz an sich.

Er bestellte Orangensaft, Toast, drei weiche Spiegeleier und eine große Kanne Kaffee. Niemals war er dankbarer gewesen, daß seine Reise ihn hier ins Hilton geführt hatte.

Nach der ersten Tasse Kaffee öffnete er das Schreiben. Es steckte in einem einfachen weißen, zugeklebten Umschlag. »Es ist mir mitgeteilt worden«, las er, »daß Sie Informationen ganz besonderer und überaus heikler Art suchen. Ohne Zweifel sind Sie sich darüber klar, daß diesen nur schwer beizukommen ist und daß gewisse Vorkehrungen getroffen werden müssen, um sicher zu sein, daß keine Rückwirkungen entstehen in dem Fall, daß Antworten auf Ihre Fragen gegeben werden. Da die Antworten so gefährlich sind wie die Fragen, werden diese auch teuer sein. Wollen Sie deshalb bitte heute um 12.30 Uhr auf dem Bahnsteig der Station Ginza der U-Bahn Toyoko Line sein.«

Was den Absender betraf, gab es keine weiteren Informationen, weder auf dem unlinierten Papier noch auf dem Umschlag. Es war keine Briefmarke und natürlich auch kein Poststempel auf dem Umschlag, da er ja durch Boten überbracht worden war. Auf seinem Weg ins Hotel war er nicht angehalten worden, obwohl er direkt am Portier vorbeigegangen war und dieser ihm den Schlüssel aus seinem Fach gereicht hatte. Also war zu dem Zeitpunkt noch kein Brief da gewesen; er mußte demnach zwischen drei und neun am Morgen abgegeben worden sein.

Und da war noch etwas. Die Handschrift stammte einwandfrei von einem Mann.

Stallings schaute auf seine Uhr. Es war bereits nach elf. Er mußte sich also eilen, wollte er den Termin einhalten. Einen Augenblick überlegte er. Gab es einen Grund, nicht hinzugehen? Ihm fiel keiner ein. Wenn er diese Aufforderung ignorierte und seine Befragungen in der Nacht fortsetzte, würde er, wie er wußte, bis zum Jüngsten Tag in Tokio sein.

Trotzdem war es ratsam, vorsichtig zu sein. Rasch unterschrieb er die Rechnung und ließ sein Frühstück unberührt. Er hatte noch einige wichtige Dinge oben in seinem Zimmer zu erledigen und nur sehr wenig Zeit dafür.

Wu Aiping fühlte sich etwas verärgert nach der langen, anstrengenden Woche, in der er in einem wütenden Versuch die Möglichkeiten der *qun* mobilisiert hatte, in Shi Zilins Hongkong-Operation einzudringen. Deshalb bestellte er außer *ban hai zhe,* getrocknete Qualle, *chao ou,* Lotuswurzel, und schließlich *zhu dun tang,* Suppe aus Bambusmark, und außerdem *hai shen,* das stärkste in China bekannte Stimulans. Diese Meeresschnecken, die vor der Südküste gefangen und täglich nach Beijing im Norden geflogen werden, werden erst in der Sonne getrocknet und dann eine Woche in Quellwasser eingeweicht. Dazwischen werden sie am zweiten Tag gesäubert, um sie zu dehnen, wobei ihr sonst gummiartiges Fleisch ganz zart wird. Im allerletzten Augenblick werden sie mit *yu du* kombiniert, mit Karpfenmagen, und das Ganze dann nur ganz kurz gegart in einer Sauce auf Soyabasis, die ganz darauf abgestimmt ist, den delikaten Geschmack der Köstlichkeit hervorzubringen.

Als Wu Aiping seine gewaltige Fülle in den Sessel an seinem reservierten Tisch versenkte, hielten seine großen Augen die des sich devot krümmenden Kellners fest. Er bestellte *tie guan yin,* den Tee der Eisernen Göttin der Gnade, den teuersten und seltensten schwarzen Tee im ganzen Land. Er trank ihn immer und ignorierte den üblichen Brauch, vom Drachenquelltee im Sommer auf den Jasmintee im Winter überzugehen.

Wu Aiping saß mit kerzengeradem Rücken da. Die Besonderheiten seines Körpers in Verbindung mit seinen großen Augen gaben ihm das

Aussehen eines riesigen Insekts. Dieser Eindruck verband sich mit der scharfen Brillanz seines Verstandes, um ihn zu einem der gefürchtetsten Regierungsmitglieder zu machen.

Das Restaurant des Ministeriums befand sich im Erdgeschoß des finsteren Betongebäudes gleich am *Tian An Men*-Platz. Es wurde den Besuchern oft als das Nationale Volkskongreßgebäude vorgestellt, was nur eine halbe Lüge war. Wu Aipings Büro blickte nach Süden; Maos Mausoleum lag immer in seinem Gesichtsfeld.

Obwohl sein Gast noch nicht gekommen war, machte Wu Aiping weiter und bestellte. Es war nicht gerade höflich, so zu handeln, doch Unpünktlichkeit ärgerte ihn. Der weißgesichtige Kellner verneigte sich tief und eilte davon; ohne Zweifel war er froh, aus der unheilvollen Gegenwart des hochrangigen Ministers verschwinden zu können.

Das Restaurant des Ministeriums war, wie alle regierungseigenen Unternehmen, langweilig eingerichtet, die Möbel waren rein funktionell. Die Köche hingegen gehörten zu den besten, die es gab. Obwohl für Wu Aiping Aussehen und Geräusche wenig bedeuteten, war seine Würdigung der Prinzipien der Gastronomie legendär.

Als die Spur eines Duftes in seine Umgebung eindrang, wandte er den Kopf. Am Tisch nebenan hatte ein ihm nicht näher bekannter Minister eine *tai shan,* eine kleine Zigarre, angezündet, deren Rauch Wu Aiping für besonders widerlich hielt. Er starrte den Mann ohne zu blinzeln an, bis dieser den prüfenden Blick bemerkte und sich abwandte. Er erbleichte, drückte die *tai shan* schnell aus, rief nach der Rechnung und begab sich hastig auf den Rückzug.

In diesem Augenblick betrat Wu Aipings Gast das Restaurant und wurde durch den farblosen Raum geführt.

»Nin-hao-a«, sagte Wu Aiping, leicht nickend. Guten Tag.

Zhang Hua, der in seinem schlechtsitzenden, zerknitterten Anzug etwas plump wirkte, schob seine Brille mit den dicken Gläsern auf den breiten Nasenrücken zurück. Er schwitzte stark und zog ein weißes Leinentaschentuch; mit schnellen, geübten Bewegungen wischte er sich das breite, flache Mongolengesicht ab und vermied es sorgfältig, an seine Brille zu stoßen.

Wu Aiping hob eine Hand. »Bitte«, sagte er, »setzt Euch.« Und dann, als der andere sich nicht rührte, blickte er auf. »Ich beiße Euch schon nicht.«

Der Tee kam, und Wu Aiping machte sich darüber her, sobald er eingegossen war. Nach einer Weile schenkte er auch Zhang Hua ein.

Obwohl innerlich entsetzt darüber, daß er Wu Aipings telefonischer Aufforderung augenblicklich gefolgt war, wollte Zhang Hua dem anderen nicht die Genugtuung gönnen, seinen Schock zu sehen. Er machte deshalb ein großes Gewese daraus, das Abreiben seines Gesichts zu beenden, das Taschentuch zusammenzufalten und wegzustecken und eine Packung *tian shan* herauszuziehen – Zigaretten mit schwarzem Tabak –, so daß er seinen Tee noch nicht anrühren mußte. Er schüttelte eine Zigarette heraus.

Wu Aiping starrte darauf, als wäre Zhang Hua unwichtig. »Wenn Ihr darauf besteht zu rauchen«, sagte er, »seid Ihr vielleicht so gut, das an dem Tisch auf der anderen Seite des Raumes zu tun.«

Zhang Hua errötete und drehte die Zigarette zwischen den Fingern, bis er sie zerkrümelte. »Es macht ja nichts«, ermannte er sich. »Ich versuche ja aufzuhören.« Er steckte den unbrauchbaren Glimmstengel schnell in die Tasche.

»Bewundernswert«, sagte Wu Aiping in einem Tonfall, der ausdrückte, wie wenig er die Lüge des anderen glaubte. Innerhalb von dreißig Sekunden hatte Zhang Hua unglaublich viel an Gesicht verloren. Er fand das unerträglich und kämpfte jetzt damit, den Prozeß rückgängig zu machen.

»Ich habe nicht viel Zeit«, sagte er. »Wenn Ihr so gut sein wolltet, gleich zur Sache zu kommen.«

Wu Aiping nickte. »Wie Ihr wünscht.« Er faltete die langen Finger vor dem Bauch. »Ich will offen sein. Solange Shi Zilin seine Armeegenerale kontrolliert, scheint es keine Rolle zu spielen, was ich oder andere Mitglieder der sogenannten *qun* tun, um seine gefährliche Politik zu ändern. Deshalb bin ich auf eine völlig andere Taktik gekommen.« Er lächelte leicht. »Ihr, Genosse Minister, werdet mich mit – wie sollen wir es nennen? – einem Einblick in Shi Zilins Hongkong-Operation versorgen. Ich möchte alles wissen, und so bald wie möglich.« Seine Hände öffneten sich wie die Blätter einer bösartigen Blüte. »Es wäre schon eine gute Zeit, gleich jetzt damit zu beginnen.«

Zhang Hua hatte ein Gefühl, als wäre alle Luft aus seinem Körper entwichen. Noch nie in seinem Leben hatte er einen Chinesen wie diesen Mann getroffen. In einer Reflexbewegung stieß er seine Schale mit Tee gegen die zitternden Lippen. Er war viel zu aufgeregt, um etwas zu schmecken. Er schluckte krampfhaft, bis er plötzlich merkte, daß sein Mund sich mit Flüssigkeit gefüllt hatte.

»Ihr müßt den Tatsachen in die Augen sehen, mein Freund«, fuhr Wu Aiping fort. »Shi Zilin ist ein alter Mann. Noch schlimmer für Euch, er ist krank, sein Zustand verschlechtert sich jeden Tag. Das ist unsere Zeit. Die *qun* wird siegen. Ihr könntet mit Shi Zilin untergehen, oder ...« Er zuckte vielsagend die Achseln.

»Was – « Zhang Hua mußte den Tee hinunterschlucken, ehe er weitersprechen konnte. Er war voll von berechtigter Entrüstung, daß er kaum geradeaus sehen konnte. »Was Ihr vorschlagt, ist eine ungeheuerliche Verzerrung von Ehre und Vertrauen! Ihr verlangt von mir, alles über Bord zu werfen, woran ich jemals geglaubt und wofür ich mein ganzes Leben gearbeitet habe. Shi Zilin ist für mich mehr als nur ein Mentor gewesen. Er ist wie ein Vater.«

Er begann, sich zu erheben. »Euer Vorschlag erfüllt mich mit solchem

Abscheu, daß ich es nicht länger fertigbringe, im selben Raum mit Euch zu sitzen, geschweige denn den Tee mit Euch zu teilen.«

Wu Aiping unterdrückte kaum ein Gähnen. »Wie Ihr wollt, Genosse Minister«, sagte er wie beiläufig. Dann warf er ein braunes Päckchen auf den Tisch. Es war versiegelt und gestempelt. »Übrigens, wärt Ihr so freundlich, das in den Briefkasten zu werfen, auf dem Weg über den Platz? Ich möchte, daß es bald abgeschickt wird.«

Trotz seiner Empörung konnte Zhang Hua nicht umhin, einen Blick auf das Päckchen zu werfen. Sein Herz schien stehenzubleiben. Er konnte das Rauschen seines Blutes in den Ohren hören. Das Echo verstärkte sich, kletterte an den Wänden seines Verstandes hoch.

»Hier«, sagte Wu Aiping, dem anderen die Hand entgegenstreckend, während dieser in seinen Stuhl zurückfiel. »Ihr seht entschieden unwohl aus. Etwas Tee vielleicht?« Er drückte eine Schale in die zitternde Hand des anderen.

Zhang Hua verschüttete die Flüssigkeit. Sein Anzug wurde feucht. Er merkte es nicht. Seine Augen schauten wie gebannt auf Namen und Adresse, die auf dem Päckchen standen.

»Das ...« Der Atem zersägte seine Kehle. »Das ist an meine Frau adressiert!«

Wu Aiping streckte seinen langen Hals vor. »Hab' ich die falsche Straßennummer draufgeschrieben?«

Zhang Hua blickte hoch. Er fuhr sich mit den Fingern durch das Haar. »Was schickt Ihr an meine Frau?«

Der jüngere Minister zuckte mit den Achseln. »Wenn es Euch so interessiert, nehme ich an, Ihr könnt selbst nachsehen.«

Zhang Hua zögerte einen Moment, dann riß er schnell das Siegel auf. Drinnen fand er eine einfache, mit der Maschine geschriebene Notiz für seine Frau. »Ich glaube, das wird für Sie von einigem Interesse sein«, las er. Sie war mit einer Klammer an ein Dutzend Achtmalzehn-Fotos geheftet.

Er stieß einen Fluch aus. Alle Bilder zeigten ihn im Bett mit einer Frau von etwa zwanzig – jung, gut gewachsen und recht sportlich.

»Euer geheimes Leben. Eure Mätresse.« Wu Aiping seufzte. »Die große Entrüstung, die Ihr vor einiger Zeit bekundet habt, interessiert mich. Sie läßt vermuten, daß ich mit meiner Interpretation Eurer Persönlichkeit richtigliege ... Ihr seid ein rechtschaffener Mann, Genosse Minister. Ihr führt Euer Leben nach gewissen klaren Grundsätzen. Ihr seid sehr beherrscht. Wie Ihr sagt, Ehre und Vertrauen sind in Eurem Leben ausschlaggebend. Leute Eures Schlages ergeben schließlich die besten Spione, und ich werde Euch sagen, warum. Niemand käme auf den Gedanken, Eure Integrität zu bezweifeln. Weiter: Einmal mit Eurer Überheblichkeit ertappt, seid Ihr an mich gebunden. Selbstverachtung und Schuldgefühl sichern meine Macht über Euch. Absolut in Eurer Rechtschaffenheit, absolut auch darin.«

Wu Aiping lächelte leicht. »Ihr könnt mir aber das Gegenteil beweisen, Genosse Minister. Alles was Ihr tun müßt, ist, die Fotos in den Umschlag zu stecken und ihn wieder zu versiegeln. Ich habe vorhin ja nur einen Scherz gemacht: Ich kann ihn selbst einwerfen.«

Anstatt das zu tun, zerriß Zhang Hua die Fotos. Dann zerriß er die Stücke noch einmal.

»So ist's recht«, sagte Wu Aiping. »Kommen wir jetzt zum Geschäft.«

»Die Negative.« Zhang Hua konnte kaum ein Wort herausbringen. »Wann bekomme ich die Negative?«

»Nun, ich denke, die Antwort versteht sich von selbst«, erwiderte Wu Aiping. »Wenn Shi Zilin entweder geschlagen oder tot ist.«

Das Essen wurde serviert, und Zhang Hua ergriff die Gelegenheit, sein verlorenes Gleichgewicht wiederzuerlangen. Er fühlte sich so betäubt, daß es ihm schwerfiel, klar zu denken. Dem Anschein nach aß er mit Genuß, doch in Wirklichkeit hätte er ebensogut Stroh kauen können. Sein Herz hämmerte so heftig in seiner Brust, daß er fürchtete, hier am Tisch gleich einen Herzanfall zu bekommen. Seine Fantasie ging mit ihm durch: Wu Aiping rief nach dem Arzt, die Ambulanz kam, die Sanitäter verabreichten ihm Sauerstoff, massierten ihm das Herz . . .

Er wußte schon, warum er so fantasierte. Im Krankenhaus hätte all dies für ihn keine Bedeutung. Als Kranker, dem Tode nahe, wäre er aller Verantwortung ledig, wäre er frei.

»Warum tut Ihr mir das an?« fragte er. »Der Premier hat doch Shi Zilin schon im Visier. Was braucht Ihr noch?«

Wu Aipings Lächeln ließ ihn erschauern. »Euer Meister hat schon früher unter Beschuß gestanden. Er hat aber nicht nur überlebt, sondern er hat seine Feinde auch zwei Meter tief unter die Erde gebracht. Dieses Mal will ich ihm aber nicht soviel Spielraum geben. Wie ich Euch schon sagte, ich habe seine Methodik studiert. Ich *werde* ihn zerschmettern, Zhang Hua, seid dessen versichert.«

Gleich nachdem sie ihren letzten Gang aus frischen *pi pa,* einer Variante der gelben *loquat,* die aus dem Süden importiert wird, gegessen hatten und das Geschirr fortgenommen worden war, fuhr Wu Aiping fort.

»Shi Zilins Ideen führen China auf einen katastrophalen Weg, der schließlich in einer vollständigen Verwestlichung unseres Landes enden wird. Er wird unsere Ideologie zerstören, alles, was uns stark macht. Er wird das unterlaufen, was uns an der Macht hält, um das Schicksal von sechshundert Millionen zu kontrollieren. Ohne uns gäbe es in China Anarchie, Tod und Zerstörung, Plünderung und Unruhen. Der ganze Boxeraufstand noch einmal!

Nun, um ihn aufzuhalten, muß ich zunächst die Basis seiner Hongkong-Operation kennen.« Er schenkte sich Tee ein und wartete. Als Zhang Hua sich weigerte zu antworten, sagte er: »Also, kommt, Genosse Minister. Das Schlimmste liegt ja schon hinter Euch. Ihr habt ja den ersten Schritt bereits getan; Eure Integrität ist dahin. Der zweite Schritt kann nicht annähernd so schwer sein.«

Zhang Hua schien sich einen Ruck zu geben. Dann sagte er: »Shi Zilin hat mich als Kanal für Falschinformationen an den sowjetischen KGB aufgebaut. Zusammen haben wir entschieden, mich durch meines Bruders Familie in Hongkong für Erpressung zugänglich zu machen. Jetzt berichte ich direkt an General Daniella Workuta, die leitende Direktorin des KVR innerhalb der Abteilung S.«

»Ich werde alle Mitteilungen zwischen Euch und diesem KGB-Funktionär sehen müssen«, sagte Wu Aiping sofort. »Es wird für mich nötig sein, diese Dialoge genau zu studieren. Ihr werdet mir die Dokumente liefern.«

»Das wird nicht leicht sein. Es gibt keine Fotokopien – nur die Originale.«

»Euer Schuldgefühl wird Euch schon den Ansporn liefern, den Ihr braucht, um die Antwort zu finden«, sagte Wu Aiping. »Laßt uns gleich am Anfang eines klarstellen: Ihr werdet tun, was ich sage und keinem etwas davon erzählen. Was aufkommende Probleme betrifft und Eure Versuche, mir Entschuldigungen unterzuschieben, so könnt Ihr das vergessen. Eure Sache. Jetzt weiter.«

Zhang Hua zitterte vor Zorn darüber, wie dieser Mann mit ihm sprach. Er öffnete den Mund, um etwas zu sagen, änderte dann aber wieder seine Meinung. Er wußte, er hatte überhaupt keine andere Wahl, als weiterzumachen. »Weil die Sowjets sich so sehr um Hongkong zu sorgen scheinen«, fuhr er fort, »hat Shi Zilin beschlossen, sie einen großen Teil unserer Arbeit für uns tun zu lassen. Der Kern der Operation dreht sich um die Falschinformation, die wir dem KGB liefern, und um Anweisungen für unseren eigenen, an hoher Stelle eingesetzten Agenten dort.«

»Wer ist es?«

»Deckname ›Mitra‹. Der richtige Name ist Sir John Bluestone, einer der fünf *tai pan,* die die Handelsfirma Five Star Pacific leiten.«

»Ich werde die Anweisungen, die sich auf ›Mitra‹ beziehen, ebenfalls brauchen. Je eher, desto besser. Nun, was ist mit diesen beunruhigenden Schwankungen in der amtlichen Politik los, die Shi Zilin immer gebilligt hat?«

»Das weiß ich nicht. Er sagt mir nicht alles. Ich bin nicht in die gesamte Operation eingeweiht, lediglich in eine Reihe von Einzelheiten. Vielleicht werden aber die Dokumente, die ich Euch liefern werde, Euch wenigstens einen Teil der Antworten geben.«

»Das will ich hoffen«, sagte Wu Aiping scharf. »Ihr werdet mich heute abend um acht Uhr treffen. Nehmt den Bus der Linie neun bis zur Endstation Hong Miao. Ich werde in der Teestube drei Straßen westlich vom Depot warten. Bringt alles mit, was ich verlangt habe. Andernfalls geht ein Satz der Abzüge mit Spezialkurier an Eure Frau.«

Seine hellen Augen bohrten sich in die von Zhang Hua. »Ich denke, ich hab' mich klar genug ausgedrückt!«

Zhang Hua nickte nur stumm.

Wu Aiping lachte, als er die Rechnung bezahlte. »Kopf hoch, Genosse Minister. Ein Patriot zu werden, ist immer harte Arbeit.«

Stallings hatte eine lange Zeit in New York gelebt, weshalb er auch glaubte, an Menschenmengen und U-Bahnen gewöhnt zu sein. New York kam aber mit Tokio nicht mit. In dieser Stadt war er schon jahrelang nicht mehr unter der Erde gewesen. Zwar gab es keinen Schmutz und fast keinen Lärm, dafür war die Masse der Menschen auf den Bahnsteigen überwältigend. Er war schnell in der schiebenden und drängelnden Menge verloren.

Er warf einen Blick zur Uhr: 12.28 Uhr. Auf seiner Seite fuhr ein Zug ein. Er beobachtete, wie die glänzende metallene Stirnfläche mit erschreckender Geschwindigkeit näherkam. Der Zug kam zum Halten, und mit einem Seufzer öffneten sich die Türen. Er sprang zurück, als die Leute sich nach vorn warfen, ehe die Fahrgäste im Inneren sich auf die Suche nach dem Ausgang bewegen konnten. Es entstand ein Chaos, und die Eingänge zum Zug wurden vorübergehend in Schlachtfelder verwandelt.

Verdattert starrte Stallings auf die uniformierten Bahnsteigpusher, die begannen, sich mit den weißbehandschuhten Händen gegen die Rücken der Fahrgäste zu stemmen, um sie alle in die Wagen zu drücken. Ein warnender Summer ertönte und die Türen begannen, sich zu schließen. Die Pusher drückten weiter, bis alle drinnen waren. Mit dem Zischen der gutgeölten Hydraulik verließ der Zug die Station und nahm schnell Fahrt auf.

Als er weg war, stand Stallings einen Augenblick allein auf seiner Seite des Bahnsteigs. Sein Blick ging auf die andere Seite der Geleise; ihm genau gegenüber stand eine junge Frau in einem blaßroten und orangefarbenen Kimono mit einem aufgestickten Muster aus goldenen Chrysanthemen.

Sie trug hölzerne *geta* und einen *janomegasa,* einen Schirm aus geöltem Reispapier. Sogar aus der Ferne war deutlich zu erkennen, daß sie das dicke Make-up der *geisha* trug. Die Gesichtshaut war weiß, die Lippen glänzend karmesinrot.

Sie winkte ihm.

Stallings war verblüfft. Es war höchst ungewöhnlich für eine Frau, auf diese Weise in der Öffentlichkeit zu gestikulieren. Dann sah er auf die Uhr und stellte fest, es war genau 12.30. Er nahm den Brief aus der Tasche und wies ihn vor. Die *geisha* winkte wieder.

Er brauchte gerade neunzig Sekunden, um seinen Weg auf die andere Seite der Schienen zu finden. Bis dahin war der nächste Zug schon wieder auf dem Weg in die Station. Die *geisha* führte ihn wortlos hinein. Im Wagen bahnte er für sie einen Weg. Es war ein leerer Sitz da, auf den sie sich sittsam setzte. Er stand neben ihr. Er versuchte, sie nicht anzustarren. Sie war sehr schön.

Sie fuhren nach Norden, in Richtung Kita-Senju. Stallings hatte sich auf dem kurzen Weg zur Ginza-Station auf dem schematischen Linienplan der Tokioter U-Bahn orientiert, den die Reiseagentur in sein Zimmer gelegt hatte.

Gleich nach der Station Naka-Okachimachi stand die *geisha* auf und stellte sich neben die Tür. Stallings folgte ihr. Ueno war der nächste Halt. Sie waren knapp achtzehn Minuten gefahren.

Sie traten aus dem künstlichen Licht der Station in das Sonnenlicht des Ueno-Parks hinaus.

»Yappari uoi kuni da!«

Das waren die ersten Worte, die sie sprach, seit er sie zum ersten Mal gesehen hatte. Stallings nickte und hielt mehr Ausschau nach irgendwelchen Leuten, die ihnen vielleicht folgen mochten, als nach dem saftigen Blattwerk des frühen Sommers.

Kinder füllten den Park. Babys in ihren Wagen sitzend, denen ihre Mütter süßes *tofu* reichten; kleine Tapse, die ihre ersten Schritte zwischen Mutter und Großmutter versuchten, Drei- und Vierjährige, die sich auf den Parkwegen jagten, wobei die Schuhe wie Glockenklöppel auf dem Steinpflaster klapperten.

Sie gingen weiter, ließen die Kinder hinter sich. Die hohen, piepsenden Stimmen klangen weiter durch den Nachmittag, färbten die Atmosphäre. Kirschen- und Pflaumenbäume erhoben sich zu beiden Seiten, ihre weitausladenden Zweige jetzt der Blüten beraubt.

An einer scharfen Wende des Weges blieb die *geisha* stehen, vor Sträuchern, deren Blütezeit vorüber war oder vielleicht erst noch kommen wollte.

»Das sind *tairin*«, sagte sie in ihrer angenehmen, heiseren Stimme. »Sie sind eine Variante der *asagao,* des Morgenantlitzes. Ich glaube, ihr Amerikaner nennt sie Winden, nicht?«

»Ja.«

»Diese eine hier ist als Karmesinroter Drachen bekannt. Ein chinesischer Name, weil sie in der Nara-Periode aus China eingeführt wurden, etwa in der Mitte des achtzehnten Jahrhunderts nach der westlichen Zeitrechnung.« An ihrer ausgestreckten zarten Hand glänzten die karmesinroten Fingernägel im Sonnenlicht.

»Diese hier, anders als Ihre eigenen Varianten, die bis Mittag blühen, haben um vier Uhr früh die volle Blütezeit erreicht. Bis neun sind sie verwelkt.«

»Das ist schade«, sagte Stallings etwas abwesend. Er hielt noch immer Ausschau nach Leuten, die sie vielleicht aufgespürt hatten, als sie aus dem Untergrund heraufkamen.

»Im Gegenteil«, sagte die *geisha.* »Wir schätzen die extreme Kurzlebigkeit des Karmesinroten Drachens vor allen anderen, denn sie spiegelt jene vergänglichen Momente des Lebens wider, die unserem Bewußtsein so stark aufgeprägt werden und doch so schnell vorüber sind.«

»Können wir jetzt zu unserem Geschäft kommen, Miss?« Stallings hatte von diesem Botanikunterricht genug; er hatte weitaus wichtigere Dinge zu diskutieren.

Die *geisha* senkte den Kopf. Ihr blauschwarzes Haar glänzte, dessen komplizierte Frisur von Perlmutt-*kanzashi* zusammengehalten wurde, von langen Nadeln, die hindurchgesteckt waren. »Wir haben bereits begonnen«, sagte sie.

Stallings blickte um sich, überrascht. »Ich sehe sonst niemand hier«, sagte er.

Die *geisha* lachte leise. »Sollte jemand da sein?« Ihr Tonfall war ironisch.

»*Yakuza* lassen ihre Arbeit niemals von Frauen erledigen. Ich nahm an, Sie arbeiteten für jemand, der nicht selbst mit mir zusammentreffen wollte. Im Brief hieß es . . .«

Die *geisha* war zu einer Steinbank gegangen, die halb verborgen hinter dem wilden Wuchs der *asagao* stand. Sie setzte sich. »Warum wollen Sie diese Information haben?«

Stallings ging hinüber, wo sie, zwei Finger am Schaft ihres *janomegasa,* saß. Ihm war unbehaglich zumute, und er war gereizt, als wäre er schon jetzt nicht mehr Herr der Lage. »Ich bin nicht hier, um Fragen zu beantworten, sondern um sie zu stellen!«

Die *geisha* sagte eine Zeitlang nichts. Ihre Augen hielten die seinen rätselhaft fest.

»Ich weiß nicht einmal Ihren Namen«, sagte er schließlich.

»Eiko.«

»Eiko was?«

»Was wollen Sie von dem Mann Nichiren?«

Mit weit aufgerissenen Augen starrte er sie an. »Sie werden doch von mir nicht wirklich erwarten, daß ich das beantworte. Ich bezahle *Sie* für die Lieferung aller Antworten!« Jetzt argwöhnte er, daß sie gar keine besaß. Instinktiv fuhr seine Hand in die Jacke, die Finger schlossen sich um den Griff einer Pistole.

»Ich glaube, es wäre besser, in einen mehr bevölkerten Teil des Parks zurückzugehen«, sagte er, während er die Pistole zog.

Die Hände der *geisha* hatten sich blitzschnell bewegt. Der Griff des *janomegasa* war herausgezogen. An Stelle des Bambus fuhr eine dünne Stahlklinge auf ihn zu, die scharfe Spitze bohrte sich in den fleischigen Teil seiner Pistolenhand, gerade unterhalb des Daumens.

Stallings' Hand wurde taub, die Pistole fiel klappernd auf den Steinweg und landete vor den Füßen der *geisha.*

»Ich glaube, wir sollten bleiben, wo wir sind«, sagte sie und hielt ihn aufgespießt, während sie aufstand. Sie schob die Pistole mit dem Fuß unter die Bank und in das Gebüsch. »Kommen Sie mit.«

Sie lehnte sich auf den Degen, und Stallings spürte einen brennenden Schmerz durch den Arm jagen, bis hinauf in die Schulter. Sie muß unmittelbar neben einen Nerv getroffen haben, dachte er, wütend auf sich selbst.

Er ging, wohin sie ihn führte, hinter die Bank. Inmitten der *asagao* waren sie in dichtem Blattwerk geschützt, völlig abgeschirmt gegen den Weg.

Die Geräusche des Parks und der Stadt waren bereits verklungen wie unter einer dicken Schneedecke. Stallings, noch immer durch die schlanke Klinge mit der *geisha* verbunden, bereitete sich auf seine Gegenwehr vor. Keine Frau soll mich unterkriegen, dachte er.

Die Zähne zusammenbeißend, ergriff er seine aufgespießte Hand, spürte eine heiße Flamme in seinem Arm, als er den Stahl zwang, weiter durch sein Fleisch zu schneiden und ihn freizugeben. Dann griff er geduckt die *geisha* an, und versuchte, mit den Fingern seiner heilen Hand den Griff des *janomegasa* zu erreichen.

Anstatt ihn abzuwehren, ließ die *geisha* seinen Angriff zu, gestattete sogar, daß er Kontrolle über die Klinge erhielt; in dem Augenblick seiner Überraschung darüber versetzte sie ihm einen heftigen Leberhaken, der Stallings benommen und kraftlos machte.

Er fand sich auf den Knien wieder, sein Kopf war so weit nach vorn geneigt, daß er spüren konnte, wie die Falten ihres Kimonos sein Haar streiften. Er versuchte, sich zu erheben, fühlte jedoch ihre Hand auf der Schulter. Die Fingerspitzen gruben sich ein und fanden den richtigen Nervenstrang. Seine ganze linke Seite wurde taub. Er hielt die blutende rechte Hand auf dem Schenkel. Sie lag da wie ein zerbrochener Vogel, unfähig zu jeder Bewegung.

Stallings atmete schwer. Es schien, als könnte er nicht genug Sauerstoff in seine Lungen bekommen. Es wurde schwarz am Rande seines Gesichtsfeldes, und als er das merkte, bekam er Angst.

Viele Male hatte er im Kriegseinsatz gefallene Kameraden trösten können, während der Kampf ringsum weitertobte. Sie hatten im Flüsterton durch den Krach der einschlagenden Granaten gesprochen, und er hatte sie trotzdem verstehen können. Sie hatten ihm gesagt, wie es war, wenn man um das Leben kämpfte, wie es war, wenn das Leben aus dem Körper weichen wollte. Wie sie sich bemüht hatten, es noch festzuhalten, bis der Tod sie schließlich doch überwand.

Tod lag jetzt in der Luft. Mit fieberhaftem Schauder erkannte Stallings seine Gegenwart, wußte, daß er nahe war. Der Tod war in der Gestalt einer *geisha* gekommen, einer wirklich unwahrscheinlichen Gestalt. Die *geisha* stand über ihm, ihre rechte Hand schnitt das Leben aus seinem Körper.

Stallings wünschte mit aller Macht, aufstehen zu können und sie niederzuschlagen. Er wollte sie vor sich ausgestreckt sehen. Er fühlte sich gedemütigt, von einem derart zarten Geschöpf überwältigt worden zu sein. Er war doch immerhin ein Krieger, und wenn er schon sterben sollte, dann den Tod eines Kriegers. Nicht so etwas.

Dann fühlte Stallings eine Hand in seinem Haar, und sein Kopf wurde hochgerissen, so daß er in das gemalte Gesicht der *geisha* starrte. Mein Gott, dachte er, sie ist schön. Schön und tödlich.

Ihre Augen waren dunkler als die Nacht, die Lippen perfekt geschwungen. Hinter ihr sah er die Wolken vorüberjagen, der Himmel wechselte von Tiefblau in ein Grau, so schwer wie Blei, verlor all seine Tiefe. Er war jetzt flach wie eine gemalte Kulisse.

»Was Sie auch wissen mögen«, sagte die *geisha,* »Sie werden mir nichts sagen. Sie sind ein Profi.«

»Es gibt nicht zu sagen.« Sogar das Wenige zu sagen, verursachte ihm einen quälenden Schmerz.

»Nichts?« Die Züge der *geisha* wurden hart und häßlich. »Es gibt vieles!«

Stallings hustete. Atem heiß wie Flammen stieg in seiner Kehle hoch. Der Griff der Frau war fest wie die Backen eines Schraubstockes. Dann griff die *geisha* nach unten zwischen seine Beine. Ihre langen schmalen Finger zogen den Reißverschluß auf. Verständnislos sah er zu, wie ihre Hand verschwand. Dann hüllte ihn unvorstellbare Agonie ein, für eine Zeitspanne, die ihm wie eine Ewigkeit erschien, bis er begann, sich den Tod zu wünschen.

Und in dem Nachlassen des heftigen Schmerzes, mit geneigtem Kopf, von dem Schweiß abtropfte wie Wasser, bekannte er seine Sünden, als wäre er im Beichtstuhl einer Kirche. »Sie wollten den Tod von Mariana Maroc.« Seine Stimme war brüchig und trocken wie Wintergras. »Sie haben mich nach ihr ausgeschickt.«

»Du bist ihr Mörder«, erkannte die *geisha.* »Hast du nicht nach dem Grund für deinen Auftrag gefragt?«

Entsetzt über das, was er getan hatte, murmelte Stallings seine Erklärung: »Ich habe nicht gefragt; ich vermute aber, es war, weil sie mit Nichiren zusammen war. Sie hatten den Verdacht, sie würde ihm von dem Überfall ihres Mannes auf das O-henro-Haus berichten.«

»Sie wurde ermordet wegen des Verdachts, sie wäre bei Nichiren?«

Wieder dieser Schmerz, so scharf, daß jedes Nervenende zuckte, so intensiv, daß er aus seinem tiefsten Inneren herauszukommen schien. Als der Schmerz aufhörte, hob und senkte sich sein Brustkorb, als ob er schwer atmete. Das Geräusch seines Herzschlages war in seinen Ohren wie schmerzhafter Donner. Er konnte nur den Kopf schütteln.

»Zwar ist sie von deiner Hand gestorben, aber die Ursache für ihren Tod war Nichiren.« Die Stimme der *geisha* war ätherisch und sanft wie der Nachtwind.

Mit schweißnassen, verglasten Augen beobachtete Stallings mit Entsetzen die Veränderung, die mit seiner Gegnerin vor sich ging. Ihre freie Hand fuhr zum perfekt frisierten Haar und zog daran. Die Perücke fiel, zerdrückte die schlafenden *asagao*-Blüten.

»Ahhh!« Der heisere Schrei entfuhr Stallings' Kehle. Plötzlich konnte er durch das dicke Make-up hindurchsehen, als hätte sich ein Fenster in die Seele des anderen aufgetan.

Das war keine *geisha!* Das war überhaupt keine Frau!

»Wer...?« Er verhaspelte sich, so sehr wirbelten seine Gedanken. »Wer sind Sie?«

Die schwarzen Augen richteten sich auf ihn. »Ihre heimlichen Anfragen wurden letzte Nacht gehört, Mr. Stallings. Ich habe meine Freunde in dieser Stadt. Sie meldeten mir Ihr Interesse.«

Es war eine elektrisierende Wildheit in diesen Augen, die eine bestimmte Absicht verriet. »Ich bin Nichiren. Und ich bin Ihr Tod.«

Stallings sah mit Verblüffung, wie die langen, karmesinroten Nägel näherkamen. Als sie sein Fleisch berührten, schloß er die Augen so lange, wie es dauerte, bis alles Empfinden aus seinem Körper gewichen war.

Shanghai

FRÜHJAHR 1927–SOMMER 1937

Woran Zilin sich am deutlichsten aus jener furchtbaren Zeit erinnerte, waren die Ratten. Und der Gestank. In den tiefen Schatten hinten im *godown* waren die Ratten der Kaianlagen überall. Ihr ständiges Quieken war eine Miniaturkakophonie, die ihn unablässig an die engen Grenzen seiner Welt erinnerte.

In der Trauer um Mais Tod hatte Zilin seinen einzigen wahren Freund, Hu Hanmin, mitgenommen zu Barton Sawyers Hintertür, um Schutz zu suchen. Er wollte seine Familie nicht in Gefahr bringen, indem er ihr auch nur nahekam, und keiner wußte etwas von seiner Geschäftsverbindung mit dem *tai pan.*

Der Amerikaner war gegenüber seinem gefährdeten stillen Teilhaber loyal gewesen und hatte die beiden Flüchtlinge durch das Gewirr von Durchgängen geführt, die die Haupthafenstraße, den Bund, umgaben. Sie waren in eines der unzähligen *godowns* von Sawyer & Sons gegangen und hatten sich vorsichtig den Weg zwischen den Reihen von Kisten und Fünfzig-Pfund-Säcken mit Opium gebahnt.

Am Tage verflüssigte die intensive, feuchte Hitze den Mohnharz, der hier und da durch die Sackleinwand sickerte und Zilins kleine Welt mit dem widerwärtigen süßen Gestank erfüllte.

Zweimal am Tag brachte einer von Sawyers Kulis – immer derselbe – einen Sack auf seiner Schulter, der genauso aussah wie die im *godown* gelagerten. Der Mann war immer darauf bedacht, seinen Besuch mit der Zeit der stärksten Aktivität im Lagerhaus zusammenfallen zu lassen.

Dieser Sack enthielt weder Opium noch Tee, sondern Essen und Getränke für Zilin und Hu, auf beides stürzten sie sich geradezu mit Heißhunger. Diese Unterstützung stellte ihren einzigen physischen Kontakt mit der Außenwelt dar, und sie waren entschlossen, ihn voll und ganz in Anspruch zu nehmen.

Barton Sawyer suchte sie nie persönlich auf, doch immer wieder lieferte der Kuli ihnen ein Handschreiben von ihm aus. Auf diese Weise hielt er sie über die Ereignisse draußen auf dem laufenden. Er informierte sie, als die Jagd auf sie den Höhepunkt erreichte und als sie langsam nachließ.

Nach sechs Wochen hatte General Tschiang andere Sorgen, als sich um zwei gejagte Männer zu kümmern, die schon so lange vermißt wurden. Nach Sawyers Berichten fielen die linken Führer der Kuomintang unter Wang Jingwei von der Hauptströmung ab, wie es Tschiangs Splitterpartei einige Monate vorher ebenfalls getan hatte. Tschiang war viel zu sehr damit beschäftigt, innerhalb der zersplitterten Gruppierung Unterstützung für seine Sache zusammenzubringen, als daß er sich um die beiden hätte kümmern können.

So kam die Zeit, da der Kuli ohne die übliche Sackleinenlast erschien. Aus dem dichten Schatten rief er nach ihnen und bat sie herauszukommen.

Langsam traten sie in die dunkle, stickige Nacht hinaus. Der Kuli führte sie zum Büro des *tai pan,* wo Sawyer mit einem Festmahl von zehn Gängen auf sie wartete, um ihre Befreiung aus dem Zufluchtsort zu feiern. Es waren fast sechs Wochen bis zu diesem Tag vergangen, in denen sie sich hatten versteckt halten müssen. Nach der Freude über das Wiedersehen und die Freiheit setzte jedoch die harte Wirklichkeit ein. Zuviel Zeit war vergangen, um Zilins Nichterscheinen zur Arbeit im Büro des Hafenmeisters noch erklären zu können. Vor drei Wochen war ein anderer Mann eingestellt worden, seinen Platz einzunehmen.

Sawyer bot Zilin einen Posten in der Firma an, doch unter den gegebenen Umständen und nach sorgfältiger Überlegung lehnte Zilin dankend ab. Sein mittlerer Bruder war bereits sicher im Hongkong-Büro der Firma etabliert. Zilin hatte nicht vor, alle Eier in einen Korb zu legen. Das Wesentliche einer guten Geschäftspraxis war die Streuung.

Er hatte aber auch keine Lust, eine Arbeit ohne Prestige und, was noch wichtiger war, ohne Verbindungen innerhalb der Stadt anzunehmen. So wartete er die rechte Gelegenheit ab und prüfte sorgfältig die Liste der Möglichkeiten, die sich anboten. Geld war kein Problem. Seit er und seine Brüder in Sawyer & Sons investiert hatten, war die Firma wieder in die schwarzen Zahlen zurückgekehrt.

Als er die Baggerkonzession von Zilin erhalten hatte, packte der *tai pan* die Gelegenheit beim Schopf. Sein System war leistungsfähiger und wirtschaftlicher als das von Mattias, King & Co. jahrelang gebrauchte. So war das Büro des Hafenmeisters begeistert von der Firma und gewährte ihr deshalb drei weitere Schiffahrtsrouten.

Sawyer hatte auch höchst einträglich alle Informationen genützt, die Zilin ihm zutrug, als er noch im Büro des Hafenmeisters arbeitete.

Alles das verband sich mit den ununterbrochenen Fahrten des Opiumverkehrs, die Zilins jüngster Bruder für die Firma unternahm, und den ständigen Neuerungen, die Zilins mittlerer Bruder im Süden einbrachte und damit Sawyer & Sons binnen drei Jahren vom sechsten Rang unter den *tai pan*-Firmen auf den zweiten gleich hinter Mattias, King & Co. führte.

Nach dem Vertrag, den Zilin mit Barton Sawyer ausgehandelt hatte, besaßen die Shi-Brüder zwanzig Prozent der Firma, mit einer Option auf den Kauf von zehn weiteren innerhalb von fünf Jahren nach Unterzeichnung des Vertrags.

Im August begann die Chinesische KP die Durchführung eines organisierten und recht militanten Plans, um innerhalb der Armee Unterstützung zu erhalten. In Nanchang gab es einen Aufstand, bei dem viele Chinesen getötet oder verwundet wurden, obwohl fast nichts erreicht wurde.

Ungefähr zu diesem Zeitpunkt fand Zilin einen Arbeitsplatz, und zwar im Zollbüro – einen Platz, auf den er schon lange ein Auge geworfen hatte. Der Zoll, das wußte er aus seinen Tagen im Büro des Hafenmeisters, konnte eine fast explosiv profitable Behörde sein. Er hatte mehrmals in den vergangenen Tagen versucht, dorthin versetzt zu werden, doch war nie ein Platz frei gewesen.

Jetzt hatten Unruhen und Verluste an Menschen Platz geschaffen, und Zilin war schnell dabei, sich zu melden. Seine Unterlagen und seine Erfahrung machten ihn zu einem idealen Kandidaten, und so wurde er schließlich aus mehr als fünfzig Bewerbern ausgewählt.

Vor langer Zeit schon hatte Zilin für sich an einem Geschäftsimage gearbeitet, das ähnlich undurchlässig war wie ein Panzer. Alles war in seiner Theorie von der Illusion eingebunden, die der Meister ihn in dem so weit zurückliegenden Sutschou-Garten gelehrt hatte.

Er strahlte das Air des ernsthaften, hart arbeitenden jungen Mannes aus, der rasch begriff und neue Prinzipien an alte anpassen konnte. Davon war zwar in Wirklichkeit nichts falsch, es war einfach nur nicht alles. Von seinem brennenden Ehrgeiz, der ihn ständig vorwärtstrieb, zeigte er nur wenig. Und es war immer für die Firma, für die er gerade arbeitete – niemals für sich selbst.

Tatsächlich war Zilins neue Arbeit weder schwierig, noch beanspruchte sie ihn sonderlich. Dennoch war er, wie bei allen Dingen, in der Lage, das Beste daraus zu machen. Weil er eine so rasche Auffassungsgabe besaß, gewöhnten seine Vorgesetzten sich daran, ihm mehr und mehr Arbeit zu überlassen, die sie eigentlich selbst hätten tun müssen. Auf diese Weise wurde Zilin in die am besten gehüteten Geheimnisse des Handels von Shanghai eingeweiht.

Und wie mündlich bei ihrem Abkommen vereinbart, gab er regelmäßig viele dieser Leckerbissen an Barton Sawyer weiter und vermehrte so den Profit für sie beide.

Bestimmte ausgesuchte Bruchstücke behielt er jedoch für sich und seine Brüder, um ihre eigene Firma aufzubauen. Streuung, dachte Zilin. Streuung ist der einzige Weg zum Erfolg.

Im Jahre 1935 war er bereits ein wohlhabender Mann. Zu dieser Zeit war in Nanking eine zentrale Nationale Regierung ausgerufen worden, was auf den erfolglosen Versuch der Kommunistischen Partei folgte, Kanton einzunehmen.

General Tschiang fühlte sich bei dem Versuch, seine Unterstützung unter den zerrissenen Resten der Kuomintang, den Abweichlern, den politischen Führern der Provinzen und den Kommunisten zu festigen, zunehmend heftigen Angriffen ausgesetzt. Wie zu vermuten war, opponierten letztere am heftigsten. Diesen war durch zwei neue Führer eine neue Vitalität zugewachsen – Führer, die erst in jüngster Zeit die Zügel ergriffen hatten: Mao Tse-tung und Tschu En-lai. Mitte 1935 hatten sie den Langen Marsch begonnen, der sie über Tausende von Kilometern vom Süden nach Yenan im Norden führte.

Vielleicht war es passend gewesen, daß Zilin seine zukünftige Frau an einem hellen, sonnigen Sonntag treffen sollte, am selben Tag, an dem Mao und Tschu ihre siegreiche Armee nach Yenan hineinführten. Die Luft schien prickelnd rein und frisch wie der Frühling selbst. Einer jener recht seltenen Tage in China, wo die drückende Sommerhitze vorübergehend vertrieben wird.

Es war aber vielleicht auch ein seltsamer Tag, um auf einem Friedhof zu sein, doch seit Mais Tod machte Zilin diese Fahrt ohne Ausnahme alle zwei Wochen. Nachdem Barton Sawyer Zilin und Hu Hanmin in den Schutz des *godown* geleitet hatte, unternahm er Nachforschungen und hatte schließlich die sterbliche Hülle von Mai übergeben bekommen. Nach Zilins Wunsch war sie dann hier beerdigt worden.

Es war ein malerischer Ort, südlich des Zentralbezirks, ganz nahe an den Wällen der labyrinthischen Altstadt. Jenseits des Flusses erhob sich der Long-Hua-Tempel, dessen Zentralpagode die einzige in der Umgebung von Shanghai war. In der anderen Richtung, jenseits des Ziccawei oder südwestlichen Bezirks, stand ernst und etwas unheimlich der Qiuxiapu, der Garten der Purpurnen Herbstwolken.

Der Long-Hua-Tempel hatte Zilin von dem Augenblick an angezogen, da er ihn als Teenager entdeckt hatte. Er bestand aus vier Gebäuden. Sein Lieblingsbau war die Halle der Himmlischen Wächter. Vielleicht dämmerte es ihm erst später, daß er sich selbst als einen solchen sah.

Auf jeden Fall kam er hierher, um näher bei Mai zu sein. Seit ihrem Tode hatte er nicht zweimal eine andere Frau angesehen; er hatte sich nicht mehr im Siebten Himmel gefühlt: Oft schmerzte sein Körper an den geheimen Stellen, wo Mai ihn immer geliebkost hatte, als hätten sie ihren eigenen Willen; wußten sie denn nicht, daß sie dahingegangen war?

Eben an diesem Sonntag mit seinem frischen, kühlen Wind, der vom Huang-Pu-Strom herüberblies, betrat Zilin das Gelände des Friedhofs. Er war in einen dunklen Geschäftsanzug mit Nadelstreifen gekleidet. In den weißen Fäusten hielt er die *joss*-Stäbchen, die er, dem Ritual folgend, vor der Grabstätte entzündete, während er kniete und die buddhistischen Sutras rezitierte, die bei der Beisetzung hätten aufgesagt werden müssen, die Mai ja nie gehabt hatte. Sie war ohne jegliche Zeremonie in den schwarzen Tagen von Zilins Aufenthalt bei den Ratten und dem Opium beerdigt worden. Jetzt hatte er das Gefühl, er müßte diese unwürdige Behandlung wiedergutmachen.

Der Friedhof wurde selten besucht. Es war kein bevorzugter Platz für Tote, weil er zu weit entfernt war vom geschäftigen Zentralbezirk. Außerdem waren hier viele *gwai loh* beerdigt worden, Missionare und auch andere.

Als er auf das Grab von Mai zuging, wurde er sich der Gegenwart einer anderen Person bewußt. Er wandte den Kopf und sah eine schlanke Frau mit gesenktem Kopf vor einem Grabstein mit einem christlichen Kreuz stehen. In den Händen, die sie vor sich hielt, sah er einen kleinen, aber sehr schönen Strauß von rosa und purpurnen Blumen. Sie war in Schwarz gekleidet. Es war eine Frau aus dem Westen, mit dunklen Augen und dunklem Haar.

Gewöhnlich war Zilins Gemüt hier nur auf seine Pflicht eingestellt. Selten dachte er an etwas anderes als an Mai auf diesen schmerzlichen Fahrten.

Trotzdem hielt er auf dem Steinpfad inne und starrte die Frau offen an, so als wäre er ein *gwai loh* ohne Manieren. Was war an ihr, das ihn fesselte? War es der sanft geschwungene Rücken, der ihre Schultern wirken ließ, als trotzten sie ihrer Trauer? War es die Art und Weise, wie mehrere Strähnen ihres zurückgekämmten Haars auf ihrer Wange in der Sommerbrise flatterten? Oder war es vielleicht die Art, wie das weiche Sonnenlicht sie in genau dem richtigen Winkel traf, um ihre hohen Backenknochen, ihre sinnlich geschwungenen Lippen hervortreten zu lassen? Es war all dies oder auch nichts davon.

Niemals vorher hatte Zilin in einer Frau aus dem Westen Schönheit entdecken können. Es war ihm einfach nicht in den Sinn gekommen, er könnte von einer *gwai loh* angezogen werden. Um die Wahrheit zu sagen, der Gedanke hätte ihn geängstigt. Er hatte vor langer Zeit alle Bedenken abgelegt, sich unter Europäern zu bewegen, mit ihnen Geschäfte zu machen oder sogar in ein oder zwei Fällen Freundschaft mit ihnen zu schließen. Das war aber etwas ganz anderes.

Mit einiger Anstrengung riß er seinen Blick von ihrer schlanken Gestalt los und bewegte sich fast wie ein Schlafwandler an das Ende des gekrümmten Pfades, wo er niederkniete und sich in sein Ritual versenkte.

Zusammenfahrend bemerkte er, daß jemand genau hinter ihm stand. Der Schatten fiel über seine Schulter und schloß noch die langsam rauchenden *joss*-Stäbchen ein. Wieviel Zeit war vergangen? fragte er sich im stillen. Alle Sutras waren gesprochen.

Er hob den Kopf und starrte direkt in die rauchig brennenden Augen der schlanken Frau. Er war sofort verloren.

»Entschuldigen Sie«, sagte sie in passablem Kantonesisch, »ich hoffe, ich habe Sie nicht gestört. Ich wollte warten, bis Sie fertig sind. Sind Sie es?« Ihre Augen prüften sein Gesicht, und als keine Antwort kam, fuhr sie kühn fort: »Ich habe mich offenbar verlaufen. Ein Taxi brachte mich her, aber jetzt habe ich die Orientierung verloren. Fahren Sie zurück in den Zentralbezirk?«

Sie lächelte zaghaft. Dann zeigte sie auf die Stelle zurück, wo er sie zuerst gesehen hatte. »Mein Bruder ist dort begraben. Er war Missionar . . .« Ihre Stimme erstarb. Sie war entsetzt darüber, daß sie irgendwie in einen privaten Augenblick eingedrungen war und ihn gestört und unerhört beleidigt hatte.

Langsam kam Zilin aus seiner Benommenheit zurück. Er räusperte sich. »Machen Sie sich keine Sorgen, ich bin fertig.« Er stand auf. »Meine Frau.«

»Das tut mir leid.«

Er sah, daß das ernst gemeint war, und das erschütterte ihn noch mehr. Er schluckte heftig. »Und mir um Ihren Bruder.«

Sie lächelte wieder. Es war das scheue Lächeln eines kleinen Mädchens. »Er war hier sehr glücklich. Seine Arbeit hatte ihn ganz erfüllt.«

Eine Zeitlang wußten beide nichts zu sagen. Die sie einhüllende Stille war aufdringlich und bereitete Unbehagen. Das Tuten eines Schiffes klang vom Wasser herüber.

Zilin nahm das als ein gutes Omen. »Gewiß, ich nehme Sie mit zurück. Doch wenn Sie noch etwas Zeit haben, hier in der Nähe ist ein Tempel. Long Hua. Ein schöner Ort aus meiner Jugendzeit. Vielleicht kann ein kurzer Gang hindurch uns beiden die Schwere der Trauer erleichtern.«

Die schlanke Frau sah ihn an. »Halten Sie das wirklich für klug? Was würden die Leute sagen?«

Zilin war eine Seltenheit in bezug auf die Tatsache, daß er sich fast überhaupt nicht um Klatsch kümmerte, der eine solche Leidenschaft der Einwohner von Shanghai – eigentlich von ganz China – war, daß er sich zu einer hohen Kunst entwickelt hatte. So kam ihm zum Beispiel nie in den Sinn, daß er wegen seiner Stellung in der Stadt und auch wegen seines beträchtlichen Vermögens Mittelpunkt ständiger Gerüchte über sein Privatleben und so weiter sein könnte.

»Was *könnten* sie sagen?« sagte er etwas verwundert. Er begriff allmählich, daß er sich der Wirkung, die sie auf ihn ausübte, nicht entziehen konnte.

Sie lachte hell auf, und der Klang durchdrang ihn völlig. »Ach, alles mögliche, wenn man die chinesische Leidenschaft für Klatsch kennt.« Sie lächelte leicht. »Ein heimliches Stelldichein von Verliebten, vielleicht?«

Zilin errötete. »Das ist doch absurd!«

»Ja«, stimmte sie noch immer lächelnd und achselzuckend zu, »nicht wahr? Man kann aber nicht die Gedanken anderer kontrollieren – oder ihre Zungen.«

Das wußte Zilin natürlich besser. Sein ganzes Leben war der Wissenschaft gewidmet, genau das zu tun. Ihm wurde bewußt, daß im Verlauf dieser Unterhaltung ihre Rollen irgendwie vertauscht worden waren. Sie sprach mit ihm, als wäre er der *gwai loh* und sie eine Chinesin. Wie seltsam, dachte er. Und wie beunruhigend.

»Haben Sie Angst vor dem, was andere über Sie sagen?« fragte er.

Sie lachte wieder. »Wenn es so wäre, wäre ich jetzt niemals hier. China, so sagt man, ist kein Ort für eine richtige Dame, die ich, wie meine Familie und meine Freunde annehmen, bin.«

»Haben die unrecht?«

»In meinem Land würde ein Gentleman es nie wagen, diese Frage zu stellen.«

»Vielleicht sind Sie *deshalb* hier?« sagte er, halb im Scherz.

»Nein.« Sie wurde plötzlich ganz sachlich. »Ich bin hergekommen, um meinen Bruder zu beerdigen, der an Malaria gestorben ist.« Ist das aber die ganze Wahrheit? fragte sie sich selbst. Ich habe ihn schon vor mehr als einem Monat begraben. Meine Trauerzeit ist vorbei. Außerdem war Michael glücklich; sein Leben erfüllt. Das ist mehr, als ich von meinem eigenen sagen kann. Sie sann über das nach, was Zilin gesagt hatte.

Plötzlich faßte sie einen Entschluß. »Wie kann ich mit Ihnen irgendwohin gehen, Sir? Wir sind einander nicht vorgestellt worden.«

»Ich bitte tausendmal um Entschuldigung«, sagte er, wieder errötend. »Ich heiße Zilin Shi.« Er gab seinen Namen bewußt nach westlicher Manier an, indem er seinen Familiennamen nach dem Vornamen angab, um sie nicht zu irritieren.

»Nun, Shi Zilin«, sagte sie und gebrauchte die richtige östliche Form, »ich freue mich, Ihre Bekanntschaft zu machen. Mein Name ist Athena Nolan.«

Für eine *gwai loh* hatte sie eine dunkle Haut, tief gebräunt und ohne jegliche Falten. Ihre Augen waren mandelförmig und vom tiefsten reinen Braun, das er je gesehen hatte. Sie sagte, sie habe sie geerbt, es seien die Augen ihrer Mutter. Ihre Mutter war Hawaiianerin und stammte aus der Familie des ersten Herrschers der Inseln, Kamehameha I. Ihr Vater war ein eingewanderter Engländer, ein energischer Mann, der, wie sein Vater vor ihm, weit in der Welt herumgereist war. Seine politische Neigung hatte ihn auf die Sandwich-Inseln verschlagen – wie Captain Cook sie bei ihrer Entdeckung 1778 genannt hatte, einige tausend Jahre nach ihrer Besiedelung durch polynesische Entdecker –, die im Augenblick vom Distriktgouverneur Sanford B. Dole verwaltet wurden. All das erfuhr Zilin etwa acht Tage nach ihrer ersten Begegnung, die mit der Fahrt zurück in die Stadt geendet hatte. Nach allen ihren kühnen Reden hatte doch keiner von ihnen gewünscht, den anderen zu kompromittieren, auch nicht dem Schein nach. Zilin, für sein Teil, war unzufrieden mit sich selbst. Seit seiner Jugendzeit hatte er gewußt, daß er ein Einzelgänger war. Seine Ideen waren seinen Zeitgenossen immer vorausgeeilt. Jetzt schämte er sich, daß er im Netz der Gebräuche der Gesellschaft gefangen schien.

Dieses Gefühl war jedoch kurzlebig, denn nur wenig mehr als eine Woche später traf er Athena wieder bei einem Empfang von Sawyer & Sons. Tatsächlich war es Barton Sawyers ältester Sohn, Andrew – jetzt neunzehn und Mitarbeiter der Firma –, der sie miteinander bekannt machte.

Es machte beiden Spaß, diese förmliche Vorstellung mit unbewegten Gesichtern durchzustehen, als wären sie völlig Fremde.

Zilin verneigte sich förmlich vor Athena. Dann, ihre Hand ergreifend, küßte er ihren Rücken in echt westlicher Manier. Athena schien entzückt.

»Es ist mir ein Vergnügen, Mr. Shi.«

Ihre Augen lachten sich an, nicht so ihr Mund. Danach sollte ihr erstes Zusammentreffen auf dem Friedhof ihr Geheimnis bleiben. Irgendwie war das zumindest in Zilins Gedanken der Ausgleich für ihre Schüchternheit an jenem hellen Sonnentag.

Athena sah in Zilin alles, wofür sie das stumpfsinnig machende Leben auf Hawaii verlassen hatte. In letzter Zeit hatten die rollende Türkisbrandung, der zitronengelbe Sonnenschein, das Flüstern der Palmen, die lindgrünen Sonnenuntergänge der Inseln angefangen, sie anzuwidern, ihr in der Kehle zu kleben wie Sirup. Sie konnte nicht schlafen. Sie war dauernd ruhelos und gereizt. An nichts hatte sie Interesse. Die Nachricht von Michaels Tod war für sie eine Erlösung gewesen. Sie hatte sie als Ausrede gebraucht, um wegzukommen und trotz der Proteste ihrer Familie nach China zu reisen. Wäre ihr Vater zu Hause gewesen, hätte sie, das war ihr klar, nie den Mut dazu gehabt. Er war jedoch in einer politischen Mission auf dem Festland unterwegs.

Zilin verkörperte für sie die Exotik, über die sie seit ihrem Eintritt in die Schule begierig gelesen hatte. Er war überragend intelligent und kein bißchen ungebildet. Sie erkannte seine innere Stärke, als wäre sie eine spürbare Liebkosung auf ihrem Arm; da sie selbst sich solche innere Kraft schon immer gewünscht hatte, schätzte sie jetzt ihre Nähe zu der seinen. Und – das war vielleicht das Wichtigste – sie sonnte sich in dem Gefühl, daß sie ihn bezaubert hatte. Sie sah ihre Wirkung auf ihn in seinen ebenholzschwarzen Augen reflektiert, und innerlich erzitterte sie vor ihrer Tiefe. Sie liebte ihn und die Tatsache, daß sie so unmittelbar eine solch geheimnisvolle und kraftvolle Persönlichkeit zähmen konnte.

Jetzt konnte sie sich selbst eingestehen, wie ängstlich sie vor Antritt dieser Reise gewesen war. Weil sie diese aber als ihre einzige Rettung angesehen hatte, verschloß sie sich gegen ihre Furcht. Ihre vielen Studienjahre hatten ihr das Gefühl gegeben, sie könnte jede Nation auf der Erde erfassen. Sie hatte fasziniert über viele gelesen und sich vertieft in die unzähligen Sitten und Gebräuche der Kulturen dieser Welt.

Tatsächlich in China zu sein, war jedoch etwas völlig anderes gewesen. Jetzt aber, da sie sich in der Glut der Empfindungen, die sie in Zilins Augen sah, sonnte, erkannte sie, wie unsinnig ihre Sorgen gewesen waren. China war doch nicht so fremd. Die grundlegenden Emotionen waren in allen Menschen dieselben, ganz gleich, wo sie lebten. Liebe konnte im exotischsten Klima gedeihen.

Er sagte etwas, und sie lachte. Dabei berührte ihr Arm den seinen.

Diese Berührung elektrisierte ihren Körper. Sie lachte wieder, trunken von diesem wunderbaren Gefühl. Natürlich wollte er etwas über ihren Namen wissen.

Sie lächelte, und er wunderte sich, wie eine solch kleine Geste ein Gesicht verwandeln konnte. »Die Frage wird mir oft gestellt, Mr. Shi. Es war der Name meiner Großmutter väterlicherseits. Sie war Griechin. Sie begegnete meinem Großvater in Kleinasien. Beide waren Archäologen auf den Spuren von Schliemann bei Hissarlik. Troja.«

Zilin schaute sie fragend an. »Ich befürchte, ich habe noch nie von Troja gehört.«

»Auch nicht von Homer?«

»Homer?« Er bewegte das seltsame Wort in seinem Mund, als wäre es ein nicht vertrauter Wein. »Nein.«

Sie strahlte. »Gut. Also, während Sie mir von China berichten, kann ich Ihnen Homer vorlesen und von den alten Zeiten im Abendland erzählen.«

Er machte sich nicht sonderlich viel aus der *Ilias,* weniger wegen der Poesie, die er sicherlich bewundern konnte, sondern wegen des Inhalts, der ihn zu sehr an die kriegerische Vergangenheit Chinas erinnerte.

Andererseits liebte er die *Odyssee,* konnte er sich an der langen, verwickelten Suche ergötzen. Ihm gefiel die Klugheit des Odysseus bei der Überlistung seiner zahllosen Feinde, und er bestand darauf, daß Athena vor der Lösung eines jeden Rätsels wartete, damit er seinen Verstand mit dem des Helden aus dem Altertum messen konnte. Und er seufzte vor wissender Zufriedenheit, wenn die Rache des Odysseus vollzogen wurde.

»Alles in allem eine fantastische Geschichte«, sagte er an einem kühlen Abend einige Monate später, als Athena schließlich das Buch weglegte. Es war ein altes, zerlesenes Buch im griechischen Original, aus dem sie vorgelesen und gleichzeitig übersetzt hatte.

Er dachte weniger über Homers Poesie nach, als er es über Athena tat. Sie nahm Informationen auf wie ein Schwamm, und, mehr noch, sie behielt auch alles. Es gab nichts von dem, was sie von ihm über chinesische Geschichte lernte, das sie ihm nicht gleich wiederholen konnte, wenn sie gefragt wurde. Er hatte noch keine chinesische Frau getroffen – auch noch keinen Mann –, der ihren Wissensdurst auf allen Gebieten menschlichen Bemühens gehabt hätte. Er war an Spezialisten gewöhnt, die an ihren bestimmten Fachgebieten festhielten. Und jetzt begann ihm zu dämmern, daß seine Liste wahrer Freunde – nicht Bekannte oder Geschäftsfreunde – so kurz war, weil keiner so war wie er. Athena hingegen war das. Sie kannte die Welt – ihre Vorstellung vom Leben war wirklich globaler Natur. Auf seltsame Weise fand Zilin, daß er sie für die praktische Verkörperung seines Buddhismus hielt. Buddha lehrte, das Individuum sei eins mit allen Dingen. Der

Grund, wie er es sah, daß Athena in China so heimisch war – er wußte, sie würde es sein, wo immer sie lebte oder reiste –, war, daß sie sich eins mit der Welt fühlte.

Zilin war überzeugt, daß Chinas ewige Schwäche seine Abgeschlossenheit war. Das kam vom traditionellen chinesischen Horror vor den *gwai loh*. Anstatt zu erkennen, daß es bedeutsame Dinge von Fremden Teufeln zu lernen gab, hatten die Chinesen ihre Augen vor allem verschlossen, das nicht im Reich der Mitte heimisch war.

Deshalb hatten sie nichts verstanden. Deshalb waren sie geschlagen worden. Deshalb waren die gefürchteten *gwai loh* nach China gekommen und hatten all das an sich gerissen, was sie wollten.

Zilin wußte, er liebte Athena. Er wußte, er hatte seine Seele an sie verloren. Das ängstigte ihn mehr, als es jene Nacht getan hatte, da Mai ermordet worden war und er dem Tod ins Angesicht gesehen hatte. Trotz seines weltumfassenden Denkens war er schließlich doch Chinese. Er war niemals zuvor mit einer Frau aus dem Westen zusammengewesen, hatte niemals mit einer den Siebten Himmel erreicht. Was Wunder also, daß er ständig zitterte, wenn er in ihrer Nähe war. Er trank wenig, und doch hatte er das Gefühl, er hätte ein ganzes Faß Reiswein getrunken.

Der physische Kontakt ängstigte ihn am meisten. Er glaubte, und er war sicher, es war unvernünftig, daß seine Liebe durch die Fingerspitzen schießen würde, wenn er sie berührte, und daß sein ureigenstes Wesen – die Geschichte, die Einmaligkeit, die ihn zum Chinesen machten – für immer verloren wäre. Kurz, er war überzeugt, daß er durch seine Liebe zu ihr etwas anderes opfern würde, das ihm lieb war.

Trotzdem konnte er sich nicht von ihr losreißen. Am Tag war er in der Lage, sich auf seine Arbeit zu konzentrieren; seine Besessenheit von seinem Lebenswerk machte das möglich. Er traf sich regelmäßig mit Barton Sawyer und, in zunehmendem Maße, auch mit Andrew, und lieferte ihnen die wertvollen Geheimnisse, die er vom Zoll erfahren hatte. Er traf sich auch mit seinem jüngsten Bruder – der mittlere war in Hongkong zu weit entfernt –, um geschäftliche Entscheidungen zu treffen, die die Tresore des Shi-Geschäfts weiter füllten.

Sein Vater starb, und einige Wochen später auch seine Mutter. Jetzt bestand die Familie aus den drei Brüdern und . . .

Nachts war es das, wovon Zilin träumte. In seinem Unterbewußtsein war Athena schon zur Familie gehörig. Das war die Ursache für seine Unruhe. Es verging kein Abend, an dem er nicht an sie dachte. Man konnte ja nicht nur an das Geschäft denken.

Er sah Hu Hanmin jetzt selten. Der Gelehrte war wieder bei den Kommunisten, und obwohl er mehrmals versucht hatte, seinen Freund mitzunehmen, hatte Zilin doch keine Lust dazu gehabt.

Und wieder ließ Zilins ungewöhnlicher Scharfsinn ihn begreifen, was die anderen nicht sahen: daß der Kommunismus nicht besser oder schlechter war als irgendeine andere Regierungsform. Seine Theorien, auch wenn sie durch Hu und seine Gruppe innovativ waren, waren in Wirklichkeit bedeutungslos. Der Kommunismus wurde von Menschen ersonnen und mußte von Menschen durchgeführt werden. Vor langer Zeit war Zilin schon zu dem Schluß gekommen, daß reine Theorie und das menschliche Wesen zwei sich gegenseitig ausschließende Elemente waren.

Das war ihm während seiner Zeit als Kommunist, als Mai noch lebte, immer wieder bewiesen worden. Die Partei wurde nicht von einer harten Theorie beherrscht, sondern von Menschen, die alle Mängel besaßen, wie andere Menschen auch. Sie waren habgierig, sich selbst bereichernd, korrupt, abgebrüht und, was am schlimmsten war, besessen von Machthunger. Vielleicht war Sun Yat-sen anders gewesen. Gegen ihn hatte man konspiriert, hatte gegen ihn opponiert, und am Ende war er von seinen eigenen Leuten geschlagen worden.

Der Mensch gab sich nicht damit zufrieden, Theorie zu lesen und danach zu handeln. Er fühlte sich genötigt, zu *interpretieren.* Und Zilin hatte gelernt, daß Interpretation Korruption bedeutete. Der Kommunismus war ein Ideal, das niemals erreicht werden konnte. Bestenfalls, dachte er, war er ein unvollkommenes Werkzeug, durch das eine kleine Schar mächtiger Leute eine riesige Zahl weniger mächtiger Menschen beherrschen konnte. Seine Lehren konnten die Massen viel leichter besiegen, als daß sie sie begeistern konnten.

All das sagte er zu Athena eines Abends beim Essen. So etwas hatte er vorher noch nie bei jemand getan. Sicher hätte er niemals Mai solche Gedanken zugemutet; das hätte sie zu sehr verletzt. Und aus dem gleichen Grund hatte er das auch nie bei Hu getan.

Zu diesem Zeitpunkt hatte er keine Ahnung, warum er es bei Athena tat, doch später wußte er, daß er sie prüfen wollte. Er hatte sehen wollen, ob sie überhaupt negativ reagieren würde. Er wollte wissen, ob sie das etwa nicht verstand. Wäre eines davon eingetreten, hätte er seine Beziehung zu ihr guten Gewissens abgebrochen.

»Sie sind also kein Idealist«, sagte sie, als er fertig war. Ihre Augen hatten den besonderen weichen Ausdruck, den er in ihnen hin und wieder bemerkt hatte, wenn sie angestrengt über ein Problem nachdachte oder ihm eine besonders schwierige westliche Vorstellung vermitteln wollte.

»Mein Bruder Michael war Idealist. Wie ich Ihnen ja schon sagte, war er Missionar. Er liebte seinen Beruf.« Sie blickte zur Seite, aus dem Fenster auf den Pu Dong, wo die Boote schaukelten. »Andererseits konnte ich nicht akzeptieren, was er tat. Ich glaube nicht an Bekehrungen. Die katholischen Bekehrer begleiteten Pizarro nach Peru; sie kamen mit Cortez nach Mexiko. In beiden Fällen wurden ganze Zivilisationen ausgelöscht. Vergessen Sie nicht, ich komme aus einer Archäologenfamilie.

Das Problem bei den Bekehrern ist, daß sie denen, die mit ihnen nicht übereinstimmen, keinen Platz lassen.« Sie wandte den Kopf ab von den wässerigen, sich wiegenden Lichtern des Pu Dong. »Ich glaube, dasselbe könnte man von Ihrer kleinen Schar mächtiger Leute sagen.«

In diesem Augenblick wußte Zilin, er würde Athena heiraten.

Als 1931 die Mandschurei durch militärische Beharrlichkeit ein japanisches Protektorat wurde, hatte Zilin wieder Gelegenheit, die Japaner zu beobachten. In gewisser Weise waren sie nie weit aus seinem Gedankenkreis verschwunden. Als er sie studierte, hatte er gesehen, wie klug sie waren, aus chinesischer Kultur und Gebräuchen das Beste hier und dort herauszusuchen und diese Elemente dann in ihr eigenes Gesellschaftssystem einzubauen.

Zilin war sich sicher, daß eine derart intelligente Kultur es wert war, beobachtet zu werden. Er war auch aus historischer Perspektive an ihnen interessiert, da sie sich ja, wie sein eigenes Land, jahrhundertelang gegen die westliche Welt abgeschlossen hatten.

Allerdings hatte, anders als in China, die Meiji-Restauration all das geändert. Zilin hatte gesehen, wie diese ›Kulturrevolution‹ das Land auf einmal befreit hatte, so daß es die Einstellungen und die wirtschaftlichen Möglichkeiten des neuen Jahrhunderts übernahm und so die traditionelle, von *samurai* beherrschte Kultur dem Untergang geweiht hatte.

Für diese frühere Elite der japanischen Gesellschaft hieß es, sich entweder anzupassen oder unterzugehen. Jene, die sich wirklich anpaßten, wurden in der neuen Bürokratie regelrecht verweichlicht. Der schnelle Aufstieg einer völlig neuen Schicht der japanischen Gesellschaft, der Händlerklasse, erledigte ihre Probleme. Die Restauration machte sie zu den neuen Helden Japans, als der Handel wuchs und sie die Neureichen wurden.

Da gab es viel zu lernen, darüber war sich Zilin klar, sowohl Positives wie auch Negatives. Er wurde aber in zunehmendem Maße beunruhigt von einer zu Japans expandierender Infrastruktur parallel verlaufenden Entwicklung: dem neuen Militarismus.

Japans Beziehungen zu China waren nie anders gewesen als feindlich. Jetzt aber erkannte Zilin, daß die Habgier der Händlerklasse, die für das fortgesetzte wirtschaftliche Wachstum des neuen Japan so lebenswichtig war, einen Anstieg des Militarismus verursachte, der als Antrieb einen engstirnigen – fast fanatischen – Patriotismus gebrauchte.

Zilin betrachtete das als besonders schädlich, da die wahre Entstehung von Japans aggressivem Expansionsdrang auf dem Geschäftssektor lag, dessen Anhänger in der mächtigen Bürokratie und der schwachen Regierung wohletabliert waren.

Er war sicher, daß in China Blut fließen würde, als Hu ihm Anfang 1936 Geschichten von einer Reihe geheimer Zusammenkünfte von Mao und General Tschiang erzählte. Die Tatsache, daß die beiden erbitterten Feinde in dem innerlich zerrissenen Land an die Notwendigkeit einer

Annäherung glauben sollten, ließ sein Blut erstarren. Nur eine Bedrohung von außen von der Größenordnung des imperialistischen Japan konnte sie dazu bringen, eine Sorge zu teilen.

Aber wie Zilin erwartet hatte, brachen die Gespräche abrupt und mit beträchtlichem Groll ab. Die Kuomintang und die Kommunisten befanden sich noch immer im Krieg.

Es wurde ihm klar, daß sein Land seit der Jahrhundertwende nichts weiter gekannt hatte als internen Zwist und daß, auch wenn seine Landsleute seine Voraussicht besessen hätten, sie doch viel zu sehr damit beschäftigt wären, sich gegenseitig zu bekriegen, um auf die langfristige Zukunft Chinas zu achten.

Das war ein ernüchternder Gedanke, aber einer, das mußte er zugeben, der seine Abneigung gegen den Kommunismus milderte. Ein vereintes China war der erste Schritt in die Zukunft, *jede* Zukunft. Er war ebenso sicher, daß Tschiangs despotischer Weg falsch war, wie er sich seines mangelnden Vertrauens in die Durchführbarkeit der Prinzipien des Kommunismus sicher war. Er hatte bereits den Verdacht, daß die russische Führung dabei war, die Revolution zu verraten; und er begann, sie außerdem schon nicht mehr als die kommunistischen Verbündeten zu sehen, die sie nach Maos Behauptung waren, sondern als die zukünftigen Gegner, die es auf Chinas verwundbare nördliche Grenzen abgesehen hatten. Und dennoch schien der Kommunismus in vielerlei Hinsicht für ihn der einzig mögliche Weg zur Konsolidierung von Macht zu sein, und damit zu innerer Ordnung und Stabilität.

Fast zur gleichen Zeit, als Mao und Tschiang die Gespräche abbrachen, heirateten Zilin und Athena. Er wünschte sich eine buddhistische Zeremonie. Athena sagte, sie hätte keine Religion und deshalb sei ihr die Art der Zeremonie gleichgültig. Zilin war davon leicht irritiert, befand sich aber andererseits in einem Zustand der Euphorie, so daß er nicht viel darüber nachdachte.

Auf Zilins Wunsch fand die Zeremonie im Long-Hua-Tempel statt. In der Halle der Himmlischen Wächter gaben sie sich das Eheversprechen. Bei der späteren Feier wurde unter den Gästen viel über Maos zunehmende Macht, Tschiangs neue defensive Haltung und die Japaner in der Mandschurei gesprochen. Zilin war entsetzt darüber, wie wenig wirkliche Sorge laut wurde. Diese Ereignisse, für ihn so lebenswichtig, schienen für diese Leute Teil einer anderen Welt zu sein. Er wandte sich ab, starrte düster aus dem Fenster und sah doch nichts. Er dachte an Japan und Rußland, und es beängstigte ihn, wie verwundbar doch ein uneiniges China war.

Später, als er Athena von seinen Sorgen erzählte, sagte sie auf ihre ganz und gar rationale Weise: »Du bist Geschäftsmann, Zilin. Wovon du jetzt sprichst, sind politische Probleme. Sie erfordern politische Lösungen.«

»Heißt das, daß ich mich darum nicht kümmern kann?« Er dachte an die Himmlischen Wächter seiner Jugend. »Vielleicht ist es an mir, zu helfen.«

»Offen gesagt«, antwortete sie, »ich glaube, die Ereignisse sind für jede Einzelperson zu weit gediehen, als daß man ihren Kurs jetzt noch ändern könnte. Mir kommt es vor, als befände China sich im Griff eines mächtigen Stromes. Wo dieser Strom hinfließt, wird China mitgerissen.«

»Wir sind doch aber nicht hilflos!« protestierte er.

»Schon wahr«, sagte sie sanft. »Nur, du und ich sind hilflos.« Sie beobachtete ihn am Fenster. Als Hochzeitsgeschenk hatte er ihr ein neues Haus gekauft. Drei Wochen lang war ein *feng shui*-Mann in jedem Flur auf- und abgegangen, um sicherzugehen, daß das Haus auf dem Grundstück richtig gelegen war (man wollte nicht in einem Haus wohnen, das auf dem Rücken des großen Erddrachens stand); um sicherzugehen, daß alle Räume die richtige Lage hatten; und um sicherzugehen, nachdem ihr Bett aufgestellt war, daß es die richtige Orientierung nach Osten und Süden, nicht aber nach Norden oder Westen hatte.

»Zilin«, sagte sie jetzt, »komm ins Bett.« Und als keine Antwort kam: »Ich brauch' dich.« Sie zitterte, als sie das sagte. Die Worte blieben ihr fast in der Kehle stecken. Was für eine Willensanstrengung das gekostet hatte! Einmal auf dem gewählten Weg, konnte nichts mehr sie aufhalten. Sie warf das Deckbett zurück. »Findest du mich nicht begehrenswert?« Gespannt beobachtete sie seinen Rücken. Er bewegte sich nicht, gab kein Zeichen, daß sie für ihn überhaupt vorhanden war. Er war gefangen in seiner Furcht vor ihr. Jetzt, wo es soweit war, spürte er ihre physische Gegenwart wie eine Eisenstange auf seiner Brust. Sein Inneres wurde zu Wasser, und er empfand das Schlagen seines Herzens als schmerzhafte Mahnung an das Vorüberticken der Sekunden. Er fragte sich, ob er das überleben würde, ob seine Ahnen ihm seine Schwäche jemals verzeihen würden, sein Herz an eine *gwai loh* verloren zu haben. War es das, was an sie zu verlieren er sich so fürchtete: seine Familie, die Tradition, die ihn an China band? Was war mit der Familie, die er mit ihr gründen würde? Würde sie nichts mehr zu tun haben mit den Shis, die vorher da waren? Das war eine Vorstellung, die er nicht ertragen konnte. Die Familie – die Dynastie – war von allergrößter Bedeutung und absolut heilig.

»Zilin, schau mich an.«

Endlich drehte er sich um, als sie rief, und wußte, er war verloren. Was immer in den nächsten Augenblicken mit ihm geschehen mochte, er konnte ihr nicht widerstehen. Sie lag auf den blassen Laken, das dichte schwarze Haar geöffnet und in schweren Locken auf dem Kissen ausgebreitet. Sie hatte ihn genarrt. Sie trug kein Nachtgewand oder irgendeine Bedeckung.

In dem warmen Lampenlicht des Zimmers glühte ihre dunkle Haut wie Topasfeuer. Es war das erste Mal, daß er sie nackt sah, und er war in Unbeweglichkeit erstarrt. Sie war wie ein Teich, in den kopfüber einzutauchen er sich sehnte. Er war verwundert und erschrocken darüber, wie tief er sich wünschte, sich in ihr Sein zu verlieren.

Sie war zierlich, aber gebaut, wie es keine asiatische Frau jemals sein konnte. Ihre Brüste waren größer, ihre Taille schmaler, die Hüften breiter. In China gab es die Landfrau, die mit ihren schwieligen Händen und Füßen, dem gedrungenen Körper für die Feldarbeit wie gemacht war, und am anderen Ende des Spektrums gab es die feine Dame, deren Haut niemals die Sonne fühlte, deren Hände weicher als Seide waren, deren Füße in der Kindheit schmerzhaft eingebunden wurden, damit sie winzig und dadurch schön waren.

Athena fiel in keine dieser Kategorien. Sie war feingliedrig, ihre Haut glühte vor Gesundheit. Ihre Hände waren kräftig und geschickt, und die Füße waren keine goldenen Lilien. Sie war eine Fremde.

Verführerisch lächelte sie ihn an, und der Richtung ihres Blickes folgend, sah er an sich herunter. Er war entsetzt über die deutliche Ausbuchtung seiner Hose.

»Dein Körper hat mir schon geantwortet«, sagte sie heiser, »auch wenn es dein Mund nicht tun will.« Sie hob ihm die nackten Arme entgegen, und Zilin glaubte, noch nie eine derart erotische Geste gesehen zu haben. »Komm zu mir!«

Er hatte das Gefühl, als wäre sein Geist betäubt. Er merkte, daß er über den Teppich auf sie zuging, doch er empfand es nicht als bewußte Willensäußerung. Er ging wie im Traum, wie die vor der Zeit gealterten Männer, die empfindungslos auf schmutzigen Matten liegen, Pfeifen lokker in hölzernen Händen halten und mit glasigen Augen im Griff des Opiums gefangen sind.

Er stand dicht neben dem Bett, blickte nach unten, als Athena seinen Gürtel löste. Während sie ihm Stück für Stück seiner westlichen Kleidung auszog, fühlte er sich immer ferner entrückt. Bis er wie sie ein Fremder war.

Nackt stand er vor ihr, kaum atmend, sein Glied hart wie ein Stab aus Teakholz. Seine Scham wurde nicht in ihren Augen sichtbar. Seltsamerweise steigerte das sein Gefühl von Entrückung. Nie hätte er seine Männlichkeit vor Mai oder irgendeiner anderen chinesischen Frau so offen zeigen können.

Dann streckte Athena ihre Hand aus und umschloß ihn mit den Fingern. Sie bewegte sie am Schaft leicht auf und ab. Es war, als würde er mit einem Seidenhandschuh liebkost. Sein Brustkorb hob und senkte sich, füllte sich mit Sauerstoff, und es schien, als würde sein Körper langsam wieder normal funktionieren.

Während ihre linke Hand ihn weiter streichelte, legte sich die rechte auf seinen Bauch, glitt aufwärts, wanderte mit leichter Neugier über die Rippen, und die Fingerspitzen machten kreisende Bewegungen auf seiner Brust. Sie berührten seine Brustwarzen, und er spürte plötzlich die

Bewegung zwischen seinen Beinen deutlicher. Schwere begann ihn zu durchströmen.

In ihm wuchs ein Gefühl, das alle anderen Empfindungsströmungen überdeckte. Es war unerklärlich für ihn. Es war wie ein dunkler Fleck am hellen Mittag; es hätte nicht da sein sollen, aber das Vorhandensein war nicht wegzuleugnen.

Sanft zog sie ihn auf das Bett herab, auf ihren duftenden Körper. Mit einem tief empfundenen Stöhnen beugte er sich über sie, seine Lippen öffneten sich, um die Innenseite ihres Schenkels zu küssen.

Athena ließ ihn nicht los. Er hockte über ihr in einer Stellung, die fast einer Anbetung gleichkam. Seine Hände umschlossen ihre Taille und, weiter nach unten gleitend, fühlten die Hüftknochen und das Becken. Sie hatte vollere Gesäßbacken als die meisten chinesischen Frauen, und irgendwie reizte ihn das noch mehr. Er drückte sie voller Leidenschaft, während seine Zunge sie liebkoste.

Plötzlich war er verrückt darauf, in sie einzudringen. Er drehte sich um, kniete zwischen ihren Beinen. Ihre Finger zogen ihn nach vorn.

»Komm herein«, flüsterte sie auf genau dieselbe Weise, wie sie vorher gesagt hatte »Komm zu mir«.

Ihre Finger glitten an seinem zitternden Schaft nach oben, als er die letzten Zentimeter vorrückte. Seine brennende Krone berührte ihre feuchten Lippen, und sie stöhnte. Sie atmete schwer, ihr Unterleib zitterte vor Anstrengung.

Langsam, sanft drang er ein, bis sie seine Eichel mit ihrer Feuchtigkeit umschloß, wie sie es vorher mit den Fingern getan hatte. Er glitt hin und her, nur mit der Spitze, reizte sie mit dem Versprechen dessen, was noch kommen würde. Er erhob sich über ihr, seine Augen verschlangen sie, beobachteten die Wirkung des Kreisens, das seine Hüften auf ihrer Haut hinterließen, als wäre er der Mond und sie das Meer.

Er bildete sich ein, sich sehr beherrschen zu können. Mai hatte ihn so gut wie sie konnte in der Kissenkunst unterrichtet. Sie hatte ihn als zarten, verständnisvollen Liebhaber, doch selten als einen leidenschaftlichen gekannt.

Ob sie wohl diesen Zilin wiedererkannt hätte, der sich fühlte, als wäre er in das Herz eines großen, verwirrenden Dschungels getaucht, verstrickt in wild sprießende Emotionen, die er vorher in sich selbst nie vermutet hätte?

Doch obwohl seine Kissenkünste höchst verfeinert waren, merkte er, daß ihre fast mathematische Präzision ihn verließ. Je tiefer er in Athena eindrang, desto weniger sicher wurde seine Beherrschung der Stellungen, Pausen, bewußten Liebkosungen, mit denen er sich und seine Partnerin zum Höhepunkt führte.

Er spürte vielmehr heftig und stürmisch, daß er sich ohne Überlegung, leichtsinnig, unbekümmert, wollüstig bewegte. Er fühlte seinen eigenen heißen Atem in ihr, wenn er eindrang, fühlte ihren Duft in sich drängen, wenn er sich zurückzog. Er war berauscht von ihr, seiner Sinne beraubt. Er hatte die Kontrolle an einen plötzlich eigenwilligen Schatten in sich abgegeben, der ihn in einen Genuß verstrickte, der jenseits aller seiner Vorstellung lag.

So kam es, daß er, als Athena mit geschlossenen Augen die Arme zu ihm aufhob, die Finger in seine Schultern grub und stöhnte »Leg dich auf mich, ich will dein Gewicht auf mir spüren, wenn ich komme«, sich ohne zu denken auf das heiße Kissen ihrer Brüste fallen ließ.

»Oh, jetzt, jaaa, jetzt!«

Verschmolzen mit ihr kam er in den Siebten Himmel, ergoß sich in ekstatischen Stößen endlos in ihren heißen Schoß.

Krieg mit Japan lag in der Luft. Es war der Beginn des Jahres 1937. In Shanghai gingen die Geschäfte weiter, wie gewöhnlich. Die Einwohner der Stadt waren gewöhnt daran, mit Spannungen zu leben.

Zilin hatte sein Bestes getan, um die Nachrichten von der sich verschlechternden Situation von Athena fernzuhalten. Sie war nicht an Krieg gewöhnt. Außerdem war sie ja eine Frau, und es gab Dinge, die man mit einer Frau nicht diskutierte. Athena verblüffte ihn jedoch in jeder Hinsicht. Sie war intelligent und wißbegierig und, auf ihre Weise, weitaus kühner, als es jede chinesische Frau jemals sein würde. Sie erfuhr die meisten Nachrichten – natürlich vermischt mit viel zu vielen Gerüchten – trotz seiner Versuche, sie abzuschirmen. Sie stellte endlos Fragen, und schließlich erzählte ihr Zilin, wider besseren Vorsatz, das meiste von dem, was er wußte, und wenn es auch nur geschah, um einiges von den ausländischen Gerüchten aus ihren Gedanken zu vertreiben.

Er und sein jüngster Bruder hatten sich in einer Unterredung entschlossen, alle nichtflüssigen Vermögenswerte langsam zu verkaufen – *godowns,* Fabriken und so weiter. Sollte wirklich ein Krieg ausbrechen, so hatte Zilin nicht sehr viel Vertrauen in die chinesische Armee. Nicht gegen die Japaner.

An einem kalten, stürmischen Februartag suchte ihn Andrew Sawyer im Zollbüro auf. Das war ein recht seltenes Ereignis, weil Zilin und Barton Sawyer sich bemühten, ihre Geschäftsverbindung so geheim wie möglich zu halten.

Andrew war zu einem kräftigen, hoch aufgeschossenen jungen Mann herangewachsen. Er besaß die eisblauen Augen seines Vaters und das strohblonde Haar der Mutter. Er überragte Zilin nun schon seit ein paar Jahren und schien sich dieses Größenunterschieds sehr bewußt zu sein, denn er war immer darauf bedacht, in Zilins Gegenwart zu sitzen. Das tat er auch diesmal, indem er einen hölzernen Stuhl an Zilins Schreibtisch heranzog. Er hatte sich keine Zeit gelassen, seinen schweren Mantel auszuziehen. Seine Wangen waren gerötet, wie Zilin vermutete vom Winterwind, der vom Bund her hereinwehte.

»Verzeiht mir, Älterer Onkel, ich wäre nicht an Euren Arbeitsplatz gekommen, hätte ich einen anderen Ausweg gewußt.«

Andrew Sawyer sprach ein idiomatisch besseres Kantonesisch als sein Vater. Es war die Sprache, in der er ohne Ausnahme mit Zilin sprach.

»Bitte, denkt Euch nichts dabei«, sagte Zilin und widmete seine ganze Aufmerksamkeit sofort dem jungen Mann. »Meine Arbeit ist so geartet, daß Unterbrechungen oft willkommen sind. Besonders von Euch, Andrew.« Zilin mochte den Burschen wirklich. Wenn er auch jung war und demnach noch Fehler machte, so lernte er doch aus jedem und machte nie den gleichen noch einmal. Außerdem besaß er auch nicht die den *gwai loh* eigentümliche überhebliche Art den Chinesen gegenüber. Er mußte nie daran erinnert werden, wem dieses Land gehörte – alle Chinesen, mit denen er in Kontakt kam, mochten ihn, weil seine Gegenwart angenehm war.

Andrew nickte mit dem hübschen Kopf. »Das ist äußerst freundlich von Euch, Älterer Onkel. Ich weiß, wie beschäftigt Ihr am Tag seid.« Hier zögerte er wie eine Maschine, die plötzlich keinen Dampf mehr bekommt, obwohl Zilin merkte, daß er eigentlich den Gedanken beenden wollte.

Zilin meinte, es wäre Zeit, ihm zu helfen. »Ihr seht besorgt aus, Andrew. Kann ich irgend etwas für Euch tun?«

Der junge Sawyer seufzte offensichtlich erleichtert, und seine breiten Schultern senkten sich etwas. »Ich hab' mich gefragt ...« Wieder erstarb seine Stimme. Er preßte die Hände zusammen, rieb die Handflächen, als juckten sie. »Das heißt, Älterer Onkel ... Ich habe mich gefragt ... Ich weiß, das ist eine schreckliche Zumutung, aber ich ...« Er hob den Kopf, und Zilin war überrascht, als er den tiefen Schmerz in den Augen des jungen Mannes sah. Sorgfältig verbarg er sein Erstaunen. »Wäre es Euch recht, wenn ich heut abend zu Euch käme ... nach Hause ... privat?«

»Hat Euer Vater nichts dagegen?«

»Mein Vater weiß nichts davon, Älterer Onkel«, sagte Andrew schnell. Sein Ton war flehend. »Und so muß es auch bleiben.«

Einen Augenblick lang tat Zilin nichts weiter, als den jungen Mann zu beobachten. Das aber machte Andrew so nervös, daß er in Erwartung des Kommenden zu zittern begann.

»Natürlich, natürlich«, sagte Zilin lächelnd. »Ihr seid immer willkommen in meinem Haus, Andrew.« Wieder malte sich Erleichterung auf dem Gesicht des anderen. »Würde Euch neun Uhr passen?«

»Oh, ja. Ja, wirklich, Älterer Onkel.« Andrew sprang auf. »Ich danke Euch.« Er vergaß sich einen Augenblick und griff nach Zilins Hand. »Verzeiht bitte meinen Einbruch in Euren Geschäftstag.«

Zilin sah ihm nach, wie er die Kaianlagen hinuntereilte, in Richtung auf die westlichen Gebäude, die sich den Bund entlang erstreckten.

Graupelschauer von bleierner Farbe rasselten gegen die Jalousien von Zilins Arbeitszimmer, als Athena Andrew hereinführte. Zilin saß über seine privaten Unterlagen gebeugt und stellte geschäftig die Vermögenswerte der Shi-Brüder zusammen, um sich darüber klarzuwerden, was mit ihnen zu tun wäre bei dem drohenden militärischen Sturm.

Als er Athenas Stimme im Zimmer hörte, drehte er sich im Stuhl herum. Er stand auf und verneigte sich lächelnd. Er hatte seine westliche Arbeitskleidung gewechselt und trug jetzt einen nachtblauen Seidenmantel über traditioneller chinesischer Bluse und Hose. »Es ist freundlich von Euch zu kommen, Andrew«, sagte er so, als wäre er es gewesen, der die Einladung ausgesprochen hatte. Dabei beschrieb er mit dem Arm einen einladenden Bogen. »Kommt, machen wir es uns dort drüben bequem. Athena bereitet schon den Tee.«

Sie setzten sich auf Zilins handgeschnitzte Drachenstühle. Die Bambusjalousien waren wegen des unfreundlichen Wetters herabgelassen. An ihrer Seite stand ein Lackschirm, auf dem ein Tigerpaar, Herren der Erde, über saftiges Blattwerk sprang. Über ihren Köpfen, unberührt von ihrer Kraft, breiteten zwei Reiher ihre Schwingen aus und glitten durch weiße, flauschige Wolken.

Gleich darauf erschien Athena mit dem Tee auf einem kleinen, kostbar gearbeiteten roten Lacktablett. Sie zog sich zurück und wurde auch nicht aufgefordert zu bleiben.

Zu Ehren des Besuchs hatte Zilin den Schwarzen-Drachen-Tee verlangt, und nicht den üblichen Winterjasmin. Das blieb von Andrew nicht unbemerkt; auch nicht die Tatsache, daß sie, weil es *Sie* war, die Stunde der Schlange, mit dem Gesicht nach Südosten saßen. Er war jetzt dankbarer als je, daß dieser Ältere Onkel zugestimmt hatte, ihn zu empfangen.

Der heftige Regen prasselte gegen die Bambusjalousien und rüttelte an ihnen, als verlangte er Einlaß in dieses Heiligtum. Zilin hatte sein Arbeitszimmer im hinteren Teil des Hauses einrichten lassen. Tagsüber hatte er den besten Ausblick auf das Wasser; nachts war es sehr ruhig, von den anderen Zimmern getrennt durch einen langen Flur, der zweimal rechts um die Ecke ging.

Zilin hielt seine Porzellanschale in beiden Händen und spürte, wie die Wärme in sein Fleisch überging. Er nippte am Tee, genoß den besonderen Geschmack, ehe er seine Wärme in seinen Magen gelangen ließ.

Verstohlen beobachtete er Andrew. Das hübsche westliche Gesicht, so sehr eine Mischung seines Vaters und seiner Mutter, war leicht verzerrt. Das flackernde Lampenlicht ließ wachsende Ringe unter den Augen des jungen Mannes erkennen.

»Ich habe vorige Woche Wiqin gesehen«, sagte Zilin. »Ich war einige Tage oben im Norden und traf ihn zufällig. Er sendet Euch beste Grüße und hofft, er würde im Frühjahr nach Süden reisen können und Euch aufsuchen.«

Andrew nickte. Die Erwähnung seines alten Schulfreunds hatte nicht vermocht, ihn aus seiner trüben Stimmung zu reißen.

»Eurer Mutter geht es gut?«

»Ja«, sagte Andrew nur. Aber einige Augenblicke später: »Danke für die Nachfrage, Älterer Onkel.«

»Man braucht immer eine starke und einige Familie.« Zilin nippte am Schwarzen-Drachen-Tee. »Ein solches Netzwerk macht den einzelnen erst stark, Andrew. Ohne Familie sinkt der Mann auf ein Niveau unter dem der Tiere herab. Ein Mann ohne Familie kann überleben, aber mehr kann er nicht als das. Er kann nicht nach den Geboten Buddhas leben.«

Zilin legte die Hände in den Schoß. »Dieser Sturm. Wir haben bereits *li chun,* den Beginn des Frühlings. In nur etwas mehr als einem Monat ist *jing zhe,* das Erwachen der Insekten.« Er schüttelte den Kopf. »Dieses heftige Wetter scheint nicht richtig zu sein.«

»Älterer Onkel . . .« Andrew hob den Kopf. Er stellte die Teeschale ab, nachdem er nur wenig genippt hatte. »Ich bin in einem schrecklichen Dilemma.« Er stieß das hervor wie den ersten Schuß aus einer Kanone.

Und er ist zu mir gekommen, dachte Zilin. Warum ist er nicht zu seinem Vater gegangen? Er erinnerte sich an Andrews Worte vom Nachmittag: *Mein Vater weiß nichts davon, Älterer Onkel. Und das muß auch so bleiben.*

Zilin stellte seine Teeschale jetzt auch ab. Nun kam die Zeit für die ernsthafte Unterredung. Er sagte aber nichts, weil er wußte, eine Aufforderung würde die Peinlichkeit für den jungen Mann nur erhöhen.

»Eine Zeitlang, Älterer Onkel«, begann Andrew, »habe ich mich mit einem Mädchen getroffen.« Er rang beim Sprechen die Hände; seine Augen blieben gesenkt. »Ich bin nicht . . . Ich bin kein Schürzenjäger. Ich traf mich mit dem Mädchen im guten Glauben. Ich empfand etwas für sie. Es war echt. Aber die ganze Zeit . . . nun, ich nehme an, ich war unsicher. Keiner wußte etwas davon, daß ich mich mit ihr traf. Das heißt, keiner von der Familie. Einige der Diener – ohne Zweifel war Ah Xip einer davon – könnten es gewußt oder vermutet haben.« Hier machte Andrew eine Pause, um einen Schluck lauwarmen Tee zu trinken.

All das war doch recht normal, dachte Zilin und nahm an, das Ende von Andrews traurigem kleinen Jugendabenteuer bereits erraten zu haben.

Mit zitternder Hand setzte der junge Mann die Schale nieder. Sie klirrte laut in dem stillen Zimmer. »Jetzt hat mir das Mädchen gesagt, es sei schwanger.« Er blickte hoch. »Älterer Onkel, ich habe in mir nach den Aussichten der Liebe gesucht. Es sind keine da. Ich liebe sie nicht. Ich will auch nicht heiraten.«

Zilin klopfte seine Fingerspitzen rhythmisch gegeneinander. »Verzeiht mir, daß ich das Offensichtliche ausspreche, Andrew. Aber ich finde, das ist ein leicht zu lösendes Problem. Geht zu Eurem Vater und . . .«

»Nein!« Andrew schrie es fast heraus. »Mein Vater – keiner in meiner

Familie – darf jemals erfahren, daß so etwas geschehen ist. Älterer Onkel, mein Aufstieg zum *tai pan* steht auf dem Spiel.«

»Ihr müßt mir sagen, warum, Andrew.«

»Weil«, sagte der junge Mann, seinen Kopf abwendend, »das Mädchen Chinesin ist.«

Buddha! dachte Zilin. »Ich vermute, da ist eine Familie betroffen.«

»Und ob! Ja.«

Zilin holte mehrmals tief Luft, um sich zu beruhigen. Es war *eine* Sache für einen *gwai loh,* ein Bordell aufzusuchen, das wußte er, und mit einer chinesischen Kurtisane den Siebten Himmel zu erleben. Es war aber etwas ganz *anderes,* eine heimliche Affäre mit einem chinesischen Mädchen aus der Mandarinklasse zu haben. Besonders für den Sprößling eines der führenden *tai pan*-Häuser von Shanghai. Die Familie besaß Größe, Geld, Einfluß.

Vielleicht machte Barton Sawyer mit dem Vater Geschäfte. Vielleicht war der ein Großkaufmann. Was immer es auch war, er würde Genugtuung verlangen. Andrew würde das Mädchen heiraten müssen. Und Andrew hatte schon recht: Wenn Barton Sawyer den Titel des *tai pan* an Andrew übergeben würde, käme das Haus in die Hände der Familie der Braut. Das würde der ältere Sawyer nie zulassen. Zögernd würde er zu dem Schluß kommen, den Andrew schon gezogen hatte und den Zilin jetzt erreichte: Neuer *tai pan* von Sawyer & Sons müßte einer der jüngeren Brüder werden. Zilin kannte beide gut: Keiner kam Andrew in bezug auf Mut oder Geschäftssinn gleich. Keiner wäre, kurz gesagt, ein *tai pan.*

»Wie ist der Familienname?«

»Jiu.«

»Jiu Ximin?«

Andrew hielt die Fäuste an seine Ohren. Seine Stimme war nur ein Flüstern. »Ja, Älterer Onkel.«

Oh, oh, oh, dachte Zilin. Jiu Ximin war ein Gewerkschaftsführer. Volle siebzig Prozent der chinesischen Arbeitskräfte bei Sawyer & Sons standen unter seinem Einfluß. Er konnte, falls er provoziert würde, die Firma kaputtmachen.

»Es ist schlimm, Älterer Onkel, ich gebe es zu.« Andrew rieb sich die geschlossenen Augen. »Ein nicht wiedergutzumachendes Schlamassel.«

Zilin beobachtete die klappernden Bambusjalousien, die der heulende Wintersturm bewegte. Was Andrew erzählte, schien ihm der letzte Strohhalm zu sein, die Verkörperung der schleichenden Bedrohung, die er während des Aufbaus dessen, was er für den kommenden Krieg hielt, empfunden hatte. Er hatte die ganze Zeit gespürt, daß dieser Vernichtungszug sein Land unwiderruflich verändern würde. Andrews Krise hatte seine Befürchtung für sein Land in den Vordergrund gerückt. Er erinnerte sich daran, was Athena gesagt hatte: *Du und ich, wir sind hilflos.* In diesem Augenblick wußte er, sie hatte unrecht.

Er richtete den Blick wieder auf den jungen Mann, der vor ihm weinte.

Sein Verstand lief auf Hochtouren. »Kommt jetzt, Andrew«, sagte er so hart, wie es ihm möglich war, »das ist nicht die Art, wie ein zukünftiger *tai pan* sich verhält! Man muß immer Stärke zeigen, auch angesichts des schwärzesten Mißgeschicks. Man darf niemals seine Furcht zeigen. Man darf einen *tai pan* nicht für schwach halten können; er hat zu viele Feinde, die aus dieser Schwäche Nutzen zu ziehen suchten. Immerhin muß ein *tai pan* an ein ganzes Haus denken, dessen Wachstumsgeschichte und die Expansion heilig sind.«

»Ja, Älterer Onkel.« Andrew wischte sich noch einmal die Tränen aus den Augen.

»Kopf hoch!«

»Ja, Älterer Onkel.«

»Der Herr eines großen Hauses darf nie mit gesenktem Kopf gesehen werden. Das ist ein Zeichen der Niederlage. Für Euch gibt es keine Niederlagen, Andrew. Nicht, wenn Ihr hofft, eines Tages Eures Vaters Platz einzunehmen.«

»Ich verstehe, Älterer Onkel.«

»Gut«, sagte Zilin. »Jetzt zu Jiu Ximins Tochter. Ihr liebt sie nicht?«

»Nein, Älterer Onkel.«

»Dann kommt also eine Heirat nicht in Frage. Seid aber versichert, Andrew, die Heirat wird Jiu von Euch verlangen.« Durchdringend starrte er den jungen Mann an. »Und mit Recht.«

Andrew schluckte schwer, wich aber Zilins Blick nicht aus.

Zilin dachte, was für eine Gelegenheit hat dieser junge Mann mir geschenkt! Er hat für mich den Panzer der *gwai loh* etwas geöffnet. Jetzt muß ich vorsichtig meine Klinge einsetzen, um ihn noch weiter zu öffnen. Eine solche Möglichkeit bekommt ein Mann nur einmal im Leben. Sei vorsichtig, warnte er sich selbst, diesen Schatz nicht zu verschwenden!

Seine Freude verbergend, begann er an Jiu Ximin zu denken, einen schwarzäugigen Drachen von einem Mann, stur und habgierig. Habgier, dachte Zilin. Vielleicht, ja, vielleicht können wir da zupacken. Er wollte schon seit Jahren meine *godowns* in Huang Cheng haben. Jedesmal, wenn er vorbeigeht, bekommt er Stielaugen. Ein kluger, vorausschauender Geschäftsmann wie ich würde in diesen Tagen keinen Grundbesitz in Shanghai haben wollen. Es gibt aber nur wenige, die das schon verstehen. Ja, die Huang Cheng-*godowns* könnten die Antwort sein. Aber ich muß vorsichtig vorgehen. Jiu Ximin ist ein schwieriger Mann und ein schlauer Fuchs. Er wird uns sicher teuer bezahlen lassen für das, was Andrew seiner Tochter angetan hat.

Nichts von diesen Gedanken verratend, sagte er: »Es gibt aber immer Auswege aus solch schwierigen Situationen. Es ist nur eine Sache sorgfältiger Verhandlungen. Und des Geldes, natürlich.«

»Ich habe aber nicht genügend Geld, Älterer Onkel.«

»Ihr habt ja auch noch nicht die Fähigkeit für solch schwierige Verhandlungen. Dennoch werdet Ihr mich zu allen Treffen begleiten. Eure

Haltung muß dann die höchster Bescheidenheit sein. Das wird Jiu Ximin gefallen. Es wird ihm das Gefühl der Macht über Euren Vater geben.«

»Das darf aber nicht geschehen, Älterer Onkel!«

»Natürlich nicht, Andrew. Darüber könnt Ihr ganz beruhigt sein. Ich werde mit Jiu Ximin verhandeln, und während ich das tue, werdet Ihr unschätzbare Einblicke in die Führung schwieriger Verhandlungen gewinnen. Aber« – Zilin hob einen Finger – »derart außergewöhnliche Unterrichtsstunden haben ihren Preis.«

»Ich werde bezahlen, was immer Ihr...«

Zilins Handbewegung unterbrach ihn. »Niemals Geschäftstransaktionen in solch grober Form abwickeln, Andrew. Außerdem will ich ja kein Geld. Ich will vielmehr von Euch ein Gelöbnis.«

»Ich gebe Euch alles, was Ihr wollt, Älterer Onkel.«

Zilin lächelte. »Vergeßt aber nicht, Ihr müßt jetzt immer zuerst an Sawyer & Sons denken.«

Andrew nickte.

»Euer Gelöbnis bezieht sich auf zukünftige Dienste. Es könnte in der Zukunft eine Zeit geben, in der ich zu Euch komme – oder durch einen Boten mit Euch Kontakt aufnehme. Ihr werdet ihn erkennen können, weil er den Rest eines Erkennungszeichens bei sich hat, von dem ich ein Stück Euch geben werde. Zu diesem Zeitpunkt werdet Ihr Euch an diesen Augenblick erinnern und tun, was immer ich von Euch verlange.«

»Alles, Älterer Onkel?«

»Das habt Ihr mir gesagt, Andrew. Alles!«

Andrew Sawyer verneigte sich tief. »Es sei, wie Ihr wünscht, Älterer Onkel. Ich schwöre es also bei meiner Ehre als zukünftiger *tai pan* und bei der Ehre meiner Vorfahren bei Sawyer & Sons.«

Alle Götter seien Zeugen, sagte Zilin zu sich selbst. Ich werde diesen Jungen zu einem der größten *tai pan* Chinas machen. Ich bin so eng an ihn gebunden, wie er jetzt an mich. Wegen seines Fehlers bin ich von der Untätigkeit befreit worden, die mich zu zerstören drohte. Bei allen Göttern, groß und klein, er hat mir meine Brücke zum Westen geschenkt.

Großer Buddha, ich kann noch zu der Rolle des Himmlischen Wächters Chinas aufsteigen. Heute habe ich einen lebenslangen Kampf begonnen, um China aus dem Schlamm zu erheben, in den es die Fremden Teufel und seine eigene engstirnige Dummheit gezogen haben.

Jiu Ximin war ein Berg von einem Mann, mit mürrischem Gesichtsausdruck und glühenden Knopfaugen. Abwechselnd wortkarg und beredt in seinen Reaktionen, suchte er fortwährend, Zilin mit Hilfe dieser scheinbar widersprüchlichen Stimmungen bei einer Blöße zu ertappen.

Seine stark traditionsbewußte Einstellung war aber für Zilins suchenden Verstand bald erkennbar. Lianhua, das Mädchen, das von Andrew schwanger war, war sein Kind, und er war von Herzen wütend über ihre

Lage. Aber sie war immerhin nur eine Tochter und deshalb nicht besonders wichtig für ihn. Seine Söhne waren sein Leben; ihre Zukunft würde die Jiu-Linie fortsetzen.

Klugerweise hatte Zilin schon einen geeigneten Chinesen ausgewählt, dessen Familie einfach entzückt war, daß ihr Sohn eine Ehe mit der Tochter des erhabenen Jiu eingehen sollte. Ihr eigenes Vermögen war für Jiu Ximin ausreichend, um sofort Erleichterung bei der Erwähnung ihres Namens zu empfinden. Das konnte er natürlich nicht zeigen – und Zilin hatte keine Veranlassung gesehen, Andrew davon zu unterrichten, weil er glaubte, die Angst würde ihm auf lange Sicht besser bekommen –, doch trotz allen Tobens, Andrew müsse seine Tochter heiraten, hätte Jiu so etwas niemals zugelassen. Ein *gwai loh,* sogar einer mit dem gehobenen Rang eines zukünftigen *tai pan,* war ein Greuel für Jiu Ximin. Es war schon genug, daß er täglich mit ihnen zu tun hatte. Die Annahme ihres Geldes besänftigte seinen Zorn schon. Doch einen in seine Familie aufnehmen? Niemals!

Jiu Ximin betrachtete *gwai loh* nicht nur als Barbaren, sondern auch als kulturell unmündig. Die Chinesen besaßen eine Kultur von mehr als viertausend Jahren. Angesichts dieser Zeitspanne, was waren dann zwei- oder dreihundert? Er wollte mit ihnen nichts zu tun haben.

Aber er wollte die Huang Cheng-*godowns*.

Am vierten Tag ihrer Zusammenkünfte, als er endlich Tauwetter in den Verhandlungen erkennen ließ, wurde von einer jungen Frau Jasmintee serviert. Sie konnte kaum älter als neunzehn oder zwanzig sein, ein Jahr oder zwei älter als Lianhua.

Zilin beobachtete sie sorgfältig, weil sie die einzige andere Person des Haushalts war, der Jiu Ximin gestattet hatte, sich die ganze Zeit über in seinem Haus sehen zu lassen. Das verlieh ihr eine gewisse Bedeutung. Zilin war sicher, daß sie nicht zufällig hier war.

Sein Verdacht wurde bestätigt, als das Mädchen nicht wieder ging, nachdem sie sie bedient hatte, sondern vielmehr, die Hände im Schoß und mit gesenktem Kopf, neben dem niedrigen Tisch niederkniete.

»Das ist Sheng Li«, sagte Jiu Ximin beiläufig. »Sie ist eine Freundin von Lianhua. Aus der Kinderzeit.« Bedächtig trank er einen Schluck Tee. Seine Augen richteten sich nicht einmal auf sie. »Nun, da meine Tochter eine erwachsene Frau ist«, – sein Blick bohrte sich mit fast spürbarem Haß in Andrews Augen –, »muß sie kindliche Bedürfnisse ablegen.« Es wurde Zilin klar, daß Jiu Ximin Sheng Li befohlen hatte, hierzubleiben, nur um sie zu beschämen. Er sprach von ihr, als wäre sie nur ein Stofftier seiner Tochter, das jetzt dem Scheiterhaufen überantwortet werden mußte.

»Lianhua wird in ihrem neuen Leben, der neuen Familie, viel zuviel zu lernen haben, um überschüssiges Gepäck mitzunehmen. Deshalb schlage ich als Teil unserer Abmachung vor, daß Ihr, Shi Zilin, Sheng Li mitnehmt. Tut mit ihr, was Ihr wollt, es ist mir gleich. Ich werde meiner

Tochter sagen, Ihr hättet Sheng Li eine Arbeit angeboten, und zwar zu einem Gehalt, das über dem liegt, das ich zu zahlen bereit wäre. Das wäre dann alles.«

Zilin stimmte zu, weil er spürte, das Mädchen wäre besser daran, so weit weg wie möglich von diesem Mann zu sein.

Erst einige Zeit später, nachdem er Sheng Li im Haus eines chinesischen Freundes untergebracht hatte, verstand er Jiu Ximins wahre Motive für den Versuch, das Mädchen loszuwerden.

»Ich kam mit meiner Mutter in den Haushalt von Jiu«, erzählte ihm Sheng Li eines Nachmittags, als er sie besuchen kam. »In jenen Tagen war ich noch zu jung, um eine richtige Arbeit zu verrichten, deshalb wurde ich Lianhuas Gefährtin.« Sie trug ein wie Brokat gemustertes Seidengewand, das ihrer schmalhüftigen Gestalt schmeichelte. Ihr dichtes, nachtschwarzes Haar war zu einem Pferdeschwanz zurückgekämmt, der über den Rücken herabfiel. Als Zilin an der Tür gestanden hatte, hatte sie ihn dort erwartet und sich verneigt. Wenn sie seinen Namen sprach, sagte sie immer »Shi *zhu run*«, was bedeutete, Shi, der verantwortliche Mann; und sie gebrauchte die *nin*-Form des »Ihr«, die man für die Anrede einer Person von höherem Rang benützte.

»Wir wurden Freundinnen«, fuhr sie fort, »sehr zu Jiu Ximins Verdruß. Seht Ihr, er fand schließlich heraus, daß mein Vater Japaner war. Meine Mutter lag im Sterben, und er ging durch ihre Papiere, um festzustellen, ob es eine Familie gab, an die er sie hätte schicken können; er hätte dann die Ausgaben für den Arzt und eine spätere Beerdigung sparen können.«

Zu all dem sagte Zilin nichts. Die Hände auf dem Rücken verschränkt, ging er neben ihr her. Der kühle Frühlingswind machte, daß er sich leicht vornüber beugte, was den Anschein erweckte, als wäre er tief in Gedanken versunken.

»Wir hatten keine solche Familie, und Jiu Ximin war gezwungen, für die Pflege meiner Mutter aufzukommen. Diesen Betrag hielt er von meinem Lohn zurück, so daß ich für die letzten sechs Monate keine Bezahlung erhalten habe. Ich hatte nichts dagegen. Es war ja meine Pflicht, für meine Mutter zu sorgen, wie sie es so liebevoll einmal für mich getan hatte. Ich wäre mir irgendwie beschmutzt vorgekommen, wäre ich gezwungen gewesen, sein Geld für meine Mutter anzunehmen, ohne es jemals zurückzahlen zu können.«

Boote schaukelten auf dem Pu Dong, und überall war die Geschäftigkeit der Stadt zu spüren.

»Ihr seid bereits ungemein gütig zu mir gewesen, Shi *zhu run*. Ich fühlte mich genötigt, Euch von meinem Schandmal zu erzählen. Ich erwarte nicht von Euch, daß Ihr mich behaltet oder für mich bezahlt. Jetzt, da ich allein bin, bin ich auch bereit, für mich selbst zu sorgen. Ihr werdet mich niemals wiedersehen.«

Zilin betrachtete ihr Gesicht. Es war vollkommen asiatisch geschnitten: große mandelförmige Augen mit schweren Lidern, eine breite, intelligente Stirn, flache, mongolische Backenknochen und ein wohlgeschwungener Mund. Sie besaß nicht das typische chinesische Mondgesicht, was er ganz richtig ihrer halb japanischen Abstammung zuschrieb. Er erkannte eine Feurigkeit ihres Geistes – einen hellglühenden Funken, der ihn irgendwie mit schmerzhafter Schärfe an Mai erinnerte –, der noch weibliche Anmut hinzukam.

In diesem Augenblick kam die Sonne hinter einer blaugrauen Wolkenwand hervor und tauchte beide in ein goldenes Licht. Zilin spürte, wie eine schwingende Saite in ihm angeschlagen wurde, und all sein Verlangen nach einer Rückkehr in seine chinesische Natur, die mit Mai vollkommen gewesen war, traf ihn mit voller Wucht. Denn diesmal, während er mit Sheng Li dahinschlenderte und leise sprach, fühlte er sich im Geist von allen *gwai loh* getrennt.

Und ganz plötzlich wußte er auch, warum er Sheng Li instinktiv nicht mit nach Hause genommen hatte. Da gab es einen Punkt, an dem Ost und West trotz aller Bemühungen nicht zusammenkommen konnten. Es gab einen bestimmten Punkt – vielleicht war es die einfache Vorstellung vom *yin* und *yang,* die ein asiatisches Paar stillschweigend verstand –, um den Chinesen und *gwai loh* nur wie Motten um das Licht kreisen, doch niemals sich verschmelzen konnten.

Sheng Li, dachte er, sie noch einmal verstohlen betrachtend. Der Name bedeutete Sieg. Am Ende des langen Samstags, als er sie schließlich in die Wohnung der Familie zurückbrachte und in der zunehmenden Dämmerung selbst nach Hause kam, erwartete Athena ihn an der Haustür, um ihm zu sagen, daß sie sein Kind trug.

Lange Zeit hatte Athena keinerlei Verdacht. Sie wußte natürlich, daß ihr Ehemann sich in einer wichtigen Sache für Andrew Sawyer eingesetzt hatte und daß es geheim bleiben mußte. Aber nicht mehr.

Während ihrer Schwangerschaft setzte sie ihre Studien der chinesischen Geschichte, Politik und Kultur fort. Mehrmals versuchte Zilin, ihr den Buddhismus nahezubringen, doch vielleicht wegen ihrer bisherigen Erziehung konnte sie nichts von den ihm eigenen Ideen erfassen. Sie war viel stärker daran interessiert, ihr Studium der Archäologie weiterzuverfolgen, das Fachgebiet, das ihre Großeltern väterlicherseits so begeistert hatte.

Sie stellte eine kleine Mannschaft zusammen und begann eine Grabung im Südwesten der Stadt, nahe bei der Altstadt. Im sechsten Monat beschränkte sie ihre Arbeitsstunden von sechs auf drei am Tag, vor allem wegen Zilins Sorge. Im siebenten bestand er dann doch darauf, daß sie die Arbeit ganz aufgab. Bis dahin hatte sie aber auch schon einen genügenden Vorrat an Tonscherben und Knochen, um sich im Haus damit zu beschäftigen.

Athena merkte nichts von einem Nachlassen der Leidenschaft Zilins ihr gegenüber, auch nicht, als ihr Leib den größten Umfang annahm. Sie empfand nicht das Fehlen einer inneren Bindung zwischen ihnen, weil sie gar nicht auf den Gedanken an eine solche Möglichkeit kam. Das war weniger ein Versagen in ihr selbst, als vielmehr das Fehlen von Verständnis innerhalb eines breiteren kulturellen Spektrums.

Zilin gab sich alle Mühe, aber seine Versuche einer Erklärung des Unerklärbaren in bezug auf den Buddhismus mußten fehlschlagen. Wenn Athena auch die Welt erfassen konnte – durchaus eine bemerkenswerte Leistung für eine *gwai loh* –, konnte sie doch nicht die ihm zugrundeliegende Einheit mit dem Universum wahrnehmen, die das Wesentliche des Lebens darstellte.

Er liebte sie aber trotzdem nicht weniger. Er konnte sie nur nicht so vollständig lieben, wie er es sich wünschte. Oder wie er es brauchte.

Athena spürte eine Verschiebung der Kräfte, die sie umgaben. Sie wußte nicht, was los war, sondern nur, daß die sie umgebende Atmosphäre nicht mehr dieselbe war. Zunächst führte sie das auf den Zustand der Schwangerschaft zurück. Das Baby in ihr war voll entwickelt, das wußte sie, und es war sehr aktiv. Je näher der Tag der Geburt kam, desto mehr veränderte sich ihr Körper in der Vorbereitung darauf.

Warum und wann sie begann zu glauben, es hätte etwas mit Zilin zu tun, konnte sie nicht sagen. Mit dem schon so vollkommenen neuen Leben in sich war sie schließlich voll und ganz erfüllt von der enormen Veränderung ihres eigenen Lebens. Lange Tage zu Hause mit ihren Tonscherben und Knochen weckten nicht mehr ihr Interesse, und sie grübelte über ihr neues Leben nach. Sie war böse auf jeden und alles. Sie verdächtigte die Welt, sie in ihrer grausamen Faust erdrücken zu wollen.

Sie verdächtigte Zilin.

Wessen sie ihn verdächtigte, wußte sie nicht gleich. Sie meinte eine Abnahme der sie seit ihrer ersten Begegnung verbindenden Kraft zu spüren. Oft ertappte sie sich dabei, daß sie an jenen sonnigen Sonntag auf dem Friedhof dachte. Sie erinnerte sich, wie sie die Sonne auf ihrem Rücken gespürt hatte, wie süß die Vögel gesungen, wie offen Zilin sie angesehen hatte. Und mit der Erinnerung an den Ansturm wilder Erregung kam unweigerlich der Argwohn, der sie augenblicklich quälte. Sie wünschte, er wäre mehr um sie, und war er nicht da, wurde sie wild vor Verlangen nach ihm. Ihre Hände legten sich auf den geschwollenen Leib, als glaubte sie, sie müsse das ungeborene Kind vor der Flucht ihres Ehemanns schützen. Der Gedanke, er könnte sie irgendwie verlassen, erfüllte sie mit unerklärbarem Schrecken. Die düstere Aussicht darauf, mit ihrem Baby in dem riesigen China – einem China, das auf den Krieg zusteuerte – allein zu sein, war mehr, als sie ertragen konnte.

Aber dann schloß sie die Augen, atmete tief und gleichmäßig, bis sie sich zwang, zu seufzen. Was ist eigentlich mit mir los? fragte sie sich. Zilin liebt mich; er wird auch das Baby lieben. Wohin könnte er sonst gehen? Und dann kam gewöhnlich der Schlaf.

Zilin seinerseits empfand keine Schuld wegen des Zusammenseins mit Sheng Li. Zum einen gab es im China jener Tage eine Vielzahl von Kurtisanen. Zum anderen – und das war für ihn viel wichtiger – empfand er keine Entfremdung von Athena oder ihrem neugeborenen Baby, dem sie den Namen Jake gegeben hatte, nach dem Vater ihres Vaters. Tatsächlich war er ein glücklicherer und lebhafterer Mensch, weil eine Seite von ihm, die Athena nicht verstehen konnte, jetzt genährt wurde.

Seit Sheng Li in sein Leben getreten war – seit sie zusammen den Siebten Himmel erlebt hatten –, war seine innere Furcht vor Athena gewichen. Er hatte nicht mehr jedesmal das Gefühl, etwas Kostbares zu verlieren, wenn er ihr Jadetor durchstieß. Denn was immer durch seine Liebe zu einer *gwai loh* genommen wurde, durch Sheng Lis sich vertiefende Zuneigung wurde es ihm zurückgegeben.

Weniger als zwei Jahre, nachdem er sie von Jiu Ximin bekommen hatte, schenkte sie ihm einen Knaben. Es war eine Frühgeburt, fast sechs Wochen vor der Zeit; das Kind kam mit gefährlichem Untergewicht und mit Gelbsucht auf die Welt.

Sheng Li sorgte sich Tag und Nacht um das Kind, schlief nur halb, vielleicht eine oder zwei Stunden in der Nacht, wenn auch das Baby schlief, aber nicht mehr. Zilin versuchte, soviel er es wagte, bei ihr zu sein, doch er wußte, es war nicht genug. Vor mehr als einem Jahr hatte er sie aus dem Haus seines Freundes geholt und sie in einem kleinen, eigenen Haus untergebracht, das er bezahlte.

Es gab aber noch andere überwältigende Probleme, und die Geburt des Kindes vergrößerte sie noch. Der Krieg mit Japan war schließlich wie ein Sturm über China hereingebrochen. Das Schlachtfeld umfaßte Shanghai und einen großen Teil des nördlichen Chinas. Zur Zeit wenigstens noch hielt die Armee tapfer stand gegenüber der massierten japanischen Kriegsmaschinerie, aber Zilin wußte, wie das unvermeidbare Ende aussehen mußte.

Der Ausbruch der Feindseligkeiten machte natürlich Sheng Lis elterliches Geheimnis noch gefährlicher. Und zwar so sehr, daß Zilin sich geweigert hatte, eine *amah* für das Kind einzustellen, die auch Sheng Li helfen konnte; er hatte einfach Angst, ihre halb japanische Abstammung könnte irgendwie herauskommen. In dem derzeitigen paranoiden Klima der Stadt hätte für Sheng Li nichts tödlicher sein können.

Jetzt, wo Zilin an zwei Söhne denken mußte, wurden ihm die enorm wichtigen Entscheidungen, denen er sich gegenübersah, noch schwerer gemacht. Jetzt war der Oktober 1936. Die japanische Armee hatte die Mehrzahl der großen Städte im Norden eingenommen. Was noch verhängnisvoller war, sie kontrollierten die Nachrichtenverbindungen. Im Süden hielten sie das Jangtse-Tal bis Kanton und die Jitschang-Schluchten besetzt. Was in Shanghai noch an Stabilität übrig war, bröckelte schnell ab.

Der entscheidende Zeitpunkt für sein Land, den Zilin vorausgesehen hatte, war gekommen. Es war jetzt an ihm zu handeln. Er wußte, es mußte jetzt sein, oder es würde niemals sein. Er glaubte, die Größe der Opfer, die er sich selbst auferlegen mußte, zu kennen. Er wußte aber auch, daß die Auswirkungen nicht vorausberechenbar waren und daß er den Preis für sie erst hinterher wirklich ermessen konnte. Und er wußte schließlich, daß wie beim *wei qi* sein Zug nicht rückgängig zu machen war, wenn er ihn erstmal gemacht hatte.

Wenn er bei Athena oder Sheng Li war und die Babys an seine Brust drückte, kam sein Entschluß ins Wanken. Seine Gedanken konzentrierten sich dann selbstsüchtig auf den Schmerz, den er jenen zufügen mußte, die er am meisten liebte. Abzuwägen gegen das menschliche Leid war aber die Agonie Chinas. Ihm war klar, daß jedes Opfer gerechtfertigt war, wenn er sein Land damit aus seiner selbstzerstörerischen und entzweienden Neigung befreien konnte.

Und trotzdem, ob er mit Athena oder mit Sheng Li zusammen war, stand er oft mitten in der Nacht auf, riß er sich los von ihrer Wärme und dem Trost ihres Körpers. Allein und der Welt entrückt, in der stöhnenden Stille der großen Dunkelheit, weinte er Tränen des Selbstmitleids.

Er war ein Mann mit zwei Familien, doch nur zu bald würde er keine mehr haben. Dann war auch keine Zeit mehr für Selbstmitleid. China rief ihn.

Wie sie es fast sein ganzes Leben lang getan hatten, waren es die Japaner, die ihm schließlich Unglück brachten. Ihretwegen, wegen Sheng Lis Geheimnis, konnte er niemand mit ihr im Haus leben lassen.

Liqiu – Sheng Li hatte darauf bestanden, das Kind Herbstbeginn zu nennen, weil es an einem Mittwoch geboren wurde, dem Tag der August-Scheidelinie – hatte sich unter Schwierigkeiten von seiner Babygelbsucht erholt und auch an Gewicht zugenommen. Der Junge blieb ein kränkelndes Kind, und Sheng Li oder Zilin gaben ihm ständig irgendeine Medizin.

Eines Nachts, als Zilin bei keiner der Frauen war, wurde Liqiu krank. Seine Temperatur stieg alarmierend an, bis Sheng Li zur Stunde des Hundes, nahe elf Uhr, glaubte, er würde von innen her verbrennen. Seine Haut fühlte sich heiß und trocken an und war so gespannt, daß sie die Adern pulsieren sehen konnte.

Sie machte Umschläge mit kaltem Wasser, rieb ihn mit Alkohol ab, doch nichts schien zu helfen. Sie geriet in Panik. Sie hatte keine Freunde, an die sie sich wenden konnte, und benebelt von Furcht und steigender Bedrohung ihres Sohnes packte sie ihn in Decken ein und floh mit ihm in die Nacht hinaus. Jetzt empfand sie alle Formen und

Konfigurationen der Straßenecken, der Ladenfassaden als bedrohlich, die sonst so beruhigend auf sie wirkten.

Aus offenen Eingangstüren und Fenstern, durch die blasses, flackerndes Licht fiel, hörte sie das harte, spröde Klick-klick-klick der Abaki-Rechenmaschinen, auf denen die Tageseinnahmen addiert, oder die Mahjongg-Steine, die kühn auf grüne Tischplatten geknallt wurden. Heute nacht besaßen diese Geräusche, die so sehr zum Rhythmus dieser Stadt gehörten, eine düstere Eigenschaft, wie das Schnappen der Kinnbacken riesiger Insekten.

Die Geräusche ließen sie immer schneller die sich windenden Straßen entlanglaufen, an dunklen, dumpfen Gassen vorbei, die angefüllt waren mit dem Atem des Mohns, vorbei an den verschlossenen und verriegelten Fronten von Shanghais größten Unternehmen: Mattias, King & Co., die Asiatic Petroleum Company, die Hong Kong Bank, Sawyer & Sons, Ews Brewery, die British-American Tobacco Company, Gibb, Livingston & Co. und die Mei Foohang, Tochtergesellschaft der Standard Oil, die nachts die meisten Lampen in China anzündete.

Sheng Lis Verstand war erfüllt von Angst um das Leben ihres Liqiu. Sie dachte nicht an sich selbst oder an die Folgen ihrer kopflosen Flucht. Sie dachte nur daran, ihr Kind in Sicherheit zu bringen.

Nur schwach hörte Athena das Klopfen und rührte sich erst aus dem Bett, als die *amah* hereinkam, um sie zu wecken. Sich den Schlaf aus den Augen reibend, zog sie sich einen Seidenmantel über und ging der alten Frau durch das dunkle Haus nach.

Vor Kälte und vor Angst zitternd, stand Sheng Li in der Eingangstür. Die *amah* rang die Hände und plapperte wie ein Äffchen in einem Dialekt, den Athena noch nie verstanden hatte.

Sheng Li, jetzt, da sie dieser *gwai loh* gegenüberstand, noch mehr verängstigt, die, wie sie wußte, Herrin des Hauses war, versuchte einen Kotau. Das Baby, das in ihren Armen schrie, ließ das nicht zu.

»Madame«, flüsterte sie. »Ich . . .«

»Was wollen Sie hier?« fragte Athena.

»Mein Baby. . .«

»Ah Han«, befahl Athena und gab ein Zeichen. Die *amah* nahm Sheng Li das Kind ab und begann es mit großer Sorgfalt und Zärtlichkeit zu untersuchen. Mit weit aufgerissenen Augen starrte Sheng Li sie an. Sie holte tief Luft und versuchte, ihr Keuchen zu unterdrücken. Schließlich wandte sie sich Athena zu und sagte: »Ich möchte Shi *zhu run* sprechen.«

Zilin war aber zu diesem Zeitpunkt weit weg von Shanghai. Er saß in einer abgedunkelten Lorcha, die am Ostufer eines der unzähligen Nebenflüsse des Huang Po vor Anker lag. Dort, inmitten der verwirrenden Rufe der Nachtvögel und dem maschinenähnlichen Surren der Insekten, saß er mit seinem jüngsten Bruder zusammen.

Mit feierlicher Geste übergab Zilin diesem ein dickes, in rotes Tuch eingeschlagenes Päckchen.

Die schwielige Hand von Zilins Bruder schloß sich über dem Päckchen und wiegte es automatisch. »Bei den Acht Betrunkenen Heiligen«, sagte er, »das ist aber eine große Menge Geld!«

»Alles, was ich besitze«, sagte Zilin mit fiebriger Stimme, »ausgenommen die beiden Häuser und das Geld, das ich für die Frauen und meine Söhne zurückgelegt habe.«

Zilins Bruder betrachtete ihn lange. »Also nichts für dich übriggeblieben?«

»Wohin ich gehe, ist das besser so. Geld wäre nur verdächtig.«

Der jüngere Mann steckte das Päckchen unter sein Hemd in den Gürtel. »Was du vorhast, ist sehr gefährlich.«

»Das ganze Leben ist gefährlich«, antwortete Zilin. »Ich tue es für uns alle.«

»Du und ich«, sagte der andere bedächtig, »wir sehen uns vielleicht nie wieder. Wir sind doch die Familie, nicht?« Zilin sagte nichts, sondern starrte hinaus auf die Oberfläche des schwach phosphoreszierenden Stromes. Irgendwo klatschte ein Fisch auf das Wasser.

»Sei bei deinem Umgang mit Mao vorsichtig, Älterer Bruder. Er frißt dich sonst bei lebendigem Leibe auf. Ich hab' schon viel von ihm gehört. Gewöhnlich gebe ich nicht viel auf Gerüchte, doch die über Mao sind zu zahlreich, um sie zu ignorieren. Er wird dich nie führen lassen.«

»Ich will ja nicht führen«, sagte Zilin. Die Ellenbogen auf den Knien, lehnte er sich vor. »Wenn wir gegen die Japaner siegreich sind, wenn wir China unter dem Kommunismus vereinen können, haben wir schon einen gewissen Erfolg errungen. Natürlich wird Mao den unmittelbaren Nutzen daraus ziehen. Seine Selbstverherrlichung und sein Ego werden ihn zu einem Helden des Landes, zu einer lebenden Legende werden lassen. Wie du aber weißt, Kleiner Bruder, haben Legenden es an sich, daß sie hier in Staub zerfallen. Alles ist wandelbar; China gedeiht durch den Wechsel.

Ich denke, die Eigenschaften Maos, die ihn zu einem geborenen Führer machen, werden ihn auch einmal vernichten. Seine Ideen sind viel zu radikal. Nach der Revolution wird eine Zeit der Neubewertung kommen, vielleicht sogar reaktionärer Beschneidung.« Er zuckte mit den Achseln. »Wer kann es wirklich sagen? Ich werde aber nicht mit ihm sterben, wenn seine Zeit kommt.«

»Beim Geist des Weißen Tigers, und was wird aus mir?«

»Du sollst nach Hongkong reisen«, sagte Zilin. »Geh aber nicht zu deinem Bruder. Er wird wissen, daß du kommst. Er hat auch seine Anweisungen von mir. Nutze das Geld klug, das ich dir gegeben habe. Investiere es und mache Gewinne. Nimm aber einen anderen Namen an!«

»Einen anderen Namen? Aber warum? Beim Himmlischen Blauen Drachen, nicht einmal meine Ahnen werden mich dann kennen!«

Zilin lachte. »Sie werden dich schon kennen.«

»Bei den Acht Betrunkenen Unsterblichen. Ich hoffe es!«

»Also, gut«, sagte Zilin. »Ich werde dich selbst umtaufen. Auf diese Weise werden sie es hören und wissen.« Er sah seinen Bruder an und lachte wieder. »Du brauchst einen Spitznamen, Jüngerer Bruder. Spitznamen sind in Hongkong üblich, und mir ist gerade einer für dich eingefallen: Drei Eide. Drei-Eide-Tsun.«

Natürlich verstand Athena nichts. Bis zu diesem Augenblick war sie sicher gewesen, daß Zilin sie allein liebte. Jetzt erfuhr sie, es war nicht so.

Irgendwie war sie innerlich entsetzt, kein Verständnis zu haben für das, was Zilin getan hatte, und auch nicht bereit zu sein, ihm zu verzeihen. Sie war wohl vertraut mit dem Brauch der Männer, sich Mätressen zu halten; nur war sie nicht bereit, das auch bei ihrem Ehemann zu akzeptieren.

Sie konnte einfach nicht verstehen, daß er noch eine andere Frau brauchte. Sie fühlte sich gedemütigt, als hätte er sie mit dem Gesicht in den Schmutz gestoßen. Sie fragte sich, ob es wirklich das war, was Zilin sich wünschte – daß man vor ihm Kotau machte. Wenn ja, warum hatte er sie dann geheiratet? Sicher mußte er wissen, daß Kotau nur etwas für Chinesen war.

Und wieder ein anderer Teil von ihr war entsetzt über das, was sie dachte. Wie konnte sie sich aber als Bürgerin der Welt ansehen, wenn sie nicht bereit war, sich die Sitten einer anderen Kultur zu eigen zu machen? Endlich wurde ihr eines klar: Sie konnte alle Informationen in sich aufnehmen, sie konnte aus der Ferne exotische Sitten und Gebräuche verstehen; doch wenn es dazu kam, nach diesen anderen Regeln zu leben, war sie ebenso Gefangene ihrer eigenen Vergangenheit, wie es ihre Eltern oder ihre Großeltern gewesen waren. Trotz all seiner Liebe zu Hawaii hatte ihr Vater nie die Sitten seiner Frau angenommen. Keines der Kinder hatte einen haiwaiianischen Namen erhalten; die hawaiianische Kultur blieb ihnen fremd. Athena fühlte sich beschämt.

Sie kämpfte dagegen an, so wie sie auch gegen das Gefühl der Demütigung ankämpfte. Aber der Kampf war ein nutzloser. Sie konnte das Weinen des fremden Kindes nicht ertragen; sie konnte den Anblick von Sheng Li nicht ertragen, die schlank und feingliedrig, mit geneigtem Kopf und fügsam wie ein Lamm vor ihr stand.

Athena fühlte, wie die Wut sie übermannte. Diese Frau war alles das, was sie nicht war. Und sie hatte ihr Zilin gestohlen. Athenas schlimmste Befürchtungen waren eingetreten.

Mit einem Schrei schickte sie alle Diener aus dem Haus. Das schreiende Kind blieb in einem Sessel liegen, auf ein seidenes Kissen gebettet. Dann drehte sie sich wieder nach Sheng Li um.

Zorn wütete in ihr. Sie war wie eine Tiermutter, die ihre Familie bedroht sieht oder sie vermißt. Zilin, wäre er jetzt hier, hätte sie sicher nicht wiedergekannt.

Zum ersten Mal in ihrem Leben spürte Athena, daß alle Vernunft sie verließ. Die Fügsamkeit der chinesischen Frau machte sie noch rasender.

Sie schlug mit der Faust zu, und Sheng Lis Kopf ruckte seitwärts auf dem schlanken Hals. Athena schlug nochmal zu, ihre Brust hob und senkte sich wie ein Blasebalg.

Sie starrte auf Sheng Li herab, die ausgestreckt vor ihr lag, empfindungslos, zwischen ihren weitgespreizten Beinen. Sheng Lis Mantel war zurückgeschlagen, und Athena sah die langen, vollkommenen Beine, die zarte Rundung ihres Unterleibs, die reizende Wölbung der Hüften, die entblößt im Lampenlicht schimmerten.

Mit einem tierischen Schrei wirbelte sie herum und rannte in die Küche. Als sie zurückkam, hielt sie ein an der Spitze rotglühendes Schüreisen in der weißen Faust.

Grauer Rauch stieg träge von der rotglühenden Spitze auf, der Geist eines Drachens in der spannungsgeladenen Luft. Mit einem mächtigen Hauch wie der Atem aus seinem aufgerissenen Maul streckte er sich, stieß abwärts hinter dem Eisen, als dieses in sengenden Kontakt mit dem glatten Fleisch kam.

DRITTES BUCH

HSING-I

[Gedanke und Tat im Einklang]

Hongkong/Tokio/Moskau/Beijing/ Washington

SOMMER, GEGENWART

»Fünfhundert auf Fa Shan!«

»Achthundert dagegen! Klumpfuß-Su wird es heute machen!«

»Ihr habt beide nicht recht, bei allen Göttern! Ihre Ruderer sind so schwach wie Babypipi! Das Boot von Drei-Eide-Tsun wird gewinnen, und hier sind eintausend, die es bestätigen!«

»Wie rücksichtslos Ihr seid gegen unseren Gastgeber«, rief eine vierte Stimme. »Die Gewinne einer verdammten Woche sagen, das Drachenboot von T. Y. Chung wird als Sieger hervorgehen!«

Damit begann eine weitere Wettrunde, noch heftiger als die erste.

Der schlitzäugige T. Y. Chung beobachtete sie aus dem Ruderhaus seiner Schaluppe *Loong Wang,* dem Drachenkönig. Er war ein mondgesichtiger Mann, dessen Alter man zwischen Mitte Sechzig bis Anfang Achtzig schätzte. Er war schlank, aber nicht groß. Sein rohseidener pfefferminzteefarbener Savile-Row-Anzug war makellos geschneidert und verlieh ihm das Aussehen von Größe, die er gar nicht besaß. Seine Füße steckten in bequemen, handgenähten Mokassins, in London extra für ihn hergestellt.

Es war Sonntag, der Doppelte Fünfte, der fünfte Tag des fünften Monats nach dem chinesischen Kalender, und T. Y. Chung hatte diesen Ausflug für Freunde, Geschäftspartner und Gegner an Bord seiner Yacht organisiert; sie waren am Central an Bord gekommen und per Schiff um die Insel zu den traditionellen Drachenbootrennen gefahren worden. Obwohl solche auch in Stanley, Tai Po und Yaumatai stattfanden, wurden die wichtigsten Rennen hier in Aberdeen gefahren.

»Zweitausend auf Fa Shan! Sein Boot hat schon erste und dritte Läufe gewonnen! Gerade jetzt ist eine große Möwe über sein Boot geflogen! Ich spüre so was in meinem Glied!«

»So trefft Ihr alle Eure Entscheidungen!« Es folgte ein rauhes Gelächter im Chor. »Zweitausendfünfhundert sagen, die Götter des Regens sind heute mit Klumpfuß-Su!«

»Weitere dreitausend auf T. Y. Chung! Er hat schließlich voriges Jahr auch gewonnen, nicht? Alle Götter sind Zeugen, er macht es auch diesmal!«

Keiner sprach von den Gerüchten, die im vergangenen Jahr umgegangen waren. Wenn auch nicht offiziell protestiert worden war, wurde doch behauptet, T. Y. Chungs Boot hätte unrechtmäßigerweise ausgeschert und so ein Nachbarboot dazu gebracht, etwa hundert Meter vor der Ziellinie in Drei-Eide-Tsuns Boot zu laufen. Diese Verzögerung hatte Chungs Sieg gesichert. Alle Gäste fragten sich nun, ob jetzt wohl der Moment der Rache für den Ehrenwerten Tsun wäre.

Man sagte, die Drachenbootrennen gingen 2300 Jahre zurück. Der Legende nach hatte ein Dichter-Staatsmann namens Tschu Yüan-tschang sich mit einem Schlag in einen Volkshelden verwandelt, indem er sich aus Protest gegen die unmenschliche Politik des herrschenden Fürsten in den Tungting-See in der heutigen Provinz Hunan stürzte.

Flotten der örtlichen Fischer gingen sofort zu Wasser in dem vergeblichen Versuch, Tschu Yüan zu finden und zu retten. Als sie schließlich die Suche aufgaben, besänftigten sie seinen Geist, indem sie Pakete mit gekochtem Reis in den See warfen, um alle bösen Geister von ihm abzuhalten, die versuchen könnten, ihm zu schaden.

Es gab natürlich auch noch andere Geschichten über den Ursprung der Drachenbootrennen, doch dies war die, die T. Y. Chung am meisten liebte.

Jetzt, als die langen, schlanken Boote mit ihrem grell angemalten Drachenkopfbug sich am Start aufreihten, begann er, seine Aufmerksamkeit auf die wachsende Erregung des Rennens selbst zu konzentrieren. Im Boot saßen fünfzig Ruderer und in der Mitte der Trommler, der die Schlagzahl angab. Die Besitzer der Boote waren entweder Schiffahrtsmagnaten wie T. Y. Chung oder Drei-Eide-Tsun, Fischerfamilien, Frachtschiffreedereien oder Sportclubs. Sogar ein Polizeiboot war dabei, doch jedes Jahr bestimmten alle Eigner von Booten jeweils einen aus ihren Reihen, der dafür sorgen mußte, daß dieses nicht gewann.

In den letzten Jahren hatte die Rivalität zwischen T. Y. Chung und Drei-Eide-Tsun sich auf dieses jährliche Sport- und Wettereignis übertragen, was ihm für die Beobachter einen gewissen delikaten Reiz verlieh. Das Wetteifern dieser beiden mächtigen *tai pan* in der Arena der Hochfinanz war Gegenstand für Gerüchte aus zweiter Hand; ihre verfeinerte Welt konnte ja von den einfachen Massen niemals tatsächlich miterlebt werden. Die Drachenbootrennen aber waren ein Ereignis für alle, und weil, wie bei fast allen chinesischen Dingen, eine enorme Wettleidenschaft vorhanden war – wegen der Teilnahme der *tai pan* hier noch mehr, als bei den anderen drei Rennen zusammen –, konnten sie sich für die Dauer der Veranstaltung als Teil der heftigen und erbitterten Rivalität fühlen und sich selbst erhöhen.

Es war ebenfalls schon zur Tradition geworden, daß die Prinzipale bei diesem Rennen nicht mitwetteten, und dieser heroische Zug der Enthaltsamkeit schien die Wettleidenschaft aller anderen noch zu steigern.

Die Leidenschaft aller, ausgenommen die von Sir John Bluestone.

Seine große, kantige Gestalt war wie ein Schatten neben T. Y. Chung. Von Zeit zu Zeit sprachen sie miteinander, als ginge sie das Gewühl der farbenprächtigen Spannung und Fröhlichkeit ringsumher nichts an. Mit fast unglaublicher Regelmäßigkeit öffneten sie Flaschen mit eiskaltem San-Miguel-Bier und nahmen daraus lange, kräftige Schlucke.

Die Reihe der Drachenboote schaukelte im Hafen von Aberdeen. Am anderen Ende der etwa 750 Meter langen Rennstrecke, die zwischen den Massen der Dschunken mit hohem Heck geöffnet worden war, die hier dauernd vor Anker lagen, flatterten rotgoldene Wimpel.

»Wind kommt auf«, sagte einer von T. Y. Chungs Gästen skeptisch. Er blinzelte in die hoch aufsteigenden Wolken. »Nordwest und zunehmend.« Er spuckte kräftig. »Das muß das Rennen beeinträchtigen. Aber bei allen Göttern, wie? Welches Boot wird davon Nutzen haben und welches daran scheitern?«

»Wir werden jetzt erleben, was die Kapitäne können«, sagte ein anderer. »Verdammter Regen! Wie kann es jetzt zu einer echten Entscheidung kommen?«

»Die Geschicklichkeit wird sich erweisen, ganz gleich, wie das Wetter ist«, fiel der vierte Mann ein. »Werden die Götter nicht bei ihm sein? Das verdammte Wetter macht den Göttern nichts aus. Es macht auch dem siegenden Kapitän nichts aus.« Er lachte. »Vielleicht haben Eure Eingeweide sich in Wasser verwandelt. Vielleicht ist Euer kostbares Glied so schlaff wie ein Wurm. Ihr könnt Eure Wetten nicht ändern.«

»Ich pfeife auf Eure Worte«, erwiderte der andere. »Ich hab' meine Wahl getroffen, und bei allen Göttern, ich werde davon nicht mehr abgehen, verdammtes schlechtes Wetter oder nicht!«

»*Oh ko.* Das ist gut, Ehrenwerter Wo! Sollen wir unsere Wette entsprechend dem Einsetzen des Regens verdoppeln? Ich sage, er wird ausbleiben, bis die Führenden die letzte Wende umrundet haben. Was sagt Ihr?«

Der Ehrenwerte Wo hielt seinen dicken Zeigefinger in die Luft. Er streckte auch die Zunge heraus, um den Wind zu schmecken.

»*Eeee,* auch damit habt Ihr nicht recht, Ehrenwerter Soong! Alle Götter sind Zeugen, ich nehme Eure Nebenwette an!«

T. Y. Chung lachte im stillen, als er diese Männer sich wie wild engagieren hörte. Sie sind wie die Kinder, dachte er spöttisch, die *fan tan* spielen oder würfeln. Ich habe Wichtigeres, in das ich mein Geld hineinstecke. Nur die Aussicht auf eine gute Wette und die Aufregung eines guten Rennens konnte nach seinem Wissen so viele Rivalen zusammenbringen. Das Hafenwasser nahm das Blut auf und wusch es weg, solange sie alle auf diesen Decks standen. Das und die Tatsache, daß diese Männer mich alle fürchten. Alle, außer Bluestone, denke ich. Der *gwai loh* ist mächtig, wenn auch vielleicht nicht ganz so mächtig wie er sich einbildet.

»*Ayaa!* Es geht los!«

»Und der Wind kommt auf! Jetzt bläst er denen an der Spitze ins Gesicht!«

»Die Boote in der zweiten Reihe holen auf! Alle verdammte *gwai loh!* Seht!«

T. Y. Chungs Drachenboot hatte einen schlechten Start. Dafür verlangsamte der aufkommende Wind das Boot davor. Jetzt passierte T. Y. Chungs Boot das von Klumpfuß-Su. Es lag kurz hinter und leewärts von dem Drei-Eide-Tsuns. Das Rennen war schon halb vorüber. Es sollte zur Entscheidung kommen.

»Seht, wie es dort liegt! Es kann dem Boot des Ehrenwerten Tsun nicht entkommen!«

»Verflucht und zugenäht«, schrie Soong laut. »Er kommt nicht ganz raus! Er versteckt sich vor dem Wind! Als Schatten vom Ehrenwerten Tsun ist er geschützt!«

»Ja, ja!« riefen die anderen aufgeregt. »Bei allen Göttern, er hat recht!« Sie drängten sich an der Reling, gestikulierten und schwitzten.

Der Himmel war plötzlich ein düsteres Schiefergrau, und alle spürten den warmen Wind auf dem Gesicht. Der Luftdruck fiel rasch, und die Luft war feucht geworden.

Drei-Eide-Tsuns und T. Y. Chungs Boote fuhren um die letzte Wende, die anderen Drachenfahrzeuge ihnen dicht auf den Fersen. In diesem Augenblick fühlten alle die ersten dicken Regentropfen.

»Ayeeya!« rief Soong. »Die Götter sind mir wohlgesonnen!«

Jetzt näherten die Drachenboote sich der Ziellinie. Die Männer an Bord der *Loong Wang* konnten die sich krümmenden Rücken der Ruderer erkennen, die naß von Schweiß und Regen waren. Feuerwerk begann zu krachen, wurde lauter, als das Rennen sich dem Ende näherte.

T. Y. Chung blieb neben Sir John Bluestone stehen, zufrieden damit, sein Bier zu trinken und leise zu reden, als hätte er keine Sorgen auf der Welt oder, wie Wo leise zu Soong sagte, »als wüßte er bereits, wie das Rennen ausgehen würde«.

»Wenn das Boot des Ehrenwerten Chung sich nicht anstrengt . . .«

»Aber das tut es doch! Jetzt!«

Alle konnten es deutlich sehen, obwohl gleich dahinter der Himmel sich in ein Purpurschwarz verwandelt hatte, während der Regen über die Victoria Peak herabprasselte.

»*Dew neh loh moh!* Der verdammte Sturm versaut noch den ganzen Endspurt!«

»Eintausend sagen, er tut es nicht!«

Jetzt konnte man sehen, daß der Trommler in Drei-Eide-Tsuns Boot die Schlagzahl beträchtlich erhöhte. Es war aber unmöglich, etwas anderes als das krachende Feuerwerk und die sich aufgeregt steigernden Rufe der Wetter zu hören.

T. Y. Chungs Boot ging in den Endspurt. Mit mächtigen gleichmäßigen Schlägen verringerten die Fünfzig den Abstand, bis die Boote gleichauf lagen und die beiden grellbemalten Drachenköpfe sich in die gierige Front des wirbelnden Sturms hineinkämpften.

Der Regen traf sie alle wie eine grüngraue Wand. Die Insel entschwand ihren Blicken, und eine Zeitlang waren sie vom Rest der Welt isoliert. Sogar die schwarzen Dschunken im Hafen waren zu einer bloßen dunkelgrauen Masse geworden, deren Umriß mit dem Horizont verschmolz.

Die Männer suchten noch immer keinen Schutz, sondern beugten sich über die Reling, hielten die Hände schützend über die Augen und starrten hinaus; jeder wollte der erste sein, der den Sieger ankündigte.

»Wer?«

»Wer hat gewonnen? Der Ehrenwerte Tsun oder der Ehrenwerte Chung?«

»Verdammt sei das schlechte Wetter und alle, die das Wetter voraussagen! Ich kann es nicht sagen!«

»Es ist T. Y. Chung!« kam eine Stimme aus dem steten Trommeln des Regengusses. »T. Y. Chung, um eine verdammte Haaresbreite! Im Boot des Ehrenwerten Tsun ist in letzter Minute ein Ruder gebrochen!«

»Lob allen Göttern für immer!« schrie Soong. »Heut bin ich doppelt gesegnet!«

Nicht so gesegnet wie ich, dachte T. Y. Chung triumphierend. *Hsun-feng Teh-li,* »Besänftige die Winde und mach Gewinn«. Im Geiste rieb er sich die Hände.

Der Regenguß hatte nachgelassen, und ihre Welt wurde wieder sichtbar. Die Drachenboote im Wasser schaukelten teilnahmslos auf den Wellen, die Ruderer waren auf den Sitzen zusammengesunken, und der Regen trommelte auf ihre bloßen Köpfe. Feuerwerkskörper krachten zunehmend, erzeugten ein flackerndes, rauchiges Glühen im dampfenden Regen. Champagner wurde ringsum serviert, und der Bankier Soong hob, strahlend über sein Glück, sein Glas. »Auf T. Y. Chung, den Meister der Drachenbootrennen, zum zweiten Mal hintereinander!« Ringsumher erklangen Rufe, während der Tag durch Regen und den treibenden Rauch vom Feuerwerk immer mehr verschwamm.

In einem stillen Augenblick winkte Sir John Bluestone T. Y. Chung aus dem Knäuel von Geschäftsleuten heraus.

»War es lediglich Ihr gutes *joss,* daß Ihr Boot das Rennen heut gewonnen hat?«

Achselzuckend blickte T. Y. Chung schräg zu dem großen *tai pan* auf. »Was sonst als *joss?*«

»Im vergangenen Jahr hat Ihr Boot den Spitzenreiter behindert; dieses Jahr brach ein Ruder im führenden Boot. Beide Vorfälle traten kurz vor der Ziellinie ein. In beiden Fällen zog Ihr Boot den Nutzen daraus.«

»In vielen Fällen packt das *joss* die Gelegenheit an der Kehle«, sagte T. Y. Chung listig.

»Und wenn es keine verwundbare Stelle gibt?«

T. Y. Chung schnippte ein Stäubchen von seinem teuren Anzug. »Man muß, Mr. Bluestone – wie soll ich sagen? –, das, was sonst die Kehle bietet, schaffen.«

Sie waren beide vorsichtig – loteten den Grund aus. Das war nur richtig so, wenn man eine neue Geschäftsverbindung beginnen wollte.

Er hat alle diese *tai pan* hierhergebracht, um sich als Herr aufzuspielen, dachte Bluestone und schaute T. Y. Chung in die Augen. Er hat dadurch mächtig an Gesicht gewonnen, besonders mit mir hier. Ich soll seine Macht betrachten, als wäre ich in einer Kunstgalerie. Aber, ist das alles wirklich *seine* Macht? Das ist es, was ich herausfinden muß.

»Haben Sie heut nachmittag Gewinn gemacht?« fragte Bluestone in höchst vorsichtigem Ton.

»Wieso?« T. Y. Chung hatte einen fragenden Ausdruck auf dem Gesicht, hinter dem sich alles verbergen konnte. »Sie wissen, daß Prinzipale in dem Rennen nicht wetten können.«

Bluestone lächelte. »Nur eine Vermutung meinerseits. Ich dachte, Sie hätten vielleicht wieder etwas ›geschaffen‹.«

»Glauben Sie, ich würde mich mit einer solchen armseligen Summe befassen?« Sein Gesicht hatte sich sichtbar verdunkelt, und Bluestone merkte es wohl.

»Wofür dann?« Er spürte dem Nerv nach, den er zu erkennen glaubte.

»Um zu gewinnen, Mr. Bluestone!« Jetzt war Ärger auf dem Gesicht von T. Y. Chung zu erkennen. »Um zu gewährleisten, daß Drei-Eide-Tsun bei solch wichtiger Gelegenheit nicht an Gesicht gewinnt. Dieses Gesicht kann *ich* geschäftlich nützen. Es ist Gold wert. Es ...« Er war dabei weiterzureden, davongetragen von seinem Ärger, als er sich plötzlich fing. Er zuckte die Schulter. »Gesicht ist Gesicht.«

Aber Bluestone wußte, das war es nicht, was er sagen wollte. Das Leuchten in T. Y. Chungs Augen hatte ausdrücken wollen: »Es ist *alles* wert.« Jetzt mußte Bluestone sich selbst fragen, warum.

Die Antwort, dachte er, ist Tsun. Sie muß es sein. Was aber war zwischen beiden vorgefallen, das den Haß so genährt hatte? Und wie kann ich diese Feindschaft in den kommenden Wochen nützen?

Als Kamisaka die Tür auf das Klopfen hin öffnete, stockte ihr bei seinem Anblick der Atem. »Buddha!« rief sie und umarmte ihn. »Du siehst aus, als kämst du geradewegs aus dem Land der *kami* zurück!«

Nichiren wußte, es war ein Fehler gewesen, hierherzukommen. Und doch war er gekommen. Gewiß wäre es für ihn besser gewesen, durch die Stadt zur Villa der Kisan-Familie zu fahren. Sein Verstand sagte ihm das, aber eine innere Stimme sagte ihm etwas anderes.

Er war dem Kisan-Bezirk ferngeblieben, weil er sich dort nicht mehr sicher fühlte. Hier in dieser kleinen *usagigoya,* mitten in dem ewigen

Gebrodel von Tokio, spürte er, wie so etwas wie Frieden in ihn einkehrte.

Seit dem Angriff auf seine Berghütte oben auf dem Schwert hatte er Perioden, in denen Verzweiflung ihn heimsuchte. Während der Hinrichtung von Gerard Stallings war sie zu einem Höhepunkt gekommen. Eigentlich hätte er bei der Vernichtung des Mannes, der Mariana Maroc ermordet hatte, etwas wie Genugtuung empfinden müssen, doch das war nicht der Fall gewesen. Tief in seinem Inneren war er vielmehr von Mariana selbst erfüllt gewesen, drehte er sich wie ein Kreisel, der von Kugeln in furchtbare Bewegung gesetzt wurde. Er spürte ihre Blutspritzer brennend heiß auf dem Gesicht. Ihm war, als kröche er in verzweifelter Suche nach ihr über die schlammige Erde, entschlossen, sie zu erreichen.

Ganz am Rande der Welt hatte er die Hand ausgestreckt, in der Gewißheit, sie in die Sicherheit zurückziehen zu können. Statt dessen hatte sie ihm das Stück *fu* in die Hand gedrückt. Warum? Und warum besaß er jetzt ein zweites Stück desselben *fu,* das ihn an Jake Maroc band?

Dabei wußte er, daß sie beide schon lange vorher verbunden gewesen waren. Von dem Augenblick an, da er in den Tagebüchern seiner Mutter las, die er unter ihren persönlichen Dingen gefunden hatte; obwohl die Aufzeichnungen unvollständig waren, hatte er gewußt, daß er und Jake Maroc Todfeinde sein mußten, wie es zuvor ihre Mütter gewesen waren.

Es war Jakes Mutter, die bei dem Versuch, Nichiren den Vater wegzunehmen, Yumiko (oder mit chinesischem Namen Sheng Li) bewußtlos geschlagen hatte und dann ein glühendes Schüreisen benutzt hatte, um ihr für immer ein Zeichen barbarischer Grausamkeit einzubrennen.

Hatte dieser Augenblick am Sumchun-Fluß nicht eine Erfüllung gefunden?

Jetzt aber zum *fu:* Quelle unermeßlicher Macht. Jake besaß ein Stück, jetzt besaß auch er eines. Von derselben Quelle. Wer? Yumiko? Hatte Jakes Mutter während des Überfalls ein Stück von Yumikos *fu* gestohlen? Aber wie hätte Yumiko, eine Japanerin, zu einem *fu* kommen sollen?

Was ebenso wichtig war, wessen Macht repräsentierte es? Die von Jake Marocs Quelle? Aber wieso hatte er, Nichiren, dann auch ein Stück? Ihre Quellen waren entgegengesetzte Pole.

Alles das waren Fragen, die er seiner Quelle stellte, nachdem er den Vorfall auf dem Tsurugi gemeldet hatte.

»Sie sind die Zukunft«, sagte die Quelle, »können Sie das akzeptieren?«

»Ich kann alles akzeptieren, bis auf das, was die beiden Jadestücke anzudeuten scheinen.«

»Und das wäre?«

»Ich weiß nichts von Jake Maroc. Ich vermute, das von mir ausgegrabene *fu*-Stück stammt überhaupt nicht von meiner Mutter. Ich vermute, daß Sie es mir irgendwie untergeschoben haben. Das hatten Sie die ganze Zeit schon vor – mich mit Jake Maroc zu verbinden.«

»Wenn es so . . .«

»Nein!« Er hatte das in die Überseeleitung fast geschrien. »Das will ich nicht!«

»Sie haben in dieser Sache keine Wahl.« Die Stimme der Quelle klang ruhig, fast gefühllos. »Erstens, das Stück *fu* gehörte Ihrer Mutter. Zweitens, Sie sind nicht frei. Haben Sie geglaubt, ich hätte Sie ziellos von der Zukunft weggeführt, die Ihre Mutter für Sie geplant hatte? Das ist nicht meine Art. Für jede Aktion gibt es einen Grund, jeder hat eine Rolle zu spielen.«

»Das geht zu weit«, hatte Nichiren erwidert, während er Mariana im Geiste immer noch fallen sah, taumelnd, blutig, ihr Blut auf seinem Gesicht und auf der Schulter. Der Ausdruck ihrer Augen. »Sie können sich nicht als Gott aufspielen. Diese Manipulation – was immer es sein mag – geht viel zu weit. Damit ist kein Erfolg zu erzielen.«

»Um unser aller willen«, hatte die Quelle geantwortet, »täten Sie besser daran, zu Ihrem besonderen Buddha zu beten, *daß* sie funktioniert. Andernfalls sind wir alle vernichtet.«

»Aus welcher Richtung soll diese Vernichtung kommen?«

»Aus welcher Richtung könnte sie nicht kommen? Amerika, Rußland, China. Sie alle werden eingeschlossen sein. Die ganze Welt!«

»Was hat all das mit mir zu tun und mit Jake Maroc?«

»Wenn Sie aufeinandertreffen, wird Ihnen alles mitgeteilt werden.«

»Wir sind uns ja schon begegnet«, hatte Nichiren gesagt, »mehrmals sogar, und jedesmal hatte das Tod zur Folge.«

»Das *fu* wird all das ändern. Es wird Sie verbinden. Es wird Ihnen Leben bringen. Glauben Sie!«

Er wollte noch sagen: Ich glaube nicht an Buddha. Ich habe gar keinen Glauben, deshalb kann ich Ihnen auch nicht glauben. Er war aber still geblieben.

Die Gedanken jagten sich wie Goldfische inmitten verwirrender Korallenbänke. Erschöpft akzeptierte er Kamisakas Hilfe und fiel ihr fast in die offenen Arme, was sie beide ins Stolpern brachte. Sie stieß mit dem Fuß die Tür zu und führte ihn auf *tabi*-bekleideten Füßen in das winzige Wohnzimmer.

Mit einiger Mühe lehnte sie sich vor und schob die Bücher vom *futon* herunter, das in die Form eines Sofas gefaltet worden war. Zusammen fielen sie darauf.

Sie machte den Versuch, wieder aufzustehen, doch er hielt sie fest.

»Tee.«

»Nein«, murmelte er und barg das Gesicht an ihrer Schulter. »Jetzt nicht. Geh nicht weg.«

Kamisaka fühlte sich beunruhigt und freudig erregt zugleich. Sie hob die Hand, um ihm über den Kopf zu streichen, wie sie es von ihrer Mutter bei den jüngeren Brüdern gesehen hatte. Ihr Herz zog sich zusammen beim Anblick seines offensichtlichen Schmerzes, doch ihr Gefühl der Freude überwog, zu wissen, daß er zu ihr zurückgekommen war. Daß er sie brauchte. Sie wußte, es gab andere Zufluchtsorte, in denen er sich hätte verkriechen können. Er war aber hierhergekommen. Zu ihr.

»Nichiren-*chan*«, flüsterte sie. Sie küßte ihn auf die Wange, hielt ihn ganz fest. Was war mit ihm geschehen? Seine Welt war für sie ein Geheimnis. Sie las die Zeitungen: Sie hatte von dem Attentäter mit Namen Nichiren gelesen, doch war es ihr unmöglich, dieses Geschöpf der Welt draußen und der Medien mit dem Mann in Verbindung zu bringen, den sie von ganzem Herzen liebte.

Doch jetzt, da sie ihn in diesem Zustand sah, stellte sie zum erstenmal fest, daß sie es wissen wollte – alles wissen wollte. Sie wollte verstehen, was in einem Menschen solche Qualen verursachen konnte. Jetzt wollte sie wissen, was er tat. Und sie wollte wissen, warum.

Endlich begriff sie, daß nur Verständnis für sein tiefstes Inneres ihn davon abhalten konnte, sie wieder zu verlassen. Ob er jemand töten würde, wenn er ging? *Das* wußte sie nicht, wollte es auch nicht wissen. Sein Fortgehen war es, was sie am meisten beschäftigte.

Ihr war klar, daß ihre Unkenntnis dieser Seite seiner Person gewollt gewesen war. Mit der Dickköpfigkeit eines Kindes hatte sie nicht gewollt, diese dunkle Seite von ihm kennenzulernen. Damals hatte sie ihre Beziehung so akzeptieren können – dieses Teilglück.

Jetzt konnte sie es nicht mehr. Sie erkannte, daß sie in den letzten sechs Monaten erwachsen geworden war. Irgendwann in dieser Zeit war sie zur Frau geworden. Sie war für Nichiren verantwortlich. Wenn sie seine Liebe wollte, wenn sie für ihre Beziehung Vollkommenheit wollte, mußte sie sich mit allem befassen. Sie fühlte, daß dies auch für ihn irgendwie besser wäre.

Wie aber sollte sie das anfangen?

Sie kniete auf dem Holzfußboden neben ihm nieder. Sie trug nur einen leichten baumwollenen Tageskimono und unter diesem einen dünnen seidenen Unterkimono. Obwohl sie auf der Straße meistens westliche Kleidung trug, zog sie im Haus die bequeme und Bewegungsfreiheit bietende japanische Kleidung vor.

Sie wußte, sie konnte ihm jetzt nichts sagen, was seinen Schmerz gelindert oder ihn zum Sprechen veranlaßt hätte. Deshalb blieb sie still.

Ihr kam ein *haiku* in den Sinn, das ihre Mutter in eine Art Wiegenlied abgewandelt hatte, als sie noch ein kleines Kind gewesen war: *Yari tatete / toru hito nashi / hana-susuki* – Von denen, die vorübergehen / mit aufgereckten Speeren / ist keiner mehr. / Federn aus Pampasgras.

Ihre ganze Kindheit hindurch hatte sie diese seltsame Litanei von Worten bis in den Schlaf verfolgt. Den eigentlichen Sinn des Wiegenliedes hatte sie nie verstanden; sie war nur durch das Zusammenspiel von Shikis Poesie und der hausgemachten Melodie ihrer Mutter eingehüllt worden.

Jahre später jedoch, in einem kleinen Tokioter Museum, war sie auf einen Holzschnitt von Ande Hiroshige gestoßen, der die Prozession von Gefolgsleuten eines *daimyo* darstellte, die auf eine der Dreiundfünfzig Stationen der Tokaido zustrebten, eine der beiden Hauptstraßen, die Edo in den Tagen des Tokugawa-Shogunats mit den Provinzen Japans verbunden hatten.

In dieser Szene sah sie Shikis Gedicht wiedererstehen und verstand augenblicklich, was es bedeutete. Dort, wo die *samurai* des *daimyo* in königlicher Schlachtordnung vorüberzogen, wächst heute nur das Pampasgras, dessen stattliche Federn den Platz der Soldatenspeere einnehmen.

Jetzt ließ dasselbe Gedicht sie an Nichiren denken, und sie argwöhnte, daß Shiki unrecht gehabt haben müßte. Denn hier vor ihr war ein *samurai* aus den Tagen des Tokugawa-Shogunats. Vielleicht war er der letzte; vielleicht verstand er nicht einmal, welchen Anachronismus er darstellte. Vielleicht sollte er es aber wissen.

Trotzdem gab es nichts zu sagen.

Durch das offene Fenster drangen die Geräusche des modernen Tokio herein: das Rauschen des eiligen Verkehrs, das Heulen der Hörner von Notfahrzeugen. Der Neonschein der Tokioter Nacht beleuchtete die *usagigoya* mit einer opaleszierenden Mischung aus Blaßrot und Blau, färbte die Wände und die Decke, ihre Wangen, sein Haar. Ein elektrischer Ventilator surrte wie ein nächtliches Insekt. Draußen in der Diele erklang das Klicken von Schuhen, ein kurzer Wortwechsel, dann schlug eine Tür zu.

Stille.

Obwohl Tokio sie rings umgab, ließ Kamisaka ihr modernes Ich in die Welt der Vergangenheit eintreten. In Edo gab es nur fließende, gemusterte Seide, peinlich genau frisiertes Haar und die geschliffenen Manieren einer *samurai*-Dame, äußerlich ausgestattet mit der Geschmeidigkeit einer Kurtisane, innerlich aber stahlhart.

Stille hatte sich in dem Zimmer ausgebreitet, die das Klanggewirr von draußen in die Stein-und-Glas-Nacht verbannte. Ein Gefühl von *ma* war da, von Raum, eine Pause.

Und weil es nichts zu sagen gab, ließ Kamisaka das einzige in diese Unterbrechung einfließen, was sie konnte.

Sie streckte die Hand aus über den Raum zwischen ihnen beiden, der von den geisterhaften Reflexen der Neonlichter erhellt war, und berührte ihn. Es war eine Geste von solch unendlicher Zärtlichkeit und Fürsorge, daß Nichiren, trotz geschlossener Augen und obwohl er das Gesicht von ihr abgewandt hatte, die Natur dieser Geste nicht mißverstehen konnte.

Langsam drehte er sich auf dem *futon* um, bis seine Augen die ihren fanden. Sie hatte ihre Hand nicht von seiner Hüfte zurückgezogen. Diese Verbindung sprach lauter in dem stillen Raum als der lauteste Schrei. Ihr eignete eine Tiefe, die sprachlicher Kommunikation unbekannt war.

Kamisaka war überrascht zu sehen, daß er geweint hatte und darüber hinaus ihre Berührung ihn veranlaßte, es ihr zu zeigen. Diese Anerkennung ihrer Person rührte ihr Herz. Die Tränen wollten ihr kommen, doch unter Aufbietung all ihres Willens zwang sie sie zurück. Es wäre gar nicht gut, ihm durch die eigenen Tränen zu zeigen, welche Gefühle ihn erfüllten. Das konnte er nur als Zeichen von Schwäche bei ihr auslegen und einen Grund für sich selbst, sich zu schämen.

Sie hätte jetzt gern gesprochen, schien aber unfähig zu sein, diese zerbrechliche *ma* zu stören, die sie beide umhüllte. Sie glaubte, allein durch ihre Berührung einen großen Teil der Agonie aus ihm herausgezogen zu haben.

»Wenn ich hierhergekommen bin«, flüsterte er, »dann aus einem ganz bestimmten Grund.« Er schloß die Augen, um besser zu spüren, wie durch ihre Handfläche, die Finger und Nägel, ihre Kraft in seine Hüfte strömte. »Jemand starb in den Bergen. Hoch droben. Das Wetter war schlecht. Es regnete. Und da war Blut.« Seine Stimme klang seltsam blutlos, als spräche er im Schlaf. »Sie drehte sich weg von mir. Ihr Blut spritzte auf mich. Für einen Moment waren wir dadurch verbunden. Dann war sie im Sturm verschwunden.

Der Boden war vom Regen unterspült. Es löste sich eine Schlammlawine, nahm uns beide mit. Ich hielt mich an einem Baumstamm fest, wollte auch sie retten.« Seine Augen waren fest geschlossen. »Ich wollte auch sie retten.«

Alles, was Kamisaka jetzt tun konnte, war, ihn zu wiegen, wie es ihre Mutter in ihrer Kindheit mit ihr getan hatte.

»Yari tatete«, sang sie für ihn. *»Toru hito nashi.«* Ihre Stimme brach fast, ehe sie fertig war. *»Hana-susuki.«*

Jake erwachte mit einem Kopf voller Glasscherben. Er hatte von Mariana geträumt. Er war in einem Raum mit einem Licht, dessen Quelle nicht zu entdecken war. Er war nackt. Es war kalt in dem Raum, was ihn zu ständiger Bewegung zwang, auch noch, als er erschöpft war. Decke, Fußboden und drei Wände des Raumes waren aus nichtssagendem Schiefergrau.

Die vierte Wand war eine dicke Glasscheibe. Auf der anderen Seite sah er Mariana. Er sah sie ganz natürlich in ihrer Wohnung herumlaufen. Sie stand vom Bett auf, erleichterte sich, wusch sich, bürstete sich das Haar und zog sich an. Sie saß an dem hölzernen Eßtisch in ihrem Wohnzimmer und schrieb Briefe. Sie bereitete sich das Frühstück, las in ihrem Lieblingssessel »Durch den Spiegel«, starrte aus dem Fenster. Sie schien auf etwas zu warten. Nach einiger Zeit wurde Jake klar, daß sie auf ihn wartete.

Er ging näher heran, bis er seine Nase an der Glasbarriere plattdrückte. Er sprach mit ihr. Das Echo seiner eigenen Stimme kam zurück, als befände er sich in einem Tunnel. Die Schwingungen wurden immer schneller, überschlugen sich geräuschvoll.

Mariana ignorierte ihn.

»Hier bin ich doch!« rief er, bis er heiser war. Und wachte mit einem Kopf voller Glasscherben auf. Seine Kehle war wie wund.

Er stöhnte und dachte an sein Trinkgelage mit Mikio Komoto. Da war ein leichtes Klopfen an der *fusuma*. Er rollte sich vom *futon* herunter und sagte: »Kommt herein, ich bin auf.«

Die Schiebetür öffnete sich, und der *oyabun* trat über die Schwelle. Er war rasiert, trug eine leichte Hose und ein kurzärmeliges Baumwollhemd. Seine in *tabi* steckenden Füße verursachten auf den Binsenmatten kein Geräusch.

Er grinste. »Das nennt Ihr ›auf sein‹?«

»Hmm!« machte Jake.

Komoto hielt ihm ein Glas mit einer Flüssigkeit hin, die die Farbe von Ochsenblut hatte.

»Was ist das?« Jake nahm es, schnupperte daran.

»Wenn Ihr Respekt vor Eurem Körper habt, schluckt Ihr das runter.« Er nickte. »So ist's recht. Alles in einem Zug. Anders geht's auch nicht.« Er lachte, als Jake sich an dem dickflüssigen, feurigen Zeug fast verschluckte. Seine Nase begann zu laufen. »Reinigt auch die Nebenhöhlen«, sagte Komoto und nahm das Glas zurück. »Ich sehe Euch in zwanzig Minuten. Toshi-*san* wird Euch den Weg zum Bad zeigen.«

Nach dieser Zeitspanne fühlte Jake sich, wenn auch noch nicht vollkommen, so doch wenigstens halbwegs wieder wie ein Mensch. Das kurzärmelige Hemd, das für ihn dagelassen worden war, paßte einigermaßen, aber für die japanischen Hosen war er doch etwas zu groß.

Das stimmte ihn wieder traurig, dieser Mangel, ein neues Aufreißen der Wunde, die sein Traum in ihm verursacht hatte.

Sie verzehrten ein mäßiges Frühstück von Reiskuchen und Tee. Keiner spürte eine Neigung, seinen Magen zu dieser Stunde mehr zu belasten.

»Wohin gehen wir?« fragte Jake Komoto, als sie durch den Garten gingen.

»Es ist wichtig, hab' ich festgestellt, daß man sein Leben genießt.« Komoto öffnete die Wagentür, und sie stiegen ein. Er ließ den Motor an. »Schwierige Probleme werden häufig in kreativer Umgebung gelöst. Ich hab' genug von der Düsterkeit meines Hauses und unserer gewichtigen Unterhaltung. Deshalb« – er fuhr hinaus auf die Straße – »werden wir uns jetzt etwas amüsieren.«

Mikio Komotos Vorstellung von Amüsieren bestand, wie Jake bald feststellte, darin, *pachinko* zu spielen. Sie gingen die Ginza hinunter, verloren sich bald in der Menge und in den riesigen Leuchtreklamen. Farben waren im Überfluß vorhanden, ergossen sich über Straße, Gehwege und Gebäudefassaden und kletterten sogar in den Himmel.

Sie standen vor den Chrom-und-Glas-Türen eines *pachinko*-Salons. Als Teenager in Tokio, während seiner Zeit auf der höheren Schule, war Jake begeistert davon gewesen, mit den Stahlkugeln zu spielen, die klick-klack-klick in dem senkrechten, verglasten Spielfeld herabfielen und von den darin befestigten Nägeln abprallten.

Man kaufte sich eine Handvoll Kugeln und schnippte sie – das war die Ableitung des Wortes *pachinko* – eine nach der anderen mit einem gefederten Hebel in das Spielfeld hoch. Ziel war es, Kugeln zu gewinnen, die dann gegen verschiedene Preise eingetauscht wurden.

Jake hatte nie etwas gewonnen, doch das hatte ihn nicht davon abgehalten, endlose Stunden zu spielen, fasziniert von den grellen Farben, den blinkenden Lichtern und den Summern, den durchdringenden Glokken, die alle zu dem Spiel gehörten.

Für Jake hatte es noch eine andere, eine besonders quälende Bedeutung. Er hatte einen ganzen trüben Winternachmittag lang *pachinko* gespielt. Dazu hatte er den Unterricht geschwänzt, wie er es im Lauf des Semesters zunehmend tat. Ruhelos und einsam gab er sich dem Spiel hin und fand in dieser sinnlosen Symphonie eine Form von Entspannung, die sich von der im *dojo,* den Künsten des Krieges gefundenen, unterschied.

Dieser Nachmittag war von einem besonderen Licht erfüllt gewesen, schwer und metallisch wie Zink. Durch frostigen Schnee war er nach Hause getrottet. Auf dem Schulgelände, in seinem Zimmer, lag auf dem Bett ein Telegramm. Er riß es auf und las, daß die Marocs in einen Autounfall verwickelt worden waren. Ein Frontalzusammenstoß mit einem betrunkenen Fahrer hatte sie auf der Stelle getötet.

Jetzt habe ich nichts mehr, dachte Jake. Wie in einem Reflex griff seine Hand nach dem Wildlederbeutel. Nur ein Stück vom *fu* war übriggeblieben: das letzte Verbindungsglied zu seiner Vergangenheit. Wenn die Marocs in ihm auch einen Sinn für seine Vergangenheit geweckt hatten – für seine Mutter und das wenige, das er von seinem Vater wußte –, so war das doch nicht genug, ihm jetzt Halt zu geben.

Das Schulsemester war erst halb vorüber, aber Jake packte die wenigen Dinge, die er besaß, zusammen und flog am nächsten Tag nach Hongkong zurück. Er hatte kein Interesse mehr an irgendwelchem Unterricht.

Drei lange Jahre waren vergangen, seit er das letzte Mal in der Kolonie gewesen war. Er hatte jeden Kontakt zu den wenigen Freunden, die er hatte, verloren und war völlig allein. Die staatenlosen Marocs, die durch Shanghai gezogen waren, waren gleichermaßen durch Hongkong gekommen: unauffällig und allein.

In seiner Verzweiflung ging Jake – jetzt gleichfalls staatenlos – in die gefährlichen Straßen von Hongkong. Dort gewann er neue Bekannte; und als er das anwandte, was Fo Saan ihm so mühsam beigebracht hatte, gewann er noch mehr. Mit der Zeit errang er so etwas wie eine Reputation.

So hatte ihn Wunderman gefunden.

»*Pachinko* war auf Anhieb ein Erfolg«, erklärte Komoto jetzt, als sie durch die Gänge schlenderten, die auf beiden Seiten von eifrigen Männern, Frauen und Jugendlichen gesäumt wurden, die mit glasigen Augen konzentriert Kugeln schnippten. Musik, so grell wie die wirbelnden Farben, plärrte aus Lautsprechern.

»Manche sagen, es wäre von einem Industriellen geschaffen worden, der in den Nachwehen des Krieges pleite ging. Die Munition, die seine Fabriken hergestellt hatten, brauchte man natürlich nicht mehr, so heißt es, und er blieb auf einem Lagerbestand von Tausenden von Kisten mit Stahlkugellagern sitzen.«

Komoto lachte. »Ehrlich gesagt, weiß ich nicht, ob es wirklich so war. Auf jeden Fall war *pachinko* genau das, was wir nach dem Krieg brauchten. Die Farben und Geräusche lenkten uns von den Jahren der Trübsal und Sorgen ab. Die Unterhaltung war billig und machte süchtig. Sie schluckte die überschüssige Zeit, die wir hatten.«

Sie hielten inne, um eine alte Dame zu beobachten, die fieberhaft den Hebel schnippen ließ. Die untere Hälfte ihres Gesichts war von einer Atemmaske bedeckt, was darauf hinwies, daß sie gut erzogen war und ihre Erkältung nicht verbreiten wollte.

»Früher«, sagte Komoto, »haben die *yakuza*-Klans, meiner eingeschlossen, erbittert um die *pachinko*-Bezirke gekämpft.«

Er stellte sich neben die alte Frau und zog eine Kugel aus der Tasche. Er begann zu spielen, aber auf eine Weise, die Jake vorher nie gesehen hatte. Zuerst ergriff er die Maschine und schüttelte sie, als wollte er ihr Gewicht abschätzen. Dann sah er sich lange und genau den Satz Nägel auf dem Spielfeld an. Er justierte den Hebel. Darauf legte er eine Kugel ein und schnippte sie los. Sie schoß nach oben und prallte auf dem Weg nach unten von einem Nagel zum anderen ab. Lichter blitzten auf, Glocken erklangen. Komoto gewann ein ganzes Magazin von Kugeln. Er nahm eine weitere Kugel heraus und spielte sie mit dem gleichen Ergebnis. Fasziniert beobachtete Jake ihn. Schließlich konnte er nicht mehr an sich halten und fragte: »Wie macht Ihr das?«

Komoto freute sich, daß er seinen Gast unterhalten hatte. »Als ich noch ein Junge war, ging ich mit meinem Vater in alle Spielsalons. Er war damals der *oyabun.* Einige der Techniker begannen, mir die Tricks des Geschäfts beizubringen. Sie waren *kugishi,* das heißt Nagelmänner. Jeden Abend, nachdem der Salon geschlossen war, gingen sie an jede Maschine, setzten die Anzahl der Kugeln darin fest und justierten die Nägel neu.« Er zuckte die Schulter. »Bei *pachinko* ist

Gleichgewicht alles, weil die Gewichtsverlagerung der Maschine den Lauf der Kugeln im Spiel beeinflußt, wenn sie von einem Feld zum anderen springen.«

Jake dachte an Toshima-*ku*, das umstrittene Territorium zwischen den Klans von Komoto und Kisan. Was machte es so besonders? Blinkende Lichter, surrende Geräusche. Eine Glocke erklang ganz in der Nähe, als jemand ein ganzes Kugelmagazin gewann.

»Könnt Ihr an irgend etwas denken«, fragte Jake, »das ungefähr zum Zeitpunkt meines Überfalls auf das O-henro-Haus geschah? Gab es etwas Außergewöhnliches, das das Gleichgewicht der Macht innerhalb des Toshima-*ku* gestört haben könnte?«

Komoto dachte einen Augenblick nach. »Nur Shizukis Tod.«

»Wer war das?«

»Ein hoher Polizeibeamter. Abteilungsleiter einer neuaufgestellten Einheit zur Bekämpfung des organisierten Verbrechens. Sehr schlauer Kerl. Besaß einen guten Geschmack, wie man mir sagte. Er war gerade bereit, die Tochter des Polizeichefs Tanaba zu heiraten.«

»Und wie ist er gestorben?«

»Nichts sehr Interessantes, obwohl es blutig genug war. Er wurde in der Rush-hour in der U-Bahn von der Menge auf die Geleise gestoßen. Ein Zug hat ihm den Kopf abgefahren.«

Jake konnte keine Verbindung erkennen. »Was geschah mit der Einheit?«

»Nun, das weiß ich nicht«, sagte Komoto. »In der Schwebe gehalten, nehme ich an. Higira-*san* wäre der nächste für den Posten gewesen. Er starb aber im O-henro-Haus bei Eurem Überfall.«

In Jakes Erinnerung blitzten eingesunkene narbige Wangen auf, schwarze Augen brannten wie im Fieber. »Das soll ein Bulle gewesen sein?« sagte er, etwas ungläubig. »Er benahm sich, als wäre er ein Freund von Nichiren.«

»Unmöglich«, sagte Komoto.

»Allerdings – wenn das wahr ist, ergibt sich daraus vielleicht, daß Shizukis Tod kein Unfall war!« Jake starrte auf das *pachinko,* an dem die alte Dame spielte. Die Kugel sprang von Nagel zu Nagel, von Feld zu Feld. Etwas da für ihn?

»Das ist ein strittiger Punkt«, sagte Komoto. »Es gibt keine Möglichkeit festzustellen, ob es Mord war. Nicht nach all dieser Zeit.«

»Habt Ihr die Bilder in den Zeitungen und im Fernsehen gesehen?« Jake hatte das *ba-mahk* gefunden, den Puls. In diesem Zustand, so hatte Fo Saan ihn belehrt, sollte er sich auf nichts konzentrieren. Er tat das Gegenteil: Er ließ seine Gedanken sich ausbreiten, bis zu dem Punkt, da er eine Fülle von Eindrücken, Muster aus Dunkel und Licht, Farben und Geräuschen in sich aufnahm.

Die Kugel der alten Dame prallte von Nagel zu Nagel. Das erinnerte ihn an etwas. Ein Eindruck . . . was?

»Sicher, Shizukis Tod hat mich sehr erfreut. Da war noch eine persönliche Rechnung offen, die ich sonst selbst beglichen hätte.«

Weite das Feld aus. Folge dem *ba-mahk.* Dunkelheit und Licht, ein Muster formt ein anderes Bild vor seinem inneren Auge. Ein Bild von . . .

»Eine seltsame Sache war's schon«, sagte Komoto, »diese Enthauptung. Seinen Kopf haben sie nie gefunden.«

. . . der Oberseite eines Kopfes, dichtes, steifes Haar wie eine Bürste, der Rand einer Stirn, eine Ohrspitze, in einer Schachtel auf dem Tisch. In Kisans Büro im O-henro-Haus!

»Buddha!« flüsterte Jake. Seine Augen waren getrübt durch die Nachwirkung von *ba-mahk.*

»Jake-*san,* was ist los?«

»Shizuki wurde ermordet. Ich weiß es. Ich habe seinen Kopf in einer Hutschachtel gesehen. Kisan, Higira und Nichiren saßen um ihn herum, als ich hineinplatzte. Ich sah das nur ganz kurz, dann brach die Hölle los, und es war keine Zeit mehr zum Nachdenken.«

»Was hat Euch jetzt daran erinnert?«

»Ba-mahk«, sagte Jake. – Und die Anordnung der Nägel auf dem *pachinko*-Spielfeld, die schwarzen Punkte der Nägel, die an das Haar auf dem Kopf des armen toten Shizuki erinnerten.

»Ich hatte Gelegenheit, die Papiere, die Ihr mir gegeben habt, genau durchzusehen«, sagte Wu Aiping.

Zhang Hua nickte. »Und zu welchem Schluß seid Ihr gekommen?«

»Ich bin wirklich begeistert. Zum erstenmal hat die *qun* eine reelle Chance, Shi Zilin zu vernichten.«

Über ihnen ragte der zweistöckige Wachtturm in die Höhe, mit seinem dickgemauerten Raum für die Wachen unten und dem Beobachtungsstand in der Höhe. Es handelte sich, wie Wu Aiping fand, um ein ganz hervorragendes Beispiel für die Militärarchitektur der Ming-Dynastie.

Er raschelte mit den Durchschlagbögen, den Kopien der Dokumente, die Zhang Hua ihm bei ihrem letzten Zusammentreffen in der Hong-Miao-Teestube übergeben hatte. Hier auf der Großen Mauer hatte er keine Bedenken wegen der Sicherheit.

»Ich habe meine Mätresse aufgegeben«, sagte Zhang Hua und zuckte zusammen bei dem sardonischen Lachen des älteren Ministers.

»Und jetzt seid Ihr gerettet, ja, meint Ihr das?« Wu Aiping schüttelte den Kopf. »Genosse *lou-sin* – die Maus –, so werde ich Euch von jetzt ab nennen. Oh, Ihr seid wirklich recht unterhaltend. Hört auf mich, Ihr habt Eure Missetat schon begangen. Die Augen Buddhas, oder wer es auch sein möge, zu dem Ihr betet, haben Eure Sünde registriert. Der Widerruf jetzt rettet Euch nicht. Nicht vor mir!« Er bleckte die Zähne in einem erschreckenden Grinsen, das Zhang Hua erschauern ließ. *»Lou-sin, lou-sin«,* Wu Aiping intonierte das wie ein Maulheld auf einem Schulhof.

Die Luftfeuchtigkeit verlieh der Atmosphäre eine unangenehme Schwere, die den Wunsch weckte, sich so wenig wie möglich zu bewegen. Der Himmel war weit, doch ohne jede erkennbare Farbe. Der Hitzedunst hatte alles Blau gebleicht, was Wolken und Himmel fast die gleiche austernweiße Tönung verlieh.

Wu Aiping, der den schwergewichtigen jüngeren Minister überragte, schlenderte weiter. Zhang Hua schwitzte, er nicht. Er verabscheute diesen Mann von Herzen, was die Herrschaft, die er über ihn ausübte, noch befriedigender machte. Maus, dachte er, ich hab' dich in der Falle. Jetzt werde ich langsam das Leben aus dir herausquetschen.

Es amüsierte ihn, dieses Treffen hier arrangiert zu haben; die Ironie des Ortes gefiel ihm. Von den nichtinformierten fremden Touristen wurde für gewöhnlich angenommen, die Große Mauer sei ausschließlich für Verteidigungszwecke gebaut worden. Das war aber nicht der Fall. Eine weitere wichtige Funktion war die Kommunikation, und da die breite Krone der Mauer leicht Pferdewagen aufnehmen konnte, kam noch der schnelle Transport von Nahrungsmitteln und anderen wichtigen Dingen von und nach den Außenregionen hinzu, die das bergige Gelände sonst unmöglich machte.

»Die Antwort auf die Frage, wie man Shi Zilin zu Fall bringt«, sagte Wu Aiping, »liegt in diesen Dokumenten. Ihr seht«, – sein Lachen war jetzt voller Herzlichkeit und guter Laune –, »es war schon richtig, Euch anzuwerben. Die Rolle des Patrioten paßt zu Euch, auch wenn Ihr Euch dagegen wehrt.

Vieles von Shi Zilins Plan, sein *ren*, ist mir klargeworden. Dieser Sir John Bluestone ist sein Hauptkanal nach Hongkong. Das Problem scheint sich selbst auf Kam Sang zurückzuführen. Das macht mich besorgt, aber ich komme gleich darauf zurück.

Aus dem Nachrichtenaustausch geht klar hervor, daß der Rückzug von Mattias, King & Co. eine Veränderung im *ren* herbeigeführt hat. Jetzt stehen fünfzig Prozent des westlichen Anteils am Kam Sang-Projekt zum Verkauf. Die Pak Hanmin Company besitzt die Hälfte. Mattias, King haben sich von der anderen Hälfte getrennt – haben ihr Engagement zum ungünstigsten Augenblick aufgegeben, gerade wo wir zur Endphase kommen.

Es ist klar, daß Shi Zilin sich entschlossen hat, Five Star Pacific, das Handelshaus seines Agenten, die Lücke ausfüllen zu lassen, ein zweischneidiger Zug. Er liefert das zusätzliche Kapital, das für den Beginn des Projekts benötigt wird, und gewinnt gleichzeitig mehr Kontrolle darüber, als sonst möglich wäre.«

Sie setzten ihren Weg fort und gingen durch einen Bogengang, der offensichtlich restauriert worden war, aber noch immer großartig wirkte. Jetzt gingen sie auf den Zhangjiakou zu, besser bekannt als Kalgan. Der Name war dem mongolischen *kalgha* entlehnt, was »Paß« bedeutete.

Wu Aiping wandte sich nach links, und sie stiegen eine steile Treppe hinauf. Jetzt befanden sie sich auf dem Schutzwall der Mauer, auf gleicher Höhe mit dem Ausguck des Wachtturms. Im Norden konnten sie gerade noch Teile des neuerrichteten Kuan-Ting-Staudamms erkennen.

»So würde Shi Zilin das natürlich sehen. Es ist wesentlich«, erklärte Wu Aiping, »daß man denken lernt wie der Gegner. In seinen Kopf hineinkriechen, seine Absichten studieren, das Schema finden. Das Schema, *lou-sin*. Jeder hat ein Schema, und ich fange an, das von Shi Zilin zu begreifen.«

Er brummelte vor sich hin und lehnte sich gegen die staubige Brustwehr, um aus dem entnervenden Sonnenlicht herauszukommen. Seine Augen suchten den Horizont ab, verfolgten die dunkelbraunen und tiefblauen Linien, die die Trennung zwischen Land und Himmel erkennen ließen. Dazwischen lag das eintönig trübe Grau der modernen offiziellen chinesischen Bauwerke.

»Ich sehe hier Gefahren, die er nicht erkennt. Dieser Bluestone ist vielleicht Zilins Agent, aber er ist ein *faan-gwai-loh,* ein Fremder Teufel. Er ist deshalb mehr als unzuverlässig; er ist verdächtig. Ich denke, er hat die ganze Zeit bei Shi Zilin nur wegen der Chance mitgespielt, die er jetzt bekommen hat: bei Kam Sang einzusteigen.«

»Aber er kann doch Kam Sangs Geheimnis nicht kennen«, sagte Zhang Hua.

»Ich sehe, daß Ihr doch ein Patriot seid, immerhin«, sagte Wu Aiping verständnisvoll. »Nun, auf jeden Fall teile ich Eure Sorge. Das Kam Sang-Projekt ist für unser zukünftiges Überleben unabdingbar. Es war äußerst schwierig, sein Geheimnis vor den *faan-gwai-loh*-Investoren zu wahren. Wir brauchen ihr Geld, aber nicht ihre Wißbegier. Natürlich, Kam Sang wird ihnen das geben, was sie wünschen, was Hongkong braucht. Es wird aber auch uns das mächtige Schwert liefern, mit dem wir die sowjetische Bedrohung, die uns wie ein bösartiges Geschwür umgibt, beseitigen können.«

Wu Aiping wartete, bis eine Gruppe von drei oder vier ausländischen Touristen an ihnen vorüberging, wobei ihre Kameras klickten wie ein Feld voller Grillen. In der dunstigen Ferne konnte er gerade noch den ansteigenden Hang erkennen, der zu den beiden Zwillingsbergen aufstieg, Tiger und Drachen, zwischen denen sich der große rote Bogengang befand, der zu Shi San-Ling führte, wo für alle Ewigkeit die Überreste der Mitglieder von Rang aus der Ming-Dynastie ruhten.

»Bluestones und, wie ich vermute, Shi Zilins unmittelbares Problem sind Schulden. Nach den Meldungen scheint es, daß Five Star Pacific schwer von dem Kurssturz in der Kolonie von 1982 getroffen wurde. Bluestone erinnert Shi Zilin in drei verschiedenen Mitteilungen an die kurzfristige Schuldenlast seiner Firma. Jetzt bietet sich ihm diese Gelegenheit, und Bluestone ist dabei, der Five Star Pacific fast das gesamte flüssige Kapital zu entziehen, um Anteile von Pak Hanmin aufzukaufen und so dieser Gesellschaft die Kontrolle zu entreißen, während er sich billig bei Kam Sang einkauft. Das könnte, wie er deutlich macht, Five Star Pacific selbst verwundbar machen. Shi Zilin aber hat ihm trotz der Warnungen befohlen weiterzumachen.«

»Alles gut und schön«, sagte Zhang Hua. »Tue nichts und du wirst sicher sein, daß Bluestone seine Nase nicht in Kam Sang stecken kann. Diesem Teil wenigstens stimme ich zu.«

Wu Aiping bedachte seinen Ministerkollegen mit einem Blick, wie er ihn einem nicht sehr hellen Bürokraten schenken würde. »Jetzt weiß ich doch wenigstens, warum Ihr nie über Eure derzeitige Berufsebene aufgestiegen seid. Ich will doch nicht Five Star Pacific vernichten; ich will Shi Zilin zerschmettern! Five Star Pacific ist offensichtlich der Schlüssel zu seinem *ren.* Das ist sein Weg in das Kam Sang-Projekt. In *mein* Projekt. Ich weiß, daß er gegen unseren geheimen Plan mit Kam Sang ist. Durch seine Handelsfirma erwartet er, dicht genug an Kam Sang heranzukommen, um meinen Teil daran zu sabotieren. Deshalb will ich, daß man Five Star Pacific in Ruhe läßt. Ich will, daß er sich in der *faan-gwai-loh*-Handelsgesellschaft so tief verstrickt, daß es ihm unmöglich wird, sich wieder daraus zu befreien.«

Gleich darauf lachte er. »Oh, ja! Ich glaube, ich habe unsere Lösung gefunden. Wir werden Shi Zilin in seiner eigenen Firma fangen.«

»Das verstehe ich nicht.«

»Natürlich versteht Ihr das nicht«, sagte Wu Aiping so bissig, daß Zhang Hua wieder zusammenzuckte. »Wenn Ihr aber glaubt, ich würde Euch das erklären, seid Ihr auf dem Holzweg. Ich will absolut sicher sein, daß Shi Zilin unvorbereitet erwischt wird. Ich gehe jetzt kein Risiko ein.«

Er kalkulierte angestrengt im stillen: Was er Zhang Hua nicht gesagt hatte, war, daß er bereits mehrere Mitglieder der *qun* aufgefordert hatte, die Namen der Banken und Leihfirmen ausfindig zu machen, die kurzfristige Wechsel von Five Star Pacific besaßen. Es gab davon eine erstaunliche Anzahl. Obwohl die Firma äußerlich gut dazustehen schien, war sie überlastet mit fünf- und zehnjährigen Wechseln.

Jetzt würde die *qun* über eine Scheinfirma, der sie den Namen Yau Sin-Kyuhn Services, H. K., gegeben hatten, diese Wechsel klammheimlich einen nach dem anderen aufkaufen. Dazu wurden Millionen benötigt, das wußte er. Keines der Mitglieder konnte das Geld allein aufbringen. Sie würden alle aus den Fonds ihrer Ministerien leihen müssen und, in Wu Aipings eigenem Fall, aus den Forschungszuweisungen der Regierung für das Wissenschaftsinstitut. Die Risiken waren groß, doch der Nutzen würde ohne Zweifel größer sein. Dann, dachte Wu Aiping, wenn er seinen Zug gegen Kam Sang ausführt, werde ich Shi Zilin als den Verräter entlarven, der er ist, *und* Five Star Pacific in die Hand bekommen, alles auf einen Schlag.

Als er mit Zhang Hua, der *lou-sin,* an seiner Seite von der Großen Mauer abstieg, brach er in schallendes Gelächter aus. »Genieße diese

Tage noch, Shi Zilin«, sagte er zum Himmel hinauf. »Sie werden sicher deine letzten sein.«

Mikio Komoto holte Jake am *yatai* ein, dem auch nachts geöffneten Imbißstand in der Nähe des Kannon-Tempels in Tokios Altstadt Asakusa. Kannon, die Göttin der Gnade, zog Touristen und Anhänger Tag und Nacht an. Der Park vor dem Tempel war immer voller junger und alter Leute.

Es war die Zeit der Dämmerung. Einkaufende eilten nach Hause zum Essen, Kinder wurden von ihren Eltern abgeholt, nachdem sie den ganzen Nachmittag im Freien gespielt hatten, die alten Leute waren noch immer in ihre Unterhaltung vertieft, die ihre Tage erfüllte, während sie mehrere *go*-Spiele beobachteten, die sich im Laufe des Nachmittags langsam entwickelt hatten.

Der Dunst, ein nicht zusammenpassendes Gemisch von Wasserpartikeln und Autoabgasen, hatte mit dem schwächer werdenden Licht einen saphirblauen Schimmer angenommen. Die dunklen geschwungenen Umrisse des Tempels selbst verliehen der Szene einen schweren, düsteren Charakter.

Am fahrbaren Stand des *yatai* saßen, müde vom Tag, Reisende an dem kleinen Ausziehtisch. Hier wurden chinesische oder japanische Nudeln serviert, scharfe gegrillte Hühnchen, oder – was Jake gerade aß – *oden.* Das letztgenannte Gericht war ein schmackhafter Eintopf, der aus einer köstlichen Fleischbrühe mit einer Auswahl von Gemüsen, gekochten Eiern, Seetang, in Fett gebackenen *tofu*-Krapfen, mehreren dicken Fischpasten und einem Klecks frischem, beißend scharfem Senf bestand.

Mikio zog einen Hocker heran und bestellte gleichfalls *oden.* Ringsum war laute Unterhaltung im Gang. Wie so oft in Japan sprach der normalerweise zurückhaltende Städter eifrig auf den am nächsten sitzenden Fremden ein, wobei er Geheimnisse von sich selbst preisgab, die er nicht einmal seiner Frau zu erzählen wagte.

»Was habt Ihr herausgefunden?«

»Gar nichts«, sagte Jake mürrisch. Er nahm noch etwas mehr Senf, ergriff ein Paar billiger Plastikeßstäbchen, die der Verkäufer ihm reichte, und begann, hungrig zu essen. Er hatte Komoto vor dem *pachinko*-Salon verlassen und war, nachdem er den wieselgesichtigen Japaner angerufen hatte, mit dem er vor einiger Zeit im öffentlichen Bad zusammengetroffen war, in den Roppongi-Bezirk gegangen. Aber drei Stunden gründlicher Befragung hatten nichts zutage gebracht. Er stocherte in den Resten seines *oden* herum. »Jetzt sind wir wieder im Quadrat eins.«

»Nicht ganz, Jake-*san.*« Komoto aß wie der Blitz und hielt seine Schale dicht an die Lippen. »Ich war fleißig wie Ihr. Wie eine Biene bin ich von Blüte zu Blüte geflogen, habe überall kleine Leckerbissen aufgenommen. Gerade ehe ich hierherkam, erhielt ich den interessantesten. Es ist möglich, daß Shizuki-*san* einen Rivalen in der Liebe zu der Tochter seines Chefs Tanaba hatte.«

Mehrere Hocker entfernt stimmte ein Gast, der zu seiner Schale Nudeln schon *sake* getrunken hatte, ehe Jake ankam, eine melancholische Melodie an. Er besaß eine angenehme Tenorstimme und konnte offensichtlich singen. Vielleicht war er einmal Profi gewesen. Trotz der Trunkenheit schaffte er es, richtig zu singen.

Der Gesang erinnerte Jake an die Nacht des Überfalls auf das O-henro-Haus. Die grüne Welt, das triefendnasse Blattwerk, die Neonsprenkel überall auf dem nassen Straßenpflaster. Er spürte eine unendliche Traurigkeit über all das in sich aufsteigen, was er seit jener schrecklichen Nacht verloren hatte.

Er wandte den Blick von dem Sänger, als könnte er damit auch das Lied beiseiteschieben. »Wie seid Ihr dahintergekommen?«

Komoto zuckte die Schulter. »Ich besitze in der Stadt einige kleine Grundstücke. Ein Hauswirt, der für mich arbeitet, erinnerte sich an das Mädchen, weil sie in seinem neuesten Haus eine *usagigoya* bewohnt. Übrigens ein Haus, das ich bauen ließ. Das Interessante dabei ist aber, daß er Shizuki-*san* nie dort gesehen hat. Ich zeigte ihm einen Schnappschuß. Er war sicher. Der Mann, den er beschrieb, sah ganz anders aus.«

Jake dachte daran, wie Shizuki-*san* auf dem übervollen Bahnsteig gestoßen wurde, an den Schrecken, als der heranbrausende Zug mit blendendem Licht den Tunnel erleuchtete. Er dachte an das borstige Haar, die sanfte Rundung des Ohrs in der Hutschachtel auf dem Lacktisch. Die drei Männer um ihn herum, als er eindrang, die *irezumi*-Leute hinter sich: Kisan, Higira und . . .

»Habt Ihr dem Hauswirt ein anderes Foto gezeigt?« wollte Jake wissen.

Komoto grinste und hielt die Schwarzweißaufnahme in die Höhe. Kopf und Schultern, in Jakes Gedächtnis für immer eingegraben, wo sie wie Feuer schwelten.

Nichiren.

Daß sie verfolgt wurde, entdeckte Daniella gleich, als sie aus der Dienststelle auf die Straße trat. Gegenüber war der Platz, wo Mütter ihre Kinder an der Hand nahmen oder ihnen erlaubten, unter der niedrigstehenden, wässerigen Sonne den Tauben nachzulaufen. Eine fast idyllische Szene im Herzen von Moskau.

Wenn Daniella ging, fuhr auch ein Wagen. Es war fast Mittagszeit, und die Straßen waren verstopft vom Verkehr, von dem in dieser Gegend ein großer Teil dienstlich war. Alles wurde durch Ampeln geregelt, so daß es für sie leicht war, Unregelmäßigkeiten festzustellen. Sie wunderte sich darüber. Ob jemand wollte, daß sie bemerkte, sie würde beobachtet?

Anstatt wegzulaufen, ging sie auf den Wagen zu, ein neues Modell einer Wolga-Limousine. Sie sah sich den Fahrer genau an, einen sandblonden Schlägertypen. Sie kannte solche Typen, hatte ihr Leben lang unter ihnen gelebt.

Sie blieb an seinem heruntergekurbelten Fenster stehen und setzte eine finstere Miene auf. Das war nicht schwer, denn sie mochte es gar nicht, verfolgt zu werden. Sie mußte sich etwas herunterbeugen und sich so drehen, daß das auf der Haube blendende Sonnenlicht sie nicht störte.

»Wer sind Sie?«

Der sandblonde Mann schaute sie an, als sähe er sie jetzt zum ersten Mal. »Steigen Sie ein.«

Daniella störte der Ton. »Für welche Abteilung arbeiten Sie?«

»Keine«, sagte er lakonisch.

Er griff hinter sich und öffnete die hintere Tür auf ihrer Seite. »Bitte, steigen Sie ein, Genossin General. Ich bin geschickt worden, Sie zu holen.«

»Von wem?« Sie stieg aber trotzdem verblüfft ein.

»Die Fahrt wird nicht lange dauern«, sagte er in einem seltsamen, freundlichen Ton. Er sprach mit ihr auf eine vertrauliche Weise, als kennten sie sich schon seit Monaten.

Er lenkte in die Tschaika-Fahrbahn ein, und sie nahmen Fahrt auf. Daniella war immerhin so vorsichtig, darauf zu achten, wohin sie fuhren. Sie kamen durch die Innenstadt, der Sandblonde fuhr gut. Er bog in die Ausfallstraße ein, die Moskwa glänzte im Zwielicht und reflektierte die Lichter der neuen Wohntürme am jenseitigen Ufer.

Der Fahrer überquerte die Wolga vom Kremewskaja-Kai über eine der grauen Steinbrücken. Hinter ihnen lag der Gorkij-Park.

Sie erreichten die Schnellstraße und fuhren jetzt mit mehr als 150 km/h. Den dünner werdenden Verkehr ließen sie rasch hinter sich. Offenbar fuhren sie hinaus aufs Land, denn länger als fünfzehn Minuten rasten sie so dahin.

Von Zeit zu Zeit erwischte Daniella den Fahrer dabei, wie er in den Rückspiegel sah. Noch immer wunderte sie sich über das plötzliche Abbiegen. Innerhalb von sechzig Metern überquerte er drei Fahrbahnen, schnitt dabei einen blauen Zaz, man hörte das Quietschen von Bremsen und, fast gleichzeitig, das Schmettern eines Horns, das jedoch rasch verklang, als sie die S-Kurve der Abfahrt fast mit derselben Geschwindigkeit nahmen.

Dunkle Bäume huschten vorbei, dann ein plötzliches Bremsen, eine scharfe Kehre nach links, und sie waren wieder auf der Schnellstraße in Richtung Stadt.

Die Lichter von Moskau bildeten den Horizont, hell und zitronengelb, dahinter der tiefdunkle Himmel, fast violett durch den Dunst.

Der Fahrer entfernte sich wieder von der Moskwa, nachdem sie über eine andere Brücke hinweggefahren waren. Auf der Fahrt nach Norden durch die Stadt blieben sie den Hauptstraßen fern und hatten dadurch keine Tschaika-Fahrbahn für Regierungsfahrzeuge zur Verfügung.

»Wer hat uns verfolgt?« fragte Daniella.

Der Fahrer sah sie durch den Rückspiegel an und zuckte mit den Achseln.

»Vielleicht niemand«, antwortete er in seiner lakonischen Art. »Vorsichtsmaßnahmen müssen sein.«

Sie erkannte die Straßen. Sie führten zum Roten Platz. Bald bog er nach Norden ab, bis sie gerade nördlich vom Platz waren. Am Kutuzow-Prospekt bog er nach Osten ab, fuhr jetzt langsamer eine Straße entlang, die auf beiden Seiten flankiert war von Wohnhäusern aus orangefarbenen Klinkern und grauen Steinen, gut erhalten, obwohl sie alle aus der Mitte des neunzehnten Jahrhunderts stammten oder noch älter waren.

Der Fahrer hielt vor einem Haus und stieg aus. Er öffnete ihr die Tür und verbeugte sich wie ein uniformierter Chauffeur.

»Die Treppe hinauf, Genossin General«, sagte er in seiner freundlichen Stimme. »Wenn Sie so gut sein wollen.«

Daniella schaute ihn einen Augenblick an, wandte sich dann ab und stieg die Steinstufen hinauf. Warmes gedämpftes Licht erhellte die Halle. Sie fühlte sich sehr wehrlos auf dem Treppenabsatz. Die Tür öffnete sich, ehe sie auf den Klingelknopf drücken konnte, und sie sah seine große, hagere Gestalt, sein langes, hübsches Gesicht. Sie beobachtete seine hellen Augen, die so seltsam wirkten bei seiner sonst so dunklen, finsteren Erscheinung, und fragte sich, was wohl unter seiner äußerlichen Kühle stecken mochte.

»Genosse Lantin«, sagte sie. »Sie haben eine seltsame Art, Einladungen zu schicken.«

»Kommen Sie herein«, sagte er, trat einen Schritt zurück und schloß die Tür hinter ihr. Er ging den Flur entlang und zwang sie, ihm zu folgen, wollte sie hören, was er sagte. »Sind Sie hungrig? Hoffentlich, denn ich habe *blini* zubereitet.«

Er führte sie in eine überraschend große, helle, peinlich saubere Küche, die offensichtlich mit dem importierten Vulkan-Herd, der Marmor-Arbeitsplatte und dem Kühl- und Gefrierschrank aus rostfreiem Stahl ganz nach Wunsch eingerichtet worden war. Kupfertöpfe hingen an Gestellen herab, die mit Ketten an der Decke befestigt waren. Er nahm seine Arbeit wieder auf und kehrte ihr den Rücken zu. Er trug leichte, wollene Hosen, die in Europa maßgeschneidert waren, ein frischgebügeltes Baumwollhemd und schwarze, glänzende Slipper ohne Socken.

»Sie sehen reichlich dekadent aus, Genosse«, sagte Daniella etwas von oben herab. Sie war noch verschnupft, weil er sie auf so geheimnisvolle Weise hierhergeholt hatte.

Lantin lachte, und sie war überrascht zu sehen, wie offen sein Gesicht in diesem Moment aussah. Fast wie das eines kleinen Jungen; das einzig Störende bei diesem Eindruck war der dünne Schnurrbart.

»Jurij«, sagte er. »Jurij und Daniella. In diesen Mauern gibt es keine ›Genossen‹.«

Als sie nichts erwiderte, drehte er den Brenner am Herd zurück und wandte sich um. »Was ist los?«

Daniella sah sich im Raum um. Sie spähte in die Ecken, hinter die Schranktüren.

»Suchen Sie das?« Lantin nahm einen tragbaren Kassettenrekorder aus einer verborgenen Schublade im Mitteltisch. Er reichte ihn ihr. »Wie Sie sehen können, er ist nicht eingeschaltet.«

Daniella untersuchte ihn gründlich. Sie nahm die Kassette heraus und legte sie auf den Tisch; das Gerät gab sie ihm zurück. »Wo ist die Kamera?« wollte sie wissen.

Mit verdutztem Gesicht hob er den Finger. Daniella folgte der angegebenen Richtung und entdeckte die Videolinse hinter einem Spiegel, der dazu eingerichtet war, Aufnahmen zuzulassen. Sie verfolgte das Kabel bis unter die Spüle, wo der Videorekorder steckte.

Sie bückte sich und nahm auch diese Kassette heraus. Sie legte sie neben die Audiokassette.

»Das war nicht nötig«, sagte Lantin. »Das Ding funktioniert nicht.«

»Das wundert mich gar nicht«, erwiderte Daniella. »All die Feuchtigkeit hier ist schlecht für solche Apparate. Sie bringen sie besser weg.«

Eine Zeitlang starrten sie sich nur an. Als Lantin die braun werdende Butter roch, wandte er sich wieder dem Herd zu. »Ich hatte nicht die Absicht, diese Unterhaltung aufzuzeichnen«, sagte er. »Sie sind mißtrauisch.«

»Das stimmt nicht«, sagte sie und schaute ihm über die Schulter. Seine Hände kneteten geschickt den *blini*-Teig. »Wo haben Sie das gelernt?«

»Von meiner Mutter«, antwortete er und fügte ein paar Tropfen kaltes Wasser hinzu. »Ich habe irgendwo eine Küchenmaschine, aber für *blini* ist das nichts. Da muß man schon die Hände nehmen.«

Formlos wie ein Ehepaar aßen sie an dem kleinen schmiedeeisernen Küchentisch. Die Mahlzeit war jedoch alles andere als gewöhnlich: Buchweizen-*blinis* gefüllt mit Beluga-Kaviar, beträufelt mit zerlassener Butter; eisgekühlter mit Büffelgras gewürzter Wodka. Daniella kam das wie ein Festmahl vor. Dabei fiel ihr ein Artikel ein, den sie über amerikanische Frauen gelesen hatte, die, wie berichtet wurde, die Verführung eines Mannes damit beginnen, daß sie ihm seine Lieblingsspeise vorsetzen.

Ihr eigener Körper und seine Wirkung auf die meisten Männer waren ihr immer gegenwärtig. Wie könnte es auch anders sein? Sie war eine hervorragende Pragmatikerin. Schon früh im Leben hatte sie ihre Aktiva erkannt und sich vorgenommen, alles aus ihrem Arsenal einzusetzen, um die schwierige Leiter der sowjetischen Bürokratie zu erklimmen.

Daniella war keine Hure. Sie hatte sich vielmehr entschlossen, ihren Sex so einzusetzen, wie die schlauen Männer hier ihre Macht gebrauchten. Ihrer Meinung nach protzten die Männer mit ihren Fähigkeiten. Da sie nicht bereit waren zu glauben, sie könnte mit ihnen auf diese Weise konkurrieren, gebrauchte sie, was sie besaß, um an einen Punkt zu kommen, wo sie ihnen etwas ins Ohr flüstern konnte.

Das hatte bei Karpow funktioniert, es hatte bei Oberst Valentinin geklappt und vor ihm bei Leutnant Tolktschin. Vielleicht funktionierte es auch bei Jurij Lantin, doch sie war sich der völlig anderen Arena, in der sie sich jetzt bewegte, bewußt. Danach hatte sie ja immerhin gestrebt; aber sie wußte auch, daß hier Gefahr auf sie lauerte.

»Sie müssen mir gratulieren«, sagte Lantin, als sie fertig waren. Er hatte für sie dicken, schwarzen türkischen Kaffee gebraut, so wie Daniella ihn am liebsten hatte. Zufall? Oder hatte er das herausgefunden? »Unser Stellvertreterkrieg gegen China läuft hervorragend.«

»Sie meinen den vietnamesischen Zusammenstoß entlang der Grenze in der Provinz Yunnan?«

Lantin nickte. »Heute morgen noch hat die Nachrichtenagentur Neues China eine weitere Warnung vor diesen, wie sie es nennen, ›bewaffneten Provokationen‹ verbreitet und darauf hingewiesen, das Armeekommando werde weitere dreißig Divisionen an dieser Grenze stationieren.«

»Das ist Ihr Werk, vermute ich?«

»Karpow würde sagen, es sei seines, aber die Idee stammt von mir. Genauso wie es meine Idee war, ein Team der Abteilung S nach Japan zu schicken, um Nichiren zu eliminieren.«

Daniella glaubte ersticken zu müssen. Das fette Essen drohte wieder hochzukommen. Durch das heftige Schlagen ihres Herzens sagte sie: »Sie hatten mir befohlen, ein KVR-Team auszuschicken, um Nichirens Bewegungen zu beobachten und aufzuzeichnen.« Verzweifelt versuchte sie sich wieder zu fangen. »Weiß Karpow, was Sie getan haben?«

»Karpow steckt in meiner Westentasche wie ein paar Kopeken.« Er lächelte sie an. »Trinken Sie Ihren Kaffee, Daniella, er ist wirklich recht gut.« Er schenkte sich selbst eine weitere Tasse ein. Die Uhr auf dem Kaminsims im Wohnzimmer tickte röchelnd wie ein alter Mann, der an Asthma leidet.

»Sie haben sich also eingemischt und einfach eine meiner Mannschaften übernommen«, sagte sie nach einiger Zeit.

Er schüttelte den Kopf. »Ich habe sie lediglich umprogrammiert.«

»In meine Autorität eingegriffen, den Dienstweg durcheinandergebracht.«

»Ihr Ziel geändert.«

Sie sah, daß ihm diese Art Dialog gefiel. »Sie sind alle tot«, sagte sie in einem Ton, daß ihm kein Zweifel blieb, wo sie die Schuld suchte.

»Je, nun.« Er dachte einen Moment nach. »Mit der Intervention des amerikanischen Agenten hatte ich nicht gerechnet.«

»Jake Maroc.«

»Richtig.« Er sah aus dem Fenster, in die Nacht hinaus. »Ich frage mich, was er wohl dort gesucht hat?«

Daniella fiel darauf nicht herein. Sie sagte vielmehr: »Die Angelegenheiten meiner Abteilung sind meine Sache.«

Es schien, als hätte er nur darauf gewartet, daß sie das sagte – vielleicht hatte er sie dazu verleitet. Er holte einen Gegenstand unter der Tischplatte hervor und legte ihn in die Mitte. »Ich vermute, auch das ist eine Angelegenheit Ihrer Abteilung.«

Daniella mußte an sich halten, sonst wären ihr die Augen aus dem Kopf gequollen. Heilige Mutter Gottes, dachte sie. Er hat das Codebuch von Medea gefunden!

Peter Ng wartete in dem riesigen, fast prunkvollen Foyer von Andrew Sawyers Haus in den Bergen oberhalb der Shek-O-Beach. Der Raum war in pompösem amerikanischen Stil ausgestattet: Möbel aus alter Eiche, große Sideboards aus knorriger Kiefer, Gemälde an zwei Wänden. Eines stellte Andrew Sawyers Großvater dar, Daniel Martin Sawyer in Jagdkleidung. Hinter ihm dehnten sich die grünen Hügel seines geliebten Virginia. Auf der anderen Seite des zweistöckigen Foyers hing ein Gemälde von Andrew Sawyers Vater, Barton, auch er in Jagdkleidung. Hinter ihm lagen der Victoria-Hafen und die Kau-lung-Siedlung, so wie es vor siebzig Jahren hier ausgesehen hatte.

Ng wußte, daß im Arbeitszimmer ein Gemälde von Andrew hing. Wenn er auch nicht in Jagdkleidung gemalt war, hatte er doch im Hintergrund Victoria Peak haben wollen, womit er zumindest eine Hälfte der Tradition lebendig hielt.

Obwohl Ng viel mit Sawyer zu besprechen hatte, saß er hier in der kühlen Dämmerung des Vorraums herum und wartete. Als er das Geräusch eines Wagens hörte, der auf der Kiesauffahrt gebremst wurde, verließ er seinen Sessel.

Als er die Tür nach innen öffnete, war er bereit und verneigte sich.

»Einen vortrefflichen Abend«, sagte er so ehrerbietig, wie es ihm möglich war.

»Einen vortrefflichen Abend auch für Euch, Jüngerer Neffe.«

Ein winziger Chinese in ausgebeulten Hosen und einer Jacke, die anscheinend drei Nummern zu groß für ihn war, schritt neben Ng über den Orientläufer. Mit hellen, forschenden Augen blickte er schräg hoch zu dem ausgestopften Bisonkopf an der Wand über dem Eingang zu Andrew Sawyers Arbeitszimmer.

»Ist das eine weitere unfaßliche Tradition der *gwai loh?*«

»Ihr meint den Bisonkopf, Älterer Onkel?« Das war eine Ausdrucksweise, die sowohl außerhalb wie auch innerhalb der Familie gebraucht wurde, wenn ein älterer und ein jüngerer Mann miteinander sprachen, die sich gut kannten. Hier traf jedoch beides zu: Die beiden waren wirklich Neffe und Onkel. »Es ist ein Tier aus den Goldenen Bergen. Des ehrenwerten Sawyers Vater schoß es, als er noch ein Knabe war. Er brachte diese Trophäe mit, als er vor fast einhundert Jahren hierherkam.«

»Eine Trophäe.« Auf den Lippen des Ehrwürdigen Chen hatte das Wort eine obszöne Färbung.

»Ein Mannbarkeitsritus, sagt man«, fuhr Ng fort. »Solche Riten sind üblich bei allen Menschen der Welt, *heya?*«

Der Ehrwürdige Chen richtete seine Knopfaugen auf Peter Ng. »Fremde Teufel sind Fremde Teufel, *heya,* Jüngerer Neffe? Sie horten noch immer ihr Geld auf einer Bank; sie haben Gemüter wie Tiere. Aber wir brauchen sie, wir brauchen sie.« Wieder hob er den Blick zu dem zottigen Kopf an der Wand. »Vergeßt nie, daß sie auch uns so betrachten. Genau wie die Trophäen, die sie in ihren Sitzungsräumen aufhängen.

Sagt mir, Jüngerer Neffe, wenn sie uns ausbeuten, sollen wir dann lediglich den Kopf beugen und murmeln, *joss?* Sollen wir das Leben einfach mit einem Seufzer aufgeben?« Seine Augen brannten. »Ihr seid Chinese, vergeßt das niemals!«

»Ich bin Shanghainese«, sagte Ng, »genau wie Ihr. Was aber ist mit den Kantonesen? Den Chiu-chow? Den . . .«

Es gab keinen Grund mehr fortzufahren. Der Ehrwürdige Chen hatte die Antwort bereits gegeben, indem er in die Ecke spuckte.

»Deshalb sind wir ausgebeutet worden, Älterer Onkel. Weil wir nicht einig sind. Wenn die Chinesen zusammenstünden . . .«

»Niemals!« Und der Ehrwürdige Chen dachte, dieses Spitzentreffen ist ein Vorschlag, der von vornherein zum Scheitern verurteilt ist. Shanghainesen, Chiu-chow und Kantonesen können niemals zusammenarbeiten. Zwischen ihnen gibt es nicht das kleinste Fünkchen Vertrauen. Jetzt wiederholte er ruhiger, aber nicht weniger fest: »Niemals!«

Peter Ng neigte seinen Kopf. »Der Ehrenwerte Sawyer wartet auf Euch.«

»Ich will Euch noch soviel sagen, Jüngerer Neffe. Wäre der *gwai loh* Sawyer nicht zu unserer letzten Besprechung nach Macao gekommen, wäre ich jetzt nicht hier.«

»Wir arbeiten zusammen, der Green Pang und Sawyer & Sons, zu unserem gemeinsamen Nutzen. Es ist wichtig, diese Gemeinsamkeit auf spürbare Weise zu zeigen.«

Einen Augenblick stutzte der Ehrwürdige Chen. Er fragte sich, ob Peter Ng ihm eine Lehre in Manieren erteilen wollte. Doch dann ließ er den Gedanken wieder fallen. Der junge Mann war einfach dem Andrew Sawyer ergeben. Persönlich verstand das der Ehrwürdige Chen nicht, aber er hatte es immerhin akzeptieren können. Außerdem hatte Ng recht, der Zusammenschluß war für beide Parteien nützlich. Feindlich gesonnen zu sein, machte sich vielleicht nicht bezahlt. Schon lange hatte er gelernt, mit dem Mund zu lächeln und das Herz von solch falscher Emotion unberührt zu lassen.

»Deshalb habe ich ja nach Eurem Vorschlag gehandelt. Erwartet aber nicht von mir, daß ich von meinen Normen abweiche. Alle Absprachen zwischen meiner Triade und Sawyer & Sons müssen weiterhin über Euch erfolgen.«

Andrew Sawyer erwartete sie in seinem geräumigen Arbeitszimmer. Als die beiden Chinesen eintraten, verneigte er sich tief und geleitete den Ehrwürdigen Chen zum besten Sitz im Raum, zu Sawyers eigenem bequemen Ledersessel. Er war Teil einer Sitzgruppe auf der anderen Seite des Raums, gegenüber der Büroeinrichtung, zu der noch ein gemütliches Sofa und ein niedriger Cocktailtisch aus grünen, in einen Messingrahmen eingelassenen Jadequadraten gehörten.

»Ich bin so glücklich, daß Ihr es habt einrichten können zu kommen, Ehrenwerter Chen«, sagte Sawyer und gebrauchte den Dialekt der Shanghainesen. Dabei beobachtete er sorgfältig das dünne Lächeln des Ehrwürdigen Chen und ihm war klar, daß er bei diesem Mann auf dünnem Eis ging. Er schenkte für sie alle Johnnie Walker Scotch ein. Keiner nahm Eis.

Erfreut über die Wahl der Drinks weigerte der Ehrwürdige Chen sich dennoch, sich durch die guten Manieren des anderen beeinflussen zu lassen. Es war doch eine erwiesene Tatsache, daß Fremde Teufel nur schlechte Manieren besaßen. Wenn es wohl auch wahr war, daß er wenige persönliche Kontakte mit Andrew Sawyer gehabt hatte, konnte der Ehrwürdige Chen sich keinen Grund vorstellen, warum dieser Mann, auch wenn er *tai pan* war, irgendwie anders sein sollte als die anderen *gwai loh.*

Er trank und versuchte, sich zu entspannen. Das fiel ihm nicht leicht. Fremde Teufel machten ihn noch immer nervös. Er war noch nie einem begegnet, dem er vertrauen konnte. Nicht wie der Jüngere Neffe da drüben, dachte er. Der ist Shanghainese; er gehört zur Familie. Dort ist Vertrauen natürlich und fraglos.

»Ich habe mir die Freiheit genommen, etwas zum Essen vorbereiten zu lassen«, sagte Sawyer. »Ich mag nicht mit leerem Magen Geschäfte diskutieren. Ich finde, Hunger beeinträchtigt den Denkprozeß.«

»Recht so«, sagte der Ehrwürdige Chen mürrisch. Wie oft schon hatte er dasselbe zu seinen Söhnen gesagt? Die Erziehung der ungeduldigen Jugend in den traditionellen Geschäftsmethoden war seiner Überzeugung nach eine mühevolle und weitgehend undankbare Aufgabe.

Während er sprach, war Sawyer an den glänzenden Tabletts aus rostfreiem Stahl und Teakholz auf dem Sideboard beschäftigt, das eine Hälfte einer ganzen Wand einnahm. Dann drehte er sich zu den beiden Chinesen um und hielt ein Tablett mit kleinen Dampftöpfen aus Bambus in den Händen.

»*Dim sum*«, sagte der Ehrwürdige Chen, ohne sichtbare Emotion. »Höchst ungewöhnlich zu dieser späten Stunde.«

»Das ist richtig«, erwiderte Sawyer. »In den Restaurants, die ich besuche und die um diese Zeit noch *dim sum* servieren, sind sie ohne Ausnahme klitschig. Mein Koch ist aber immer bereit.« Er war gut auf die chinesische Handlungsweise eingestellt. Er wußte, die Reaktion des anderen war so positiv, wie er es nur erwarten konnte.

Als er seinem *comprador* diese Mahlzeit vorgeschlagen hatte, wies Ng darauf hin, daß er gern bereit wäre, die vielen kleinen Klößchen zuzubereiten und auch zu servieren. Davon hatte Sawyer nichts wissen wollen. »Es ist wichtig, daß ich Chen selbst bediene«, hatte er gesagt. »Gesicht, Peter. Immerhin haben wir ihn gebeten, hierherzukommen, auf unser Gebiet; schon das ist ihm bestimmt nicht leichtgefallen.«

Jetzt, als die drei aßen, wußte Sawyer, wie recht er gehabt hatte. Als er den winzigen Mann in seinen übergroßen Kleidern beobachtete, mußte er ein leichtes Lächeln unterdrücken. In dem riesigen Sessel sitzend, machte dieser einen noch kleineren Eindruck. Sawyer kam der Vergleich in den Sinn, daß der Ehrwürdige Chen wie eine Puppe wirkte, die durch einen Trick eine Zeitlang zum Leben erweckt worden war.

Sawyer wurde an eine Geschichte erinnert, die sein Vater ihm immer an Weihnachten erzählt hatte. Das ganze Jahr über, erinnerte er sich, hatte er darauf gewartet, diese Geschichte zu hören, die schließlich für ihn wichtiger wurde als die Geschenke, die unter dem glänzend geschmückten Baum auf ihn warteten.

Der Ehrwürdige Chen war eine Gestalt aus dieser Geschichte ›Der Nußknacker‹. Es war lange her, seit Sawyer sie gehört hatte, und so konnte er sich an keine Namen mehr erinnern. Das stimmte ihn traurig. Hätte seine Tochter noch gelebt, hätte er wenigstens einen Grund gehabt, die Geschichte wieder zu lesen, so daß er durch sie den ganzen Zauber hätte wiederbeleben können.

Als sie ihre *dim sum* mit klebrigem Reis in einer Hülle aus duftenden Lotusblättern gegessen hatten, schenkte Sawyer Chrysanthementee ein.

Der Ehrwürdige Chen leckte sich die Lippen und rülpste, womit er seine Zufriedenheit bekundete. Er sah Andrew Sawyer an und dachte, vielleicht hatte er ihn doch falsch beurteilt. Seine Manieren waren wirklich vorzüglich.

Er lächelte, und diesmal kam es aus dem Herzen.

»Mir gefällt das nicht«, sagte Sawyer, nachdem der Ehrwürdige Chen gegangen war.

»Welcher Teil, *tai pan?*«

»Alles.« Ng hatte die Einzelheiten seiner Unterredung mit Drei-Eide-Tsun berichtet.

Sawyer ging langsam in seiner Bücherei umher, berührte einzelne

Dinge: die Ecke eines silbernen Filigranrahmens, den Goldrand eines in Leder gebundenen Buches von Bruce Cattons Geschichte des Bürgerkriegs, einen Briefbeschwerer aus Achat und so weiter. Er war ein Tastmensch, wie es viele Amerikaner und wenig Briten sind; er konnte besser denken, wenn er mit den Fingern über eine Folge von Oberflächen fahren konnte.

Peter Ng rührte sich. »Ich dachte, Sie wollten in Pak Hanmin und Kam Sang einsteigen?«

»Vielleicht«, sagte Sawyer mit fast träumerischer Stimme. »Vielleicht.«

»Nun, hier ist die Gelegenheit. Ich habe Ihnen alle Einzelheiten beschrieben, die Drei-Eide-Tsun mir umrissen hat. Es scheint ein fairer Handel zu sein.«

»Das ist schon richtig.« Sawyers Augen fingen einen Schimmer des weichen Lampenlichts ein, als er kurz durch den Kreis der warmen Beleuchtung lief. Unter seinen Füßen das Dunkelbraun und Blaßgold eines alten Täbris. »Vorausgesetzt, man will fast zwei Milliarden Dollar in die Zukunft von Hongkong investieren.«

»Wenn wir das nicht tun wollen«, sagte Peter Ng nüchtern, »sollten wir uns Mattias, King & Co. anschließen und hier weggehen.«

Sawyer unterbrach seinen Rundgang durch den Raum lange genug, um zu sagen: »Ich nehme also an, du bist für den Handel?«

Er spürte förmlich, wie der andere mit den Achseln zuckte, auch wenn er es in der Dunkelheit des Raumes nicht sehen konnte. »Das ist es, was wir wollten. ›Pack die Gelegenheit bei der Kehle‹, das ist ein wohlbekanntes chinesisches Sprichwort.«

»Ich kenne es«, sagte Sawyer und nahm seinen Rundgang wieder auf. »Ich kenne aber auch ein altes amerikanisches Sprichwort: ›Gib einem Mann genügend Seil, und er hängt sich selbst.‹«

»Was heißt das?«

»Es bedeutet«, sagte Sawyer ernsthaft, »daß in jeder Minute ein Narr geboren wird.«

»Sie glauben, Tsun verbirgt etwas über Pak Hanmin?«

»Oder Kam Sang. Eines von beiden, was soll's.«

»Wie kommen Sie darauf?«

»Wenn ich das präzise beantworten könnte, Peter, könnte ich Ihnen auch sagen, wie Sie hingehen und Ihr eigenes Glück machen können.« Sawyer brummte. »Vielleicht liegt es auch nur daran, daß Tsun so bemüht ist, es loszuwerden.«

»Seine Gründe klingen aber gut.«

»Absolut. Sonst würde auch die ganze Sache platzen. Man muß alles so deichseln, daß es legitim und verlockend aussieht. Es geht mir aber alles zu schnell. Es bleibt keine Zeit, richtig darüber nachzudenken. Er will, daß wir springen, eine emotionale Entscheidung treffen, die auf ich weiß nicht was basiert – Habgier, Neid, was Sie wollen. Irgend etwas stinkt!«

»Es ist zu dumm, daß wir beides nicht genauer untersuchen können«, sagte Ng. »Es würde das Leben viel leichter machen.«

»Offen gesagt«, erwiderte Sawyer, »mir ist es gleich, was mit Pak Hanmin und Kam Sang passiert. Es ist nach Mitternacht. Rufen Sie Tsun an. Sagen Sie ihm, wir passen. Wenn er auf Sie einreden will, wehren Sie höflich ab und hängen auf.«

»Und dann, was? Einfach alles vergessen?«

»Nicht so schnell.« Sawyer sank in seinen geliebten Ohrensessel, dessen Lederbezug vom Alter und eingeriebenen Öl ganz weich war. »Wir wollen abwarten, ob er zurückruft. Nach meiner Rechnung hat er nur Zeit, bis die Hang Seng morgen früh öffnet. Wenn bis dahin keiner den Anteil von Mattias, King an Kam Sang übernommen hat, wird er sich winden wie ein Aal. Dann werden die Aktien von Pak Hanmin angeboten. Und wenn das der Fall ist, können wir sie vielleicht für ein Butterbrot erwerben und für viel weniger Geld einsteigen, als es uns bei dem Handel kosten würde, den er vorschlägt.«

»Wollen wir das wirklich, wenn etwas, wie Sie sagten, stinkt?«

»Ich meinte ja den Handel, nicht die Vermögenswerte selbst. Immerhin sind wir selbst recht vertraut mit den Geschäften und der Verwaltung von Pak Hanmin, und wenn es sich um Kam Sang handelt, sind wir durch Beijing rückversichert; die Regierung von China wird kaum ein Projekt stören wollen, auf das sie selbst so verzweifelt angewiesen ist.«

»Verschenken wird er es nicht. Das kann er sich nicht leisten.«

»Er kann sich auch das, was ihm morgen früh in der Börse passiert, nicht leisten.«

»Das ist reine Spekulation«, sagte Peter Ng.

»Bessere den Teufel, dessen du nicht sicher bist, he?«

»Das verstehe ich nicht.«

Andrew Sawyer lachte. »Machen Sie sich keine Sorgen. Ich glaube, daß es auch Drei-Eide-Tsun nicht tut.«

»So weit reicht die Einflußsphäre des KVR nicht. Ich möchte wissen«, sagte Lantin, »was Sie mit den Chinesen zu tun haben.«

Aus den Augenwinkeln heraus sah Daniella das Codebuch auf dem Tisch liegen. Was wäre wohl geschehen, fragte sie sich, hätte mein Vater jemals das geheime Leben meiner Mutter entdeckt? Wie schwer wäre ihre Strafe ausgefallen?

Lantin nahm das Buch zur Hand und stand auf. Er ging zum Fenster und lehnte sich gegen den Mittelpfosten. »Als meine Leute das entdeckten, war das erste, was ich tat, es zu einem mir bekannten Psychiater am Serbskij-Institut zu bringen.« Lantin sprach von der psychologischen Korrektivabteilung des *sluzhba.* »Ich erzählte ihm von den Umständen, unter denen es entdeckt wurde, und wo es gefunden wurde. Ich setzte ihn über das gesamte Thema in Kenntnis. Dann fragte ich ihn, warum?«

Lantins Daumen fuhr über den Einband des Buches. Er hielt es sehr dicht an sich. »Wissen Sie, was er erwiderte? Er sagte mir, seiner Meinung nach müßten Sie den unbewußten Wunsch haben, entdeckt zu werden.«

Er wandte sich von der Schwärze jenseits der Scheiben ab, seine hellen Augen fingen die ihren überraschend ein. »Ich kann das noch weiterführen. Sie wußten, daß die einzige Möglichkeit für Sie, entdeckt zu werden, darin bestand, daß jemand, der schlauer ist als Sie, ins Bild kam.

Nun, offensichtlich hatten Sie keine Angst vor Karpow. Das, finde ich, zeigt Ihr gutes Urteilsvermögen. Er hätte es nie gefunden. Warum hätte er auch suchen sollen?«

»Warum haben Sie es getan?«

»Weil ich glaubte, damals in Ihrem Büro etwas in Ihnen entdeckt zu haben. Einen Splitter, der Karpow in all den Monaten entgangen war, seit Sie beide zusammen ins Bett gingen.«

»Nein«, sagte Daniella. »Das ist einfach männliche Phantasie. Sie haben nichts weiter gesehen als einen neuen Platz, wo Sie Ihre Nase hineinstecken konnten.«

Lantin grinste. »In ihrer *datscha* habe ich eine Menge erfahren. Einmal, daß Sie und Karpow intim waren.« Er hielt das Codebuch hoch. »Und zum anderen das hier.«

»Wie haben Sie es gefunden?« Sie wollte es nicht fragen, konnte sich aber nicht zurückhalten.

Sein Lächeln verbreiterte sich. »Ihre Mutter.«

Daniella wappnete sich. »Was ist mit meiner Mutter?«

»Es war dort, wo sie solch einen Gegenstand verstecken würde, hab' ich recht, Daniella? Ein wichtiges Geheimnis. Eine Ikone.«

»Sie wissen davon?«

»Oh, ja! Es steht alles in ihrem Dossier.«

»Sie hat man aber in Ruhe gelassen. Warum?«

»Ihretwegen, Daniella. Sie waren es immer, die für uns wichtig war. Eigentlich müssen wir Karpow dafür danken. Er wollte, daß Sie glücklich blieben und wollte Ihre Beziehung zu ihr nicht trüben. Es lag doch auf der Hand, daß Sie sich gegen uns gewandt hätten, wenn wir sie als Subversive hätten verhaften lassen.«

»Sie war keine Subversive!« sagte Daniella impulsiv. »Sie liebte Rußland.«

»Sie liebte *ein* Rußland«, korrigierte Lantin sie. Auf seinem Gesicht lag kein Lächeln mehr. »Nicht *dieses* Rußland!«

»Warum sagen Sie mir das jetzt?«

»Sie fragten, wie ich das Buch gefunden hätte.«

Sie hatte aber das Gefühl, daß dies eine Lüge war, und meinte, daß er ihr vielmehr zeigen wollte, wie weit seine Macht über sie ging.

»Wenn man Geheimnisse besitzt«, sagte er jetzt, »dann kokettiert man mit einer Art unwiderruflicher Gefahr. Geheimnisse verleihen ihrem Besitzer nur solange Macht, wie sie ihm oder ihr allein gehören. Einmal entdeckt, kehrt Macht sich oft gegen einen.«

Ursprünglich war sie schon bereit gewesen, Lantin wenigstens einen Teil von Medea mitzuteilen. Sie wollte Karpow loswerden. Er war für sie zu einem Mühlstein am Hals geworden. Sie wußte, daß er ihre Karriere behinderte. Er wollte, daß sie dort blieb, wo sie war, wo sie ihm am meisten nützen konnte. Sie aber war über ihre Position hinausgewachsen. Sie wollte mehr, als Karpow ihr jetzt bieten konnte.

Es betrübte sie zu erkennen, daß Lantin sie gezwungen hatte, das herzugeben, was ihm anzubieten sie von sich aus bereit gewesen war. Er hatte alles verdorben. Sie hatte einen faden Geschmack im Mund, erkannte schmerzhaft, wie sie von allen hier benutzt worden war. Auch als sie sich selbst vorgemacht hatte, sie besäße die Oberhand, waren es immer die Männer, die schließlich gewonnen hatten. Sie kämpfte in einer verlorenen Schlacht. Aber trotzdem, dachte sie, war es wichtig, auf der siegreichen Seite zu stehen.

Da sie nichts mehr zu verlieren hatte, fing sie an, ihn mit seinen eigenen Waffen zu schlagen. Sie erzählte ihm nur soviel von Medea, wie sie es für nötig hielt. Sie sprach ausführlich über den mörderischen Konkurrenzkampf unter den Ministern in Beijing, weil sie vermutete, daß dieser Aspekt der Nachrichten seine Empfindsamkeit am meisten ansprechen würde.

Seine positive Reaktion belohnte sie. Er wollte, daß sie diese Seite weiter verfolgte, und obwohl sie das Problem Hongkong berührte, wollte er nicht, daß sie verstärkt daran arbeitete. Er war zu stark mit den Vorgängen in Beijing beschäftigt.

»Weiß Medea schon, welche Splittergruppe siegen wird?« fragte er, als sie fertig war.

»Er kann es noch nicht mit Sicherheit sagen.«

»Das ist aber wichtig«, sagte Lantin. »Ich würde sogar sagen, entscheidend. Wenn wir frühe Nachricht darüber bekommen können, welche Partei in Beijing die Macht erringen wird, könnten wir ohne Sorge unseren indirekten Krieg mit China intensivieren. Wenn wir wissen, wer sie sind, könnten wir sie kontrollieren, indem wir ihnen genau das geben, was sie wollen. Sie werden dann wie Esel sein, die wir mit Karotten füttern.«

Daniella sah, wie es in seinen Augen aufleuchtete, je interessierter sie seinen Worten lauschte. Sie mußte verstehen, was ihn bewegte, oder sie hatte keine Chance gegen ihn. Er war mächtiger als sie; und er war ein Mann.

Sie mußte wissen, was er am meisten wünschte, und ihr war klar, Worte allein würden nichts nützen. Was sie tun mußte war, das Gleichgewicht ihrer Beziehung zu verändern. Sie wußte auch, daß Lantin jetzt nicht mehr von ihr hielt als von Karpow; sie steckte auch in seiner

Westentasche. Wenn sie aber überhaupt eine Chance haben wollte, mußte sie das ändern.

Sie stand auf und ging ins Wohnzimmer. Es war dunkel gehalten, in männlichen Farben mit schweren Ledermöbeln. Es gab nichts Freundliches, nichts Leichtes. Als sie die Inspektion der ganzen Wohnung beendet hatte, war Daniella sicher, daß kein weiblicher Geist hier am Werk gewesen war. Das an sich war schon verwirrend. Sie fragte sich, wie Lantin wohl über Sex dachte. Von ihrem Umgang mit ihm wußte sie nur, wie sehr er es genoß, Leute zu manipulieren, ihre Schwachstellen herauszufinden, um dann auf ihnen herumzutrampeln, während sie wie gelähmt waren.

Er erinnerte sie an einen Zahnarzt, zu dem ihre Mutter sie als Teenager einmal mitgenommen hatte. Er hatte vorgegeben, es sei kein Novokain in der Praxis, und hatte dann einfach weitergemacht und ihre Schmerzensschreie genossen, während er ein Loch in einem unteren Backenzahn ausbohrte. Sie beobachtete, wie er dabei sexuell erregt wurde, aber erst Jahre später hatte diese quälende Erinnerung einen Sinn für sie bekommen.

Jetzt hatte Daniella eine Eingebung: Jurij Lantin mußte von derselben Sorte sein wie der Zahnarzt. Um es festzustellen, entschloß sie sich, das Codebuch zu benützen. Sie sagte ihm, sie wolle es zurückhaben. Als er sich weigerte, was sie auch nicht anders erwartet hatte, bestand sie darauf. Wieder weigerte er sich. Es lag nicht in ihrer Natur zu betteln, und sie wollte keinen Verdacht bei ihm erwecken. Sie schlug ihn.

Lantin schlug mit dem Buch zurück. Und dann, als sie gegen den Bücherschrank taumelte, streckte er die freie Hand aus und packte sie an der Taille. Grob riß er sie an sich, und der Stoff ihrer Bluse riß ein. Er drehte die Hand, zerfetzte den Stoff ganz und entblößte Daniella.

Sie trug keinen Büstenhalter; hatte es noch nie getan. Jetzt beobachtete sie durch die halbgeschlossenen Augen, wie Lantin auf ihre Nacktheit starrte. Sie hatte schöne Brüste, und sie wußte es auch. Durch seinen Griff war sie nach hinten gebeugt; sie wimmerte leise.

Er schlug sie auf die Brüste, und sie schrie auf. Er ließ das Buch fallen, grub beide Hände in ihr Fleisch und knetete sie. Er zog heftig an den Brustwarzen, so daß sie nach Luft schnappte und versuchte, sich ihm zu entwinden. Das gefiel ihm noch mehr.

Er ließ eine Hand in den Bund ihres Rockes gleiten, fühlte den Rand ihres Schlüpfers. Er zog sie an sich und senkte den Mund auf ihre Brüste. Auch das machte er grob, aber Daniella hätte nicht sagen können, daß es ihr nicht gefiele. Das freilich durfte sie ihn nicht merken lassen, denn das hätte seine Illusion zerstört.

Er wollte sie nehmen. Es war nicht gerade Vergewaltigung, an die er dachte, aber es kam ihr nahe. Daniella ließ es zu. Es fiel ihr leicht, und sie fand, daß es irgendwie Spaß machte, die hilflose Frau zu spielen. Sie konnte sich ohne große Schwierigkeiten in diese Rolle finden. Sie war ja ebenfalls erregt.

Sie wollte genommen werden, getrieben von der einsetzenden Leidenschaft, der Erregung durch die Täuschung und die Gefahr. Und als sie seinen langen, hageren Körper sich von den maßgeschneiderten Kleidern befreien sah, als ihr sein wilder, animalischer Körper gezeigt wurde, fühlte sie die Feuchtigkeit zwischen ihren Schenkeln. So nahe seiner Macht, wollte sie eins mit ihm werden.

Jedes seiner Kehle entlockte Stöhnen, jedes Zucken und Zittern seines Körpers, jeder unartikulierte Schrei war ein Sieg für sie auf diesem seltsamen Schlachtfeld. Und als sie seine Spasmen einsetzen fühlte, das heiße Hineinpumpen seines Samens tief in sich, zitterten ihre innersten Muskeln aus eigenem Antrieb, molken ihn und sie gleichzeitig.

Und halb von Sinnen wußte sie, sie hatte gefunden, wonach sie ihr ganzes Leben lang gesucht hatte: Macht – und den Schlüssel dazu, sie aufzuschließen.

Jake wollte allein in die *usagigoya* gehen. Mikio fand das besonders töricht und machte auch keinen Hehl daraus.

»Wartet doch wenigstens auf der Straße auf sie«, sagte der *oyabun*. »Ich lasse dort einen Wagen parken. Wenn sie herauskommt, schnappen wir sie uns ohne Aufsehen. Ihr könnt dann ganz ungestört und in Sicherheit mit ihr reden.«

Jake schüttelte den Kopf. »So geht's nicht. Ich würde nichts aus ihr herausbekommen, wenn wir sie wie eine Verbrecherin auf der Straße kidnappen.«

»Er könnte doch auf Euch warten«, sagte Mikio. »Ich weiß, ich würde das an seiner Stelle tun.«

»Bei allem, was mit Nichiren zu tun hat, spielt immer ein Risiko mit«, erwiderte Jake. »In diesem Fall, denke ich, habe ich keine andere Wahl.«

Mikio war ärgerlich; seine Sorge um Jakes Sicherheit war die Ursache. »Für einen *gaijin* habt Ihr gewiß ein anachronistisches Ehrgefühl. Ihr hättet ein *samurai* im Dienste des Tokugawa sein sollen.«

Wortlos streckte er eine Hand aus. In seiner Handfläche lag wie ein schwarzer Fleck mattglänzend eine kurzläufige Automatik.

Jake lächelte und schüttelte den Kopf. »*Domo,* Mikio-*san*«, sagte er. »Das ist nicht nötig.«

Dämmerung. Es ging auf die Essenszeit zu. Die Straßen von Tokio waren verstopft von Menschen und Fahrzeugen, die nach Hause eilten.

Jake hielt an einem Laden an und kaufte einen frischen Fisch; den ließ er von dem Verkäufer in einen Bogen besonderen Reispapiers einpakken, den er kurz zuvor gekauft hatte. Er reichte ihm auch sieben Papierschnüre in Weiß und Blaßrot, um das Päckchen damit zu verschnüren. Der Verkäufer war ein alter Mann, der verstand, worum er gebeten wurde. Ein jüngerer Mann hätte vielleicht nachfragen müssen.

Oben rechts auf dem Päckchen, gleich unter der Kordel, befestigte Jake das *noshi*. Wie in alten Zeiten benützte er ein Stück *awabi* – Muschelschale. Es war ein Symbol für langes Leben und Schutz vor Schaden: *awabi* zersetzt sich nicht. Heute findet man sehr oft das *noshi* als Muster auf das Packpapier aufgedruckt. Jake gab sich große Mühe, das traditionelle Gastgeschenk auch auf traditionelle Weise zu verpacken.

Mit dem Päckchen unter dem Arm legte er den Rest des Weges zur *usagigoya* zu Fuß zurück. Es war zwecklos, um diese Zeit des Abends auf ein Taxi zu hoffen; hätte er doch eines bekommen, würde er ohnehin nur steckenbleiben. Andererseits hatte er kein Verlangen, wie in einer Sardinenbüchse in der U-Bahn unter den Straßen Tokios eingezwängt zu werden. In der Rush-hour konnte man nicht mit dem Zug fahren.

An der Treppe zur Haustür schaute er nach oben. Er wußte, in welchem Appartement sie war. Er ging auf die Seite des Gebäudes. Mikio hatte ihm, ehe er losging, einen Lageplan gezeigt. Drinnen brannte Licht. Vielleicht wurde er erwartet. *Joss!*

Achselzuckend ging Jake zurück nach vorn und betrat das Haus. Der kleine Lift trug ihn nach oben. Hohl konnte er in dem langen schmalen Flur das Echo seiner Schritte hören. Vor ihrer Tür blieb er stehen.

Von draußen klang das Rauschen des Verkehrs herein. Die Sirene eines Schiffes war zu hören. Etwas näher vernahm er das gedämpfte Plappern einer Familienunterhaltung. Das letzte Tageslicht würde bald vom farbigen Neonlicht verdrängt werden, das dann die Nacht schmückte und die Dunkelheit auf das Land verbannte.

Er merkte, daß ihm unerklärlich heiß war. Über den gedämpften Großstadtgeräuschen konnte er das harte Schlagen seines Herzens vernehmen. Er holte mehrmals tief Luft, konzentrierte sich, wie es ihn immer wieder gelehrt worden war.

Er spürte ein eigentümliches Jucken am Haaransatz, und als er mit der Fingerspitze nachfühlte, war es ein warmer Schweißtropfen. Er schmeckte ihn mit der Zungenspitze, als wollte er sich selbst beweisen, was es war.

Er starrte geradeaus auf die leere Tür. Sie war in glänzendem Schwarz gestrichen, und in der unebenen Oberfläche konnte er den Schimmer einer Spiegelung erkennen.

Mit einem Schreck, der ihn leicht zusammenfahren ließ, stellte er fest, daß er Angst hatte.

Fasziniert und irgendwie entrückt beobachtete er, wie sein rechter Arm sich hob und anscheinend selbständig auf die Klingel drückte.

Einen Moment lang konnte er außer dem Donner seines Herzschlags nichts hören. Wie weggefegt waren die Verkehrsgeräusche, das melancholische Tuten der Schiffe auf dem Fluß, die kleinen, heimeligen Laute, die von hinter den geschlossenen Wohnungstüren in die Halle herausklangen.

Nichts existierte mehr außer ihm selbst und seiner kohlschwarzen Spiegelung. Wenn diese verschwand, stand er vielleicht Nichiren gegenüber. Alles würde sich von einem Moment auf den anderen verändern. Dann hätte er seine Antwort.

Mit einem Ruck wurde die Tür nach innen geöffnet.

»Ja?«

Seine Spiegelung war weg.

»Tanaba Kamisaka?«

»Hai.«

Er verneigte sich, zeigte ihr die Oberseite seines Kopfes. »Ich bin Jake Maroc. Nichiren und ich sind miteinander bekannt.«

Wie eine dunkle Flamme konnte er die Furcht in ihren Augen flackern sehen. Hieß das, daß er hier bei ihr war? »Wer seid Ihr?«

Sie trug einen grünen Seidenkimono mit einem eingewebten Wellenmuster. Am Kragen und an den Manschetten konnte er einen tomatenfarbenen Unterkimono durchschimmern sehen. An den Füßen trug sie schneeweiße *tabi* aus leichter Baumwolle. Wäre sie so gekleidet, fragte er sich, wenn sie allein wäre?

»Ich habe Euch ein Geschenk mitgebracht«, sagte er und hielt ihr das Päckchen hin. Seine Aufmerksamkeit ging an ihr vorbei in die *usagigoya* hinein. Suchte nach einem Anzeichen für Nichirens Anwesenheit. »Nur Freunde bringen Geschenke.«

Sie beobachtete sein Gesicht, als glaubte sie, es könnte jeden Augenblick etwas explodieren. »Er hat keine Freunde, dieser Mann, von dem Ihr sprecht. Nicht jetzt. Ich habe das gehört.«

»Ich habe nicht behauptet, ich sei *sein* Freund«, sagte Jake lächelnd. Und dann, als sie nicht darauf einging und sich nicht bewegte: »Bitte, es ist lebenswichtig, daß wir miteinander reden.« Sie zögerte einen Augenblick, dann verneigte sie sich förmlich und nahm ihm das Geschenk ab. Jake bückte sich, zog die Schuhe aus.

Mit gespannten Muskeln und wachem Verstand nahm er die Kampfposition ein: die Knie leicht gebeugt, sich auf den Außenkanten der Füße schnell bewegend, das Körpergewicht in seinem *hara* zentriert – im Unterbauch, wo der Quell aller physischen Kraft ruhte –, die rechte Körperseite vorgeschoben. Die winzige Küche, der Schlafalkoven mit seinem wolkenähnlichen *futon.* Alles blitzschnell erfaßt. Dann in das Badezimmer. Auch dort nichts.

Er kehrte dorthin zurück, wo sie stand und ihn beobachtete. Er verneigte sich wieder. »Ich mußte sichergehen. *Sumimasen,* Tanaba-*san*.«

Verblüfft starrte Kamisaka ihn einen Augenblick an. In Japan sagten *gaijin,* also die westlichen Ausländer, nur auf eine Art ›Danke‹: ›Domo arigato.‹ Andererseits gebrauchten Einheimische oft das *sumimasen,* ein Wort, das genau zu übersetzen fast unmöglich ist. Zwar bedeutete es

›Danke‹, enthielt aber auch andere Empfindungen, wie eine Entschuldigung dafür, daß man einen Fremden drängte, einem einen Gefallen zu tun; ein Ausdruck der Anerkennung einer Verpflichtung, wenn man wußte, man könnte die erhaltene Freundlichkeit nicht gleich erwidern.

»Ihr hättet fragen können«, sagte sie.

Jake war überrascht. Kamisaka war zwar gekleidet wie eine *geisha* aus den berühmten Tagen vor dem Krieg, doch sie sprach wie alle modernen japanischen Mädchen. Ihren Worten nach hätte man aber glauben können, sie wäre die Konkubine eines *samurai* aus der Edo-Periode Japans. So öffnete sie beispielsweise das Geschenk nicht in seiner Gegenwart. Das war die traditionelle Art, der Eifersucht vorzubeugen und die Gefühle verborgen zu halten, die in der Wahl der Gabe sichtbar wurden.

»Möchtet Ihr Tee?« fragte sie. Ihre Augen verrieten ihm, daß sie noch immer auf der Hut war, was völlig verständlich war. »Danke. Tee wäre wunderbar.«

Sie saßen sich an dem niedrigen Ebenholztisch gegenüber. Er war handgeschnitzt, seine Eleganz wirkte seltsam und übertrieben in dem winzigen Appartement. Kamisaka wußte, wie man serviert. Sie brachte Reiskuchen und süßes *tofu*-Konfekt mit dem Tee.

»Ihr werdet mir vergeben, wenn meine Fragen direkt sind?«

»Ob Euch vergeben wird oder nicht, Maroc-*san,* wird ganz bei Euch liegen.«

Das gab ihm Zeit. *Schätze deinen Gegner stets gut ein,* hatte Fo Saan ihm eingeprägt, *ehe du dich mit ihm einläßt. Denk daran: Wenn du ihn einmal unterschätzt, wirst du nie mehr eine Gelegenheit bekommen, es zu tun.*

Jake hatte nicht die geringste Neigung, Kamisaka zu unterschätzen. Sie mochte schon ein Mädchen sein, aber ihren scharfen Verstand hatte sie ihm bereits bewiesen. Er empfand eine gesunde Hochachtung vor ihr – und, wenn auch nur sehr widerwillig, vor Nichiren. Immerhin war sie seine Dame.

»Wann habt Ihr Nichiren das letztemal gesehen?« fragte er sie.

Sie lächelte. »Ich glaube, Ihr müßt mir schon einen Grund für die Beantwortung einer solch direkten Frage geben.«

»Nichiren hat etwas, das mir gehört. Ein Stück lavendelfarbene Jade, geschliffen in Form der Hinterhand eines Tigers. Er bekam es von meiner Frau, die jetzt tot ist.«

»Ach! Das tut mir leid. Ist es erst kürzlich geschehen?«

»Vorige Woche«, sagte Jake und überlegte: Vor wieviel Tagen? Wie konnte ich so schnell den Zeitablauf vergessen? Was ist los mit mir? »Sie war mit Nichiren zusammen.« Er sah in ihren Augen, daß er sie verletzt hatte – und er erkannte, daß er das absichtlich getan hatte. Sofort schämte er sich. Warum sollte dieses aufgeweckte Mädchen unter der Wucht seines Zorns und seiner Frustration leiden? Er ärgerte sich über sich selbst.

»Ich verstehe jetzt, warum Ihr erschöpft ausseht«, sagte sie zu seiner Überraschung. »Eure Wangen sind so eingefallen, die Augen so tief eingesunken. Als Ihr an meiner Tür standet, hielt ich Euch für einen Marathonläufer.«

Wenn das nicht die Wahrheit war, so war es doch eine schöne Lüge, zu seinem Gefallen erdacht. Er merkte, daß seine Wangen vor Scham brannten.

»Ich *bin* müde«, hörte er sich sagen, als stünde er am fernen Ende eines Tunnels. »Ich bin zur Zeit in etwas verwickelt, wo das zum Berufsrisiko gehört.«

»Schlechtes Unternehmen«, sagte sie und füllte die winzigen Schalen erneut mit Tee. »Ich hatte einmal einen Onkel, der so war. Ich mochte ihn sehr. Er kaufte mir immer Geschenke, und er konnte damit meine traurigste Stimmung vertreiben. Er starb ganz plötzlich. Überarbeitet, sagte mein Vater, als ich ihn fragte, warum Onkel Teiso uns nicht mehr besuchte.« Ihre Augen fesselten ihn. »Es täte mir leid, wenn es Euch auch so ergehen würde.«

»Warum sollte Euch das berühren?« Er war unerklärlicherweise voller Selbstmitleid.

Kamisaka saß ganz still. In dieser Stille bedachte Jake, welch erlesene Manieren sie hatte. »Ich denke«, sagte sie, »daß Euer Leben Eure Empfindungen verhärtet hat. Das finde ich traurig.« Sie sah ihn an. »Habt Ihr so wenig Vertrauen in die Menschheit, daß Ihr annehmt, Ihr würdet ständig belogen?«

Sie sagte das ohne Groll oder Härte. Ihre Stimme war vielmehr weich und melodisch, hatte etwas sanft Fragendes. Das ließ Jake über ihre Worte nachdenken. Es war wirklich so. Er lebte sein Leben in einem Lügengewebe. Und dieses Leben hatte sein Herz verhärtet. Er erkannte mit einem plötzlichen Schauder, daß er Wahrheit nicht mehr von Fiktion unterscheiden konnte. Er erkannte auch, daß sein Zorn von der Schönheit und Wärme dieser Frau ausgelöscht wurde. Nichirens Frau.

Mariana, seine Frau, war jetzt kalt wie der Winterfrost – für ihn auf ewig verloren.

»Ich weiß nicht ...« Er unterbrach sich, wußte nicht recht, wie er es ausdrücken sollte. »Ihr seid überhaupt nicht so, wie ich erwartet hatte.«

»Habt Ihr erwartet, ich ginge hinterrücks mit einem Messer auf Euch los?«

Er erwiderte nichts und gab damit zu, daß das, was sie sagte, die Wahrheit war.

»In Eurem Herzen ist Gewalttätigkeit.«

»Und in dem von Nichiren.« Der Handel hatte begonnen.

»Ich gebe nicht vor, ihn völlig zu verstehen. Oder daß ich restlos zufrieden bin mit unserer Beziehung. Aber er ist *samurai,* ein Anachronismus, jemand, der besser in einem anderen, älteren Zeitalter lebte. Aus diesem Grund verzeihe ich ihm.«

»Könnt Ihr auch sein Töten verzeihen?«

»Ich bin Buddhistin. Ich kann Töten nicht dulden«, sagte Kamisaka. »Und doch bin ich flexibel genug, um eine Antwort darauf zu geben.«

»Aber Ihr lebt mit ihm!« Ihre ruhige, rationale, fast demütige Art irritierte ihn zutiefst. Er fühlte, wie er mit einem irrationalen, blinden Zorn darauf reagierte. »Ihr schlaft im selben Bett, Ihr speist ihn! Um Gottes willen, Ihr habt ihm Euer Herz gegeben! Wie könnt Ihr das, wo Ihr wißt, was er tut, wenn er nicht bei Euch ist!«

»Wie kann ich weiterhin in dieser unvollkommenen Welt leben?« sagte Kamisaka.

»Das ist keine Antwort!«

»Wie der Mann, der in seinem Garten Vollkommenheit verlangt, verlangt Ihr von Euch das Unmögliche. Deshalb ist es ganz natürlich, daß Ihr es auch bei anderen erwartet. Und es ist auch natürlich, daß Ihr enttäuscht seid, wenn Eure Erwartungen sich nicht erfüllen. Ihr fühlt Euch dann betrogen. Doch nicht von denen in Eurer Umgebung, Maroc-*san*. Ihr seid von Euren eigenen Werten betrogen.

Ihr müßt lernen, die Welt zu akzeptieren, wie sie ist, nicht wie Ihr sie sich Euch wünscht. Da ist so viel Zorn in Euch, wie auch in ihm. Dieselbe Art tiefverwurzelten Zorns. Wie kommt es, daß es so schwierig ist, ihn zu verbannen? Wie anders könntet ihr beide sein ohne diese schreckliche Last.« Sie lächelte. »Ihr seht, ob Ihr es nun glauben wollt oder nicht, ich wünsche Euch beiden dasselbe.«

»Wir sind aber aus ganz unterschiedlichem Holz geschnitzt«, sagte Jake heftig.

»Er ist ein Killer«, erwiderte sie, »und . . . was seid Ihr?«

»Ich bin nicht hier, um über mich zu reden.«

»Natürlich. Wie dumm von mir.« War da nicht etwas in ihrem Ausdruck, das nach leichter Ironie aussah?

»Wollt Ihr meine Frage beantworten?«

»Das habe ich doch schon getan. Ihr habt nur nicht zugehört.«

»Ich habe jedes Wort von Euch gehört.«

»Ich spreche jetzt von Eurem Herzen, Maroc-*san*.«

Er schnaubte. »Jetzt haltet Ihr mir eine Moralpredigt so alt wie die Zeit.«

Verstehen breitete sich auf ihrem Gesicht aus. »Aha, ich verstehe!« schrie sie. »Es ist wertlos ohne den Kampf. Wenn Nichiren hier wäre und Ihr würdet mit ihm kämpfen und ihn dabei töten, hättet Ihr das Gefühl, die gewonnene Kenntnis wäre es wert. Wenn ich mich als wilde *samurai*-Dame herausstellen würde, mit einem *wakizashi* in der Hand unter dem Tisch, bereit, Euer Herz zu durchbohren, dann würdet Ihr sicher den Wert dessen erkennen, was Ihr mir abgerungen hättet.«

Jake sah das Mitleid in ihren Augen, und es erschütterte ihn bis ins tiefste Innere. Sie hatte recht mit allem, was sie über ihn sagte. Insgeheim hatte er sich nach einem Kampf gesehnt. In seiner Welt war alles leicht Aufgegebene soviel wie wertlos.

Seine Welt. Da war es wieder. Er sah jetzt, daß er und Kamisaka aus unterschiedlichen Welten kamen – genauso wie er und Mariana von der Kluft der Gefühllosigkeit getrennt worden waren, die er bewußt um sich herum geschaffen hatte. Sie war herbeigeführt worden durch den Sumchun-Fluß. Das Erlebnis hatte viel von seiner Effizienz als Agent unwirksam gemacht. Es hatte ihn als Mensch in ein Nichts verwandelt.

Er dachte an diesen verschwommenen Geist, an sein Spiegelbild im Lack von Kamisakas Tür. Das war alles, was er noch war. Plötzlich war er überwältigt von Kummer. Sein Herz fühlte sich hohl und hölzern an, als würde er, auch wenn es weiterhin schlug, niemals mehr Schmerz empfinden. Was nützte aber diese Erkenntnis, jetzt, da Mariana tot war?

Verschwommen sah er, wie Kamisaka in den weiten Ärmel ihres Kimonos griff. Sie legte ein kleines Päckchen auf den Tisch, zwischen die Reiskuchen und das *tofu,* das sie nicht angerührt hatten.

»Ich glaube, das gehört Euch«, sagte sie einfach. Sie besaß die unschätzbare Gabe, nie zu urteilen. Sie sagte immer, was sie dachte, nicht mehr und nicht weniger. Ein anderer hätte vielleicht zynisch hinzugefügt: »Ihr werdet es vielleicht nicht öffnen wollen, auch nicht, wenn ich schwöre, daß es Euch nicht ins Gesicht explodieren wird«, doch sie sagte nichts. Sie blieb vielmehr regungslos sitzen, mit den Händen auf dem Tisch. Jake sah die Falten ihres Kimonoärmels, das Muster Grün in Grün, wie ein Seestück, aus dem Leben gegriffen. Er war sich ihrer langen Finger voll bewußt, der Sanftheit, die in ihnen steckte. Sie waren wie der Kimono, den sie trug, besaßen ein inneres Wesen, das gleichzeitig überraschte und tief anrührte. Lange Zeit saß Jake still wie eine Statue. Er sog ihren Duft ein, Kiefer und Moschus vermischt, so frisch wie ein Sommerabend. Er starrte auf das kleine Päckchen, auf das fröhliche Geschenkpapier. Er sah den Schimmer von Gold und Silber im Reispapier. Es erinnerte ihn an die Bänder, mit denen er Marianas Hochzeitsgeschenk verschnürt hatte. Sie wünschte sich den Austausch von Geschenken, als wäre die gegenseitige Hingabe ihrer selbst nicht genug. Jake meinte jetzt zu wissen, warum sie diese greifbare Versicherung von ihm gebraucht hatte.

Endlich streckte er die Hand aus und wickelte das Päckchen aus. Zunächst glaubte er, Nichiren hätte ihm unerklärlicherweise sein Stück des *fu* zurückgegeben. Es war ein Teil aus lavendelfarbener Jade. Er erkannte den Stil der Gravur durch dieselbe geschickte Hand. Dann drehte er es um, und seine Hände begannen zu zittern.

Was er sah, waren der mächtige Kopf und die Schultern der Bestie. Es war unbestreitbar ein Teil desselben Tigers. Es gegen das Licht haltend, konnte Jake weiterhin aus der Tiefe der Farbe und dem Grad der Lichtdurchlässigkeit erkennen, daß dieses Stück Teil desselben Ganzen war. *Noch* ein Teil!

Mein Gott! dachte er. Was geht hier vor?

Jake unterdrückte den Wunsch, sie anzuschreien, konnte aber nicht das letzte Zittern aus seiner Stimme heraushalten, als er sagte: »Kamisaka-*san,* habt Ihr das schon einmal gesehen?« Er hielt das Stück *fu* zwischen den Fingerspitzen.

Sie drehte den Kopf nur wenig; sie nickte. Sie konnte einen schon verrückt machen. »Wem gehört es?«

Ihr dunkles, glänzendes Haar, dicht und blauschwarz im Lampenlicht, rahmte ihr offenes, intelligentes Gesicht ein. Jake forschte in ihren Augen nach einem Hinweis auf Arglist, fand aber keinen. »Es gehört Nichiren«, sagte sie. »Er hat mir erzählt, es habe seiner Mutter gehört.«

Jake hatte aufgehört, auch nur ein Wort von dem, was sie sagte, zu vernehmen.

Der Montag brachte Taifunwarnungen für Hongkong. Die Schutzräume in Causeway Bay und Aberdeen trafen fieberhaft Vorbereitungen, wie auch alle Siedlungen am Rand der Insel. Im Inland aber bereiteten die Geschäftsleute von Hongkong sich auf eine andere Art Katastrophe vor, als die Glocke für die Öffnung der Hang Seng ertönte.

Es gab sofort einen panischen Ansturm in der Börse. Die amtliche Mitteilung vom bevorstehenden Auszug von Mattias, King & Co. aus der Kolonie war verbreitet worden. Schrecken und Angst lagen in der Luft, und als das Bieten eine Stunde nach der Öffnung anstieg, war klar, daß die Befürchtungen aller wahr wurden. Wenn nicht eine Umkehr des Trends gefunden werden konnte, würden mehr als eine der prominenten Firmen in der Kronkolonie am Ende des Tages bankrott oder dicht davor sein.

Fiebrige Augen beobachteten, wie die wichtigen Aktienkurse zu fallen begannen und dann stürzten. Ein Paar Augen gehörte Drei-Eide-Tsun. Wegen der Verwundbarkeit seiner Position bei dem Kam Sang-Projekt, nachdem Sawyer sein Angebot abgelehnt hatte, fielen auch seine Pak-Hanmin-Aktien mit erschreckender Schnelligkeit.

Benommen von Sorge hielt Drei-Eide-Tsun sich an der Lehne seines Stuhles fest, von dem aus die Börsenhalle zu übersehen war, und schloß die Augen. Er schluckte heftig und verfluchte sein *joss.* Er stand unter Zwang; ihm waren die Hände gebunden. Ihm war befohlen worden, Andrew Sawyer nicht zurückzurufen, auch nicht, obwohl sein Instinkt ihm sagte, daß Sawyer, wenn er, Tsun, es nicht tat, den Kam-Sang-Handel weiterreichen würde.

Die Dämmerung war heraufgezogen, und er hatte recht behalten. Jetzt wußte er, daß sein Zusammentreffen mit Peter Ng geschäftlicher Selbstmord gewesen war. Geschäfte wie das, welches er Andrew Sawyer vorgeschlagen hatte, konnten in einem Klima wie dem von Hongkong unmöglich lange Zeit geheimgehalten werden. Die Chinesen liebten nur noch das Wetten mehr als den Klatsch.

Aus der heftigen Reaktion der Pak-Hanmin-Aktien wurde deutlich, daß jemand bei Sawyer & Sons die Kam-Sang-Information an die anderen *tai pan* weitergegeben haben mußte. Außer der Mitteilung über Mattias, King trieben noch andere Nachrichten die Aktien nach unten.

Pak Hanmin stürzte, und er war sicher, daß der Grund dafür sein Angebot an Sawyer war. Er von sich aus hätte das nie getan. Es war ja viel besser, den Mund zu halten, das Geheimnis der Verwundbarkeit bis zu den letzten Stunden vor Öffnung der Hang Seng tief vergraben zu halten. Das waren aber nicht die Anweisungen, die er erhalten hatte. Er hatte darauf hingewiesen, daß die anderen innerhalb der *yuhn-hyun* ihm vertrauen sollten. Mehr konnte er nicht tun, besonders im Hinblick auf die Quelle. Aber er war hier – und die Quelle nicht. Oh, *a mi tuo fo!*

Er war bemüht, sich zu beruhigen, doch als er wieder auf das Brett sah, erbleichte er, weil seine Aktie weitere zwei Punkte gefallen war! Das war unmöglich! Zwei Punkte in zehn Minuten! Beim Himmlischen Blauen Drachen, dachte er, wenn das so weitergeht, ist Pak Hanmin fertig!

Vertrauen hin, Vertrauen her, seine Hände ballten sich zur Faust. Er beugte sich vor, gab den Auftrag, seine eigenen Aktien aufzukaufen. Wenn er das nicht tat, würde der Verfall sich beschleunigen. Er besaß aber nur noch eine begrenzte Menge Geld, und als er in sein Notizbuch blickte, sah er mit einem Flattern im Magen, daß er soeben den letzten Block Aktien gekauft hatte, den er sich leisten konnte.

Seine Augen wurden wieder zum Hang-Seng-Brett gezogen. Seine Aktie war noch dort, wo sie fünf Minuten vorher gewesen war. Sie hatte seit der Öffnung der Börse, seit der Nachricht, daß Mattias, Kings Auszug amtlich war, siebeneinhalb Punkte verloren. Jetzt hielt sie sich aber.

Er schwitzte. Sicherlich ein schlechtes Zeichen. Doch wenn schon, er weigerte sich, das Leinentuch in seiner weißen Faust zu gebrauchen. Bei den Acht Betrunkenen Unsterblichen, murmelte Drei-Eide-Tsun vor sich hin, ich werde meinen Feinden meine Furcht nicht zeigen.

Pak Hanmin hielt sich jetzt. Wenn das alles war, was ich heute verliere, dachte er, will ich zufrieden sein. Ich werde *joss*-Stäbchen anzünden und im Gedächtnis zu meinen Ahnen beten.

In der Halle der Börse herrschte noch immer ein Höllenlärm. Drei-Eide-Tsun starrte mit weitaufgerissenen Augen hinunter, als wäre er Zeuge, wie die Hölle einstürzte. Er erinnerte sich gut an eine ähnliche Aktivität in den Jahren ’71 und ’72, aber damals hatte der Hang-Seng-Index sich von Jahr zu Jahr verdoppelt. Jetzt schien das Gegenteil zu geschehen. Vor Jahren hatte es einen Ministurm gegeben, als die Briten bekanntgaben, es wäre ihnen nicht möglich, die Kontrolle der Kronkolonie nach 1997 zu behalten. Aber das damals war nichts im Vergleich zu dem heute.

Der unbequeme *gwai loh*-Anzug von Drei-Eide-Tsun wurde feucht unter den Armen. Er haßte es, so eingezwängt zu sein. Haßte es auch, daß unter seinen Füßen kein sich wiegendes Schiffsdeck war.

Er blickte noch einmal auf das Brett, mußte die Augen zusammenkneifen. Pak Hanmin war noch immer fest. Nun, nicht ganz so schlecht, wie es hätte sein können. Er stieß einen Seufzer aus. Vielleicht war das Schlimmste vorbei.

Jetzt hatte die Zeit des Wartens begonnen. Wegen des gedrückten Preises bestand die Gefahr, daß seine Aktien aufgekauft wurden. Auf diese Weise hatte er selbst einen kontrollierenden Anteil an den Xiu H. K. Ltd. Gesellschaften erworben. Er hatte umfangreich gekauft, als die Aktie niedrig notiert wurde, und hatte so die Majorität errungen, weil die Familie Xiu nicht über das flüssige Kapital verfügte, um die erforderlichen Anteile zu dem erhöhten Preis zurückzukaufen, auf den Drei-Eide-Tsun die Aktie mit seinem Blockkauf getrieben hatte.

Jetzt war ihm völlig bewußt, daß das gleiche ihm passieren konnte. Vor drei Jahren schien der Kauf von Aktien der *godowns*-Kette von Xiu eine gute Sache zu sein, und sie hatte sich im Rahmen von Pak Hanmin als profitabel erwiesen. Dann war ihm befohlen worden, sie abzugeben, um Pak Hanmin auf den Markt für Versorgungsbetriebe in den Neuen Territorien zu bringen. Damals hatte er das für eine schlechte Geschäftsentscheidung gehalten. Unlogisch, weil die *godowns* extrem gewinnbringend waren; und der Einstieg in den bereits stark umworbenen Markt der Versorgungsunternehmen bei der sich abzeichnenden Bedrohung von 1997 war nach jedermanns Norm riskant.

Vertrauen.

Und Glaube an die *yuhn-hyun.*

Beides dasselbe, wirklich, wenn man darüber nachdachte. Obwohl er die größte kommerzielle Tankerflotte der Welt besaß, die in Privatbesitz war, war T. Y. Chung stark im Bankgeschäft, in der Finanzierung von Grundbesitz und im Goldgeschäft tätig; Sawyer & Sons waren jetzt, da Mattias, King auszogen, die größten Fabrikanten in der Kolonie; und Five Star Pacific waren führend in der Versorgung.

Eine von diesen drei Gesellschaften hätte vielleicht Grund, sich in Pak Hanmin einzukaufen. Es würde zu ihnen passen, wenn sie ihn bedrängten, die restlichen Anteile von der jetzigen Notierung in die Höhe trieben und sie dann, wenn sie hoch genug standen, für das Drei- und Vierfache zum Rückkauf anböten. Oder, wenn sie drin blieben, Pak Hanmin zwingen würden, ihren Anteil am Kam Sang-Projekt aus den Einnahmen auszuzahlen.

Drei-Eide-Tsun knirschte mit den Zähnen. Seine Augen waren getrübt vom Hinabstarren in das Pandämonium. Er blinzelte, um wieder klar sehen zu können. Er wußte nicht, was er jetzt am wenigsten zu sehen wünschte: wenn die Notierung der Aktie fiel oder wenn sie stieg. Beides wäre schlecht. Nur eine mäßige Schwankung wäre gut für ihn.

Bis Mittag hatte die Aktie sich nicht wesentlich in dieser oder jener Richtung bewegt. Sie hatte ein Stützniveau erreicht, und wie ein Patient, dessen Fieber seinen Verlauf genommen hatte, schien sie sich jetzt zu erholen.

Drei-Eide-Tsun machte eine Pause und ließ sich zu seinem Platz Tee und kalte Sesamnudeln heraufbringen. Er war den ganzen Morgen über das Telefon mit seinem Büro verbunden gewesen, hatte seine Geschäfte geleitet, die er sonst von seinem Staatsbüro an Bord des Schiffes aus dirigiert hätte.

Um 13.15 Uhr stand die Aktie einen halben Punkt höher. Drei-Eide-Tsun segnete im Geiste sein gutes *joss*. Sein Befehl war doch richtig gewesen. Seine frühen energischen Käufe hatten alle anderen abgeschreckt. Sie blieben jetzt weg, weil sie befürchteten, er würde bei einem beginnenden Kauf Anteil um Anteil ausgleichen. Wenn er dann genügend Anteile besäße, brauchte er ihre nicht mehr zurückzukaufen, und sie brauchten außerdem nicht mehr mit einer Majoritätsposition in der Gesellschaft zu rechnen. Sie würden wirtschaftlichen Selbstmord begehen. Das heißt, wenn sie seinen Bluff glaubten. Er merkte, wie er sich entspannte. Das Schlimmste war vorüber, davon war er überzeugt.

Kurz nach 13.30 Uhr schrillte das Telefon zur Börsenhalle. Tsun griff schnell danach. »Jemand hat fünfzigtausend Anteile von Pak Hanmin gekauft«, sagte sein Makler.

»Wer?« fragte Drei-Eide-Tsun. Er spürte ein warnendes Kribbeln im Bauch.

»Ich weiß nicht. Ich forsche jetzt nach.«

»Rufen Sie mich zurück, sobald Sie einen Namen haben«, sagte Drei-Eide-Tsun kurz. Er knallte den Hörer auf die Gabel. »Beim Geiste des Weißen Tigers«, er atmete tief, »laß es eine einmalige Sache sein!«

Wie ein Habicht beobachtete er das Brett; er war unfähig, länger sitzen zu bleiben. Die Quote hatte sich nicht geändert. Mit jedem schweren Schlag seines Herzens fühlte er die Zeit in einzelne Stücke zerfallen.

Das Läuten des Telefons war wie ein Sturm in seinem Gehirn. Er sprang zum Hörer, der ihm fast aus der Hand rutschte. Er war überrascht, als er den Schweiß in seiner Handfläche bemerkte.

»Ja?«

»Weitere fünfzigtausend sind in diesem Augenblick gekauft worden.«

Buddha! »Gleicher Käufer?«

»Ja.«

Oh, ihr Götter, wir hatten unrecht. Jetzt jagen sie mich. Die Haie riechen Blut. Ich habe in Stunden nichts gekauft. Jetzt haben sie zwei kleinere Vorstöße unternommen, um festzustellen, ob sie mich hinausdrängen können. Sie fragen sich, hat er das Kapital für die Deckung? »Wer?« Seine Stimme war ein trockenes Krächzen.

»Wir sind noch dabei, das herauszufinden, Sir«, sagte der Makler. »Es waren blinde Käufe.«

»Besorgt mir den Namen!« sagte Tsun in den Hörer.

Am Hang-Seng-Brett wurde die Quote gewechselt. Drei-Eide-Tsun merkte, wie sein Herz einen Schlag aussetzte, und er drückte seine Hand auf die Brust. Jeder, der es sah, mußte den Eindruck haben, als wollte er seine Weste glattziehen. Pak Hanmin war zwei volle Punkte gestiegen!

Es hat begonnen, dachte er dumpf. Jemand will rein, und ich bin nicht in der Lage, ihn aufzuhalten.

Das Telefon fing wieder an zu klingeln.

David Oh hatte sich vor dem smaragdgrün schimmernden Computerterminal niedergelassen, der ihn mit dem Hauptgerät GPR-3700 tief in den Eingeweiden der Quarryzentrale in Washington verband. Dieses Netzwerk enthielt auch ein abhörsicheres Telefon-Modem, das alle gedruckten und graphischen Dokumente verarbeiten konnte. Mit dieser Einrichtung konnte er sich in jeden Winkel der riesigen Speicher der Quarry einschalten, wenn er seine Serie von Zugriffscodes gebrauchte, die ihn wie die Eisengitter einer Burg immer tiefer auf die einzelnen Ebenen der Geheiminformationen führten.

Niemand außer ihm befand sich in dem kleinen, stickigen Raum. Die Tür war zu und abgeschlossen, seit er sich vor vierzig Minuten vor das Terminal gesetzt hatte, um die zwei Fingerabdrücke, die er von den Tellern in Jakes Wohnung abgenommen hatte, in das Graphik-Modem einzugeben.

Seit diesem Zeitpunkt war er klassifizierte Abschnitte der Quarry-Speicher durchgegangen, um eine Bestimmung für sie zu erhalten. Fast sofort hatte er die Antwort vom System erhalten: WEITERGEHEN, was ein Hinweis darauf war, daß irgendwo im Hauptspeicher, eine halbe Welt entfernt, die Identität der Männer, die in Jakes Wohnung eingedrungen waren, bekannt und gespeichert war.

Und doch hatte die halbstündige Durchsicht der Daten von bekannten Gegnern sich als erfolglos erwiesen. Während David Oh Möglichkeiten eliminierte, blieb die Antwort WEITERGEHEN oben auf dem Schirm stehen. Er war die bekanntesten KGB-Agenten durchgegangen, alle ›organisierten‹ Terroristen, das heißt die Mitglieder der Roten Brigaden, des Schwarzen Septembers, von Baader-Meinhof, dem Roten Stern, der japanischen Extremisten. Jetzt ging er daran, die ›Einzelgänger‹, die ungebundenen Miet-Terroristen, hervorzuholen. Akte um Akte wurde durchgesehen und verworfen. Nichts.

»Verdammt!« sagte er laut.

Die stille Antwort des Terminals war WEITERGEHEN.

Was blieb noch übrig?

Er versuchte KGB-Agenten vom linken Flügel. Nichts.

WEITERGEHEN.

Er versuchte Agenten im Ruhestand, die eine alte Rechnung offen hatten. Nichts.

WEITERGEHEN.

Er gab das *Menü* ein, um seine kleiner werdende Liste von Möglichkeiten noch einmal durchzugehen. Dann war nur noch eine übrig, die er noch nicht sondiert hatte. Noch einen anderen Zugriffscode eingebend, zog er das Verzeichnis der Namen heraus und war sicher, es würde sich als eine weitere Sackgasse erweisen. Sein Verstand bereitete schon weitere Methoden vor, um über das vorgegebene *Menü* hinauszukommen, als die Namensliste erschien und zwei Namen auf dem Schirm blinkten.

GEFUNDEN UND VERGLICHEN lautete die oberste Zeile auf dem Terminalschirm.

»Dew neh loh moh«, entfuhr es David Oh. Seine Hände betätigten die Tasten zur Überprüfung des Gefundenen. Innerhalb von dreißig Sekunden wußte er, es war kein Fehler. Er fuhr sich mit den Fingern durchs Haar. Er war schweißnaß.

Was das Terminal anzeigte war, daß die beiden Männer, die kurz nach Marianas Weggang in Jakes Wohnung gewesen waren, ein Liquidierungsteam der Quarry waren. Diese Männer waren nicht geschickt worden, um Fragen zu stellen oder Nachrichten zu überbringen. Ihre besonderen Kenntnisse machten sie dafür viel zu wertvoll.

Sie waren Attentäter.

Das konnte nur eins bedeuten: daß der Befehl, Mariana Maroc zu liquidieren, *vor* dem Verdacht auf ihren Verrat an Jake und der Quarry erteilt worden war. Wie war das möglich?

David Oh hob den Kopf, und obwohl er wußte, er war allein in seinem verschlossenen Raum, konnte er nicht anders, als sich über die Schulter umzublicken. Zum ersten Mal in seiner langen Karriere hatte ihn das Gefühl der Sicherheit in seiner eigenen Organisation verlassen. Er fühlte sich vollkommen nackt – wieder wie ein Kind.

Die Taifunwarnungen kamen durch, als der heftige Sturm nach Südost abdrehte, das Wasser dabei zu sechs Meter hohen Wellen aufpeitschte. Im Nordwesten sandte der Ausläufer des Sturms ein Sommergewitter aus, das durch Hongkong raste. Das Tageslicht verwandelte sich in Saphirblau, dann in eine Art Graugrün, das für diese Jahreszeit ungewöhnlich war für die Kolonie. Die Atmosphäre, die ohnehin bereits mit Feuchtigkeit angefüllt war, wurde wässerig, so daß es schien, als bewegte man sich unter Wasser.

Die Aktivität auf den überspülten Decks der hohen Dschunke von Drei-Eide-Tsun ging trotz des strömenden Regens, der an die Fenster prasselte, unvermindert weiter.

Unter Deck, in der prunkvollen Kapitänskajüte von Drei-Eide-Tsun, herrschte ebenfalls hektisches Treiben, das allerdings ganz anderer Natur war. Wenn Neon Chow an Bord war, wurde alle Bewegung von ihr diktiert.

Sie hockte über die Schenkel ihres Herrn gebeugt. Ihr nackter Rücken schimmerte im seltsam reflektierten Licht. Das schwarze Haar floß ihr bis über das Gesäß. Einzelne Strähnen liebkosten Tsuns Knie, während sie mit ihm beschäftigt war.

Schweiß lag auf ihm wie Meerwasser. Er schien wie damit eingerieben. So war es immer, wenn Neon Chow ihren zarten Dienst an seinem kostbaren Glied verrichtete.

Er stöhnte laut, merkte, wie es anschwoll über den natürlichen Umfang hinaus. Wie es sie liebte. Wie es zitterte nach der Erlösung, die sie ihm bringen würde.

Langsam, feinfühlig, fast magisch, setzte Neon Chow Nägel, Fingerspitzen, Lippen, Zunge, heißen Atem, steife Brustwarzen und die feuchte Kluft zwischen ihren Brüsten ein, um ihn in den Siebenten Himmel hinaufzubringen.

Er genoß jeden Augenblick, fühlte sein Herz gegen die Rippen hämmern. Sein Atem ging kurz und heiß und tief im Rachen und wurde nur von Zeit zu Zeit ausgestoßen, wenn Neon Chow hier und da etwas besonders gut machte.

Die Augen hatte er geschlossen. Er fühlte sich eingetaucht in die Hitze seines eigenen Verlangens und ließ sich aufstöhnend fallen. Er fühlte das Gewicht, das sich in seinen Schenkeln und im Unterbauch verstärkte. Er fühlte sich zu schwer, um sich zu bewegen, zu denken, ja auch nur zu atmen.

Er merkte, wie der Siebente Himmel sich näherte, und er griff nach unten und zog Neon Chow sanft von seinem fast verschluckten Glied weg. Jetzt öffnete er die Augen und trank ihre glatte Nacktheit in sich hinein, als sähe er sie so zum erstenmal. Ihre langen Beine, die wunderbar geformten Schenkel, so stark und gleichzeitig so weich. Ihre schmale Taille, den Brustkorb und diese zitternden, aufgereckten Brüste darüber. Ihren langen Hals und das wohlgeformte Kinn.

Ihre Augen glühten, die Lider waren schwer vor Lust. Ihre Augen entfachten sein Feuer noch mehr, und er zog sie wie eine Puppe zu sich herauf, bis er seinen Mund in ihren Schoß graben konnte.

Sie schrie auf bei der Berührung, fuhr ihm wild mit den langen Fingern in die Haare, während sie ihre Hüften vor- und zurückbewegte, bis es rhythmisch wurde.

Es war zunächst langsam, als sie seine heiße Zunge genoß, das Knabbern seiner Lippen. Sie war feucht vor Verlangen. Ihr Oberkörper schüttelte sich in Erwartung, als er immer tiefer mit der Zunge eindrang. Er entlockte ihr das Stöhnen der Ekstase, als er ihren Nektar aussaugte.

Jetzt hielt sie ihr Becken ruhig, fühlte den Genuß durch den ganzen Körper ziehen, was die Muskeln zu unkontrollierten Wellen reizte. Sie spürte, wie die Flut sie mitriß, und schließlich gab sie sich völlig hin, drückte ihre Hüften in wildem Verlangen gegen ihn, ihr Haar flog hinter ihr, als wären sie mitten in einem Sturm, der über ihre Köpfe dahinraste.

Der Siebente Himmel war jetzt nahe, und sie seufzte schwer. Das war das Signal, auf das Drei-Eide-Tsun gewartet hatte. Er schob sie von seinem Mund herunter, über seinen Körper hinab auf sein Glied.

Neon Chow heulte auf vor Entzücken, während er mit einem langen ekstatischen Stoß in ihre Tiefe eindrang. Die erhitzte Berührung war alles, was er in seinem gereizten Zustand noch brauchte, um die letzten Zentimeter weiter vorzustoßen.

Völlig eingehüllt von ihrem Fleisch spürte er, wie er sich dem Siebenten Himmel näherte. In ihr zuckend, zog er Neon an sich, fühlte die Berührung ihrer Brustwarzen auf seiner Brust, spürte sie bis hinab in den Beutel seiner himmlischen Juwelen.

Sie küßten sich niemals, bevor sie sich liebten, sondern immer hinterher. Für Drei-Eide-Tsun gehörte das Küssen zu den intimsten Gesten für Liebende. Es erhöhte und verlängerte sein Vergnügen in der Zeit nach der Raserei im Siebten Himmel.

Neon Chow seufzte zufrieden. Ihre Finger streichelten seine Wangen, während beider Zungen feucht duellierten.

»Komm her«, sagte er. Er drehte sie beide auf dem Bett herum. »Wir dürfen nicht nach Westen blicken, weil wir sonst den Erddrachen wekken, wenn wir auf seinem Kopf liegen. Sein Zorn würde schlechtes *joss* heraufbeschwören.«

Endlich taten sie nichts mehr, außer dem Regen zu lauschen, der gegen den Rumpf und die Kabinenwand trommelte. Er ließ nach, so langsam, wie ihr Pulsschlag zur Rückkehr zum normalen Rhythmus brauchte.

Sie setzte sich auf, ehe er es tat. Sie stopfte sich Kissen in den Rücken, zündete eine Zigarette an und steckte sie ihm zwischen die Lippen. Dann nahm sie sich selbst eine.

»Wirst du die Kontrolle über Pak Hanmin behalten?« Eine solche Direktheit hätte ihn früher erzürnt. Jetzt nicht mehr. Vielleicht war das das Werk von Bliss. Wie Bliss war Neon Chow anders. Sie war ein Teil der neuen Generation Chinas. Einerseits wußte Drei-Eide-Tsun mit solcher Kühnheit nichts anzufangen; andererseits erregte sie ihn.

Er seufzte. Man muß den Tatsachen ins Auge sehen. Nur ein törichter Mann versucht, sich gegen die Fluten des Meeres zu stemmen. Vielleicht stammte seine Anerkennung der Art und Weise, wie Frauen sich gegenüber Männern verhalten konnten, daher, daß er Bliss dazu erzogen hatte, in der modernen Welt so kompetent zu agieren wie ein Mann. Er hatte die Befehle bezüglich ihrer Zukunft ohne Wenn und Aber ausgeführt. Dabei war er aber dem Geist einer Frau ausgesetzt gewesen. Es hatte ihn überrascht, wie viele Kenntnisse sie in sich aufnehmen konnte, wie klug sie argumentierte, wie sie in manchen Fällen sogar schneller dachte als er.

Er dachte über den letzten Telefonanruf nach, den er vor Verlassen der Hang Seng erhalten hatte. Er hatte erfahren, wer hinter den Scheinfirmen stand, welche die Aktien der angeschlagenen Pak Hanmin aufgekauft hatten.

»Wenn ich auch mächtig bin«, sagte er zu Neon Chow, »so habe ich doch nicht unbegrenztes Kapital.« Aber dann, Five Star Pacific hatte es auch nicht. Das war die eigentliche Überraschung. Er war sicher gewesen, daß die kurzfristige Anleihesituation von Five Star Pacific es der Firma unmöglich machen würde, das Bargeld für den Aktienblock von Pak Hanmin aufzubringen. Und doch war es so. Five Star Pacific besaß zusätzliche Scheinfirmen, die an dem Aktienkauf heute beteiligt gewesen waren. Wo war all das Geld hergekommen? Was konnte die Quelle im Sinn gehabt haben, als sie diese Verrücktheit vorschlug?

Neon Chow schaute auf ihn herab, wobei ihr Blick wie eine Liebkosung über seinen Körper wanderte. »Du mußt doch einen Plan im Sinn haben«, sagte sie. »Du hast doch immer einen.«

»Ich möchte Pak Hanmin schon verdammt gern behalten.« Drei-Eide-Tsun gab sich keine Mühe, die Sorge in seiner Stimme zu verbergen. »Sun der Affe weiß, ich könnte mit dieser Firma Wunder vollbringen. Aber die *gwai loh,* die Five Star Pacific leiten, haben schon zuviel gekauft. *Dew neh loh moh* auf alle *gwai loh!*«

Neon Chow drückte die Zigarette aus. Sie neigte den Kopf bei seinen Worten und legte ihre Hand auf sein Herz. »Dann sei es, wie du sagst.«

Rodger Donovan verlangte einen Wechsel des Tagungsortes für die Konferenz am Nachmittag. Es spielte aber im Grunde keine Rolle. Weil eine Hitzewelle über der gesamten Ostküste der Vereinigten Staaten lastete, war Washington ein Dampfbad. Die Straßen, vollgestopft mit Touristen, schwitzten Feuchtigkeit aus. Industrieabgase wurden von der Hitzeinversion zurückgehalten und schickten rußige, metallische Partikel in die Atmosphäre. Die ganze Stadt nahm das Aussehen eines pointillistischen Gemäldes an.

Das war zum Teil der Grund, warum Donovan das Treffen nach Greystoke verlegt hatte. Die saubere Umgebung, das große, kühle Haus waren niemals so einladend erschienen. Es stimmte auch, daß Donovan das alte Haus liebte. Mit Ausnahme der Zeit, in der er in Paris stationiert gewesen war, wo er im 16. Arrondissement in seiner Wohnung lebte, die in einem Haus aus der Jahrhundertwende lag, war er an das geräumige Wohnen in Los Angeles gewöhnt. Es war also nur natürlich, daß er das Leben in Greystoke vorzog.

Außerdem gab es eine Stelle im dritten Stock, wo ein Seurat hing. Es war nicht *der* Seurat, der in Paris, in den Donovan sich verliebt hatte, aber es war immerhin ein Seurat, und wie alle seine Bilder faszinierte es Donovan, rief in ihm zugleich mit dem Neid ein großes Verlangen wach. Er liebte die Art und Weise, wie der Künstler den Betrachter narrte, er zwei Punkte unterschiedlicher Farbe nebeneinander plazierte und das

Auge dazu brachte, noch einen dritten wahrzunehmen. Dieser dritte Punkt war da und doch gleichzeitig nicht da. Für Donovans Begriffe war Seurat ein Taschenspieler höchsten Ranges.

Zu Henry Wundermans Überraschung stand, als er den mit blauem Schotter bedeckten Fahrweg herauffuhr, nur ein anderer Wagen da: Donovans Stolz und Freude, seine 1963er Corvette mit der Originalkarosserie; den hatte er von Kalifornien nach Osten transportieren lassen, als er bei der Quarry eingestellt worden war. Er war ständig daran am Arbeiten, entweder wusch er ihn oder er bastelte am Motor herum.

Als Wunderman seinen verbeulten Cougar parkte, kam Donovan die breite Holztreppe des alten Hauses herunter. Der jüngere Mann zeigte eine Haltung, um die ihn Wunderman insgeheim beneidete. Wo immer er war, immer machte er den Eindruck, als gehörte er dorthin. In dieser Hinsicht war er wie ein Chamäleon. Nun, was konnte man erwarten? dachte Wunderman, als er herauskletterte. Wohlhabende Familie, gute Erziehung, die besten Schulen. Himmel, bei dem Hintergrund mußte ja *etwas* herauskommen.

Wunderman hatte nie woanders hingepaßt als in die Quarry. Er war ein dickes Kind gewesen und zu Hause und in der Schule deswegen immer gehänselt worden. Jetzt war er ein übergewichtiger Erwachsener. Er besaß einen guten Anzug, den er unterschiedslos zu allen formellen Anlässen trug. Andererseits hielt Wunderman aber sowieso alle dienstlichen Verpflichtungen, die nach fünf Uhr am Nachmittag begannen, für formell.

Er trug ein paar schlammbraune Polyesterhosen von Sears Roebuck und trotz der Hitze ein langärmeliges Oberhemd. Er haßte kurze Ärmel, ein Vorurteil, das er aus seinen unglücklichen Teenagerjahren behalten hatte, als seine dicken, muskellosen Oberarme ein Quell unerträglicher Peinlichkeit für ihn gewesen waren.

Donovan, in rohleinenen Hosen, waldgrünem Ralph-Lauren-Polohemd und leichten Schuhen, erschien schlank, braun und fit. Das gute Leben in L. A., dachte Wunderman. Nun, er konnte ihm daraus keinen Vorwurf machen. Der Mann hatte sein Bestes versucht, ihn für Tennis zu interessieren, und ihm angeboten, ihm von Grund auf Unterricht zu geben. Das war noch etwas, was Wunderman haßte: Tennis.

»Wo ist der Rest der Mannschaft?« fragte Wunderman. Donovan zeigte zum Rosengarten. »Lassen Sie uns ein Stück gehen.«

Sie schlenderten die schmalen Gänge zwischen den Rabatten und den blühenden Sträuchern mit dicken, pelzigen Hummeln entlang. Der Duft war so stark, daß er in Wundermans Nase kitzelte. Die Farben waren wunderbar.

Auf der anderen Seite des sehr überlegt angelegten Gartens waren die kunstvoll geschnittenen Hecken. Donovan führte sie in das dunkle Grün, das bis zu einer Höhe von drei Metern aufstieg, an manchen Stellen sogar noch höher.

»Antony ist drüben im Außenministerium. Essen mit dem Minister im Lion D'or.«

Wunderman brummte. »Bei dem Wetter?«

Donovan nickte lächelnd. »Ja, es ist schon etwas hart, auch für meinen Geschmack. Das französische Essen ist nicht gerade gut für Antonys Cholesterinspiegel, ich fürchte nur, er hatte keine Wahl. Es ist das Lieblingsrestaurant des Ministers. Ich vermute, er hat es gern, gesehen zu werden. Da das Außenministerium noch immer empfindlich auf Jake Marocs nicht sanktionierten Überfall reagiert, hat Antony klugerweise dem Verlangen nachgegeben.«

Sie kamen an eine Hecke, die in der Form von Tieren geschnitten war. Wunderman war schon früher hiergewesen. Er konnte nicht sagen, was für Tiere es sein sollten. Zwischen zwei Hecken stand eine Steinbank. Er setzte sich und wischte sich das Gesicht mit einem Taschentuch ab. »Huh, ich bin froh, daß wir aus der Stadt raus sind.«

»Es war meine Idee, uns hier zu treffen.«

Wunderman merkte dem Ton des anderen etwas an. »Sie meinen, nur wir zwei?«

Donovan setzte sich gleichfalls und nickte. »Ich habe mit Antony darüber gesprochen, kurz ehe er zu dem Essen ging. Er war auch dafür.«

»Der Eisberg?«

»Der Eisberg.« Donovan fuhr sich mit den Fingern durch das dichte blonde Haar, was Wunderman an die Modelle auf alten Fernsehwerbespots für Zigaretten erinnerte. Donovan könnte einen Haufen Geld verdienen, indem er die amerikanische Öffentlichkeit mit seinem breiten Lächeln und den noch breiteren Schultern zum Kauf von Gesundheitswasser verführte. Werbeleiter könnten diesen durch und durch amerikanischen Boy im Fernsehen immer gebrauchen.

Wir haben alle unseren besonderen Grund gehabt für den Eintritt in den Dienst, dachte Wunderman. Er fragte sich, welchen wohl Donovan gehabt haben mochte.

»Mit dem Tod von Stallings ist der Eisberg in den Kern der Quarry eingebrochen. Ich bin besorgt. Und mit Recht. Antony auch, aber Sie wissen ja, wie er ist. Seine Sorge um seine persönliche Sicherheit wird überschattet von der um die Quarry selbst.«

»Was sagen Sie da? Das Ziel dieses Eisbergs wäre die Liquidierung von Antony Beridien?«

Donovans Augen waren eisblau. »Können Sie sich eine wirksamere Art vorstellen, den Dienst zu treffen?«

Wunderman schüttelte schon den Kopf. »Nein. Das ist unmöglich. Das Risiko ist einfach zu groß für ein Ziel, das bestenfalls eine kurzfristige Wirkung hätte.«

Donovan stand auf. »Können wir unseren Gang fortsetzen, Henry? In letzter Zeit macht es mich nervös, lange an einem Ort zu bleiben.«

Wunderman beobachtete ihn, als sie jetzt zwischen den seltsamen

Baumskulpturen weitergingen. »Die Hitze hat nichts damit zu tun, warum Sie das Treffen hierherverlegt haben, nicht?«

»Nicht nur, fürchte ich.«

Sie bogen links ab, kamen heraus, von wo aus sie die welligen Hügel Virginias sehen konnten. Pferdeland. Der Gedanke stimmte Wunderman traurig. Stallings hatte ihn endlich dazu gebracht, dem ›Tauschgeschäft‹ zuzustimmen: Wunderman brachte ihm bei, den Computer der Quarry zu bedienen; und Stallings sollte ihm dafür nächste Woche beibringen, ohne Angst ein Pferd zu besteigen. Jetzt würde Stallings' Hengst niemals mehr in der harten, aggressiven Weise geritten werden, an die er gewöhnt worden war.

»Der Computer hat den Verdacht geliefert, daß die Sicherheit durchbrochen worden ist.«

»Von wem?«

»Das wissen wir noch nicht. Es ist aber sicher, daß mehrere Programme aktiviert und infiltriert worden sind.«

»Wie tief ist das schon gegangen?«

»Auch das ist etwas, woran wir arbeiten.«

Wunderman schaute lange auf die grasbewachsenen Hügel, die Stallings mit solch einem Gefühl der Freude und Freiheit zu erfüllen pflegten. Er fragte sich, wie es wohl wäre, diese Art Ekstase zu empfinden, und beschloß, nächste Woche das »Kino« zu besuchen und sich von einem Stallburschen beibringen zu lassen, wie man ein Pferd besteigt.

»Was Sie vorhin über unsere Sicherheit sagten«, unterbrach er die Stille, »so befassen wir uns damit am besten sofort. Holen Sie gleich morgen früh die Techniker.«

»Gut.« Donovan nickte. »Ich hab' dafür gesorgt, daß Antony heute nicht mehr ins Büro kommt.«

»Ich denke, es ist besser, wenn wir ihn hierlassen, bis die Änderungen abgeschlossen sind.«

»In Ordnung. Ich war sowieso schon nervös, weil er in Washington war.«

»Wie ist das außerhalb der Dienststelle?«

»Ach, dafür ist gesorgt.« Er blickte sich um. »Ich denke, ein weiteres Dutzend Männer wird genügen.«

Wunderman begann, zu den Hecken zurückzugehen, als Donovans Stimme ihn aufhielt.

»Da ist noch etwas, was ich nach Antonys Anweisung mit Ihnen besprechen soll.«

»Um was geht's?« Die Sonne im Westen schien in Wundermans Augen, was ihn zwang, sein Gesicht mit der Hand abzuschirmen.

»Um Jake Maroc.« Donovan, der das Problem des anderen sah, stellte sich so, daß er die Sonne verdeckte. Wunderman nahm die Hand herunter. Das Zirpen der Zikaden war sehr laut. »Er entwischt nach Japan. Ein ganzes Liquidierungsteam kommt zu Tode. Antony hat keinen Schimmer, was er vorhat. Auch David Oh weiß es nicht. Was ist mit Ihnen?«

»Ich habe auch nichts von ihm gehört.«

»Antony meint, wir sollten ihn lieber neu klassifizieren.«

Wundermans Magen revoltierte. »Wie?«

»Henry, Antony und ich haben uns länger darüber unterhalten. Ich war nicht sicher, aber der Alte war unerbittlich. Es ist möglich, daß Maroc den Zentralcomputer angezapft hat. Offen gesagt, Antony glaubt, daß es so war. Er meint, Maroc ist seit dem Vorfall am Sumchun-Fluß am Rande. Der Tod seiner Frau, glaubt er, hat ihn restlos fertiggemacht. Um die Wahrheit zu sagen, ich bin nicht in der Lage, das Gegenteil zu beweisen. Sie kennen Jake Maroc besser als wir alle. Was meinen Sie?«

Wunderman wünschte, er könnte alles, was Donovan und Beridien vorbrachten, widerlegen. Tatsache war, daß er es nicht konnte. Es war nutzlos, sich selbst oder allen anderen gegenüber abzustreiten, daß Jake sich verändert hatte, nachdem er vom Sumchun zurückgekommen war.

Wunderman konnte sich erinnern, wie er die Nachricht von Mariana Marocs Tod gelesen hatte. Er hätte doch irgend etwas empfinden müssen; doch es war traurig, aber wahr, sein erster Gedanke war gewesen: Jetzt wird Jake durchdrehen.

»Die Anzapfung der Datenbank«, sagte er ruhig, »welche Programme sind abgefragt worden?«

»KVR-Priorität, Nichiren, geheime Listen früherer Agenten der Quarry.«

»KVR-Priorität.« Wunderman wiederholte das mit einem mutlosen Gefühl. Jake hatte das KVR-Team herausbekommen. Mit Hilfe des Computers.

»Jake hat das ganze KVR-Team selbst liquidiert. Das ist eine Art rücksichtsloser Unbeherrschtheit, die sehr gefährlich ist. Außerdem ist für uns alle klar, daß er gesehen haben muß, wie Stallings seine Frau getötet hat. Stallings ist tot, aber wir von der inneren Führung der Quarry, die wir die Entscheidung getroffen haben, die wir Stallings nach Japan geschickt haben, sind es nicht. Wir leben noch.

Der Alte denkt, Maroc habe die Absicht, uns zu liquidieren. Erst ihn, dann uns.«

Wunderman überlegte etwas. »*Wenn* es Jake war«, sagte er schließlich, »wie hatte er Zugang zu der Information?«

»Na, wenn *das* keine gute Frage ist!« erwiderte Donovan. »Sie und ich kennen das nächste Terminal, das ihm zugänglich ist.«

»Basis Hongkong.«

Donovan nickte.

»Das bedeutet, David Oh.«

»Der Alte nannte seinen Namen. Maroc und Oh sind sehr eng befreundet, nicht?«

»David Oh würde für Jake Maroc die Hand ins Feuer legen.« Oh,

Gott, dachte Wunderman. Alles bricht auseinander. Zuerst Jake, und jetzt folgt ihm sein ganzes Netz nach. »Wie konnte das passieren?« fragte er sich laut.

»Unser Architekt ist General Daniella Workuta, wie Antony vermutet. Sie hat offenbar Nichiren eingesetzt, um an Maroc heranzukommen. Jetzt wissen wir, daß sie Erfolg hatte.«

»Nichiren arbeitet für den KGB?«

»Die Bestätigung kam heut herein«, sagte Donovan.

Die Sonne glühte orangefarben. Ihre kräftigen Strahlen schienen auf das umliegende Land herabzutropfen und trübten dabei die Reinheit der Nachmittagsfarben. Wunderman holte tief Atem. »Jakes neuer Status?«

»Der Alte will es nicht ohne Ihre Zustimmung tun. Ich muß sagen, mir geht es genauso.«

»Wie werden Sie ihn jetzt klassifizieren?« verlangte Wunderman zu wissen, obwohl ihm klar war, wie die Antwort lauten mußte.

»Rogue.«

Und doch mußte er die Augen schließen. »Rogue« bedeutete, Jake war von jetzt an ausgestoßen aus der Quarry. Außerdem wurde er als gefährlich für die Sicherheit eingestuft. Der Befehl für das Quarrypersonal lautete, ihn zur Befragung in das »Kino« zu bringen. Leistete er Widerstand oder gab es Anzeichen dafür, daß er entkommen könnte, mußten sie schießen, um zu töten.

Wunderman wandte den Kopf ab. Das war alles, was Donovan sehen konnte.

Er nickte. »Henry, trotz allem, es tut mir leid.«

Daniella bei der Arbeit. Die sowjetische Musterbürokratin, in Konferenzen über Budgets, Abteilungsprobleme, Bewilligungen; erledigt den wöchentlichen Papierkrieg über Personalfragen, Einsatzberichte, Ausgaben, Verluste; erstellt Computerausdrucke über Erfolgsaussichten, Statusbewertungen, Drei-, Sechs- und Zwölfmonatspläne; zieht jetzt fünf Kopien ab statt nur vier wie bisher: zwei für ihre Akten, zwei für Karpow. Eine jetzt heimlich für Lantin.

Daniellas blondes Haar glänzte jetzt besonders schön, nachdem Lantin ihr eine britische Haarbürste gekauft hatte; sie trug seidene Hemdhöschen, spitzenbesetzte Strumpfhalter, Strümpfe aus reiner Seide unter ihrer strengen *sluzhba*-Uniform aus steifem Rock und hochgeschlossener Baumwollbluse.

Daniella fühlte sich lasziv, fast übermütig in den langweiligen rauchigen Konferenzen, während sie sich über den Drucker beugte, um ihre Kopien herauszuziehen. Sie spürte Jurijs Hände auf ihrem Hinterteil, mit Fingern, die sich langsam in den Spalt dazwischen schoben. Er hatte ihr ein Paar mitternachtsblaue französische Pumps mit zwölf Zentimeter hohen Absätzen versprochen; und während der Bewilligungsdebatte mußte sie sich plötzlich fragen, wie sich diese zwölf Zentimeter wohl auf ihre Figur auswirken würden – auf den Brustkorb, den Bauch, die Brüste. Überrascht spürte sie, wie ihr zwischen den Schenkeln heiß wurde, und sie rutschte auf dem unbequemen Stuhl hin und her, schlug die Beine anders übereinander, und die nicht enden wollende Konferenz schleppte sich träge weiter.

Beim Essen mit drei anderen weiblichen *sluzhba*-Offizieren fragte sie sich plötzlich, was Jurij wohl mit den Berichten tat – außer daß er sie las. Ob er sie an einen anderen im Politbüro weitergab? Hatte er im Auftrag eines anderen gehandelt, oder wollte er sie selbst haben? Warum? War es, um Karpow zu überwachen, oder sie?

Der Erfolg der Zwischenphase von Mondstein hatte Karpow begeistert. Im Büro habe er heute nur davon gesprochen, sagten die Mädchen. Lantin oder die Unterstützung, die er von oben erhielt, erwähnte er niemals. Es hieß nur immer Karpow hier, Karpow da. »Ich hatte recht, und jetzt wissen sie es«, wurde zu einem vertrauten Refrain. Lantin hatte gesagt, die Idee des Stellvertreterkrieges unter Verwendung Vietnams wäre sein Beitrag für Mondstein gewesen. Daniella sagte er, er hätte gerade dieses Potential in Karpows Plan erkannt und sich entschlossen, die Initiative zu ergreifen. Karpow dagegen behauptete, der Ruhm gebühre ihm allein. Er wurde langsam unerträglich.

Was hatte Lantin vor? Wenn sie von Karpows Prahlerei gehört hatte, war es nur logisch anzunehmen, daß auch Jurij davon wußte. Er hatte das ihr gegenüber zwar nicht erwähnt, aber sie hätte sich auch überrascht gezeigt, wenn er es getan hätte. Ihr war klargeworden, daß Jurij eine ganze Reihe von Fassaden hatte. *Wenn man Geheimnisse kennt,* hatte er gesagt, *flirtet man mit einer Art unwiderruflicher Gefahr.*

Damit hatte er ihr zwei Dinge klarmachen wollen: Erstens, daß sein Arbeitsziel das Ausschnüffeln der Geheimnisse anderer Leute war; und zweitens, daß er selbst keine hatte. Daniella wußte aber, daß das eine Lüge war. Jurij Lantins Geheimnis lag in seinen Fassaden. Sie hegte nachgerade den Verdacht, daß es viele Lantins gäbe. So war sie beispielsweise sicher, daß der, den sie kannte, bestimmt nicht der war, der Karpow vertraut war. Außerdem war der Jurij, den sie jetzt kannte, ganz anders als der Jurij, dem sie in ihrem Büro vorgestellt worden war.

Weil sie beim Essen unnatürlich still war, begannen die Offiziere, sie mit ihren recht überraschenden neuen Gewohnheiten aufzuziehen: Sie rauchte jetzt ägyptische Zigaretten und trug das Haar offen und nicht mehr wie vorher in einem strengen Knoten im Nacken. Beides ging auf Jurij zurück.

Irgendwann merkte Daniella die Sticheleien und lächelte gutmütig. Heimlich empfand sie nur Abneigung gegen diese Kreaturen. Auch das war neu für sie. Früher waren diese Frauen – hatte sie sie wirklich einmal für Waffengefährtinnen gehalten? – ihre Freundinnen gewesen. Soweit innerhalb des *sluzhba* überhaupt jemand ein Freund sein konnte.

Daniella betrachtete sie kritisch. Sie hätten ebensogut drei plappernde Affen sein können, soviel Unsinn redeten sie. Sie dachten an nichts als an lauter Tand, und sie wirkten zufrieden wie grasende Kühe auf der Weide. Glücklich und zufrieden mit ihrer eigenen Produktivität.

Sie machten sie einfach krank.

Auch das schien auf Lantin zurückzugehen, nur konnte sie noch immer nicht ganz begreifen, wie alles gekommen war. Es war, als hätte die Affäre mit ihm sie an einen Punkt gebracht, wo sie sich den Leuten, den Gewohnheiten und Orten, die in den vergangenen drei oder vier Jahren ihre Welt gewesen waren, entfremdet hatte.

Sie entschuldigte sich und ging in den Waschraum. An dem kalten Porzellanbecken, das angeschlagen war und stark nach Desinfektionsmittel roch, bückte sie sich und kühlte das Gesicht mit kaltem Wasser. Sie hörte, wie die Tür auf- und wieder zuging, wusch sich aber weiter. Sie richtete sich auf, nahm ein Papierhandtuch vom Halter und trocknete sich das Gesicht und den Nacken.

»Die anderen konnten gar nicht verstehen, warum Sie draußen so anders waren als sonst«, sagte Tanja Nazimowa, ein untersetzter, wenig anziehender Oberst, in der Daniella auf Anhieb die Lesbierin erkannt hatte. Die Nazimowa hielt den Kopf zur Seite geneigt. »Es ist wegen der Überwachung, nicht wahr?«

Plötzlich schlug Daniella das Herz bis zum Hals herauf, doch besaß sie die Geistesgegenwart, nicht auf irgendwas zu starren oder herauszuplatzen. Welche Überwachung? So ruhig wie möglich warf sie das nasse Papier weg. Sie drehte sich dem Spiegel zu und beobachtete Tanja Nazimowa, während sie scheinbar ihr Haar ordnete. Die Nazimowa hatte grüne, sehr helle Augen und ein Muttermal am Mundwinkel. Wie Zsa Zsa Gabor! wurde sie gewöhnlich geneckt.

»Warum sollte die Überwachung mich beunruhigen?« Überwachungen wurden von ausgewählten Teams durchgeführt, um Nachweise von Gewohnheiten einer verdächtigen Person zu erstellen. Daniella hatte keine Ahnung, warum sie überwacht werden sollte, aber sie wollte, daß Tanja Nazimowa es ihr verrict.

Die andere Frau zuckte mit den Achseln. »Nun, nein. Ich dachte nur, weil diese außerhalb des *sluzhba* aufkam, wären Sie nervös.« Sie lächelte. Als Oberst in der Abteilung P, die mit Verbindungen zwischen dem KGB und dem Rest der Kreml-Bürokratie befaßt war, hielt Tanja Nazimowa immer Ausschau nach Situationen, mit denen sie sich bei ihren Vorgesetzten lieb Kind machen konnte, um so eine Beförderung aus der, wie sie es nannte, »Achselhöhle des *sluzhba*« zu erreichen.

»Wenn ich aber an den Auftraggeber denke, glaube ich nicht, daß ein Grund zur Sorge vorhanden ist. Jurij Lantin und General Karpow arbeiten doch so eng zusammen.« Sie hielt zwei gekreuzte Finger hoch. »Da es Lantins Überwachung ist, können Sie annehmen, daß Karpow alles weiß. Es ist nur Routine, Daniella, das ist alles.«

Nein, du Idiotin! wollte Daniella ihr zuschreien. Es ist überhaupt keine Routine. Warum hat Lantin meine Überwachung angeordnet? Und, was noch wichtiger ist, warum hat Karpow mich nicht gewarnt?

Diese Fragen stellte sie sich auch noch am späten Nachmittag, zwischen den Telefongesprächen mit zwei ihrer Außendienstdirektoren, die Probleme hatten. Das nahm ihr vorübergehend die Sorge um die Ankunft der nächsten Nachricht von Medea, die sie jeden Augenblick erwartete.

Kurz vor Dienstschluß erschien Karpow in ihrem Büro, und ehe er wieder ging, hatte sie ihre Antwort – eine andere freilich als die, die sie erwartet hatte.

Er kam ganz leise in ihr Büro, wie er es oft tat. Er überraschte sie nicht, obwohl sie an der abhörsicheren Überseeleitung saß, die sie oft benutzte. Sie fuhr fort, mit normaler Stimme zu sprechen, während ihre Augen ihn verfolgten. Er setzte sich außerhalb des Lichtkegels hin, aber sein gefärbtes Haar glänzte noch immer durch die von ihm bevorzugte Pomade mit Festiger.

Seine Wangen waren glänzend rot, und seine Haut glühte, was darauf hinwies, daß er gerade von der Gesichtskosmetik kam. Daniella verstand nicht, wie es möglich war, aber bis jetzt hatte sie nicht erkannt, wie eitel er war. Sie beobachtete ihn weiter, wie sie es bei jedem Außenseiter in ihrem Büro tun würde, während sie das Gespräch beendete.

»Nun, Genossin General«, sagte er in seinem dröhnenden Baß, »Sie hatten wohl einen geschäftigen Tag, vermute ich. Das ist mein dritter Ausflug auf Ihr Stockwerk.«

Sie lächelte, zeigte auf das Telefon. »Sie hätten es mit dem Telefon versuchen können, Genosse.«

Er hatte den Schluckauf, oder er lachte, sie konnte es nicht unterscheiden. Er nahm eine Zigarre heraus. »Besuche besitzen, wie ich glaube, eine gewisse Pikanterie, die einer telefonischen Unterhaltung fehlt.« Eine Zeitlang betrachtete er sein goldenes Feuerzeug. Er drehte es in der Hand hin und her wie ein Archäologe seinen Fund.

Sie nahm an, jetzt würde er ihr wohl etwas von der Überwachung durch Lantin erzählen. Er war ja kaum hergekommen, nur um eine Zigarre zu rauchen. Das könnte er überall tun.

»Genossin General«, begann er in einem Ton, den er in Situationen gebrauchte, wo Beobachter von außerhalb des *sluzhba* gegenwärtig waren, »Ihr Name fiel heute bei einer Konferenz von Direktoren der Abteilung S.« Er starrte noch immer auf sein Feuerzeug, und jetzt wußte Daniella, er war gekommen, um schlechte Nachrichten zu bringen. »Man hatte daran gedacht, Sie in die Abteilung Zwölf zu befördern.« Abteilung 12 war direkt verantwortlich für die Infiltrierung von Britannien und assoziierten Territorien. Ein recht großer Schritt von ihrer jetzigen Position. »Ich befürchte, dagegen wurde heut ein Veto eingelegt.«

»Und Sie wurden abgeordnet, mir das zu sagen.«

Er schaute auf. »Besser, Sie hören es von mir als von Dritten, Genossin General.«

Was natürlich Unsinn war, wie Daniella wußte. Ihm war befohlen worden, es zu tun.

»Darf ich ganz allgemein fragen, warum?« Sie war seltsam ruhig.

Karpow stand auf. Er wollte nicht zu tief hierin verwickelt werden. Er zuckte mit den Achseln, seine Zigarre hatte er gar nicht angezündet und das Feuerzeug wieder eingesteckt. »Dieses japanische Mißgeschick mag eine Rolle dabei gespielt haben. Fünf Männer im Einsatz ermordet.«

»Vier.«

»Eine einfache Operation versaut.« In Karpows Augen glitzerte es. Dieser Blick war Daniella vertraut. Er genoß die Situation. »War es mangelhafte Vorbereitung oder ein Versagen der Führung?«

Schon wollte sie den Mund aufmachen, um ihm zu sagen, daß es Jurij Lantin gewesen war, der ihre Befehle abgeändert und ein Team, das zur Überwachung eingesetzt war, in ein Liquidierungskommando umgewandelt hatte – doch machte sie ihn sogleich wieder zu. Selbst wenn Karpow ihr glaubte – was an sich schon zweifelhaft war, weil er den Handel mit Lantin bereits abgeschlossen hatte –, würde er unweigerlich nach der Quelle ihrer Information fragen. Was sollte sie dann sagen? Oh, das ergab sich so, als ich mit Jurij Lantin im Bett war?

Auf jeden Fall hatte sie ihre Gelegenheit zur Rechtfertigung verpaßt. Karpow war bereits zur Tür hinaus.

Das ist das Letzte, dachte Daniella. Jetzt habe ich genug von ihm. Ihre Verachtung für ihn war größer als die Wut, was sehr gut war. Wut war niemals gut für jemand, aber Verachtung spornte zumindest in ihrem Fall zu ernsthaftem Nachdenken an.

Sie sah ein, was für ein Tor Karpow war. Er war Leiter des Ersten Hauptdirektorats, der größten und mächtigsten einzelnen Einheit in dem *sluzhba.* Wäre sie an seiner Stelle gewesen, hätte sie schon das Politbüro angepeilt. Aber Karpow war entweder zu dumm, um seinen Job als Sprungbrett zu erkennen, oder er war so ungeschickt, daß er in eine Straßensperre wie Jurij Lantin hineinlief. Wie dem auch sei, entschied Daniella, ich kann ihn nicht mehr gebrauchen.

Eine Zeitlang saß sie ganz still, blickte durch die winzigen Scheiben ihres Fensters auf die dunkler werdenden Straßen der Stadt. Sie haßte diese altmodischen Scheiben, die ihr wie Gefängnisgitter vorkamen. Sie kam zu dem Schluß, daß sie das ganze Büro haßte. Es war insgesamt zu klein. Sie mußte hier raus.

Vielleicht, dachte sie, wäre es jetzt an der Zeit, über Schimäre Walhalla zu aktivieren. Schimäre war ein Geheimnis, das sie ganz allein in Übersee angeworben hatte. Nach den Regeln des *sluzhba* hätte sie diese Erwerbung innerhalb von vierundzwanzig Stunden ihrem Vorgesetzten melden müssen, entweder persönlich oder über einen Funkcode. Das hatte Daniella aber nicht getan. Von ihrer Mutter hatte sie gelernt, daß man sich immer einen Notausgang offenhalten, eine letzte Trumpfkarte im Ärmel stecken haben mußte. Für sie war da Schimäre und der Walhalla-Plan ihre letzte Waffe in dem Spiel, das zu spielen sie vom Staat ausgebildet worden war. Sie wußte, einmal in Gang gesetzt, gab es kein Zurück mehr. Sie würde die Wahl treffen müssen. Welchen Ruhm aber würde der Erfolg ihr bringen?

Sie fühlte ihr Herz zittern und wischte sich Schweißtropfen von der Oberlippe ab. Ihr war plötzlich so heiß; sie mußte hier raus. Auf dem Dscherschinski-Platz ging sie mit steifen Beinen zwischen den Kindern hindurch, die den Tauben nachliefen. Ihre Gesichter waren so unschuldig, erfüllt vom Nachmittagslicht, die Backen rund wie Äpfel, ihre Lippen rot und klebrig von Süßigkeiten.

Unbewußt drückte Daniella die Fingerspitzen auf den Bauch. Sie fragte sich, ob sie wohl jemals erleben würde, wie es ist, in sich ein Baby heranwachsen zu spüren. Irgendwie erschreckte sie der Gedanke daran, ein winziges Leben in sich zu tragen, jede seiner Bewegungen zu spüren. Sie glaubte nicht, dazu in der Lage zu sein. Daß sie eine selbstsüchtige Person war, wußte sie; sie verstand nur nicht die Tiefe dieser Selbstsucht.

Die Kinder halfen bei der Entscheidung. In ihren Gesichtern sah sie die Zeit vorübergehen. Sie sah den Spalt in einer Tür, von der sie geglaubt hatte, sie würde immer für sie verschlossen bleiben: das Politbüro.

Jurij Lantin hatte unbeabsichtigt diesen Spalt geöffnet. Jetzt würde sie Schimäre dazu gebrauchen, die Tür ganz aufzumachen.

Mit einem kleinen Nicken ging sie rasch über den Platz. Ein Gummiball, rot und weiß, sprang ihr in den Weg. Sie fing ihn in der Luft auf, warf ihn zurück zu dem Kind, das ihn nicht gefangen hatte. Jetzt fing es den Ball und lachte vor Freude. Das war ansteckend, und Daniella lachte mit.

Vier Straßen weiter fand sie einen Laden, in dem sie genügend Kleingeld einwechseln konnte. Sie fand eine öffentliche Telefonzelle. Sie wagte nicht, diesen Anruf woanders zu tätigen, auch nicht über die Codeleitung in ihrem Büro. Zu viele Augen, zu viele Ohren.

Obwohl der sowjetische Telefondienst miserabel war, wollte sie das doch keiner anderen Kommunikationsmethode anvertrauen.

In einer Art euphorischer Benommenheit wählte sie das *sluzhba*-Netz an und gelangte automatisch in die Überseeleitung. Es dauerte vierzehn Minuten. In der Zwischenzeit rechnete sie die Uhrzeit von Washington, D. C., aus.

Das Läuten des Telefons am anderen Ende der Leitung überraschte sie. Amerika. Das Klingeln hörte auf, und eine Stimme antwortete: »Hallo?«

»Schimäre«, sagte sie so laut, als spräche sie mit einem Schwerhörigen, »hier ist deine Großtante Martha.« Sie wünschte sich oft, ihre Unterhaltungen mit Schimäre könnten länger dauern als jeweils neunzig Sekunden; sie sprach gern Englisch mit einem Amerikaner. Die 90-Sekunden-

Begrenzung war absolut nötig, um hundertprozentige Sicherheit zu gewährleisten. Bei längerer Dauer war eine Rückverfolgung zum Anrufer möglich. »Martha Washington.«

»Ich erinnere mich.«

»Das ist der Weckruf für Walhalla.«

»Würdest du das bitte wiederholen, Tantchen?«

»Walhalla.«

»Ich verstehe.«

»Ja«, sagte sie. »Ich weiß, daß du es verstehst.«

Shi Zilin war müde. In jungen Jahren hätte er gegen den Himmlischen Drachen über den Wolken gekämpft. Jetzt fühlte er das Gewicht der Welt auf sich lasten bei jedem Atemzug.

Nackt und in der Sommerhitze Beijings schwitzend, lag er in der Mitte eines kleinen Raumes in seiner Villa und wartete auf den Akupunkteur. Vor noch gar nicht so langer Zeit war das ein wöchentliches Ereignis gewesen. Jetzt brauchte er es täglich.

Der Schmerz. Der Schmerz.

Auf dem Bauch liegend, die Lenden dezent mit einem weißen Leinentuch bedeckt, den Kopf auf die gebeugten Arme gelegt, dachte Zilin an den langen Krieg, den er für China geführt hatte. Ein Himmlischer Wächter sollte sein Alter nicht spüren. Oder den Schmerz. Ein echter Himmelswächter war unsterblich; er müßte noch immer in der Lage sein, den großen, goldgeschuppten Drachen über den Himmel zu jagen.

Das verstand er nicht ganz. Alter hatte ihn nie gekümmert. Sein *ren;* nur seine Ernte. Der *ren* erfüllte seinen Geist wie ein Schwarm durcheinanderwirbelnder Regenpfeifer. So viele Persönlichkeiten, mit denen er sich abfinden, so viele wechselnde Situationen, denen er sich anpassen mußte, so viele Schicksale, die er in der Hand hielt.

Gestern hatte er noch spät von der Ernennung von Deng Zhaoguo erfahren, eines seiner Feinde aus der *qun,* die von Wu Aiping geführt wurde. Deng sollte der neue Leiter des Propagandaflügels der Kommunistischen Partei werden. Sofort hatte er eine weitreichende Kampagne gegen die »geistige Verunreinigung« von Chinas Jugend angekündigt, was Zilin hatte kommen sehen.

Zilin war beim Premier vorstellig geworden. Für ihn führte dieser potentiell gefährliche Kurs wieder zurück in die dunklen Tage der Kulturrevolution, die China von 1966 bis 1976 gelähmt hatte. Er hatte ins Feld geführt, Dengs reaktionäre Politik würde gerade von den Ländern, die China als Verbündete der modernen Zeit gewinnen wollte, verspottet werden.

Vergeblich.

»Ganz gleich, wie ich persönlich darüber denke«, hatte der Premier gesagt, »hinter Deng Zhaoguo steht viel zuviel Macht, als daß ich daran denken könnte, die Ernennung zu hintertreiben.«

Zilin wunderte sich erneut über China. War dies das Land, das zu leiten er fünfzig Jahre lang versucht hatte? Wofür? Daß gefährliche Narren wie Deng Zhaoguo an die Macht kommen konnten? Vielleicht, dachte er, bin ich jetzt der Narr?

Zilin rührte sich, als er ein leises Rascheln im Raum hörte. In seiner Stellung – den Kopf von der Tür abgewandt – konnte er nicht sehen, wer es war.

»Doktor?« sagte er. Plötzlich war er unsicher.

»Ich bin es, Genosse Minister.«

Zilin entspannte sich, als er Zhang Huas Stimme erkannte. »Was gibt's Neues, mein Freund?«

»Five Star Pacific stürmen Pak Hanmin. Sie haben bereits fast einhunderttausend Anteile gekauft.«

»Ah«, antwortete Zilin. »Und das ist erst der erste Tag. Es scheint, als würde unser Plan funktionieren. Jemand hat die Nachricht vom Treffen des Drei-Eide-Tsun mit Peter Ng durchsickern lassen.«

»Ohne Zweifel.«

»Sind Five Star Pacific die einzigen?«

»Offenbar nicht so. Sawyer & Sons sind drin für dreißigtausend; T. Y. Chung für fünfzig.«

»Viel Druck.«

Zhang Hua nickte. »Es wird noch schlimmer werden.«

»Das muß es auch.« Zilin rührte sich auf dem Tisch, als ihn ein Schmerz durchzuckte. »Der Druck muß bis zur Strangulierung gehen, sonst gibt es mehr als einen Weg zu verfolgen. Das können wir nicht zulassen.«

»Ich verstehe, Genosse Minister.«

»Vielleicht solltet Ihr dann jetzt beginnen.«

»Ja, Genosse Minister.« Er wandte sich zum Gehen.

»Zhang Hua . . .«

»Ja, Genosse Minister?«

»Gibt es Nachrichten von Jake Maroc?«

»Er ist zur Zeit auf dem Weg nach Hongkong.«

»Bliss wird ihn auf dem Kai Tak treffen?«

»Sie ist informiert worden, Genosse Minister.«

»Gut.« Er seufzte schwer.

»Genosse?« Zhang Hua trat einen Schritt näher. »Ist alles in Ordnung mit Euch?«

»Mariana«, sagte Zilin. »Das war tragisch.«

»*Joss,* Genosse Minister.«

»*Joss,* natürlich.« Zilin drehte den Kopf mit einiger Schwierigkeit. »Ihr Tod erinnert uns daran, Zhang Hua, daß nichts jemals präzise nach Plan geht. Die Entdeckung des *fu* durch die geheimnisvolle Schimäre war der Anfang. Dann kamen Jake Marocs Überfall auf das O-henro-Haus, Marianas Tod und Wu Aipings Ernennung zum Leiter der *qun.*« Er seufzte wieder. »Ich fürchte, mein Freund, daß ich den Kontakt mit der Wandelbarkeit der Welt zu verlieren beginne. Als ich noch jünger war, konnte ich mit all diesen Veränderungen jonglieren und hatte noch immer Platz in meinem Verstand für mehr, sollten sie aufkommen.

Und ich stelle in letzter Zeit fest, daß ich mit Angelegenheiten der Familie beschäftigt bin.«

»Unter den Umständen, Genosse Minister, ist das völlig verständlich.«

»Aber nicht entschuldbar, fürchte ich. Wenn ich jetzt einen Fehler mache, so dicht am Rand, gehen wir alle unter: Ihr, ich, China, die UdSSR, Amerika. Es wird eine Kettenreaktion geben, die nicht aufzuhalten sein wird. Soweit haben uns die Sowjets getrieben; wir haben es zugelassen, daß sie ein Niveau der Bereitschaft erreicht haben, das beängstigend gefährlich ist.«

»Da ist noch immer Kam Sang.«

»Ja, es wird immer ein Kam Sang geben, Zhang Hua. Es scheint, als brauchte die Menschheit solche schrecklichen Gespenster, die ihr über die Schulter schauen, damit sie die Finger vom Abzug zur Vernichtung läßt.«

»Die Sowjets werden es so nicht sehen.«

»Die Sowjets werden auch keine Wahl in der Sache haben, Zhang Hua, das kann ich Euch garantieren.«

»Wu Aiping.« Es war ein Flüstern.

»Ja, zuerst müssen wir unsere Feinde zu Hause besiegen.« Zilin schloß die Augen. »Kümmert Euch für mich darum, Zhang Hua.«

»Ja, Genosse Minister.«

»Zhang Hua . . .«

An der Tür hielt er an, die Hand auf dem Drücker. »Genosse?«

»Ihr versteht die kritische Bedeutung jeder Botschaft in diesem Stadium?«

»Ja, Genosse, das tue ich.«

»Es darf keine Fehler geben!«

Zhang Hua ging hinaus.

Als er allein war, sagte Zilin vor sich hin: »Ich spüre Wu Aipings böse Gegenwart überall. Er ist nahe, sehr nahe.«

Er war erfüllt von Sorge. Nicht um sich selbst. Er hatte keine Angst vor dem Tod, wußte aber, daß sein Werk noch nicht ganz vollendet war. Fünfzig Jahre waren eine lange Zeit, um sich unermüdlich im Dienste seines Landes abzumühen. Eine lange Zeit im Leben eines Sterblichen. Ein Augenzwinkern im Sinne der Geschichte Chinas.

Er rührte sich auf dem Tisch, wartete ungeduldig auf den Beginn der Behandlung. Schmerz peinigte ihn. Er war ja nachgerade daran gewöhnt. Trotzdem durfte man sich nach Erleichterung sehnen.

Endlich hörte Zilin das weiche Tappen der nackten Füße des Akupunkteurs auf dem Teppich. Er fühlte die starken, geschickten Hände auf seinem Rücken, die nach den Meridianen suchten.

»Wo schmerzt es Euch am meisten, Minister? Hier?« Die Hände bewegten sich gleichzeitig. »Hier?« und wieder »Hier?«

Zilin stieß einen leichten Schrei aus.

»Aha«, sagte die Stimme. »Ah, ja!«

Gleich darauf spürte Zilin die kalte Berührung mit Alkohol auf drei getrennten Stellen seines Körpers: im Kreuz, über dem linken Hüftknochen, in der linken Kniekehle.

»Jetzt.«

Meisterlich wurden die langen, glänzenden Nadeln in sein Fleisch gesteckt. Im Handumdrehen wurde aus dem Schmerz ein klopfendes Brennen. Dann war er ganz verschwunden.

Zilin schlief.

Jake landete kurz nach 19.00 Uhr auf dem Kai Tak-Flughafen von Hongkong. Er hätte Stunden früher da sein können, wäre nicht das Gewitter gewesen. Zu seiner Überraschung holte Bliss ihn vom Flughafen ab.

Er sah sie, schlank und schön, gleich nachdem er und sein Gepäck am Zoll vorbei waren. Sie kam durch die Menschenmenge in der Halle auf ihn zu, und er ertappte sich dabei, daß er auf den eleganten Schwung ihrer Hüften achtete. In dieser Bewegung sah er Unschuld und Sinnlichkeit zugleich. Sie hätte eine Collegeschülerin sein können, die ihren älteren Bruder zu Hause willkommen hieß.

Sie blieben dicht voreinander stehen. Sie war still. Er sah den Ausdruck in ihrem Gesicht und mußte an Kamisakas Worte denken: *Ich hielt Euch für einen Marathonläufer.* Sehe ich wirklich so schlecht aus? fragte er sich.

Er hatte im Flugzeug schlecht geschlafen – ein leichter, unruhiger Schlummer, in dem die Gestalt Nichirens, gekleidet und hergerichtet wie Kamisaka, ihn nach Hongkong lockte. Aus welchem Grund?

»Er ist in Hongkong«, hatte Kamisaka zu ihm gesagt. »Das ist alles, was ich Euch sagen kann.«

»Warum?« beharrte er. »Warum ist er dorthin gegangen?«

»Das tut er oft. In diesem Jahr bereits drei- oder viermal. Ich weiß nicht, warum.«

Trotz allem, was sie gesagt hatte, und allem, was er empfand, mißtraute er ihren Antworten immer noch ein wenig, woraus er ihr gegenüber auch kein Hehl gemacht hatte.

Kamisakas Augen schienen seine Seele in sich hineinzutrinken. Sie standen dicht voreinander an der Tür, seine Schuhe bereits auf der Schwelle. Der letzte Augenblick vorm Gehen. Es war nichts Erotisches zwischen ihnen, und doch fühlte er eine innige Beziehung zu ihr. Es störte ihn, doch gleichzeitig verblüffte es ihn auch.

»Ihr habt ein Stück des *fu*«, sagte sie einfach. »Nichiren besitzt ebenfalls eins. Ich habe beide gesehen. Zusammen stellen sie eine Hälfte des Ganzen dar. So seid ihr beide also verbunden. Ihr könnt keine Feinde sein.«

Was wieder einmal bewies, wie man sich irren konnte.

»Ein Name«, sagte Jake. »Ihr wißt vielleicht nicht, warum er nach Hongkong reist, aber Ihr habt vielleicht einen Namen gehört.«

»Er spricht niemals über seine Geschäfte mit mir.«

»Ein unbeabsichtigter Hinweis.«

»Bettgespräche? Da gibt es keine. Zumindest nicht von der Art.«

»Eigentlich dachte ich an etwas, was Ihr vielleicht mitgehört habt. Ein Telefongespräch zum Beispiel. Hat er jemals von hier aus Hongkong angerufen?«

Kamisaka runzelte die Stirn und überlegte. Dann nickte sie. »Ja, ich denke schon.«

»Erinnert Ihr Euch an etwas? Einen Namen? Einen Ort? Irgend etwas?«

»Wartet, das war doch erst kürzlich. Laßt mich überlegen.« Ihre Augen, in Gedanken verloren, schimmerten im gedämpften Licht der *usagigoya.* Als sie ihn wieder ansah, spürte Jake diese seltsame Beziehung heiß in der Brust.

»Sagt Euch der Name Furchtbarer Sung etwas?« fragte Kamisaka.

»Hat deine Reise sich gelohnt?« fragte Bliss ihn jetzt. Ringsumher war das Geplapper vom Kai Tak.

Eine sehr chinesische Frage, dachte Jake. Er antwortete in gleicher Weise. »Ja und nein. Ich habe einen Freund gewonnen, der sehr mächtig ist. Das ist immer nützlich. Andererseits habe ich mitansehen müssen, wie meine Frau zu Tode kam.«

»Oh, wie schrecklich!« Sie trat einen Schritt näher. »Das tut mir so leid.« Sie küßte ihn auf die Wange, preßte ihn so fest an sich, als brauchte er Trost. Jetzt war es an ihm, still zu sein.

»Laß mich deine Tasche tragen.«

»Es geht schon«, sagte er schnell. Abwehrend. »Ich bin ja kein Krüppel.«

»Ich wollte ja nicht . . .« Sie warf den Kopf zurück, wütend über sich selbst. Ihr nachtschwarzes Haar schwang in schwerem Bogen aus dem Gesicht. »Tut mir leid. Wir haben anscheinend einen schlechten Start.« Sie lächelte, als wäre nichts geschehen. »Mein Wagen ist draußen.«

Sie fuhr mit ihm in ihre Wohnung. Jake war zu müde, um ein Wort des Protestes zu äußern. Die Wohnung lag nahe der Kuppe des Victoria Peak auf der Insel. Unten konnte man die meist dunklen Wolkenkratzer von

Central sehen. Der Hafen lag dahinter, immer angefüllt mit Schiffen aller Art und Größe. Diesen eindrucksvollen Ausblick hatte man sowohl vom Wohn- als auch vom Schlafzimmer aus. Vom Schlafzimmer aus konnte man auch einen Teil von Wanchai sehen, das beleuchtet war wie das Innere eines Zirkuszelts.

Bliss bereitete ihm das Essen – gebackene Salz-und-Pfeffer-Garnelen; Hühnchen und Mango; *chao fan;* gebackenen Reis –, und er aß still, mit kurzen, hastigen Bewegungen der Stäbchen.

»Du ißt wie ein Chinese«, sagte sie, während sie ihm zusah.

Danach gingen sie ins Wohnzimmer. Jake fiel erschöpft auf das Sofa. Es war mit zartbuntem Stoff bezogen und wirkte friedlich und beruhigend. Er legte den Kopf zurück, und Bliss brachte für beide Brandy.

Jake trank nicht. Er starrte aus dem Fenster auf das Glitzern des nächtlichen Hongkong. Der Gewittersturm hatte die Luft reingewaschen, so daß alle Lichter wie Edelsteine funkelten: Rubine, Smaragde, Saphire, Diamanten.

Wieder in Hongkong. Und doch hing Japan noch an ihm wie klebriger Nebel. Erinnerungen wollten ihn nicht loslassen. Düsterheit hüllte ihn ein.

Er spürte etwas, sah die Hand von Bliss auf seinem Herzen.

»Hai ma hai nisiu dong a?« sagte sie. Tut es hier weh?

Er konnte sie nur ansehen.

»Entschuldige mich«, sagte sie. Gleich darauf war sie wieder da. Sie kniete neben ihm nieder, und er hörte, daß ein Streichholz angerissen wurde. Einen Augenblick später zog der scharfe Duft eines *joss*-Stäbchens über ihn dahin.

»Verzeih bitte meine Dreistigkeit«, sagte Bliss, »aber ich dachte, ich sollte aus Respekt für den Geist deiner Frau ein Gebet sprechen.«

»Sie war eine *gwai loh«,* sagte er, wieder abwehrend.

»Ich kann nicht glauben, daß das etwas ausmacht.« Sie stellte die glimmenden *joss*-Stäbchen zwischen sie. »Ein Geist ist ein Geist, oder?«

Damit begann sie zu beten, sagte eine uralte buddhistische *sutra* auf. Jake legte den Kopf wieder zurück und lauschte den Worten. Langsam drangen sie ein, bis er sich von ihnen gefangen fühlte.

Schließlich öffnete er den Mund und merkte, daß er die Gebete mitsprach. Und endlich spürte er die Nässe auf seinen Wangen.

Er glaubte, es wären stille Tränen, bis er sich selbst schluchzen hörte. Dann merkte er, wie weiche Arme sich um ihn schlossen, ein leichtes Parfüm ihn umgab. Er spürte, wie sie ihre Wärme an ihn preßte, und der Trost, den sie vermittelte, war in dem Augenblick unbeschreiblich.

Noch immer schluchzend legte er die Arme um sie und preßte sie fest an sich.

Der Exxon-Terminalschirm des GPR-3700-Hauptgeräts war informationsträchtig. Aber keine war gut.

BEFEHLSZUGRIFFSCODE: GARGANTUA
EINHEITENZUGRIFFSCODE: BLIND BOY
ANTWORT: WEITERSUCHEN

»Verdammt!« sagte Schimäre, als seine Finger über dem Tastenfeld pausierten. »Gargantua« war der derzeitige Quarry-Zugriffscode für alle KGB-Agenten im Hauptspeicher. »Blind Boy« war der Code dieser vierzehn Tage für den Agenten, der Zugang zu den Speichern suchte. Im Code-Namen gab es neun Buchstaben und Leerräume, was darauf hinwies, daß der Quarry-Agent zum Personal der Basis Hongkong gehörte.

Es war aber noch schlimmer, dachte Schimäre, als er die RUECKKEHR-Taste drückte.

BEFEHLSZUGRIFFSCODE: WATERSNAKE
EINHEITENZUGRIFFSCODE: BLIND BOY
ANTWORT: WEITERSUCHEN

Dienstag-Ebene, dachte er. Organisierte Terroristen, die der Quarry bekannt sind. Der zweite Buchstabe des Hongkong-Alphabets gehörte David Oh.

Er schlug auf die RUECKKEHR-Taste.

BEFEHLSZUGRIFFSCODE: HERMES
EINHEITENZUGRIFFSCODE: BLIND BOY
ANTWORT: WEITERSUCHEN

Mittwoch-Ebene: Käufliche, ungebundene Terroristen.

»Scheiße!« sagte Schimäre vor sich hin. »Was macht der Hund bloß?« Was ihm am meisten Sorgen machte, waren die letzten drei Buchstaben von den neun. In der Computersprache der Quarry gab es unzählige Suffix-Ziffern. Das Zusammenkommen von B-O-Y war der allerletzte Zugriffscode für die innerste Datenbank, wo es mehr Schatten als Licht gab.

Tatsächlich war es die Bildung des Suffix-Codes B-O-Y, die das Terminal der Schimäre zum Leben erweckt hatte. Er hatte viele Stunden außerhalb des Büros verbracht, um diesen relativ einfachen Durchlaufcode zu vervollkommnen, mit dem die strenge Direktive für absolute Geheimhaltung innerhalb der Organisation umgangen werden konnte.

Er drückte die RUECKKEHR-Taste.

BEFEHLSZUGRIFFSCODE: FURIES
EINHEITENZUGRIFFSCODE: BLIND BOY
ANTWORT: WEITERSUCHEN

Als nächstes sah er, daß David Oh begonnen hatte, die Liste der Einzelagenten des KGB durchzusehen. Wohin führte das alles? fragte er sich. In der unmittelbaren Umgebung von Hongkong hatte es keine Terroristenaktivität gegeben, über die ihn Daniella nicht schon informiert hätte. Was sonst? Er begann zu schwitzen. War sie ungeduldig geworden? Hatte sie einige Leute ihres Schimärenetzes eingesetzt? Hatte David Oh ihre Spur aufgenommen?

Er drückte den Knopf, sah den Zugriffscode für Quarry-Agenten im Ruhestand auf dem Schirm aufleuchten. »Was jetzt?« wunderte er sich. Was konnte David Oh mit einer Liste der kürzlich in den Ruhestand gegangenen Quarry-Agenten anfangen?

Er drückte auf RUECKKEHR, und sein Mund blieb offen stehen.

BEFEHLSZUGRIFFSCODE: SPHERE

EINHEITENZUGRIFFSCODE: BLIND BOY

ANTWORT: GEFUNDEN UND VERGLICHEN

»Mein Gott!« Er starrte auf die Namen der beiden Agenten, die er zuerst auf Mariana Maroc angesetzt hatte. Die zwei, die irgendwie den Auftrag verpfuscht hatten.

Gefunden und verglichen? Seine Finger flogen über das Tastenfeld, bis der Computer ihm das zeigte, wonach David Oh die ganze Zeit gesucht hatte.

»Fingerabdrücke!« murmelte er. »Sie haben in der ganzen Wohnung von Maroc ihre Fingerabdrücke hinterlassen! Verfluchter David Oh!«

Er wirbelte mit dem Drehstuhl herum und ergriff das Telefon. Er wählte die reguläre, von der Quarry errichtete Außenleitung an, drückte dann aber noch einmal auf die Gabel und schaltete auf eine seiner eigenen Leitungen um, die voll abgesichert waren gegen Anzapfung.

Er wählte die Überseenummer.

»Ja?« sagte der Taiwanese. Er hatte schon beim ersten Läuten das Telefon abgenommen.

»Ihre Dienste werden für einen besonderen Zweck erfordert«, sagte Schimäre.

»Ich kenne den Zweck«, antwortete der Taiwanese. »Zu wem soll ich die Lieferung bringen?«

»David Oh.«

Eine halbe Welt entfernt wurde schweigend der Hörer aufgelegt. Das war die einzige Antwort, die Schimäre brauchte.

Bliss war atemlos vor Verlangen nach ihm.

Sie hörte das Plätschern der Dusche. Sie sah vor sich das Bild der nadelfeinen Strahlen, die über seinen nackten Körper herabstürzten. Verzweifelt wünschte sie sich, diese Wasserstrahlen zu sein.

Die blinkenden Lichter vor Augen, die zum Peak hinaufkletterten, erging sie sich in einem Spiel mit sich selbst. Sie versuchte, sich seinen Körper vorzustellen, seine Umrisse, die Muskelstränge und die schattigen Stellen dazwischen. Nachdem sie sich aus den Augen verloren hatten, hatte sie Dutzende von Fotos von ihm gesehen. Noch immer erinnerte sie sich an seinen kindlichen Körper, wie er dicht neben ihr lag. Seine Wärme in jener Nacht in Cheung Chau. Wie sie ihn vermißt hatte, als er gegangen war.

Doch damals schon, so jung, hatte sie einen Auftrag auszuführen gehabt. Der *yuhn-hyun* hatte befohlen, sie sollte dafür sorgen, daß Jake auf die Fischerinsel zum Ta-Chiu-Fest ging. Zu jener Zeit hatte sie keine Ahnung, warum, aber als sie heranwuchs, hatte Drei-Eide-Tsun das in zwei Worten erklärt.

Fo Saan.

Er war ein weiterer Teil des anscheinend endlosen *yuhn-hyun* gewesen. Vielleicht war das, wie sie dachte, die Herkunft des Namens: der Ring.

Fo Saan hatte auch sie ausgebildet. Ohne daß Jake davon erfahren hätte und nicht in der gleichen Art. Sie hatte ihre eigenen Fähigkeiten, die zu vervollkommnen waren.

Bliss hatte Jake seit jener Nacht, die sie nebeneinander auf Cheung Chau verbracht hatten, geliebt. Als sie älter wurde, hatte sie das als kindliche Verliebtheit abgetan. Vielleicht war ein Grund auch, daß es nichts mit dem *yuhn-hyun* zu tun hatte. Kontakt mit Jake zu diesem Zeitpunkt war ihr verboten worden.

Niemals jedoch war er aus ihrem Sinn und dem Herzen verschwunden, und später, als Drei-Eide-Tsun ihr das erste Foto von ihm zeigte, schmolz sie innerlich dahin. Sie war ihm völlig und unwiderruflich verfallen. Aber da war Jake bereits verheiratet.

Jetzt, da sie auf der Kante der bunten Couch saß, schüttelte das Verlangen nach ihm sie förmlich. Am Rand ihres Gesichtsfeldes: die schwelenden *joss*-Stäbchen. Sogar im Tod stand Mariana noch zwischen ihnen.

Wie sehr es sie nach ihm verlangte! Das Begehren schmeckte sie förmlich im Mund. Leben ohne ihn war nichts als ein Traum. Aber sie mußte Mariana berücksichtigen. Zumindest seine Erinnerung an sie. Die Gebete von Bliss zu der Toten waren nicht nur eine Geste gewesen. Marianas Körper mochte irgendwo in Japan begraben sein, ihr Geist lebte aber weiter. Das war etwas, was Bliss nicht vergessen würde.

Wasser wie Regen in ihrer Wohnung. Jake unter der Dusche, das Spiel seiner Muskelstränge, seine kupferfarbene Haut schimmerte halb verborgen in dem Dampf.

Die Lichter des Hafens verschwammen vor ihren Augen. Bliss weinte ganz offen, weinte, wie sie es seit Jahren nicht getan hatte. Ihr Verlangen war wie ein Panzer um die Brust. Sie rang nach Atem, doch ihr Weinen machte das schwierig. Sie suchte sich zu beherrschen, doch es gelang nicht. Ihr bewußtes Denken war blockiert. Erschreckt suchte sie Jake. Rannte zu dem rauschenden Wasser, nur einen Herzschlag entfernt.

Durch das getrübte Glas der Badezimmertür sah Jake den Schatten einer schnellen Bewegung. Sein erster Gedanke galt dem *fu*-Stück. Noch voller Seife schob er die Tür auf, stand auf den glatten Fliesen. Dampfendes Wasser tropfte von ihm ab.

Er hatte das heiße Wasser so weit aufgedreht, wie er es aushalten konnte, und das kleine Bad war voll von Wasserdampf.

Der Türrahmen war ausgefüllt. Gegenlicht machte die Gestalt zu einer

Silhouette, ließ den Umriß verschwommen und zauberhaft erscheinen, wie ein Foto in einem eleganten Modejournal. An Schultern und Hüften erkannte er, daß es Bliss war.

Jake war sich seiner Nacktheit bewußt, aber eine Bewegung zu machen, um sich zu bedecken, das wäre ihm töricht vorgekommen. Er merkte, wie ihm das Blut ins Gesicht schoß, und er war sicher, das kam nicht von dem heißen Wasser.

»Hast du einen Grund dafür, herumzuschleichen wie ein Spuk?«

»Ich *bin* ein Spuk«, sagte sie. »Herumschleichen ist eines der Dinge, die ich am besten kann.« Im ersten Moment hatte es ihr bei seinem Anblick, wie er aus der Dusche trat, den Atem verschlagen. Dampf stieg von ihm auf, als wäre er ein mythisches Wesen, selten wie ein Drache. Er schien voller Kraft zu sein.

Sie trat ins Licht des Bades, und er sah, wie ihre leicht geöffneten Lippen zitterten. Er kam ganz heraus aus dem Bad. Sie war gekleidet wie beim Abholen, trug ein schwarzweißes Seidenkleid mit einer quergeschnittenen Taille und einem kaum vorhandenen Rücken. Sie war barfuß.

»Du hast meine Frage nicht beantwortet.«

»Ich dachte, ich hätte es getan.« Es fiel ihr schwer zu sprechen. Ihre Empfindung schnürte ihre Kehle zu.

»Was tust du hier?«

»Ich wollte mal sehen, wie du aussiehst.«

»Und da kommst du einfach hier rein.« Seine Stimme wurde immer belegter.

»Ja.«

»Verdammt, ich bin aber nackt!« explodierte er. »Es ist nicht . . . es ist nicht so . . .«

»Tu es nicht«, sagte sie. Ihre Augen waren groß und glänzend. »Bitte, schrei mich nicht an.« Ihre Stimme war dumpf.

»Bliss, wirklich . . .« Er war völlig sprachlos. »Das ist nicht fair!«

Sie machte einen zögernden Schritt auf ihn zu. Sie stand jetzt so nahe, daß er die schwachen Spuren sehen konnte, die die Tränen auf ihren Wangen hinterlassen hatten.

»Bliss . . .«

»Jake.« Ihre Stimme war ein leises Flüstern. »Raube mir nicht mein Herz, Jake.«

Niemand hatte bisher so mit ihm gesprochen. Niemand hatte jemals seinen Namen so ausgesprochen wie sie, wie eine Liebkosung.

»Verzeih mir, Mariana.« Er hörte die leisen Worte und das Rascheln von Seide auf der Haut im selben Augenblick. Ein Geräusch ging in das andere über, so daß er später nicht mehr wußte, ob er wirklich beide gehört hatte. Von einem Augenblick auf den anderen war Bliss' Kleid ein weicher Ring um ihre Knöchel.

Jake hatte nur zu starren. Er hätte auch kaum etwas anderes tun können. Ihr Anblick machte ihn willenlos. Sie war gelbbraun wie eine große Katze, die Haut schimmernd und fest, nicht übermäßig muskulös, so gut geformt, als hätten die Jahre sie kaum berührt. Sie war üppig und gleichzeitig grazil. Taille und die Fesseln waren schlank. Sie besaß die Schultern einer Sportlerin, aber die Hüften einer Frau, ausladend und sinnlich. Er sah die Muskeln in ihren Schenkeln sich bewegen, erkannte die Kraft in ihnen.

Sie hob die ausgestreckten Arme über den Kopf, wodurch ihre vollen festen Brüste noch höher gezogen wurden. Die großen Brustwarzen waren bereits aufgerichtet. Sie legte die Hände darunter.

»Magst du mich?« Wieder dieses heisere Flüstern.

Diesmal zitterte er in unruhiger Reaktion. »Bliss«, sagte er schwer atmend.

»Auch wenn es nur ein kleines bißchen ist, sag mir, ja.«

»Du hast kein Recht dazu, so etwas zu tun.«

»Meine Liebe gibt mir das Recht. Ich habe von diesem Augenblick schon so lange geträumt.« In ihren Augen war ein wildes Funkeln, ein kräftiges, gelbes Flackern wie bei Tieren im dichten Dschungel. Ihre Stimme war belegt. »Ich habe dich von dem Augenblick an geliebt, da wir Seite an Seite am Ta Chiu hochkletterten. Ich habe mit keinem Mann geschlafen, ohne von dir zu träumen. Ihre Arme um mich wurden zu deinen Armen. Und wenn sie in mich eindrangen, warst du es, den ich fühlte.«

»Bliss.« Als er ihren Namen wieder flüsterte, wurde Jake klar, daß er am Flughafen nicht recht gehabt hatte. Sie war nicht die Schwester, die ihren älteren Bruder abholen wollte, sondern eine Frau, die zögernd ihr Herz für den zukünftigen Geliebten öffnete.

Sie kam auf ihn zu, schien über die Fliesen zu gleiten. Er war fasziniert, beobachtete das Spiel ihrer Muskeln unter der schimmernden, glatten Haut. Er sah, daß sie sich wie ein Panther bewegte, mit einer geschmeidigen Anmut, die ebenso kraftvoll wie erotisch war. Sie führte mit ihren Schenkeln, sie bewegte sich von den Hüften abwärts. Mit jedem ihrer Schritte wurde offenbar, daß sie Kraft aus dem Boden zog, auf dem sie ging. Gerade dieses Elementare war es, das ihrer Unschuld eine erotische Resonanz verlieh.

In dem Augenblick, da ihre Körper sich berührten, stöhnte Jake laut auf. Es war, als hätte ihn ein elektrischer Schlag getroffen. Er spürte, wie die Nerven unter der Haut sich rührten, als hätten sie jahrelang brachgelegen. Etwas in ihm war durch sie zum Leben erweckt worden.

Er fühlte, wie ihre Arme sich um ihn legten, ihr Gesicht an seinen Hals geschmiegt nach oben sah. Er merkte, wie ihr ganzer Körper sich hob, als sie sich auf die Zehenspitzen stellte und ihre Haut sich an seiner rieb.

Als sein Mund sich auf den ihren legte, fühlte er die Hitze ihrer Lenden, die sich an ihn preßten, und er spürte ihre Schamhaare an seinem Bauch.

Er stöhnte in ihren offenen Mund hinein, als er sie schmeckte. Sie war wie ein süßer Wein, von dem er nicht genug bekommen konnte. Er war wie benommen, und die Spannung in seinen Beinen löste sich in Muskelzuckungen.

Jetzt erkannte er, daß er seit jener Nacht des ersten Traums im Krankenhaus an sie gedacht hatte. Er hatte sie damals und seitdem immer haben wollen, doch sein Schuldgefühl und später die Trauer um Mariana hatten das Verlangen überdeckt.

Er hielt sie fest umklammert, fühlte, wie ihre Wärme in ihn drang und sein eisiges Inneres auftaute. In diesem Augenblick glaubte er, sein Herz laut schreien zu hören, und er sank auf die Knie. Seine Hände liebkosten ihre muskulösen Flanken, sein Gesicht war dicht an ihrem Schoß. Ihre Unschuld rührte ihn zutiefst, als auch er an die Nacht der Kinder auf Cheung Chau dachte.

Er konnte ihre Hitze an seiner Wange spüren. Seine Nasenflügel blähten sich, als er den Duft ihrer Erregung einsog. Er öffnete den Mund und fühlte, wie seine Zunge in ihr Innerstes gezogen wurde. Er leckte weich und sanft, mit langen, liebevollen Bewegungen, und er war erstaunt, wie rasch sie sich ihm öffnete, eine köstliche Schicht nach der anderen.

Über ihm grub Bliss ihre Finger in sein dichtes Haar und hielt sich daran fest, während ihr Becken sich rhythmisch bewegte. Ihr Herz schlug wie ein Dampfhammer, als sie merkte, daß ihr Schoß sich ihm wie eine Blüte öffnete. Ihr Innerstes schmolz dahin, und vom Nabel aus breitete sich eine Erregung nach unten aus, bis zu der Stelle, wo Jake sie liebte.

In dem Maß, wie seine Zunge sich bewegte, zuckte das Gespinst ihrer Erregung, zog sich zusammen, kräftigte sich und wurde zu einem Band des Genusses, das schöner war als alles, was sie jemals empfunden hatte. Ihr Unterleib zitterte bei jeder Bewegung; längst war alles ihrer bewußten Kontrolle entglitten.

Ohne recht zu wissen, was sie tat, langte Bliss nach unten, ergriff Jakes Hände, zog sie nach oben, bis sie die Handflächen auf ihre Brüste pressen konnte.

Sie stöhnte, als er zugriff. Das Gefühl seiner rauhen Handflächen, die über ihren aufgerichteten Brustwarzen hin- und herfuhren, war fast mehr, als sie ertragen konnte. Nun dehnte das Band der Erregung sich nach oben aus, durchzog ihre Brüste. Jetzt fühlte sie sich ihm in jeder Weise verbunden, als wäre er schon in ihr.

Die Spannung wuchs immer weiter in ihr. Ihr intensives, lebenslanges Training mit innerer Spannung veranlaßte sie, sich ihr zu öffnen, sie eher anzunehmen, als sie zu fürchten, denn sie war sich sofort ihrer Macht bewußt.

»Ahhh«, schrie sie, schwer atmend. »Ahhh!«

Bliss krümmte sich, spreizte die Schenkel so weit, wie es in dieser Stellung möglich war. Ihre Offenheit steigerte den Genuß noch. Sie warf den Kopf zurück. Sie starrte blicklos an die Decke, verlor sich in dem Gespinst der Ekstase, das Jake in ihr wob. Ihre geschlossenen Augenlider flatterten. Ihre Brüste wogten in dem Gefängnis seiner Handflächen.

Sie konnte die Hüften nicht davon abhalten, sich an ihn zu drücken. Alles in ihr drängte danach, ihn in sich zu spüren, aber noch mehr wollte sie, daß diese Ekstase anhielt.

Sie schrie auf, als sie merkte, wie ihr Fleisch halb verschlungen wurde. Warm wallte es in ihr auf, und dann begann das Lecken erneut, doch diesmal mit gesteigertem Gefühl. Sie schaute nach unten, sah, daß er ein Stück von ihr in den Mund genommen hatte.

»Ohhh«, keuchte sie. »Ich halte das nicht aus. Ich kann nicht . . . Ohhh!«

Hitze stieg in ihr auf, hüllte Schultern, Brust und Herz in ein Bad aus flüssigem Feuer. Stieg in den Nacken und das Gesicht.

Ihr Atem kam stoßweise aus halbgeöffneten Lippen, die Nasenflügel bebten. Die Spannung in ihren Muskeln erreichte unerträgliche Ausmaße. Dann endlich kam es zu einem letzten Ausbruch, und der Orgasmus überwältigte sie. Sie zitterte und schüttelte sich in seiner Umarmung, schrie etwas auf burmesisch, während die Spannung abebbte.

Sie brach in Jakes wartenden Armen zusammen, neigte den Kopf mit den flatternden Augenlidern.

Behutsam ließ Jake sie auf sich herab. Er hielt sich noch immer zurück, obwohl er verrückt darauf war, sich in sie zu ergießen. Er war so hart, daß es schmerzte, und er zitterte in der Erinnerung an ihren intensiven Höhepunkt.

Der Atem stockte ihm, als er spürte, wie ihre strömende Nässe seine Spitze verschlang. »Oh, Gott!« Die Worte kamen aus ihm heraus wie Dampf aus einer Maschine.

Bliss hatte seine Schultern gepackt, und er spürte, wie der Griff stärker wurde und sie sich auf ihn herabließ. Ihr Kopf neigte sich vor, legte sich in die Beuge zwischen Kopf und Schulter von Jake. Ihre Lippen saugten an ihm.

»Nimm mich!« Ihre Stimme war ein rauhes Flüstern. »Nimm mich, oh, bitte!«

Vorsichtig stieß er nach oben, merkte, wie er noch etwas tiefer in sie eindrang. Ihre Wärme war fast zuviel für ihn. Seine Lungen arbeiteten wie Blasebälge. Schweiß strömte an ihm herab. Er netzte auch ihr langes, nachtschwarzes Haar, von dem Strähnen wie kleine Arme an ihm klebten.

»Ach, Jake!« Es schien, als hätte sie keinen Atem mehr. Er spürte, wie ihre Hand nach unten fuhr. Ihre kräftigen Finger umschlossen ihn, drückten rhythmisch.

Das war zuviel für ihn. Mit einem tiefen Aufstöhnen glitt er ganz in sie hinein. Dann merkte er, wie sie sich erhob, bis er ganz herausglitt; sie hielt diese Stellung, berührte nur seine Spitze, so lange, wie sie es aushalten konnten. Er stieß wieder vor.

Jake ergriff sie, sicher, daß er es nicht viel länger aushalten würde. Er wollte nicht, daß dieses Gefühl aufhörte, und doch stieg die ekstatische Reibung zu solcher Intensität in ihm, daß er wußte, es ließ sich nicht länger aufhalten.

Mit jedem Stoß fühlte er ihre flatternde Nässe um sich, spürte den Druck ihres Venushügels an seinem Bauch, den sanften, aber drängenden Druck ihrer Finger.

Er fühlte das Gewicht in sich wachsen, das immer drängender werdende Ziehen in seinen Lenden. Mit einem Ruck verkrampfte sich sein Schließmuskel. Er wuchs in ihr noch, zitternd.

Bliss spürte seinen Höhepunkt nahen und ritt jetzt schneller auf ihm, preßte ihren Oberkörper an ihn, während seine Stoßbewegungen heftiger wurden. Ihre beiden Körper klatschten immer schneller aufeinander, und während das geschah, spürte Jake eine ekstatische Verschmelzung. Er merkte, wie Schleusentore sich in ihm öffneten, merkte, wie er Bliss verfallen war, und scheute nicht davor zurück. Er genoß es.

Hingerissen und berauscht verströmte er sich in sie mit einer nie erlebten Hingabe.

Vereint mit ihm spürte Bliss die Steigerung ihrer eigenen Kräfte. Seine zitternde Heftigkeit feuerte die ihre an, so daß sie dicht an der Schwelle war, als er kam. Die Macht seiner Explosion übertrug sich auf sie, und sie explodierte noch einmal in einem schnellen, scharfen Ausbruch, der ganz anders war als bei dem ersten, aber nicht weniger angenehm.

Vielleicht war es nicht nur das noch immer laufende heiße Wasser der Dusche, das den Raum mit Dampf erfüllte.

Draußen war riesig und oval der Mond aufgegangen und raubte dem Gefunkel vom Peak bis hinab zum Hafen einen Teil seiner Helligkeit. Das Wasser glitzerte wie ein Pfad hinauf zu den Sternen in dem neuen Licht.

David Oh war auf der Flucht.

Nacht. In der eigenen Stadt. Es würde schon gutgehen, sagte er sich immer wieder.

Ihm war klar, daß er Jake erreichen und ihm sagen mußte, was er jetzt wußte. Kein Platz innerhalb der Quarry war mehr sicher.

Seitlich von ihm erhob sich das Singapore-Hotel wie ein gläserner Bienenstock, die Lichter in den Zimmern hell und einladend. Nicht für ihn. Er eilte die Lockhart Road weiter entlang. Im hellerleuchteten Wanchai mit seinen vielen Nachtbars, Tanzhallen und Kinos fühlte er sich sicher. Warum also zittern?

Er erinnerte sich, wie er über das Terminal des GPR-3700-Computers gebückt gesessen hatte, als er feststellte, daß Stallings' Mission irgendwie mit KVR-Missionen zusammenfiel, deren Ziel unbekannt war; daß kurz nach seinen fehlgeschlagenen Aufträgen Oppositionsführer liquidiert wurden – und nicht durch einen Unfall ums Leben gekommen waren, wie die veröffentlichten Berichte besagten.

Mit Ausnahme von Mahmed Al-Qassar, einem geheimen CIA-Double, den irrtümlich zu liquidieren das KVR Stallings fröhlich gestattet hatte.

Vielleicht hatte all das für Stallings keinen Sinn ergeben. Möglicherweise wäre er noch dahintergekommen, hätte er etwas länger gelebt. David Oh wußte mehr davon: die Quarry hatte Mariana Marocs Tötung befohlen, ehe die amtliche Direktive »Suchen und Liquidieren« erteilt worden war.

Mehr Zeit am Computer und umfangreichere Kenntnis von der Software hatten es ihm ermöglicht, ein weiteres lebenswichtiges Stück des Puzzles herauszuziehen. Alle Oppositionsliquidierungen waren auf eine Quelle zurückgeführt worden: Nichiren.

Nichiren wurde vom KVR geführt. Das bedeutete General Daniella Workuta. Die »Gegenbefehle« aus der Quarry begünstigten alle die Sowjets. Also wieder Workuta!

Das war genug für David Oh. Sobald er an die Steinmauer des »nur für befugte Augen, Quarry Direktor« gestoßen war, hatte er eine Kopie aller von ihm ausgegrabenen Angaben, einschließlich dieser, angefertigt.

Workuta war bis ins Herz der Quarry eingedrungen. Sie attackierte von drinnen und draußen. David Oh hatte keine Ahnung, wie weit sie schon gelangt war, aber eines war sicher: Er konnte keinem mehr trauen. Keinem, außer Jake.

Er schlüpfte in den Gray Shark, ein billiges Kellerlokal, wo das Licht schwach, die Drinks zwei Drittel Wasser und die Mädchen völlig ohne Gedächtnis waren. Das Lokal war voller Krach und Rauch. Der Krach kam aus sechzehn Lautsprechern ringsum an den Wänden des riesigen Raumes.

Rote, grüne und goldfarbene Scheinwerfer hingen an der Decke, ihre schwingenden Kegel streiften über die Schultern der Tänzer. Seeleute. David Oh sah viele Matrosen. Ein amerikanischer Flugzeugträger lag im Hafen. Viel Geld würde heute nacht in Wanchai verdient werden, dreiviertel davon auf illegale Weise.

Er ging an die neonumrahmte Bar und bestellte einen Whisky-Soda. Der schmeckte wie Wasser, was ihm aber gleichgültig war. Jetzt war nicht die Zeit, Krach zu schlagen. Mit Ausnahme der erhöhten achteckigen Tanzfläche war das Lokal mit winzigen Tischen vollgestellt. Auf seiner Seite, in der Nähe der Waschräume, führte eine steile eiserne Treppe ein Stockwerk höher.

David Ohs Augen schweiften durch den Raum, entdeckten aber niemand, den er kannte. Aus den Augenwinkeln heraus überwachte er die Tür. Die Hinausgehenden ignorierte er. Die Hereinkommenden waren es, die ihn interessierten.

Sechs Minuten nachdem er hereingekommen war, sah er drei Verdächtige. Alles Männer, die ihm wegen ihrer Gesichter auffielen. Sie waren offensichtlich von einer großen, straff geführten Organisation ausgebildet worden. Ihre Augen überflogen den Raum, taten es aber systematisch und ließen nichts aus. Und dann kamen sie in seine Richtung.

David Oh schnappte sich ein Mädchen, zog es fest an sich, bewegte sich fort aus dem hellen Lichtschein der Bar.

Es war ein Risiko gewesen, den Computer in den letzten Tagen so zu gebrauchen, wie er es getan hatte. Nur wegen der besonders ausgelegten Software hatte er Stallings' Spur aufnehmen können. Jetzt vermutete er, daß General Workutas Kontakt innerhalb der Quarry-Hierarchie genauso verfahren war. Deshalb war Stallings nach Japan geschickt worden. Nicht, um Nichiren zu liquidieren, sondern um selbst getötet zu werden.

David Oh wußte, daß das gleiche Schicksal sehr wohl auch ihm blühen konnte. Trotzdem hatte er mit seinen Entdeckungen weitergemacht. Einmal begonnen, konnte er kaum aufhören. Es hätte ihm keine Ruhe gelassen.

Jetzt war er entdeckt worden.

Er nahm das Mädchen mit sich die Treppe hinauf. An seinem Ohr vernahm er die Aufzählung der Preisliste: Wollte er es normal oder hätte er lieber einen Dreier? Wollte er Oral- oder Analsex? Wollte er eine halbe Stunde, eine Stunde, länger? Sehr romantisch! Er machte sich nicht einmal die Mühe, ihr zu sagen, sie solle den Mund halten.

Sie betraten eines der etwa zwei Dutzend Zimmer über der Disko. Drinnen stieß er das Mädchen weg, beachtete es nicht mehr.

»Hey, S und M kostet dich aber eine Menge mehr!« Er schob das kleine Fenster hoch. Musik drang von unten herauf, das dunkle Bumbum-bum des Basses ließ seine Zähne klappern.

Er spähte hinaus. Regenabflußrohre die Menge. Es war keine Zeit, darüber nachzudenken, wie lange sie schon da waren und ob sie hielten. Wie eine Katze schob er sich durch die Fensteröffnung, griff nach dem schmutzigen, verkrusteten und rostigen Rohr und rutschte nach unten in die düstere Gasse.

Er lief in die Nacht, dachte, meine einzige Chance ist jetzt, daß ich Jake finde. Drei Straßen weiter, als er seine Lungen wieder mit dem nötigen Sauerstoff gefüllt hatte, erinnerte er sich an Bliss. Er hatte ja von Anfang an vermutet, daß Jake mit ihrem Wissen aus Hongkong entwischt war.

Jetzt war sie vielleicht das einzige Verbindungsglied, das ihm blieb. Er kramte in seinen Taschen nach einer Münze und begann wieder zu rennen. Suchte ein Telefon.

Sir John Bluestone wußte, daß er seinen Konkurrenten gegenüber einen Vorteil hatte, sobald der andere Mann in den Raum trat und zu berichten begann.

Interessant, dachte Bluestone jetzt auf seinem Ledersofa ausgestreckt. Wie ein Fürst. Ein Handelsfürst. So dachte er über sich selbst. Zum Teil. Auch er hatte sein geheimes Leben, das ihn zu jeder Tages- und Nachtstunde erwärmte. Er arbeitete für eine Sache, mit der er sich verbunden fühlte. Durch seine Geburt gehörte er zur englischen Oberschicht. In Indien und später in kleineren Staaten Südostasiens hatte er mitansehen müssen, wie die Arroganz des weißen Mannes eine Reihe von ausgesuchten Paradiesen der Zerstörung anheimgegeben hatte. Die leichtfertige Mißachtung von Leben, die seine Landsleute zeigten, hatte ihn mit Abscheu erfüllt und, was noch wichtiger war, ihn beunruhigt. Er hatte begonnen, seiner Empörung Luft zu machen. Man war an ihn herangetreten, hatte ihn geprüft, angeworben. Dann war er nach Hongkong geschickt worden und schließlich zu seiner derzeitigen Position als einer der fünf *tai pan* von Five Star Pacific aufgestiegen.

Interessant, dachte Bluestone wieder, als er den Chinesen bei seinem Bericht beobachtete. Sein Arbeitszimmer, in dem er jetzt ruhte, war ein Spiegelbild seiner selbst. Es bestand aus einer Reihe von Mustern – samt und sonders Variationen des Themas Schwarz und China-Rot. Die Decke war schwarzer Lack, die Wände schwarz tapeziert, glänzend und matt in sich gemustert, mit winzigen roten Chrysanthemen darauf.

Die Ledercouch, auf der er lag, war rot, die Sessel schwarz. Der Fußboden war mit dickem Teppichboden belegt, schwarz mit roten Pünktchen. Ebenholz-Bücherregale kletterten an der Wand hinter dem Schreibtisch aus Ebenholz und dem schwarzroten Metallsessel hoch. Dann war da noch ein chinesischer Altar auf einem roten Sideboard, auf dem der einzige andersfarbige Fleck stand: eine unbezahlbare Qing-Vase von so durchscheinend feinem Porzellan, daß man sagen konnte, sie enthielte überhaupt keine Farbe oder alle auf einmal.

Kurz gesagt, es war ein überwältigender Raum. Was genau die Absicht Bluestones war. Niemals war es vorgekommen, daß jemand, der über diese Schwelle trat, nicht eingeschüchtert worden wäre. Das galt für den Gouverneur wie auch eine Handvoll stolzer Minister des englischen Parlaments.

Peter Ng war fast fertig mit seinem Bericht. Es war schon interessant, dachte Bluestone, wie alle Vögel schließlich immer zum Nest kommen, um zu schlafen. Hier war ein Mann, der schon fünf oder mehr Jahre lang ein Teil von Bluestones Netz gewesen war, seit Bluestone durch seine Agenten dahintergekommen war, daß Ng heimlich eine Reihe von Büchern von Sawyer & Sons führte, die auswiesen, daß im Verlauf der Jahre über 23000 Anteile der Firmenaktien in seinen Besitz gelangt waren. Er war für Bluestone nie von großem Nutzen gewesen, hatte immer nur hier und da eine Kleinigkeit erledigt. Bis jetzt.

»Abschließend bliebe zu melden«, sagte Ng, »daß Andrew Sawyer mit dreißigtausend Anteilen bei Pak Hanmin drin ist. Morgen will er weitere hunderttausend erwerben. Er glaubt, die Emission sei extrem unterbewertet.«

Jetzt habe ich etwas, dachte Bluestone. Wenn auch T. Y. Chung für mich kauft, brauche ich doch noch diesen letzten Block von einhunderttausend Anteilen, um mir die Kontrolle über die Gesellschaft zu sichern. Dafür habe ich nicht genügend Geld, und diese hunderttausend können für mich sehr teuer zu stehen kommen, wenn Sawyer und ich uns darum streiten, was sehr wahrscheinlich ist. Es ist der letzte große Block, der zum Verkauf steht.

Jetzt ist der Zeitpunkt gekommen, meine neuen Partner anzusprechen. Die örtlichen Banken, mit denen er Geschäfte machte, hatten ihn auf dem laufenden gehalten über die Aufkäufe seiner kurzfristigen Verbindlichkeiten während der letzten Tage. Durch irgendeine von ihnen konnte er eine Nachricht an seine Gönner weiterleiten. Wenn sie dafür Geld hatten, würden sie sicher genug haben, um für Five Star Pacific die Kontrolle über Pak Hanmin zu sichern und damit die Früchte des fast vollendeten Kam Sang-Projektes einzuheimsen.

Er entließ Ng, nahm den Telefonhörer ab, schlug sein Adreßbuch auf und suchte schnell die Nummer des Präsidenten der Hongkong and Asian Bank Corp. heraus. Trotz der späten Stunde mußte er eine Botschaft loslassen. Um Sawyer & Sons abzuwehren, mußte er die Kapitalzusage haben, ehe die Hang Seng am Morgen öffnete.

Bluestone hörte das leise Summen des Telefons, und als die männliche Stimme, die er erkannte, antwortete, begann er zu sprechen.

Den ganzen Weg von Wanchai zu Fuß, hielt David Oh Ausschau nach möglichen Verfolgern, die sich der üblichen Tricks bedienen mochten. Dabei benutzte er die Schaufensterscheiben als Spiegel, um die Seiten und den Raum hinter sich zu überblicken. Manchmal ging er ein Stück zurück, wechselte im Gegenlicht die Straßenseiten und hielt sich von den breiten Hauptstraßen fern. Dann sprang er in einen Bus.

Dieser fuhr genau in die entgegengesetzte Richtung, doch das war ihm nur recht. Er war entschlossen, sich auf diesem Weg viel Zeit zu lassen. Sollten Verfolger sich zeigen, wollte er den Lauf der Dinge bestimmen. Er wollte wissen, wie die drei eingesetzt wurden. Das würde ihm einen Hinweis darauf geben, was sie konnten und woher sie kamen.

Als er den Anruf tätigte, wurde er nicht beobachtet. Sein Herz hüpfte, als Bliss Jake an den Apparat rief. So viel zu sagen, so wenig Zeit dafür. Es war kein Platz für Gefühle, und er hatte sich zurückgehalten. Er hatte den Treffpunkt auf der Spitze des Victoria Peak festgelegt. Nahe genug bei Jake, aber vom sicheren Haus von Bliss entfernt, und im Freien – bekanntes Gelände. Das würde in Ordnung sein.

An der dritten Haltestelle stieg er aus, wartete aber, bis die Türen sich schließen wollten. Niemand folgte ihm. Er schwang sich auf einen anderen Bus, der in die andere Richtung fuhr. Dreizehn Haltestellen, eine unheilvolle Zahl, aber es war Zeit auszusteigen. Er ging zwei Straßen nach Westen zum Queens Way. Es war die Zeit nach dem Essen, und die Hauptstraßen der Kolonie waren vollgestopft mit Menschen. Nur eine Fährenfahrt entfernt im pulsierenden Herzen von Tsin Sha Tsiu lockte das Neonnachtleben.

David Oh wartete geduldig auf den Bus, der den Cotton Tree Drive hinauffuhr. Ob er verfolgt würde oder nicht, war immer schwer zu sagen. So viel Menschen auf einem so kleinen Platz. Immerhin hatte er seine Verfolger einmal gesehen, und so würde er keine Schwierigkeiten haben, sie wiederzuerkennen.

Ein Bus kam, doch er war so voll, daß er lieber wartete. Das gab ihm Gelegenheit, seine unmittelbare Umgebung genauer zu betrachten. Direkt hinter ihm war ein Geschäft, geschmückt mit den dreidimensionalen Ausstellungsstücken von vier oder fünf führenden Schweizer Uhrenherstellern. Wie üblich zog ein solches Unternehmen viele Touristen an, sowohl die, die genügend Geld hatten, um die massiv goldenen, diamantenverzierten Zeitmesser kaufen zu können, wie auch diejenigen, die sich mit Gaffen zufriedengeben mußten.

Eine Gruppe junger Chinesen ging an ihm vorbei die Straße hinunter und verschwand in der Menge. David Oh wandte sich ab. Auf der anderen Seite der belebten Durchgangsstraße bestiegen mehrere Matrosen ein Taxi, das hinunter zur Pier und zur Star-Ferry fuhr.

Das fröhliche, laute Geplapper von Dialekten diente nur dazu, ihm klarzumachen, daß er nicht zu der eiligen Menge gehörte. Durch seine Situation war er abgesondert genug. Der rote Doppeldecker kam in Sicht, an seiner Seite klebte ein Poster für einen neuen Film. Eine Frau, zurückgelehnt und mit nach oben gerichtetem Gesicht. Der Oberkörper eines Mannes drohend über ihr, halb im Schatten. In blutroter Schrift der Titel des Films: Die *Ninja*.

Die Menschentraube, die auf den Bus wartete, begann nach vorn zu drängen, noch ehe er richtig hielt. David Oh fühlte sich davongetragen auf einer Flut menschlicher Leiber. Ein Chinese schrie an seinem Ohr, als er einen Australier wegen seiner Langsamkeit beschimpfte.

Der dunkle Trichter der Bustür schien die Menge in seine Tiefen hineinzusaugen. David Oh folgte dem Sog. Plötzlich wurde er sich bewußt, daß er gar keine Chance hatte, jeden zu kontrollieren, der hinter ihm nachdrängte.

An der Haltestelle, wo Cotton Tree Drive und Garden Road zusammentrafen, sprang er aus dem Bus, wartete an der Ampel und lief hinüber zum Kiosk der Peak-Bahn. Für vier Hongkong-Dollar kaufte er ein Ticket und verschwand dann in den Schatten jenseits der Lichtkegel, die den kleinen Bau umgaben.

Nebel kam auf. Es war schon schwierig, weiter als die halbe Peak Road hinaufzusehen. Ein Blick auf die Uhr zeigte ihm, daß es fast Mitternacht war, die Zeit, zu der die Bahn den Betrieb einstellte.

Kein Mensch sonst war zu sehen. Es war ja auch nicht die üblichste Zeit für eine Fahrt den steilen Berg hinauf.

Er lehnte den Kopf an die feuchte Mauer und fragte sich, was er Jake sagen wollte, wenn er ihn sah. Über die Informationen hinaus, die er jetzt besaß, wußte er nur, daß es wichtig wäre, die Probleme zwischen ihnen zu bereinigen. Schmerzlich wurde ihm unvermittelt klar, daß weder er noch Jake dem anderen in den vergangenen Monaten ein guter Freund gewesen waren.

Selbst in diesem Augenblick noch nagte sein Zorn auf Jake heftig an ihm. Irgend etwas war am Sumchun-Fluß mit ihm geschehen. Für Jake mochte es natürlich sein, sich darüber auszuschweigen, denn möglicherweise ging dieser Teil die Quarry nichts an. David Oh mußte aber zugeben, daß er erst enttäuscht und dann verletzt gewesen war, als Jake sich ihm nicht anvertraute. Bedeutete ihre Freundschaft ihm so wenig? Traute Jake ihm nicht? Verstimmung hatte in ihm geschwelt wie eine Zündschnur. Sie änderte aber nichts an dem, was er für Jake zu tun bereit war – nur an seiner Vorstellung von Jake. Er hatte geglaubt, Freundschaft wäre für Jake wichtiger. So wichtig, wie sie für ihn war: hochheilig!

In dieser Nacht war noch viel zu erledigen, und der Peak war vielleicht ein Symbol dafür. Der höchste Punkt in der Kolonie.

Die Geleise begannen zu singen. Die Bahn kam. Die Drähte vibrierten. David Oh spürte die Bewegung.

Als er sich in den schwach beleuchteten Wagen schwang, war sein Verlangen nach der Rückkehr zur Freundschaft wie ein körperliches Ziehen. Überrascht stellte er fest, wie sehr er Jake vermißt hatte.

Er setzte sich in den vorderen Teil des Wagens. In der Ferne hörte er das gedämpfte Tuten eines Schiffes und etwas näher das weiche Zischen des Verkehrs auf nassem Asphalt. Die Türen schlossen sich.

David Oh schaute sich um. Am anderen Ende des Wagens saß ein junger Chinese in einem leichten schwarzen Regenmantel und mit Hut und hielt einen fest zusammengerollten Regenschirm in der Hand. Vielleicht machte er es unbewußt einem britischen Gentleman nach. Er sah nicht her zu David Oh.

David Ohs Blick wanderte weiter. Die Türen hatten sich jetzt seufzend ganz geschlossen, und mit einem sanften Ruck begann die Bahn ihre Fahrt den Hang des Victoria Peak hinauf.

Sechs Haltestellen. Niemand stieg ein oder aus. Sie waren jetzt auf dem halben Weg, bereits völlig in den Wolken. Die Nacht nahm ein leicht lumineszierendes Schimmern an. Es war weder dunkel noch hell, und es schien fast, als reisten sie durch eine unveränderliche Gegend, aufgehängt auf halbem Weg zwischen Himmel und Erde. David Oh bewegte sich, um das an seinem Rücken klebende Hemd zu lösen. Er dachte an Jake.

An der siebenten Haltestelle, als die Bahn schließlich hielt, stieg noch ein Chinese ein, und die Türen schlossen sich wieder. Weiter ging die Fahrt.

Der Mann schaute sich um. Er blickte zu dem Chinesen mit dem Regenschirm und dann in den vorderen Wagenteil.

Und dann kamen sie beide auf David Oh zu.

Draußen war der Mond vom Nebel verdunkelt worden.

Nach dem Telefonanruf stellte Bliss keine Fragen, wie es jemand aus dem Westen sicher getan hätte. Trotzdem schien sich Jakes melancholische Stimmung auf sie übertragen zu haben. Ihre Hände waren tief vergraben in ihren Jackentaschen.

»Vielleicht wäre es am besten, zur Station der Peak-Bahn zu laufen«, sagte sie und schickte sich an, den Gehweg entlangzugehen.

Jake nickte. »Versuche, an jede Möglichkeit zu denken.«

»Das Schlimme ist, man tut es selten.«

Es hatte zu nieseln begonnen. Die vollkommen klare Nacht hatte sich in das Gegenteil verwandelt. Jake hielt sie im Schatten einer tropfenden Wisteria zurück. Direkt vor ihnen erstreckte sich der Gehweg. »Ich will hören«, sagte er, »und sehen.«

Die Nacht war trübselig. Der Nebeldunst hing über der Beleuchtung von Straßen und Wohnungen und machte die Schatten grau. Jake hörte und sah nichts. Grillen schlugen irgendwo Wirbel. Das Geräusch, eingefangen zwischen den Hochhäusern weiter unten an den Hängen, kam zurück.

Jake war sich seines Könnens völlig sicher. Er war vom Besten ausgebildet worden, den es gab: von Henry Wunderman. Wunderman war es gewesen, der Jake vor mehr als zwanzig Jahren in Hongkong angesprochen hatte. Sie hatten sich zum Essen in dem großartig geschwungenen Speisesaal des Peninsula Hotels getroffen.

Wunderman, dessen Gesicht vor Schweiß glänzte, hatte seinen Stuhl zurückschieben müssen, um seine Körperfülle am Tisch unterzubringen. Er hatte Bourbon bestellt und beim ersten Schluck das Gesicht verzogen.

»Wie ich hörte, sind Sie arbeitslos.«

»Das ist richtig.«

Wunderman hatte dann aus dem Studium der Speisekarte eine große Show gemacht, aber bei der Bestellung der einfachsten Gerichte geendet. »Ich bin an diesen Teil der Welt nicht gewöhnt«, sagte er. Er wartete, bis auch Jake bestellt hatte, und legte dann die Ellenbogen auf den Tisch.

»Für was interessieren Sie sich?«

Jake fragte sich, wer dieser riesige Amerikaner wohl sein mochte, doch wäre es unhöflich gewesen, zu fragen. »Kriegskünste, Chinesisch, *wei qi.*«

»*Wei qi,* was ist das?«

»Ein Spiel. Ich kann Ihnen gelegentlich beibringen, wie man es spielt. Das dauert sieben Minuten. Ich kann Ihnen auch beibringen, wie man gewinnt. Das dauert dann sieben Jahre.«

Wunderman hatte gelacht. »Sie haben völlig recht«, sagte er. »Die Entwicklung mancher Fähigkeit dauert lange.«

Sie hatten sich auf Anhieb gemocht. Wunderman fand Jake smart genug, so daß er sicher war, er könnte von ihm lernen. Jake seinerseits war gefesselt von Wundermans Rätselhaftigkeit. Er war der Meinung, dieser Mann repräsentiere eine Art rosa Welt, anders als Hongkong oder irgendeine Stadt auf der Erde. Jake, der sich abgesondert fühlte von der Welt, fand sich sofort angezogen von dieser noch unbekannten Gesellschaft. Sie schien nicht *gegen* das Gesetz zu sein, wie es die Triaden-Gesellschaft war, sondern *jenseits* des Gesetzes zu stehen.

Als könnte er Gedanken lesen, sagte Wunderman: »Soviel ich weiß, haben Sie Triaden-Verbindungen.«

Jake nickte.

»Warum arbeiten Sie nicht für die?«

Das Essen kam, und beide warteten, bis der Kellner in der weißen Jacke gegangen war.

»Ich bin *gwai loh*«, antwortete Jake. »Ein Fremder Teufel.«

»Nur halb.« Wundermans braune Augen hielten Jakes fest. »Ich weiß, Sie sind Halbchinese, mein Junge.« Er schaute einen Augenblick weg, rührte seinen Drink mit dem Zeigefinger um. »Sagen Sie, warum sind Sie noch immer auf diesem Felsen?«

»Es ist meine Heimat.«

»Glauben Sie demnach, hier wäre etwas für Sie zu holen?«

Jake hielt seinem Blick stand.

»Was, glauben Sie, ist dieses Etwas?«

»Ich weiß nicht.«

»Es wird doch nicht etwas zu tun haben mit der verrückten Vorstellung, Sie könnten versuchen herauszufinden, was mit Ihrem Vater geschehen ist, oder?«

Jetzt wußte Jake, daß dieser Mann etwas Besonderes war.

»Sagen Sie«, fuhr Henry Wunderman nach einer Pause fort, »wenn Sie nicht... ein Fremder Teufel wären, sondern reiner Chinese, würden Sie dann für sie arbeiten?«

»Nein«, sagte Jake. »Ich würde einen Weg suchen, um *sie* für *mich* arbeiten zu lassen.«

Wunderman wandte sich wieder dem Essen zu und schien völlig darauf konzentriert. Nach einiger Zeit sagte er: »Angenommen ich könnte Ihnen zeigen, wie das möglich wäre. Wären Sie dann daran interessiert?«

Jake sah ihn an. Er hätte ohne weiteres antworten können, doch erkannte er die Bedeutung des Augenblicks. Eine Frage wie diese wollte wohlüberlegt sein.

»Wie lange beabsichtigen Sie, in Hongkong zu bleiben?«

Wunderman zuckte die Schulter. »Wie lange brauchen Sie, um ja zu sagen?«

Es hatte drei Tage gedauert.

Was war alles seit jener Zeit geschehen!

»In Ordnung«, sagte Jake und ging den Pfad hinunter und auf die Straße voraus. Ohne die Geräusche der Insekten wäre die Welt um sie herum absolut still gewesen. Sogar der Flughafen jenseits der Bucht hatte seinen nächtlich reduzierten Betrieb aufgenommen.

In seinen Ohren klangen noch David Ohs Worte: »Die Quarry ist unterwandert worden.« So viele Fragen; keine Zeit auch nur für eine. Wie es richtig war, hatte David den Treffpunkt vereinbart und gleich wieder aufgelegt.

»Es ist gut möglich«, hatte Jake gesagt, als er begann, sich anzuziehen, »daß David Besucher bei sich hat.«

»So?« Bliss zog ihr Kleid an.

»Was tust du denn?«

»Wenn es Schwierigkeiten gibt, komm' ich mit dir!«

»Du bleibst hier.«

»Jake, wir haben keine Zeit, uns zu streiten.«

»Eben.« Er knüpfte sein Hemd zu. »Du bleibst hier.«

»Du kannst mich nicht daran hindern, dir zu folgen!« Sie zog den Reißverschluß zu, suchte ihre Schuhe.

»Glaubst du, du könntest auf hohen Absätzen laufen?«

»Ich hab' ja die hier gesucht.« Sie hielt ein Paar Tanzschuhe mit dünnen Sohlen hoch. »Die machen kein Geräusch.«

Er sah sie an, wandte sich dann ab und ging ins Wohnzimmer.

»Was ist los?« fragte sie und ging ihm nach. »Denkst du, ich könnte mich nicht selbst verteidigen?«

»Vielleicht.« Er zog seine Slipper an.

»Ich habe bei Fo Saan gelernt.«

Er sah hoch. »Fo Saan?«

Sie nickte.

Er kam zu ihr, so dicht, daß er ihre Wärme spüren konnte. Er starrte ihr in die Augen. »Ich schließe einen Handel mit dir ab.«

»Was für einen Handel?«

»Du kannst mitkommen, hören, was David Oh mir zu sagen hat, und kannst dir den Schädel einschlagen lassen, wenn es so weit kommt. Aber hinterher erzählst du mir alles, was es von dir zu erzählen gibt!«

Sie zögerte, und er sagte: »Das ist die einzige Möglichkeit, Bliss, das verspreche ich dir.«

Sie schob sich das dichte Haar aus der Stirn. »Ich möchte, daß du mir vertraust.«

»Ich hätte diesen Vorschlag nicht gemacht, wenn ich es nicht täte.«

»Warum willst du dann . . .?«

Er legte eine Hand auf den Türgriff. »Mach, was du denkst. Ich habe dir deine Geheimnisse schon zu lange gelassen.«

»Ich kann nicht.«

Er öffnete die Tür. »Wenn du mir folgst, merke ich es, und ich werde dich verlieren. Du weißt, daß ich das kann.«

Sie war zu unsicher, um das stillschweigend hinzunehmen. »In Ordnung. Der Handel gilt.«

»Alles?«

»*A mi tuo fo,* ja! Alles!«

»Wir sind gleich da«, sagte Bliss jetzt.

Weiter oben konnten sie die Lichter der Peak-Bahnstation durch den Nebel scheinen sehen.

»Sieht verlassen aus«, sagte sie.

»Laß uns nachsehen.«

Sieben Minuten später trafen sie sich an der Station, nachdem sie sich getrennt hatten, um einzeln die Umgebung zu erkunden. Das Ergebnis konnten sie sich gegenseitig in den Augen ablesen: nichts.

Sie standen beieinander in der Nacht und warteten. Es war kaum vorstellbar, daß der Mond vor einer Stunde noch klar und hell geschienen hatte. Der Nieselregen verstärkte sich. Die Blätter an den Bäumen tropften, und die Zweige bogen sich unter dem Gewicht. Jake konnte niemals mehr Regen erleben, ohne an Mariana zu denken.

»Jake.« Es war wie ein Hauch neben ihm. Er rührte sich. »Was wir vorhin getan haben, haben wir aus Liebe getan.«

»Bliss . . .«

»Bitte, ich muß das sagen.« Ihre Fingerspitzen berührten seinen Mund. »Ganz gleich, was ich gefühlt habe, ich hätte mich dir nie auf diese Weise genähert, wenn nicht . . .« Sie unterbrach sich, plötzlich verwirrt. Sie holte tief Luft, als wäre sie dabei, von einer Klippe zu springen. »Wären Mariana und Ting nicht tot gewesen.«

Sein Kopf fuhr ruckartig herum; er hatte die ganze Zeit die steilen Geleise der Bahn beobachtet. »Du weißt von meiner ersten Frau?«

Bliss nickte. Ihre Augen waren voller Trauer – seiner Trauer.

»Ich weiß, daß sie sich das Leben genommen hat.«

Jake sagte nichts. Bliss dachte, sein Gesicht sei so hart wie aus Stein gemeißelt.

Sie zwang sich weiterzusprechen. »Ich hab' das nicht aufgebracht, um dich zu verletzen. Es sollte dich beruhigen. Ich liebe dich zu sehr, um dir jemals weh zu tun.«

Er sah jetzt auf sie herab und spürte, wie sich der vertraute Panzer um sein Herz legte, um sein Innerstes zu schützen. Sie hatte ihn durchdrungen, dort in ihrer Wohnung. Zum ersten Mal seit drei Jahren war er offen verwundbar gewesen. Das war immerhin schon etwas.

Er wußte, sie machte einen Versuch, einer Sache Dauer zu verleihen, die jetzt doch nur vorübergehend sein konnte. Er hätte gern auf gleiche Weise reagiert, das war ihm absolut klar. Aber noch war es zu früh. Oder er war nicht mehr fähig dazu. Er wußte es nicht, und diese Tatsache war wie ein lähmender Schlag auf sein Herz. Wieder fragte er sich, wie tief der Sumchun-Fluß ihn geschädigt hatte. Fragte sich auch, ob er sich jemals wieder erholen würde.

Gerade wollte er etwas sagen, als die Geleise die herankommende Bahn verrieten. Darüber begann die Oberleitung zu singen. Er sah auf seine Uhr.

»Zeit«, sagte er. »Gehen wir.«

David Oh wurde von seiner Überraschung etwas gebremst. Er hatte drei gesehen. Taiwanesen. Diese beiden aber waren Shanghainesen. Bei allen Göttern, groß und klein, dachte er noch, wieviel haben die denn auf mich angesetzt?

In einer Reflexbewegung gelang es ihm, sein muskulöses Bein nach vorn zu stoßen und einen der Chinesen zu treffen. Er spürte den Schlag, als seine Schuhspitze den Mann an der Innenseite des Schenkelknochens traf.

Das Bein knickte unter dem Mann zusammen; er packte es, und sein Gesicht mit der Sonnenbrille verzerrte sich vor Schmerz. Der zweite Chinese hielt den Schirm fest zusammengerollt wie eine Lanze vor sich.

David Oh hörte durch das laute Rumpeln des fahrenden Wagens ein scharfes Klicken. Es lenkte seine Augen sofort auf die zwanzig Zentimeter lange Stahlklinge, die aus dem Ende des Schirmstocks hervorlugte.

Er drehte den Oberkörper im letzten Augenblick ab, spürte den Luftzug, als die kleine Klinge an seinem linken Ohr vorbeizischte. Er schlug sofort mit der Handkante nach oben, in dem Versuch, die Waffe zu zerbrechen, und merkte, daß sie sich bog, aber nicht brach.

Der Chinese zog sie wieder zurück, um sie erneut vorstoßen zu können. David Oh erhob sich von seinem Sitz, auf dem er ernsthaft im Nachteil war. Als der Chinese wieder auf ihn eindrang, hieb Oh seinen Fuß auf den Rist des Mannes, nutzte sein ganzes Gewicht auf diesem Punkt. Er drehte den stahlbeschlagenen Absatz seines Schuhs, bis er den Mittelfußknochen unter dem Druck splittern hörte.

Sofort faltete er die Hände und schwang sie von der rechten Hüfte aus nach oben, wo sie den Chinesen unter der Achselhöhle trafen, etwas zu hoch zwar, um ihm eine Rippe zu brechen, aber immerhin brachte der Schlag ihn aus dem Gleichgewicht.

David Oh folgte ihm nach unten, ließ aber seinen Fuß auf dem des anderen stehen, bis er das Knacken des Knöchels hörte. Er gebrauchte seine Ellenbogen knapp unter dem Kinn des Chinesen, suchte nach Luftröhre und Kehlkopf.

Der Chinese wand sich verzweifelt; er wußte, würde sein Gegner sein Ziel erreichen, wäre er innerhalb von Sekunden tot. Seine Finger ließen den jetzt nutzlosen Schirmdegen los, suchten zwischen den rollenden Körpern nach einem Nerv.

David Oh spürte das verräterische Brennen und wußte, daß der Chinese einen Hauptnervenknoten gefunden hatte. Inzwischen hatte er aber seinen Ellenbogen unter das Kinn des Mannes geschoben. Jeden Augenblick konnte er den Kehlkopf zertrümmern. Zwar war es gefährlich, den Angriff des Gegners zu ignorieren, aber David Oh traf seine Entscheidung augenblicklich. Er konnte einfach seinen Vorteil nicht aufgeben und bezweifelte, daß der Chinese ihn ein zweites Mal in seine Deckung kommen lassen würde.

Ein Summen erfüllte seinen Kopf. Bienen wie Bleigewichte schwammen durch sein Gehirn. Seine Koordination verlangsamte sich. Er wußte, was er tun mußte, doch die Befehle bis in seine Glieder gelangen zu lassen, schien mehr und mehr eine herkulische Aufgabe zu sein. Punkte tanzten vor seinen Augen, als der Chinese, wissend, daß das Ende näher kam, all seine Kraft in diesen einen verzweifelten Versuch legte, am Leben zu bleiben.

Eine tückische Schwärze lauerte an den Rändern von David Ohs Gesichtsfeld. Er konnte die Beine nicht mehr spüren und wußte, die kriechende Lähmung würde bald bis in die Arme aufsteigen. Wenn diese dann zu schwer wurden, könnten seine Ellenbogen abrutschen. David Oh fühlte sich der Ohnmacht nahe. Sein Gefühl von Doppelbewußtsein war jetzt so scharf, daß er in der Lage schien, sein inneres Selbst von der Hülle seines Körpers zu unterscheiden. Er wußte nicht mehr, was er tat.

Schweiß brannte in seinen Augen, brachte ihn in die Wirklichkeit zurück. Er fühlte, wie sein Herz kämpfte, um den Adrenalinspiegel zu halten. Er spürte den heißen Atem, der aus seinen schmerzhaft pumpenden Lungen herausgepreßt wurde.

Er begriff, daß es kritisch wurde. Konzentriere dich! befahl er sich selbst.

Er sah die Spitze seines Ellenbogens, die er in den Zwischenraum zwischen Brust und Kinn des Chinesen gerammt hatte, und wußte wieder, was er zu tun hatte.

Er legte das volle Gewicht seines Oberkörpers hinter den Ellenbogenangriff, spürte, wie er plötzlich nach unten in weiches Fleisch und Knorpel tauchte – und merkte sofort die Erleichterung seines Nervenzentrums. Nur begriff er nicht recht, was eigentlich los war. Er keuchte in der schweren Luft, noch immer voller Angst und überschüssigem Adrenalin. Ein Zittern durchlief ihn bei der Erkenntnis, daß er fast gestorben wäre und daß er einen Mann getötet hatte.

»Buddha«, stöhnte er, begann, die Schwellungen um den Solarplexus zu massieren.

Mit einem tierischen Grunzen wurde David Ohs Kopf nach hinten gerissen, als ihm der Stahldraht um den Hals geschlungen wurde. Er hatte den anderen Chinesen vergessen! Er begann zu husten, als die Sauerstoffzufuhr ernsthaft behindert wurde.

Die Panik, die ihn durchraste, ließ ihn beide Hände nach oben bringen, um zu versuchen, den Draht vom weichen Fleisch seiner Kehle wegzuziehen. Er tat genau das, was er nach seiner Ausbildung in einem solchen Fall nicht tun sollte. Es war Zeitverschwendung, zu versuchen, die Garotte wegzuziehen. Bei der Ausbildung war ihm gesagt worden, er sollte die Garotte völlig vergessen und sich ganz auf den Angreifer konzentrieren. Mach ihn kampfunfähig, dann fällt die Garotte sofort.

Das in Panik geratene Tier wußte nur, etwas würgte es, und das mußte um jeden Preis entfernt werden.

Vielleicht war es das unterdrückte Lachen an seinem Ohr, das David Oh mit einem Ruck in den Bewußtseinszustand eines erfahrenen Geheimdienstagenten zurückbrachte. Er roch den Knoblauch- und Lakritzgestank in den keuchenden, fauligen Atemzügen, und sein Magen revoltierte. Das eigentliche Problem aber war, daß die zuvor erlittene Nervenschädigung noch nicht völlig abgeklungen war. Er konnte die Beine kaum nachziehen. Sie fühlten sich an wie Blei.

Mit einem Grunzen ließ er die Hände von seiner brennenden Kehle fahren. Er zwang sich dazu, die Tatsache zu ignorieren, daß jetzt überhaupt kein Sauerstoff mehr durchkam. Seine Luftröhre brannte. Seine Lungen gierten nach neuem Atem. Er hörte ein Singen in den Ohren, den Sirenengesang seines eigenen, verzweifelt pumpenden Blutes. Der Klang wurde verzerrt. Die Augen quollen ihm aus den Höhlen.

Das einzige, was ihn rettete, war das Bremsen der Bahn. Es kam so unerwartet, daß sein Angreifer für einen Augenblick seinen festen Stand verlor.

Viel Zeit verrann, bis David Oh sich so weit erholt hatte, daß er den Vorteil nützte. Unter Schmerzen griff er hinter sich und bekam die Jacke des anderen zu fassen. Mit aller noch verfügbaren Kraft zog er nach unten. Als Folge davon zog die Garotte sich noch fester zusammen, so daß er in Agonie würgte. Aber dann verlor der Chinese doch das Gleichgewicht.

Schwach vernahm David Oh den Aufschlag. Zweimal mußte er sich daran erinnern, daß dies das Geräusch eines fallenden Körpers war. Langsam, unter Schmerzen fiel er selbst auf Hände und Knie. Er schnappte nach Luft wie ein Fisch auf dem Trockenen. Alle Farbe war aus seinem Gesicht gewichen. Sein des Sauerstoffs beraubtes Gehirn wollte ihm schier explodieren.

Auf dem Boden des Wagens tastete er wieder nach dem Draht, der ihm die Kehle zuschnürte, und war verzweifelt bemüht, die Schlaufe zu entfernen. Dann merkte er, wie er nach unten gezogen wurde, wie ein Hund an der Leine. Der Chinese hatte die Enden der Garotte wieder fest in der Hand und, jetzt das Gesicht ganz nahe an dem von David Oh, begann er wieder, Druck auf Kehlkopf und Luftröhre auszuüben.

David Oh hatte kaum noch genügend Kraft, um Widerstand zu leisten. Knoblauch und Lakritze trafen ihn voll, während er immer schwerer würgen mußte.

Er war so benommen, daß er den Sinn für oben und unten verlor. Er fühlte sich gewichtslos, schien zwischen Himmel und Erde zu schweben. Nur fühlte er sich dem Himmel viel näher.

Er wußte, er war der Ohnmacht nahe – wußte auch, daß auf der anderen Seite dieses Schlummers der Tod wartete. Und er war entschlossen, das zu verhindern.

Mit seinen großen Fäusten hämmerte er in das Gesicht des Chinesen hinein, härter und immer härter, bis das Blut zu fließen begann, als die Haut aufplatzte.

Der Chinese war blind von seinem eigenen klebrigen Blut, und noch immer weigerte er sich, die Garotte loszulassen. All seine Energie war darauf konzentriert; sein einziger Gedanke war, den Draht so fest zu ziehen, wie er nur konnte. In seinem Herzen war Tod, nicht Überleben.

David Oh kämpfte noch immer. Er hatte keinen Sinn mehr für Zeit oder Raum. Es gab nur Leben und das Nichts, das ihm folgte. Er drehte die Daumen nach außen wie Löffel und grub sie wild in die Augenhöhlen des Chinesen. Der Mann grunzte nur, wo jeder andere vor Schmerz aufgeheult und um Gnade gebeten hätte. Der Chinese hatte sich allen Folgen verschrieben. Er kannte seinen Auftrag, und den erfüllte er.

Mit einer letzten verzweifelten Anstrengung lehnte David Oh sich nach vorn; zog die Schultern hoch, um alle Kraft noch einmal zusammenzunehmen, und stieß mit den Daumen durch die weichen Höhlen. Die Augäpfel zerbarsten, als David Oh, vor Entsetzen und Wut aufheulend, seine Nägel in Gewebe und Knorpel grub, soweit es ging.

Der Tod kam, und der Chinese zuckte in galvanischer Reaktion. Es war nichts mehr in ihm außer letzter Nervenströmung und Muskelzuckungen, die den letzten Befehl des wütend konzentrierten Gehirns noch ausführten.

Die Fäuste, weiß vor Anstrengung, zogen weiter an den Enden der Garotte. Sogar im Tode noch gab der Chinese nicht auf. Er war dabei, David Oh zu töten wie ein Geist, der in einem Horrorfilm aus dem Grab gestiegen war.

Jake wußte, daß im Wagen etwas nicht in Ordnung war, noch ehe der heraufkommende Zug in der Peak-Station zum Stehen kam.

Er sah die zusammengekrümmten Gestalten durch die Fenster, erkannte die schwarzen Flecken an der Scheibe als das, was sie waren: Blut.

»Großer Gott«, flüsterte er und spurtete auf den Wagen zu. Die regennaß-glänzende Bahn kam aus dem Nebel des Berghanges auf ihn zu. Lichter flackerten drinnen. Nebelfetzen hingen noch an den Seiten.

Sie verlangsamte die Fahrt.

Bliss dicht hinter sich, rannte Jake an der Seite entlang, hämmerte mit den Fäusten gegen die Tür. »Macht auf!« schrie er auf Kantonesisch. »*Dew neh loh moh,* macht die Tür auf!«

Endlich kam die Bahn zum Stillstand. Zischend öffneten sich die Türen. Jake und Bliss stürmten hinein. Das Innere roch nach Blut und der süßen Fäulnis des Todes.

Ohne zu überlegen, rannte er durch den ganzen Wagen, sprang über den hingestreckten Körper eines jungen Chinesen, traf mit dem Absatz das Gesicht des zweiten Chinesen und beugte sich hinunter, lockerte die verkrampften Finger des Mannes, einen nach dem anderen, löste den Todesgriff an den Enden der Garotte.

»David«, keuchte er. »Mein Gott! David!«

Bliss zog den Draht aus den Händen des toten Chinesen und nahm ihn David vom Hals. David Oh stöhnte. Blut sickerte aus der Mitte der purpurschwarzen Striemen. Der Hals war bereits zu seinem doppelten Umfang angeschwollen.

Jake versuchte, David ruhigzuhalten, als der jüngere Mann nach Luft schnappte. Es schien, als verhinderte die starke Schwellung, daß Luft durch die Luftröhre gelangte. Jake benutzte das Ende der Garotte, um einen Einschnitt im Hals vorzunehmen. Öffnete ihn mit einem kleinen Holzspan, um der Luft ungehinderten Durchgang zu verschaffen.

»Bleib ruhig«, sagte Jake. David Oh zitterte am ganzen Körper. Sein Haar lag, von Schweiß und Blut verklebt, am Kopf. Er würgte und weinte, alles auf einmal.

Jake hob seinen Kopf, während Bliss nach Hilfe lief. Bald kam sie zurück und sagte, der Krankenwagen wäre auf dem Weg.

»David.« Jake versuchte, ihn aufzurichten, doch David schrie so jämmerlich, daß Jake es bleiben ließ. »David«, flüsterte er wieder.

David Ohs Augen waren trübe, ihr tiefes Schwarz wurde wässrig. Ihre Köpfe berührten sich. Jake nahm den jüngeren Mann in die Arme. David Oh bemühte sich, Kraft zu sammeln.

»Hör zu . . .« Seine Stimme erstarb, die Augenlider schlossen sich flatternd. Mit großer Anstrengung riß er die Augen wieder auf und sah Jake an. »Beridien, Donovan, Wunderman. Einer von denen weiß . . . hat mir das angetan . . . auch Stallings . . .« Wieder flatterten seine Lider; als er sie öffnete, waren seine Pupillen schmerzgeweitet. Es war so schwer zu sprechen. Der Geschmack von Blut und Galle war metallisch in seinem Mund. Sein Rachen füllte sich.

»Hab' dich vermißt, Jake . . . Niemand da zum Reden . . . Abhauen, ohne mir was zu sagen . . . gar nichts . . . Ich dachte, du traust mir mehr.«

»Es ging nicht um Vertrauen, David. Es war etwas Persönliches, mußte das allein tun.«

»Wie das, was . . . was dir am Sumchun-Fluß passierte?«

Er war eine Zeitlang still, sein Atem kam hart und unregelmäßig, Blut sickerte aus dem Mundwinkel. »Ich glaube, ich laufe voll.« Er weinte. »Tut mir leid, Jake. Was dir auch passierte . . . dort . . . Wünschte, es wäre nie passiert. Du bist mein Freund. Mein Freund . . .« Seine Muskeln begannen zu erstarren. Ganz plötzlich, der Beginn des Endes. Jake hatte das früher schon gesehen.

»A mi tuo fo!« Zerbrochene Fäuste gruben sich wie Krallen in Jakes Arme. »Oh, Buddha!« Seine Augen öffneten sich plötzlich, und Jake sah in ihnen das Ende des Schmerzes, die Schwelle des Todes nahen.

»David . . .«

»Das *huo yan!* Denk an das *huo yan,* Jake!«

Im Tod gab es keinen Schmerz mehr. Das war der einzige Sinn, den Jake im Dahingehen von David Oh erkennen konnte.

Als er den leblosen Körper festhielt, waren seine Gedanken weit entfernt von den zusätzlichen Mitteilungen, die David Oh ihm gegeben hatte. Sieben Jahre lang war Jake David Ohs Mentor gewesen. Er hatte sich um die Endphase von Davids Ausbildung gekümmert, hatte ihn vor den trügerischen Wirbeln politischer Manöver innerhalb der Quarry geschützt. Jake war sich all dessen bewußt gewesen, aber in den vielen Jahren waren sie nie dazu gekommen, darüber zu sprechen. Jetzt konnten sie es nie mehr.

Es war schrecklich zu wissen, daß dieser Mann gestorben war, während sie sich einander entfremdet hatten. In der Gleichung steckte eine Unvollkommenheit, die niemals mehr ausgeglichen werden konnte. Es war genau wie bei Mariana.

Ach, David, dachte Jake jetzt. Auch ich habe dich vermißt. Ich werde dich immer vermissen. Du warst für mich wie ein Bruder. Weil du mir so nahe standest, habe ich dich am meisten verletzt. Genauso wie Mariana. Der Sumchun-Fluß ist schuld, du hattest recht. Dort habe ich angefangen zu sterben. Marianas Tod, der der *dantai,* jetzt der deine. Stück für Stück, bis ich wohl mehr tot als lebendig sein werde.

In diesem Augenblick merkte er, wie Bliss sich an ihn lehnte. Noch in dieser Situation war ihr Körper wie Feuer, wo er ihn berührte. Sein Puls raste. Bliss . . .

Jake konnte und wollte den Rest der Nacht mit der Trauer um den Verlust von David Oh verbringen, fragte sich aber, ob das von seiner Seite nicht eine nutzlose Geste sein würde. Trauer bedeutete ja – soweit die Lebenden betroffen waren –, eine Beziehung zu überdenken, sie zu einem endgültigen Ende zu bringen. Nichts von dem, was er David hätte sagen wollen, hatte er gesagt. Er tat seinem Freund unrecht, wie er Mariana unrecht getan hatte – und auch Ting, wenn er gegen sich selbst ganz ehrlich sein wollte. Jetzt war es zu spät. Ihre Beziehung würde für immer unvollständig bleiben.

Er ertrank in Trauer.

»Ich denke, wir sollten hier lieber verschwinden«, sagte Bliss. »Der Schaffner kommt.«

Ihre drängenden Worte holten ihn in die Gegenwart zurück. Sofort dachte er wieder an David Ohs letzte Worte: *Denk an das huo yan.* Das »bewegliche Auge« im *wei qi.* Was bedeutete das?

Und wo war das Material, das David Oh bei der Quarry ausgegraben hatte? Er hatte es nicht bei sich, und eine schnelle Durchsuchung der Chinesen bestätigte, daß auch sie es nicht besaßen. Das war aber nicht überraschend. David Oh war ein zu guter Agent gewesen, als daß er mit schriftlichem Material dieser Bedeutung zu einem Treff gekommen wäre.

»Komm, los! Komm!«

Bliss nahm seine Hand, zog ihn hoch. Als sie aus dem Wagen rannten, traf ihn ein anderer Gedanke wie ein schwerer Schlag. Jetzt, da die Quarry David Oh gefunden und ausgeschaltet hatte, war nicht mehr daran zu zweifeln, daß ihr nächstes Ziel er sein würde.

Shanghai / Hongkong
– Zentralchina –
Shanghai / Japanisches Hochland

SOMMER 1937 – FRÜHJAHR 1947

Etwa neunzig Jahre lang hatten die ausländischen *tai pan* Shanghai beherrscht. Jetzt liefen die Ratten und Köter durch die mit Trümmern und Leichen bedeckten Straßen. Die *tai pan,* die in den vergangenen Jahren, je nach Jahrzehnt, mit Tee, Opium, Seide, Schiffahrt, Gummi, Grundstücken und Silber ein Vermögen verdient hatten, zogen sich auf die Dächer ihrer weißen Häuser am Bund zurück. Von dort aus, mit Ferngläsern in der Hand, beobachteten sie, wie ihre Stadt zerstört wurde.

Wie schon 1932 waren die Japaner wieder auf dem Marsch. Generalissimus Tschiang, damals so erfolgreich bei der Verteidigung von Shanghais gewundenen Straßen und schmalen Gassen, den vielen Brücken und Kanälen, die für alle außer den Alteingesessenen so verwirrend waren, hatte sich entschlossen, lieber in der Stadt Widerstand zu leisten, als den Invasoren auf den Kaoliang-Feldern im Norden entgegenzutreten. Außerdem wußte er, daß er in Shanghai die internationale Aufmerksamkeit wieder auf sich lenken konnte.

Es war ganz natürlich, daß die *tai pan* alles in ihrer Macht Stehende taten, um die Chinesen daran zu hindern, gegen die Japaner zu kämpfen, weil ihnen klar war, daß dieser Krieg Shanghai – und ihre Zukunft – mit Sicherheit für immer zerstören würde. Aber in diesen dunklen, kriegerischen Tagen hatten die *tai pan* fast all ihre Macht verloren. Wieder einmal hatten sie vergessen, daß sie ja auf fremdem Boden standen. Die Illusion, die ihnen die Existenz der Internationalen Siedlung gab, hatte ihre Arroganz nur noch verstärkt. Dieses Mal ignorierten die Chinesen sie aber völlig.

Japanische und britische Kanonenboote lagen im großen Hafen vor Anker. Zehntausend chinesische Truppen, von Tschiang für diese Aufgabe selbst ausgesucht, hatten sich in der ganzen Stadt eingegraben, hatten Barrikaden errichtet und Stacheldraht gezogen. Einundzwanzig japanische Kriegsschiffe waren auf der Fahrt den Huang Pu herauf; die japanische Armee der Blaujacken war im Anmarsch.

Am 13. August wurden im nördlichen Zipfel der Siedlung die ersten Schüsse über die Yokohama-Brücke abgefeuert.

Die Chinesen besaßen Bomber – amerikanische Northrop. Ihre Piloten waren jung, unerfahren und tollkühn. Über Stunden versuchten sie am folgenden Tag immer wieder, japanische Fabriken und Lagerhäuser zu zerstören. Als das nicht gelang, richteten sie ihre Aufmerksamkeit auf das riesige Schlachtschiff *Izumo,* das im Huang Pu vor Anker lag. Bomben explodierten im Fluß, auf den Kaianlagen, zerstörten eine Reihe von *godowns.* Das Flaggschiff der japanischen Marine aber blieb unbeschädigt.

Mit den Zähnen knirschend vor Frustration, drehten die Piloten ihre Maschinen und überflogen in geringer Höhe den Bund. Die makellos gekleideten *tai pan,* Ferngläser vor den Augen, hielten die Luft an, als sie sahen, wie Bomben über der belebtesten Kreuzung der Siedlung, dem Schnittpunkt von Bund und Nanking Road, zu fallen begannen.

Die erste durchschlug das Dach des Palace Hotels, das voller ausländischer und chinesischer Gäste war. Die zweite detonierte auf der Straße, genau vor dem Eingang zum Cathay Hotel. Die Zerstörung war erschütternd. Die Straße war angefüllt mit Menschen. Die meisten in unmittelbarer Umgebung wußten nicht einmal, was sie getroffen hatte. Andere, von herumfliegenden Trümmern getroffen oder von den Flammen erfaßt, die sich vom Einschlag ausbreiteten, wankten schreiend vor Schmerzen und Entsetzen umher. Eis essende Kinder wurden zerrissen, junge Frauen durch Schaufensterscheiben geschleudert oder von zusammenstürzenden Mauern erschlagen. Insgesamt wurden 729 Menschen getötet; weitere 861 wurden schwer verletzt. Und das alles innerhalb von neunzig Sekunden.

Athena und Jake, in sicherer Entfernung von dem Ort des schrecklichen Blutbades, spürten die Erschütterung durch die Bomben. Athena, sofern sie in diesem Augenblick überhaupt nachdachte, vermutete ein Erdbeben. Ihr nach innen gerichteter Verstand übertrug das Krachen nicht, das ihre Ohren aufgefangen hatten.

Seit jener Nacht des Vorfalls mit Zilins Mätresse war sie völlig verwandelt. Entsetzt über das, was sie einem anderen menschlichen Wesen angetan hatte, hatte sie Jake genommen und sich im rückwärtigen Teil des Hauses in Zilins Arbeitszimmer zurückgezogen. Während sie auf seine Rückkehr gewartet hatte, war ihr viel Zeit geblieben, über ihre Handlung und die widerstreitenden Empfindungen nachzudenken.

Es war das erste Mal, daß sie aus erster Hand erlebt hatte, wie unbändige Furcht sich in Haß verwandeln konnte. Der Ausbruch ihrer eigenen Aggression hatte sie erschreckt.

Athenas hawaiianische Mutter war genausowenig fähig zu hassen, wie sie unfreundlich sein konnte. Es war einfach nicht ihre Natur. Athena hatte immer geglaubt, sie wäre in dieser Hinsicht wie ihre Mutter. Bis jetzt. Ihre Mutter hätte nie tun können, was sie Zilins Mätresse angetan hatte, ganz gleich, wie stark die Provokation gewesen wäre.

Wieso weiß ich das? hatte Athena sich immer wieder gefragt. Meine Mutter hatte ihre Familie nie bedroht gesehen.

Sie hatte sich noch nie so allein und verängstigt gefühlt wie in dieser langen Nacht. Die Arme der Zerstörung griffen nach Süden, in Richtung Shanghai. Immer war diese geschäftige Stadt der Angelpunkt des chinesischen Handels gewesen. Shanghai war eine der reichsten Städte der Welt. Jahrelang hatte in ihren Mauern die größte Menge von Silber auf der ganzen Welt gelagert, und eine der größten von Gold. Ganz sicher passierte diesen Hafen mehr Opium als irgendeinen anderen. China war arm, China war immer arm gewesen. Aber Shanghai war immer reich gewesen.

Bis jetzt hatte diese Wohlhabenheit ihren Schutzmantel über die Stadt gebreitet, als wäre sie ausgespart von allem Übel und auch allen Gesetzen. Der Krieg von 1932 war, zumindest was die westliche Gemeinde betraf, als eine geringfügige Verwirrung angesehen worden, die sich nie wiederholen sollte.

Und doch war jetzt der Fall von Shanghai sicher. Die Japaner standen vor den Toren der Stadt, und China – wie immer unheilvoll zerstritten – schien zu machtlos zu sein, um sie aufzuhalten.

Im Gegensatz zu den äußerst militaristischen und höchst disziplinierten Invasoren waren die Chinesen unerfahren, schlecht ausgebildet und mit Tschiangs deutschen Taktikern schlecht beraten.

Shanghai war im wesentlichen eine enorm profitable und zunehmend im Aufschwung begriffene Stadt gewesen, und zwar seit dem Tag vor fünfundneunzig Jahren, als das britische Kriegsschiff *Nemesis* den Huang Pu heraufdampfte, um die Festungen von Wusong zu zerstören, Chinas letzte Verteidigungslinie gegen die Fremden Teufel. Shanghai war aber auf Grund seiner internationalen Bedeutung und der Menge fremden Geldes – eine Milliarde Taels in Silber –, das in ihr investiert worden war, auch eine ungewöhnlich stabile Stadt gewesen.

Jetzt sollte der Krieg das alles beenden. Shanghais ruhmreiche Tage wurden hinweggefegt wie Asche. Der Gestank von Pulverdampf und Blut hing in der Luft wie ein Leichentuch. Mörtelstaub, von heißen Sommerwinden davongetragen, machte die Luft trocken und erstickend. Leichen lagen an den Straßenrändern und in den Gassen, während Ratten und Hunde sich gütlich taten. Krankheiten grassierten.

Athena hatte Stunden auf die Rückkehr Zilins gewartet. Wie oft hatte sie sich schon ausgemalt, was sie ihm sagen wollte, wenn er nach Hause käme.

Er kam nie mehr. Auch die von dem Beginn der Kämpfe und den Gerüchten von dem bevorstehenden Fall der Stadt erschreckte Dienerschaft kam nicht zurück. Das Herz des großen Hauses schlug weiter, aber Athena war bereits taub für seinen Pulsschlag.

Im blassen Licht des grauen Morgens war auch Sheng Li gegangen. Stumm sah Athena die getrockneten Blutflecken auf dem Fußboden, die mit ihren untilgbaren braunen Mustern die teuren Teppiche ihres Mannes für immer verdarben. An der Spitze verfärbt, lag der eiserne Schürhaken noch da, wo sie ihn hatte fallen lassen. Bei diesem Anblick murmelte sie »Gott im Himmel«, drehte sich um und stürzte, die Hand fest auf den Mund gepreßt, ins Badezimmer, wo sie sich erbrechen mußte.

Die nächsten zehn Minuten verbrachte sie damit, sich das Gesicht mit zitternden Händen in eiskaltem Wasser zu kühlen. Sie kehrte in Zilins Arbeitszimmer zurück, wo sie Jake oben auf dem Schreibtisch seines Vaters spielen sah. Er hielt einen festen, übergroßen Umschlag in den kleinen Händen. Als sie hereinkam, schaute er auf, steckte eine Ecke des Umschlags in den Mund und kaute darauf herum; er bekam Zähnchen.

Als sie dem Kind den Umschlag wegnahm, begann es zu weinen, obwohl sie es vorsichtig getan hatte. Athena hob den Jungen hoch, küßte ihn und setzte ihn sich auf die Hüfte. Sie drehte den Umschlag um und sah darauf in Zilins sorgfältiger englischer Schrift »Meiner liebsten Athena«. Die Tränen stürzten ihr in die Augen, denn sie wußte, sie hielt die Bestätigung für ihre nächtliche Schreckvorstellung in der Hand: ihr Mann würde nicht zu ihr zurückkommen. Die Hände zitterten ihr so stark, daß sie sich bei dem Versuch, den Umschlag zu öffnen, in den Finger schnitt. Im Umschlag fand sie eine Mitteilung von nur drei Zeilen, die sie zu Zilins verborgenem Safe führte. Die letzte Zeile war die Kombination.

Sie setzte Jake auf den Boden, der auch gleich auf seinen Lieblingsplatz unter dem Schreibtisch kroch, und hockte sich nieder, um ein Lackschränkchen zu öffnen. Hinter blinden Türen fand sie das Safe und öffnete es mit Hilfe von Zilins Kombination. Drinnen entdeckte sie fünfzig Taels Gold, einhundert Unzen Silber und ein winziges, in Seide eingewickeltes Päckchen.

Das letztere war als Jakes Erbe gekennzeichnet. Sie wickelte es aus, bis ein Stück lavendelfarbener Jade in ihrer Hand lag. Es schien Teil eines geschnittenen Raubtieres zu sein, das ihr sicher noch nie über den Weg gelaufen war.

»Dieses *fu*«, las sie auf einer beiliegenden Karte, »ist das Erstgeburtsrecht meines Sohnes und muß bei ihm bleiben, ganz gleich, was mit ihm geschieht. In ferner Zukunft, wenn er alt genug ist, wird er vielleicht Gelegenheit haben, es zu gebrauchen. Sollte er das jemals tun, meine Athena, wird das bedeuten, daß ich mit dem, was ich begonnen habe, Erfolg gehabt habe.

Ich liebe Dich, aber ich liebe nun mal China mehr. Vielleicht kannst Du das verstehen. Sicher nicht jetzt, doch später. Gebrochene Herzen können mit der Zeit heilen.« Die Karte war unterzeichnet mit Zilins zinnoberrotem Siegel.

Mit dem letzten Satz zumindest hatte er nicht recht. Nichts konnte Athenas gebrochenes Herz heilen. Zilin war ihr Leben gewesen. Ohne ihn hätte sie wohl bald China weit hinter sich gelassen; Chinas Zauber hatte sie in seinen Bann geschlagen, aber trotzdem hätte sie das Land lieber aus sicherer Entfernung betrachtet.

Jetzt saß sie im Krieg in Shanghai fest. Die Japaner belagerten die Stadt. Sie waren 1932 schon hier gewesen und hatten zahllose Greuel begangen. So stark reglementiert und zuchtvoll sie in ihrem täglichen Leben auch waren, das wilde Tier, das in dem Mann lauerte, wurde durch den Druck des Krieges in den Japanern in furchteinflößender Weise losgelassen. Dieses schreckliche, sinnlose Blutbad konnte und würde sich wiederholen, das war ihr klar. Sie dachte nicht mehr an sich, sondern nur noch an ihr Baby.

Zwei Monate lang hortete sie das Vermögen, das ihre einzige Erinnerung an Zilins Abreise war. Sie blieb für sich, soweit sie konnte und verließ das Haus in der Rue Molière nur hin und wieder, um Essen und Kleidung zu kaufen. Rings um sie herum hatte die Evakuierung der Stadt begonnen. Die Familien der westlichen *tai pan* wurden in Sicherheit gebracht, während die Männer noch dablieben, sicher in dem Wissen, daß der britische Zerstörer *Duncan* am Shanghai Club festgemacht hatte und mit einem Kontingent Marinesoldaten auf sie wartete.

In ihrer schwachbeleuchteten, mit Holz verkleideten Zuflucht im Haus Bund Nummer 3 – weit entfernt in der Atmosphäre, wenn auch nicht in der Wirklichkeit, von den Sandsackbarrikaden, wo Chinesen und Japaner sich gegenseitig erschossen, erstachen und erschlugen – diskutierten die *tai pan* das Ende der Welt. *Ihrer* Welt. Ihnen war es gleichgültig, wer diesen dummen Krieg gewann. Die Japaner würden versuchen, sie umzubringen, und wenn die Chinesen durch ein Wunder doch Sieger bleiben sollten, dann würde Tschiang, das wußten sie, sie ins Meer jagen. Ihre Zeit in diesem fremden Land war auf jeden Fall vorbei. Das hinderte sie jedoch in keiner Weise daran, ihre funkelnden Gläser zu erheben und mit großen Schlucken Scotch und Brandy auf das Ende einer Ära zu trinken.

Elend verfolgte Athena. Am Tag nahm sie alle Kraft zusammen, um Jake zu beschäftigen und glücklich zu machen. In der Nacht lag sie in einem ständig durch Feuer erleuchteten Halbdunkel wach. Den Geruch von Rauch hatte sie immer in der Nase, und das Knattern von Handfeuerwaffen war wie eine abstumpfende Litanei.

Eines Tages nahm Athena Jake wieder mit zum Einkaufen. Sie hätte ihn nie im Haus allein gelassen. Sie wählte die Mittagszeit, weil dann die verwüstete Stadt am lebhaftesten war, die Nanking Road vollgestopft mit Menschen, die gleich ihr Einkäufe machten. Sie war soeben aus dem Laden von Sincere's herausgekommen und dabei, über die Straße zum Wing On-Kaufhaus zu gehen, als ihre Ohren ein besonderes summendes Geräusch auffingen.

Es war dasselbe Geräusch, das sie in ihrem ruhelosen Schlaf in den Nächten verfolgte, die angefüllt waren mit Schweiß von Hitze und Furcht. Sie wußte instinktiv, was es war, noch ehe irgend jemand rings um sie es tat. Stumm nahm sie Jake hoch und drückte ihn fest an die

Brust und rannte durch das Gewirr von Rikschas und Lastwagen los. Bei jedem Schritt, so schien es, wurde sie zurückgestoßen, und später hatte sie in den Visionen, die sie wegen dieser Augenblicke verfolgten, immer das Gefühl, in einem Traum gefangen zu sein.

Die Zeit wurde zu Gummi. Sie versuchte, sich mit den Ellenbogen Platz zu schaffen. Ums Haar wäre sie in ein Auto hineingelaufen. Menschen riefen ihr nach, überhäuften sie mit chinesischen Schimpfworten. Ihre Füße schienen im Schlamm zu stecken, ihre Beinmuskeln ohne jede Kraft zu sein. Und die ganze Zeit zerrte das schreckliche metallische Summen an ihr, wurde immer lauter, bis ihr Gehirn davon ausgefüllt war. Der Tod kam näher.

Athena schrie. Der Todesschrecken setzte ein. Mein Baby! dachte sie. Oh, Gott, rette mein Baby! Wenigstens das!

Der große Schatten des Flugzeugs schoß aus dem gelben Himmel heraus, im gleichen Augenblick, als die Bombe fiel. Athena konnte sich später an diesen einen Augenblick tödlicher Stille erinnern, als alles auf der Welt zu atmen aufzuhören schien.

Dann stürzte der Himmel ein.

Sincere's löste sich in einem flammenden, spuckenden Inferno auf. Athena hörte das Heulen der Kunden wie einen Chor der Verdammten. Die Erde unter ihr riß auseinander, und sie wurde von dem riesigen Druck der Explosion zur Seite geschleudert. Die Mauer, gegen die sie prallte, war über und über purpurrot. Blut und eine rosafarbene Substanz tropften am Mauerwerk herunter, als wäre alles menschliche Fleisch in der unmittelbaren Umgebung auf einmal verflüssigt worden.

Athena rollte sich schützend über Jake zusammen, schlug sich eine Schulter und ein Knie an den feuchten Backsteinen auf. Der Gestank von warmem Blut und von Fäkalien ließ sie würgen. Es war eine Art des Grauens, und etwas Grauenerregendes wie ein Gespenst raste durch die Stadt.

Jake schrie auf, würgte in dem Rauch. Athena legte ihm instinktiv die Hand auf den Kopf und flüsterte ihm beruhigende Worte ins Ohr.

Und dann begann die Mauer des Wing On, gegen die sie geschleudert worden war, zu bröckeln. Athena hörte das Rumpeln hoch über sich, konnte sich nur keinen Vers darauf machen. Ihr Instinkt sagte ihr: aufstehen und weglaufen! Aber sie unterdrückte die Angst und blieb, wo sie war. Wäre sie aufgestanden, wären sie und Jake unter der zusammenbrechenden Ziegelmauer begraben worden.

Athena fühlte das Brechen des Mauerwerks. Ihr schien es, als stürzte der Himmel ein. Mit einem fürchterlichen Krachen brachen die Träger auseinander, und haltlos krümmte die Mauer sich nach außen, wie die Rundung einer Flutwelle.

Die, die noch immer auf der Straße waren und eng aneinandergedrängt wie trunken von der völligen Zerstörung von Sincere's wegtaumelten, wurden von dem tonnenschweren Gewicht zermalmt. Eine Lawine aus Ziegeln, Mauerwerk, zersplittertem Holz und zerbrochenem Glas stürzte rasend schnell auf sie herunter. Es schien nicht einmal genügend Zeit zu sein, zu begreifen, was ihnen geschah.

Athenas zusammengerollte Stellung am Fuß der Mauer war das Beste, was sie hatte tun können. Ihr blieb das Schicksal der Hunderte ringsum erspart, die an gebrochenem Genick, zerfetzter Luftröhre, zerschmettertem Brustbein und mehrfachen Frakturen starben, die ihre Arterien, Nerven und Organe verletzten.

Ein verirrter Ziegel streifte sie an der Schläfe, wobei eine Ecke oberhalb des Haaransatzes bis an die Augenbraue über dem rechten Auge eine lange, tiefe, klaffende Wunde vom Schädel riß.

Blut strömte ihr übers Gesicht und erschreckte Jake. Zunächst war sie wie benommen und konnte nicht erfassen, daß es ihr eigenes Blut war und nicht der Dreck, der die Mauer in den letzten Augenblicken vor dem Zusammenbrechen bedeckt hatte. »Was?« sagte sie. »Was?«

Das Denken schien schwierig. Viele Minuten lang wußte sie nicht, wo sie war. Ihr war, als atmete sie unter Wasser. Rettungsmannschaften, die sich durch die Trümmer vorarbeiteten, fanden sie schließlich. Zwei Männer zogen sie vorsichtig aus dem kleinen Hohlraum heraus, in dem sie lag. Sogar dann ließ sie Jake nicht los, so daß sie das Kind nicht nach Wunden untersuchen konnten.

Sie brachten beide in ein Hospital, wo Athenas Verletzungen gereinigt, genäht und verbunden wurden. Die überarbeiteten Ärzte sagten ihr, sie solle über Nacht auf dem Hospitalgelände bleiben, weil sie sie noch auf Gehirnerschütterung untersuchen wollten. Natürlich nicht in einem Krankenzimmer, die schon bis zum Bersten gefüllt waren, sondern draußen auf dem Korridor, auf dem es von verbundenen Patienten wimmelte, die benommen und schwankend herumirrten.

Athena entkam diesem verwirrenden Asyl mit Jake auf der Hüfte; sie war sich sicher, daß ihr Baby einer solchen Umgebung nicht ausgesetzt werden sollte.

Der Ziegelstein hatte mehr bei ihr zurückgelassen als nur die verbundene Wunde. Rings um die Verletzung wurde das Fleisch schwarz und blau, wurde schwammig und schwärte, bis die rechte Gesichtshälfte nicht mehr zu erkennen war. Jake war entsetzt bei ihrem Anblick, und Athena konnte nichts tun, um ihn zu beruhigen.

Er ließ sich nicht mehr von ihr halten oder in den Schlaf singen, etwas, das er immer am meisten geliebt hatte. Es war, als hätte er das Gefühl, jemand, der vorgab, seine Mutter zu sein, hätte sich ins Haus geschlichen. Athena war sich auch nicht darüber klar, daß die Schwellung ihre Stimmbänder angriff; auch ihre Stimme hatte sich in ein kehliges Rasseln verwandelt.

Nachts hielt sie sich den geschwollenen Kopf, zählte die Sekunden nach dem Klopfen in der Wunde. Es schien ihr, als wäre das einzige Geräusch, das es gab, das Strömen ihres eigenen Blutes durch die Adern.

Tief versunken in die Funktion ihres Körpers, wurde ihr nicht klar, wie weit die Welt sich entfernte.

Es gab Zeiten am Tag, in denen sie sich an nichts erinnern konnte. Sie wurde wach, stand da und starrte auf Jake oder durch die staubigen Fenster nach draußen. Nicht ein Mensch war zu sehen. Kein Gedanke zuckte durch ihr Gehirn, keine Empfindung. Und dann – als würde ein Hauptschalter in ihr umgelegt – flutete ihr ganzes Leben in sie zurück: Erinnerungen, kluge Gedanken, Emotionen. Das alles auf einmal war zuviel, um es aufzunehmen. Hemmungslos weinte sie stundenlang.

Jake, der auf dem Schreibtisch seines Vaters saß, beobachtete sie schweigend. Er hatte keine Angst mehr vor ihr, denn als die Schwellungen zurückgingen, sah er, daß sie wirklich seine Mutter sein mußte. Doch irgendwie war die emotionale Bindung, die zwischen ihnen bestand, bis die Mauer des Wing On über ihnen zusammenbrach, dahin. Er beobachtete sie mit der großen, gleichwohl distanzierten Neugier, mit der er alle Menschen beobachtete, wenn er draußen war. Er fragte sich, wer sie war.

Eines Nachts wachte Athena auf. Kerzengerade saß sie im Bett. Sie hatte das Gefühl, als wäre sie wach gewesen und schliefe jetzt. Eine seltsame, zeitlose Atmosphäre herrschte im Schlafzimmer. Es war Vollmond und, anders als bei dem Wetter der letzten Wochen, war der Himmel völlig klar.

Sie starrte auf das Fenster, das ihrem Bett gegenüberlag. Nicht hindurch, sondern *darauf*. Ein Strahl silbrigen Mondlichts durchbrach die Dunkelheit, glänzte auf dem Fußboden, erhellte den Teppich zu ihren Füßen. Sein einfarbiges Licht schuf neue Farben aus alten. Das Mondlicht schien vor ihren Augen zu tanzen, als wäre seine Substanz nicht sichtbar, sondern eher hörbar. Es schien ihr eine derart vertraute Weise zuzusingen, daß ihr Tränen in die Augen traten. Was war das?

Wie in Trance kletterte Athena aus dem Bett und ging barfuß durch den Raum. Sie stand am Fenster. Langsam legte sie eine Hand auf das Fensterbrett, badete sie in Silber.

Mit gleicher Bedachtsamkeit hob sie die Augen. Ihr Blick folgte dem Lichtband nach oben. Sie sah die strahlende Scheibe des Mondes. Der Himmel rings um ihn herum war absolut klar.

Sie schrie auf, als die erste ihrer Visionen sie wie ein Faustschlag traf. Sie taumelte, fiel rückwärts und lag ausgestreckt im Mondlicht, während ihre Erinnerung in quälend genauen Einzelheiten die Zerstörung in der Nanking Road heraufbeschwor, von dem Augenblick an, da sie das Flugzeug zum ersten Mal gehört hatte, bis die Mauer über ihr zusammengebrochen war.

Als die Vision verschwunden war, starrte sie blicklos in den Strahl des Mondlichts. Sein Gesang hallte so laut in ihren inneren Ohren wider, daß sie für alles andere taub war. Ein Kirchenlied, dachte sie. Es singt ein Kirchenlied.

Es war derselbe Choral, den ihr Bruder Michael zu Hause gesungen hatte, wenn er vom Seminar zurückgekommen war. Sie hatte sich immer lustig darüber gemacht und war an Sonntagen bewußt von daheim verschwunden, damit ihre Mutter nicht von ihr verlangte, mit ihm in die Kirche zu gehen. Damals hatte sie Religion gehaßt. Sie hatte den Ruf nicht verstanden.

Wie mächtig die Religion sein konnte, hatte sie andeutungsweise ausgerechnet in China erfahren.

Sie hatte gesehen, wie Michaels Glaube ihn glücklich gemacht hatte, aufgeschlossen für das Leid des riesigen, unbekannten Kontinents.

Endlich verstand Athena, warum sie gezögert hatte, Shanghai zu verlassen, auch noch, als die Evakuierung begonnen hatte. Ihre Vision hatte ihr die Antwort gegeben. Ihre Bestimmung lag hier, in der Hilfe für die Kranken, die Armen, die Verletzten. Die Ärzte waren da, um die körperlichen Wunden zu verbinden, es mußte aber jemand da sein, der das Licht Gottes nahm und ihre inneren Verletzungen versorgte.

In ihrer Euphorie glaubte Athena, sie könnte Gottes größere Ziele erfassen. Michaels Tod hatte einen Sinn haben müssen. Sie war überzeugt, dies war er. Sein Beispiel manifestierte sich jetzt in ihr. Michaels Geist würde in seinem geliebten China weiterleben, durch sie.

Die Wärme des Mondlichts, die zu fühlen sie soeben begonnen hatte, durchströmte sie. Der herzzerreißende Schmerz, mit dem sie seit jener langen Nacht gelebt hatte, in der sie Sheng Li gebrandmarkt hatte, war verschwunden.

Sie hatte gesündigt und ihre Strafe verbüßt; der Ruf ihres toten Bruders sollte sie ganz befreien. Die Welt gehörte jetzt ihr. Sie war nicht mehr allein, ängstlich und ohne Ziel. Die Epiphanie des Glaubens hatte alle ihre Agonien geheilt, hatte sie sogar von ihrer Schuld losgesprochen. Entsetzen oder Reue bedrückten sie nicht mehr. Sie war befreit vom Haß.

In den nächsten drei Monaten ging Athena auf die Straßen und versteckte sich nicht mehr erschreckt in dem Haus, das ihr Mann für sie hatte bauen lassen. Sie predigte ihre Heilslehre jedem, der zuhören wollte, und vielen, die es nicht wollten.

Über Mangel an Arbeit hatte sie nicht zu klagen. Shanghai war zu einer hohlen Muschel geworden, in der dumpf die Schüsse des täglichen Kanonen- und Handwaffenfeuers widerhallten. Nachts streiften Granaten die Unterseite niedrig hängender Wolken, ehe sie donnernd in der Siedlung detonierten. Am Tage schickten die Japaner immer mehr Verstärkungen herein. Ganz allmählich wurde Tschiangs tapfere, aber zahlenmäßig unterlegene Streitmacht durch die Trümmer der einstmals größten Stadt des Kontinents zurückgedrängt.

Krankheit, Pestilenz. Athena erinnerte sich an die vier Reiter der Apokalypse, die durch den Krieg zum Leben erweckt wurden. Der Himmel war aschgrau, die einst schneeweißen Bürogebäude am Bund jetzt fleckig von Ruß und Blut.

Shanghai war ein Leichnam, so wund und blutend wie seine vielen verletzten Einwohner. Oft überquerte Athena den Suqiao-Fluß nach Süden und kümmerte sich um die Chinesen. Viele starben. Es war lediglich eine Frage der Beschleunigung: Starben sie langsam oder schnell? Athena versuchte, sie alle zu trösten. Sie schienen überrascht, daß sie kantonesisch sprach. Andere verschlossen ihre Ohren vor dem, was sie sagte, weil sie es für unmöglich hielten, daß eine Fremde Teufelin ihre Sprache so fließend beherrschte. Niemand aber blieb unbeeindruckt von ihren Diensten.

Sie trat nach den aufdringlichen Hunden und Ratten, die in diesem Teil von Shanghai herumliefen, als wäre er ihr Eigentum. Jake lernte, ein Stück Holz mitzunehmen, mit dem er sie zu blutigem Brei schlug.

Der Herbst starb, so sicher wie die Stadt. Der Winter kam und mit ihm das Ende der Verteidigung des Generalissimus. Im November befahl Tschiang seinen Truppen, die lange gehaltenen Stellungen aufzugeben. Sie fielen schnell zurück, und die Japaner begannen ihren triumphalen Marsch nach Shanghai. Neunzigtausend Mann stark kamen sie bei der Verfolgung der fliehenden Chinesen den Jangtse herauf. Sie kamen in eine Stadt, in der offenbar kein Leben mehr herrschte. Rauch, der von den glimmenden Bränden aufstieg, hing in der stillen Luft. Eine beängstigende Ruhe hüllte die Stadt jetzt ein, nachdem die Batterien, die sich monatelang gegenseitig bekämpften, ihre Beschießungen beendet hatten.

Weitere Gebiete der Stadt waren verwüstet. Straßen hatten über ihre ganze Länge aufgehört zu existieren. Tausende von Häusern und Fabriken waren dem Erdboden gleichgemacht worden. Die Leichen türmten sich und verwesten dort, wohin die massierten Explosionen sie geschleudert hatten.

Von der Brenan Road bis zur Garden Bridge paradierten sechstausend japanische Truppen in ihren Ausgehuniformen. Alle trugen sie Schutzmasken, um die grassierende Pestilenz abzuhalten. Auf Befehl des neuen Garnisonskommandeurs ermahnten Soldaten mit Megaphonen die Zuschauer innerhalb der geschlagenen Stadt, den Siegern das ihnen gebührende Maß an Respekt zu erweisen, indem sie »sich leicht verneigen und uns einen guten Morgen wünschen«. Athena, Jake an der Seite, beobachtete diesen Augenblick und verspürte einen schrecklichen Schmerz, als sie ihre Chinesen sich vor dieser Horde verneigen und murmeln sah. Sie hörte die Geister einer Milliarde chinesischer Ahnen vor Schreck und Bestürzung aufschreien. Der Schmerz durchfuhr sie wie eine Lanze, so daß sie selbst aufschrie. Unversehens brach sie vor Jakes Füßen zusammen.

Jake hatte seine Mutter nie so blaß gesehen. Sie roch seltsam. Er wollte ihr nicht nahe kommen und sah schweigend zu, wie ein Mann und eine Frau aus der Menge der Zuschauer sich ihren Weg zu seiner ausgestreckten Mutter bahnten. Er sah, wie sie vor ihr hockten. Der Mann, der ihm sehr alt vorkam, hielt ihr Handgelenk so seltsam. Seine Lippen bewegten sich in einem inneren Rhythmus. Vielleicht sang er, dachte Jake, doch hielt er diesen Augenblick nicht einmal für das Singen eines Chorals für angebracht.

»Kommt«, sagte der Mann zu der Frau, »bringen wir sie nach Hause.« Er hob Athena mit kräftigen Armen hoch. Die Frau hielt Jake die Hand hin. Er schob die seine in ihre. Sie war warm. Er ging dicht neben ihr. Sie roch gut. Das gefiel ihm.

In ihrem Haus merkte Jake, welche lauten Geräusche seine Mutter von sich gab. Sie lag auf dem Bett. Ihr Gesicht glänzte und war angespannt. Ihre Brust hob und senkte sich heftig. Die Frau kümmerte sich um sie und legte ihr ein nasses, zusammengerolltes Tuch auf die Stirn. Einmal versuchte sie, Athena aus einer Schale mit etwas zu füttern. Die Flüssigkeit rann an Athenas Kinn und Hals herab und machte ihre Kleidung noch nasser.

Der Mann, der einen seltsamen sechszackigen Stern um den Hals trug, legte Jake eine riesige Hand auf die Schulter und drehte ihn herum. »Bist du hungrig?« fragte er in einem eigenartigen Dialekt, über den Jake kichern mußte. Jake nickte.

In der Nacht weckten sie ihn flüsternd und vorsichtig.

»Deine Mutter möchte dich sehen«, sagte die Frau. Sie duftete süß. Jake ergriff ihre Hand und ging mit ihr.

Athena roch schlimmer denn je. Er rümpfte die Nase und versuchte, den Atem anzuhalten. Innerhalb von dreißig Sekunden mußte er nach Luft schnappen, so daß die Frau ihm die Hand drückte.

Er sah, wie seiner Mutter der Schweiß über das Gesicht lief. Warum war sie so heiß? Hatten diese Leute kein Handtuch, um sie abzutrocknen? Plötzlich riß seine Mutter die Augen auf. Im Licht der einzelnen Öllampe, die der Mann hochhielt, konnte Jake die Farbe ihrer Augen erkennen, so rein und klar wie immer.

In diesem Moment war ihre Bindung wieder da, und er warf sich auf ihre schweratmende Brust, sicher in dem Gedanken, daß jetzt etwas Schreckliches geschehen würde.

Er fühlte, wie die Hände der Frau ihn zurückzogen, ihn festhielten und seinen Hinterkopf streichelten, wie es Athena immer getan hatte.

»Jake.« Es war ein heiseres Krächzen. Er hörte seinen Namen, konnte aber ihre Stimme nicht erkennen.

»Mama.«

Athena weinte. Mit dünnen Händen suchte sie etwas unter ihrem schmutzigen Kleid. Sie war enttäuscht. Ihre Augen gingen von Jake zu der Frau. »Bitte«, flüsterte sie, und ihre Hand zog einen Teil ihres Kleides auseinander.

Die Frau sah wieder den kleinen Beutel, der an einer Lederschnur um Athenas Hals hing.

»Geben Sie ihm das«, sagte Athena mit einiger Schwierigkeit. »Bitte.«

Die Frau ließ Jake los, beugte sich über Athena und nahm ihr den Beutel ab. Sie lockerte die Zugschnur und zog einige Papiere heraus. Über Jakes Händen stülpte sie den Beutel um. Ein Stück lavendelfarbener Jade fiel heraus.

»Sorgen Sie dafür, daß er es immer bei sich trägt«, sagte Athena. Sie seufzte tief auf.

Jake starrte auf das leere Gesicht seiner Mutter herab. Plötzlich bewegte das Licht sich von ihr fort, tauchte ihre Gestalt in Dunkelheit.

Er hörte die polternde Stimme des Mannes. »Es wird Zeit, daß wir hier wegkommen. Wir werden zu unseren Freunden nach Hongkong gehen.«

In der Dunkelheit fühlte Jake die Zustimmung der Frau. Er hob die Hand und schob sie in die ihre.

Der Weg zu Mao führte über Hu Hanmin. Das hatte Zilin von dem Augenblick an gewußt, als er Shanghai verließ, um in die ländlichen Gebiete des notleidenden Hunan zu gehen; dorthin war Mao, wie seine Informanten ihm gesagt hatten, nach dreizehn Jahren zurückgekehrt, um die bevölkerten Zentralprovinzen in einem letzten Anlauf für seine Sache zu gewinnen.

Zilin war sich darüber klar, daß er nicht einfach mit seinen Ideen zu Mao kommen konnte. Tatsächlich hatte er zu diesem Zeitpunkt nicht den Wunsch, sich dem aufsteigenden kommunistischen Führer bekannt zu machen. Er wollte erst in Maos Organisation eintauchen, um dann, wenn er einmal dazugehörte, seine Philosophien langsam zu verbreiten.

Von entscheidender Bedeutung war, daß Zilin sich Hu als eifrigen Kommunisten verkaufen konnte. Gelang ihm das nicht, brauchte Zilin sich nach eigener Einschätzung keine Hoffnung zu machen, seinen langfristigen Plan weiterzuverfolgen. Es gefiel ihm gar nicht, jemand zu benutzen, der ihm in besseren Tagen ein Freund gewesen war; freilich rief er sich in Erinnerung, daß er auch denen, die er mehr liebte als Hu, viel Schlimmeres angetan hatte.

Er hätte mit Geld kommen können – etwas, das Mao verzweifelt brauchte, doch das erkannte er instinktiv als einen schweren Fehler. Zum einen hätte das sofort die Aufmerksamkeit auf ihn gelenkt, zum anderen hätte er sich verdächtig gemacht. Zilin wollte auf keinen Fall, daß man in seiner Vergangenheit schnüffelte; er hatte in seinem Leben zu lange als Kapitalist gelebt.

Was Hu und Mao gemeinsam hatten – was sie überhaupt zusammengebracht hatte –, war ihre Liebe zur Philosophie. Zilin wußte also, daß er an sie in gleicher Weise herankommen konnte, freilich unter Verwendung einer anderen Sprache.

Für Mao wäre das Sun Tsus »Kunst des Krieges«, auf die er bei seinem fortgesetzten Guerillakrieg gegen Tschiang ständig zurückgriff, und für

Hu Laotse, ein Philosoph, dessen Schriften Zilin gründlich studiert hatte, von dem er jedoch enttäuscht war.

Laotses Denken war Zilin viel zu formelhaft. Früh schon hatte er gelernt, daß Formeln und Auswendiglernen kreatives Denken verkümmern ließen. Das war auch einer der Gründe, warum er dem Kommunismus skeptisch gegenüberstand. Dogmen, dachte er, waren gut und schön für die Verdrängung von Anarchie, doch als zukunftsweisende Strukturen boten sie überhaupt keine Lösung.

Es bereitete ihm keine Mühe, Hu zu finden. Er war draußen auf den Feldern, wo er Seite an Seite mit den Bauern arbeitete. Er sah älter aus, sein breites Gesicht war irgendwie grauer. Falten waren in seinem Gesicht sichtbar geworden, als hätte jeder Tag bei Mao ihn gekennzeichnet.

»Ah, Shi Zilin!« rief Hu aus, als er seinen langjährigen Freund unter dem Staub und den einfachen Kleidern erkannte. »Jetzt bist du also doch gekommen.«

Zilin lächelte. »Eine Waise, einsam und unwert zu werden ist das, was Männer am meisten hassen«, sagte er, Laotse zitierend.

Hu rieb sich den Schweiß von der Stirn. Er roch nach schwerer Arbeit. Seine Augen verengten sich. »Der Krieg in Shanghai hat dich vernichtet? Bist du deshalb hier?«

Zilin schüttelte den Kopf. »Ich hatte mich vor einiger Zeit bereits all meiner Besitztümer entledigt. Ich drängte meine Brüder, mit mir zu kommen, doch ihre philosophischen Neigungen gehen in eine andere Richtung. Sie waren nicht mit Mai verheiratet, sie hatten nicht mit Sun Yat-sen zusammengesessen und seinen Glauben in sich aufgenommen.« Er zuckte mit den Achseln. »Manchmal hat man von Dingen erst einen Nutzen, wenn man von ihnen weggerissen wird«, schloß er, indem er wieder zitierte.

Hu lächelte vorsichtig. »In diesem Fall . . .«, sagte er, ergriff ein Feldwerkzeug. Er hielt es Zilin hin. »Wenn Schwielen sich bilden, beginne ich vielleicht zu verstehen.«

Fünf Monate, nachdem Zilin in Maos Lager eingetreten war, wurden die Streitkräfte dem ersten ernsthaften Angriff durch Generalissimus Tschiangs Truppen ausgesetzt. Bis zu diesem Zeitpunkt, vermutete Zilin, war Tschiang zu sehr damit beschäftigt gewesen, seine Wunden aus dem Debakel von Shanghai zu lecken – wovon die Nachricht sie etwas verspätet erreicht hatte – und neue Soldaten aus den Provinzen zu rekrutieren, die noch nicht unter japanischer Herrschaft standen.

Zilin hatte schon seine schlimmen Augenblicke gehabt, als er sich die Zerstörungen in seiner angenommenen Heimatstadt vorstellte. Immerhin wußte er aber, daß sowohl Athena wie auch Sheng Li, jede auf ihre Art, starke Frauen waren. Als er sich davongestohlen hatte, hatte er zuvor jeder das Erforderliche fürs Überleben hinterlassen. Er war sicher, sie würden alles tun, um seine Kinder zu beschützen.

Die Regenzeit hatte bereits begonnen, verwandelte den Boden in Schlamm und überflutete die vielreihigen Reisfelder. Maos Streitkräfte besetzten derzeit Land, das nach Sun Tsus Lehre als »eingekreist« zu gelten hatte. Das bedeutete, der Zugang zu diesem Gebiet war stark eingeschränkt und der Weg nach außen mühsam und eng. Kurz gesagt bedeutete das: Wenn Tschiangs Truppen sie hier angriffen, war Mao leicht zu schlagen. Tschiang, dem seine Spione das längst berichtet hatten, kam so schnell, wie er konnte, herbei.

Dementsprechend hatte Mao den vollen Rückzug befohlen. Gelang es ihm, seine Leute über die weit offenen Felder und durch den schmalen Engpaß zu führen, ehe Tschiang eintraf, waren sie in Sicherheit. Das Problem lag in der Schnelligkeit der Bewegung. Maos Truppen waren müde. Sie hatten zwölf Stunden täglich auf den Feldern bei den Bauern zugebracht, hatten vorübergehend die Waffen niedergelegt, um nach seinen Worten »den Pflug zu ergreifen«.

Zilin machte sich an eine genaue Bestandsaufnahme: Maos Männer waren seiner Überzeugung nach so ausgepumpt, daß sie nur langsam vorankamen – zu langsam –, so daß Tschiangs ausgesuchte Truppen sie entweder in dem Engpaß erwischten, oder wenn sie herauskamen. In beiden Fällen wären sie auf »tödlichem Boden«, das heißt, nach Sun Tsus Lehre dort, wo die Armee nur überleben könnte, wenn sie mit dem Mut der Verzweiflung kämpfte. Sogar bei dieser Annahme mußten die Verluste horrend sein.

»Es muß einen besseren Weg geben«, sagte Zilin zu Hu, als sie dahockten und gekochten Reis aßen.

»Die Männer folgen Mao«, sagte Hu und stopfte sich Reis in den Mund. Dies spielte sich kurz vor dem Zeitpunkt ab, da Maos Befehl zum Abrücken kommen mußte. »Sie haben das von Anfang an getan. Sie glauben bedingungslos an ihn. Er hat sich noch nie geirrt.«

Bis jetzt, dachte Zilin und blickte hinauf zu den niedrig hängenden Wolken. Es hatte den ganzen Morgen geregnet, doch vor etwa einer Stunde hatte der Niederschlag aufgehört. Und doch war das Wetter nicht gut. Der Himmel war so dunkel, man hätte meinen können, es wäre eine Stunde nach Sonnenuntergang und nicht nahe Mittag. Zilin, dem Drei-Eide-Tsun beigebracht hatte, die Anzeichen von Wind, Feuchtigkeit und barometrischem Druck zu lesen, wußte, daß noch mehr Regen drohte. Heftiger Regen, nachdem das Barometer so tief gefallen war.

Mürrisch schaute er auf die riesige Ausdehnung der Felder, die sie überqueren müßten, um an den Eingang zum Engpaß zu kommen. Er beobachtete zwei Bäuerinnen, die vornübergebeugt und die schmutzigen Baumwollröcke bis zu den Schenkeln hochgezogen, noch immer arbeiteten. Sie standen bis zu den Waden im Schlamm, und als die eine weiterging, sah Zilin, daß sie bis zu den Knien einsank. Das schaffen wir nie da hindurch, dachte er – rechtzeitig. Das ist ja wie Treibsand.

Er holte tief Luft, und zwar so laut, daß Hu zu essen aufhörte und ihn anstarrte.

»Was ist los?« sagte Hu betroffen. »Bist du krank?«

»Im Gegenteil«, erwiderte Zilin. Sein Herz schlug ihm bis zum Hals hinauf, und er war gezwungen, sich einen Moment auf seine Atmung zu konzentrieren, um sie auf normal zurückzubringen. Noch immer merkte er, wie das Adrenalin durch seinen Körper jagte. Er stand auf.

»Ich hab' vielleicht einen Weg gefunden, unsere Männer zu retten.«

Hu erhob sich ebenfalls. Seine Schale mit Reis war vergessen. »Was meinst du?«

»Hör zu«, sagte Zilin. »Du glaubst, Maos Strategie sei richtig, *heya?*«

Hu nickte. »Tue ich.«

»Dann sag mir, was geschehen wird, wenn wir auf Tschiangs Kräfte stoßen, solange wir zum Teil noch in dem Engpaß sind, zum Teil aber auch schon durch.«

Hus Gesicht sah noch müder aus als sonst. »Es wird viele Verluste geben. Viele gute Männer werden sterben. Aber die Sache . . .«

»Sie müssen nicht sterben«, sagte Zilin.

Hu war eine Zeitlang still.

Zilin zeigte mit dem Finger. »Sieh dir mal die Frauen dort in den Reisfeldern an. Siehst du, wie langsam ihre Bewegungen sind?«

»Das sind Frauen«, bemerkte Hu, »keine Männer. Schon gar nicht Soldaten.«

»Diese Frauen«, sagte Zilin, »könnten das doppelte Gewicht der Feldausrüstung eines jeden unserer Männer tragen, ohne zu klagen. Und trotzdem haben sie Schwierigkeiten auf dem Feld. Das ist zu einem Morast geworden.«

»Ja, das sehe ich.« Hu nickte. »Schlecht für uns. Es wird unser Tempo schrecklich verlangsamen.«

»Dabei kommt noch mehr Regen. Das fühle ich.« Zilin blickte Hu an. »Wenn aber das Feld für uns schlecht ist, denk daran, wie es erst in sechs Stunden sein wird, wenn Tschiangs Truppen sich – am Ende eines langen Tagesmarsches – dort hindurchschleppen müssen.«

Verdutzt schaute Hu ihn an.

»Und sie *müssen* sich hindurchschleppen, wenn wir uns hier nicht wegbewegen. Wenn wir unsere Position halten, bis sie in die Felder hinausgewatet sind. Dann fallen wir mit aller Macht über sie her.«

Hu schwieg, in Gedanken versunken.

»Außerdem«, fuhr Zilin fort und gab ihm jetzt den Gnadenstoß, »werden wir vor den Bauern kämpfen. Sie werden selbst sehen können, wie wir das Land verteidigen, das zu bestellen wir ihnen in diesen langen Monaten geholfen haben. Was meinst du, wie sie darauf reagieren werden? Das wird sie an unsere Sache schmieden. Mao wird in diesen Provinzen zur Legende werden.«

Hu nickte bedächtig und bedachte alles, was Zilin ihm gesagt hatte. »Das stimmt schon.« Nachdenklich nagte er an der Unterlippe. »Es ist ein hervorragender Plan. Komm mit, ich werde dich zu Mao bringen.«

Zilin schüttelte den Kopf. »Es ist nur ein Gedanke, den ich weitergegeben habe. Du und Mao, ihr steht euch nahe. Es ist nur noch wenig Zeit. Auf mich hört er vielleicht nicht, aber auf dich bestimmt.«

»In Ordnung«, sagte Hu. »Ich werde ihm aber sagen, wessen Idee das war.«

»Erzähle ihm von dem Plan«, sagte Zilin, als Hu davoneilte. »Das wird genügen.«

In den Monaten nach Maos entscheidendem Sieg über die Streitmacht, die Tschiang in Hunan gegen ihn ausgeschickt hatte, wuchsen sein Ansehen und seine Macht um das Zehnfache. Wieder und immer wieder wurde überall in den Dörfern der Zentralprovinzen die Geschichte von seinem überragenden militärischen Können an rauchenden Feuern erzählt. Und wie es bei solchen Dingen geht, wurden die Einzelheiten der Schlacht jenes Tages immer grandioser. Tschiangs Truppe wuchs von sechs- auf neunhundert und dann auf fünfzehnhundert. Die Stärke von Maos Armee blieb natürlich immer gleich, so daß der Sieg in den Erzählungen an Bedeutung zunahm.

Mao war sich dessen wohl bewußt und war hocherfreut, daß die Geschichte übertrieben wurde. Die Menschen schienen am glücklichsten immer dann, wenn sie mit phantastischen Zahlen umgehen konnten.

Freilich war er sich aber auch darüber im klaren, daß es nicht sein Plan gewesen war, der ihm zum Sieg verholfen hatte. Niemand in seiner Armee wußte das, außer Hu. Und außer dem Mann, von dem der Plan stammte. Denn trotz Zilins Ermahnung hatte Hu sich verpflichtet gefühlt, Mao gegenüber den Namen ehrlich zu erwähnen.

Einige Zeit nach dem Sieg befand Mao sich in der verzwickten Lage, nicht zu wissen, was er tun sollte. Den Mann umgehend anzuerkennen, wäre ein unschätzbarer Verlust an Gesicht. Ihn zu ignorieren wäre ungehörig, aber, und noch schlimmer, dumm. Der Mann besaß offensichtlich einen scharfen Verstand. Jemand wie er, entschied Mao schließlich, konnte von enormem Wert für ihn sein.

Nach einem angemessenen Zeitraum wurde Zilin zu Mao gerufen. Hu führte ihn zu dem Kommunistenführer, wurde aber von Mao sofort entlassen.

»Shi Zilin«, sagte Mao, »ich habe in letzter Zeit immer wieder von Euch gehört.«

»So vielen Geredes bin ich gewiß nicht würdig.«

Mao nickte abwesend. Er hätte diesem Mann gern beigebracht, daß sein Interesse an ihm bestenfalls minimal war. Es war nicht gut, andere sehen zu lassen, was man brauchte.

»Hu Hanmin hat eine hohe Meinung von Euch.« Nach der Vorstellung hatte Mao Zilin nicht mehr direkt angesehen, sondern war in dem Raum, den er zu seinem Arbeitszimmer gemacht hatte, hin und her gelaufen. Er besaß, wie Zilin beobachtete, den ruhelosen Geist des wahren Revolutionärs. Da er niemals zufrieden war, längere Zeit an einem Ort zu verweilen, mußte es ihn außergewöhnliche Überwindung gekostet haben, es so lange auf den Feldern von Hunan auszuhalten. Jetzt waren sie in Yünnan, Höhlenbewohner wie die Fledermäuse. »Ich verlasse mich auf Hu Hanmin.« Mao winkte mit der Hand. »Vielleicht kann er einen Platz in meinem Stab für Euch finden.«

»Wie Ihr wünscht, Genosse«, sagte Zilin und dachte, *das* Spiel können auch zwei spielen!

Mao blickte ihn an. »Wir werden uns wieder sprechen. Vielleicht, wenn Ihr Interesse an militärischen Dingen habt, könnten wir eine Partie *wei qi* spielen.«

»Mit großem Vergnügen«, antwortete Zilin und ließ nicht erkennen, daß er Maos versteckte Anspielung auf den von ihm entwickelten Plan verstanden hatte, den Mao als seinen eigenen gebraucht hatte.

So wie Maos Ansehen wuchs, tat es auch das von Zilin. Immer mehr von denen, die eine Audienz bei Mao suchten, wurden an Zilin verwiesen, wenn sie nicht zu Mao gelangten. Nach einiger Zeit baten sie darum, gleich ihn anstatt Mao sehen zu können.

Zilin fand es faszinierend, diese Probleme zu lösen. Athena hatte ihm genug aus der Bibel vorgelesen, um es ihm zu ermöglichen, eine Parallele zu Salomo zu ziehen. Nicht sein Ego zwang ihn zu diesem Vergleich, sondern nur seine besondere Neigung.

An einem stürmischen Tag, als die Höhle zu einem heulenden Bienenhaus geworden war und viele der Männer den Berghang hinabtrieb, betrat eine Frau Zilins Kammer.

Die Dämmerung war nahe. Die Lampen waren angezündet, doch ihre Flammen flackerten unregelmäßig in den Windstößen und machten das Lesen unmöglich.

Zilins Gehilfe, ein intelligenter junger Mann, der viele seiner Ideale teilte, stellte sie vor.

»Das ist Qing Ming, Genosse«, sagte der junge Mann. Er stand neben ihr, bis ein eindringlicher Blick von ihr ihn nötigte, sich zurückzuziehen. Als er gegangen war, kam die Frau durch den Raum auf Zilin zu.

Dieser sah sie genau an, doch das schwankende Licht machte ein Erkennen schwierig. Sie schien nicht älter als zwanzig zu sein. Er fand sie außerordentlich schön und meinte, ihr Name wäre gut gewählt. Qing Ming bedeutete ›Reiner Glanz‹.

Sie trug die staubigen Kleider des Landvolks im Süden, und er hielt es für möglich, daß sie von weither gekommen war, um ihn zu sehen.

»Möchtet Ihr Euch setzen?« fragte er.

»Danke, ich möchte lieber stehen.«

»Tee?«

Sie schien dankbar für das Angebot zu sein und nickte stumm. Als er ihn einschenkte, rief Zilin seinen Gehilfen; als dieser eintrat, bat er ihn darum, etwas zu essen zu bringen.

Zilin lächelte Qing Ming an. »Es war ein langer, ermüdender Tag für mich. Seit heute früh hatte ich keine Gelegenheit, etwas zu mir zu nehmen. Ich hoffe, Ihr haltet es nicht für unhöflich von mir, wenn wir essen und dabei reden. Mein Gehilfe bringt gleich genügend für uns beide. Seid Ihr hungrig?«

»Eigentlich nicht«, erwiderte sie.

Trotzdem aß sie mit Heißhunger. Zilin stocherte in seinem Essen nur herum, er hatte überhaupt keinen Appetit. Nur hatte er den Stolz der Frau geahnt und vermutet, daß sie nie um Essen gebeten hätte, auch nicht, wenn sie dem Verhungern nahe gewesen wäre. Als er sie jetzt kauen sah, fragte er sich, von wie weit her sie wohl gekommen sein mochte.

Nach einiger Zeit wischte sie sich den Mund ab. Als das Essen kam, hatte sie sich gesetzt. Als Zilin ihr jetzt noch mehr Tee einschenkte, saß sie auf der Stuhlkante und machte einen außerordentlich angespannten Eindruck.

»Es ist schwierig für mich«, begann sie ohne Einleitung. »Eine Zeitlang, nachdem ich von Euch gehört hatte, glaubte ich, ich könnte überhaupt nicht kommen. Es beschämt mich, hier vor Euch zu sitzen.«

Zilin schwieg; das war das Beste, was er im Moment für sie tun konnte.

Sie hob den Kopf, und er sah das Lampenlicht in ihren schwarzen Augen flackern. »Ich bin die Enkelin des Jian.«

Jian. Das Wort traf Zilin wie ein Guß kalten Wassers.

»Der Jian«, murmelte er. Er erinnerte sich an den Garten, die Einsamkeit, den vollkommenen Frieden in der Umgebung des alten Mannes in Soutschou. Er dachte an alles, was er von ihm gelernt hatte und dachte auch daran, wie er versucht hatte, ihn zu finden. Doch er war ja nur ein Kind gewesen. Der Jian war in die Welt der Erwachsenen verschwunden.

Wieder blickte er auf diese schöne Frau. Er wußte, er mußte ihr nicht erst von seiner Beziehung zum Jian erzählen. In ihren Augen las er, daß sie darum wußte.

»Meine Großmutter hat den Jian geliebt. Sie war seine Mätresse.« Sie sah ihn an. »Ich habe niemand mehr und weiß nicht, wohin ich gehen soll. Mein Ehemann ist vor drei Monaten bei den Kämpfen nahe Kanton gefallen. Seine Familie kann mich nicht brauchen, weil ich nicht aus ihrem Dorf bin. Seine Mutter spuckt mich an. In diesen bösen Zeiten bin ich für sie zur Last geworden.

Um mich selbst mache ich mir keine Sorgen. Ginge es nur um mich, wäre ich nicht hergekommen, um wie ein Straßenmädchen bei Euch zu betteln. Aber« – sie legte ihre flachen Hände auf den Bauch – »ich muß jetzt an noch jemand denken. Mein ungeborenes Baby ist alles, was mich noch kümmert.«

Sie senkte den Blick. »Das einzige, wovon meine Großmutter mir erzählte, seid Ihr. Großvater sprach zu ihr immer nur von Euch. Für ihn wart Ihr der Sohn, den er nie hatte. Ich weiß aber nicht... hierherzukommen... das heißt, ist es vermessen von mir, bei Euch anzuklopfen, bloß weil Ihr ihm so viel bedeutet habt?«

Zilin sah sie eine Zeitlang an und versuchte, Ordnung in seine Gedanken zu bringen. »Meine Zeit mit Eurem Großvater«, sagte er, »war die wichtigste in meinem Leben. Ohne ihn wüßte ich nicht, wo ich heute wäre.« Er blickte um sich. »Gewiß nicht hier.« Und, dachte er weiter, mein großartiger Plan für China wäre ohne seine Lehren ganz gewiß nicht entstanden.

Als er aufstand, überragte er die junge Frau. »Die Liebe Eures Großvaters für mich wurde ganz sicher erwidert. Ich bin froh, daß Ihr Euren Mut zusammengenommen habt und zu mir gekommen seid.« Er zog sie hoch und legte ihr die offene Hand auf den Leib.

»Euer Kind ist auch für mich wichtig. Ein Nachfahre des Jian ist ein Mitglied meiner Familie.« Er führte sie zur Öffnung seiner Kammer und rief seinen Gehilfen.

»Heute nacht«, sagte er zu ihr, »schlaft Ihr hier so bequem, wie wir es Euch machen können. Ihr werdet gut essen. Ich möchte nicht, daß Ihr oder Euer Kind etwas entbehren müssen.

Morgen werde ich beginnen, Vorkehrungen für Eure Reise zu treffen. Sie wird lang und mühevoll sein. Ohne Zweifel wird Euer Kind geboren werden, ehe Ihr Euer Ziel erreicht.«

Qing Ming sah zu ihm auf. Alle Spannung schien von ihr gewichen. »Wo werde ich hingehen?«

»Über Burma nach Hongkong«, sagte Zilin ruhig. »Zu einem Mann namens Drei-Eide-Tsun. Ich werde Euch einen Einführungsbrief mitgeben.« Er lächelte sie an. »Und, natürlich, ein Geschenk für das Baby.«

An jedem 18. Januar nahm Yumiko – Sheng Li hatte von dem Moment an, als sie sich der Evakuierung japanischer Zivilisten aus Shanghai anschloß, begonnen, den Namen anzunehmen, den ihr Vater ihr gegeben hatte – ihren Sohn mit zu dem winzigen *bochi* am Rande der kleinen, am Berghang gelegenen Stadt Kamioka.

Der Friedhof war zu Fuß von ihrem Haus aus zu erreichen. Ohne Rücksicht auf das Wetter – sehr häufig gab es zu dieser Jahreszeit in dieser Höhe mehr als nur wenige Zentimeter Schnee – wickelte Yumiko ihren Sohn in warme Kleidung, warf sich einen gesteppten *haori*-Mantel über den Winterkimono und ging mit ihm los.

Ihre *geta* knirschten im Schnee. Stille umgab die Bäume. Sogar die glänzend schwarzen Krähen schienen auf ihrem Sitz in den nackten Baumkronen zu zittern.

Auf dem *bochi* ließ Yumiko die Hand ihres Sohnes los, holte Weihrauchstäbchen unter ihrem Kimono hervor und steckte die Stäbchen in den gefrorenen Boden. Er beobachtete sie stumm, als sie sich niederkniete. Sie zündete die Weihrauchstäbchen an und begann ihre Gebete. Sie kniete niemals vor einem bestimmten Gedenkstein, und er erfuhr erst viele Jahre später, für wen sie betete.

Als er alt genug war, um logisch zu denken, nahm er an, sie erinnerte sich an das *kami* seines Vaters, der lange tot war in China, wie sie ihm auf seine Frage geantwortet hatte.

Daß er damit nicht recht hatte, lag mehr an Yumikos Verschwiegenheit, als an einem Irrtum seinerseits bei der Deutung von Hinweisen. Es stimmte schon, daß sie trauerte. Was sonst sollte er annehmen?

Im Frühjahr 1947 war der Krieg vorbei. Japan war müde, gedemütigt und von amerikanischen Truppen besetzt. Wochenlang – während die Blüten der wilden Pflaumen so ziemlich als die ersten an den Berghängen zu hellen Farbflecken aufsprangen – war Yumiko damit beschäftigt gewesen, eine Stoffahne in Form eines Fisches zu nähen.

Am fünften Tag des fünften Monats wurde diese an einer schlanken Bambusstange hochgezogen, die Yumiko an der Seite des Eingangsweges zu ihrem Haus, gleich vor der *engawa,* in den Boden steckte. Mütter und Väter in dieser kleinen Stadt taten das gleiche – wie sie es überall auf den Inseln taten. Es war das *koinobori.*

Aki – das war der Name, den Yumiko ihm gegeben hatte, eine grobe japanische Übersetzung des original chinesischen Namens, der ›Beginn des Herbstes‹ bedeutete – fragte seine Mutter nach dem Fest. In den Kriegsjahren war *koinobori* nicht gefeiert worden.

Es wäre das Fest der Knaben, sagte sie ihm. Jeweils ein Fähnchen flatterte für jeden Sohn im Haushalt, kleinere für die kleinen Kinder, größere für die älteren Söhne.

Aki freute sich, als er sah, daß die Fahne, die Yumiko für ihn genäht hatte, seiner Einschätzung nach recht ausgefallen war. Er beobachtete, wie die steife Frühlingsbrise den Fisch bewegte. Er sah jede Schuppe, die sie so genau auf die Seiten gemalt hatte; er starrte dem Fisch in das freundliche und doch mutige Gesicht, das sie liebevoll geschaffen hatte.

»Es ist ein Karpfen«, sagte Yumiko zu ihm. »Der Karpfen wurde wegen seines nicht zu unterdrückenden Mutes zum Symbol für den *koinobori* gewählt. Vom Karpfen weiß man, daß er Wasserfälle hinaufschwimmen kann, und man sagt, die Kaiserin Jungu hätte Schwärme von Karpfen eingesetzt, als sie eine Armada von Kriegsschiffen zu einer Invasion Koreas führte.«

Yumiko nahm Akis Hand und setzte sich mit ihm auf den Rand der *engawa*. Es war noch immer kühl, die Nachwehen des Winters waren noch nicht völlig von der wärmenden Sonne besiegt worden. Die Luft war sehr klar, so daß die Spitzen der Hida-Sanmyaku-Bergkette im Osten als scharfe Silhouette zu sehen waren. Wie die Schneide eines großen Racheschwertes, hatte Yumiko immer gedacht. Vielleicht war das der Grund, warum sie sich entschlossen hatte, sich hier niederzulassen.

Sie schaute auf Aki. Sein schwarzes Haar flatterte im Wind. Sein goldbraunes Gesicht war nach oben gerichtet, um auf den wehenden Karpfen zu starren. Die Schmerzlichkeit des Augenblicks entging ihr nicht. Sogar in den Stunden dunkelster Niederlage brachte Japan es fertig, das Leben seiner Söhne zu feiern. Es war ein Symbol, das sie nur für ihn geschaffen hatte. Er war jetzt bald zehn. Es war an der Zeit, dachte sie, mit seiner eigentlichen Erziehung zu beginnen.

»Aki-*chan*«, sagte sie sanft, »wußtest du, daß diese Karpfenfahnen nicht immer am *koinobori* gebraucht wurden?« Er sagte nichts, aber sie wußte, daß er zuhörte. Er hörte ihr immer zu, und er behielt alles. Zuerst hatte sie sich Sorgen um ihn gemacht. Alle seine Kinderkrankheiten, seine scheinbare Unfähigkeit zu sprechen hatte sie erschreckt.

Die Ärzte hatten ihr gesagt, physisch fehle ihm gar nichts. Das aber waren Männer, die nur an den Krieg dachten, an wichtigere Dinge, und Yumiko blieb ängstlich.

Jetzt gab es nur wenige Dinge, die ihr im Leben Angst machen konnten. Seit sie vor so langer Zeit, wie von Sinnen vor Schmerz, aus dem Haus Zilins in Shanghai hinausgekrochen, nach Hause gekommen war und dort ein Päckchen mit Gold und dem lavendelfarbenen Jadestück für ihren Sohn vorgefunden hatte, hatte sie sich geschworen, daß Angst in ihrer Welt keinen Platz mehr haben sollte. Denn hätte sie damals ihrer Furcht nachgegeben, wäre sie an Ort und Stelle gestorben, und ihr Sohn mit ihr.

Und doch hatte sie die Aussicht, er könnte nicht zu einem normalen gesunden Kind heranwachsen, bedrückt. Sie konnte nicht sagen, ob das daran lag, daß er – was sie nie vergessen konnte – so früh zur Welt gekommen war, oder ob sie abergläubisch glaubte, er wäre durch ihr eigenes schlechtes *joss* verflucht, weil sie sich in Zilin verliebt hatte.

Mit vierzehn Monaten hätte Aki seine ersten Wörter sprechen müssen. Tatsächlich aber sagte er nichts bis zu seinem dritten Geburtstag. Doch als er dann den Mund aufmachte, kam ein vollständiger Satz heraus.

»Mama, darf ich Pflaumen pflücken gehen?«

Yumiko war so fassungslos und erleichtert gewesen, daß sie lachte und weinte und ihn lange in die Arme schloß. Als sie sich gefangen hatte, stellte er seine Frage noch einmal.

»Natürlich darfst du«, hatte sie gesagt. Sie begleitete ihn und sah ihm verwundert zu. Schon als Kleinkind war eine seiner Lieblingsspeisen *umeboshi* gewesen. Diese Pflaumen wurden im Frühjahr geerntet und eingelegt, so daß sie in der ersten Hitzewelle des Sommers Anfang Juni einen erfrischenden Mittagsimbiß darstellten. Es war also völlig klar, warum er Pflaumen pflücken wollte, doch hatte Yumiko von ihrem dreijährigen Sohn so viel Klugheit nicht erwartet.

»Erzähl mir von dem Karpfen«, sagte Aki jetzt und schaute sie an.

Yumiko erwachte aus ihren Träumen. »Im siebzehnten Jahrhundert«, sagte sie, »waren die *samurai* die einzigen, die am Tag der Knaben einen Umzug machen durften. Dann nahmen sie ihr *katana* und die Rüstung, poliert und im Sonnenlicht glänzend, heraus, um ihre Söhne zu ehren.

Einige aus dem gemeinen Volk machten, aus Scherz, wie ich denke, Papierkarpfen, um sie an diesem Festtag zu zeigen. Da sie ja keine Schwerter besitzen durften, wählten sie diesen tapferen Fisch, um den *samurai* zu zeigen, daß auch einfache Leute ihren Wert auf der Welt haben.«

»Heißt das, wir sind keine *samurai?*« fragte Aki mit seiner charakteristischen Einsicht.

Yumiko sah ihn einen Augenblick an. »Darauf weiß ich keine Antwort, Aki-*chan*. Es ist möglich, daß wir *samurai* sind, nehme ich an.«

»Ich denke, ich werde lieber glauben, daß wir *samurai* sind«, sagte Aki gedankenvoll. Dann stand er auf. »Ist es recht, wenn ich Pflaumen pflücken gehe?«

»Natürlich«, erwiderte Yumiko. Eine einzelne Träne rollte ihr die Wange herab, als sie ihm zusah, wie er langbeinig den Pfad zur Straße hinunterlief.

Beim Essen an diesem Abend, als der *koinobori*-Karpfen draußen noch flatterte, sagte Yumiko ihm, warum sie ihn jeden Winter auf den Friedhof mitnahm, um dort zu beten. »Du wirst jetzt schnell groß«, begann sie. »Es ist Zeit, daß du die Geschichte meines Lebens in Shanghai erfährst.«

»Wirst du mir von meinem Vater erzählen?«

»Da gibt es nichts zu erzählen«, sagte sie kurz. »Er ist tot. Lange tot. Es ist auch viel besser so.«

»Er war aber ein tapferer Mann«, beharrte Aki. »Ein *samurai.*«

»In dem Krieg in Shanghai«, fuhr Yumiko fort, »waren die Tapfersten und die Reinen im Geiste die ersten, die umkamen.« Ihre Augen wurden nachdenklich. »Vielleicht ist das immer so. Reinheit, so scheint es, hat in keiner Form einen Platz in dieser unvollkommenen Welt. Vielleicht werden die, die sie finden – und nach ihren absoluten Regeln leben –, für ihre Kühnheit bestraft.«

»Wenn ich rein wäre«, sagte Aki, »würde ich nicht bestraft werden.« Er nahm ein Eßstäbchen hoch und hielt es wie eine Waffe vor sich hin.

»Ich bin ein *samurai.* Ich würde die, die mich strafen wollten, zerschmettern.«

Yumiko, die ihn wegen dieser Reden schon tadeln wollte, hielt ihre Zunge im letzten Augenblick im Zaum. Sie dachte über das, was er gesagt hatte, nach. Es war, als hätte ihr eigener Rachegeist irgendwie die Grenze zwischen ihnen übersprungen; es war, als wäre ihr *kami* in das seine eingegangen.

»Wir gehen an jedem 18. Januar auf den *bochi*«, fuhr sie fort, »weil an diesem Tag im Jahr 1932 fünf japanische Priester in Shanghai angegriffen wurden. Einer von ihnen wurde getötet. Ermordet von Chinesen. Er war der erste, der sterben mußte – der erste von vielen. Wir müssen sein *kami* immer ehren.«

»Wer war er? Ein *samurai?*«

»Nein, Aki-*chan.* Ich hab' ja schon gesagt, er war ein Priester.«

»Aber warum war er in China?«

Wie scharfsinnig Kinder doch sein konnten, dachte Yumiko. Und vor allen anderen ihr Sohn. »Weil er Mitglied einer recht militanten Sekte von Buddhisten war.«

»Es sind doch viele Buddhisten in der Stadt«, sagte Aki. »War er einer von denen?«

Yumiko lächelte. »Ich glaube nicht. Sie haben seit damals viel an Popularität eingebüßt. Ich bezweifle, daß einer dieser Sekte in der Gegend hier lebt.«

»Wie lautet ihr Name?«

»Nichiren«, sagte Yumiko.

Von seiner Mutter erfuhr Aki, daß der echte Nichiren im dreizehnten Jahrhundert gelebt hatte. Er hatte an die Lotus-Sutra geglaubt, die, anders als die anderen Hauptformen des Buddhismus: Mahajana, Zen und Amidaismus, die drei Formen des Buddha – Universaler Körper, Ewiger Körper und Transformationskörper – für eins und untrennbar ansah.

Er hatte einen großen Teil seines Lebens damit verbracht, gegen diese prominenteren Sekten anzugehen und die Herrscher Japans für die, wie er meinte, Unterstützung falscher Religionsformen zu kritisieren.

Nichiren war natürlich nicht sein richtiger Name. Er hatte ihn angenommen, weil er seinen Zwecken diente. *Nichi* bedeutete ›Sonne‹, was sowohl Buddhas Licht der Wahrheit symbolisierte, dessen Verbreitung Nichiren sich verschrieben hatte, wie auch das Land der aufgehenden Sonne, das rein zu halten er sich vorgenommen hatte. *Ren* bedeutete ›Lotus‹, das Symbol des einen und einzigen rechtmäßigen Buddhismus.

Wegen seiner nicht enden wollenden Streitbarkeit wurde Nichiren von hochrangigen Mitgliedern der Hojo-Regentschaft in Kamakura zum Tode verurteilt. Als aber das Schwert des Scharfrichters auf seinen Nacken niedersauste, traf der Strahl eines reinblauen Blitzes die Klinge und zerschmetterte sie.

Dieses göttliche Eingreifen veranlaßte die Hojo-Regentschaft, die Strafe zu überdenken. Schließlich wurde er auf Lebenszeit auf eine winzige Insel im Japanischen Meer verbannt, wo er der einzige Bewohner war.

Dort schrieb er: »Vögel weinen, vergießen aber keine Tränen. Nichiren weint nicht, aber seine Tränen sind niemals trocken.«

Niemand weiß, wie lange er dort blieb, doch eines scheint klar zu sein: gestorben ist er dort nicht. Vielmehr schwamm ein Riesenkarpfen zu ihm, während er im Meer badete, und trug ihn auf seinem schuppigen Rücken davon.

Noch lange dachte Aki über die Geschichte von Nichiren nach, als er an diesem Abend zu Bett ging. Ihre Botschaft ließ ihn nicht einschlafen. Ihm schien, als wäre Nichiren rein – und wegen seiner reinen Ziele bestraft worden. Und doch, anders als bei seinen Nachfolgern in jüngerer Zeit, war ihm nicht vergönnt gewesen zu sterben. Hatte nicht Buddha für ihn eingegriffen und jenen Strahl eines reinblauen Blitzes herabgeschickt? Wenn ja, warum hatte er nicht dasselbe für den Priester in Shanghai getan?

Vielleicht war es gar nicht Buddha gewesen. In diesem Fall war der Blitz ein Akt der Natur. Das ergab für Aki mehr Sinn, da es ja ein Riesenkarpfen war – eine weitere reine Schöpfung der Natur –, der Nichiren aus seinem einsamen Exil weggezaubert hatte.

Zufrieden mit diesen Überlegungen schlief Aki ein. Als er am Morgen aufwachte, half er seiner Mutter, die Bambusstange vor dem Haus umzulegen.

Als die Mutter sich daranmachte, die Fahne abzunehmen, bat er, es tun zu dürfen. Von der Schnur befreit, die ihn an die Stange gefesselt hatte, flatterte der Karpfen in Akis ausgestreckten Händen, als lebte er.

Er trug ihn hinein und wickelte ihn in ihr bestes Reispapier. Dann kniete er neben seinem *futon* nieder und schob das Päckchen vorsichtig unter sein Kissen.

Von ihrem Platz der Tür zu seinem Zimmer gegenüber sah Yumiko mit glänzenden Augen zu.

In diesem Jahr erhielt Aki an seinem Geburtstag zwei Geschenke. Das erste, von seiner Mutter, war der Buchsbaumbogen und der Köcher mit schlanken, feingefiederten Pfeilen, um den er den ganzen Winter über gebeten hatte. Aufgeregt schlang er die Arme um sie und sprang dann auf, um den Bogen draußen zu spannen.

»Aki-*chan*«, sagte Yumiko, »hast du nicht etwas vergessen? Du mußt noch ein Geschenk öffnen.«

»Wirklich?« Er kam dahin zurück, wo sie neben dem niedrigen Tisch kniete. »Aber wie ist das möglich? Von wem ist es?«

»Ich glaube, das ist eine Mitteilung für dich«, sagte sie und reichte ihm das Geschenk. Es war erlesen verpackt mit sieben Schichten handgeschöpften Reispapiers. Jedes besaß eine andere Färbung, eine andere Textur. Die äußerste Schicht war grob und zerknittert, die innerste war so glatt wie Satin.

Behutsam packte Aki das Geschenk aus; vielleicht ahnte er die Bedeutung dessen, was darin verborgen war; denn schließlich war es überaus kostbar und sorgsam verpackt worden.

Es lag ein Kimono darin, sehr glänzend und ganz anders als alle, die er je gesehen hatte. Auf der Mitte des Rückens war ein holzkohlengraues *kamon,* ein unbekanntes Familienwappen, aufgestickt.

Aki sah den dicken Bogen Reispapier oben auf dem Kimono. Es war in genaue Drittel gefaltet, mit einem Klecks zinnoberroten Wachses versiegelt. Er nahm es hoch und erbrach das Siegel. Die Mitteilung war handgeschrieben, in großen Pinselstrichen von einer kräftigen Hand. Sie lautete:

*Aki-*chan. *Es ist jetzt fast zehn Jahre her, seit du und deine ehrenwerte Mutter euch hier niedergelassen habt. Ich habe dich in dieser Zeit aufwachsen sehen. An deinem Geburtstag gab ich deiner ehrenwerten Mutter immer Geld, weil du im Sinne meiner Welt noch nicht alt genug warst, von mir direkt ein Geschenk zu erhalten. Dieses Jahr ist es anders.*

Unterzeichnet war das Schreiben mit »Mitsunobe Ieyasu«.

»Der *sensei.*« Aki flüsterte diese Worte. Mitsunobe war ihr einziger naher Nachbar. Obwohl er den alten Mann viele Male mit seiner Mutter hatte sprechen sehen, hatte Aki ihn doch nie richtig kennengelernt. Mitsunobe war immer von einer besonderen Aura der Unnahbarkeit umgeben gewesen, die Aki ferngehalten hatte. Andererseits war er stets fasziniert, wenn er den alten Mann mit seinem Schopf dichten weißen Haars die Straße entlanglaufen oder auf seinen geschnitzten, knorrigen Spazierstock aufgestützt sah, während er mit Yumiko sprach. Dann pflegte er auf der *engawa* zu hocken, die Arme fest um den hölzernen Pfosten geschlungen, als hätte er Angst, daß er irgendwie die letzten Stufen zum Haus hinunter und hinaus zu dem Sensei gezogen würde.

Sensei hieß ›Meister‹, und ein Meister war Mitsunobe gewiß; er war der berühmteste Meister des *go-*Spiels seiner Zeit, und natürlich wäre das allein schon genug gewesen, den Titel *sensei* zu rechtfertigen. Der alte Mann sollte aber auch in einer Reihe anderer Disziplinen *sensei* sein.

Aki entfaltete den Kimono und probierte ihn an. Er war so fein und leicht, daß er das Gefühl hatte, die Flügel einer Libelle angelegt zu haben. Das Gewand war nicht gefüttert, was bei einem solch guten Kleidungsstück aus *habutae-*Seide ungewöhnlich war. Aki, neugierig wie immer, machte eine dementsprechende Bemerkung.

Yumiko zuckte mit den Achseln. »Dann wirst du einfach Sensei selbst fragen müssen. Vielleicht zieht man diesen Kimono nur bei besonderen Gelegenheiten an.«

»Welche Gelegenheiten?« Dann drehte er sich um und lachte. »Ich weiß schon, ›du mußt Sensei selbst fragen‹.« Dann verdüsterte sich sein Gesicht.

»Ist etwas los, Aki-*chan?*«

Er hob die Schulter, plötzlich stumm.

»Magst du Senseis Gabe nicht?«

»Oh, doch«, sagte er ernst. »Natürlich mag ich sie. Nur...«

»Weiter!«

»Nun...« Er sah zu ihr auf. »Wenn ich ihn ansehe, bekomme ich immer Herzklopfen.«

Yumiko lächelte und legte ihm die Hände auf die Schultern. Durch die Hülle der unbeschreiblich glatten Seide fühlte sie seine starken Knochen und Muskeln. Es kam ihr vor, als nähme er bereits eine neue Form an. »Das ist nur natürlich, mein Sohn. Sensei strömt eine unglaubliche Macht aus. Ich nehme es als ein gutes Zeichen, daß du seine Macht über eine solche Entfernung spüren kannst. Nur darfst du dich durch sie nicht ängstigen oder von ihm fernhalten lassen. Es ist eine Macht, die dich schützen will, nicht dir schaden.«

Sie ging mit Aki zur Vordertür. »Jetzt will ich dir ein Geheimnis verraten, das dir bei der ersten Begegnung mit Sensei helfen soll. Ich weiß, daß er darauf wartet, von dir selbst zu hören, wie sehr du seine Gabe magst. Zufällig ist heut auch Senseis Geburtstag. Ich glaube, das ist ein Grund, warum er sich zu dir hingezogen fühlte, als wir hierherzogen. Er hat keinen eigenen Sohn, nur junge und oberflächliche Schüler. Seine Frau ist vor vielen, vielen Jahren gestorben.

Heute, Aki-*chan,* ist Senseis *beiju,* sein achtundachtzigster Geburtstag. Heute beginnt sein ›Reisalter‹.«

»Warum nennt man das so?«

Yumiko führte ihn zum Tisch zurück und gab ihm einen Bogen Papier und einen Pinsel. »Du kennst deine *kanji*«, sagte sie. »Schreib die Zahl 88 aus.«

Aki tat es.

Sie nahm ihm den Pinsel wieder ab. »So«, sagte sie und handhabte den Pinsel, »wenn du das Zeichen auflöst, erhältst du drei Zeichen.« Sie zeichnete sie. »Und was bedeutet das jetzt?«

»›Reisalter‹«, sagte Aki und klatschte vor Freude in die Hände. »Gibt es noch mehr, Mutter?«

Yumiko fuhr ihm durch die Haare. »In Japan beginnen wir, das Alter vom einundsechzigsten Geburtstag an zu feiern, denn ein altes Sprichwort sagt, ›das Leben währt nur sechzig Jahre‹. Darüber hinaus wird das sechzigste Lebensjahr in unserer Zeitzählung besonders herausgestrichen. Von nun an werden im neuen Kalender die Geburtszeichen voll wiederholt. So betrachten wir dieses Jahr als besonderen Einschnitt, als eine Art Wiedergeburt, zu der besondere Geschenke überreicht werden.«

»Haben wir Sensei für sein *beiju* ein besonderes Geschenk überreicht?«

Eine Zeitlang war Yumiko still. Mit liebevollen Augen blickte sie auf das nach oben gerichtete Gesicht ihres Sohnes. Sie fühlte sich ihm in diesem Moment näher, als sie sich jemals einem anderen Menschen auf der Welt verbunden gefühlt hatte. Ihr Herz war bis zum Bersten erfüllt von Liebe zu ihm.

»Ich dachte, das sollte ich dir überlassen«, sagte sie sanft.

»Mir? Aber Mutter, woher soll ich denn wissen, was man Sensei schenkt?«

»Blick in dein Herz«, sagte sie. »Nur darauf kommt es an.«

Akis Gesicht war anzumerken, daß er sich einen Moment konzentrierte. Dann sagte er: »Glaubst du, Sensei mag *umeboshi* so sehr wie ich?«

»Ich danke dir für dieses Geschenk.« Seine Stimme hallte wider von der feingemaserten Zedernholzdecke. Es war, als spräche der ganze Berghang.

Aki, der an Senseis Eingang Hände und Stirn auf die *tatami* gepreßt hielt, murmelte: »Es gibt nichts auf der ganzen Welt, das ich lieber hätte.«

Er hörte, wie das Geschenk ausgewickelt wurde. Ihr Reispapier war bei weitem nicht so fein wie das, welches Mitsunobe zum Einpacken des schwarzen Kimonos gebraucht hatte, es war aber das beste, das er und seine Mutter gehabt hatten.

»Ah«, die tiefe Stimme ertönte wieder, »*umeboshi!* Wie gern esse ich eingelegte Pflaumen. Sogar zu Beginn des Herbstes!«

Aki beendete seine tiefe, respektvolle Verneigung. Seine schmutzigen *geta* hatte er ordentlich auf die Betonplatte gleich unterhalb der ersten Zedernstufe vor Mitsunobes Eingang hingestellt. An den Füßen trug er saubere weiße *tabi.*

»Komm herein, mein Junge«, sagte Sensei. »Willkommen!«

Er hatte ein mächtiges Gesicht. Es war kantig, fast ein Quadrat, seine Wirkung wurde von dem großen Schopf weißen Haares, das wie eine Löwenmähne wirkte, noch verstärkt. Sein Kinn war breit und fest. Tiefe Falten zogen sich von den Nasenflügeln zu den Winkeln seines großen Mundes herunter. Seine weißen Augenbrauen saßen buschig dicht über den Augen. Er trug eine weiße Leinenbluse mit weiten Ärmeln und einen blaßblauen *hakama*-Rock; Aki erkannte, daß dieser denen ähnelte, die er bei Zen-Bogenschützen gesehen hatte, wenn sie ihre geheimnisvolle Kunst praktizierten.

Senseis Haus machte den Eindruck, als wäre es sehr groß. Die Decken waren übermäßig hoch, massive Zedernbalken kreuzten sich darunter. Er hatte befohlen, das Haus so zu errichten, daß es auf die Berge hinausging. Man konnte knien und Tee nippen und hatte dabei einen fast grenzenlosen Ausblick, der mehrere Meilen weit über hochragende Felsspitzen, schneebedeckte Hänge und ansteigende Felder streifte, die abwechselnd in Sonnenlicht gebadet wurden oder im Schatten lagen.

Mitsunobe bereitete Tee für Aki, als wäre er ein erwachsener Besucher. Aki war überrascht, daß Sensei ihn offenbar nicht so behandelte wie andere Erwachsene – seine Mutter ausgenommen. Er sprach nicht von oben herab mit Aki und ließ nicht erkennen, daß er amüsiert wäre, weil der Junge erst zehn Jahre alt war.

»Es tut mir leid, daß meine Gabe nicht so etwas Besonderes ist wie die Eure«, sagte Aki, nachdem er zunächst an dem schaumigen Tee genippt hatte.

»Im Gegenteil«, erwiderte Mitsunobe, »ich liebe eingelegte Pflaumen, und es kommt nicht alle Tage vor, daß ich hausgemachte bekomme.«

»Sind sie so selten wie das ›Reisalter‹?« fragte er in seiner direkten Art.

Mitsunobe lachte, daß die nackten Sparren der Zimmerdecke sich zu heben schienen. »Ach, du meine Güte!« Er schüttelte sich vor Fröhlichkeit. »Ja, ja. So selten wie *beiju.*« Er schraubte die Kappe des Glases ab. »Was hältst du davon, eine Portion *umeboshi* mit mir zu teilen?«

Der Abend senkte sich hernieder, aber Aki merkte es erst, als Mitsunobe aufstand, um die Lampen anzuzünden. Im Haus war kein Strom. Die Beleuchtung kam von Petroleumlampen. Sensei bereitete für sie eine kräftige, aber einfache Mahlzeit aus gebratenem Fisch und klebrigem Reis.

Später zogen sie sich in den Hauptraum zurück, wo keine Lampen brannten. Es war eine klare Nacht, und als Aki sich auf der *tatami* niedergelassen hatte, fühlte er sich in einer Art verklärtem Schein gebadet. Er blickte hoch und sah die Oberlichter in jener radförmigen Anordnung, die dem Wappen auf dem schwarzen Kimono ähnelte.

In der Stille der Hochlandnacht stahl das Sternenlicht sich in das Haus, beleuchtete den Raum mit einem eigentümlichen Schimmer.

»Das ist meine Zeit der inneren Einkehr«, sagte Mitsunobe, »gebadet im Lichte Buddhas.« Sein Gesicht war nur teilweise erhellt. Nur Flecken seiner Gesichtszüge zeigten sich, so daß Aki seine Erinnerung und die Vorstellungskraft gebrauchen mußte, um die dichten Schatten auszufüllen. In dieser Atmosphäre nahm Senseis Haltung phantastische Züge an.

»Es war einmal ein geheimnisvoller Dachs«, begann Mitsunobe. »Er war ein fern der Heimat lebender weiser Mann, der sich selbst in ein Waldtier verwandelt hatte, um den Bedrohungen seines Lebens durch einen bösen Zauberer zu entgehen, der im Sold eines wilden und ungerechten Kriegsherren stand.

Bei der Verwandlung hatte er seinen menschlichen Körper zurückgelassen. Der Kriegsherr, vor den der leblose Leib gebracht wurde, freute sich, daß sein Widersacher wirklich tot war. Der Zauberer aber, der weit verschlagenerer Gedanken fähig war, blieb mißtrauisch.

Er zog von der Burg aus, um seinen Verdacht zu beweisen. Der weise Mann, der die Nähe des Zauberers spürte, lief schnell davon. Er wußte aber, daß er nicht ewig laufen konnte. Sich in einer Höhle oder im nahegelegenen Strom zu verbergen, war unsinnig, denn der Zauberer besaß Möglichkeiten, ihn zu entdecken.

Also suchte der Dachs sich einen schwimmenden Lotuswald aus, von dem er gehört hatte, pflückte zwei Blätter, wickelte sich in das größere ein und legte sich das kleinere wie eine Kappe auf den Kopf. So stand er da wie ein Pilz, die goldenen Augen leuchtend auf den näherkommenden Zauberer gerichtet.

Endlich befiel ihn der Schauder, den man immer bei einsetzendem Unglück spürt. In seinem Blättermantel versuchte er, nicht zu zittern, denn jede Bewegung hätte seinen Schutz vor dem Bösen zunichte machen können.

Der Zauberer flog über den Dachs hinweg mit Schwingen wie von einer Fledermaus. Sein zischender Atem brachte die gewöhnlich geräuschvollen nächtlichen Räuber des Waldes zum Verstummen.

Im Nu war er vorüber. Der Lotus hatte den Dachs geschützt. Nach einiger Zeit kehrte er dorthin zurück, wo er seine menschliche Form abgelegt hatte. Jetzt, da die Gefahr bestanden war, wollte er in seinen natürlichen Körper zurückkehren.

Doch den gab es selbstverständlich nicht mehr, nachdem er vor den bösen Kriegsherrn gebracht und in dessen Gegenwart verbrannt worden war. Eine unbeschreibliche Sorge ergriff das Herz des Dachses. Das ganze nächste Jahr verbrachte er, indem er sich immer am Rand der menschlichen Gesellschaft in vergeblicher Suche nach seinem Körper aufhielt. In dieser Zeit gewann er jedoch viele Freunde: Füchse, Hermeline, Hasen; sogar die vielgeschmähten Wiesel hatten ihre guten Seiten, wie er entdeckte.

Doch mit den Menschen war das eine ganz andere Sache. In diesem Jahr konnte der Dachs die menschliche Gesellschaft in einer Weise beobachten, wie er es in seinem ganzen Leben nicht hatte tun können, in völliger Objektivität. Er sah die Grausamkeit des Menschen an Menschen. Er sah Kriege, Tod und Ströme von Blut an den Rändern des Waldes; er sah die Sieger triumphieren, die Besiegten in Verzweiflung zusammenbrechen.

Kurz, er erkannte, daß der Stolz es war, der den Menschen von den Tieren trennt. Stolz war eine Sünde, deren die Tiere gar nicht fähig waren.

Also gab der Dachs zu Beginn der Sommersonnenwende, als tief im Wald die Kreaturen zusammenkamen, um das neue Jahr zu feiern, seine Suche auf, die ihn nun nicht mehr berührte, und kehrte in den Kreis seiner neugefundenen Freunde zurück. Nun war aber gerade die Zeit der Jagd und, vom Dachs nicht bemerkt, hatten menschliche Jäger ihn gesehen und folgten ihm in die Tiefe des Waldes.

Mit Pfeilen und Bogen schossen sie in die schattige Lichtung, wo alle Geschöpfe sich versammelt hatten. Der letzte, der sterben sollte, war der Dachs, nachdem er den Tod all seiner neuen Freunde hatte mitansehen müssen, ehe ein letzter Pfeil auch ihm die Brust durchbohrte.«

Lange, nachdem Sensei längst geendet hatte, sagte Aki nichts. Er lauschte angestrengt. Er hörte das Trillern eines Nachtvogels und in unregelmäßigen Abständen, wie ein Zweig an der Seite des Hauses kratzte.

»Ich möchte ein Dachs sein«, sagte er endlich.

»Was du nicht sagst!« Mitsunobe bewegte sich in der Dunkelheit. »Die Gefahr ist groß.« Sternenlicht umfloß seine Schultern, und es sah aus, als tauche er in einem dichten Wald auf und verschwinde wieder.

»Wenn ich klug genug bin, kann ich die Gefahr überlisten.«

Schließlich hörte Aki das weiche Rascheln einer *fusuma,* die zurückgeschoben wurde. Er spürte fast sofort die leichte Kühle des herbstlichen Nachtwinds auf Wange und Hals.

»Laß uns sehen, ob du tapfer oder nur töricht bist. Bring deinen Bogen und die Pfeile.« Mitsunobes Stimme ertönte schon von draußen. »Und folge mir in das Sternenlicht.«

Aki stand auf, ergriff das Geschenk, das er mitgebracht hatte, um es Sensei zu zeigen, und huschte über die *tatami.* An der Türschwelle trat er auf einen breiten, flachen Stein, dessen Kälte sogleich die dünnen *tabi* durchdrang.

»Meine *geta!*«

»Keine Sandalen«, sagte Mitsunobe. Seine Stimme klang wie Donner. »Nur den Kimono.«

»Er ist aber dünn«, sagte Aki. »Und es ist kalt draußen um diese Nachtzeit.«

Sensei legte seinen starken Arm um Akis Schultern. »Denke an den Dachs, der wie ein Pilz aussah«, sagte er, seine Stimme stieg wie Donner in den klaren Sternenhimmel.

Aki wickelte die *habutae*-Seide des schwarzen Kimonos fester um sich. Von irgendwo, weit weg, stieg Nebel auf.

Als er nach seinen ersten Lehrstunden bei Sensei zurückkehrte, fand Yumiko ihn verändert. Er war nicht mehr Aki-*chan,* und sie ging, um ihre Bücher zu holen. Sie rief ihren Sohn in den Raum, in dem sie den Altar für die Fuchsgöttin aufgebaut hatte, die sie zu ihrer persönlichen Beschützerin gewählt hatte.

Hier zündete sie viele Kerzen an und in einem Halbkreis um den hölzernen Altar herum siebenundzwanzig *joss*-Stäbchen. Ihre alten Bücher hatte sie aufgeschlagen vor sich ausgebreitet. Sie ließ ihren Sohn in der

Mitte des Lichtscheins Platz nehmen, und sein Gesicht schimmerte in einer besonderen Beleuchtung. Sie sah die flackernden Flammen in seinen Augen reflektiert. Seine Kraft erfüllte ihr verdorrtes Herz, ihre verwelkte Seele. Mit gekreuzten Beinen saßen sie auf der Binsen-*tatami,* und sie fühlte seinen Atem auf ihrer Wange, einen Hauch von Unsterblichkeit. Sie würde bald sterben, das wußte sie, er aber würde weiterleben und durch seine Kraft ihre Rache an Athena und Zilin.

Nichiren war ihre logische Wahl. Der historische Nichiren hatte im Namen einer heiligen Sache getötet. War ihre Sache denn weniger heilig? Yumiko fand das nicht. Unter dem Kimono brannte ihr Körper an den Narben, die sie trug, der physischen Manifestation ihrer Schande. Nerven waren unwiederbringlich zerstört worden, hatten ihr die japanischen Ärzte gesagt. Sie durfte an diesen Stellen keinen Schmerz empfinden, überhaupt kein Gefühl. Und doch brannten sie. Und wie sie brannten!

Nur das Wissen um das, was sie jetzt tun wollte, konnte diese Qual mildern. Aki-*chan* war Zilins Nachkomme, wenn sie auch noch so sehr wünschte, er wäre es nicht. Sie aber war es, die ihn formen würde. Sie und der Sensei würden dafür sorgen. Zusammen würden sie Aki-*chan* zu etwas machen, das Zilin nie erkennen oder tolerieren würde.

Seine Philosophie war die einer grundlegenden Vernunft und Ordnung in der Welt. Deshalb hatte Yumiko die schlimmste Rache für ihn ersonnen: seinen Sohn zu dem größten Anarchisten zu machen. Einen Tropfen Chaos in Zilins fein säuberlich geordnete Welt. Seinen eigenen Sohn. Das war nur gerecht. Die Ironie darin gefiel Yumiko.

Jetzt hob sie ihre Gesänge an, beschwor uralte *kami* und machte, daß das Feuer der Begierde das kurzlebige Geistwesen wiederbelebte. Draußen hatte die Nacht sich bewölkt. Das helle Sternenlicht, bei dem der Sensei Aki-*chan* durch das erste der vielen Lehrjahre geführt hatte, war vergangen. Dafür beherrschten niedrig dahinjagende Wolken, trächtig mit Regen geladen und elektrischer Energie, die Atmosphäre. Aki blickte kurz aus dem Fenster in die Nacht hinein und mußte an den Dachs denken. Er fragte sich, ob seine Mutter wohl Lotusblätter hätte, in die er sich wickeln konnte. Er fühlte, daß etwas näherkam, und dachte an Fledermausschwingen vor der Schwärze des Himmels.

Das fromme Gesinge von Yumiko kreiste im Raum, schien Lichtmuster zu schaffen. Vielleicht war es nur der Wind, der durch Risse in den Wänden und Fenstern hereinkam, der die Flammen der Kerzen erst flakkern und dann helleuchtend auflodern ließ. Die Beschwörungen.

Yumiko hatte schon recht gehabt. Aki-*chan* gab es nicht mehr. Das Kind war erfüllt worden von dem Geist des Mannes. Eines bestimmten Mannes mit eisernem Willen und hungrig auf das Leben.

Nach Yumikos Meinung hatte sie Nichiren wieder zum Leben erweckt. Er lebte wieder in ihrem Sohn. Und wer war schon mächtig genug, sie davon zu überzeugen, daß sie unrecht habe?

Sicherlich nicht Aki-*chan!*

VIERTES BUCH

KA

[im Buddhismus wird die Länge der Zeit nur von der Ewigkeit übertroffen; beim *wei qi* der Punkt, wo die widerstreitenden Kräfte ein mikrokosmisches Patt erreicht haben]

Moskau / Hongkong / Beijing / Washington / Macao

SOMMER, GEGENWART

»Etwas möchte ich doch wissen.«

Von den breitgestreiften Yves-Saint-Laurent-Laken umgeben, lag Jurij Lantin auf dem verwühlten Bett. Vollkommen nackt, rauchte er eine lange Zigarette ausländischer Herkunft. Die langen Beine hatte er sorglos ausgestreckt und an den Knöcheln übereinandergeschlagen. Er schien völlig entspannt zu sein.

»Es hat Gerüchte gegeben«, sagte er und starrte an die gerippte cremefarbene Decke. »Gerüchte von zunehmend beunruhigender Natur.«

»Und worauf beziehen sie sich?« fragte Daniella. Den Rücken gegen zwei Daunenkissen gelehnt, saß sie neben ihm. Sie trug einen Teil einer dreiteiligen Albert-Nipon-Garnitur, die Lantin ihr im Berjoska-Laden, drei Straßen weit vom Dscherschinski-Platz entfernt, gekauft hatte. Obwohl das Geschäft von ihrer Dienststelle leicht zu Fuß zu erreichen war, war sie doch noch nie dort gewesen. Sie besaß zwar eine der begehrten roten Plastikkarten, die den Zutritt zu den Sonderläden ermöglichten, in denen importierte Luxusartikel aus dem Westen verkauft werden, hatte sie aber nie benützt. Seit Beginn ihrer Affäre mit Jurij Lantin hatte er sie dreimal dorthin mitgenommen.

Heute abend trug sie den wunderbaren Nipon-Rock aus schimmernder, tiefblauer Kunstfaser, der ihre Hüften in aufreizender Weise umhüllte. Sie trug schwarze Seidenstrümpfe und war bis zur Hüfte nackt.

Lantin kleidete sie oft so für ihre ausgedehnten Liebesakte. Er liebte Erfindungsreichtum – liebte es auch, ihre Nacktheit durch halboffene Kleidung und dünne Stoffe zu sehen.

Sie ihrerseits studierte seine Nacktheit jetzt fast so, wie eine gute Malerin ihr Aktmodell betrachtet. Mit den Augen zeichnete sie die klaren Linien seines Brustkorbs nach, der ohne die Haare war, die sie bei so vielen russischen Männern verabscheute. Sein Bauch war flach und hager: Sie konnte den Umriß jeden Muskels dort sehen. Seine Leistengegend lag im Schatten; von seinem Glied war nur der Kopf sichtbar, der wartend auf einem Schenkel ruhte. Er besaß sehr muskulöse Beine, drahtig wie die eines Läufers. Daniella fand, daß sie seinen Körper mit einer erstaunlichen Leidenschaft liebte. Mit dem scharfen Verstand darüber war es etwas anderes.

Endlich hatte Lantin seine Zigarette fertig geraucht. Er lehnte sich herüber, drückte sie aus und nahm mit gleicher Bewegung ein Wasserglas hoch, das drei Finger hoch Starka enthielt. Er rauchte gelegentlich gern, besonders nach dem Sex, haßte aber den Geschmack, den es im Mund zurückließ.

Er schluckte etwas von dem Starka und sagte: »Die Gerüchte betreffen Kam Sang. Das Kernkraftwerk, das die Chinesen in Guangdong bauen.«

»Was ist damit?«

»Gerüchte«, sagte er wieder. Sein Blick glitt über sie hinweg, und er dachte, was für unwahrscheinlich schöne Beine sie hat. Wenn ich meine Todesursache wählen könnte, dann möchte ich von diesen wunderbaren Beinen stranguliert werden, das Gesicht in ihren Schoß gepreßt. »Gerüchte, wonach Kam Sang ein Geheimnis birgt; daß es mehr ist, als zu sein es vorgibt.«

»Die Gerüchte stimmen aber«, sagte Daniella, verwundert darüber, wie vollkommen sie seine Aufmerksamkeit gefangen hatte. »Glaubst du, das KVR wüßte nicht, was in Hongkong oder in Südchina los ist? Ich kenne das Geheimnis von Kam Sang bereits. Es wurde mir von einem meiner Agenten gemeldet, ist aber ohne Interesse für dich.«

»Ich möchte es aber trotzdem hören.«

»Kam Sang wird die völlig neue Anlage eines Kernkraftreaktors darstellen. Die Ausrüstung wird gleichzeitig Meerwasser entsalzen. Hongkong hatte schon immer ein Wasserproblem. Das wird jetzt vermindert.«

Lantin schloß die Augen, als wollte er einschlafen. Daniella gab sich damit zufrieden, das rhythmische Heben und Senken seines Brustkorbs zu beobachten. Er atmete sogar wie ein Athlet.

Auch sie wollte etwas, und sie war dabei, sich schlüssig zu werden, wie sie es am besten bekam. Einmal hatte sie einen Film aus dem Westen gesehen, in dem es um die Mafia ging. Dort mußte der Held zum Paten gehen, um die Erlaubnis für ein Unternehmen einzuholen. Daniella fragte sich, ob der westliche Ausdruck ›Pate‹ wohl auf Jurij Lantin paßte.

»Bist du sicher bezüglich deiner Nachrichten?« fragte er.

»In bezug auf Kam Sang?« In Gedanken war sie weit weg.

»Ja.«

»Sag, Jurij, hast du viel Erfahrung mit der Interpretation von Nachrichten, die vom Außendienst kommen?«

»Ich war bei der Armee«, sagte er kurz. »Das war mein Außendienst.« Er sagte das, als wären alle anderen Außendienste überhaupt nichts.

»Es ist nicht wie das Lesen von Weissagungen«, sagte sie. »Wie das Brüten über Ziegenkäse, um die Zukunft herauszulesen. Ein Netz ist eine Einheit, die man über Jahre hinweg aufbaut, der man Zeit läßt, um sich festzusetzen, um wie ein Insekt oder ein Grashalm Teil der Umwelt zu werden. Während das geschieht, wertet man die hereinkommenden Nachrichten aus, prüft jedes kleine bißchen wie ein Chemiker.« Sie strich sich das goldene Haar aus dem Gesicht. »Aber da endet die Analogie auch schon. Bei der Spionage gibt es nichts Empirisches.«

Eine Zeitlang sagte sie nichts mehr. Sie lehnte den Kopf wieder in die Kissen und genoß einen Augenblick den Luxus der weichen Daunen. »Man versucht, niemals etwas dem Zufall zu überlassen. Von Anfang an habe ich für jeden Abschnitt des Netzes einen Wächter. Diese Beobachter berichten mir direkt. Sie sind vom Netz völlig unabhängig. Dann gibt es noch besondere Kontrollen für gewisse Glieder der Kette. Diese berichten unabhängig, um bei der Verifizierung der Hauptmeldungen zu helfen.«

»Mit all dem willst du mir glaubhaft machen, daß du sicher bist, was die Zuverlässigkeit deiner Nachrichten betrifft.«

»Nein«, sagte sie, »ich will damit zeigen, *warum* sie zuverlässig sind.«

»Ich glaube«, sagte er, »deshalb fühlte ich mich so von dir angezogen.« Er drehte sich um, damit er in ihre grauen Augen sehen konnte. Zum ersten Mal sah er die winzigen braunen Flecken darin. »Du hast keine Angst.«

»Es wäre dumm, keine Angst zu haben, manchmal.«

Er streckte die Hand aus, um sie zu berühren, was er selten tat, einfach um einen Kontakt herzustellen, der keinerlei sinnliche Komponente enthielt. »Das hab' ich nicht gemeint.«

»Furchtlose Daniella«, sagte sie und wünschte, ihn aus der Reserve zu locken. »Die gleichzeitig Affären mit einem *sluzhba*-General und einem Politbüro-Paten unterhält.«

»Einem was?«

»Dem Mann mit der größten Macht.«

»Nicht ich«, begann er. »Premier...«

Sie hatte ihm die flache Hand auf die Lippen gelegt. Er zog ihre Finger weg. »Mach das nie wieder!« fauchte er.

Es tat ihr gar nicht leid, daß sie ihn wütend gemacht hatte. Er war immer in einem aufnahmebereiten Zustand, wenn er böse war.

Sie schlug ihn leicht. »Versuch doch, dich zurückzuhalten, ja?« Ihr Ausbruch kam ihm recht echt vor.

Er packte ihr Handgelenk, verdrehte es so weit, daß sie gezwungen war, eine andere Stellung einzunehmen. Ein halbbekleideter Schenkel legte sich über seine Beine. Sie konnte sein Knie zwischen ihren Waden fühlen.

Sie schrie auf, ihr dichtes Haar verbarg ihr Gesicht, das Gold fing das Licht ein, glänzte weich und metallisch, als verberge es Geheimnisse.

»Vielleicht fühle ich mich von dir auch deshalb so angezogen, weil du so körperlich bist«, sagte er in ihr Ohr.

»Du tust mir weh.« Sie wollte, daß er das glaubte, um ihn in einem Zustand zu halten, der für sie erträglich blieb. Sie befürchtete, seine Gewalttätigkeit könnte, wenn er freie Hand hätte, leicht ausufern und damit gefährlich werden.

»Ja«, sagte er gepreßt und genoß den Klang ihrer Worte. Er lehnte sich vor, biß sie in den Hals. Es war eine Stelle, die Daniella heiß machte. Sie zog sich zurück, damit er nachkommen konnte, wie er es ja wünschte. Mehr und mehr fühlte sie sich von diesem Spiel gefangen, in welchem sie ihn zwar täuschte, ihn aber trotzdem langsam verstehen ließ, daß ihr gefiel, was er mit ihr tat. Sie wußte nicht, warum, und von Zeit zu Zeit ertappte sie sich dabei, wie sie darüber nachdachte. Im allgemeinen wenn sie im Büro war. Nach einiger Zeit hatte sie erkannt, daß es sie berührte. Diese Art Sex zu erlernen war etwas, das der Einnahme von Drogen ähnelte. Es war anders und machte süchtig. Es veränderte die Wahrnehmung der Wirklichkeit. Sie wußte nicht, was sie davon halten sollte.

Sie schob ihn mit kleinen Stößen von sich. Sie liebte es, ihn zu fühlen, die Elastizität, die gleichzeitig etwas so Hartes hatte. Wenn sie ihn erregte, wurde er am ganzen Körper hart. Und das, so hatte sie entdeckt, machte sie selbst wild.

Ihr Haar flog zwischen ihnen wie ein goldener Vorhang. Er packte eine Handvoll und zog sie mit dem Gesicht nach unten auf sich. Mit dem Knie schob er ihr die Schenkel auseinander: Haut gegen Seide. Sein harter Schenkel traf sie zwischen den Beinen. Der Kontakt nahm ihr den Atem.

Sie schnappte nach Luft und wimmerte. Ihr traten Tränen in die Augen, die er mit der Zunge aufnahm. Ihre unteren Lippen öffneten sich wie eine Blüte. Ihr Herz pochte laut. Alles, was sie hören konnte, war das Rauschen des Blutes in den Ohren. Sie machte ihn naß.

»So heiß«, sagte er und attackierte sie wieder. Mit einer mächtigen Wendung des Oberkörpers drehte er sie auf den Rücken. Er packte ihre Handgelenke und zog ihr die Arme über den Kopf nach oben. Ihre schweren Brüste reckten sich ihm entgegen, und er schob sich dazwischen. Die Berührung war trocken und unangenehm, so daß er eine seiner Hände frei machte und sie grob zwischen den Schenkeln reizte. Daniellas Augen schlossen sich flatternd, sie stöhnte.

Dann zog er die Hand weg, und sie machte sofort die Augen auf. Sie sah ihm zu, wie er sich selbst streichelte und den langen Schaft mit ihrer Feuchtigkeit einrieb. Dann war er wieder zwischen ihren Brüsten, bewegte sich hin und her.

Mit den Knien drückte er ihre aufgerichteten Brüste zusammen, so daß sie eine Scheide bildeten. Er wurde immer röter.

Daniella hob den Kopf, und wenn er vorschoß, umschloß sie seine Spitze mit dem Mund, fuhr mit der Zunge darüber. Sie spürte, wie er zitterte, und ließ schnell wieder los.

Schwer atmend bewegte er sich weiter vor und zurück. »Ich brauch' deine Lippen«, flüsterte er. Sein Gesicht war verzerrt durch die Anstrengung.

»Ich will dich in mir haben«, seufzte sie. »Bitte!« Seine Stöße wurden fieberhaft. Sie wimmerte, und er konnte sich ihr nicht verweigern.

Er schob den Rock beiseite und versenkte sich schon beim ersten Stoß vollkommen. Sie stöhnten gleichzeitig. Daniellas innere Muskeln massierten ihn, bis sie das Zittern in seinem Unterleib spürte.

»Oh!« Es klang, als würde er erstochen. »Weiter!«

Sie machte weiter, verstärkte die Reibung. Sie glaubte, er würde einen Herzschlag bekommen.

Lantin lag auf ihr und begann zu zucken. Die Kraft in ihm sammelte sich, ergoß sich, sammelte sich, ergoß sich. Daniella war noch nie mit einem Mann zusammengewesen, der so lange und so tief kam.

Diesmal schien sie selbst keinen Orgasmus zu bekommen, obwohl sie immer kurz davor war. In Gedanken war sie bei Karpow.

Später, am Rande des Schlafes, als es so still in dem Appartement war, daß sie die winzigen Schritte der Zeit, die die Uhr im Wohnzimmer wegtickte, unterscheiden konnte, sagte er in den Raum neben ihrem Ohr: »Erzähl mir von deinem Tag.«

Das war keine leere Frage, und sie wußte das. Er hatte bereits die Berichtkopien studiert, die sie für ihn herausgeschmuggelt hatte. Sie widerstand dem Drang, ihn wegen der Unterhaltung, die sie mit Tanja Nazimowa geführt hatte, zu befragen. Es war schon seltsam gewesen, am Telefon mit Schimäre zu sprechen, ihrem heiligsten der heiligen Geheimnisse, und gleichzeitig einer Überwachung ausgesetzt zu sein, wobei das Leben dahintickte wie eine Zeitbombe, was plötzlich wirklich sehr gefährlich war. Doch für den Mann, der ihr gefolgt war, war sie lediglich am Telefon bei einem Gespräch mit einer Freundin oder Verwandten; was soll's?

Defensives Denken! Das war schlecht. Wenn sie es nicht schaffte, jetzt in die Offensive zu gehen, war sie sowohl beruflich wie persönlich am Ende. Sie würde Lantin gehören, Leib und Seele. Dann könnte sie sich ebensogut jetzt und hier im Bett die Pulsadern öffnen, all die neuen Kleider, die er für sie gekauft hatte, verderben. Nichtssagende Geschenke, sowieso, wußte sie. Sie dienten seinem Vergnügen, nicht dem ihren. Sie hatte das Spiel schon viele Male gespielt; sie war nicht gesonnen, Anlaß zur Sorge zu geben.

Sie erzählte von den Konferenzen, die sie heute gehabt hatte, gewährte ihm Einblick in ihre innersten Gedanken, verriet, wie ihre Fantasien ihn umkreisten, und berichtete, was die anderen weiblichen Offiziere beim Essen dazu gesagt hatten, daß sie rauchte und eine neue Frisur hatte, führte ihn mit der Wahrheit hinters Licht, damit er es nicht merkte, wenn sie log.

»Hat ihnen die neue Daniella gefallen?«

Seine Stimme war weich und verträumt, wie unter Liebenden.

Aber Daniella war nicht zu täuschen. Ihm war das völlig gleich. *Er* mochte die neue Daniella; das war alles, was für ihn zählte.

»Sie waren fasziniert«, sagte sie, als wäre sie glücklich darüber. »Sie wollten wissen, was über mich gekommen ist.«

»Und was hast du ihnen gesagt?«

»Daß es Zeit war, einmal etwas Neues zu probieren. Das war etwas, was sie verstehen konnten.«

»Wie denken die über Veränderungen?«

Nachdem sie ihn verleitet hatte, den Rahmen abzustecken, konnte Daniella das Thema, das sie eigentlich diskutieren wollte, schon auftauchen sehen. Sie hatte es bewußt nicht angesprochen. Es war wichtig, daß Lantin von sich aus darauf kam, ohne zu argwöhnen, daß sie nachgeholfen hatte.

»Es kommt darauf an, wer sie in Gang setzt.«

»Allgemein dann.«

»Allgemein also. Sie sind nicht daran gewöhnt, Veränderungen auf einmal vorzunehmen. Änderungen bringen ihre geordnete Welt durcheinander.«

Darüber dachte er einen Moment nach. »Wovon haben sie sonst gesprochen? Gibt es sonst Klatsch?« Sie waren jetzt nahe. Sehr nahe.

»Ach, nichts Besonderes. Wer schläft mit wem. Welcher Leutnant kam in dieser Woche aus welchem Schrank. Das übliche.«

»In letzter Zeit sind auf Umwegen einige Berichte an mich gelangt.«

»Worüber?«

»Ich habe mich gefragt, ob du dasselbe gehört hast.«

»Ich verstehe nicht.«

»Ich glaube, das tust du doch.« Er war jetzt sehr schlau. »Du verhältst dich Karpow gegenüber immer noch loyal.« Jetzt war es heraus! »Er ist ja der Mann, der hinter deiner Karriere steht, der alle Fäden in der Hand hält.«

»Was ist mit Karpow?«

»Ich denke, du weißt es schon.« Er drehte sich um, streichelte ihren Arm. »Weißt du, ich glaube, du wirst diese besondere Loyalität aufgeben müssen.«

»Ich muß aber an meine Karriere denken.« Genau das, was er von ihr erwartet hatte.

»Karpow nimmt mir den Wind aus den Segeln.« Seine Augen waren geschlossen, sein Atem ging ruhig. Schweiß bildete einen salzigglatten Film auf seiner Haut.

»Karpow besitzt ein Ego so groß wie die Ukraine«, sagte sie.

»Ja, ich weiß.«

»Egoisten sind wie Erpresser. Wenn sie einmal anfangen, bringen sie nie genug Verstand auf, um wieder aufzuhören.«

»Ist das deine Meinung von Karpow?«

Sie sagte ganz bewußt nichts darauf.

»Er war der ursprüngliche Architekt von Mondstein.« Lantin hielt die Augen noch immer geschlossen.

»Da, denke ich, hatte Karpow eben einen guten Gedanken in seinem Leben.«

»Und zwar?«

»Mich zur Leiterin des KVR zu machen.«

Darüber mußte er lachen, und seine Augen gingen plötzlich auf, was sie überraschte. Nachdenklich starrte er sie an. Nach einiger Zeit sagte er: »Was soll ich mit Karpow machen?«

»Warum fragst du mich?«

»Du kennst ihn schon lange. Du kennst ihn . . . intim.«

»Und da, meinst du, wäre ich in alle seine Geheimnisse eingeweiht?«

Es war wichtig, daß er sich noch mehr bemühte. »Warum fragst du denn nicht seine Frau?«

Er zog es vor, ihren Scherz zu überhören. »Seine Frau liebt ihn vielleicht. Außerdem besitzt sie nicht deinen Verstand. Leute in Karpows Position kann man nicht so leicht stürzen. Als Chef des Ersten Hauptdirektorats hat er viele Freunde. Mehr beim Militär. Man soll das Wasser nicht aufwühlen, wo man Fische fangen will.«

Sie lachte. »Ich glaube fast, du meinst es ernst.«

»Tue ich.«

Jetzt, da er endlich glaubte, es wäre seine Idee, konnte sie weitermachen. »Das ist aber keine kleine Aufgabe.«

»Glaub' ich auch.«

»Dann muß ich dich um etwas bitten.«

»Um was?«

»Dein Einverständnis«, sagte sie.

Er sah auf ihre Brüste, so fest und voll, daß sie ihn wieder erregten. Er merkte, wie er wieder größer wurde, der Atem ging schon wieder schneller.

Du schaust auf die falsche Stelle, Jurij, dachte Daniella. Sie bewegte sich ein wenig, so daß ihre Brüste gerade soviel zitterten, daß er es sah.

»Du gehörst zum *sluzhba*«, sagte er. »Ich nicht. Wofür brauchst du also meine Erlaubnis?«

Sie lehnte sich herüber, ergriff sein erigiertes Glied an der Wurzel und drückte leicht zu. Gleichzeitig rieben ihre spitzen Brüste sich an den Muskeln seines Unterleibs.

»Du bist die Macht. Ohne dich geht nichts.«

Er seufzte, und sie tat es ihm gleich.

»Oh!« flüsterte sie. »So groß!«

Er schloß die Augen, sein Atem ging schon schwer. Er dachte daran, wieviel Macht er doch über Daniella besaß. Niemals würde sie etwas gegen ihn sagen. Sie war vielleicht verschlagen, aber sie war eine Frau; sie kannte ihren Platz im *sluzhba*. Seine Nachrichten über sie bestätigten das. Genauso, wie sie versicherten, daß sie jedem seiner Befehle folgen würde.

Zhang Hua eilte über den Tian An Men-Platz. Wieder kam er zu spät zu einem Treffen mit Wu Aiping, und er freute sich keineswegs auf die vernichtenden Kommentare, denen der ältere Minister ihn aussetzen würde.

Er eilte die breiten Stufen des Historischen Museums, gegenüber dem Gebäude des Nationalen Volkskongresses, hinauf. In dem kühlen, halbdunklen Inneren, wo es im Gegensatz zu der enormen Hitze draußen angenehm kühl war, eilte er vorbei an der riesigen Reliefkarte von China an der Wand, mit ihren Mao-Zitaten und der chronologischen Geschichte der Dynastien. Er wandte sich nach links, dann rechts, bis er den Raum fand, den das zehn Meter lange Einbaumboot einnahm, das 1958 in Jiangsu gefunden worden war. Es wurde als alt angesehen, doch wie bei der Mehrzahl der ›Kunstgegenstände‹, die in dem Museum untergebracht waren, konnte es ebensogut eine Restaurierung oder eine Nachbildung sein. China war im Laufe der Jahrhunderte schon zu stark geplündert worden, als daß noch viel übrig war, nicht einmal im größten Museum des Landes.

»Ich bitte tausendmal um Entschuldigung, Genosse Minister«, sagte er, als er auf Wu Aiping stieß.

Der ältere Minister hatte die Replik des Kalenders studiert, der in der Shang-Dynastie zwischen dem sechzehnten und elften Jahrhundert v. Chr. benützt worden war. Zu Zhang Huas Erleichterung kam keine bissige Bemerkung. Vielmehr starrte er weiter auf die Tabellen an der Wand.

Wu war weitergegangen zum ersten einer Reihe von Glaskästen. Als Zhang Hua ihm folgte, sah er, daß der Kasten Waffen enthielt, die vor langer Zeit benützt worden waren.

»Ist Euch klar, Zhang Hua«, sagte Wu Aiping, »daß alle Handgriffe dieser Messer, Speere und Äxte von modernen Künstlern sorgfältig nachgearbeitet worden sind, und zwar unter Verwendung der Muster, die alten Piktogrammen jener Zeitalter entnommen wurden? Das macht einen stolz auf das moderne China.«

Mich macht es krank, dachte Zhang Hua im stillen, zu wissen, wieviel von unserer Vergangenheit und von den *faan-gwai-loh* gestohlen oder kaputtgemacht worden ist. Jetzt ist von unserer langen glorreichen Vergangenheit außer diesen traurigen Nachbildungen nichts übriggeblieben, und die sehen lediglich nach dem aus, was sie nicht sind. Laut aber sagte er nur: »Ich verstehe, Genosse Minister.«

Sie gingen weiter zum zweiten Kasten. Hier war eine Liste alter Getreidearten ausgelegt, die man aus Schriftzeichen in archäologischen Inschriften abgeleitet hatte; daneben landwirtschaftliche Geräte wie ein Bronzespaten, der angeblich echt sein sollte, Steinhacken und Muschelsicheln. Für Zhang Hua sahen sie nicht anders aus als die Waffen im vorangegangenen Kasten.

»Jetzt, da es getan ist, kann ich es Euch ja sagen«, begann Wu Aiping.

»Genau gesagt, es ist mir sogar lieber so. Ihr, die Ihr so loyal zu Shi Zilin steht, Ihr, den ich in der Hand habe. Um für diese Loyalität zu bezahlen, sollte ich Euch im Wind flattern lassen, während Ihr der Zerstörung Eures Mentors zuseht.«

Wu Aipings Tonfall war der gleiche, wie wenn er mit einem Freund dahinschlenderte und sich müßig am Museum erfreute.

»Das letzte Telegramm ist nach Hongkong abgeschickt worden«, fuhr er fort. »Die *qun* hat die Etats unserer verschiedenen Ministerien genutzt und hat alle kurzfristigen Wechsel von Five Star Pacific aufgekauft. Das ergibt eine Gesamtinvestition von etwas über zwölf Millionen Dollar. Jetzt kontrollieren wir Five Star Pacific. Shi Zilins Hauptglied in seinem *ren* ist neutralisiert worden. Jetzt, da die *qun* Sir John Bluestones Partner ist, ist Shi Zilin eine Sache der Vergangenheit. Er hat nichts mehr, womit er Kam Sang sabotieren könnte.«

»Kam Sang könnte uns alle umbringen«, sagte Zhang Hua hitzig. »Ich bin der gleichen Auffassung wie Shi Zilin. Das Geheimnis ist viel zu gefährlich für . . .«

»Still!« Wu Aipings gezischte Warnung war auch gleich ein Ausruf. »Ich habe keinen Nerv, mir das schwachherzige Zeug anzuhören. Von allen Seiten ist China eingeschlossen. Wenn wir nichts unternehmen, um die Sowjets zu zerstören, werden sie uns vernichten. Dieser Krieg in Yunnan ist nur der erste Schritt einer konzertierten Kampagne, die darauf abzielt, uns zu beseitigen. Kam Sang wird gewährleisten, daß das niemals geschieht!«

Zhang Hua erkannte das unheimliche Licht des Fanatikers in den Augen Wu Aipings. Er war entsetzt über die Kraft, die von dem Minister ausging. Seine Schultern drückten sich gegen den Glaskasten, und er dachte, wenn Kam Sang aktiviert wird, überlebt keiner von uns.

»Um auf Sir John Bluestone zu kommen«, sagte Wu Aiping weniger erregt, nachdem Zhang Hua aufgehört hatte, verbal zu opponieren, »so erhielt ich ein Telegramm von ihm über die Hongkong and Asia Bank Corp. . . . Er wollte mehr Kapital, um die restlichen, noch freien Anteile von Pak Hanmin kaufen zu können.« Wu Aiping genoß das Bewußtsein, daß Bluestone jetzt *sein* Agent war, ob er es nun wußte oder nicht.

»Gestern abend habe ich die *qun* zusammengerufen, und obwohl das Risiko für uns jetzt groß ist, habe ich sie überredet, noch einmal aus unserem Fonds zu leihen. Da uns schnelle Rückzahlung des Geldes sicher ist, haben wir den Betrag heut morgen telegrafisch angewiesen. Das war der letzte Nagel für Shi Zilins Sarg.«

»Aber, Genosse Minister«, protestierte Zhang Hua, »Shi Zilin war doch bereit, ihnen das Geld vorzustrecken.«

Wu Aiping lächelte. »Natürlich war er das. Ich habe ihn ja gerade dazu getrieben. Das Muster! Ich habe es durchbrochen. Jetzt, da ich den *faan-gwai-loh* Bluestone kontrolliere, kann ich den Fluß der Ereignisse steuern. Ihr, guter *lou-sin,* Minister Maus, werdet mich sofort benachrichtigen, wenn Shi Zilin seine nächste verschlüsselte Nachricht an Mitra schickt.

In dem Moment werde ich mein Hearing beim Premier festsetzen. Endlich sind wir in der Position, Shi Zilin zu vernichten. Sobald er die Endphase seines Hongkong-Plans einleitet, ist er ein toter Mann. Wenn er dann weg ist, werden wir die Generäle beseitigen, die zu ihm halten, und sie durch unsere eigenen Leute ersetzen. Wenn wir die Achse der Macht erben, die er jahrzehntelang besessen hat, werden wir sie aktiv so gebrauchen, wie er sie aus Feigheit nicht eingesetzt hat.

Es gilt jetzt, rasch zu handeln. Eine immer größer werdende Machtfülle wird alle meine Feinde vor mir wegfegen.«

Zhang Hua, der neben Wu Aiping einherging, hörte den Wechsel in der Betonung. Er sagte aber nichts.

Jake betrachtete Bliss, die schlafend und halbversteckt in dem geblümten Deckbett lag. Am Fenster traf ihn das Sonnenlicht voll auf den Schultern. Sein Rücken war Hongkong zugewandt. Er ließ den Blick innig auf ihr verweilen.

Er empfand hier dasselbe, wie er es noch kurz zuvor im Halbschlaf neben ihr getan hatte. Er hatte ruhelos nachdenken müssen, war sich aber ihrer Gegenwart neben sich voll bewußt gewesen. Das seidige Gleiten ihrer Haut, ihr duftender Atem auf seinem Hals, Haarsträhnen, leicht wie Luft, die über seine Brust strichen.

Er hatte das rhythmische Heben und Senken ihres tiefen, gleichmäßigen Atmens gefühlt, hatte mehrere Male das Gefühl gehabt, im Südchinesischen Meer vor der Insel Cheung Chau zu schwimmen. Fo Saans Stimme ertönte von Nirgendwo und Überall gleichzeitig. *Bamahk,* finde den Puls!

Versinken in ihrem Duft.

Tiefer Schlaf hatte ihn schließlich umfangen, eine klare, äußerst ruhevolle Zeitspanne, wie er sie seit Jahren nicht mehr empfunden hatte.

Kurz vor Morgengrauen war er wach geworden, im Bewußtsein dessen, was ihn überkommen hatte, und folglich voller Schuldgefühl, daß er gezwungen war, sofort aus dem Bett zu steigen. Auch wenn er den Wunsch verspürte zu bleiben, wo er war, an der Seite von Bliss.

Dieses Schamgefühl, das so westlicher Natur war, mußte ein Erbteil seiner Mutter sein. Von seinem Vater kam es sicherlich nicht. Jake dachte selten an seinen Vater, und wenn er es tat, dann war es meistens David Maroc. Sein *fu*-Stück war das einzige Verbindungsglied zu dem Paar, das ihn in die Welt gesetzt hatte. Seine Erinnerung war erfüllt von David und Ruth Maroc, den Menschen, die ihn als ihr Fleisch und Blut aufgezogen hatten.

Vorsichtig wickelte Jake im Licht des neuen Tages das *fu*-Stück aus, das Kamisaka ihm gegeben hatte. Nichirens Stück. Ja, seine Augen und sein Verstand bestätigten, es war ein Teil desselben *fu,* desselben chinesischen Kaisersiegels. Wie war das möglich?

Jakes Blick kehrte zu Bliss' schlafender Gestalt zurück. Wer war sie wirklich, außer der Freundin seiner Kindheit? Dieser Rolle war sie lange entwachsen. Oder nicht? Er wußte, daß er sie so weit bringen mußte, ihr Versprechen einzulösen und ihm alles zu erzählen. Jake fühlte sich von Geheimnissen umgeben. Er haßte unbeantwortete Fragen. Auch dieser Zug mußte von seiner natürlichen Mutter stammen. Athena Nolan Shi. Sogar in ihren Wahndelirien kurz vor ihrem Tod hatte Athena sich geweigert, diesen Namen abzulegen. Jake Shi.

Er war zu Jake Maroc geworden, aber jetzt, mit dem *fu*-Stück, das schwer in seiner Hand lag, vermutete er, daß es noch andere auf der Welt gab, die seinen wirklichen Namen kannten. Wer waren sie? Wieso wußten sie darum? Nach seiner Kenntnis hatten nur Marocs von seiner Herkunft gewußt. Nicht einmal Mariana, nicht einmal Ting.

Das *fu.* Seit seinem Überfall auf das O-henro-Haus schienen die Ereignisse sich um das *fu*-Stück gedreht zu haben: Marianas Verschwinden, Nichirens Aktionen, sogar Bliss' Handeln. Sie wußte von dem *fu*-Stück, hatte ihn aufgefordert, es zu suchen. Warum? Was wußte sie von diesem Kunstwerk, das ihm unbekannt war?

Er ging quer durch das Zimmer. Dabei fiel sein Schatten auf ihr Gesicht. Bliss erwachte, starrte ihm in die Augen.

»Jake.«

Sie bewegte sich nicht. Sie schlief nackt. Ihre Schultern und der Ansatz ihrer Brüste waren oberhalb des verknitterten Lakens sichtbar.

»Du hast heute nacht gut geschlafen.«

Das versetzte ihm einen weiteren Stich; daß er mit ihr besser geschlafen hatte als je mit Mariana. »Ich habe mich hin- und hergewälzt«, sagte er. »Ich habe dauernd geträumt.«

»Ich bin zweimal aufgewacht«, sagte sie sanft, »um festzustellen, ob mit dir alles in Ordnung ist. Du hast wie ein Kind geschlafen, regungslos. Alle Sorgenfalten waren aus deinem Gesicht verschwunden.«

Er setzte sich auf das Bett. Eine heiße Welle der Zuneigung durchlief ihn. Sie brauchte nur den Mund aufzumachen, und schon schmolz sein Herz dahin. Wie war so etwas nur möglich?

Sie beobachtete sein Gesicht, wie eine Mutter das ihres Problemkindes betrachtet, setzte sich auf und zog die Knie bis zur Brust an.

»Ich erinnere dich an dein Versprechen, Bliss!«

Das dichte Haar überschattete ihr Gesicht wie dunkle Schwingen. Sie legte ihr Kinn auf die Knie. »Als ich noch ein Kind war«, sagte sie, »hat mein Vater mir die Geschichte von dem Fuchs erzählt, der für sich und seine Gefährtin, die trächtig war und an einer unbekannten Krankheit litt, Futter suchen mußte. Es war Winter in den nördlichen Provinzen, eine harte, böse Jahreszeit, in der unerbittlicher Frost herrschte. Deshalb war der Fuchs gezwungen, auf der Suche nach Nahrung immer weiter zu streifen.

Eines Nachts kam er an den Rand eines Bauernhofes, schlüpfte durch eine Lücke im Zaun und fand den Hühnerstall. Danach schlich er sich jede Nacht in den Stall und zog eine Henne heraus. Der Bauer stellte Fallen auf, jede Nacht einen anderen Typ, und jede war raffinierter als die vorangegangene. Aber der Fuchs, verzweifelt und entschlossen, seine Gefährtin und das noch ungeborene Junge nicht verhungern zu lassen, umging sie alle.

Das ging so zehn Tage lang, bis der Bauer beschloß, dem Fuchs persönlich nachzustellen. Er nahm eine Axt mit breiter Schneide und legte sich im Hühnerstall auf die Lauer.

Schließlich kam der Fuchs auch, witterte den Bauern jedoch. Trotzdem versuchte er, eine Henne zu schnappen, doch der Bauer lenkte ihn mit der Axt ab. Obwohl er den Fuchs verletzte, entkam dieser aus dem Stall. Die Nacht war klar, und der Bauer, der den winzigen Blutstropfen folgte, die schwarz im Mondlicht zu erkennen waren, verfolgte den Fuchs bis zu seinem Bau.

Die Axt schwingend, machte er sich daran, den Fuchsbau zu zerstören, aber der Baumstamm über dem Bau war Hunderte von Jahren alt und so dick, wie die Schultern des Bauern breit waren. Er widerstand den Angriffen, und der Bauer verausgabte sich dermaßen, daß er bei der bitteren Kälte aufgab.

Trotzdem wollte er dafür sorgen, daß der Fuchs nie mehr eines seiner Hühner töten würde; so richtete er sich so gut es ging vor dem Bau ein. Wenn der Fuchs herauskäme – und er mußte es ja tun, um zu fressen –, sollte seine Waffe ihm den Garaus machen.

Die ganze Nacht und noch den folgenden Tag hielt der Bauer Wache. Morgen wurde zum Nachmittag, Nachmittag zur Dämmerung, Dämmerung wieder zur Nacht. Erstarrt vor Kälte und hungrig – er hatte mehrere Hände voll Schnee geschluckt – schwang der Bauer die Axt vor dem Eingang zum Bau hin und her.

Endlich hörte er ein Rascheln. Er war mucksmäuschenstill und wartete darauf, daß der Fuchs erschien. Die frischgeschärfte Axt war bereit. Der Bauer sah die Spitze der schwarzen Schnauze, die Barthaare. Er konnte die Augen sehen. Er bereitete sich auf den tödlichen Schlag vor.

Im allerletzten Augenblick hielt er inne. Was aus dem Bau herauskam, war nicht der Fuchs, der sein Hühnerhaus heimgesucht hatte, sondern ein winziger Welpe, das Fell noch naß vom Speichel seiner Mutter, die Beine noch schwach und unsicher.

Dem Bauern war klar, daß dieser Welpe eine Waise sein mußte, denn die Eltern hätten niemals zugelassen, daß er den Bau allein verließ. Sein Vater mußte verblutet und auch seine Mutter mußte gestorben sein.

Der Bauer nahm die Axt auf die Schulter. Er bückte sich und nahm den zitternden Fuchswelpen in die Hand, drückte ihn an sich, um ihn zu wärmen, und kehrte zu seinem Hof zurück. Der Bauer, der es gewöhnt war, nie etwas umkommen zu lassen, zog den Welpen auf und, als dieser heranwuchs, richtete er den jungen Fuchs dazu ab, das Hühnerhaus vor nächtlichen Räubern zu schützen, was dieser auch zur vollsten Zufriedenheit tat.«

Bliss streckte die Hand aus und streichelte Jakes Wange. »Geduld, Liebling. Die Gerechten haben gelernt, in der Geduld eine ihrer wirkungsvollsten Waffen zu erkennen.«

»Ich bin kaum ein Gerechter, Bliss.« Er zog ihre Hand herunter. »Ich möchte ein paar Antworten. Jetzt.«

»Jetzt, jetzt, jetzt! Wie westlich du doch oft bist!«

Jake wurde sehr ruhig. »Wie meinst du das?«

»Ach Jake, ich wußte von dem *fu*. Glaubst du, ich wüßte nicht, daß du Halbchinese bist?«

»Die Marocs . . .«

»Die Marocs nahmen dich mit aus Shanghai heraus, als deine Mutter gestorben war.«

Er starrte sie an. »Woher weißt du das?«

»Mein Vater war zur gleichen Zeit in Shanghai. Er kannte deinen Vater. Deinen richtigen Vater.«

Vom Bett aufstehend, zog Jake Bliss mit sich. Sie standen da, nackt, im Morgenlicht gebadet. Weit unten dehnte sich Hongkong, der Peak über ihnen war in Nebel gehüllt.

»Bliss, du bist ein Spuk. Jedenfalls redest du so.«

»Das macht uns gleich.« Den Kopf gereckt, um ihn anzusehen, war sie von goldenem Sonnenlicht umflossen. Ihr blauschwarzes Haar war wie ein Vorhang, der sie vom Rest der Welt trennte.

»Das *fu*. Was ist damit?«

»Das *fu* ist der Schlüssel zum *yuhn-hyun* in Hongkong.«

»Der Kreis? Welcher Kreis?«

»Der Ring«, verbesserte sie. »Vor langer Zeit von deinem Vater aufgebaut.«

»Das verstehe ich nicht.«

»Keiner von uns innerhalb des *yuhn-hyun* versteht alles. Stücke fügen sich zum Ganzen. Wie das *fu*.«

»Das ist aber nicht mein Stück des *fu*. Es gehört Nichiren. Meines kam von meinen Eltern. Meinen richtigen Eltern. Weißt du, woher seines kommt?«

»Wenn ich das wüßte«, sagte sie, »dann wüßte ich alles.«

»Nichiren und ich . . .« Er brach ab, wandte sich um und sah auf die Stadt und den Hafen hinab. »Es irritiert mich, daß er das hat. Daß wir etwas teilen . . . das so einmalig ist wie das *fu*.« Er wandte sich ihr wieder zu. »Er ist hier in Hongkong. Ich habe gehört, daß er oft hier ist. Wen sucht er auf? Den Furchtbaren Sung.«

»Deinen Freund.«

»Auch das weißt du? Für wen arbeitest du?«

»Ich habe dich das nie gefragt.«

»Ich vermute, daß du es bereits weißt.«

»Ob es so ist oder nicht«, sagte sie einfach, »ich habe dich nie gebeten, dein Treuegelöbnis zu brechen. Warum verlangst du es von mir?«

»Wegen deines Versprechens. Du sagtest, du würdest mir alles sagen.«

»Und das werde ich auch.« Sie berührte ihn wieder. »Wenn der richtige Zeitpunkt gekommen ist.« Sie erhob sich auf die Zehenspitzen, drückte ihre warmen Lippen auf die seinen. »Geduld, Jake. Ich arbeite daran, uns am Leben zu erhalten. Willst du mir nicht erlauben, meine Arbeit zu tun?« Ihre dunklen Augen senkten sich mit solcher Intensität in die seinen, daß er erschrocken verstummte.

Drei-Eide-Tsun brauchte mehr als zwanzig Minuten, um Funkkontakt mit Beijing herzustellen. Atmosphärische Störungen im Nordosten ließen sein Signal schwanken wie eine Flamme im Wind, so daß, als die Verbindung endlich zustande kam, die Stimme stotternd und häufig undeutlich war.

Drei-Eide-Tsun, der im Heck eines sechs Meter langen Bootes saß, hatte sein Fahrzeug am Ufer eines Mündungsarms, etwa sechzehn Seemeilen flußaufwärts von Hongkong, geankert. Er änderte die genaue Lage von einem zum anderen Mal, aber immer in der gleichen Gegend. Er kannte die Topographie hier genau, und weil er seinen starken Senderempfänger offensichtlich aus Sicherheitsgründen nicht an Bord seiner Dschunke haben wollte, hielt er das für die optimale Lösung.

»Five Star Pacific hat alle noch freien Anteile von Pak Hanmin aufgekauft«, sprach er mürrisch in das Mikrofon.

»Gut«, antwortete die vertraute Stimme. Aus Gewohnheit sprachen sie Mandarin.

»Beim Geiste des Weißen Tigers, da war ein Kampf um die letzten einhunderttausend Anteile. Bluestone und Andrew Sawyer haben bis aufs Blut darum gekämpft, bis Bluestone gewann.«

»Noch besser.«

»Besser? Verfluchtes ›besser‹!« schrie Drei-Eide-Tsun in das Mikrofon. »Ich hab' die Herrschaft über meine eigene Firma verloren!«

Es kam eine verzerrte Antwort, und er mußte sich mühevoll daran erinnern, daß sie ja alle sechzig Sekunden die Frequenz wechselten. Er wählte wütend und bat um Wiederholung.

»Ich habe in der Beziehung keine Angst. Alles geht gut in Hongkong. Mein Plan verläuft, trotz aller Rückschläge in letzter Zeit, programmgemäß. Leider kann ich das von den Ereignissen hier nicht sagen. Ich werde von einer Clique von Ministern ernsthaft unter Druck gesetzt.«

Drei-Eide-Tsun hockte vor dem Senderempfänger. »Wie ernst ist die Bedrohung?«

»Es ist möglich, daß sie tödlich wird. Ich kann es noch nicht sagen. Habt Ihr *zui-hou-kai-ting,* die Schlußkonferenz, geplant?«

»Übermorgen. Gibt es irgend etwas, was jemand von uns hier tun kann? Irgend etwas, das *ich* tun kann?«

»Habt Ihr von Bliss gehört?«

»Sie ist bei Jake.« Er holte tief Luft. »David Oh, sein Freund, ist ausgeschaltet worden.«

»Von wem?«

»Der Quarry.«

»Aha, die Schimäre hat den Kopf erhoben. Wir sind jetzt in der Endphase. Ihr müßt Bliss Bescheid geben. Jake wird jetzt das nächste logische Opfer der Schimäre sein.«

»Es kommt jetzt alles zusammen«, sagte Drei-Eide-Tsun, »nicht wahr?«

»Das war ja ursprünglich so vorgesehen.«

»Es gibt aber so viele Variablen.«

»Variablen sind bereits im Spiel. Sie haben nichts geändert.«

»Nichts? Ist Mariana Marocs Tod nichts? Ist David Ohs Tod nichts? Wieviel Tode hat es sonst noch von Leuten gegeben, deren Namen ich nicht kenne?«

»Wir sprechen von der Zukunft Chinas ... vielleicht sogar der Welt. Wie könnt Ihr das mit dem Tod einer Handvoll Menschen gleichsetzen?«

Drei-Eide-Tsun schüttelte den Kopf. »Es muß doch etwas Menschlichkeit in Euch übriggeblieben sein. Seht Ihr alle als Stücke in Eurem Spiel an, die nach Eurer Laune manipuliert werden?«

»Ich sehe die Zukunft Chinas. Das ist alles.«

»Und Eure Familie?« Drei-Eide-Tsun hatte sich geschworen, dieses Thema nicht aufzubringen. Es war ungehörig und, schlimmer noch, respektlos. Er fand aber, daß er nicht länger schweigen konnte. Er mußte an Bliss denken. Und an ihre Gefühle.

»Was ist von Eurer Familie übrig? *A mi tuo fo,* seht, was durch Eure Besessenheit aus ihr geworden ist!«

Stille.

Das Knacken des Äthers, ein Zeichen für Stürme, weit weg und heftig.

»Hallo, Henry«, sagte Antony Beridien und blickte von seinem vollen Schreibtisch auf. Er sagte immer, von Dossiers umgeben fühle er sich am wohlsten. Akten wären das Leben, mit dem er seine Dienststelle dirigierte. »Ist es schon soweit?«

Wunderman nickte. »Eigentlich schon darüber hinaus. Ich wußte, wie beschäftigt Sie sind. Ich wollte Ihnen soviel Zeit wie möglich geben.«

Hinter Beridien schimmerte das Weiße Haus wie Alabaster in den schwindenden Stunden eines langen, trüben Nachmittags. Die voll erblühten Rosenbüsche waren sichtbar, aber die Menschenschlangen auf dem Pflaster vor dem Büro des Präsidenten wurden von dem Gebäude selbst verdeckt.

Beridien streckte sich. »Wissen Sie, ich habe fast nichts gearbeitet, seit Sie und Rodger dieses Rotstufen-Sicherheitssystem eingeführt haben. Also, Sie haben sogar das Sprechzimmer des Arztes mit Videokameras ausgestattet.«

»Nur eine Vorsichtsmaßnahme, Sir«, sagte Wunderman leichthin.

»Vorsichtsmaßnahmen, *shit.* Ich kann nicht einmal pinkeln gehen, ohne Kameras und ohne daß Agenten einen Blick auf meinen Schwanz werfen. Du lieber Himmel, Mann, nicht einmal Ike hatte im Krieg so viel Sicherheit.«

Wunderman lächelte, als sie den lehmfarbenen Korridor entlanggingen. »Vielleicht war das so, weil General Eisenhower sich nicht mit Daniella Workuta herumschlagen mußte.«

»Verdammtes KVR«, sagte Beridien. »Ich wünschte, ich könnte Workuta und Karpow in einen Raum zusammensperren. Da würde ich ihnen schon etwas zum Kämpfen geben.« Seine Hand drückte auf die Wandplatte, die den privaten Lift herbeiholte.

»Ich habe Apollo aktiviert«, sagte Wunderman. »Er ist mein Aktivposten; ich habe ihn voll und ganz in der Hand. Er ist seit Jahren unter tiefster Tarnung im Kreml. Ich denke, die Dinge haben jetzt einen derart kritischen Punkt erreicht, daß wir die Möglichkeit der Enttarnung riskieren müssen.«

Beridien sah ihn an, als die bronzefarbene Fahrstuhltür sich öffnete und sie eintraten. Er drückte den unteren Knopf. »Unsere Königin gegen ihre, geht es so?«

»Darauf läuft es hinaus, ja, Sir. Genau darauf.«

»Sie haben Apollo eine lange Zeit gefüttert, Henry. Sind Sie sicher, daß Sie ihn auf diese Weise opfern wollen?«

»Vielleicht ist es kein Opfer, Antony. Apollo ist gerissen. Er kommt möglicherweise bei der Auslöschung Workutas davon, ohne sich zu verraten.«

Beridien schüttelte den Kopf. »Innerhalb des KVR? Er ist nicht vom KGB, Henry. Das Risiko ist groß.«

»Im Moment ist aber der Tod Workutas für uns wichtiger, als es Apollos Nachrichten sind!«

»Ich wünschte, Sie wären erst zu mir gekommen!«

»Warum, damit Sie mir hätten befehlen können, Apollo rauszuhalten?«

»Wir verlieren Apollo, Henry, und damit verlieren wir unseren höchstrangigen Maulwurf in Rußland.«

»Und wenn wir General Workuta weiterleben lassen, wird sie uns zerstören.«

Sie passierten den doppelten Wachtposten und betraten den Sanitätsbereich. In dem Untersuchungsraum begann Beridien, sich auszuziehen. »Auf jeden Fall werden wir etwas Wertvolles verlieren.«

In seinem Krankenhaushemd, das auf dem Rücken offen war, kletterte Beridien auf den Tisch. Er zischte, als er die Kälte spürte. »Man sollte doch meinen, daß man diese verdammten Dinger irgendwann mal heizen würde«, sagte er ärgerlich.

Da kam auch schon die Ärztin durch eine andere Tür herein. Ihr braunes Haar war in einem festen Knoten zurückgebunden. Sie trug nur eine Spur von Lippenstift. Ihre hohen slawischen Backenknochen bedurften keiner besonderen Betonung. Wunderman betrachtete ihre langen Beine, als sie durch den Raum zu Beridien hinüberging.

Die Kontrolluntersuchung, die sie mit ihm anstellte, war vollständig, aber Routine: Augen, Nase, Hals, Herz, Lungen, Blutdruck, Nieren. Wunderman betrachtete, während sie sich bewegte, weiter das Spiel ihrer Beinmuskeln, besonders wenn sie sich bückte. Sie muß Tennis spielen, dachte er; wie Donovan.

»Im Grunde sind Sie in Ordnung«, sagte die Ärztin nach einiger Zeit. Wunderman konnte das Kratzen ihrer Feder hören, als sie den Befund auf Beridiens Karte eintrug. »Da ist aber etwas im Anzug bei Ihnen. Vielleicht eine Grippe. Nichts Ernstes, aber ich gebe Ihnen trotzdem eine Vitaminspritze. Ich möchte nicht, daß Ihre Überstunden Sie erschöpfen. Ich weiß auch, daß es keinen Zweck hätte, Ihnen zu sagen, Sie sollten sich etwas schonen.«

Beridien brummte.

»Sie können sich jetzt setzen«, sagte sie.

Wunderman interessierte sich jetzt für ihr Hinterteil. Die Ärztin stand an dem glänzenden, fahrbaren Tisch aus rostfreiem Stahl. Sie steckte die Nadel einer Spritze in eine Phiole, drehte sie um und zog die klare Flüssigkeit mit der Spritze auf. Mit einem leichten Geräusch zog sie den Stöpsel aus dem Glasröhrchen.

»Einen Augenblick«, sagte Wunderman. Er ging hinüber zu ihr, nahm ihr die Phiole aus der Hand und studierte das Etikett. Er überflog die Aufzählung der Vitamine, schaute der Ärztin in die braunen Augen und nickte. »In Ordnung.« Sie duftete nach frischer Seife.

Die Ärztin sah ihm nach, wie er zurückkehrte auf seinen Platz an der Wand. Als er sich umdrehte, nahm sie einen Wattetupfer, tränkte ihn mit Alkohol und rieb eine Stelle auf dem fleischigen Teil von Beridiens Oberarm ab.

Beridien schaute weg, als die Nadel eindrang, sonst hätte er das dünne Lächeln der Ärztin sehen können, als sie den Kolben niederdrückte.

»Das dauert nicht lange.« Die Worte der Ärztin schienen in der Stille des Raumes zu dröhnen.

Beridien drehte seinen Kopf, als sie jetzt sagte: »Nicht mehr als drei Minuten.«

»Nicht mehr als drei Minuten bis was?« fragte Beridien.

»Nun, bis Sie tot sind, Direktor.«

Wunderman bewegte sich schon quer durch den Raum.

»Was? Soll das ein Witz sein? Ich . . .« Das Gift hatte aber bereits begonnen, das zentrale Nervensystem Beridiens anzugreifen, und er besaß schon keine Kontrolle mehr über seine Stimmbänder. Sein Mund bewegte sich komisch.

»Wie Sie sehen können«, sagte die Ärztin, »ist es kein Witz.« Sie legte eine Hand auf Beridiens Kopf, hob ein Augenlid, dann das andere. »Aha, Pupillen bereits höchst dilatiert.« Ihre Stimme hatte den knappen, unbeteiligten Tonfall eines Automaten.

Wunderman stieß sie beiseite. »Antony!«

»Mit wem sprechen Sie?« fragte die Ärztin. »Er ist tot.«

»Was?« Wunderman sah in Beridiens Augen. Sie waren trübe, jeder Intelligenz beraubt. Er biß sich auf die Lippe, bis er die Haut durchdrang und das Salz seines eigenen Blutes schmecken konnte. »Was, zum Teufel . . .!«

»Vergiftet«, sagte die Ärztin. »Ich bin seine Livia, verstehen Sie?«

Wunderman riß eine kleinkalibrige Pistole unter der Jacke hervor und feuerte drei Schüsse in ihr Gesicht ab. Sie taumelte rückwärts auf den fahrbaren Tisch. Die schwarzen Löcher verdarben den Blick völliger Überraschung.

Dann stürzte er zum roten Alarmknopf, der in jedem Raum im Quarry-Gebäude vorhanden war, ganz gleich, wie klein oder unbedeutend er sein mochte. Er riß das Telefon hoch.

»Notfall!« schrie er in die Leitung. »Das ist ein Notfall, keine Übung! Der Direktor ist ermordet worden! Ich wiederhole, das ist ein Notfall im Sanitätsbereich!«

In diesem Augenblick gingen die Türen krachend auf. Agenten strömten herein. Über ihren Köpfen zeichneten die Videokameras geräuschlos in liebevollen Einzelheiten jede Bewegung auf.

Es war die Zeit der Trunkenen Garnele.

Sir John Bluestone war vor einigen Jahren in Taipeh mit dieser chinesischen Delikatesse bekannt gemacht worden; und zwar von einer jungen Frau mit einem gesunden Appetit auf Sex und Essen. Trunkene Garnele war ihre Lieblingsmahlzeit gewesen. Genau so, wie manche Leute nach dem Liebesakt eine Zigarette brauchen, war diese Frau am glücklichsten, wenn sie dieses besondere Gericht verzehren konnte.

In diesen Tagen, in einer Art privater Erinnerung an jene fernen Zeiten unbesonnener Jugend, bestellte Bluestone Trunkene Garnele, wann immer ein Ereignis zu feiern war. Die kontrollierende Mehrheit in Pak Hanmin zu übernehmen, war sicher ein solcher Anlaß, und er hatte keine Zeit verloren, T. Y. Chung zu einem festlichen Essen mitzunehmen.

Die beiden *tai pan* saßen am besten Tisch im Jumbo, dem größten von drei schwimmenden Restaurants, die dauernd im Hafen von Aberdeen auf der Südseite der Insel vor Anker lagen. Er stand nicht auf dem dritten Deck, wohin alle *gwai loh*-Touristen geführt wurden, sondern unten auf dem ersten Deck. Von dieser Position aus hatten sie einen hervorragenden Blick durch ein großes Fenster auf den geschäftigen Hafen, die Stadt, und dahinter den Peak. Jumbos großes Fischbassin war nur einen Steinwurf entfernt auf der anderen Seite.

Bluestone hob sein Glas mit Johnnie Walker Black und stieß mit T. Y. Chung an. Er hätte für diese Gelegenheit lieber Champagner gehabt, doch er wollte möglichst chinesisch erscheinen.

»Auf den Mann, ohne den ich niemals Pak Hanmin bekommen hätte.«

Das war natürlich, genau genommen, nicht richtig. Es stimmte zwar, daß T. Y. Chungs Bieten und Kaufen enorm hilfreich gewesen war, doch in Wirklichkeit mußte Bluestone zugeben, daß er den Dank seinen neugefundenen Gönnern schuldete.

Als seine Banken ihm mitteilten, jemand kaufe alle kurzfristigen Wechsel von Five Star Pacific auf, war er zunächst mißtrauisch geworden. Besonders, als er nichts über die Gesellschaft Yau Sin-Kyuhn-Services, H. K., herausfinden konnte.

Dann jedoch hatten die Banken ihm versichert, die Firma gehöre weder Drei-Eide-Tsun noch Andrew Sawyer. Sie informierten ihn vielmehr darüber, daß von den Anwälten von Yau Sin-Kyuhn ein Dokument vorbereitet werde, wonach man ihm erlauben würde, die Anleihen mit vierzehn Prozent Zinsen zurückzuzahlen, volle vier Punkte unter dem, was er bezahlt hatte. Als Gegenleistung verlangte die Firma zehn Prozent von Five Star Pacific.

Bluestone, der schon mehrere Monate in einer finanziellen Klemme steckte, hätte sich eine ganze Reihe von übleren Alternativen vorstellen können. Immerhin, zehn Prozent waren kaum ausreichend, um Politik zu beeinflussen und, wenn die Intervention von Yau Sin-Kyuhn seinen finanziellen Problemen ein Ende bereitete, war das ein getarnter Segen. Monatelang hatte er die Mitteilung von seinen Schwierigkeiten an seine Quelle hinausgeschoben.

Und dann war ihm ein Gedanke gekommen, wie Yau Sin-Kyuhn von weiterem Nutzen für ihn sein konnten. Er hatte ihnen die Endabrechnung für Pak Hanmin vorgelegt. Warum nicht? Sie wollten einen Teil des Gewinns von Five Star Pacific. Warum sollten sie dafür nicht etwas tun?

Und es hatte funktioniert. Weniger als vierundzwanzig Stunden nachdem er das Telegramm an Y. S. K. geschickt hatte, erhielt er das Geld, zusammen mit einem einfachen Vertrag, in dem eine Rückzahlung aus dem Gewinn von Pak Hanmin verlangt wurde. Dazu konnte er nicht nein sagen, auch wenn er sich noch immer fragte, wer wirklich hinter

Yau Sin-Kyuhn steckte. Er wußte, er hatte alles versucht, um hinter die Identität der Inhaber zu kommen. Er mußte die Situation so akzeptieren, wie sie sich jetzt darbot, war aber entschlossen, weiterzusuchen nach Hinweisen auf Yau Sin-Kyuhn. Eines Tages würde er das Geheimnis schon aufdecken. Bis dahin würde er es auf jede mögliche Weise ausnützen.

Es hatte aber keinen Sinn, T. Y. Chung davon zu erzählen. Je weniger der Chinese über Bluestones Angelegenheiten wußte, desto besser. Immerhin, es war Bluestone persönlich, der eine Partnerschaft mit T. Y. Chung eingegangen war, nicht Five Star Pacific. Der Pak-Hanmin-Handel war etwas, das er selbst besorgt hatte.

»Ohne Ihre Hilfe und Hak Sams Intervention in den New Territories hätte ich nicht ein solches Glück gehabt.«

T. Y. Chung lächelte dünn. »*Joss,* Mr. Bluestone. Das Hak Sam, die Chiu-Chow-Triade, mit der Sie verbunden sind, war ohne Zweifel froh, Ihre Vertragsprobleme in den New Territories zu lösen. Dienstleistungsunternehmen sind dort lebenswichtig. In den New Territories ist die Arbeit noch immer schwierig, und wenn dieses Abkommen mit den Kommunisten uns auch etwas Luft verschafft, sind die Leute doch noch nervös, besonders dort.

Was mich betrifft, so sind neue Geschäftsmöglichkeiten immer willkommen, wenn sie mit Handelshäusern von der Größe von Five Star Pacific zusammenhängen.«

Der Kellner kam mit dem Essen. Zunächst Abalones, Schnecken mit Schwarzbohnensauce, dann Garoupa, gedämpft mit Bambusschößlingen und Lilienknospen. Die Männer aßen schweigend mit schnellen, eckigen Bewegungen ihrer Eßstäbchen. Für später war Tee bestellt. Vorerst goß Bluestone weiter Scotch ein.

Endlich erschien der Kellner an ihrem Tisch mit etwas, das ein Aquarium auf einem Rollwagen zu sein schien. Darin konnten beide zwei Dutzend übergroße Garnelen sehen, die träge in Meerwasser schwammen.

Mit geschickten, sparsamen Bewegungen langte der Kellner unter das Aquarium und brachte eine große Metallschüssel hervor. Er stellte sie in die Mitte des Tisches und leerte zwei volle Flaschen Weißwein hinein. Dann fischte er mit einem Bambusgerät eine Garnele nach der anderen heraus und legte sie in die Schale mit Wein. Als alle vierundzwanzig umgesetzt waren, nahm er seinen Wagen und fuhr weg.

Bluestone sah, wie T. Y. Chung aus dem Fenster schaute, nicht auf die Gebäude von Aberdeen, sondern weiter: auf die schwimmende Stadt der Hakka. Bluestone glaubte, er hielte Ausschau nach der Dschunke von Drei-Eide-Tsun.

»Dem haben wir es diesmal aber gegeben.«

T. Y. Chung wandte den Kopf. »Wie bitte?«

»Drei-Eide-Tsun«, sagte Bluestone. Er war etwas enttäuscht, daß seine kulinarische pièce de résistance nicht die nötige Aufmerksamkeit gefunden hatte. »Wir haben ihm einen schweren Schlag versetzt. Pak Hanmin war eines seiner Lieblingsprojekte. Jetzt haben wir es ihm weggenommen. Sie und ich.«

T. Y. Chung lächelte wieder, auf eine Weise aber, daß Bluestone sich völlig unsicher war, was er dachte. »Ja«, sagte er. »Ein schwerer Schlag, ganz sicher.«

Bluestone schaute in die Metallschale. Er zeigte darauf. Die Schwimmbewegungen der Garnelen waren unsicher geworden. »Sehen Sie«, sagte er, »sie werden schon betrunken.«

T. Y. Chung hob sein Glas. »Genau wie wir.«

Bluestone lächelte, empfand aber leichtes Unbehagen bei dieser Vorstellung. Er rührte den Wein um, als wäre er ein Küchenchef.

»Jetzt, da unsere Partnerschaft durch Pak Hanmin gefestigt worden ist«, sagte T. Y. Chung, während er den Tanz der Garnelen beobachtete, »halte ich es für an der Zeit, daß wir ein Dreiertreffen mit Haifischzahn-Tung vereinbaren.«

Bluestone sah nachdenklich drein. »Er ist ein sehr beschäftigter Mann.«

Als ob ich das nicht wüßte, dachte T. Y. Chung. Du wirst ihn aber nicht ganz für dich allein behalten. Eine Freundschaft mit dem Drachen der Hak-Sam-Triade aufzubauen, ist einer der Hauptgründe, warum ich heute hier sitze. »Wir sind alle geschäftige Leute, Mr. Bluestone. Aber bei Geschäften, finde ich, gibt es keinen Ersatz für persönliche Beziehungen. Wenn unsere Partnerschaft gedeihen soll, müssen wir vereint einsteigen. Tun wir das nicht, verschwenden wir gegenseitig unsere Zeit.«

»Ich werde also sehen, was ich tun kann.«

Am Tonfall erkannte T. Y. Chung, daß Bluestone gar nichts tun würde. Folglich werde ich seinen Appetit anregen, dachte er.

»Ich habe da etwas Besonderes im Sinn«, sagte er. »Etwas, wobei Haifischzahn-Tung mir vielleicht helfen könnte.«

»Was betrifft es denn?« fragte Bluestone.

Jetzt hab' ich ihn, dachte T. Y. Chung. »Nicht *was*, Mr. Bluestone, *wen!* Drei-Eide-Tsun. Ich denke an eine andere Erwerbung. In den New Territories. Die örtliche Verwaltung, sagt man mir, sei von Hak Sam durchlöchert.«

Bluestone überlegte, je schneller wir Drei-Eide-Tsun erledigen, desto besser. Da gibt es eine ganze Reihe von ausgesuchten Firmen, die einem in den Schoß fallen können. Gemeinsam werden T. Y. Chung und ich sie auf die gleiche Weise wie Pak Hanmin übernehmen können. Immerhin ist das ja einer der Gründe, warum ich dieser Partnerschaft zugestimmt habe. Jetzt brauche ich diesen Mann. Five Star Pacific ist knapp an flüssigen Mitteln. T. Y. Chungs Kapital ist ein Segen. Aber alle Ehen enden einmal, und wenn diese so weit ist, dann will ich auf der Siegerseite sein.

»Vielleicht, wenn ich es bedenke«, sagte er, »kann ich Haifischzahn-Tung dazu bringen, im Laufe der nächsten Woche mit uns zu essen.«

»Ausgezeichnet«, sagte T. Y. Chung.

Sir John Bluestone blickte in die Metallschale. Er rieb sich die Hände. »Ich glaube wirklich, unser Mahl hat jetzt den richtigen Grad der Trunkenheit erreicht.«

Während er das sagte, langte er hinein, nahm eine benommene Garnele heraus und biß ihr den Kopf ab. Mit großem Genuß begann er, das zarte, weiße Fleisch zu kauen.

Der Furchtbare Sung, der 489 von Hongkongs 14 K, war ein beschäftigter Mann. Das war nicht anders zu erwarten, denn schließlich war er der Führer der größten und mächtigsten Triade der ganzen Kronkolonie.

Jahrelang hatte die 14 K gegen die Green-Pang-Triade aus Shanghai in den gewundenen Gassen von Hongkong einen erbitterten und blutigen Krieg um die Kontrolle über die Kolonie geführt. Ein unbequemes, gewisses Patt war von Jake durchbrochen worden, der sich etwa einen Monat nach seiner Ernennung zum Leiter der Quarry-Basis Hongkong auf die Suche nach dem Furchtbaren Sung begeben hatte.

Was Jake vorgeschlagen hatte, war ein Pakt zwischen der 14 K und den Mitgliedern der Quarry und deren Familien über gegenseitigen Schutz und Unterstützung. Es ging darum, daß die Mitglieder der Triade des Furchtbaren Sung die Agenten der Quarry und ihre Familien im Bereich ihrer Wohnungen schützen sollten. Als Gegenleistung versprach er, alle Nachrichten, die direkt die Triade betrafen und zur Kenntnis der Quarry gelangten, weiterzuleiten.

Sechs Monate nachdem die 14 K unter der Leitung von Sung die Verbindung mit der Quarry aufgenommen hatte, begann das Gleichgewicht der Macht sich unaufhaltsam in ihre Richtung zu neigen. Daraus ergab sich eine feste Freundschaft zwischen Jake und dem Anführer der Triade.

Sung Po-han war der jüngste 489, an den sich alle in der Triade erinnern konnten, und deshalb war er umbenannt worden in ›der Furchtbare‹. In den ersten sieben Jahren seiner Amtszeit hatte er für die Neuorganisation der Triade mehr getan, so sagte man, als in den vorangegangenen sieben Jahrzehnten erreicht worden war. Das bedeutete eine Arbeitsleistung, die die meisten anderen Männer in einem Jahr schon erledigt hätte.

Doch so beschäftigt er auch war, er ließ sich immer Zeit für Jake Maroc. Bei ihrem ersten Zusammentreffen schon war der Furchtbare Sung von Jake beeindruckt gewesen, wenn er sich auch Mühe gegeben hatte, Jake das nicht zu zeigen. Das hätte ihn sonst in eine ungünstige Verhandlungsposition gebracht.

Jake hatte ihn zuerst in seinem Büro in der Spielzeugfabrik gesucht.

Dorthin war er verwiesen worden. Der Furchtbare Sung, engagiert in vielen Geschäften, unterhielt auch eine ganze Reihe von Büros in der Kolonie. Als Jake jetzt in das Büro in einer winzigen Seitengasse in Wanchai geführt wurde, stand der Furchtbare Sung auf. Er trug eine weiße Armbinde. Weiß war die chinesische Farbe der Trauer.

Sie verneigten sich voreinander in einem Abstand von nicht ganz fünf Fuß. »Mein Beileid, Mr. Maroc.« In der Kolonie wahrte man unter den Chinesen genauso wie unter den *gwai loh* eine starre Förmlichkeit zwischen den Geschäftspartnern. »Ich bin glücklich, daß Sie so sehr viel besser aussehen als letztesmal. Ich bin aber auch von Trauer erfüllt, denn ich habe von dem unglücklichen und vorzeitigen Ableben Ihrer Frau gehört. *Dew neh loh moh* auf alle Russen, und besonders auf alle ihre verfluchten Agenten.«

»Ich danke Ihnen, Ehrenwerter Sung.« Jakes Kopf war immer noch geneigt. »Ich danke für Ihr Mitgefühl.«

»Es ist, ohne Übertreibung, die Empfindung der ganzen 14 K in diesem Ort«, erklärte der Furchtbare Sung böse. »Lassen Sie einen kotfressenden KGB-Agenten sich uns zu erkennen geben, und wir werden ihn zerquetschen!«

»Es tut gut zu wissen, daß man solch loyale Freunde besitzt«, sagte Jake und richtete sich auf.

»*A mi tuo fo,* es sind böse Tage. Erst Ihre ehrenwerte *tai tai,* dann David Oh. Der ehrenwerte Oh war uns wohlbekannt.«

Traurig schüttelte der Furchtbare Sung den Kopf. »Freunde sind in den besten Zeiten wichtig. Aber bei schlechtem Wetter kann man sie nicht hoch genug einschätzen.«

»Anders als Gold-Taels haben jedoch Freunde manchmal eine Art, sich umzukehren.«

»So?«

Jake wußte, daß der andere jetzt ganz Aufmerksamkeit war. »David Oh, so scheint es, wurde nicht von KGB Agenten ermordet.«

»Chinesen, nicht wahr? Schrecklich, schrecklich.«

Jake nickte. »Ganz besonders deshalb, weil diese Chinesen Agenten der Quarry waren.«

Im Vorzimmer draußen tippte jemand wie wild. Das Tippen war plötzlich in der lastenden Stille überdeutlich zu hören.

»Mein lieber Mr. Maroc«, sagte der Furchtbare Sung, »wenn es das ist, befürchte ich, sehen wir uns fast einem Rätsel gegenüber.«

»Nur vorübergehend«, sagte Jake. »David Oh hat es gelöst, und ich werde es mit etwas Geduld auch tun. Jemand ganz tief drinnen in der Quarry hat sich gegen sie gewandt.«

»Ach, du liebe Zeit!«

Jake lachte beinahe. Der Furchtbare Sung klang wie ein altes Weib. Aber an der Situation war nichts Amüsantes, und sie beide wußten das.

»*Dew neh loh moh* auf alle Verräter!« Der Furchtbare Sung spuckte in eine Ecke, um die Ernsthaftigkeit seines Fluches zu unterstreichen. »Spione sind wie räudige Hunde auf der Straße, sie infizieren alle, die ihnen nahe kommen. Wem kann man heut noch trauen?« Er schnalzte mit der Zunge. »Tatsächlich schlechtes Wetter.«

»Ja«, stimmte Jake zu. »Wir müssen uns beide vorsehen. Ich bin auf der Flucht vor meiner eigenen Organisation.«

»Was?«

»Sicherlich bin ich ihr nächstes Ziel.«

»Dann müssen wir Sie ja auf jeden Fall von der Straße nehmen. Ich kenne einen Ort...«

Jake hob eine Hand. »Tausend Dank, Ehrenwerter Sung, aber eine solche Belastung ist nicht nötig.«

»Nichts da! Freunde sind Freunde. Wahre Freunde kennen ihre Pflicht. Sie hängen ihr Mäntelchen nicht nach dem Wind!«

»Zweifellos«, sagte Jake. »Ich kann es mir jetzt nur nicht leisten, mich zu verstecken. Es gibt aber etwas anderes, wobei Sie mir helfen können.«

Der Furchtbare Sung breitete seine Hände aus. »Alles, mein Freund.«

»Erklären Sie mir, warum Nichiren nach Hongkong kommt.«

Sofort nachdem Jake diese Worte ausgesprochen hatte, erkannte der Furchtbare Sung, wie gut er in die Falle gegangen war.

»Warum sollte ich etwas darüber wissen?«

»Weil«, sagte Jake und ließ die Falle zuschnappen, »weil Nichiren hierherkommt, um Sie aufzusuchen.«

Der Furchtbare Sung war nicht wütend, sondern vielmehr erfüllt von Bewunderung. Was für ein chinesisches Herz dieser Mann doch besaß, dachte er. Wenn ich klug wäre, würde ich ihn als meinen Chefunterhändler bei dem Gipfel anheuern.

»Nichiren trifft in Hongkong sicher viele Leute. Ich bin nur einer davon.«

Jake hatte für solches Geplänkel eigentlich keine Zeit, er wußte aber, daß er keine andere Wahl hatte. Der Furchtbare Sung hatte in seinem ganzen Leben noch nie jemand etwas gesagt, von dem er wußte, es wäre wichtig für den anderen, ohne einen Preis dafür festzulegen. Verhandlung. Der Chinese war der Überzeugung, daß ohne das nichts etwas wert war.

Der Trick hier war, wie Jake wußte, herauszufinden, was der 489 als Gegenleistung wollte, und ihm dann etwas von geringerem Wert anzubieten. Dann wäre es nur noch eine Frage, wer was am meisten brauchte.

»Mir scheint«, sagte Jake jetzt, »daß Ihre Triade in letzter Zeit mit der Polizei in Stanley Schwierigkeiten hat. Reicht die *h'yeung yau,* die ›duftende Schmiere‹, nicht aus, um Sie zu schützen?«

»Der besch... McKenna ist dort der neue Chef. An Australier kommt man am Anfang immer nur schwer heran. Wir werden ihn aber doch noch kleinkriegen.«

Jake zuckte mit den Achseln. »Möglicherweise. Trotzdem bleibt es ein

Glücksspiel. Und wie viele Taels verlieren Sie in der Zwischenzeit von einem Tag zum anderen?«

»Nicht soviel, um mir darüber Gedanken zu machen.« In seiner Stimme lag gerade das richtige Maß an Unbekümmertheit.

Jake versuchte eine andere Möglichkeit. »Was macht der *godown*-Krieg?«

»Die verfluchte Green Pang. Sie sind nur ein Ärgernis. Wir werden uns um sie kümmern.«

Dies sagte er mit noch größerer Unbekümmertheit, fand Jake. Also ist *das* der wirkliche Dorn in seinem Fleisch!

Jake wartete eine Minute, dann sagte er: »Diese Information über Nichiren ist wichtig für mich, Ehrenwerter Sung.«

Der 489 schüttelte den Kopf. »Vertrauen, Ehrenwerter Maroc. Sie verlangen von mir, ich soll Vertrauen mißbrauchen.«

Jake wurde an seine Unterhaltung mit Bliss am Morgen erinnert. »Unter Freunden ist alles möglich«, meinte er.

Der Furchtbare Sung nickte. »Sogar Türen mit Schlössern lassen sich mit dem richtigen Schlüssel öffnen.«

»Stimmt. Sogar widerspenstige Australier können von alten Freunden überredet werden.«

»Sie und der besch . . . Freund? Das kann ich kaum glauben.«

»Ich hab' ihn schon gekannt, da war er noch ein kleiner Korporal.«

Der Furchtbare Sung kratzte sich hinter dem Ohr. »Nun, ich glaube nicht, daß wir da ins Geschäft kommen können, wirklich. Um ehrlich zu sein, wir haben etwas mit ihm vor. Ich möchte mich nicht des Vergnügens berauben, es ihm zu übergeben.«

»Welcher kleine Junge ist es diesmal?«

»Ah, ich sehe, Sie kennen ihn *wirklich!*« Wieder breitete der Furchtbare Sung die Hände aus. »Nun, manche Informationen sind für jeden zu teuer.«

Jake lächelte, aber nicht, weil McKennas abstoßende Vorliebe diesen unter den Druck der 14 K bringen würde. »Ich vermute, Sie sind an einem Ende des *godown*-Krieges interessiert?«

»Ich möchte auch eine Woche lang jedes Rennen in Happy Valley gewinnen, doch man muß sich oft mit dem Machbaren begnügen.«

»Angenommen, ich machte es möglich?«

Der Furchtbare Sung tippte sich mit dem Zeigefinger an die Lippen. »Wirklich, Ehrenwerter Maroc, ich sehe dafür keine Möglichkeit.«

Jake hatte aber schon beim 489 ins Schwarze getroffen. Wenn ich dem *godown*-Krieg ein Ende bereiten kann, dachte der Furchtbare Sung, dann bin ich bei unserem Gipfeltreffen übermorgen der Held. Ich würde dann unendlich an Gesicht gewonnen haben. Seine Zuversicht schnellte in die Höhe. Er traf eine Entscheidung: »Ich nehme Ihr Angebot unter der Bedingung an: Der Krieg muß innerhalb von sechsunddreißig Stunden beendet sein. Einverstanden?«

»Einverstanden.«

Der Furchtbare Sung grinste. Und wenn er das tat, wurde er zu einem ganz anderen Menschen. Vielleicht schimmerte dann eine Spur von dem alten Po-han durch; dem freigeistigen, sogar etwas ungebärdigen Teenager, der sich die Triadengesellschaft als Familienersatz ausgesucht hatte. Sein Vater war ein strenger und unnachsichtiger Geschäftsmann gewesen, der es für unmöglich hielt, einem seiner Söhne ein freundliches Wort zu geben. Er war überzeugt gewesen, daß Streit, Kampf und, am wichtigsten, Wut – er sagte immer, die Kontrolle darüber – den Charakter eines jungen Mannes am nachhaltigsten formten. Sung Po-han hatte ihm nicht zugestimmt, und zwar so heftig, daß er nie mehr zurückkehren wollte. Im Bereich der 14 K wurde er bald für seinen lebhaften Verstand und den starken Arm belohnt. Er war schnell in der Hierarchie der Triade aufgestiegen, und jetzt war sie seine einzige Familie.

»Tee wird zubereitet«, sagte er. »Dann das Essen. Mit leerem Magen kann man nicht zufriedenstellend über wichtige Dinge sprechen, wie Sie wohl wissen.«

Jake nickte. »Wir haben schon viele denkwürdige Mahlzeiten gemeinsam eingenommen.«

»Ein Zeichen von Vertrauen in dieser unsicheren Welt, *heya?*«

Jake versuchte, zu entspannen. »Ganz richtig.« Vor seinem geistigen Augen stellte er sich ein *wei qi*-Brett vor. *Lian jie,* Verbindungen, wurden hergestellt – d. h. Steine gleicher Farbe in einer Reihe. Gegnerische Steine wurden *chi,* gegessen, während diese Verbindungen sie umringten und sie ihres Atems beraubten. Außerdem bildeten sich *dan guan* heraus, Wege, die mit Hilfe von Verbindungen ein Territorium umschlossen.

Er machte die Augen auf. Das einzige Problem war, daß er die Identität der sich bekämpfenden Kräfte nicht kannte. Er stand auf der einen Seite. Das war die einzige Gewißheit. Zuerst hatte es den Anschein gehabt, als wäre Nichiren sein Gegner. Jetzt war es der Maulwurf tief drinnen in der Quarry. Hingen die beiden zusammen? Auf den ersten Blick erschien es wahrscheinlich, da Nichiren es geschafft hatte, Mariana wegzuzaubern und Jakes *fu*-Stück an sich zu bringen. Aber dann war der KGB in Tsurugi erschienen und hatte versucht, ihn zu liquidieren.

Dann, bei Kamisaka, war Nichiren nicht aufgetaucht und hatte außerdem sein Stück des *fu* für Jake dagelassen. Warum? Ob das ein Friedensangebot war?

Er kam wieder auf Nichiren zurück. »Ehrenwerter Sung«, sagte Jake. »Zu unserem Handel.«

»Ach, ja.« Der Furchtbare Sung setzte seine Teeschale ab. »Sobald ich den Beweis dafür habe, daß Sie Ihre Verpflichtung eingelöst haben, werde ich Ihnen das Gewünschte liefern.«

»Das ist aber erst in eineinhalb Tagen«, erwiderte Jake und verbarg sorgfältig seinen Ärger. Geduld, hatte Bliss geraten.

»Nur, wenn Sie so lange brauchen, um den *godown*-Krieg aufzuhalten.« Der Furchtbare Sung lächelte. »Es liegt bei Ihnen, Ehrenwerter Maroc.«

Jake wollte gerade antworten, als die Tür aufgerissen wurde. Bliss kam herein, gefolgt von drei oder vier Triadenmitgliedern.

»Du bist hierher verfolgt worden«, sagte sie, etwas außer Atem. »Ich habe so lange gebraucht, um hier hereinzukommen, ohne sie zu alarmieren.«

Jake stand auf. »Wie viele?«

»Drei.«

»Mr. Maroc . . .«

»Ich glaube, Ehrenwerter Sung, wir müssen unser Essen vertagen, bis wir unseren Handel abschließen.« Er sah sich im Raum um. »Wie viele Ausgänge gibt es hier?«

»Drei. Zwei über der Erde, einen darunter.«

Jake wählte den Tunnel.

Antony Beridien starb. Bild um Bild, so wie das Videoband in Superzeitlupe vorwärtsgefahren wurde, entwich das Leben in unendlich kleinen Schritten aus ihm. Die Bewegungen wurden so sehr verlangsamt, daß für einen Augenblick mehrere Sekunden benötigt wurden.

»Verdammte Scheiße!«

»Maroc«, sagte Wunderman. »Maroc nimmt Rache an uns.«

Donovan rührte sich. Er saß wie ein Kind mit gekreuzten Beinen da. Seine Fingerspitzen klopften auf die Spitze seiner Schuhe. Er trug ein blaugrün gestreiftes Ralph-Lauren-Polohemd und khakifarbene Shorts.

Die beiden saßen in dem mit Blei ausgekleideten Raum fünfzig Meter unter dem Keller des Quarry-Gebäudes in Washington. Sie waren ganz nahe beim Weißen Haus. Der Präsident hatte sich das Band angesehen und hatte seine Entscheidung getroffen. Es war wie im Krieg, aber nur Wunderman war alt genug, um sich zu erinnern, wie es damals gewesen war.

Sie hatten die sich abspielende Szene ein dutzendmal angesehen. Da war Wunderman, wie er die Ärztin wegstieß und sich über Beridien beugte. Bei der Zeitlupe gab es keinen verständlichen Ton. Dazu mußten sie normale Geschwindigkeit fahren.

Wundermans Hand war in seiner Jacke verschwunden. Mit unerträglicher Langsamkeit zog er die Pistole. Schoß der Ärztin ins Gesicht: peng! peng! peng! Blut spritzte, die Wand hinter ihr überzog sich mit Teilen des Schädels und ihres explodierenden Gehirns.

Donovan drehte sich mit dem Stuhl um. »Sie sind jetzt der Boß, Henry. Sie müssen es nicht beantworten, aber ich frage Sie trotzdem: Warum haben Sie geschossen? Mit der Absicht zu töten? Wenn ich es gewesen wäre, ich hätte sie erst verhören, hätte Antworten haben wollen. Jetzt haben wir gar nichts.«

Wunderman fuhr sich mit der Hand über die Augen und dachte einen Augenblick nach. »Ich weiß auf diese Frage keine Antwort. Es geschah instinktiv, vermute ich. Ich erkannte, was sie Antony trotz all unserer zusätzlichen Vorsichtsmaßnahmen angetan hatte. Ich hatte drei Tage nicht geschlafen, dachte besorgt über unsere Sicherheit nach. Das war der letzte Ort... Ach, was soll's. Ich habe keine gute Erklärung. Wut, Frustration, blinde Rache.«

»Das verstehe ich alles, Henry«, sagte Donovan ruhig. »Aber Ihre Ausbildung hätte sie zurückhalten müssen! Sie sind ein Veteran von siebenunddreißig. Es hätte nie passieren dürfen!«

»Die ganze gottverdammte Sache hätte nie passieren dürfen!« Wunderman schrie förmlich. »Verdammter Jake Maroc!«

Donovan stand auf und streckte sich. Er schaltete das Gerät ab, und der Raum wurde von indirektem rosa Licht erhellt. »Vielleicht war es gar nicht Maroc.«

»Was meinen Sie?«

»Unseren Eisberg.«

»Workuta?«

»Workuta, ja. Ich denke, sie stellt durchaus eine Möglichkeit dar. Die Ärztin hätte eine sowjetische ›Schläferin‹ sein können.«

»Eine, die durch alle unsere Tests geschlüpft ist?«

»Das wäre nicht das erstemal passiert.«

»Bei den Leuten in der Zentrale! Niemals hier!«

»Sind unsere Methoden so anders, als die der CIA?«

Wunderman brummte. »Das ist nicht Ihr Gebiet, deshalb können Sie das nicht wissen. Aber, ja, sie sind ganz anders. Ehrlich, ich glaube, Jake hätte eine bessere Chance gehabt, zur Ärztin zu gelangen, als die Workuta gehabt hätte.«

Donovan suchte in einer Tasche, brachte ein dünnes Durchschlagpapier hervor und schob es Wunderman hinüber. Es war blaßgelb, was anzeigte, daß sein Ursprung in der Sowjetunion war.

»Aus meiner neuesten Überwachung des neuen verschlüsselten Polarnetzwerks«, sagte Donovan, als Wunderman den entschlüsselten Bericht zu lesen begann. »Ich glaube, es wäre besser, wenn wir etwas mehr über dieses Kam Sang-Projekt herausbekommen könnten, an dem die Rotchinesen arbeiten.«

»Warum? Ich weiß davon bereits. Es ist ein gemeinsames Projekt mit westlichen Firmen, die in Hongkong ihren Sitz haben. Was sollte dort schon los sein?«

»Viel«, erwiderte Donovan. »Zumindest vieles, von dem wir nichts wissen. Wie der Bericht besagt, hat der KGB soeben von einem Arbeiter in Kam Sang etwas erfahren. Zufällig ist er in ein Sperrgebiet geraten. Natürlich dachte er, das wäre ein Teil des Atommeilers für die Stromerzeugung. Dann hat ihn eine Gruppe chinesischer Soldaten geschnappt, und er hat die nächsten achtzehn Stunden in der Zelle verbracht, wo er verhört wurde.«

Wunderman zuckte mit den Achseln. »Das ist noch nichts sonderlich Aufregendes. Jede Art undichter Stelle in dem Gebiet könnte Millionen von Zivilisten gefährden.«

»Stimmt schon«, sagte Donovan. »Aber dieser Bursche wurde von zwei Obristen des Nachrichtendienstes verhört. Was sagt Ihnen das?«

»Daß es keine Routinesache war.«

»Nichts bei Kam Sang ist Routine, Henry. Nichts bei diesem Projekt ist das, was zu sein es vorgibt.«

»Sie denken, bei Kam Sang gäbe es eine militärische Komponente?«

»Wenn es so ist, sollten wir uns anstrengen, es herauszufinden, ehe die Russen das tun. Bei dieser aggressiveren Haltung, die sie neuerdings in Asien eingenommen haben, könnte das geringste Anzeichen einer eskalierten Vergeltung auf chinesischer Seite den zündenden Funken für eine größere Konfrontation darstellen.«

Wunderman rieb sich mit der Hand das Gesicht. »Ich habe ganz verdammte Kopfschmerzen.«

»Ja«, sagte Donovan, »ich weiß, was Sie meinen. Und ich habe das Gefühl, als würde alles noch viel schlimmer werden, ehe es wieder besser wird.«

Ums Haar wäre Zhang Hua beim Verlassen des Büros ohnmächtig geworden. Er sah unten am Fuße der Treppe eine Menge Radfahrer vorbeifahren und verlor das Gleichgewicht. Es war ein unglaublich heißer, feuchter Tag, und in Shi Zilins Büro war es stickig gewesen.

Zhang Hua machte drei zitterige Schritte bis zum Metallgeländer und setzte sich schwerfällig nieder. Der Beton war glühendheiß, und er spürte es durch die Hose. Er war kurzatmig und wußte es.

Ich bin für dieses Leben nicht geschaffen, dachte er und hielt sich den Kopf. Unter ihm wirbelten auf ihrem Heimweg von der Arbeit in Staubwolken die Radfahrer vorbei: das tägliche Marathon von Beijing. Während er hinsah, verschwamm das Bild vor seinen Augen.

Er merkte, daß sein Herz zu schnell schlug, und ihm wurde übel bei dem Gedanken, daß er Wu Aiping wieder treffen mußte. Zhang Hua war so verängstigt, daß er schon nicht mehr richtig schlafen konnte. Erhabener Schlummer war für die Götter, und Buddha wußte, er war nur ein verschüchterter Mann.

Ich habe meine Aktentasche vergessen, dachte er benommen.

Sofort zwang er sich aufzustehen und auf wackeligen Beinen die Treppe wieder hinaufzusteigen. Zurück in Shi Zilins Büro. Er hatte das Gefühl, in zwei Teile gespalten zu sein. Sein Kopf brannte. Er konnte sich nicht mehr erinnern, welche Lügen er welcher Person erzählen mußte. Am liebsten hätte er sich in einer Höhle verkrochen und wäre für ein Jahrzehnt oder so verschwunden.

Er war leichenblaß, als er in das Büro zurückschlich. Verwirrt saß er da, während Shi Zilin kühlen Tee holte. Er trank durstig und fühlte sich fast sofort wieder besser.

Er merkte, daß Shi Zilin ihn aus kurzer Entfernung anstarrte. Der alte Mann hatte einen Stuhl herangezogen, und sie saßen jetzt praktisch Knie an Knie. Er schüttelte sich wie im Fieber und fragte sich, ob er wirklich krank wäre.

»Kann ich irgend etwas tun, alter Freund?«

Zhang Hua legte den Kopf zurück. Was sollte er darauf antworten? Ich möchte all diese Täuschungen beenden, wollte er herausschreien, konnte es aber nicht. Er dachte an Wu Aiping und konnte es nicht. Er schloß die Augen und seufzte auf.

»Es ist nichts, Genosse Minister. Die Hitze. Überhaupt nichts.«

»Aha«, Zilin studierte ihn weiter. »Was wir täglich tun müssen, ist schwierig. Wir haben alle unsere Pflichten, Zhang Hua. Pflicht ist das, was uns weiterleben läßt.«

»Euch vielleicht.« Etwas in Zhang Hua zerriß. »Ihr, die Ihr für die Götter geboren wurdet.« Er riß die Augen auf, und sie blickten so wild wie die eines Pferdes, das vorm Feuer scheut. »Aber nicht mich. Ich bin nur ein armer Sterblicher. Ich habe Nerven, die ausfransen; Zähne, die klappern; einen Magen, der revoltiert. Ich habe einen Verstand, der sich weigert abzuschalten und mich schlafen zu lassen. Und weil das so ist, fühle ich, wie diese schreckliche Last mich zu Boden drückt. Ich bin nicht der Himmlische Wächter Chinas. Ich bin nicht der Jian.«

Zilin sah seinen Freund an. Er dachte an die Worte von Drei-Eide-Tsun: *A mi tuo fo,* seht, was Eure Besessenheit mit ihr gemacht hat! Meine Familie. Jian könnte ich sein, dachte Zilin. Ich bin aber sterblich. Der kalte Schmerz in meinen Knochen sagt mir das, wenn auch sonst nichts.

Die Last der Trennung von meiner Familie ist etwas, das ich nicht hatte einplanen können. Hätte ich damals von dem Schmerz gewußt, den sie mir bringen würde, hätte ich dann tun können, was ich tat? Die Jugend machte mich stark; meine Rechtschaffenheit ließ mich die Feuerprobe durchstehen, wodurch meine Frauen und meine Söhne weit zurückblieben.

Damals aber war ich unerfahren, trotz meiner angeblichen Schlauheit. Ich war Zeuge nur von einem Bruchteil der Schrecken, die der Mensch seinen Mitmenschen zufügen kann.

»Vergebt mir, Genosse Minister«, sagte Zhang Hua. Sein Kopf lehnte schwach an der Stuhllehne. »Ich kann bei dieser Hitze nicht denken.«

»Nach all unseren gemeinsamen Jahren dürft Ihr schon sagen, was Euch bedrückt, alter Freund.«

Zilin lehnte sich nach rechts, fuhr mit dem Zeigefinger über das Fensterbrett. Als er ihn betrachtete, war er leicht verfärbt. Nicht Staub war es. Sand aus der Wüste Gobi, weit jenseits der Großen Mauer.

Er rieb den Sand in der Handfläche, empfand seine scheuernde Wirkung. In diesem Augenblick sah er Zhang Hua kurz vor einem Zusammenbruch, hörte er innerlich die Worte von Drei-Eide-Tsun, wußte, er hatte zwei Schwiegertöchter verloren, befürchtete jetzt, da seine beiden Söhne gleichzeitig in derselben Stadt waren, daß die eine feine Schneide, von der Drei-Eide-Tsun gesprochen hatte, die Vernichtung des einen herbeiführen könnte. Oder von beiden. War der Blick auf den *ren* das Risiko wert? Wenn ich so gleichgültig ihr Leben aufs Spiel setze, wie kann ich da besser sein als die blutrünstigen Verwandten, die ich verabscheue? Männer, die eine Vision haben und alle ihre Menschlichkeit opfern, nur um ihre Macht zu behalten und ihre jämmerliche Vorstellung von Unsterblichkeit: der Staat.

Ich habe gesehen, wie der Staat sich verändert hat, aus erster Hand. Weil ich ja der Schöpfer dieser Veränderung gewesen bin. Wenn ich aber nicht mehr bin, wird sich dann alles wieder in diesen gleichen Staub zurückverwandeln, wie er es bei denen war, die vor mir kamen?

Sand aus der Gobi. Er war schon da, ehe ich geboren wurde. Er wird noch immer da sein, lange nachdem ich gegangen bin. Habe ich für die Suche danach fünfzig Jahre meines Lebens verbraucht? Sand? Staub der Jahrhunderte? Farblos, formlos. Ist das die einzige Substanz meines Lebens? Das Endprodukt meines *ren,* meiner Ernte? Nein, nein, das kann nicht sein!

Wer wäre schon so töricht, Sand zu ernten?

Nicht der Jian von China, dachte Zilin. Der bestimmt nicht.

»Sag mir, was ist!«

»Drei Chinesen«, sagte sie. »Einer trägt graue Hosen, dunkelblau gestreiftes Hemd. Er hat eine Narbe auf der Backe. Der zweite geht gerade von ihm weg. Kräftig, drahtig, trägt ein weißes Hemd und schwarze Jeans. Der dritte, ihnen gegenüber, älter, Ohren wie 'ne Fledermaus, braune Hose, blaßgrünes Sporthemd.«

»Hab' sie«, sagte er.

Ihre Köpfe waren auf Höhe des Gehweges, verborgen in der Feuchtigkeit der tiefliegenden Gasse, in die der Durchgang vom Furchtbaren Sung gemündet hatte. Jake roch die Überreste von getrocknetem Fisch und Urin. Abfall türmte sich überall auf.

»Es würde helfen, wenn man wüßte, wer hinter allem steckt«, sagte Bliss. »So wie es aussieht, werden andere nachrücken, wenn wir diesen hier entkommen.«

»David Oh wußte es.«

»Er hat dir aber nichts gesagt.«

»Er sagte mir soviel, wie er konnte«, antwortete Jake. *»Huo yan.«*

»Das bewegliche Auge? Aber das ist eine Strategie beim *wei qi.* Was hat das mit der Person zu tun, die dich umbringen will?«

»Ich weiß nicht«, gab Jake zu. Er beobachtete die drei Männer, die sich neu postierten. Es waren schon erfahrene Profis. »David Oh wußte aber, was er tat. Wenn er innerhalb der Quarry etwas entdeckt hatte, dann hat er auch eine Kopie gemacht. Da er sie nicht bei sich hatte, als er getötet wurde, ist es nur logisch anzunehmen, daß er sie irgendwo versteckt hat.«

»Aber wo?«

»Das ist das Rätsel.«

»Huo yan.«

»Das Dumme ist nur, es sagt mir nichts. Es müßte etwas für mich bedeuten, tut es aber nicht. In der Zwischenzeit müssen wir ohne Verfolger im Schlepp zum Ehrenwerten Chen gelangen.«

»Warum müssen wir denn den 489 von Green Pang aufsuchen?«

Jake erzählte schnell von seiner Abmachung mit dem Furchtbaren Sung.

»Jetzt weiß ich, daß du verrückt bist«, sagte sie. »Nach dem, was du zur Unterstützung der 14 K Triade getan hast, kannst du froh sein, daß der Ehrenwerte Chen dir nicht die Beine abgeschnitten hat. Und jetzt willst du ihn um einen Gefallen bitten.«

»Na ja. Oberflächlich betrachtet, scheint es eine unmögliche Aufgabe zu sein.«

Sie schnaubte. »Unmöglich, ganz gleich, wie du es siehst.«

»Nehmen wir an, ich liebe Herausforderungen.«

Bliss sah ihn an. »Nur so lange, wie du dir nicht den Tod herbeiwünschst.«

»Wenn ich das täte, würde ich einfach auf die Straße hinausgehen.« Er hatte die drei Chinesen nicht aus den Augen gelassen. Sie hatten entlang der Wing Cheung Street Posten bezogen, benützten die gestreiften Schatten als Deckung und besaßen alle drei diese außergewöhnliche Ruhe, die bei Menschen so selten und für dieses Gewerbe doch so nötig ist.

»Wir müßten sie in Bewegung setzen«, sagte er nach einiger Zeit. »In Bewegung liegt Verwirrung. Im Augenblick haben sie das ganze Morrison-Hill-Gebiet unter Kontrolle. Wir werden sie nie los, wenn wir sie nicht in heftige Bewegung setzen.«

»Solange sie nicht zu heftig ist.«

Lautlos lachte er sie an, sah zum anderen Ende der Gasse hinunter.

»Hab' ich schon geprüft«, sagte Bliss. »Sackgasse. Wir sitzen in der Falle.«

»Das kommt darauf an, wie man es betrachtet«, sagte Jake und sah auf die Müllhaufen. »Hast du Zündhölzer bei dir?«

»Sicher, warum? Hast du vor, noch eine Zigarette zu genießen, während die drei an uns herankommen?«

Jake ignorierte ihren Sarkasmus. »Zünde diese Müllsäcke an, ja?«

Bliss schaute hin. »Ich glaube nicht, daß sie trocken genug sind, um gut zu brennen.«

Jake nickte. »Genau das hoffe ich.«

Bliss wartete einen Augenblick und überlegte. Dann kroch sie quer über die Gasse, riß ein Streichholz an und schützte es mit der vorgehaltenen Hand. Sie verbrauchte ein halbes Dutzend Hölzer, bis es klappte.

Und dann, plötzlich, gab es viel Rauch. Er stank so sehr, daß sie husten mußten, aber er war dick genug. Und auch zu sehen.

Die beiden jüngeren Männer, Muskelprotz und Narbengesicht, huschten durch die Schatten, kamen durch Dunkel und Helligkeit. Überquerten die Wing Cheung Street.

»Du kennst das Schwimmbad neben der Oi Kwan Road?« flüsterte er. Und als Bliss nickte, fuhr er fort: »Wenn wir getrennt werden, treffen wir uns dort. Ostseite. Die zinkverkleidete Tür.«

Muskelprotz und Narbengesicht kamen vorsichtig die Gasse herab. Sie machten es gut, hintereinander, einer deckte den anderen. Jake sprang Narbengesicht an und warf ihn taumelnd um. Er merkte, wie Bliss über das Knäuel sprang und Muskelprotz auf der Brust traf.

Der ging zu Boden, drehte sich aber und packte dabei ihren Arm, so daß sie schwer auf die linke Hüfte fiel. Sie unterdrückte einen Schrei, und Jake, der seine Schuhspitze an die Kehle von Narbengesicht schwang, lehnte sich vor und schlug mit der Handkante zu. Der Schlag traf den Nerv von Muskelprotz oberhalb der rechten Niere. Er raubte diesem den Atem, und Bliss war schon hoch und rannte los. Jake folgte ihr dicht auf den Fersen.

Ausfall in die Wing Cheung Street, vorbei an Fledermausohr, scharfe Wende nach rechts auf die Oi Kwan Road. Sie führte fast im Sechseck um den Morrison Hill und die Gebäude des Schwimmbades herum.

Als er die Gebäude beleuchtet sah, wich Jake in den Schatten aus. Wände stiegen rings um ihn auf, als er vorsichtig seinen Weg zur Ostseite von Morrison Hill und der zinkverkleideten Tür suchte.

Gegen die Betonwand gelehnt, ließ Jake seinen Atem wieder normal werden. Er war noch immer benommen, wenn er rannte oder sich heftig bewegen mußte. Die Ohren offen für das geringste Geräusch eines Verfolgers, starrte er unablässig auf die Tür. Auf der Haut unter seinem dünnen Hemd fühlte er die Feuchtigkeit, die sich auf dem rauhen, angestrichenen Beton niedergeschlagen hatte. Das Zirpen der Zikaden klang metallisch.

Jake suchte in der Tiefe seiner Hosentasche, holte eine Heftklammer heraus und bog sie auf. Dann holte er tief Luft und huschte leise über den freien Raum zwischen Wand und Tür.

Er steckte das Ende der Klammer in das Schloß und begann zu arbeiten. Er schwitzte mehr als sonst und war sich darüber klar, daß der Angstfaktor groß war. Er war hier völlig ungeschützt.

Das Schloß schnappte, und er stieß die Tür nach innen auf. In dem Moment hörte er ein winziges Rascheln über sich. Er spannte die Muskeln und beugte die Knie, um sprungbereit zu sein – unterbrach die Konzentration rechtzeitig, als Bliss vom Dachrand heruntergiltt. Wütend über sich selbst, weil er ihre Gegenwart nicht gespürt hatte, schob er sie hinein und schloß die Tür.

Echolaute. Das Flüstern eine riesigen Leere vor ihnen. Der dicke, chemische Gestank von Chlor.

Dunkelheit.

Jake nahm sie bei der Hand und suchte den Weg durch den Umkleideraum mit den Spinden. Sie setzten sich auf eine hölzerne Bank.

»Das ist nicht gut«, sagte sie. »Sie werden uns hier finden. Auf den Dächern hätten wir bessere Chancen.«

»Das Mondlicht ist zu hell«, sagte Jake ruhig. »Hier gibt es eine Menge Auswege. Auf einem Dach sind die Straßen zu weit entfernt.«

»Pssst! Ich höre etwas.«

Jake lauschte gespannt. »Nerven.«

Sie zupfte an seinem Hemd. »Laß uns gehen.«

Schnell eilten sie zur anderen Seite des Spindraumes und zur Tür hinaus. Das weiche Plätschern des Wassers war deutlich zu hören und brach die Stille in einzelne Abschnitte auf.

Jake spürte jemand hinter sich und wirbelte rechtzeitig herum, um zu merken, daß ihn etwas traf. Er fiel vom Rand hinab. Das Wasser war kalt. Und dunkel. Das Wasser, jeglichen Lichts beraubt, erschien übermäßig schwer, drückte auf seine Brust wie eine Faust. Er kämpfte gegen nackte Arme und wußte, es war Muskelprotz. Heftig trat er aus, und sie gingen, sich mehrmals überschlagend, auf der tiefen Seite unter, bis der Druck in seinen Ohren wie das Summen unzähliger Insekten klang.

Muskelprotz mußte an diese Zeitlupenkampfweise, bei der der Sog des Wassers an allen Gliedern zerrte, gewöhnt sein. Ihm gelang ein Würgegriff um Jakes Kehle, und er ließ ihn nicht mehr los. Dunkelheit senkte sich in eine grauenhafte Nacht. Luftlos und so kalt wie ein Leichenschauhaus.

Jake versuchte zwei *atemi,* heftige Preßschläge mit dem Ellenbogen. Muskelprotz verstärkte seinen Griff. Luftblasen stiegen von den Winkeln seines grinsenden Mundes auf.

Feuer brannte in Jakes Lunge, und er mußte ernsthaft den Instinkt bekämpfen einzuatmen. Sein Kopf schmerzte, wieder spürte er die Nachwirkung seiner Gehirnerschütterung, und er wußte, er hatte nicht mehr viel Zeit.

Jake streckte beide Arme zwischen die des anderen vor, schob sich in dessen Griff vor, anstatt sich von ihm wegzubewegen. Er benützte seinen Schwung zusammen mit dem von Muskelprotz, drehte sich nach rechts, streckte dabei den rechten Arm aus und gebrauchte ihn wie eine Ramme gegen die linke Seite des Angreifers. Mit dem Handballen, in den er von der Schulter her alle Kraft konzentrierte, drückte er gegen den Brustkorb. Er fühlte, wie die Rippen nachgaben; er hörte nur noch das Rauschen seines Blutes in den Ohren.

Er biß die Zähne zusammen, um nicht den Mund zu öffnen und Wasser zu schlucken, hob den rechten Arm und schlug ihn mit aller Härte auf das Schultergelenk von Muskelprotz. Der Knochen brach trotz des bremsenden Wassers unter der enormen Wucht des Schlages.

Als der Körper von ihm wegtrieb, schlug Jake kräftig mit den Beinen, stieß sich in einem Blasenwirbel an die Oberfläche. In kräftigen Zügen sog er Luft ein.

Er schwamm zum Beckenrand und stemmte sich triefend aus dem Wasser.

»Jake!«

Er drehte sich um und sah in die Mündung der Automatik von Fledermausohr.

»Ich sollte dir gleich jetzt das Gehirn ausblasen.«

Einen winzigen Augenblick war er mehr an Jake interessiert als an Bliss. Ein fataler Fehler. Jake beobachtete, wie Bliss aus dem Stand in Bewegung kam.

Wie ein Schatten stürzte sie sich auf Fledermausohr; er wollte auf Jake abdrücken, merkte aber die akute Gefahr von der anderen Seite.

Fledermausohr war gerade dabei, sich umzudrehen, um ihr zu begegnen, als Bliss ihn hart auf den Fußspann trat und ihn so festnagelte. Seine vorübergehende Bewegungslosigkeit, als sie mit der Sohle des anderen Schuhs in seine halbverdrehte Kniekehle trat, machte ihn hilflos, Kniescheibe und Schienbein splitterten. Fledermausohr stieß einen gellenden Schrei aus, der in der Weite der Schwimmhalle widerhallte; sie versetzte ihm noch einen Nierenschlag.

Schwer plumpste er ins Wasser. Wellen spülten über den Rand hoch, näßten ihre Füße. Jake rang immer noch keuchend nach Atem. Einen langen Augenblick sahen sie sich in die Augen.

Es war das erste Mal, daß jeder von dem anderen gesehen hatte, was er in einer gewalttätigen Situation zu tun imstande war. Dieser Augenblick würde ihnen sicherlich für den Rest ihres Lebens in Erinnerung bleiben.

Sieben Minuten später standen sie auf der Hennessy Road. Wenn auch etwas zerzaust, taten sie doch das Beste, um so auszusehen, wie die anderen Menschen in den belebten Straßen von Wanchai. Jake benützte die Schaufenster als Spiegel, die ihm ein Gefühl für das gaben, was sich hinter und parallel zu ihnen auf der anderen Straßenseite abspielte.

Sie schlossen sich einer langen Reihe von Wartenden an. Der dritte Bus, der kam, war eine Nummer 24, und sie sprangen hinein. Es war ein roter Doppeldecker mit einer offenen hinteren Ausgangsplattform, die viele Chinesen benutzten, um sich in letzter Minute an Bord zu schmuggeln, wenn der Schaffner anderweitig beschäftigt war.

»Es wird eine lange Fahrt«, sagte Bliss. »Wir können auch nach oben gehen.«

Jake schüttelte den Kopf. »Wir steigen vor Cotton Tree Drive aus. Wenn wir sie nicht abgeschüttelt haben, will ich das noch wissen, ehe wir die Peak-Bahn nehmen. Ich will sie ja nicht zu deiner Wohnung führen.«

Sie standen auf dem überfüllten unteren Deck, und während der Bus von Haltestelle zu Haltestelle fuhr, schoben sie sich unauffällig immer weiter nach hinten. Er mußte ihr nicht erst sagen, daß er am hinteren Ausgang sein wollte, wenn ihre Haltestelle kam.

Sie fuhren den Queensway in Richtung Central District hinunter. Der Bus wechselte auf eine innere Fahrbahn, begann zu bremsen. Zwei Haltestellen vor Cotton Tree Drive. Jake schaute sich schnell um, nicht nur, um sich zum letztenmal zu orientieren, sondern auch, um sich die Personen einzuprägen, die sich in Reichweite von ihm befanden.

Bliss stand gerade vor ihm an der steilen Treppe zum Ausgang hinunter. Jakes schneller, aber umfassender Blick hatte eine dicke Chinesin mittleren Alters bemerkt, zwei chinesische Teenager mit glatt nach hinten gekämmtem Haar und Sonnenbrillen, einen schlanken Geschäftsmann, der einen teuren, ledernen Diplomatenkoffer trug. Er war Europäer oder auch Australier. Eine junge Chinesin trug in einem Arm, in eine rosa Decke eingewickelt, ein Baby, hielt an der anderen Hand ihren vierjährigen Sohn. Ein paar untersetzte Chinesen in Sporthosen und kurzärmeligen Seidenhemden. Eine junge Amerikanerin mit hübschen Augen und arg verpickeltem Gesicht.

Der Bus kam langsam zum Halten. Vorn stiegen mehrere Leute ein. Niemand wollte aussteigen. Jake schaute kurz auf die Menschenschlange, die in den Bus stieg. Als niemand mehr auf dem Gehweg draußen stand, versetzte er Bliss verstohlen einen Stoß.

Sofort stieg sie die hintere Treppe hinunter. Jake folgte ihr. Er sah noch, wie sie ausstieg; gerade in dem Augenblick rannte ein Chinesenjunge aus der Menge und schwang sich in der Hoffnung auf eine kostenlose Fahrt auf den Bus. Er rempelte Jake an, der gerade auf halbem Weg die Treppe hinunter war.

»Dew neh loh moh!« schrie Jake. »Aus dem Weg!«

Der Junge erstarrte, überrascht. Im gleichen Moment spürte Jake, wie er von hinten gezogen wurde. Er wirbelte herum und sah erstaunt die chinesische Mutter an. Sie hatte den kleinen Jungen stehenlassen, der, wie Jake blitzartig erkannte, gar nicht ihr Kind war. Denn was sie so fest in die rosa Decke gewickelt hatte, war in Wirklichkeit eine Lyson TY-6000, die Minimaschinenpistole, die ausschließlich für die Quarry hergestellt wurde. Die Hand hatte sie unter der Decke mit Sicherheit um den Abzugshebel gelegt.

Auf kurze Entfernung konnte er die Wut erkennen, die in ihren Augen loderte. Jake schätzte, daß sie kaum älter als einundzwanzig oder zweiundzwanzig war.

Der Bus ruckte beim Anfahren. Jeder versuchte, die Beschleunigungskraft auszugleichen. Diesen Augenblick nutzte Jake, packte den Jungen und schleuderte ihn gegen die Frau.

Instinktiv wehrte sie ihn mit einem Fußtritt ab, und der Junge ging auf Hände und Knie nieder. Jake hob den freien Ellenbogen und schlug damit den Lauf der Lyson zur Seite.

Hinter ihm fiel der Junge die Treppe hinunter, taumelte auf die Straße. Bliss, die dem Bus nachgelaufen war, stolperte über ihn, stürzte und schürfte sich auf dem Asphalt die Hand und ein Knie auf. Sie erhob sich und rannte weiter.

Sofort richtete Jake seine ganze Aufmerksamkeit auf die Quarry-Agentin. Die Lyson schwang nach unten, die Mündung riß bei Jake von seiner Schläfe bis zum äußersten Winkel der Augenhöhle eine Wunde auf. Blut schoß hervor, machte ihn vorübergehend blind. Er war sofort wieder benommen, weil der Schlag seine Gehirnerschütterung wieder zum Tragen brachte. Er taumelte, merkte, daß die Lyson seinen Körper nicht mehr berührte, und brauchte nicht sein Augenlicht, um zu wissen, was das bedeutete.

Verzweifelt ließ er die Hand vorschnellen und packte den Schaft der Maschinenpistole. Weder er noch seine Widersacherin hörten die Schreie der umstehenden Fahrgäste.

Das Mädchen, das seine Absicht ahnte, stieß die Lyson so heftig nach vorn, daß sie ihn unter dem Kinn traf. Er würgte und fiel, nach Luft schnappend, auf alle viere. Dabei rutschte er, wie der chinesische Teenager vor ihm, die Treppe hinunter.

Das Mädchen folgte ihm, beugte die Knie und brachte die Lyson in Schußposition. Sie hatte den Aluminiumschaft an der Hüfte und war so nahe, daß sie nicht zu zielen brauchte. Jake wußte nur zu gut, wie stark die Durchschlagskraft der Lyson war und welche Schußfolge sie hatte. Er wußte, wenn er zuließ, daß sie den Abzug drückte, blieb von ihm nicht viel übrig, um auf die Straße zu fallen.

Die einzige Hoffnung für ihn war jetzt *jo-waza*. Er war zwar in der falschen Position, und die Waffe, die auf ihn gerichtet war, war eine Maschinenpistole und kein Stock oder ein *katana,* aber ihm blieb keine andere Wahl.

Er rammte seinen Fuß gegen ihr auf ihn zukommendes Schienbein und mußte dazu seinen Oberkörper schmerzhaft anheben. Es war wichtig, daß er die rechte Hand zwischen ihre Hände bekam, die die Lyson hielten. Das aber würde sie erwarten; deshalb mußte er sie erst mit der Fußtrittfinte ablenken.

Als sie reagierte, schoß sein linker Arm vor, seine Faust schloß sich um den Lauf der Lyson.

Auf den Knien drehte er sich scharf nach rechts in dem gefährlich begrenzten Raum vor dem Ausgang. Ihren Vorwärtsschwung weiter gegen sie ausnutzend, zog er sie zu sich heran, indem er sich wieder nach links drehte. Gleichzeitig drehte er seine Faust und damit die Lyson aus der Horizontalen in die Vertikale.

Jetzt hatte er sie zwei Stufen heruntergezogen. Sie waren auf gleicher Höhe. Den *jo-waza* vollendend, stand Jake gleichzeitig auf, beugte sich vor und riß sie mit nach unten. Doch sie überraschte ihn. Sie ließ die Lyson fahren und versetzte ihm gleich einen Doppelschlag gegen die exponierte linke Seite.

Er stöhnte vor Schmerz und warf die Lyson aus dem Bus. Dadurch hatte sie genügend Zeit, einen harten seitlichen Schlag gegen seinen Kopf zu führen. Er stürzte gegen die Stahlwand des Ausgangs. Sein Kopf dröhnte, durch den Schleier vor seinen Augen hindurch erkannte er, daß er sie falsch eingeschätzt hatte, als er glaubte, der *jo-waza* wäre ausreichend, um sie außer Gefecht zu setzen.

Sie drang auf ihn ein, und er rutschte noch eine Stufe tiefer. Dann noch eine, bis er auf der untersten lag. Er war zwei Fuß entfernt von dem verschwommenen Asphalt der Straße. Die Stahlspitze ihres Schuhs schoß in seinen Schenkel, und jetzt war er fast ganz unten angelangt.

Das Mädchen hockte über ihm, hämmerte mit harten Schlägen auf ihn ein, so daß Schockwellen des Schmerzes ihn durchzuckten. Er konnte nicht atmen; er konnte nicht sehen; er konnte kaum denken.

Blind griff er in ihr Gesicht. Sie blockte ihn leicht ab, und er glaubte, durch ihre zusammengepreßten Zähne ein gurgelndes Lachen zu hören. Er erwischte eine Handvoll von ihrer Bluse und zog sie weit über sich. Sein anderer Arm war durch ihre Blockade noch immer erhoben.

Jetzt ließ er die Faust auf ihre Nasenwurzel herniedersausen, genau zwischen die Augen; Schwerkraft, Schwung und seine schiere Körperkraft vereinigten sich und zertrümmerten den Knorpel.

Sie bekam sofort keine Luft mehr. Ein Blutstrom schoß aus ihrer Nase. Jake rammte ihr einen Daumen in das Auge. Die Finger seitlich gegen ihren Kopf pressend, rammte er ihn gegen die Stahlwand des Busses. Er merkte, wie er über die Kante der Plattform kippte. Dieselabgase quollen unter dem Bus hervor. Er machte einen letzten Versuch, seinen Sturz aufzuhalten, doch schaffte er es nicht.

Er umklammerte die Quarry-Agentin, und während sie beide aus dem Heck heraustaumelten, schob er sie unter sich, um seinen Sturz abzubremsen. Er hörte es in ihr einmal knacken, dann noch einmal, als sie auf dem Asphalt landeten. Sie hatten so viel Schwung, daß sie sich mehrmals überschlugen. Er hörte das schrille Quietschen von Bremsen, lautes Schimpfen, eine Flut kantonesischer Flüche.

Als er wieder zu sich kam, lag er halb benommen am Straßenrand. Jemand kniete über ihm; er erkannte auch, daß eine große Menschenmenge auf der Straßenmitte beisammenstand.

»Lassen Sie mich durch!«

Er glaubte, die Stimme zu kennen.

»Lassen Sie mich durch, bitte! Ich bin Ärztin!«

Jemand bewegte sich zögernd, und dann sah er Bliss über sich gebeugt. »Buddha, du siehst vielleicht aus!« flüsterte sie. Dann mit lauter Stimme: »Bitte, halten Sie sich zurück! Geben Sie ihm Raum zum Atmen!«

»Ich will aufstehen«, sagte er zu ihr.

Sie half ihm. Jake fühlte, wie Übelkeit in ihm hochstieg. Einen Moment schloß er die Augen und fuhr sich mit der Zunge über die trockenen, aufgesprungenen Lippen.

»Alles in Ordnung?«

Er nickte, doch das hätte er besser nicht getan. Wieder überkam ihn eine Welle der Benommenheit. Trotzdem kam er auf die Beine. Er schmeckte Blut; er war überall mit Blut bespritzt. Er fragte sich, ob es das seine oder das ihre war. Sein Kopf schmerzte, und er fuhr mit einer Hand an die Schläfe.

»Der Junge in Ordnung?«

»Nichts Ernstes«, sagte Bliss in sein Ohr. Er merkte, daß sie ihn stützte.

»Was ist mit dem Mädchen?«

»Das war ein Mädchen?«

Er drehte den Kopf in die Richtung, in die Bliss schaute. Das Menschenknäuel hatte sich aufgelöst, und durch ihre Beine konnte er den formlosen Klumpen sehen, der zerschmettert auf dem Asphalt lag. Hinter ihr war eine lange Schmierspur zu erkennen, die silbrig und wie Flitter in dem harten Straßenlicht glitzerte.

»Viel Blut«, sagte Bliss.

Beide hörten sie die Sirenen gleichzeitig.

»Laß uns abhauen«, sagte Jake, und dann: »Es ist aber besser, wenn wir uns vergewissern, daß wir nicht verfolgt werden, ehe wir nach Hause gehen.« Er schien schon wieder außer Atem zu sein und wartete keuchend, ehe er von ihr gestützt in die schützende Dunkelheit hinkte, vorbei an der Ecke zum hellerleuchteten Admiralty Centre.

»Deine Wohnung wird noch zum einzigen sicheren Platz in der ganzen Kolonie.«

Für den frühen Vormittag war eine offizielle Besichtigung des soeben vollendeten psychosensorischen Flügels im Serbskij-Institut vorgesehen. Das Institut war ein einflußreicher Zweig des *sluzhba,* in dem viele der wichtigsten politischen Gefangenen und – in den sogenannten ›weichen‹ Zellen – Überläufer aus dem Westen untergebracht waren.

Der Zweck des Instituts war die Untersuchung des Geisteszustands dieser Dissidenten und Abtrünnigen. Man wollte die Wahrheit finden: Woran sie glaubten; wen sie kannten; von welchen Agentennetzen sie Kenntnis hatten; ob sie wirklich diejenigen waren, die zu sein sie vorgaben oder nicht; und so weiter.

Die Ärzte an dem Institut verbrachten ein Leben damit, neue Wege zu finden, in die verborgenen Tiefen des menschlichen Geistes einzudringen. Die neue Abteilung hatte von Karpow den Namen Andropow-Flügel bekommen, denn dieser hatte den zweieinhalbjährigen Kampf um die Bewilligung durch den Kreml geführt. Die Abteilung enthielt die raffinierteste und höchst fortschrittliche digital-halluzolographische Ausrüstung, die die Sowjets besaßen, ein großer Teil davon noch höchst experimentell.

Die Besichtigung des neuen Triumphes von Karpow wäre unbefriedigend geblieben, hätte er nicht Daniella eingeladen, ihn zu begleiten. Sie wurden von einer Kommission von drei Verhaltenspsychotherapeuten empfangen. Alles an dem Institut wurde von einer Kommission erledigt. Man war hier fanatisch auf Sicherheit bedacht. Der peinliche Diebstahl von Pelzmützen der besuchenden Kommissare aus den KGB-Büros im letzten Winter hätte hier niemals geschehen können.

Diese Ärzte besaßen alle einen militärischen Rang, vom Oberstleutnant aufwärts. Sie machten einen sehr förmlichen, strengen Eindruck. Es schien, als hätte ihre ernste Arbeit ihnen einen Stempel aufgedrückt.

Stumm begleiteten sie die beiden Generäle durch bewußt antiseptisch wirkende Warteräume; durch lange Korridore, in denen rostfreier Stahl und Kupfer glänzten; durch hohe Laboratorien, angefüllt mit Reihen von Computerhardware, mit Skalen, Kippschaltern, farbigen Kontrolllampen.

Hinter den Labors lagen die Ruheräume der Ärzte. Es wurde erklärt, daß die Ärzte, obwohl es drei Schichten von Ärzten und Labortechnikern gab, wenn sie an einem besonders schwierigen Patienten arbeiteten, oft über mehrere Schichten hindurch Dienst taten. In diesem Fall konnten sie, wenn es sich einrichten ließ, einen Ruheraum für einen kurzen Schlaf benützen.

Ein anderer Korridor. Dieser wies rauhe Betonwände auf, die in trübem Institutsgrau gestrichen waren. Hartes fluoreszierendes Licht tat den Augen weh und machte aus der Gruppe gespenstische violette Schatten.

Eine doppelt verschlossene Tür aus Chromstahl und Drahtglas öffnete sich pneumatisch zwischen zwei düster blickenden Wachen mit sehr sichtbar getragenen Pistolen an den Hüften. Hier waren die Verwahrzellen, erklärten die Führer und blieben vor einer Reihe bleiverkleideter Stahltüren stehen. Sie sahen aus wie die Eingänge zu einem Banktresorraum. Die Zellen waren ausbruchsicher.

»Wir haben den Konstrukteur in eine Zelle gesperrt und abgeschlossen«, sagte einer der Ärzte. »Als wir die Zellentür eine Woche später öffneten, war er tot. Da waren wir überzeugt, daß die Zellen absolut sicher sind.« Die Mitglieder der Kommission lachten. Es schien ein oft erzählter Witz zu sein.

Die Generäle setzten ihren Rundgang fort. Man sagte ihnen, daß der Andropow-Flügel eine Reihe unterschiedlicher Zellen enthielte, je nach Art des Gefangenen und seiner oder ihrer Disposition. Es gab sogenannte weiche Zellen, reserviert für Überläufer aus fremden Nachrichtendiensten oder dem diplomatischen Korps. Wände in Pastellfarben, weich gepolsterte Möbel und Wandschmuck gaben ihnen das Aussehen von Zimmern in einem westlichen Luxushotel.

»Sie werden hierher gebracht«, sagte einer der Führer, als sie hineingingen, »weil wir bei ihnen von zwei Annahmen ausgehen können. Entweder ist ihr Wechsel der politischen Einstellung echt und sie wollen uns nach besten Kräften helfen, oder sie sind uns untergeschoben worden; in diesem Fall ist es unser Bemühen, sie zu überraschen, wenn sie sich unbeobachtet glauben.«

Sie begaben sich in einen anderen Teil des Verwahrbereichs. »Hier haben wir eine ›harte‹ Zelle.« Ein anderer Arzt übernahm jetzt. Die Generäle warfen einen Blick hinein. Hier war eine Steinzelle mit einem dicken Brett, halb in die Wand eingelassen wie eine nackte und unbequeme Pritsche. Im Steinfußboden war ein Loch, die primitivste Art Toilette.

»Schauen Sie nach oben.«

Die Generäle blickten hoch. Die hohe Decke mit einem ohnehin schon blendendweißen Anstrich war gespickt mit Scheinwerfern. Der Arzt schnippte mit den Fingern, und die Besucher sahen sich in einer furchteinflößenden und schmerzenden Flut von weißglühendem Licht gebadet.

»Es geht«, sagte der Arzt und schnippte wieder mit den Fingern, woraufhin die Lichter wieder ausgingen, »im Abstand von jeweils sechs Minuten an und aus. Untersuchungen haben ergeben, daß dieses Zeitintervall perfekt ist, um das menschliche Schlafmuster zu unterbrechen und so die stärkste Psychoangst im Subjekt zu erzeugen.«

Sie verließen den Raum wieder und setzten ihren Gang über den düsteren Flur fort. Die seltsame fluoreszierende Beleuchtung wirkte nach der Demonstration beunruhigend, und Karpow nahm seine Nickelbrille aus der Brusttasche und setzte sie auf. Er trug sie zwar nicht gern, doch fühlte er sich nicht wohl mit den schwarzen Punkten, die vor seinen Augen tanzten.

»Jetzt kommen wir zu der krönenden Errungenschaft des Andropow-Flügels.« Der dritte Arzt der Kommission hatte jetzt übernommen. Eine weitere schimmernde Stahltür wurde geöffnet, und die fünf traten in den Raum ein, der auf den ersten Blick identisch schien mit einer ›weichen Zelle‹: Liegen, stoffbezogene Stühle, Teppiche, Bücherregal, angenehme Landschaftsbilder. Die Wände waren in einer freundlichen, blassen Pfirsichfarbe gestrichen.

»Das ist eine Zelle für unseren widerspenstigsten Gefangenen: den ideologischen Verräter«, begann der Führer. »Viele Jahre lang wurde diese besondere Art Dissident nach kurzer und erfolgloser Verhörsitzung einfach im Keller der Lubljanka umgebracht. Heute haben wir modernere Methoden für die Behandlung solcher Leute.«

Karpow runzelte die Stirn. »Das verstehe ich nicht.«

»Gewiß, Genosse General«, erwiderte das Kommissionsmitglied. »Deshalb ist ja auch eine Demonstration geplant. Setzen Sie sich bitte.« Er zeigte auf die Nachbildung eines vergoldeten Louis-XIV.-Stuhles.

Karpow setzte sich, und der Arzt schnippte mit den Fingern. Stahlbügel schlossen sich über den Hand- und Fußgelenken des Generals.

»Was soll das?«

Ein Dröhnen erfüllte Karpows Ohren. Die Wand vor ihm begann zusammenzubrechen, und ein Sturzbach von Wasser rollte auf ihn zu. Gleichzeitig löste das Bücherregal sich auf in eine Kreatur mit Fangarmen, die schnell über den Boden auf ihn zukroch und seine Knöchel umschlang. Die Teppiche zerrissen vor seinen Augen, als ein Haufen sich windender Schlangen mit aufgerichteten, keilförmigen Köpfen in seine Richtung blickten und auf ihn zuglitten. Die gestreifte Liege wurde zu einem Tiger, der bei seinem Anblick zu brüllen begann.

Er versuchte, sich zu befreien, doch es gelang ihm nicht. »Ich kann keinen Zwang vertragen! Sie dürfen nicht . . .« Er beendete den Satz nie mehr, denn der Raum kippte plötzlich um, und Karpow wurde mit dem Stuhl in die unterste Ecke geschleudert. Seine Brille hatte er bei dem Sturz verloren.

Jetzt spürte er den Druck des Ozeans auf seiner Brust, und gleichzeitig verwandelte das Licht im Raum sich in Wasser. Immer mehr Wasser strömte durch den Riß in der Mauer herein. Ihm wurde kalt, und er fühlte sich durchnäßt, doch er war sich nicht sicher, ob Luft oder Wasser ihn umgab.

In dem Wasser schwammen jetzt verschiedene Meerestiere. Haie und riesige Tintenfische. Stachelrochen und Barrakudas. Es war ein Alptraum.

Karpow öffnete den Mund, um zu schreien, aber kaltes Wasser, beißend salzig, drang ein. Er rollte wild mit den Augen, sein Gehirn verweigerte jede Funktion. Er mußte sich lange übergeben.

Im Nebenraum, hinter einer Glasscheibe, durch die man nur in eine Richtung sehen konnte, beobachtete Daniella dieses grausame Schauspiel.

»Das also ist Halluzolographie«, sagte Jurij Lantin, trat aus dem Schatten heraus und stellte sich neben sie. »Von hier aus sieht das nicht toll aus.«

»Was das Ganze wirklich bedeutet, erkennt man nur, wenn man selbst drin ist«, erklärte Daniella. »Das Subjekt wird zum Mittelpunkt der künstlich erzeugten Bilder.«

Lantin brummte. »Unserem Freund General Karpow scheint jetzt ein Licht aufzugehen.«

»Bei einem derart umfassenden und gleichzeitigen Angriff auf alle fünf Sinne«, erklärte das Kommissionsmitglied, »ist das nicht überraschend. Die vom Laserbildwerfer erzeugten Hologramme gehen weit über das hinaus, was wir vorher bekommen haben. Glauben Sie mir, drinnen in dem Raum sind sie Wirklichkeit.«

Daniella und Lantin, deren Blicke auf General Karpows sich krümmende Gestalt fixiert waren, konnten dem nur zustimmen.

»Unsere eigentlichen Durchbrüche sind aber erst mit den Geruchs- und Tastsimulatoren gekommen. Das menschliche Gehirn hat gelernt, daß die Augen getäuscht werden können, es wird aber nicht damit fertig, wenn alle anderen Sinne gleichzeitig getäuscht werden.«

Auf der anderen Seite der acht Zentimeter dicken Scheibe versuchte Karpow, sich mit seinen mächtigen Muskeln gegen die Stahlbügel zu stemmen, bis er blutete. Auch wenn die Mikrophone in dem Raum abgeschaltet waren, war klar zu erkennen, daß er hemmungslos weinte.

Lantin schenkte ihm überhaupt keine Beachtung mehr. Er schaute auf Daniella und meinte, noch nie eine derart begehrenswerte Frau gesehen zu haben. Was er jedoch zu ihr sagte, war: »Du hattest übrigens recht. Ich hätte nie an Karpows Frau herantreten sollen mit der Bitte, seine Geheimnisse auszugraben. Manchmal verfangen nur die extremsten Maßnahmen. Trotzdem, es gehört schon etwas dazu, sie durchzuführen.«

Daniella sah seine vor Gier nach ihr brennenden Augen, und zum ersten Mal in ihrem Leben verwirrte solch sexueller Ausdruck sie. In dieser Umgebung, wo Karpow, der, nur durch eine Glasscheibe von ihnen getrennt, in den Irrsinn getrieben wurde, wo diese drei Verhaltenspsychotherapeuten noch nicht einen Meter entfernt standen und so kalt waren wie ihre geheimnisvollen Maschinen, hielt sie Lantins intime Empfindung für obszön.

Sie mußte wieder an die sexuellen Drogen denken, die er ihr angeboten und die sie bereitwillig genommen hatte. Ich muß ihn beseitigen, dachte sie. Und wenn es nur um meine Rettung geht.

So starrten die beiden, jeder mit den eigenen, geheimen Gedanken hinter der Stirn beschäftigt, durch das Fenster, das die Ärzte des Serbskij-Instituts als Einblick in eine Hölle angeboten hatten, die keiner von ihnen sich hätte vorstellen können.

Auf der anderen Seite des kleinen Raums fuhren die Mitglieder der Kommission fort, die zunehmend wirrer werdenden Lebensfunktionen von General Anatoli Desidowitsch Karpow, stellvertretendem Kommandeur der Besatzungsstreitkräfte in der ungarischen Revolte von '56, Held des Ukraineaufstands von '66, Patriot der Revolution, zu überwachen.

Andrew Sawyer war auf der Geisterhochzeit, die die Sam Ku mit der Hu-Familie festgesetzt hatte, und er glaubte, die ganze Welt rings um ihn her breche zusammen.

Es war schon seltsam, wie es dazu gekommen war. Wahrhaft seltsam; denn es war das letzte, woran er gedacht hätte. Seine Gedanken waren ungeteilt bei Miki und ihrem künftigen Ehemann. Die Hu-Familie war groß: sieben Söhne und sechs Töchter. Der achte Sohn, Duncan, war im Alter von sechs Jahren bei einem Unfall ums Leben gekommen. Ein rasendes Auto mit einem betrunkenen Fahrer war schuld gewesen.

Die Sam Ku, die Peter Ng gefunden hatte, brachte Sawyer und die Hus zusammen. Die Geister ihrer Kinder schrien nach einem Glück, das ihnen in der körperlichen Welt versagt geblieben war.

Sawyer mochte die Hus auf Anhieb. Sie strahlten Wärme und guten Willen aus, was er beides belebend fand. Der Schmerz in seinem Herzen, der ihn nicht mehr verlassen hatte, seit Miki ihm im Traum erschienen war, hatte schließlich nachzulassen begonnen, als er und die Hus den Austausch von Hochzeitsgeschenken besprochen hatten. Diese sollten aus Kleidern, elektrischen Haushaltsgeräten und einem übergroßen Bett bestehen – alles Miniaturen aus Papier. Sie wurden sich auch über die Höhe der Mitgift einig, zahlbar in Höllen-Banknoten, die Sawyer in einem Laden gekauft hatte, der auf solches geheimnisvolle Zubehör spezialisiert war.

Die Sam Ku wählte den Taoisten-Tempel auf der Ladder Street im Westbezirk der Insel aus. Auch Tag und Stunde seien wichtig, hatte sie ihm gesagt. Hier, vor dem Altar, den die Sam Ku besonders geschmückt hatte, begann sie mit ihren Beschwörungen, die an die hellgekleideten Papierpuppen gerichtet waren, die Braut und Bräutigam darstellten. Um sie herum waren Bilder aller Götter und Göttinnen der Hölle gruppiert, die durch ihre Anwesenheit bei der Zeremonie dem Paar ihren Segen gaben.

Weihrauch erfüllte die Luft mit Wolken von orangefarbenem Nebel. Das Ritual, kompliziert und für Sawyer völlig unergründlich, quälte sich Stunde um Stunde dahin, bis die Teilnehmer durch das unaufhörliche, eintönige Leiern von unbekannten Worten nervös wurden.

Zauberei war im Gange. Sogar ein *gwai loh* wie Andrew Sawyer konnte es fühlen, wie sie auf dem Holzfußboden mit dem wogenden Weihrauch und Sam Kus Litanei daherkam.

Nach einiger Zeit kam es Sawyer vor, als hätten die Worte der alten Frau eigenes Leben angenommen, als würde nicht sie sprechen, sondern nur ihren Mund öffnen, damit die Wörter wie dreidimensionale Objekte aus eigenem Entschluß herauskommen konnten. Es war, als lebten der Geist seiner Miki und der von Duncan Hu jetzt in Sam Kus Beschwörungen.

Gegen Ende der Zeremonie war Sawyer sicher, daß er in den wogenden Schatten des hochaufragenden Tempelinneren Miki erblickte, jetzt aber erwachsen und ihm zulächelnd, während sie den Arm in den eines kräftigen, hübschen jungen Mannes schob. Idiotischerweise hob er seine Kodak-Kamera, die er bei sich trug, und knipste sie.

Als er nach der Zeremonie unbeweglich auf den Stufen vor dem Tempel stand und eine Aufnahme von den Hus machte, sah er gerade noch den vorbeieilenden Peter Ng.

Sawyer war überrascht. Er hatte Ng auf die andere Seite des Hafens zu Tsim Sha Tsui in Kau-lung geschickt, und zwar mit einem wichtigen Auftrag, zu dessen Erledigung der ganze Tag erforderlich gewesen wäre. Was also tat Peter, als er auf seinem Weg zur Hollywood Road die Ladder Street entlangeilte?

Jake und Bliss hatten den ganzen Morgen und den größten Teil des Nachmittags gebraucht, um herauszufinden, wo der Ehrenwerte Chen sich aufhielt. Jake war dabei auf sich selbst angewiesen; aus offensichtlichen Gründen standen die Einrichtungen der Quarry nicht mehr zur Verfügung; und da die Rivalitäten zwischen den Triaden so intensiv waren, führten die Kanäle der 14 K ausschließlich in Sackgassen.

Bliss mußte also einfach Erfolg haben. Sie hatte jede halbe Stunde Gespräche aus öffentlichen Telefonzellen geführt, doch Jake hatte nicht einmal gefragt, wen sie anrief.

Viertel nach vier trat sie aus einer solchen Zelle heraus und sagte zu ihm: »Er ist in Macao.«

»Macao? Warum dort? Das ist doch kein Green-Pang-Territorium.«

»Anscheinend ist es das jetzt doch«, sagte sie. »Zweimal in der Woche geht er in das Hotel Partita; ihm gehört ein Teil davon.«

Fünfundvierzig Minuten mit dem Düsen-Tragflügelboot. Es gab drei Möglichkeiten, wie man nach Macao gelangen konnte; und welche Möglichkeit man benutzte, hing davon ab, wieviel Zeit man zur Verfügung hatte. In Jakes und Bliss' Kinderzeit hatte es nur die Fähre gegeben. Die benötigte drei Stunden. Das jüngere Tragflügelboot brauchte eineinviertel Stunde, das Düsen-Tragflügelboot, das Neueste auf der Route Hongkong – Macao, war das schnellste Verkehrsmittel.

Auf ihren den Flugzeugsitzen ähnlichen Plätzen angeschnallt, fuhren Jake und Bliss quer über die Mündung des Perlflusses in Richtung auf das ferne Stückchen Land, das souveränes portugiesisches Territorium war.

Macao war unaussprechlich schäbig. Jake hatte oft schon gedacht, wenn Anthony Burgess sein ›A Clockwork Orange‹ in Miami Beach angesiedelt hätte und nicht in England, würde seine Vision von der traurigen Zukunft der Welt aussehen wie Macao.

Die zähesten Kundenwerber der Welt säumten den Landungskai. Die Taxis waren klapperig, die einstmals eleganten Hotels waren schäbig und schmutzig, als wären sie seit den 30er Jahren nicht mehr gereinigt worden. Sogar die Palmen waren staubig und glanzlos.

Trotz aller gegenteiligen Behauptungen in den Reiseführern gab es für Touristen nicht viel zu sehen. Was die zahlreichen Chinesen anzog, waren natürlich die Kasinos. Die einzige legale Form des Glücksspiels in der Kronkolonie waren die Pferderennen in Happy Valley, in Macao dagegen waren fast alle Formen legal.

Die Kasinos waren Tag und Nacht gedrängt voll, angefüllt mit dem braungrauen Nebel von Zigarettenqualm und Körpergeruch von Chinesen, die begierig waren, ihr Geld in *fan-tan, sik po, pai kau* und auch den westlichen Spielarten wie Roulette, Blackjack und Craps anzulegen.

Das Partita war ein rundes Gebäude mit rosa Fassade an der Straße von Sintra. An manchen Stellen war der Putz zur Farbe eines alten Unterhemds verblaßt. Zwar war es in den 20er Jahren gebaut worden, doch hatte Jake Zweifel, ob es damals anziehender gewesen war als heute.

Sie fanden den Ehrenwerten Chen beim Würfelspiel. *Sik po* wurde mit drei Würfeln gespielt, die in einem Glasbehälter mit undurchsichtigem Deckel eingeschlossen waren. Sein Gesicht war vom Spielfieber gerötet, und seine Knopfaugen starrten auf den Behälter.

Jake hielt sich hinter der Menschenmenge zurück. Wenn er auch nicht viel Zeit hatte, so zögerte er doch, den Ehrenwerten Chen zu unterbrechen. Die Konfrontation würde ohnehin schon schwierig genug sein, und es hätte keinen Sinn, sie noch weiter zu erschweren.

Er nahm Bliss mit nach oben, wo sie ein undefinierbares portugiesisches Gericht einnahmen. Draußen schien die sinkende Sonne auf das bleierne offene Meer. Sie waren die einzigen Gäste im Restaurant. Alle anderen waren im Kasino. Sogar der Strand war leer.

Vierzig Minuten später gingen auch sie wieder ins Kasino. Der Ehrenwerte Chen war noch immer da, wo er vorher gewesen war, und wischte sich das schwitzende Gesicht mit einem Taschentuch ab. Jake fragte sich, wo der Reiz liegen mochte, Geld zu gewinnen, das einem ohnehin gehörte.

Während er den Shanghainesen beobachtete, dachte er, daß es wohl nichts gab, womit er den Panzer der Würfelleidenschaft durchbrechen könnte, der wie eine Maske über dem Gesicht des Ehrenwerten Chen lag.

Es gibt viele Wege, in das feindliche Lager einzubrechen, hatte Fo Saan ihm immer wieder gesagt, *aber nur einen, der dich ohne Schaden wieder herausläßt.* Fo Saan hatte recht. Es ging hier nicht darum, die Aufmerksamkeit des Ehrenwerten Chen erst zu erringen, sondern sie nicht zu verlieren.

Jake langte in seine Tasche und drückte Bliss eine Rolle Geldscheine in die Hand. Er sah ihr in die Augen. »Wie gut bist du beim *sik po?*«

Er wartete in der Halle auf sie, einem dunklen und düsteren Ort im Zwischenstock. Jake saß in einer Nische, die nahe genug zur Treppe war, so daß er das Kommen und Gehen beobachten konnte.

Durch den offenen Bogengang konnte Jake auf die Empfangsschalter sehen, die so leer waren, daß die Angestellten begonnen hatten, *mahjongg* zu spielen. Das schnelle Klick-klick-klick der Steine war bis in die Halle herein zu hören, wo Jake, an die Wand gelehnt, einen Longdrink vor sich hatte; Alkohol mochte er nicht. Der Ort roch nach Moder und verlorenen Träumen.

In den zwanzig Minuten, die er allein dort saß, kamen drei Frauen, zwei Kantonesinnen und eine Eurasierin, so dicht an ihm vorbei, daß er ihren gemurmelten Preis verstehen konnte. Alle drei waren übermäßig geschminkt und so reizvoll wie Wachspuppen. Auf ihrem zweiten Gang zu Jake bot die Kellnerin sich an. Ihr Preis klang zwar schon vernünftiger, aber er nahm doch lieber noch einen Drink.

Jake sah die beiden, auf die er wartete, die breite Wendeltreppe vom unteren Stock heraufkommen, glitt aus seiner Nische heraus und verneigte sich förmlich, als Bliss den Ehrenwerten Chen quer durch die Halle führte.

»Ich habe schon von den seltsamsten Einführungsmethoden gehört, Mr. Maroc, doch die von Ihnen gewählte ist sicherlich die verblüffendste. Immerhin, ich bin dieser charmanten jungen Frau begegnet.«

»Wollen Sie sich nicht setzen?«

Der andere nickte. Jake sah Bliss an, die ebenfalls nickte und wegging. Es wäre nicht gut, sie bei dieser Besprechung dabei zu haben. Jake hätte es verstanden, aber ganz gewiß nicht der Ehrenwerte Chen. In Asien hatten die Frauen ihren Platz. Aber nicht in Geschäftsangelegenheiten.

Die hellen kleinen Augen des Ehrenwerten Chen prüften jeden Zug in Jakes Gesicht. Es war, als könnte er den Grund für dieses Treffen ahnen, wie ein *feng shui*-Mann, der die Vorzeichen in der Strömung des Windes oder der Form der Landschaft lesen kann.

»Mr. Maroc«, begann er jetzt, nachdem er Jakes Angebot eines Drinks abgelehnt hatte, »Sie haben mich eine große Menge Geld, Personal ... und Gesicht gekostet.« Mit einem Begleiter nicht zu trinken, auch wenn man nicht durstig war, war eine bewußte Beleidigung. Es besagte deutlicher als alle Worte es konnten, daß dies kein freundliches Zusammentreffen sein sollte. »Jetzt sind Sie über die Mündung des Perlflusses herübergekommen, um mich aufzusuchen. Ich muß offen sagen, daß ich mir nicht vorstellen kann, was Sie mir zu sagen hätten. Mut aber muß anerkannt werden, sogar bei einem verschlagenen Barbaren, und auch dann, wenn man ihn keineswegs bewundert.«

Er schien seinen Vers gesagt zu haben und legte die schmalen Hände übereinander, als wäre für ihn Festigkeit eine Religion. Er erschien wie ein Zwerg in seinem schlechtsitzenden Anzug.

»Geschäft ist Geschäft«, erwiderte Jake. »In dem, was ich tat, hat nichts Persönliches gelegen. Ich sah einen möglichen Vorteil und nahm ihn wahr. Doch der Ehrenwerte Chen braucht keine Erklärung für etwas Offensichtliches.«

»Ich möchte aber doch eine Erklärung haben, warum Sie hier sind.« Der Shanghainese blickte deutlich auf seine Uhr.

Jake wollte ihm gerade die Erklärung geben, als die ihnen am nächsten liegende Wand sich mit einem ohrenbetäubenden Krachen nach innen bog, daß Gläser und Flaschen im Raum zersprangen.

Bliss hatte gesehen, wie die beiden Taiwanesen vom unteren Stockwerk des Kasinos nach oben gingen. Als sie an der Seite vom Ehrenwerten Chen *sik po* gespielt hatte, waren ihre Gesichter ihr aufgefallen. Sie hatte sie sich gemerkt, weil die beiden nicht spielten.

Oben in der Haupthalle stand einer am Fuße der Wendeltreppe zum Zwischenstock, während der andere einen langsamen, gründlichen Rundgang begann. Der erste Mann hatte eine Hand auf das schmiedeeiserne Geländer gelegt, und Bliss schaute sie sich genau an. Die Handkante war bedeckt mit Schwielen.

Sie duckte sich rechtzeitig, als er nach oben blickte. Wenn es auch unbeteiligt wirkte, suchte er mit den Augen alles ab, was er überblicken konnte. Bliss begab sich auf dem Zwischenstock an eine andere Stelle, wo sie bessere Sicht hatte. Sie sah, wie der zweite Mann zurückkam und ruhig mit dem ersten sprach. Zusammen kamen sie die Treppe herauf.

Bliss wollte gerade weggehen, als sie die Lähmung verspürte, die sie mit einer Nervenblockade in Zusammenhang brachte. Sie besaß noch soviel Geistesgegenwart, sich umzudrehen, und sah ein verschwommenes Gesicht; sie dachte noch: *Dew neh loh moh,* ein dritter Taiwanese, dann wurde sie ohnmächtig.

Das Bersten von Beton, Glas und Stahl brachte sie wieder zu sich. Sie stöhnte und bemühte sich, wieder einen klaren Kopf zu bekommen. Sie stand auf, taumelte den Zwischenstock entlang. Rauch, Asche und Betonstaub erfüllten ihre Lungen, und sie dachte nur: Ach, Buddha! Jake!

Nach der ersten Schockwelle gab es einen atemlosen Moment, dann brach die Wand ganz zusammen.

Gerade genügend Zeit für Jake, den Ehrenwerten Chen am Hemd zu fassen und ihn unter den umgestürzten Tisch zu ziehen. Der Schutz der Tischplatte rettete sie, als die Wand auseinanderbrach und wie eine gewaltige Faust in die Halle fiel. Das und die Reaktion von Jake. Der nahe Körperkontakt blieb nicht ohne Wirkung auf den Shanghainesen.

»Mr. Maroc«, sagte er aus seiner Stellung unterhalb des ihn schützenden Jake, »Sie sind vielleicht ein Barbar, aber Sie müssen auch etwas von einem Tiger an sich haben. Ihre Schnelligkeit hat uns gerettet.«

Jake richtete sich aus seiner gekrümmten Haltung auf, und sie kamen wieder auf die Beine. Rings um sie fiel immer noch Putz herab. Mit Ausnahme der Wand und der unmittelbaren Umgebung ihres Tisches war bemerkenswert wenig von der Halle beschädigt. Jemand schrie hysterisch. Die Kellnerin, die sich Jake angeboten hatte, hockte auf den Knien und schaukelte ächzend vor und zurück, vor und zurück. Der Mauerstaub hatte ihr Haar weiß gefärbt wie das einer Urgroßmutter.

Der Ehrenwerte Chen schaute auf die Trümmer. »*A mi tuo fo,* einer von uns hat gefährliche Feinde.« Sie konnten jetzt das Heulen von sich nähernden Sirenen hören. Der Shanghainese drehte sich zu Jake um. »Ich möchte wissen, wer?« Dann lachte er. »Was macht's, solange unsere kostbaren Glieder heil geblieben sind, *heya?*« Er zuckte mit den Achseln. »Versicherung und *h'yeung yau,* Mr. Maroc. Am Ende kommt es auf dasselbe heraus.« Er zeigte mit der Hand. »Hier entlang, bitte.« Der Schaden schien ihm ziemlich wenig zu bedeuten.

Im Zwischenstock trafen sie Bliss. Jake lief zu ihr und schloß sie in die Arme. »Ich bin in Ordnung«, sagte sie, dann legte sie den Kopf an seine Schulter und weinte. »Es tut mir leid«, flüsterte sie. »Zwei von ihnen hab' ich beobachtet. Ich habe aber nie einen dritten erwartet. Er kam von hinten. Ich hab' mich noch umgedreht, aber es war schon zu spät.«

»Ist schon gut«, sagte Jake, strich ihr über das Haar.

»Jake«, sagte sie, »ich hatte solche Angst um dich.«

Er drückte sie noch fester an sich. Was hätte er auch sagen sollen?

Er wurde sich des Ehrenwerten Chen an seiner Seite wieder bewußt.

»Ist mit der jungen Dame alles in Ordnung?« fragte der Shanghainese.

»Der jungen Dame geht es gut«, erwiderte Bliss und wischte sich die letzten Tränen mit der Hand ab.

»Gut.« Er nickte kurz. »Und jetzt folgen Sie mir bitte. Es wäre sinnlos, wenn ich jetzt dumme Fragen hören müßte, auf die ich keine Antworten weiß. Die verdammte Polizei wird jeden Augenblick hier sein.«

Er führte sie an das andere Ende des Zwischenstocks, durch eine Tür, an der PRIVAT stand.

»Jetzt«, sagte er, als sie das stille, geräumige Büro betraten, »glaube ich wirklich, Mr. Maroc, daß ich Ihnen einen Drink schuldig bin.«

Verblüfft sagte Sawyer den Hus hastig auf Wiedersehen. Er eilte die Steinstufen des Tempels hinunter und konnte gerade noch sehen, wie Ng sich dem Ende der Straße näherte. Sawyer selbst hatte erst den halben Weg zurückgelegt, als er Ng nach rechts abbiegen sah.

Er beschleunigte seinen Schritt und erreichte, wegen der ungewohnten Anstrengung etwas schwer atmend, die Ecke gerade noch rechtzeitig, um zu sehen, wie Peter Ng ein Lagerhaus betrat. Das Schild über dem Eingang sagte Sawyer, daß das Gebäude auf die Ginseng-Wurzel spezialisiert war.

Sawyer verhielt sofort seinen Schritt. Mit einem weißen Leinentaschentuch rieb er sich die Stirn ab und dachte, daß es doch eigentlich viel zu heiß sei, um im ganzen Westbezirk seinem *comprador* nachzujagen.

Das vordere Tor des Lagerhauses stand offen. Ein großer Isuzu-Lastwagen war rückwärts an die Rampe gefahren, und zwei junge Männer mit Stirnbändern und ärmellosen Hemden waren dabei, Kartons von einem Stapel drinnen auf den Lastwagen zu laden. Als er auf ihre Höhe kam, sah Sawyer noch einen dritten Mann, beträchtlich älter, mit einem Schreibbrett und einem Abakus in der Hand. Er zählte, was die jungen Männer verluden.

Sawyer nutzte die Gelegenheit, um aus dem messingfarbenen Sonnenlicht herauszukommen. Im Schatten und der relativen Kühle eines Wellblecheingangs in dem jenseits der schmalen Straße liegenden Lagerhaus hatte er den angenehm gemischten Duft von Gewürzen in der Nase. Die Männer arbeiteten weiter. Gutes *joss* hatte ihm einen hervorragenden Beobachtungsplatz beschert; wegen des Isuzu konnten sie ihn nicht sehen.

Von hier aus konnte er beobachten, wie Ng leise mit dem Mann mit dem graumelierten Haar sprach. Sawyer verengte die Augen des Sonnenlichtes wegen und versuchte, das Gesicht des anderen zu erkennen.

Es war breit und flach, ein kantonesisches Bauerngesicht. Irgend etwas Besonderes war daran. Sawyer wußte nicht, was es war, doch je länger er hinschaute, desto sicherer wurde er, daß er es kannte. Doch woher?

Ng und der Kantonese standen dicht beisammen. Die jüngeren Männer beachteten sie nicht, bewegten sich hin und her wie kräftige Automaten und trugen Kartons.

In dem Augenblick sah der Kantonese kurz auf, nickte und trat mit Ng ein wenig nach links, so daß er zwar tiefer im Schatten stand, dafür aber Sawyer näher. Der Blickwinkel hatte sich verändert, und Sawyer fühlte Übelkeit vom Magen her aufsteigen.

A mi tuo fo! dachte er benommen. Das kann ich nicht glauben!

Als der Kantonese sich bewegte, wurde seine linke Gesichtshälfte teilweise sichtbar. Der äußere Winkel seines Auges wurde von einer bläulichen Narbe nach unten gezogen.

Weißauge Kao, dachte Sawyer

Vor mehreren Jahren hatte es in einer elektronischen Einrichtung von Sawyer & Sons, in die nicht jeder hineindurfte, ein Problem gegeben. Zeichnungen für zwei Prototypsysteme verschwanden. Selbständig handelnd, hatte Sawyer die Zeichnungen für einen Scheinprototyp hergestellt. Dann hatte er eine Infrarotkamera aufgestellt und Bilder von dem Spion gemacht.

Statt ihn festnehmen zu lassen, hatte Sawyer eine bekannte und absolut diskrete Detektei mit der Verfolgung des Mannes beauftragt. Die Firma berichtete nur Sawyer persönlich, und der *tai pan* hatte alle schriftlichen Unterlagen über den Fall in einem Safe aufbewahrt, von dem nur er allein die Kombination kannte.

Wie zu erwarten war, hatte die Detektei die Scheinzeichnungen zu einer Person zurückverfolgt. Sawyer konnte sich noch immer daran erinnern, wie er das Schwarzweißfoto in der Hand hielt, grobkörnig durch den hochempfindlichen Film, das Bild unrealistisch flach wegen des Teleobjektivs. Diese Narbe würde er überall wiedererkennen.

Sawyer zitterte jetzt, wußte aber nicht, ob vor Wut oder aus Angst. Bei Weißauge Kao war es so, daß er ein hochrangiger Agent der Sowjets war.

Der *tai pan* blickte sich weiter um. Er konnte eine weiß angestrichene Metalltreppe sehen, die an der rechten Betonwand von der Laderampe zu den Büros hoch oben führte. Bambusjalousien waren teilweise vor den staubigen Fenstern heruntergelassen, er konnte aber eine Gestalt erkennen, die sich dahinter bewegte, weil sie von hinten beleuchtet wurde.

Sawyer tupfte sich den schwitzenden Nacken ab. Buddha schütze mich, dachte er. Was macht der *comprador* von Sawyer & Sons im Gespräch mit einem Spion der Sowjets?

Der *tai pan* hatte damals nichts gegen Weißauge Kao unternommen, weil er sich sagte, ein bekannter Feind wäre weitaus weniger gefährlich als ein unbekannter. Sechs Monate nach dem letzten Diebstahl mußte er dreißig oder vierzig Leute entlassen. Er hatte sich darum gekümmert, daß der Spion in dem Unternehmen einer von ihnen war. Jetzt allerdings wünschte er, er hätte seine Beweise gegen Weißauge Kao der Sonderabteilung übergeben.

Es gab jetzt Bewegung. Seinen Schock unterdrückend, konzentrierte Sawyer seine Aufmerksamkeit. Die Tür oberhalb der jungen Männer öffnete sich; ein Schatten kam heraus und stieg die Treppe hinunter. Sawyer konnte nicht erkennen, wer es war, dazu war die Dämmerung im Lagerhaus zu stark.

Er hörte eine laute Stimme, und Ng und Kao unterbrachen ihre Unterhaltung. Jetzt bemerkte Sawyer etwas Sonderbares: Das Verhalten der beiden änderte sich bei Annäherung der dritten Person radikal. Aus ihrer Haltung und dem Gesichtsausdruck wurde ersichtlich, daß sie sich in Gegenwart eines ganz besonderen *tai pan* befanden.

Mein Gott, dachte Sawyer, ich weiß, wie hoch in der sowjetischen Hierarchie Weißauge Kao rangiert. Das muß jetzt der *tai pan* der russischen Spione für ganz Hongkong sein.

Natürlich erwartete Sawyer nicht, die Person zu kennen, und als er sie dennoch erkannte, hoben seine zittrigen Hände in einem reinen Reflex die Kodak-Disc-Kamera für eine Reihe von Aufnahmen. Sein Verstand war so erstarrt, daß er den Auslöser noch drückte, als die Filmscheibe schon längst voll war.

Peter Ng. Klick! Weißauge Kao. Klick! Sir John Bluestone. Klick! Klick! Klick!

»Was Sie verlangen, ist einfach unmöglich!« Der Ehrenwerte Chen stand auf. Auf seinem Schreibtisch stand ein kleiner Porzellanpanda. Er nahm ihn hoch und erwärmte seine kalte, glatte Fläche in der Hand. »Außerdem ist der *godown*-Krieg etwas zwischen dem Furchtbaren Sung und mir.«

»Er berührt alle Mitglieder der Green Pang«, sagte Jake. »Wenn nur ein Mann wegen des Krieges stirbt, muß man an seine Familie denken.«

»Sie werden ausreichend entschädigt«, erwiderte der Ehrenwerte Chen kurz. »Wir wissen, wie man sich um unsere Leute kümmern muß.«

»Aber ein verlorenes Leben ist schon zuviel«, sagte Bliss jetzt aus der Sofaecke. »Würden Sie dem nicht zustimmen, Ehrenwerter Chen?«

Der Shanghainese wandte sich um und betrachtete Bliss. Sie hatte sich zusammengerollt wie eine Katze, die Knie angezogen, und hielt ein altmodisches Glas mit einer gehörigen Menge Scotch in beiden Händen. Er wollte sie schon an ihre Stellung erinnern, als ihm einfiel, daß er ja nach der Explosion in der Halle in genau derselben Position zusammengerollt gewesen war. Das ließ ihn die Ermahnung für sie unterdrücken.

»Tod liegt in dem, was wir sind«, sagte er ruhig. »Keiner kann das ändern.«

»Natürlich nicht, Ehrenwerter Chen«, sagte Jake. »Doch von einem rein geschäftlichen Standpunkt aus betrachtet, stellt man fest, daß Rationalisieren oft zu einem Anstieg des Nettogewinns führt.«

»Jeder gute Geschäftsmann weiß das, Mr. Maroc.«

»Rationalisieren kann auch einen Kompromiß einschließen.«

Der Ehrenwerte Chen trat hinter seinen Schreibtisch und setzte sich. Er stellte seinen Panda zurück auf seinen Platz auf einem Stapel Umschläge.

Jake faßte die Stille als eine Einladung für sich auf fortzufahren. »Man schließt täglich in seinem Leben Kompromisse. Das *h'yeung yau,* das man Polizisten bezahlt, damit sie den eigenen Operationen fernbleiben, die Einschüchterung, die man bei Ladenbesitzern anwendet, die Infiltration der Sonderabteilung, die es einem möglich macht, Schmuggelfahrten mit Waffen, Gold und den Tränen des Mohns durchzuführen – all diese Dinge, die manchmal im Geschäftsleben als gegeben hingenommen werden, stellen Formen von Kompromiß dar. Man muß entweder Geld oder Personal aufgeben, um zu bekommen, was man will. Warum sollte es bei den *godowns* anders sein?«

»Weil, Mr. Maroc, ich alle *godowns* für die Green Pang haben möchte. Es ist unser angestammtes Recht. Ich muß meine Pflicht erfüllen.«

»Wenn es um angestammte Rechte geht, dann müßten ganz sicher die Hakka, die echten Einwohner Hongkongs, die *godowns* kontrollieren. Wenn es um die Pflicht geht, so stimme ich Ihnen absolut zu. Aber sagen Sie mir eins, Ehrenwerter Chen. Wieviel Geld haben Sie seit Beginn des Krieges aus den *godowns* eingenommen?«

»Gar keins.« Der Ehrenwerte Chen sagte das ohne jegliche Emotion.

Jake stand und starrte durch das Fenster auf das Südchinesische Meer.

»Wäre ich der *comprador* des 489, dessen Triade sich inmitten eines Krieges befände, würde ich ihm folgendes raten. Nimm Kontakt auf mit dem Chef der Hakka und mach ihm folgenden Vorschlag: Laß alle Söhne der Hakka, die nicht mehr auf den Schiffsplanken leben wollen, an Land gehen, wie sie es wünschen; laß sie alle strittigen *godowns* verwalten, zahle ihnen eine Verwaltungsgebühr von, sagen wir, fünfzig Prozent. Die anderen fünfzig wären gleichmäßig zwischen der Green Pang und der 14 K aufzuteilen.

Mein 489 würde dieses Geld jeden Monat erhalten, ohne daß Personal für die Führung der *godowns* und bei der Durchfechtung seines Krieges gebunden würde, der, genau gesehen, niemals enden kann. Außerdem würde er sich die Hakka für immer verpflichten, da das Problem bei der derzeitigen Generation epidemische Proportionen annimmt. Es wäre ideal für die jungen Männer *und* ihre Väter. Es würde ihnen eine neue Beschäftigung auf dem Festland geben und würde sie nahe genug bei der Heimat ihrer Vorfahren halten, um keine Familieneinheiten aufzulösen.

Ah, und das Gesicht, das er gewinnen würde, wenn er eine derartige Neuorganisation erreichte!«

Der Ehrenwerte Chen rührte sich aus der längsten aller Pausen. »Mr. Maroc, ich habe mich in Ihnen geirrt. Sie sind ein Teufel, doch nicht so, wie ich erst gedacht habe. *A mi tuo fo,* Sie sind so verschlagen und listig wie ein Chinese.« Er lachte jetzt, ein ansteckendes, jungenhaftes Lachen.

»Ich glaube, ich habe in Ihnen meine Geheimwaffe gefunden!«

Nichiren lag in Pearls schlanken Armen. Er lauschte ihrem leichten Schnarchen, roch die feine Spur von Whisky in ihrem Atem, die sich mit dem Duft ihres Parfüms und der Intimöle vermischte. Die Fenster waren weit geöffnet, und er konnte das schläfrige Summen der Nachtinsekten hören. Er spürte die zarten Härchen auf ihren samtenen Armen, als sie sich, vielleicht mitten in einem kaleidoskopartigen Traum, rührte.

Alle diese Ansichten, Geräusche und Berührungen waren ihm so vertraut wie die bestimmte Anordnung von Farben auf einer Malerpalette. Jedes Mal zuvor, wenn er nach Hongkong gekommen war, hatte das Zusammenwirken dieser Empfindungen als mächtiges Beruhigungsmittel gewirkt, das ihn in einen tiefen und traumlosen Schlaf versetzt hatte, aus dem er jedesmal zehn Stunden später erfrischt und entspannt erwacht war.

Heute nacht schien ihm der Schlaf weiter entfernt zu sein als die Küsten Japans. Denn er dachte nicht an Pearl.

Er dachte vielmehr an Kamisaka.

Tief in ihm wuchs etwas heran. Kamisaka fand ihn in den Strahlen gespenstischen Mondlichts, die endlich durch die schwere Wolkendecke brachen, welche einen großen Teil der Nacht schwer und feuchtkalt gemacht hatte, und durch das offene Fenster eindrangen und sich in sorgloser Hingabe über ihre verschlungenen Beine ergossen.

Wenn auch Pearls Können in den Kissenkünsten nicht herabgesetzt wurde, hatte Nichiren sich nicht in der Lage gesehen, ihre ausschweifende Welt zu betreten. Trotz seiner Versuche war etwas in ihm eisern, unerschütterlich geblieben. Es war, als wäre in einem Augenblick der Bewußtlosigkeit eine Schranke in ihm aufgerichtet worden, und zwar nicht von ihm selbst. Er war erwacht und fand sich unwiderruflich verändert.

Und hier, in dem Halbdunkel daliegend mit diesen schwellenden Kissen, die rings um ihn in überreicher Fülle verstreut waren, wußte er, daß Kamisaka die Mauer in ihm errichtet hatte.

Daß es ihn hierher verschlagen hatte, war auf sie zurückzuführen. Er fühlte sich nach Japan zurückgerufen, nicht nur durch die Liebe zu seinem angenommenen Land, sondern jetzt auch von einem menschlichen Geist. Zum erstenmal erkannte er, daß die Macht, die dieses *kami* ausüben konnte, größer war als alles andere auf der Welt.

Diese Erkenntnis erschütterte ihn bis ins Mark. Die Tatsache, daß seine Gefühle für ein anderes menschliches Wesen all seine mühsame Ausbildung, die Samen, die seine Mutter ihm vor langer Zeit eingepflanzt hatte, überlagern konnten, überwältigte ihn.

Es war seltsam, er hatte das Gefühl, als läge er in einer vollkommenen Hängematte, unter hochaufragenden Pinien, deren gezackte Blätter die richtige Menge Sonnenlicht durchließen, um ihn zu erwärmen. Dort schaukelte er in kurzen, trägen Schwüngen.

Zufriedenheit.

Wie war das möglich? Hatte seine Mutter ihm nicht gesagt, wahre Zufriedenheit gäbe es nicht? Genauso, wie keine Vollkommenheit in einer Welt des Menschen existiere.

Jetzt kam ihm der Verdacht, daß sie unrecht hatte.

Denn jetzt wußte er, wie es war, *dazuzugehören;* wußte so gewiß, wie er hier in Hongkong lag, daß Yumiko nie auf diese Weise dazugehörte, daß sie keine Ahnung hatte, was es für ihren Geist bedeutet hätte. Bisher hatte er sein Leben als ein Außenseiter gelebt – so wie sie –, das ihm entweder durch die Umstände aufgezwungen worden war, oder für das er sich nach einer bestimmten Indoktrinationsperiode durch seine Mutter von sich aus entschieden hatte. Wie er festgestellt hatte, gab es einen gewissen Grad von boshafter Befriedigung, in anderen genau die Reaktion hervorzurufen, die sie, wie er erfahren hatte, auf jeden Fall bekunden würden. Daß er seinen Schmerz und seine Wut selbst bestimmte, schien wichtig, sogar notwendig für sein Überleben.

Und doch war diese Reise zu der Offenbarung, die bei Kamisaka begonnen hatte, seltsamerweise erst durch den Katalysator Mariana Maroc zur vollen Reife gelangt. Mariana war der erste Mensch gewesen, der ihm gezeigt hatte, daß man ihn um seiner selbst willen leiden konnte. Eine Freundschaft war unmißverständlich zwischen ihnen entstanden, so stark, wie sie in der kurzen Zeit, die sie sich gekannt hatten, nur sein konnte. Etwas in ihr hatte ihn tief angerührt, vielleicht die Art, wie sie dazu gekommen war, ihre Meinung über ihn zu ändern – obwohl sie ihn eigentlich hassen mußte.

Ihr Tod hatte ihn ins Herz getroffen. Er erkannte, daß dieser Tod geheime Empfindungen in ihm ans Licht brachte. Er hatte endlich herausgefunden, daß er bestimmter Gefühle fähig war.

Er dachte an seine Quelle. *Ich bin dein Retter,* hatte die elektronische Stimme immer wieder in sein Ohr getönt. Nichiren war seiner Quelle nie begegnet; er glaubte auch, daß er es nie tun würde. Das war schon in Ordnung. Bei seiner Anwerbung hatte man ihm die zwingendsten Gründe gegeben: indem er der Quelle gehorchte, sollte er sich selbst retten, und indem er heimlich für China arbeitete, sollte er bei der Vernichtung der Sowjets helfen.

Nichirens Liebe zu Japan war der Quelle wohl bekannt. Die Sowjets waren Japan gegenüber feindlich eingestellt. Das hatte genügt.

Jetzt war Nichiren nicht mehr so sicher. Er stand, so schien es, in der Mitte eines riesigen, verdunkelten Theaters. Vor ihm war das Bild von Yumiko, nur, daß er jetzt durch ein Insektenauge mit vielen Facetten sah. Sie war seine Mutter, die er liebte; sie war eine verunstaltete Frau, die ihm leid tat; sie war die Gegenwart, die mit seiner Ausbildung begonnen hatte; sie war die Schöpferin eines furchtbaren, rachsüchtigen Dämons, den sie durch irgendeine geheimnisvolle Zeremonie in ihm zum Leben erweckt hatte.

Er sah jetzt Yumikos Körper vor sich. Sie, die so schön gewesen war, war jetzt schrecklich entstellt. Für einen Moment hörte Nichiren dann die heruntergeleierten Worte, die seine Mutter bei der Namensgebung für ihn ausgespien hatte.

Plötzlich fühlte er sich eingeschnürt. Sogar seine Nähe zu Pearl tat ihm weh, als hätten ihre weichen und verträumten Arme, die sie immer um seine Hüfte geschlungen hielt, sich in sich windende Fangarme verwandelt, mit denen sie ihn aussaugte.

Mit einem tiefen Atemzug schwang er die Beine aus dem Bett. Er stand auf und lief leise durch das Zimmer.

Rasch war er angezogen und schlüpfte wie ein Geist, der sich aus dem Nebel über dem Land erhob, zur Vordertür hinaus. Als er die Straße erreichte, war der Mond bereits untergegangen, und in den Tiefen der Nacht war die Schwärze vollkommen.

Am Ende war es Jurij Lantin selbst, der über sein eigenes Schicksal entschied. Er hatte sich über Daniella hinweggesetzt, die gesagt hatte, sie würde zum Essen lieber nach Hause gehen. Der Tod, hatte sie scherzend erklärt, mache sie immer müde.

Bei Lantin machte sie es sich in seinem luxuriösen Lederohrensessel bequem. Sein Haus war so groß, daß er sich ein Arbeitszimmer leisten konnte. Hätte er ein Kind, vermutete Daniella, wäre das wohl das Kinderzimmer gewesen.

An den Wänden standen massive Mahagoniregale, angefüllt mit Büchern der Weltliteratur. Was immer auch Jurij Lantin nicht war – gut belesen war er bestimmt.

Auf einem Mahagoni-Klapptisch prangte in einem dicken Rahmen ein Bild von Lantin, auf dem er noch viel jünger in die Kamera lächelte. Seine Uniform und vielleicht sein ganzer Ausdruck ließen ihn forsch und irgendwie unschuldig aussehen. Daneben stand ein anderer Tisch, weniger ästhetisch, aber stabiler, auf dem eine große Schreibmaschine stand. Die Wände waren in klarem Tiefblau angestrichen, die Decke und der Stuck cremefarben.

Daniella war in ein seitlich geschlitztes, reinseidenes Diorkleid gehüllt. Zuvor hatte sie ein solches Gewand außer auf Fotos nicht einmal gesehen, geschweige denn eines getragen, bis Lantin dieses für sie gekauft hatte. Sein Glanz war fühlbar, zumal sie unter der hautengen Hülle nackt war. Nackt mit Ausnahme des Hüftgürtels und der reinseidenen Strümpfe.

Lantin hatte ihre Garderobe ausgesucht, aber Daniella beklagte sich nicht. Sie fühlte sich genau so, als nähme sie ein Dampfbad, und sie genoß dieses Erlebnis.

Ehe er in die Küche ging, um das Essen zu bereiten, hatte Lantin ein Buch aus dem verglasten und verschlossenen Bücherschrank ausgesucht. Es war die in Kalbsleder gebundene und einen Goldrand aufweisende *Geschichte der O.* von Pauline Réage, und zwar das französische Original. Daniella hatte ihm nie gesagt, daß sie acht Sprachen fließend sprechen und lesen konnte. Eine davon – neben Russisch ihre Lieblingssprache – war Französisch.

Sie hatte *Die Geschichte der O.* niemals gelesen noch davon gehört, aber nach etwa zwanzig Seiten begann sie zu verstehen, worum es ging. In der Stereoanlage spielte Mozart. Alle fünfzehn oder zwanzig Minuten kam Lantin herein und drehte die Platte entweder um oder wechselte sie. Immer Mozart. Es war schwierig, ausländische Platten mit solch erstaunlicher Virtuosität und Klangqualität zu bekommen.

Die feine Kombination von Seide auf ihrem Körper, von Réages berauschender Prosa und der wunderbaren Musik fing an, sie zu benebeln. Es war fast möglich zu glauben, sie wäre in Paris, auf ihrem alten Wirkungsfeld, und nicht im trüben Moskau.

Lantin kam herein, um die Platte umzudrehen. Mozart erklang von neuem und erfüllte den Raum mit herrlichen Melodien. Lantin, der Calvin-Klein-Jeans und ein grobes Baumwollhemd trug, ging barfuß über den Orientteppich und stopfte ihr etwas in den Mund. Es schmolz, als sie zu kauen begann, und sie stieß einen kehligen Laut aus.

Da bot er ihr Opium an. Der Stoff war dunkel wie die Nacht und füllte einen winzigen Kopf einer langstieligen Pfeife aus chinesischem Elfenbein, das die Farbe einer Chrysantheme hatte. Der Kopf war geschnitzt und fühlte sich seltsam an.

Lantin entzündete das duftende Opium, und Daniella inhalierte es. Sie hatte bisher noch keinerlei Erfahrung im Gebrauch von Drogen, obwohl ihre Ausbildung im *sluzhba* ein umfangreiches Programm über Drogen aller Art enthielt, einschließlich ihrer Wirkung auf die verschiedenen Teile des Gehirns, auf das Nervensystem, auf Koordination und so weiter.

Sie teilte das Opium mit Lantin, und als die Pfeife abgekühlt war, kehrte er in die Küche zurück. Durch geblähte Nasenflügel konnte sie frischen Koriander und Paprika riechen.

Sie fuhr fort zu lesen. Das Opium verlieh ihr die Fähigkeit, das, was sie las, in sich aufzunehmen und gleichzeitig unabhängig davon zu denken. Das Leder, anfänglich so kühl unter ihrem nackten Gesäß, war jetzt angenehm warm wie die Lippen eines Liebhabers. Sie räkelte sich im Sessel und war sich des Aufblühens ihres Körpers bewußt. Die Geschichte der Réage erregte sie.

Der männliche Geruch von Leder, vermischt mit Kochdünsten, schuf eine Art Vollkommenheit, die Daniella sich nicht erklären konnte, über die sie sich nur wunderte. *Yin* und *Yang.*

Ihr Entschluß, unwiderruflich mit Lantin Schluß zu machen, flackerte jetzt wie eine Kerze im Wind. In Wahrheit war es so, daß sie die Dinge genoß, die er ihr kaufte, den Luxus, in den er sie tauchte. Er war dekadent, was sie – seltsam genug – erschauern ließ. Dieses Kleid war dekadent. Bei jedem Atemzug spürte sie, wie die Seide ihre Haut liebkoste. Mozarts erhabene Musik schmeichelte ihren Ohren, und Réages Französisch ging ihr herunter wie Öl.

Sie war erfüllt von Emotion, nahm einzelne Augenblicke des Verlangens in sich auf. Es gab kein Gestern, kein Morgen; nur ein endloses Jetzt.

Sie las weiter, bis sie Lantins Stimme hörte.

»Steh auf.«

Sie gehorchte.

Sie trug hochhackige Pumps, die er ihr gekauft hatte. Mit halbglasigen Augen erkannte sie seinen lüsternen Blick, der über ihre vorspringenden Brüste, die steifen Spitzen ihrer Brustwarzen und den flachen Bauch glitt. Die Absätze ließen ihre Beine endlos erscheinen; die Strümpfe verliehen ihnen einen Glanz, als wären sie mit Öl eingerieben.

Lantin wechselte die Platte. »Bist du hungrig?«

»Ja.«

»Geh durch das Zimmer.«

Schon wollte sie losgehen, doch lenkte er sie um, bis sie vor dem verglasten Bücherschrank stand.

»Streck die Hände aus.«

Sie tat es, und ehe sie wußte, was geschah, hatte er ihr ein Paar glänzende, verchromte Handschellen über die Handgelenke gestreift. Mit einem seltsamen Echo hörte sie das *snik-snik* des sich schließenden Verschlusses.

Daniella war leicht verwirrt. Hätte er gesagt: »Zeig deine Handgelenke her«, hätte sie eine gewisse Ahnung bezüglich seiner Absicht gehabt, besonders, wenn sie an das Buch gedacht hätte, das er ihr zuvor zu lesen gegeben hatte. Aber so stand sie da und starrte ihn überrascht an. In seinen Jeans konnte sie bereits eine große Ausbeulung sehen. Sie fragte sich, ob die Einengung wohl sehr schmerzhaft wäre.

»Dreh dich um.«

Sie schien unfähig zu jeder Bewegung. Sie fühlte seine Hände grob auf ihren Schultern, als er sie so drehte, daß sie auf den Bücherschrank schaute. Er packte ihre Handgelenke an den Fesseln und schob die Verbindungskette durch einen Haken, der in eines der höheren Buchregale eingeschraubt war. Dadurch wurde Daniella hochgezogen, bis die Absätze ihrer Schuhe gerade noch den Boden berührten.

»Wir werden gleich essen.«

Sie merkte, wie ihr Diorkleid zur Seite gezerrt wurde. Das Kratzen des Reißverschlusses der Jeans rieb gegen den sanften Mozart, eine Narbe, die ein sonst feines Gesicht verunstaltete.

Daniella erkannte, was er tun wollte, erst einen Augenblick, bevor es geschah. Sie dachte an die Hauptfigur der Réage und was von ihr im Namen der Liebe verlangt wurde: ihre Hingebung zu beweisen. Diese Erniedrigung war die erste von vielen.

Daniella schrie laut auf beim Eindringen seines heißen, geölten Penis. Er schien auf das Vierfache seiner Größe gewachsen zu sein. Ihr Rücken krümmte sich instinktiv, doch auf diese Weise bot sie ihm ihre Gesäßbakken noch besser dar.

Seine Begierde lag auf ihr wie eine Decke. Sie hatte das Gefühl, als wäre ein Pferd in sie eingedrungen; das Ganze hatte nichts Angenehmes. Die Scham und eine widerwärtige Angst bewirkten, daß jegliche Euphorie durch das Opium verflog. Mozarts vergängliche Pracht erschien jetzt hohl und voller Spott.

Sie dachte an die O. Daran, wie ihr Liebhaber sie so genommen hatte, wie seine Freunde sich ihrer auf die gleiche Weise bedient hatten. Wie sie gepeitscht und dann geliebt worden war. Wie der Ring, den ihr Liebhaber ausgewählt hatte und der seine Initialen trug, als ewiges Symbol durch ihre Schamlippen gezogen worden war.

Sie dachte daran, wie die O. all das um der Liebe ihres Mannes willen erduldet hatte, und sie fragte sich, ob Lantin all das auch für sie im Sinn hatte. Sicherlich war das der Beginn von etwas, das er als Lernprozeß betrachtete. Sie erkannte, daß er ihr das Buch zum Lesen gegeben hatte, damit er nie zu ihr sagen müßte: »Daniella, das kommt jetzt auf dich zu.«

Und doch hatte er das Wesentliche des Buches nicht erkannt. Die O. war vor jedem neuen Vorgang gefragt worden, ob sie bereit sei, das Kommende zu akzeptieren. Und in jedem Stadium hatte sie zugestimmt.

Bis die Intensität ihrer Bindung und das Bewußtsein, das sie ihr verlieh, sie von den traditionellen Ketten der Frau befreit und ihr eine außerordentliche Macht über andere verliehen hatte.

Lantin hatte Daniella nichts gefragt. Er hatte nie ihre Zustimmung eingeholt. Er hatte der Geschichte der Réage nur die oberflächlichsten Emotionen entnommen. Mann beherrscht Frau. Er hatte die Unterwerfung der O. nicht als Stärke erkannt, sondern irrtümlich Schwäche darin gesehen. Er sah in allen Frauen Schwäche.

So hatte er die Entscheidung für Daniella getroffen.

Sie ließ ihn seinen stöhnenden, schweißklebrigen Orgasmus in sich erleben. Sie machte aus ihrer Besudelung einen Übergangsritus, gelangte durch sie zu einer Suche nach sich selbst, wie Réage es von der O. verstanden wissen wollte. Am Ende würde sie Lantin Dank schulden, denn durch seine Grausamkeit war sie imstande, sich als ein freies Wesen zu sehen, als eine Frau, die auf die mächtigeren Männer um sie herum angewiesen war, um jene Höhen zu erklimmen, die sie für sich begehrte.

Noch immer wild von seiner Vergewaltigung, langte Lantin nach oben und löste die Kette vom Haken. Er schloß die Handschellen auf, so daß sie von ihren roten Handgelenken abfielen und zu ihren Füßen landeten. Sie fühlten sich heiß an, als ob sie von ihrer Schande brannten.

Er war tief in ihr. Daniella hatte das Gefühl, als hätte sie Durchfall. Sie hatte Krämpfe, wollte vor Schmerz weinen, doch diese Erleichterung erlaubte sie sich nicht. Nicht vor ihm.

Er wollte noch nicht aus ihr heraus, doch ihre Wadenmuskeln zitterten jetzt so stark, daß ihm keine Wahl mehr blieb. Er zog sich zurück, und Daniella kam es vor, als schnitte eine Schwertklinge durch ihre Eingeweide. Sie lehnte die Stirn an den Glasschrank, bis die Scheiben von ihrem keuchenden Atem beschlagen wurden.

Sie war schweißnaß, und sie konnte den Moschusduft von Sex riechen, der zusammen mit dem Mozart durch das Zimmer wirbelte.

Die Musik folgte ihr, als sie taumelnd durch den Gang in das Badezimmer eilte, wo sie gegen die Tür fiel und sich auf die Fliesen übergeben mußte.

Zwanzig Minuten später, nachdem sie sich gewaschen, kalt geduscht hatte, weil wie üblich das warme Wasser nicht funktionierte, stand sie vor dem Arzneischränkchen. Sie betrachtete sich in dem Spiegel an der

Tür und machte das Schränkchen schnell auf, um sich von ihrem Anblick zu befreien.

Sie brauchte mehrere Minuten, bis ihre Sicht für ihren Verstand genügend klar war, um zu begreifen, worauf sie schaute. Ein Fläschchen mit einem recht neuen Rezept. Schlaftabletten.

Sie nahm sie heraus, und während Lantin in der Küche noch mit den Essensvorbereitungen beschäftigt war, ging sie in das Schlafzimmer und schüttete sämtliche Tabletten in die Flasche mit Starka, die er immer neben seinem Bett stehen hatte, zwanzig insgesamt. Behutsam setzte sie sich auf das Bett und beobachtete fasziniert, wie die dünnen Kapseln sich in dem Alkohol langsam auflösten. Bald war keine Spur mehr zu sehen. Die Flasche war nur weniger als zu einem Viertel gefüllt. Sie dachte an die Konzentration der Chemikalien in der Flasche. Das reinste Gift, dachte sie. Fast.

Auf dem harten Stuhl im Eßzimmer zu sitzen, war so schmerzhaft, daß sie sich auf die Lippen beißen mußte. Lantin merkte nichts, oder, wenn er es vielleicht doch tat, hielt er es für das beste, keine Bemerkung zu machen. Er sprach, als wäre nichts weiter geschehen.

Daniella war erstaunt. Es war, als käme er überhaupt nicht auf den Gedanken, sie könnte eigene Empfindungen darüber haben, einfach genommen zu werden; oder es war ihm egal. Sie wußte nicht, was das Schlimmere wäre.

Wie es seine Gewohnheit war, trank er, ehe er ins Bett ging, aus einem Wasserglas Starka – drei Finger hoch. In der luftlosen Dunkelheit wartete Daniella, spürte, wie der Schweiß auf ihrer Haut kalt wurde. So dicht neben ihm zu liegen, machte ihr eine Gänsehaut, als wäre er ein Bär oder eine große Katze, die, wenn auch gut abgerichtet, sie jeden Augenblick angreifen könnte.

Endlich konnte sie es nicht mehr aushalten. »Jurij?« sagte sie. Dann, etwas lauter: »Jurij!«

Keine Antwort.

Sie drehte sich um. Sie konnte gerade sein Profil sehen. Er sah aus wie der Teufel.

Atemlos streckte sie die Hand aus, stieß ihn in die Rippen. Sie ballte die Hand zur Faust und schlug ihm oberhalb des Herzens auf die Brust und gab ihm eine Backpfeife.

Dann kletterte sie über seinen bewegungslosen Körper, griff hinter sich und zog ihn aus dem Bett. Jetzt blieb keine Zeit mehr, irgendein Risiko einzugehen.

Stöhnend unter der Anstrengung, packte sie ihn unter den Armen und schleifte ihn quer durch das Zimmer. Der Teppich wurde etwas zum Problem. Seine Fersen zogen ihn mit über den gebohnerten Fußboden und erhöhten so das Gewicht, bis sie Lantin losließ und den Teppich unter ihm wegzog.

Dann ging es den stillen Flur entlang. Daniella konnte das überlaute

Ticken der Uhr auf dem Kaminsims hören. Ihr Atem war heiß in der Kehle, und die gebückte Haltung verursachte wieder Krämpfe in den Beinen.

In der Küche öffnete sie die Klappe des Backofens und blies die Zündflamme aus. Dann drehte sie Lantin auf den Bauch und schob seinen Kopf und die Schultern in die Öffnung. Durch das Gas bereits zum Husten gereizt, drehte sie den Ofen voll auf.

Sie brauchte fünfzehn Minuten, um sich anzuziehen, den Safe für geheime Akten zu öffnen und alle Spuren ihrer Gegenwart einschließlich der Fingerabdrücke zu beseitigen. Bis dahin war die Wohnung schon so voller Gas, daß man bewußtlos werden konnte.

Wie viele Kriege hatte er ausgefochten? Den Krieg gegen Tschiang; den Krieg gegen die Kapitalisten; den Krieg gegen die *faan-gwai-loh*. Der höchste Tribut war ihm jedoch in dem Krieg gegen sich selbst abverlangt worden.

Wie ein Bergsteiger, der nach langem, erschöpfenden Aufstieg, in Wolken eingehüllt, auf der Spitze steht, versank Zilin jetzt zunehmend in Gedanken.

Sein heimliches, der Erfüllung des *yuhn-hyun* gewidmetes Leben war allen anderen verborgen geblieben. Jeder Tag war ein Kampf um die Sicherheit gewesen. Nach außen hin mußte er den Anschein erwecken, als arbeite er für die Ziele der jeweiligen Regierung. Natürlich hatte er auch Dinge durchgesetzt und hatte die Drähte gezogen, worin er es mit der Zeit zur Meisterschaft gebracht hatte. Doch hatte das nicht genügt. Trotz seiner Arbeit war das heutige China ein wüstes Durcheinander aus politischem Treibsand, unsicheren Prioritäten und Zuweisungen, und vor allem Unfähigkeit, einen langfristigen Plan für das Land zu entwickeln und diesen auch einzuhalten.

Vielleicht, dachte Zilin, war es gar keine Unfähigkeit, sondern mangelnder Wille. Seit Maos verhängnisvollen Fünfjahresplänen hatte in der Regierungshierarchie eine mangelnde Bereitschaft vorgeherrscht, zu dieser Denkweise zurückzukehren, ganz gleich, wie dringend es war.

Wir sind eine schwerfällige Nation, dachte er entmutigt. Wir sind zu viele Menschen, zu wenig gebildet und zu wenig qualifiziert. Unser kommunistisches Gewäsch fesselt uns an eine untragbare Wirtschaftsform. Unsere dauernde Furcht vor westlicher Besudelung verdammt uns zu einer endlosen Unterentwicklung in der modernen Industriewelt.

Immer wieder dachte Zilin an die Beispiele für chinesische Initiative und Geschäftssinn in fast allen Ländern des Globus. In den meisten Fällen hatten sie schwer dafür bezahlen müssen. Den auf den Philippinen geborenen Chinesen wurde die Staatsangehörigkeit des Landes noch immer verweigert, auch wenn ihre Familien dort schon viele Generationen lang ansässig waren. In den 60er Jahren waren bei Rassenunruhen in Malaysia und Indonesien Tausende von Chinesen umgebracht worden, hauptsächlich wegen ihrer Vormachtstellung in der Wirtschaft dieser Gebiete.

Ein Jahrzehnt später hatte das sozialistische Regime in Hanoi vietnamesische Chinesen in das Südchinesische Meer getrieben, anstatt solchen potentiell destruktiven Kapitalisten in ihrer Mitte Zuflucht zu gewähren. Heute sind die beiden erfolgreichsten Wirtschaftsmagnaten in Djakarta auf dem Festland geborene Chinesen. Aber anstatt rassische Probleme zu riskieren, hatten sie sich umbenannt in Soedono Salim und Surya Wonowidjojo, so daß sie als Indonesier gelten konnten.

Wenn auch die Chinesen heute in Indonesien nicht mehr Verstümmelung und Tod ausgesetzt sind wie früher, werden sie doch in gewisser Weise noch immer verfolgt. Die Regierung hat verfügt, daß die Bumiputras, die Söhne des Landes – einheimische islamische Malayen –, bei allen neuen Geschäftsunternehmen Vorrechte besitzen. Außerdem werden ›ausländische‹ Geschäftsleute ›ermutigt‹, Bumiputras als Partner aufzunehmen.

In Amerika gedeihen die Chinesen jedoch. Unter vielen anderen hat En Wang, ein Emigrant vom Festland, bei dem Entwurf von Computernetzwerken sein Genie bewiesen. Zilin bedauerte jetzt, daß er Amerika wohl nie sehen würde.

Doch was er in diesen Tagen des Schmerzes und der Angst am meisten bedauerte, war der Entschluß, seine Frau und seine Mätresse verlassen zu haben. Zum erstenmal in seinem Leben hatten ihn Zweifel an sich selbst erfaßt. Auch er war nur ein Mensch. Heute erschienen seine jugendlichen Träume, in denen er sich selbst für die Reinkarnation eines Himmlischen Wächters von China gehalten hatte, sehr weit hergeholt. Sein wachsender Schmerz machte ihm bei jedem Atemzug klar, daß er nur ein Mensch war, so sterblich wie alle anderen um ihn herum.

Jetzt spürte er die beklemmende Gegenwart von Wu Aiping. Todesschwingen rauschten in den Schatten seines Büros und seiner Villa. Nachts legte die Dunkelheit sich über ihn wie ein Mantel, den der Minister in den Händen hielt. Der Schweiß rann über seinen abgemagerten Körper.

Es gab Zeiten, da wünschte er sich, weinen zu können. Er fragte sich dann, wie er es hatte fertigbringen können, Athena und Sheng Li zu verlassen. Früher hätte er es Stärke genannt. Heute vermutete er, daß es reine Gleichgültigkeit gewesen war. Wie hatte er so gefühllos sein können? Wie hatte er seine beiden Söhne verlassen können, den einen als kleines Kind, den anderen schon als Baby?

Sein Traum hatte ihn dazu getrieben. Die quälende Vision des *yuhnhyun,* die vor so vielen, vielen Jahre im Garten des Jian in Sutschou geboren worden war. Künstlichkeit im Gewand der Natürlichkeit. Das war es, was ihn so lange getragen hatte. Das hatte ihn am Leben erhalten, aber er vermutete jetzt, voller Sorge, daß es ihn auch über sein eigenes Verständnis hinaus verbogen hatte.

Er war der Jian. Der Schöpfer.

Zum ersten Mal stellte er die Natur seiner Schöpfung in Frage. Er fragte sich, ob die Zukunft Chinas wirklich wichtiger war als sein eigenes Glück und das Glück derer, die ihm lieb waren. Bei seinem Aufstieg zur Macht war er Zeuge gewesen von unendlich viel Grausamkeit, Dummheit und Unmenschlichkeit. Er hatte getan, was er konnte, doch hatte das natürlich nie gereicht. Er hätte den Strom des Bösen nie aufhalten können. Das ewige Flattern des Ringbanners hatte es ihm unmöglich gemacht. Er hatte sich anpassen müssen, den Schein erwecken, als ginge er mit denen, die die Macht ergriffen hatten. Anders hätte er nicht überleben können. Mao hätte ihn umgebracht. Später wäre er zusammen mit Mao, der Viererbande und all den anderen vernichtet worden.

In zunehmendem Maße hatte er zu vermuten begonnen, daß er überhaupt unfähig war für Gefühle. Meine Söhne, meine Söhne, dachte er. Ich muß meine Söhne zurückhaben! Nicht einmal China bedeutet mir so viel, wie sie es tun.

Eine Glocke ertönte gedämpft in der Villa, und Zilin stand seufzend auf. Er ging zu seinem Senderempfänger und schaltete den Strom ein. Noch halb in tiefen Gedanken versunken, ging er das Einleitungsritual durch, das der Sicherheit diente.

Kontakt.

Sie tauschten die Erkennungscodes reibungslos aus.

»Bericht«, sagte er.

»Ich . . .« Die Stimme stockte, und Zilin wachte aus seinen Träumen auf.

»Was ist? Was ist los?«

»Ich weiß nicht«, sagte Nichiren in weiter Ferne. »Etwas scheint sich geändert zu haben.«

»In Hongkong?«

»In mir selbst.«

»Erklären Sie das«, sagte Zilin mit einer Ruhe, die er keineswegs empfand.

»Wie? Ich habe nie gelernt, meine eigenen . . . Emotionen zu verstehen.«

»Ich dachte, ich hätte das erreicht, indem ich Sie der Kontrolle Ihrer Mutter entzog.«

»Ich frage mich, ob das genügt.«

»Das verstehe ich nicht.«

»Ich möchte . . .« Eine Zeitlang war nur das Knacken des Geräts zu hören. »Ich möchte damit Schluß machen.«

»Schluß womit?«

»Dem Gehorchen von Befehlen, der Disziplin, ein Teil des *yuhn-hyun* zu sein.«

»Was sagen Sie? Das ist unmöglich! Haben Sie eine Ahnung, wie lange ich gebraucht habe, um Sie so aufzubauen, daß Sie für Daniella Workuta unentbehrlich wurden? Solange Sie von ihr geführt wurden, haben Sie mir alles, was sie sagte oder tat, berichtet. Ich hatte bereits von ihrer Anwerbung der Schimäre gehört, dem sowjetischen Maulwurf in der Quarry. Deshalb habe ich Ihnen befohlen, Mariana Maroc und das *fu*-Stück aus Hongkong wegzuschaffen. Schimäre hatte irgendwie von dem *fu* erfahren und die Direktive ausgegeben, Mariana zu suchen und zu liquidieren.

Daniella Workuta ist ein Hauptpfeiler im *yuhn-hyun* gewesen, obwohl sie selbst davon nichts weiß. Sie hat für mich den General Karpow erledigt; und wenn ich sie überhaupt kenne, wird sie auch einen Weg finden oder gefunden haben, das gleiche mit Jurij Lantin zu tun. Wenn das geschieht, können wir uns ohne Furcht bewegen. Lantin ist unser gefürchtetster Gegner in Rußland. Er war es, der das Liquidierungskommando nach Tsurugi geschickt hat. Er ist es, der China zu strangulieren sucht, indem er es zu einem Krieg provoziert, von dem er mit Sicherheit erwartet, daß es ihn nicht gewinnen kann.

Hören Sie mir zu! Ich habe Sie vor der völligen Anarchie und dem Nihilismus Ihrer Jugend bewahrt. Und indem ich das tat, habe ich den *yuhn-hyun* gefördert. Den positiven Ring. Ohne ihn weiß nur Buddha, was mit Ihnen geschehen wäre. Sie müssen darüber nachdenken. Sie haben eine Pflicht zu erfüllen.«

»Ich glaube, ich habe auch mir selbst gegenüber eine Pflicht. Das hat mir neuerdings schwer auf der Seele gelegen, etwas, das ich vor gar nicht langer Zeit gelernt habe. Eine Lehre, die mir Jake Marocs Frau erteilt hat.«

»Sie werden jetzt auf mich hören . . .!«

»Ich will mein eigenes Leben!« Der Schrei war wie der eines verlorenen Kindes, und Zilin überlief es eiskalt. »Ich will mein eigenes Leben, und ich werde es bekommen!«

Dann war die Verbindung unterbrochen. Einfach so, solch ein dünner Faden, vom Vater zum ahnungslosen Sohn.

Zilins Hand zitterte, als er das Mikrophon weglegte und das Gerät abschaltete. Der *yuhn-hyun,* dachte er. Fünfzig Jahre der Planung. Die Opfer, die er gebracht hatte, um Jian zu werden.

Ich will mein eigenes Leben!

Ein Schrei in der Nacht. Grausame Empfindung, die Zilin selbst schon seit Wochen in sich hatte wachsen fühlen. Sein Verlangen, seine Söhne zu sehen, sie wissen zu lassen, daß er lebte, daß er sie liebte, sie immer geliebt hatte, auch als er sie verließ, war so stark in ihm, daß er den Schmerz, der seinen Körper durchfuhr wie Blitze, überwand.

Er erschauerte, zitternd vor Gefühlen, die er in sich aufgestaut hatte, so schien es, fast ein ganzes Leben lang. Was tat es, daß er Jian war? Seine Söhne waren in all diesen Jahren für ihn verloren gewesen. Er sah jetzt ein, daß man das eine nicht mit anderen gleichsetzen konnte.

Plötzlich schmeckte er den Staub seines Lebens, verstand seine Leere. Er spürte die Entfremdung von seinem eigenen Ich. Als Jian, so weit entfernt von jeglicher menschlicher Schwachheit, hatte er jahrzehntelang weder gelacht noch geweint. Nichts konnte ihn rühren. In seinem Vakuum hatte er die Ränke des *yuhn-hyun* geschmiedet. Wie einen großen General hatten ihn die Manipulationen von Menschen gegen ihren Schmerz und Kummer verhärtet. Vielmehr hatte er sich nur auf ihre Ängste konzentriert, denn wenn er diese kannte, konnte er sie zu den Taten motivieren, die er von ihnen verlangte.

Ich will mein eigenes Leben, und ich werde es bekommen!

Er war niemals dagewesen, wenn seine Söhne ihn brauchten. Jetzt wurde es deutlich, daß zumindest Nichiren, verloren und allein, in seinem augenblicklichen Zustand nicht länger überleben konnte. Eine Frau könnte ihn trösten, doch wer sonst als ein Vater konnte die Dinge wieder ins Lot rücken?

Oh, Buddha, hilf mir! dachte er. Was soll ich tun?

Endlich begann Zilin zu weinen. Tränen solcher Bitterkeit, daß sie auf seinen Wangen brannten.

Es war seltsam, wie ein Telefon nachts so laut klingen konnte wie eine Hupe. Vielleicht lag es am penetranten Geräusch oder auch daran, daß die Menschen daran gewöhnt wurden, nachts nur schlechte Nachrichten zu erwarten?

Auf jeden Fall riß das Telefon Henry Wunderman aus tiefem Schlaf. Sofort setzte er sich auf und griff nach dem Hörer. Mit der anderen Hand streichelte er sanft die Schulter seiner Frau. Die Sprechmuschel mit der Hand bedeckend, flüsterte er ihr zu: »Schon gut, es ist nichts. Die Kinder schlafen alle, schlaf du auch wieder.« Er wartete, bis er merkte, wie sie sich wieder entspannte. Wegen ihrer Kinder hatte sie sich noch immer nicht an nächtliche Unterbrechungen der Stille gewöhnt.

Schließlich sagte Wunderman ins Telefon: »Ja?«

»Der Nachtklub ist für den Tanz geöffnet«, sagte eine vertraute Stimme in sein Ohr.

»O. K.«, sagte Wunderman. »Zwanzig Minuten.« Seine Füße schwangen bereits über die Bettkante.

›Der Nachtklub‹ war Quarry-Sprache für Kommunikation aus dem asiatischen Raum. ›Tanzen‹ war der Code für ›höchste Priorität‹.

Nachts durch Washington zu fahren, erinnerte Wunderman immer an Paris. Beide bildeten Zentren der Macht auf ihren Kontinenten. Lichterstädte. Alles in allem war Washington dem Wesen nach auch sehr europäisch, mit den Straßen, die vom Kapitolhügel aus sternförmig verliefen. Es war eine Stadt, wie man Wunderman gesagt hatte, die leicht zu verteidigen wäre.

Paris nahm in Wundermans Herz einen besonderen Platz ein. Dorthin waren er und Marjorie auf der Hochzeitsreise gefahren. Es war eine Billigreise gewesen, denn er konnte sich damals nicht mehr leisten, weil er das Geld von Marjories Familie abgelehnt hatte. Aber was machte das schon. Paris war eine Stadt, in der alle sich verlieben konnten, nicht nur die Reichen. Er versuchte sich vorzustellen, wie wohl Rodger Donovan über die Boulevards von Paris geschlendert sein mochte, in seinen Izod-Hemden, weißen Leinenhosen und Slippers. Eine uramerikanische Gestalt mitten unter dem gallischen Charme.

Die Pariser Frauen mußten verrückt nach ihm gewesen sein; die Russen mußten davongelaufen sein. Er war eine Einmannfeier des 4. Juli.

Wunderman durchlief die Sicherheitskontrollen in fünf getrennten Stufen. Auch wenn ihn jeder persönlich kannte, war er doch angenehm berührt zu sehen, daß es keine Nachlässigkeit gab oder daß Ausnahmen gemacht wurden.

Auf dem achten Stockwerk kam ihm der O.v.D. entgegen, ein junger, ernsthafter Mann namens Rhones, den Wunderman persönlich aus talentierten Anwärtern in Washington ausgesucht hatte.

»Was liegt an?«

Rhones machte sich gar nicht erst die Mühe, sich dafür zu entschuldigen, seinen Boß zu dieser späten Stunde aus dem Bett geholt zu haben; er kannte seinen Job und führte ihn perfekt aus.

»Computer-Anruf.«

Das ließ Wunderman anhalten. »Machen Sie Witze? Nachtklub kommt nicht über Computer.«

»Schon richtig, Sir. Die Meldung kam von der Basis Hongkong. Sie wurde wegen des Codes automatisch auf den Computer gelegt.«

»Rhones, alle unsere Kommunikationen, aus Übersee und andere, sind chiffriert.«

»Das weiß ich, Sir, aber diese ist in VAST.«

*V*erstümmelte *A*graphische *S*prachen*T*eile war eine Chiffre, mit der Donovan vor einiger Zeit angekommen war. Er hatte Wunderman erzählt, im wesentlichen sei es ein Scherz; daher auch der Name, der sich um das Wort ›agraphisch‹ drehte. Wunderman hatte es nachschlagen müssen. Es bedeutete eine pathologische Schreibunfähigkeit.

Was Donovan bei VAST getan hatte, war, Sprachen*geräusche* und nicht Wörter auszunehmen und sie in ein Wortangabealphabet umzusetzen. Dann hatte er alles verstümmelt. Deshalb war es eine Chiffre, die nur der Quarry-Computer übersetzen konnte.

Donovan hatte VAST ganz nebenbei vorgestellt, aber Wunderman und Beridien hatten damals sofort die besonderen Anwendungsmöglichkeiten erkannt und es Donovan in den Speicher des GPR-3700 einprogrammieren lassen.

Auf diese Weise besaß die Quarry den einzigen, nicht zu knackenden Code, von dem Wunderman je gehört hatte.

Wunderman setzte sich vor das Computerterminal, und Rhones ließ ihn allein. Eine besondere Eigenschaft von VAST war, daß es nur für die Augen des Direktors und besonders ermächtigter Personen bestimmt war.

Er tastete den ersten Satz des Zugriffscodes in den Computer. Als die Schrift WEITERSUCHEN aufleuchtete, gab er den Erkennungscode für die VAST-Chiffre-Kommunikation ein.

VERARBEITUNG sagte ihm der GPR-3700.

Es war heiß in dem fensterlosen Raum, und Wunderman rief Rhones, um die Klimaanlage höherzustellen.

WEITERSUCHEN.

Wunderman tastete den zweiten Satz des Zugriffscodes ein.

BESTAETIGT UND UEBERPRUEFT: JAKE MAROC VERANTWORTLICH FUER LIQUIDIERUNG VON DREI QUARRY-AGENTEN, HONGKONG, IN LETZTEN ZWOELF STUNDEN. FORDERN NEUKLASSIFIZIERUNG IN ›TOEDLICHER SCHURKE‹. BEFEHLE?

Die Worte jagten Wunderman einen kalten Schauer über den Rücken. Er spürte, wie die Luft aus ihm herausfuhr, als wäre er auf den Solarplexus geboxt worden. Er blickte auf seine Hand, sah, daß sie leicht zitterte.

Wie konnte er den Befehl geben?

Ich habe Jake in die Quarry gebracht. Ich bin sein Mentor; ich hab' ihn durch die Ausbildung geführt und ihn dann zum Einsatz gebracht.

Aber, mein Gott, drei Agenten getötet und Jake verantwortlich dafür. Wunderman dachte an seine Frau und die Kinder, die sicher in ihrem Bett im ländlichen Virginia lagen und schliefen. Ich muß ihn zurückbringen, dachte er jetzt. Um jeden Preis. Ich muß ihn aufhalten. Er läuft Amok.

Für Jake bin ich verantwortlich.

Wunderman wollte sich gerade wieder dem Tastenfeld zuwenden, als die Schrift LAUFEND oben auf dem Schirm aufleuchtete. Eine weitere Meldung von höchster Priorität kam herein. Wunderman machte den Schirm frei, gab ein WEITERGEHEN und seinen Zugriffscode ein. Das kam an:

BESTAETIGUNG GERUECHT UEBER ROTE ROSE – rote Rose war Quarry-Sprache für Rußland –: NEUER CHEF ERSTES HAUPTDIREKTORAT, KGB, GENERAL DANIELLA WORKUTA. BEKANNTGABE ERFOLGT IN 48 STUNDEN. UNBESTAETIGTE GERUECHTE BESAGEN INNERHALB EINER WOCHE WIRD GENERAL WORKUTA ALS ERSTE FRAU FUER POLITBUERO NOMINIERT. ENDE.

»Oh, mein Gott!« stöhnte Wunderman.

Er dachte, ich muß sofort Kontakt mit Apollo aufnehmen. Da war eine öffentliche Telefonzelle auf seinem Weg nach Hause, die er benutzen würde.

Er machte den Schirm frei und tastete über VAST seine Befehle ein.

DIREKTOR AN BASIS HK: BESTAETIGE EMPFANG NACHRICHT. MAROC HIERMIT NEU KLASSIFIZIERT IN ›TOEDLICHER SCHURKE‹. WIEDERHOLE: ›TOEDLICHER SCHURKE‹. NEUKLASSIFIZIERUNG BESTAETIGT.

Wunderman wandte sich vom Schirm ab, nachdem er das Terminal abgeschaltet hatte. Jetzt, dachte er müde, werden sie ihn ohne vorherigen Anruf erschießen.

Was konnte Andrew Sawyer anderes tun, als die Fotos dem Ehrenwerten Chen zu übergeben? Ihm selbst war unrecht getan worden. Peter Ng war *comprador* von Sawyer & Sons, aber er war der Neffe des Ehrenwerten Chen. Sawyer, sein Leben lang auf chinesische Philosophie und Sitten eingestellt, wußte, daß Familie Vorrang vor Geschäft besaß. Es spielte keine Rolle, wie viele Geheimnisse Peter Ng Sawyer & Sons gestohlen hatte. Das einzig Wichtige war, daß er zur Familie des Ehrenwerten Chen gehörte.

»Sie kennen den Mann mit der Narbe?«

Der Ehrenwerte Chen nickte. »Weißauge Kao.« Sein Gesicht war überschattet von unaussprechlicher Traurigkeit. »Ein kotfressender Lakai des verdammten KGB.«

»Sie stecken alle da drin«, sagte Sawyer. »Ng, Kao, Bluestone.«

Der Ehrenwerte Chen blickte auf. »Sie haben nichts unternommen?«

Sawyer schüttelte den Kopf. »Wie ich Ihnen sagte, Ehrenwerter Chen, ich komme zuerst zu Ihnen. Peter Ngs Stellung in Ihrer Familie macht mir das zur Pflicht.«

»Ich verstehe.« Lange starrte der Shanghainese den *tai pan* an, ohne etwas zu sagen.

Sie saßen im Arbeitszimmer in Chens Haus im Sai-Ying-Pun-Bezirk der Insel.

Als der Ehrenwerte Chen wieder sprach, schnitt er ein scheinbar belangloses Thema an. »Ich habe gehört, daß Sie kürzlich an einer Geisterhochzeit teilgenommen haben.«

Sawyer nickte. »Für meine Tochter Miki. Sie starb im Alter von achtzehn Monaten.«

»*Oh ko,* wie traurig. Die Last ist schwer für so ein Kleines. Aber jetzt, durch die Geisterhochzeit, ist ihre Seele glücklich.«

»Endlich.«

Die beiden Männer sahen sich gegenseitig abschätzend an, als stünden sie beide in einem neuen Licht da.

»Es scheint offensichtlich, Mr. Sawyer, daß mein Neffe Ihnen und Ihrer Firma großen Schaden zugefügt hat.«

Die Unterhaltung war plötzlich heikel geworden. »Ich denke«, sagte Sawyer, »daß es nichts ist im Vergleich zu der Enttäuschung, die es Ihnen bereitet.«

»Ich danke für Ihre Sorge, aber mein erster Gedanke gilt dem Schaden für Sawyer & Sons.«

»Es wird einige Zeit dauern«, sagte Sawyer vorsichtig, »um das volle Ausmaß des Verlustes festzustellen.« Er machte eine Pause. »Ich werde vielleicht Hilfe brauchen.«

Gerade auf diese Worte schien der Ehrenwerte Chen gewartet zu haben. »Dann wird sie Ihnen gegeben. Sie brauchen nur danach zu fragen.«

Sawyer verneigte sich. »Ich bin geehrt bei diesem Gedanken, Ehrenwerter Chen.«

Der Shanghainese schaute hoch. »Und die Strafe?«

»Das Verbrechen wurde gegen Hongkong begangen. Die Strafe sollte dem Verbrechen entsprechen. Das glaube ich wenigstens.«

Durchdringend sah der Ehrenwerte Chen Sawyer an. »Dann sehen Sie also keinen Grund, die Sonderabteilung zu informieren?«

»Das überlasse ich Ihnen.« Er ging jetzt ein Risiko ein, sein Herz schlug ihm bis zum Hals herauf.

Mit kurzem Nicken stimmte der andere zu. Er trat hinter seinen Schreibtisch und setzte sich. Er stellte das Foto, das er in der Hand gehalten hatte, an das Ende einer Reihe anderer Fotos. Er sah sie alle noch einmal an und hob dann den Blick zu Sawyer. Was er sah, war ein Mann mit offenen Zügen – wie Chinesen so etwas sehen. Das Gesicht schien im Augenblick erfüllt von Intelligenz und mehr. Von herzlicher Empfindung. Zum ersten Mal erkannte er das Gesicht eines Verbündeten.

»Mein Urteil ist dies, Mr. Sawyer. Lassen wir die Chinesen sich um die Chinesen kümmern. Die *tai pan* kümmern sich um die *tai pan.*«

Sawyer ging einen Schritt auf den kleinen Mann zu und verneigte sich. »Mit Respekt, Ehrenwerter Chen, ich möchte einen Vorschlag machen.«

»Ich bitte darum.«

»Lassen Sie uns gemeinsam strafen. Lassen Sie die Strafe, die wir uns gemeinsam ausdenken, das erste Band von vielen im geschäftlichen und persönlichen Leben sein.«

Der Ehrenwerte Chen mußte innerlich lächeln, trotz seiner Trauer über das, was unerklärlicherweise aus seinem Neffen geworden war. Und er dachte: *Dew neh loh moh,* vielleicht fange ich doch noch an, diesen Barbaren zu mögen.

Das Hauptbüro des Furchtbaren Sung lag in einer Spielzeugfabrik. Dort wurden kleine *samurai*-Krieger mit beweglichen Gliedern aus rotem, grünem, gelbem und blauem Plastik hergestellt, in hellen Farben, wie sie von Chinesen bevorzugt wurden, die aber für die *samurai* höchst unpassend waren.

Schnurgerade Gänge wurden gesäumt von riesigen Verschlägen, in denen buchstäblich Millionen von Armen, Beinen, Körpern und Köpfen lagerten. Schwerter und Füße wurden in einer gesonderten Abteilung der Fabrik aufbewahrt, weil sie erst am Schluß hinzugefügt wurden.

Reihen chinesischer Mädchen zwischen dreizehn und sechzehn Jahren, alle gleich gekleidet und auf harten, unbequemen Hockern sitzend, die glänzenden schwarzen Haare zu dicken Knoten gebunden, montierten die grimmig dreinblickenden Krieger Stück um Stück an einer Art Förderband, das sich mit einer Geschwindigkeit bewegte, die ihnen keine Zeit für Fehler ließ.

Obwohl wahrscheinlich genügend Geld vorhanden war, diese Fabrik und andere, ähnliche, an schimmernde Roboter der 80er Jahre zu übergeben, wäre es doch nicht praktisch. Menschliche Arbeitskraft war in Hongkong noch weitaus billiger als die Umstellung auf Automation.

Etwa dreißig Meter vor der Fabrik wurde Jake von einem Triadenmitglied mit struppigem Haar empfangen und durch das geräuschvolle Chaos im Inneren geführt.

Der Furchtbare Sung erwartete ihn. Tee wurde bereitet. Die gold- und grünfarbenen Zwillingsdrachen, die mit ihren gekrümmten und flammenden Rücken einen symmetrischen Bogen über dem Altaraufsatz, einem Schränkchen aus Kampferholz, bildeten, starrten ihn aus roten Augen an. *Joss*-Stäbchen schwelten, und ihr Duft vermischte sich mit den unbestimmten anderen Gerüchen in dem beengten Raum.

Die hölzernen Jalousien vor den Fenstern ließen dünne Scheiben Sonnenlicht in das Innere gelangen. Plastikstaub tanzte wie Plankton im Halbdunkel. Jake wußte aus Erfahrung, daß in diesem Raum die Lampen nur nachts angezündet wurden. Und auch dann noch waren die Schatten in den Winkeln tiefschwarz und undurchdringlich. Die Drachen, die die Erde unter diesem Platz bewohnten, zogen die Dunkelheit vor, wie der *feng shui*-Mann dem Furchtbaren Sung einmal geraten hatte. Glücklich kam er ihren Wünschen nach. *Dieh loong,* die Erddrachen, waren die persönlichen Beschützer von 489; er glaubte mit einer fast fiebernden Intensität an ihre Existenz. Er weigerte sich, die zu empfangen oder mit denen Geschäfte zu tätigen, die nicht auf *dieh loong* ausgerichtet waren. In diesem Punkt war er unnachgiebig, und er konsultierte den *feng shui*-Mann, ehe er in einen Handel eintrat, gleichgültig, ob es sich um einen großen oder kleinen handelte.

»Ah«, sagte er, als Jake hereingeführt wurde, »Mr. Maroc.«

Es war nicht chinesische Art, Komplimente zu machen oder übergroße Freude zu zeigen. Besonders unschicklich wäre dies für einen älteren Mann wie den Furchtbaren Sung, einem jüngeren Mann wie Jake solche Emotionen zu zeigen.

Dafür bereitete er den Tee selbst.

Jake war mit 489 allein, was an sich schon recht selten war. In China lernte man, aus den kleinsten Hinweisen Empfindungen herauszulesen, so wie man lernte, in der Wüste aus den unwahrscheinlichsten Plätzen Wasser zu gewinnen. In beiden Fällen war es eine Überlebenstechnik.

Schweigend tranken sie den Tee, wobei beide den Augenblick genossen, so daß das Ritual fast zu einem intimen Wechselspiel wurde. In diesem Zeitraum, Jake wußte das, stand das Visier des 489 offen. Wenn Jake jetzt wollte, könnte er den Vorteil nutzen und ihn alles fragen. Er wußte aber auch, daß dies, auch wenn der andere antworten würde, das Ende ihrer Beziehung bedeuten würde. Die Höflichkeit verlangte von Jake, sich mit der Kenntnis zufriedenzugeben und den Augenblick als das zu akzeptieren, was er war: eine schweigsame Pause zwischen Gleichen.

Zwischen diesen beiden existierte ein eiserner Ehrbegriff, und der wurde jetzt demonstriert. Keiner von ihnen wollte die im Spiel befindlichen Kräfte stören.

Endlich war außer feuchten Blättern nichts mehr in dem irdenen Topf. Und da sagte der Furchtbare Sung: »Der *godown*-Krieg ist beendet.«

»Ich freue mich, daß keiner mehr sein Leben verlieren wird.«

Dieser einfache Austausch war alles, womit Jakes Sieg anerkannt und gewürdigt wurde.

Sie saßen einander gegenüber, die Geräusche aus der Fabrik hüllten sie ein. Die Aura beider Männer war sehr stark, ihre Energien trafen in der Mitte des Raumes zusammen wie zwei mächtige Ströme.

»Nichiren«, sagte der Furchtbare Sung und schnitt damit das eigentliche Thema an.

»Ich möchte wissen, warum er hierherkommt, um Sie zu besuchen.«

»Er und ich sind in Diskussionen begriffen. Er sucht aber nicht nur mich auf, wenn er nach Hongkong kommt. Er trifft auch den Ehrenwerten Chen, Haifischzahn Tung, Führer des Hak Sam, die Chiu-chow-Triade. Er trifft praktisch alle Drachen.«

»Einzeln, nehme ich an?«

Jake hatte das leichthin gesagt, aber der Furchtbare Sung ließ sich Zeit für die Antwort. »So hatte er es nicht haben wollen, doch nach zwei vergeblichen Bemühungen, uns in einem Gipfel zusammenzuführen, war er gezwungen worden, die Runde zu machen. Beantwortet das Ihre Frage?«

Das hatte Jake den Atem verschlagen. »Ein Triadengipfel? Aber warum? Wie?«

Der 489 hob den Kopf, und jetzt malte sich echte Überraschung auf seinem Gesicht. »Hat Ihre Freundin Ihnen nichts gesagt?«

»Meine Freundin?«

»Haben Sie eine andere Bezeichnung für die Frau?«

»Bliss?«

Der andere nickte.

»Was weiß Bliss davon?«

»Mein lieber Mr. Maroc«, sagte der Furchtbare Sung ruhig, »sie ist Teil des *yuhn-hyun,* genauso wie Sie!«

»Wieso wissen Sie von dem *yuhn-hyun?*«

»Ja, wie wohl? Auch ich bin ein Teil des Ringes. Und auch Nichiren!«

»Nichiren?« Jake war verwirrt. Er hatte das Gefühl, der Boden unter seinen Füßen hätte nachgegeben. »Nichiren arbeitet für die Sowjets.«

»Nicht ganz.« Jetzt lächelte der andere. »Die Sowjets *glauben,* er arbeite für sie. Seine Primärbindung gilt dem *yuhn-hyun.*«

»Ich weiß noch nicht einmal, was dieser *yuhn-hyun* ist.«

»Ihnen das zu sagen, ist nicht meine Sache.«

»Nach dem, was ich für Sie getan habe . . .«

»Mr. Maroc, Sie kennen die Grenzen unseres Handels sehr wohl. Der *yuhn-hyun* wurde nie erwähnt.«

»In Ordnung«, gab Jake nach. »Nichiren, also. Was ist der Zweck des Triadengipfels?«

»Ich glaubte, das wäre offensichtlich. Um alle Triaden für eine Sache zu vereinigen.«

»Sagen Sie es nicht . . . Den *yuhn-hyun!*«

Der Furchtbare Sung sagte nichts.

»Wie sind Sie da hineingeraten? Ich hatte gedacht, alle Drachen wären unabhängig.«

»Unabhängigkeit, Mr. Maroc, hängt fast ganz von der Entwicklung ab. Lassen Sie mich Ihnen eine Geschichte erzählen, die das gut belegt. Sie liegt viele Jahre zurück. Ein etwas unbesonnener junger Mann fuhr mit einem anderen Mann auf Flußbooten. Zusammen kannten sie jeden Meter der Wasserwege in und um Hongkong herum, wo sie ihren Handel betrieben. Manche Dinge in China ändern sich nie. Ich glaube, das wissen Sie genauso wie ich. Eines dieser Dinge sind die Tränen des Mohn. Opiumschmuggel war und ist sehr gewinnträchtig.

Weil das so war, war der Konkurrenzkampf – wie soll ich sagen? – recht heftig. Es möge genügen zu sagen, daß der unbesonnene Jüngling in einem Augenblick berauschter Euphorie Leuten gegenüber, von denen er glaubte, sie wären vertrauenswürdig, prahlte. Die Aussicht auf Reichtum bohrt Löcher in den Begriff Vertrauen, wie er später erfahren mußte. Es war eine schmerzliche Lehre, die er niemals vergaß.

So kam es, daß der unbesonnene Jüngling und sein Mentor eines Tages in einen Hinterhalt gerieten, nachdem sie eine recht umfangreiche Ladung übernommen hatten. Vier Männer wurden dabei getötet, der Jüngling wurde schwer verwundet. Sein Mentor kümmerte sich um ihn, heilte ihn aus und hat ihn wegen des Vorfalls oder des Verlustes des Opiums nie getadelt. Der junge Mann entschloß sich, ein ganzes Jahr lang ohne Entgelt für seinen Mentor zu arbeiten, um die Zahlung, die der Mentor zur Deckung des Verlustes leisten mußte, auszugleichen.

Der Mentor war ein höchst ungewöhnlicher Mann, und als die Ereignisse ihn im Verlauf der Zeit zwangen, sich aus diesem Geschäft zurückzuziehen, vermachte er es dem jungen Mann, der jetzt nicht mehr annähernd so unbesonnen war.«

Der Furchtbare Sung zog sein Jackett aus. Er hängte es sorgfältig an den Garderobenständer in der Ecke seines Büros. Dann knöpfte er sein langärmeliges Hemd auf. Seine Krawatte zur Seite schiebend, entblößte er die Brust und die rechte Schulter. Die Haut dort war verrunzelt und durch eine Reihe dicker Narben weiß, ein abstraktes Muster auf der unbehaarten Haut.

»Wie Sie sicherlich schon vermutet haben«, sagte er und knöpfte sich wieder zu, »war ich der unbesonnene junge Mann. Mein Mentor, Mr. Maroc, war Drei-Eide-Tsun. Er ist der Drachen des *yuhn-hyun*. Wir sind in Geschäften verbunden; auch in diesem.« Er zuckte mit den Achseln. »Ich vergesse aber, daß Sie von seiner Beteiligung im *yuhn-hyun* schon wissen.«

Jake war überrascht. »Wieso sollte ich?«

»Weil Ihre Freundin seine Tochter ist, Mr. Maroc.«

Die Soldaten der Wache des Premiers erschienen pünktlich um neun Uhr am Morgen in Zilins Büro. Dort durchsuchten sie Zilins Akten und nahmen alles mit, was sich auf ›Mitra‹, Hongkong und den *ren* bezog.

Zilin schaute unbeteiligt zu, doch Zhang Hua, der den Soldaten in den Raum gefolgt war, stand zitternd und leichenblaß da, während er die systematische Durchsuchung des Büros verfolgte.

Nachdem die Soldaten ihre Arbeit beendet hatten, verlas einer von ihnen, der Kommandant, ein Schriftstück, in dem sie aufgefordert wurden, sofort vor einem Tribunal zu erscheinen, das der Premier einberufen hatte. Eine Nichtbefolgung war völlig ausgeschlossen.

Zilin steckte noch einige Papiere in seine Aktentasche und reichte diese Zhang Hua. Sie tauschten einen eindringlichen Blick.

»Mut, mein Freund«, sagte Zilin so leise, daß die Wachen des Premiers es nicht hören konnten.

Zusammen gingen sie langsam auf die Straße hinunter. Ein dichter, bleifarbener Regen fiel und wusch alle Farben aus dem Pflanzengrün.

Gebückt kletterte Zilin in den wartenden Wagen. Der Schmerz, den die Bewegung ihm verursachte, ließ ihn den Atem anhalten. Zhang Hua setzte sich neben ihn, die flache Aktentasche auf den Knien. Er umklammerte den Griff so sehr, daß die Knöchel der Hände weiß wurden. Zilin konnte spüren, wie Hua am ganzen Körper zitterte. Er wollte seinen Assistenten durch eine Geste beruhigen, wußte jedoch, daß sie beobachtet wurden.

Der Kommandant setzte sich neben sie. Drei weitere Soldaten – einer davon der Fahrer – saßen vorn. Im stillen dachte Zilin, es wäre ja übertrieben, um zwei alte, müde Minister abzuholen.

Zilin lehnte den Kopf an die Plastiklehne und schloß die Augen.

Schmerz schnürte sein Bewußtsein ein. Es wurde immer schwerer, jeden Tag den Schmerz und seine täglichen Pflichten zu trennen. Es nahm Zeit in Anspruch, seine Gedanken zu sortieren und den Schmerz, der mit der Beständigkeit des Atmens durch ihn jagte, zu verdrängen.

Zilin öffnete die Augen. Durch den Nebel seines Schmerzes und des stetig trommelnden Sommerregens betrachtete er sein Beijing. Seine Liebe zu der Stadt ließ sein Herz überströmen und milderte zumindest einen Augenblick lang seine Qual.

Er erinnerte sich, wie er als Mann in mittleren Jahren in das südwestlich von der heutigen Stadt gelegene Zhoukoudian gefahren worden war, um den Ort zu inspizieren, wo man die Überreste des Peking-Menschen gefunden hatte, wie aufgeregt und – wie sollte man sagen? – vielleicht stolz er gewesen war, als er dort in dem uralten Staub gehockt hatte.

Seine Gedanken gingen Jahrhunderte zurück, führten ihn an den Anfang der Menschheit. Hier, an der wichtigsten strategischen Route des ganzen asiatischen Kontinents, hatte der Mensch seine frühesten Spuren hinterlassen.

Hier, wo die riesige Ebene des Gelben Flusses und die dunkelnden Berge im Nordosten zusammenstießen, bahnten Händler sich ihren mühevollen Weg auf dieser wichtigen Nord-Süd-Route. Hier war es, wo sie den Yongding-Strom überqueren mußten, genau hier, unterhalb der Berge im Westen und der dichtbewachsenen Marschen im Osten. Hier begann die Besiedelung des späteren Beijing.

Unter den Zhou, in der Zeit der streitenden Reiche, irgendwann zwischen 403 und 221 v. Chr., war es bekannt als Ji, ›Die Gräser‹. Nach dem Sturz der Tang-Dynastie verlor es seinen Status als Grenzprovinz. 936 n. Chr. in das Nördliche Kaiserreich einbezogen, wurde es unter K'i-tan, Begründer der Liao-Dynastie, als Tanjing bekannt.

Zu Beginn des zwölften Jahrhunderts, als die Dschurdschen auf die K'i-tan folgten, wurde der Name in Zhongdu, ›Zentrale Hauptstadt‹, geändert. Einhundert Jahre später machten die Mongolen sie in dem Krieg mit den Dschurdschen dem Erdboden gleich. Die Bedeutung ihrer Lage war aber auch dem siegreichen Khublai nicht entgangen, und 1261 entschied er, sie zu seiner Hauptstadt zu machen. Für die Mongolen war sie Dadu, ›Die große Hauptstadt‹. Für den zu Besuch kommenden Marco Polo war sie Cambalu, eine Verstümmelung des mongolischen Wortes Khanbaliq, ›Stadt des Khans‹. Zu jener Zeit war sie bereits sehr groß.

Als im Jahre 1368 der Yüan von Zhou Yüanzhang besiegt wurde, gab dieser Begründer der Ming-Dynastie der Stadt den Namen Beiping, ›Nördlicher Friede‹. Sie ging in Erbfolge auf einen seiner Söhne über, der später den Titel König von Yüan erhielt. Als dieser 1403 an die Macht kam, entschloß er sich, die Hauptstadt des Landes von Nanking wieder hierher zu verlegen. Aus Beiping wurde Beijing, ›Nördliche Hauptstadt‹.

Unter diesem Herrscher nahm die Stadt in etwa die Form an, die sie heute besitzt. Im Norden wurden innerhalb der alten Befestigungen neue Mauern errichtet, die einen großen Teil des Stadtteils Yuan ausschlossen. Im Süden wurde 1524 ein Erdwall aufgeschüttet und später, 1543, eine Backsteinmauer gebaut, die einen großen Teil des früheren Mongolenviertels umschloß. Das gab Beijing das Aussehen einer Doppelstadt, der eine Teil fast quadratisch, der andere rechteckig.

Zilin wandte den Kopf. Der Regen trommelte gegen die Scheiben, während die Limousine durch die breiten Boulevards der Stadt jagte. Es herrschte fast kein Verkehr, und sie waren weit entfernt von den Bus- und Straßenbahnlinien.

Wie sehr er jedes Jahr der reichen Geschichte dieser großen Stadt liebte. Wie glücklich er war, als Chinese geboren zu sein, sein Leben hier verbracht zu haben! Doch die Zukunft Chinas lag im Westen. Wie ein giftiges Tier, das trotzdem wichtig war für die weitere Existenz der zivilisierten Menschheit, hatte die Technologie des Westens Zilin gezwungen, fast sein ganzes Erwachsenenleben hindurch mit Todesverachtung auf dem Drahtseil zu laufen. Er wußte, jetzt war die Zeit, es entweder zu beherrschen oder zu erkennen, daß der Versuch, es zu tun, nicht geglückt war.

Das schlechte Wetter hatte die riesige Halle des Premierministers kalt und feucht gemacht, wie eine Grabstätte auf dem Grunde des Meeres. Der Dunst der Jahrhunderte schien in der Luft zu hängen, die Hartholzmöbel wie mit Zitrusöl überzogen aussehen zu lassen.

Seltsamerweise roch es hier genauso wie in Zhoukoudian, wo Zilin vor so langer Zeit im Staub der Äonen gehockt hatte, um die Stelle zu betrachten, wo der Peking-Mensch gefunden worden war.

Es war ein ganz bestimmter Duft, der, allein weil es ihn gab, nach Versteinerung roch. In Zhoukoudian war es, als hätte die Welt sich nicht einen Tag weiterbewegt seit dem lebenden Peking-Menschen. Hier in diesem Raum war es nicht viel anders, dachte Zilin.

Als er sich in Gesellschaft des zitternden Zhang Hua und der vier Wachen, die ihn von seinem Büro aus begleitet hatten, auf die andere Seite des Raumes begab, sah er, daß Wu Aiping bereits da war.

Er saß zusammengesunken auf demselben geschnitzten Ebenholzstuhl, auf dem er bei ihrem ersten Zusammenstoß vor wenigen Wochen gesessen hatte.

Der Premierminister saß in seiner üblichen Haltung hinter dem hohen, hölzernen Schreibtisch. Sein Gesicht war von der Maske der Macht überdeckt: jenem Netz von Linien und eingesunkenen Stellen, die junge Männer alt machen, die die Herzen alter Männer vertrocknen lassen.

In diesem Augenblick kam die Prozession an einem Spiegel vorüber, und Zilin schaute zufällig hinein. Was er dort sah, entsetzte ihn. Er sah die Maske des Premiers auch auf seinem eigenen Gesicht.

Die ganze große Liebe, die ihn während seiner Fahrt durch die Straßen Beijings wie eine warme Decke eingehüllt hatte, verschwand. Jetzt spürte er nur die kalten Wände des Korridors der Macht, den er so viele lange Jahre hindurch hinuntergegangen war. Er dachte an all die Zeit, die er damit verbracht hatte, zu beobachten und den richtigen Augenblick abzuwarten, um seine Strategie zu verfolgen, seine komplizierten Intrigennetze zu spinnen, geduldig die rechten Umstände abzuwarten, die, wie er sicher gewesen war, ihm die benötigten Handhaben für die Endphasen seines Plans bringen sollten.

Und doch war sein Sinnen erfüllt von dem Schmerz, den er jenen zugefügt hatte, die ihn liebten. Er scheute zurück vor ihren verschwommenen, traurigen Gesichtern, vor ihren Träumen, vor dem unsäglichen Verlust durch Trennung.

Dann dachte er an seine Söhne, wie er sich danach sehnte, sie beide zu sehen, sie anzuschauen, die Sonne in ihren Augen zu sehen.

Zilin und Zhang Hua setzten sich.

»Wir sind heute hier«, begann der Premier, »um Anklagen ernstester Natur zu hören, die gegen einen unserer geachtetsten älteren Minister erhoben werden.«

Aus den Augenwinkeln sah Zilin, wie sich ein leichtes Grinsen auf Wu Aipings Gesicht ausbreitete. Das ist der Augenblick, dachte er, auf den mein Feind gewartet hat, seit er sich in die *qun* eingeschlichen hat.

»Wu Aiping«, sagte der Premier feierlich, »steht bitte auf und schaut mich an.«

»Mit Vergnügen, Genosse Premierminister.« Der Mann erhob sich zu seiner vollen, imponierenden Größe. In seiner Linken hielt er ein Bündel Papiere – zweifellos die belastenden Beweise, dachte Zilin.

»Shi Zilin«, fuhr der Premier fort und wandte ihm den runden Kopf zu, »wegen Eures fortgeschrittenen Alters will ich von Euch nicht verlangen, während dieser Anhörung zu stehen.«

»Schon gut, schon gut.« Zilin nahm Zhang Huas Hand, fühlte, wie die Kraft des anderen ihm auf die Füße half. »Dazu bin ich schon noch imstande. Ich bin ja kein Invalide.«

Der Premierminister nickte und fixierte den Blick auf den Raum zwischen den beiden. »Gestern abend erhielt ich durch Sonderkurier eine Reihe von Dokumenten.« Er blätterte einige Papiere durch. »Ich habe sie hier, nachdem ich sie im Laufe der Nacht mit einigen Beratern auf ihre Stichhaltigkeit hin überprüft habe.«

Wu Aiping konnte das Glitzern des Triumphes in seinen Augen nicht unterdrücken. »Ich nehme an, Ihr habt alles in Ordnung befunden, Genosse.«

»Das habe ich in der Tat.«

Wu Aiping nickte. »Alle zusätzlichen Fragen, die Ihr haben mögt, können von Shi Zilins Assistenten, Zhang Hua, beantwortet werden.« Er wandte den Kopf, um Zilin ansehen zu können, während er das sagte. »Zhang Hua hat in den letzten Monaten in meinem Dienst gestanden.«

»Zhang Hua«, sagte der Premier ernst, »wollt Ihr diese Behauptung bestätigen?«

Zilin hatte nicht mit der Wimper gezuckt. Bei Wu Aipings Ankündigung hatte er sich äußerlich nichts anmerken lassen. Das hatte Wu Aiping zumindest wütend gemacht; hatte er sich doch in freudiger Erwartung danach gesehnt, seinen verhaßten Feind unter der Klinge des Messers, das er für ihn geschliffen hatte, sich krümmen zu sehen.

Doch als Zhang Hua sich bemühte, auf die Füße zu kommen, war es der angeblich unsichere Zilin, der ihn mit Hand und Unterarm stützte; als der jüngere Minister danach griff, vermittelte ihm die Hand große Wärme und Kraft. Zhang Hua richtete sich auf, schöpfte durch den alten Mann neben sich Mut und sagte mit klarer, fester Stimme: »Ich streite die Behauptung ab, Genosse Premierminister.«

»Was!?« Wu Aiping machte einen Schritt auf ihn zu, erstarrte aber, als er die Geste des Premiers wahrnahm.

»Bitte, erklärt Ihr das, Shi *tong zhi*«, sagte der Premier.

»Ich werde mein möglichstes tun, Herr.« Zilin holte tief Luft. »Ich hatte schon einige Zeit den Verdacht, daß eine Gruppe von Ministern, deren radikale Philosophie zu der meinen und der des derzeitigen Regimes in Widerspruch stand, an Macht gewann. Als mir bekannt wurde, daß Wu Aiping der Kopf dieser Gruppe geworden war, beschloß ich, ihm eine Falle zu stellen und die gesamte *qun* ein für allemal bloßzustellen.

Zu diesem Zweck setzte ich meinen Assistenten ein. Mit seiner Zustimmung ließ ich ihn eine heimliche und völlig unerlaubte sexuelle Liaison eingehen. Das war für Minister Zhang Hua äußerst schwierig, da eine solche Unüberlegtheit seiner Natur zuwiderläuft und außerdem die Geheimhaltung der Operation uns zwang, die Wahrheit sogar von seiner Familie fernzuhalten.

Es war ein gefährliches Spiel, aber es klappte. Wu Aiping, stets auf der Suche nach einer Möglichkeit, meine Dienststelle zu unterwandern, kam hinter die falsche Liaison und begann, mit Hilfe von Fotos, Zhang Hua dahingehend zu erpressen, daß er ihm Informationen höchst empfindlicher Natur liefern mußte.

Selbstverständlich, Genosse Premierminister, erhielt Wu Aiping nur Informationen, die ich ihm zukommen lassen wollte.«

Wu Aiping war weiß vor Wut. »Ich werde nicht länger hier stehen und dem zuhören!« schrie er. »Diese Lügen sind eine Verhöhnung von . . .«

»Ruhe!« brüllte der Premierminister. Er liebte es, seine Stimme, die zumindest meistens sanft und angenehm moduliert war, bei anderer Gelegenheit als Manifestierung seiner höchsten Macht zu gebrauchen. Er lehnte sich vor, so daß seine Brust gegen die hohe Kante seines Schreibtischs gedrückt wurde. »Wagt nicht mehr, außer der Reihe zu sprechen, Genosse Minister. Nicht mit diesen Beweisen hier in meiner Faust für die Unterschlagung von Geldern, für die Ihr und Eure sogenannte *qun* Euch verantworten müßt!«

»Aber, Genosse Premierminister, das ist leicht zu erklären«, sagte Wu Aiping mit einem Unterton von Verzweiflung in der Stimme. »Seht Ihr, das Geld, das ich von meinem Ministerium lieh, ist in die Firma Five Star Pacific in Hongkong geflossen.«

»Oh ja, ich weiß, Wu Aiping«, sagte der Premierminister. »Ich weiß alles über Euch und die Five Star Pacific.« Der Ton seiner Stimme ließ Wu Aipings Blut fast erstarren. Von diesem Augenblick an wußte er, daß sein Leben an einem seidenen Faden hing. Aber wieso? *Wieso?*

»Bei den Dokumenten, die ich und mein Stab letzte Nacht so gründlich studiert haben, handelte es sich nicht um Eure kümmerlichen, angeblichen Beweise, sondern um ein vollständiges Dossier, das Shi *tong zhi* und Zhang *tong zhi* zusammengestellt haben. Es zeigt schlüssig Eure Verbindung mit Five Star Pacific, einer Firma, die vor einiger Zeit von Sir John Bluestone infiltriert worden ist, der, wie wir durch Shi Zilins Eifer entdeckt haben, der höchstrangige KGB-Agent in diesem Teil Asiens ist.«

»Die Sowjets?« sagte Wu Aiping mit erstickter Stimme. »Das ist doch unmöglich! Der *faan-gwai-loh* ist Shi Zilins Agent; er steckt tief in Five Star Pacific drin!«

»Im Gegenteil, Wu *tong zhi*«, sagte der Premier mit Bestimmtheit, »Ihr und Eure Genossen seid tief in die Gesellschaft verstrickt, die von den Sowjets kontrolliert wird. Zwölf Millionen Dollar tief! Wollt Ihr etwa leugnen, diese Wechseltransaktionen vorgenommen zu haben?«

»Nein, aber . . .«

»Leugnet Ihr, daß Eure Verschwörung gegen Shi *tong zhi* der erste Schritt sein sollte, Eure eigene Macht in dieser Regierung zu fördern?«

»Bei allem Respekt, ich weise diese Unterstellung zurück . . .«

»Ihr werdet vor diesem Gericht wahrheitsgemäß antworten, Wu Aiping, oder die Folgen tragen!«

»Meine Loyalität steht außer Zweifel. Ich muß protestieren . . .«

»Sprecht vor diesem Gericht nicht von Loyalität. Ihr seid hiermit aller Rechte und Privilegien entkleidet. Außerdem werdet Ihr zwecks weiterer Untersuchung in die Haftanstalt für politische Strafverfolgung eingewiesen.«

»Das ist alles ein schrecklicher Irrtum, Genosse Premierminister. Ihr seid getäuscht worden!«

»Fast, Wu *tong zhi,* fast. Doch durch den Eifer von Shi *tong zhi* und Zhang *tong zhi* habt Ihr Euch in Eurem eigenen Netz gefangen.«

In diesem Augenblick stieß Zhang Hua, der während dieses höchst brisanten Dialogs immer stärker gezittert hatte, einen kleinen Schrei aus. Unter krampfartigen Zuckungen löste er sich von Zilins heimlichem Halt und fiel auf sein Gesicht.

»Ah, Buddha!« stöhnte Zilin. Unter Mühen kniete er nieder, obwohl der Schmerz fast unerträglich war.

»Zhang Hua«, rief er. »Zhang Hua!«

Der Premierminister gab seinen Wachen ein Zeichen, die herbeieilten, um dem Minister zu helfen. Gleich darauf kam der Leibarzt des Premiers in die Halle. Er kniete neben Zhang Huas leblosem Körper nieder und drehte ihn mit einer solchen Behutsamkeit um, daß Zilin zu weinen begann. Bis zum Tode sollte Zilin sich mit kristallener Deutlichkeit an diesen Vorfall erinnern: Wie die sanften Hände des ihm unbekannten Arztes Zhang Hua so umdrehten, daß sein aschgraues Antlitz zur Decke hoch über ihm gerichtet war.

Sein Verstand sagte ihm, daß dies *joss* war, schlechtes *joss* für sie beide. Sein Herz aber schrie auf vor Qual. Was spielte der Augenblick des endgültigen Triumphes über die *qun* noch eine Rolle, nach elf Jahren? Er war bedeutungslos jetzt, da Zhang Hua nicht mehr war, um ihn mit ihm zu teilen. Zhang Hua, der seine Pflicht gekannt und sein Leben für Zilin eingesetzt hatte.

Ist das das Ende eines Helden? fragte Zilin sich im stillen.

Er empfand den Verlust seines langjährigen Freundes mit gleicher Schärfe, wie er die Amputation eines Beines fühlen würde. Er war jetzt wirklich ein Krüppel. Vielleicht war er irgendwie sein ganzes Leben lang ein Krüppel gewesen?

Er wußte nicht, wo er bei dem Versuch, diesen Quell der Trauer zu schließen, beginnen sollte. Nicht nur die Jahre, die er in Gesellschaft dieses Mannes verbrachte, stürmten auf ihn ein, sondern auch die Augenblicke, da er Athena, Jake, Sheng Li und das Baby, das später Nichiren wurde, aufgegeben hatte. Der Kummer war zuviel für ihn. Sein Kopf neigte sich unter dem Gewicht, und sein Herz war schwer wie Blei; es schmerzte in seiner Brust wie eine Wunde, die nicht heilen wollte.

Joss, dachte er. *Joss!*

Und dann: Ich darf nicht zulassen, daß dies meinen Söhnen widerfährt.

»Ich fürchte, ich kann hier nichts mehr tun«, sagte der Arzt kurze Zeit später zum Premierminister, unnötigerweise das bestätigend, was Zilin bereits gespürt hatte, als Zhang Hua neben ihm zusammengebrochen war. Der Arzt stand vor dem Premierminister wie ein Gefangener auf der Anklagebank. »Sein Herz hat einfach aufgehört zu schlagen. Ich vermute einen schweren Myokardinfarkt, doch ohne Autopsie kann man nicht sicher sein.«

Der Premier gab seinen Wachen einen Wink. »Kommt her und führt Wu *tong zhi* weg«, sagte er. »Der Anblick seines Gesichts verursacht mir Übelkeit.«

Benommen ließ Wu Aiping sich aus dem Raum führen. Er sagte nichts. Seine Augen waren glasig.

Jetzt kam der Premierminister hinter seinem Schreibtisch hervor. Er war ein winziger Mann, weitaus kleiner als der verhutzelte Zilin. Er stand sehr dicht neben seinem Minister. Seine alten Augen betrachteten Zilin, der Zhang Huas Kopf im Schoß hielt.

Schließlich beugte er sich nieder und half Zilin auf die Beine.

»Kommt«, sagte er. Seine Stimme war jetzt weich wie Samt. »Kommt mit mir.«

Hinter ihrem Rücken wurde Zhang Hua auf einer Trage weggebracht. »Der Verlust ist groß, mein Freund, das weiß ich«, sagte er sanft. »Er wird aber gemildert durch das Wissen um Euren Erfolg. Die anderen Mitglieder der *qun* werden soeben gleichfalls festgenommen. Was den Parteichef und den Verteidigungsminister betrifft, so werden die Haftbefehle gerade ausgestellt. Mit ihnen müssen wir noch immer vorsichtig umgehen. Die Machtfülle, die sie angehäuft haben, ist außerordentlich.

Bis ich die Beweise, die Ihr und Eure Dienststelle heimlich gesammelt haben, durchgelesen hatte, hätte ich nie geglaubt, daß diese Leute – diese *qun* – eine derart tiefverwurzelte Macht darstellten.«

»Sie haben sich auf mächtigen Schwingen zu einer bisher unvorstellbaren Macht erhoben.«

Der Premierminister nickte, als Zilin seine eigenen Worte aus einer früheren Besprechung gebrauchte. »Wie seinerzeit die Boxer, ja. Sie waren auf die Vernichtung des jetzigen Regimes aus. Ihr hattet auch damit recht. Wir brauchten Euren Plan, um sie zu fangen, um alle Schichten der Falschheit zu durchdringen. Die *qun* bestand aus viel mehr Genossen, als ich für möglich gehalten hatte.

Noch einmal, ich verdanke Euch mein Leben. Wie viele Male müßt Ihr dieses unwerte Ich retten, ehe Ihr zufrieden seid?«

»Es ist meine Aufgabe, Euer Strohmann zu sein, Genosse Premier«, sagte Zilin. »Diejenigen, die Euch zu vernichten trachten, haben in mir einen unerbittlichen Feind. Sie verbrauchen all ihre Energie, um mich unterzukriegen.«

»Alle Wege in Beijing führen durch Shi Zilin.« Der Premier legte eine Hand auf die Schulter seines langjährigen Freundes. »So ist es, vermute ich, länger gewesen, als wir beide uns erinnern wollen, alter Freund, *heya?* Wir alle müssen Opfer bringen.«

»Ich befürchte, daß diesmal der Preis zu hoch gewesen ist, viel zu hoch.«

»Wir wollen tun, was wir können. Zhang Hua wird in einer öffentlichen Feier als Held der Revolution bezeichnet werden. Sein ältester Sohn wird den Orden erhalten, den . . .«

»Genosse Premierminister, bei allem gebührenden Respekt, ich bitte Euch, keine Feiern. Laßt die Toten ruhen.«

»Shi Zilin, das Land muß es erfahren.«

»Wir wissen es, Genosse Premierminister. Vielleicht ist das schon zuviel.«

Sie waren am anderen Ende der Halle der Höchsten Harmonie angekommen. Fenster erhoben sich über ihren Köpfen, lang und schmal, wie Schwerter aus Kristall.

»Was machen Eure Schmerzen?«

Zilin zuckte mit den Achseln. Welchen Sinn hatte eine Antwort darauf?

Der graue Regen trommelte laut und hörbar gegen die Fenster.

»Am Ende bleiben nur die Naturelemente übrig«, sagte der Premier. »So sagt uns Buddha.«

»Welchen Platz hat Buddha in unserem modernen Staat?«

Der Premierminister lächelte. »Es ist Buddha, der Euch in all den Jahren getragen hat, Shi Zilin, ist es nicht so?« Es war eine rhetorische Frage, und Zilin hielt es für klug, kein Wort darauf zu sagen. »Glaubt Ihr, ich hätte nichts gewußt von Euren Aufstiegen zum Tempel des Schlafenden Buddha? Oder von Euren Stunden der Meditation dort?«

»Das sind die Widersprüche in uns«, sagte Zilin.

»*Ihr* seid widersprüchlich, Shi Zilin, um die Wahrheit zu sagen.« Der Premier legte die Hände auf den Rücken und faltete sie locker. »Ich muß gestehen, daß ich Euch diesen – wie soll ich es nennen –, diesen vollkommenen Frieden neide, den die Meditation in Wofori Euch bringt.«

»Nicht vollkommen.« Zilin schüttelte den Kopf. »Ohne meine Söhne kann ich jetzt nicht einmal den Anschein von Frieden empfinden.«

»Was kann man tun?«

»Ich muß nach Hongkong.«

Zwischen den beiden entstand eine große Stille, die der Regen mit seinem zügellosen Trommeln auszufüllen versuchte.

»Hattet Ihr das die ganze Zeit schon geplant?«

Zilin lächelte matt und etwas ironisch. »Manche Dinge, Genosse Premierminister, kann auch ich nicht planen.«

»Dann werdet Ihr also gehen. Und was dann?« fragte der Premierminister. »Ihr wißt, es kann dort nicht enden.«

»Es kann schon, wenn Buddha es will.«

Sie konnten überhaupt nichts mehr sehen, waren eingehüllt vom Nebel der Jahrhunderte. Dieser haftete an ihnen wie winzige Geisterhände. In China hatte die Vergangenheit eine besondere Art, sehr lebendig zu bleiben.

»Und wenn er es nicht tut?«

»Den Rest kennt Ihr«, sagte Zilin. »Ich werde nicht nach Beijing zurückkehren.«

Irgendwo, so schien es, schrien die Geister aller Ahnen auf wie ein einziger. »Was soll ich ohne Euch anfangen?« sagte der Premier. Seine Stimme war gedämpft durch den Nebel, oder vielleicht durch die rufenden Geister.

»Der Wind wird auch weiterhin über die Berge wehen; der Gelbe Fluß wird weiter ins Meer fließen.«

»Was wird China ohne Eure Führung tun? Wir sind hier noch immer Kinder, obwohl – oder genauer, *weil* – wir noch leidenschaftlich an der Vorstellung festhalten, wir seien die einzige wirklich zivilisierte Nation auf der Erde.«

»Wir sind blutdürstig gewesen bei dem Streben nach unserer Zivilisation.«

»Wir haben nur getan, was wir für das Vernünftigste hielten.«

»Das, so glaube ich«, sagte Zilin, »ist die eindrucksvollste Anklage unseres politischen Systems.«

»Vielleicht«, erwiderte der Premierminister zurückhaltend. »Vielleicht.«

Zilin fühlte sich müde. Dabei hatte er seine Reise noch nicht einmal begonnen. »Jurij Lantin, unser großer Feind, ist nicht mehr. Und General Karpow, der führende Geist von Mondstein, ebenfalls.«

Der Premier schüttelte den Kopf. »Mit Daniella Workuta hattet Ihr die ganze Zeit recht. Ich muß gestehen, daß ich Zweifel an Eurem Plan habe, Shi Zilin. Ich selbst finde die Persönlichkeiten der *faan-gwai-loh* undurchsichtig. Ich kann nicht begreifen, wie Ihr sie versteht. Und außerdem ist sie eine Frau.«

»Wie Laotse mich gelehrt hat, Genosse Premierminister, benutze ich jede Person entsprechend ihrer Fähigkeiten. Es gibt kein unbrauchbares Individuum. Über ein Jahrzehnt habe ich damit zugebracht, die Grundzüge der Macht innerhalb und außerhalb des sowjetischen Spionageapparates, des KGB, zu studieren. Es war mein Wunsch von Anfang an, sie das für uns tun zu lassen, wozu wir selbst nicht fähig waren.

Zu diesem Zweck studierte ich meine Akten. Ich stieß auf Daniella Workuta. Ihr einmaliger Verstand, gekoppelt mit den Umständen ihres Emporkommens – das heißt, daß sie eine Frau ist –, gaben mir den Keim zu der Idee.«

»Ich verstehe aber immer noch nicht, wie Ihr die Szenerie für die Tötung von Anatoli Karpow und Jurij Lantin schaffen konntet.« Er hatte einige Schwierigkeiten mit den ausländischen Namen.

»In diesem Fall habe ich weiter gar nichts getan. Ich ahnte lediglich ein latentes Konkurrenzverhalten zwischen ihnen und, mit einer gewissen Dosis manipulierten Nachrichtenmaterials, das Daniella Workuta zugespielt wurde, habe ich dieses aktiviert. Im Grunde war es schon immer da und wartete nur darauf, in Gang gesetzt zu werden. Ich danke Buddha, daß General Workuta tatsächlich die Stärke des Geistes und den verzehrenden Ehrgeiz besaß, die ich in ihr vermutete. Sie handelte, jawohl, *sie* handelte. Ich hatte damit nichts zu tun. Ich habe sie nur auf die Bühne gestellt.«

»Aber nur Ihr, Shi Zilin, konntet den Weg zur Tötungsszenerie sehen. Ihr habt aus dem bloßen Äther um uns herum einen Sieg geschaffen. Jetzt verstehe ich, warum man das ›Stehlen des Lichtes‹ nennt.«

»Ich habe nur meine Pflicht getan, Genosse Premierminister«, sagte Zilin ruhig. Seine Gedanken waren bei Zhang Hua, und er hielt dieses Lob für unpassend.

»Ihr habt den Tao wieder einmal mächtig gemacht«, fuhr der Premierminister fort. »Ich bin höchst dankbar. Wo Mondstein über unserem Haupt schwebte wie ein Schwert, war es unmöglich, sofort gegen die *qun* vorzugehen. Das hatte ihnen nur zusätzliche Unterstützung verschafft. Ich bin erleichtert, daß diese Bedrohung vorüber ist.«

»Vielleicht müssen wir uns eines Tages vor Daniella Workuta so fürchten wie vor den beiden Männern«, sagte Zilin. »Wenn ich sie auch davon überzeugt habe, daß der Weg zu unserer Unterminierung über Hongkong führt, und wenn wir sie auch durch ihr eigenes Netzwerk in Hongkong in der Hand haben – man kann nie sagen, was Macht aus der Seele auch des kühnsten Individuums machen wird.

Doch bald werden wir Kam Sang haben. Noch ist sein gefährliches Geheimnis gewahrt. Bald, denke ich, werden wir unseren Verbündeten und unseren Feinden einen Blick in das gestatten, was wir in Kam Sang geschaffen haben. Wir müssen aber immer mit größter Klarheit an unsere blutdürstige Vergangenheit denken. Der Zweck von Kam Sang ist, es zu haben, nicht es zu gebrauchen.

In dieser Hinsicht waren Jurij Lantin und Wu Aiping aus demselben Holz geschnitzt. Beide wollten sie uns in einen Feuersturm hineinlocken, der eine, um unsere Unterlegenheit zu beweisen, der andere, unsere Überlegenheit zu zeigen.

Wir beide wissen, daß Chinas Zukunft einen anderen Weg erfordert, und der geht über Hongkong. Es ist der einzige Weg für uns. Jetzt muß ich gehen, Genosse Premierminister.«

Der andere kam wieder in die Gegenwart zurück. »Natürlich, wie unbedacht von mir.« Er nahm Zilin am Arm. »Nach Beendigung Eurer Reise höre ich von Euch!«

Zilin sah in die Augen des Premiers. »Entweder von mir oder von denen.«

»Haltet Ihr das wirklich für klug?«

Am Ende wich der Premierminister Zilins magnetischem Blick aus. Er fühlte sich von der Kraft des alten Mannes überwältigt. Seine Stimme tönte in dieser riesigen, uralten Halle, obwohl doch nur sie beide es hören konnten.

»Ich akzeptiere Eure Entscheidung, Jian.«

Jake und Bliss auf Wache außerhalb der Fabrik, die *samurai*-Krieger herstellte. Er hatte seit zwei Stunden nicht gesprochen, und Bliss wurde allmählich besorgt.

»Ich weiß nicht einmal, was wir hier tun«, sagte sie.

Jake erwiderte nichts, sondern starrte weiter auf den Fabrikeingang. Nachdem er den Furchtbaren Sung verlassen hatte, faßte er jeden Punkt des Gebäudeäußeren sehr genau ins Auge. Wegen seiner Lage, eingekeilt zwischen anderen, ähnlichen Bauwerken, gab es keinen anderen möglichen Ausgang, als den, den Jake benutzt hatte. Auch die Rückseite der Fabrik stieß ohne ein Fenster gegen die Wand eines Lagerhauses in der nächsten Straße. Darüber befand sich ein massiver Block mit puppenstubenartigen Appartements.

»Jake?«

Drei der jungen Mädchen kamen heraus. Ihr Haar, jetzt frei von den Baumwollbändern, glänzte im Sonnenlicht.

»Jake, was ist mit dir los?«

»Warum hast du mir nicht gesagt, daß Drei-Eide-Tsun dein Vater ist?«

»Weil du erstens nie gefragt hast und zweitens, weil er nicht mein wirklicher Vater ist. Er hat mich adoptiert, als ich noch sehr klein war. Ich habe meine richtigen Eltern nie gekannt. Drei-Eide-Tsun erzählte mir, ich wäre in Burma geboren, während meine Mutter vom Festland aus nach Süden unterwegs war.«

Sie wandte ihren Kopf und betrachtete sein starkes und mächtiges Profil. »Warum? Ist es wichtig?«

»Das würde ich schon sagen«, sagte er kühl, »denn Drei-Eide-Tsun ist der Drachen des *yuhn-hyun.*«

Bliss schien überrascht, und zum ersten Mal teilte er seine Aufmerksamkeit zwischen dem Eingang und ihrem Gesicht. »Wer hat dir das gesagt?« fragte sie.

»Der Furchtbare Sung.«

»Er hat unrecht.«

»Wirklich?«

Sie fühlte voller Unbehagen, wie Spannung sich zwischen ihnen aufbaute und drehte den Kopf weg. »Laß uns nicht so reden«, sagte sie sanft. »Es irritiert mich.«

»Tut mir leid«, sagte Jake mit einer Spur von Sarkasmus, »doch stell dir vor, wie ich mich fühle. Du hast versprochen, mir alles zu erzählen. Du hast mir nichts gesagt.«

»Ich habe von David Oh nichts erfahren«, sagte sie ihm einfach. »Alles, was er sagte, war *huo yan.* Ich weiß nicht, was das bedeutet, und du auch nicht. Vielleicht bedeutet es gar nichts.«

»Ich habe nicht garantiert, daß du überhaupt etwas von ihm erfährst, als ich dir erlaubte, zu dem Treff zu gehen.«

Jake war jetzt erbost, und Bliss konnte sich nur bemühen, keine Angst vor seinem Zorn zu zeigen. Sie hatte ein Gefühl, als wäre sie im Freien und ein Taifun käme auf sie zu.

»Du warst noch nicht so weit, es zu erfahren . . .« Sie hielt plötzlich inne, wußte, wie falsch ihre Worte jetzt waren. Sie dachte, oh, Buddha, jetzt ist es passiert!

Jakes Gesicht war dunkel vor Zorn, und jetzt spürte Bliss, wie ihr Herz unter diesem Ansturm zitterte.

»*Ich war noch nicht so weit??* Wer befindet darüber? Dein Vater? Der Drachen des *yuhn-hyun?*«

Bliss wußte, ihr blieb keine Wahl mehr, jedenfalls nicht, wenn sie den Deckel noch etwas länger auf der ganzen Sache halten wollte.

»Ja. Der Drachen des *yuhn-hyun*«, sagte sie. »Er ist aber nicht mein Vater.«

»Du sagst mir besser, wer er ist!«

Bliss holte tief Luft. »*Dein* Vater, Jake. Shi Zilin.«

Ihre Worte hallten in seinem Kopf wider, doch in ihrer Wiederholung verloren sie jeglichen Sinn.

In der überraschenden Stille verpaßte Jake beinahe den Furchtbaren Sung. Der 489 kam zusammen mit drei Triadenangehörigen durch den Fabrikausgang.

»Mein Vater...?«

»Warum sind wir hier, Jake?«

»Mein Vater lebt? Aber wieso? Warum hat er sich nicht mit mir in Verbindung gesetzt, um es mich wissen zu lassen?«

»Er ist Shi Zilin, Jake. Shi Zilin. Was glaubst du wohl, was aus deiner Karriere geworden wäre, hätte die Quarry gewußt, daß einer der höchsten Minister in Beijing dein Vater ist?«

»Buddha, er lebt!«

Jake empfand Freude, Furcht und Besorgnis, die in seinem Kopf um den Vorrang stritten. Sein Vater, er lebte! So lange Zeit hatte er völlig allein im Leben gestanden. In gewisser Weise, das erkannte er jetzt, hatte er selbst daran Schuld gehabt; denn die Frauen, die ihn liebten, hatte er verlassen.

Warum? War es eine unsinnige Form der Buße, weil er als Waise zurückgelassen worden war, die die Marocs aus purer Menschenfreundlichkeit aufgenommen und bis zu ihrem Tode geliebt hatten? Dachte er, diese Staatenlosigkeit, diese Vorhölle, in der er keine Familienbande besessen hatte, wäre sein *joss,* zu dessen Überwindung er etwas tun könnte?

In diesem Moment fühlte er das Stück *fu* wie eine glühende Kohle an seinem Schenkel. Nichirens Stück, doch aus derselben Quelle. Dieses Bindeglied war es, dessen fühlte er sich sicher, das seinen Vater von den Toten zurückgebracht hatte.

Mein Vater, mein Vater, mein Vater. Er liebte sogar den Klang der Worte in seinem Sinn, wo sie eine eigene Melodie spielten.

Sein Vater, einer der höheren Minister in Beijing. Machte das ihn zu einem Freund oder Feind? Was ebenso wichtig war, was machte es aus Jake? Bliss war ein Teil des *yuhn-hyun.* Er auch, behauptete sie. Was machte das aus ihm? War es nicht offensichtlich, daß der *yuhn-hyun* ein rotchinesisches Unternehmen war? Und daß er unwissentlich ein Teil davon gewesen war? Wie lange schon? fragte er sich.

Es war unglaublich, wirklich. Er und Nichiren, Todfeinde, verbunden in einer globalen Jagd, arbeiteten, wissentlich oder nicht, im selben Unternehmen, auf derselben Seite. Und diese Seite waren die Rotchinesen!

Was ist aus mir geworden? fragte Jake sich. Lediglich ein Steinchen in einem gigantischen *wei qi*-Spiel? Und Mariana, David Oh. Wofür sind sie gestorben? Habe ich eine wirkliche Vorstellung von allem?

Er erkannte, daß dem nicht so war.

»Der Furchtbare Sung.«

Jake kehrte aus seinem Schock zurück. »Was?«

»Stehen wir wegen des Furchtbaren Sung hier auf Posten?«

Jake folgte ihrem Blick, sah den 489 und seine Wachen. Er nickte. »Er ist der Grund«, sagte er.

Er setzte sich in Bewegung, Bliss mit ihm, wie ein ständiger Schatten. »Der Furchtbare Sung wird mich direkt zu Nichiren führen.«

Wegen des Vorfalls bei Lantin hatte Daniella versäumt, zwei aufeinanderfolgende Telefontreffs mit Schimäre einzuhalten. Sie war viel zu sehr beschäftigt gewesen damit, Lantins Versteck mit den Dokumenten zu untersuchen, um an irgend etwas anderes zu denken. Nur die Fragen zweier Bluthunde, die mit der Untersuchung des Todes des Genossen Lantin beauftragt waren, unterbrachen sie. Sie hatten die Notiz gefunden, die sie auf Lantins Schreibmaschine getippt hatte, worin der jähe Verfall des Geisteszustandes von General Karpow beschrieben wurde; daß die Operation Mondstein von jemand ins Leben gerufen worden war, der eigentlich schon wahnsinnig war; wie Lantin von dem Irren hinters Licht geführt worden war und wieviel es die Sowjetunion gekostet hatte.

»Erst jetzt«, endete die Notiz, »verstehe ich, daß Mondstein uns bis auf Haaresbreite an einen Nuklearkrieg herangeführt hat. Mit dieser Kenntnis kann ich nicht leben.«

Daniella hatte den unteren Rand des Bogens noch mit einer hervorragenden Fälschung von Lantins Unterschrift geschmückt.

Das war alles. Die Bluthunde waren Idioten, was Daniella kaum überraschte. Aber auch wenn sie so listig gewesen wären wie Lantin selbst, wäre nie der geringste Verdacht auf sie gefallen. Das sorgfältig geschnürte Päckchen, das sie ihnen präsentiert hatte, lockte sie zu den richtigen – wenn auch falschen – Schlüssen, wie eine Flamme Motten anzieht. Es fand Anklang bei ihrem beschränkten Verstand. Bürokraten.

Was die Dossiers betraf, so war sie überrascht; nicht von der Überfülle geringer und weniger geringer Sünden von Moskaus Eliteministern, sondern darüber, daß es Jurij Lantin gelungen war, so viele handgreifliche Beweise gegen sie alle anzuhäufen.

Die Natur seiner Machtbasis war ihr sofort klargeworden, und sie hatte wenig Zeit verloren dabei, sich selbst in der Lücke zu etablieren, die sowohl Lantin wie auch Karpow hinterlassen hatten. Bei ihren Kenntnissen und dem Reichtum an Nachrichtenmaterial, das sie aus Lantins Wohnung gestohlen hatte, war das nicht besonders schwierig.

Es bedeutete lediglich, daß mehrere Tage vergingen, bis sie eine Möglichkeit fand, die Verbindung mit Schimäre wiederaufzunehmen. Und als sie es endlich tat, war sie traurig, so lange mit ihren internen Angelegenheiten beschäftigt gewesen zu sein.

Was Schimäre für sie hatte, war die bisher vielversprechendste Nachricht. Kam Sangs Geheimnis war nicht, so schien es, die Meerwasserentsalzungsanlage, die darin enthalten war.

»Es ist vielmehr militärischer Natur«, ertönte die elektronische Stimme an ihrem Ohr. »Und sicher schädlich für uns. Sein Geheimnis sollte durchbrochen werden, sobald es sich machen läßt.«

Ja, dachte Daniella, und unterbrach die Verbindung weit vor dem 90-Sekunden-Limit, es wird ergründet werden. Aber dafür haben wir jetzt Zeit.

Im Bett, Stunden später, schloß sie die Augen und seufzte tief. Jetzt war sie doppelt erleichtert über Lantins Tod. Die irre Mondsteinoperation war nun das erste, womit sie sich beschäftigen mußte. Gleich morgen würde sie diese beenden, genauso wie den Stellvertreterkrieg der Vietnamesen gegen die Chinesen.

Ich habe die ganze Zeit recht gehabt, sagte sie sich. Hongkong ist der Schlüssel; ist es immer gewesen. Jetzt bin ich mitten in der Kolonie. Genau dort, wohin ich wollte.

Sie dachte an die Gefahr, die wie eine dunkeläugige Viper im Herzen von Kam Sang lauerte, und sie bekam eine Gänsehaut. Was Lantin und Karpow beinahe auf die Welt losgelassen hätten, würde keiner außer ihr wissen. Noch schlief die unbekannte Waffe in Kam Sang.

Daniella beschloß, daß sie, was immer es auch sein mochte, für alle Zeiten schlafen sollte.

Träge schwappte das ölige Wasser gegen die hölzernen Pfähle. Tauwerk an Bord der schwimmenden Stadt der Hakka knarrte. Gleich hinter der Ansammlung von Dschunken sprenkelten die roten, gelben und smaragdenen Lichter des »Jumbo« das Wasser. Die letzte Barkasse brachte die Nachtschwärmer weg.

Drei-Eide-Tsun stand oben nahe dem Bug seiner Dschunke. Er war soeben die Treppe von der Kabine unter Deck heraufgekommen, wo er Neon Chow geliebt hatte. Sie hatte gewünscht, daß er danach noch bei ihr bleiben sollte, doch er war dem Wunsch nur zum Teil nachgekommen. Er hatte ihren Schenkel schwer über seinem Knie gespürt, bis ihr Atem langsamer und schließlich regelmäßig geworden war. Als sie endlich schlief, hatte er sich davongestohlen.

Die Augen zum Achterdeck wendend, konnte er drei oder vier seiner Kinder sehen, die leise miteinander sprachen, während sie Leinen spleißten und schwere Schleppnetze flickten.

Sie sind gute Kinder, dachte er, als er sie beobachtete. Ich möchte doch keines von ihnen verlieren. Schnell drehte er den Kopf weg, als ihm Tränen in die Augen traten. Beim Geiste des Weißen Tigers, das macht mich doch nicht zu einem selbstsüchtigen Mann. Nur zu einem liebevollen.

Er hörte eine Bewegung und spürte gleichzeitig die winzige Veränderung in der Schwingung der Dschunke, als jemand an Bord kam. Er sah sich um und sah den Schatten näherkommen. Er brauchte keine Beleuchtung, um den Gang zu erkennen.

»Gefährlich, einfach so hierherzukommen«, sagte er, als die Gestalt nahe genug war.

»Am Vorabend des Gipfels war mir klar, daß ich dich nicht an unserem üblichen Ort treffen würde.«

»Er kommt«, sagte Drei-Eide-Tsun. »Nach all diesen Jahren verläßt er Beijing.«

»Unser Bruder«, antwortete der andere Mann. »Es ist fast unmöglich, das zu glauben.«

»Morgen wird es mit dem *yuhn-hyun,* wie wir ihn in den Jahren kennengelernt haben, zu Ende sein.«

Die Gestalt bewegte sich etwas, so daß die farbigen Lichter des »Jumbo« seine Gesichtszüge teilweise erhellten. »Das heißt, alle *fu*-Stücke werden endlich zusammenkommen«, sagte T. Y. Chung. »Der Konkurrenzkampf, den wir vom Zaun gebrochen haben, wird dann nicht mehr nötig sein.«

»Wir haben fünfzig Jahre für die Durchführung dieser List gebraucht«, sagte Drei-Eide-Tsun leidenschaftlich. »Dieser Krieg war nötig, damit die anderen *tai pan* uns nicht verdächtigen konnten, alle unter einer Decke zu stecken. Ich wäre sonst nie in der Lage gewesen, Pak Hanmin zu beginnen; und Sir John Bluestone wäre nie dein Partner geworden. Wir hätten auch nie so viele Gesellschaften aufkaufen können: Tang Shan *godowns,* Donnelly und Tungs Tanker, Southchina Electronics, Fan Man Metallwerke. Während alle nur auf unsere Fehde achteten, erwarben wir alle Außenressourcen, die wir für unseren Teil des *yuhn-hyun* brauchten.

Jetzt ist die einzige noch offene Frage: Was wird geschehen, wenn die *fu*-Stücke vereint sind? Sogar ich weiß die Antwort darauf nicht. Es ist offensichtlich, daß der *yuhn-hyun* noch nicht vollständig ist.«

»Wer besitzt das vierte Stück des *fu?*«

»Bis morgen ist das das Geheimnis des Älteren Bruders. Soviel aber ist bereits klar, daß wir alle vier Stücke brauchen, oder wir haben gar nichts!«

T. Y. Chung sah auf das Meer hinaus. Sein Gesicht war erfüllt von Trauer. »Nichts«, sprach er seinem Bruder nach, »ist das, was wir am Ende haben. Und in der Zwischenzeit, schau, was der *yuhn-hyun* mit uns gemacht hat. Zwei Brüder, niemals in der Lage, unsere Verwandtschaft zuzugeben, ganz zu schweigen davon, unser Leben und unsere Familien zu teilen.

Dafür bringst du deine Adoptivtochter in größte Gefahr, und ich muß meine Abende mit dieser Viper, dem Misthaufen Bluestone, verbringen.«

Drei-Eide-Tsun seufzte. »Wenn wir die Bedeutung von Pflicht nicht kennten, mein Bruder, wären wir um nichts besser als die barbarischen *gwai loh*.«

T. Y. Chung drehte den Kopf und spuckte kräftig über die Seite. »Dann muß ich dir sagen, daß es Zeiten gibt, da ich es hasse, zivilisiert zu sein.«

»Wir sollten jetzt nur Freude empfinden, weil unser Älterer Bruder seine Feinde in Beijing besiegt hat. Das heißt, der *yuhn-hyun* wird funktionieren. Du und ich und jedermann in Hongkong müssen beten, daß er wirklich funktioniert, weil die Kolonie sonst verloren ist, trotz der fünfzigjährigen Schonzeit, die unser Älterer Bruder durchgepaukt hat. Noch ist die Schlacht nicht beendet. Ich bin sicher, im Norden sind noch mehr, die unseren Duftenden Hafen dem Kommunismus einverleibt sehen möchten.«

T. Y. Chung kam herüber und stellte sich neben seinen Bruder. Ihre Schultern berührten sich wie von ungefähr. »Wir müssen ihn hier gut vor den Drachen und den verdammten Behörden bewachen. Wenn ihnen seine Identität bekannt würde, bedeutete das die Zerstörung von allem, wofür wir ein halbes Leben lang gearbeitet haben.

Sein Schutz ist von höchster Bedeutung. Unser Älterer Bruder ist eine Ikone. Er ist selbst Jade. Vielleicht, wie du gesagt hast, überhaupt kein Mensch. Ich glaube, er hat sich selbst mit den Jahren zu dem gemacht, was zu sein er als Kind geglaubt hatte: ein Himmlischer Wächter Chinas.«

Oben am Niedergang unterdrückte Neon Chow ihre Aufregung. Als sie die Treppe gleich nach Drei-Eide-Tsun heraufgekrochen war und kaum gewagt hatte zu atmen, hatte sie sich gefragt, was T. Y. Chung, der bittere Rivale von Drei-Eide-Tsun, hier wohl wollte. Jetzt wußte sie es.

Dew neh loh moh, dachte sie. Wer hätte vermutet, daß Drei-Eide-Tsun und T. Y. Chung Brüder sind? Buddha, was für eine fantastische Neuigkeit das ist!

Drei Stunden vorher, als Peter Ng sein Rendezvous mit Sir John Bluestone verpaßt hatte, war sie zum Dienst gerufen worden. Wie Daniella Jurij Lantin erzählt hatte: Ihre Netze hatten Stützmaßnahmen eingebaut.

Neon Chow dachte mehrere Wochen zurück, an die erste chiffrierte Nachricht, die sie abgesetzt hatte. Wie ihr gesagt worden war, hatte sie am Morgen den blinden Briefkasten benutzt, nachdem sie am Abend vorher die örtliche Telefonnummer angerufen hatte.

Vor Monaten hatte sie Drei-Eide-Tsun und Bliss belauscht, als sie über das *fu* sprachen. Neon Chow wußte zwar, was ein *fu* war, konnte nur seine Bedeutung in der modernen Welt nicht begreifen. Weniger als eine Woche später beobachtete sie, wie Drei-Eide-Tsun von der Dschunke schlich und über ein winziges Beiboot an Bord einer Lorcha gegangen war.

Sie hielt ihre Erregung für sich und war geduldig. Sie hatte seine Routine entdeckt: zweimal in der Woche, wenn kein Mond schien oder hinter

Wolken verborgen war. Als sie sich entschloß, ihm zu folgen, wußte Neon Chow, daß sie eine derartig gefährliche Aktion nicht mehr als einmal wagen konnte.

Sie hatte den starken Senderempfänger gesehen und jedes Wort gehört, das Drei-Eide-Tsun in Mandarin gesprochen hatte. Es gab nur wenige Dialekte, die Neon Chow nicht verstand; das machte zum Teil ihren Wert als Agentin aus.

Das *fu*. Drei-Eide-Tsun und die unbekannte Gegenseite sprachen von dem *fu*. Sie sprachen auch von Macht. Macht, die Hongkong wie ein Ring umschließen konnte und dem, der das ganze *fu* in Händen hielt, unschätzbaren Reichtum bringen würde.

In dieser Nacht hatte sie den Anruf getätigt und das eine Wort ›Mitra‹ ins Mikrofon gesagt. Am nächsten Morgen war ihr Bericht im Briefkasten.

Neon Chow bewegte sich in einer gesichtslosen, im wesentlichen kontaktlosen Welt. Sie fragte sich oft, ob auf ihre Berichte hin gehandelt worden war. Ein- oder zweimal, als sie sich besonders niedergeschlagen fühlte, fragte sie sich, ob sie überhaupt gelesen worden waren. Sie hatte keine Möglichkeit zu erfahren, ob ihre Entdeckungen wichtig waren oder nicht.

Das war eine der Seltsamkeiten ihrer Welt.

Es war schwer, nichts weiter zu tun, als zu beobachten. Er hatte das jetzt schon so lange getan. Vor acht Stunden war es Abend gewesen und hatten er und Bliss vor der Fabrik für Plastik-*samurai* gestanden.

Mit einem Mietwagen waren sie dem Furchtbaren Sung und seinem Gefolge zu der Villa des 489 an der Peak Gap Road nachgefahren. Ins Zentrum von Hongkong, halbwegs zwischen Central District und Aberdeen.

Niemand war nach dem Furchtbaren Sung in das Haus hineingegangen, keiner war wieder herausgekommen. Das war ungewöhnlich. Der Triadendrache liebte das Nachtleben der Kolonie.

Als Jake Bliss das sagte, antwortete sie: »Etwas geht hier vor.«

»Etwas wie ein Triadengipfel.«

Bliss schüttelte den Kopf. »Sie werden sich gegenseitig umbringen.«

»Wenn nicht Nichiren ihnen einen ausreichend zwingenden Grund nennt, es nicht zu tun.«

»Aber warum sollten sie auf ihn hören? Er ist Japaner. Da gibt es eine natürliche Feindschaft.«

Jake erinnerte sich an Mikios Akten, aus denen hervorging, daß Nichiren mit seiner Mutter nach Japan ausgewandert war, als er noch nicht ein Jahr alt war. Woher war er gekommen? Warum könnten Chinesen auf ihn hören? Wenn er nicht . . .

»Was ist, wenn Nichiren Chinese ist?«

Bliss starrte ihn an. »Was??«

»Das ist die einzige Möglichkeit, sonst ergibt dieser Triadengipfel keinen Sinn.«

»Ich dachte, seine Mutter war Japanerin.«

»War sie auch«, sagte Jake gedankenvoll. »Aber wer weiß, ob sie seine richtige Mutter war. Außerdem, auch wenn sie es war, hätte ja immer noch sein Vater Chinese sein können.«

»Er ist kein Japaner und Chinese auch nicht. Sie würden ihn sonst noch mehr hassen.«

»Nicht unbedingt. Er gehört zum *yuhn-hyun,* also müssen wir annehmen, daß er von den Rotchinesen geführt wird, nicht von den Russen. Er wird doppelt geführt, und das recht geschickt.

Irgendwie glaube ich nicht, daß mein Vater es gern sähe, wenn die Triadendrachen erführen, wo die Macht des *yuhn-hyun* letztlich steckt. Der Furchtbare Sung selbst glaubt, Drei-Eide-Tsun sei der Drache des Rings. Ich denke, man kann getrost annehmen, daß die anderen Drachen gleicher Meinung sind. Nichirens Beteiligung setzt die Täuschung fort, fügt dem Ganzen aber einen internationalen Hauch hinzu. Was glaubst du, wie sie reagieren würden, wenn sie wüßten, daß der wichtigste sowjetische Agent vielleicht insgeheim mit ihnen im Bunde ist?«

»Das wäre ein großer Anreiz hineinzugehen«, gab Bliss zu, »trotz ihres Gezänks.«

»Genau.« Jake dachte einen Augenblick nach. »Wer sonst ist am *yuhn-hyun* beteiligt?«

»Das weiß ich nicht.«

Jake sah ihr fest in die Augen. »Ist das wahr?«

»Ja.«

»In Ordnung.«

Über ihren Köpfen durchbohrte eine im Mondlicht schimmernde Wolke die tiefe Dunkelheit des Himmels. Für weniger scharfe Augen hätte es auch ein zusammengerollter Drache sein können.

»Jake«, sagte sie, »jeden Tag, den wir zusammen sind, habe ich das Gefühl, es muß tausend Dinge geben, die einander zu sagen wir vergessen haben. Die Zeit geht so schnell vorüber. Wenn ich dich manchmal anschaue, sehe ich einen Mann mit auf dem Rücken gefesselten Händen. Ergibt das für dich einen Sinn?«

Er sagte nichts und starrte weiter in die Nacht hinein. Bliss spürte aber ein feines Rühren in ihm. Wenn sie ihn doch nur dazu bringen konnte, das Gift, das schon so lange in ihm steckte, auszuspeien. Was war das für ein dunkles Geheimnis, das er mit anderen nicht teilen konnte?

Eines Tages wird er sich selbst vernichten! Dieser Gedanke traf Bliss mit bestürzender Plötzlichkeit. Sie wußte, daß sie ihn irgendwie ablenken mußte und erinnerte sich an einen Vers, den Fo Saan oft zitiert hatte, wenn sie wieder einmal nicht hatte ausdrücken können, was sie bewegte. Sie fragte sich, ob er das auch bei Jake getan hatte. Um es zu erforschen, sprach sie ihn aus: »›Unten am Quell – tönt echogleich der Schrei eines Regenpfeifers. Das ist alles.‹«

Jake setzte sich in ihrer Felsennische zurecht. »Daran kann ich mich erinnern«, sagte er ruhig. »Es ist lange her, seit ich begriffen habe, was er bedeutet.« Bliss spürte, wie er innerlich weich wurde, spürte es so stark, als wäre es ihre eigene Empfindung. Sie sagte kein Wort.

Endlich, als Jake merkte, daß sich in seinem klopfenden Herzen etwas umwandelte, begann er. »Du weißt, daß ich zweimal verheiratet war. Beim ersten Mal war ich sehr jung. In jenen Tagen, wie auch in den folgenden, kam immer erst die Quarry. Aber Ting war ja noch jünger als ich. Sie konnte alles verstehen, nur nicht, warum ich nie bei ihr war.

Heirat ergibt für die Jungen keinen Sinn, habe ich gelernt. Wenn man noch immer den Schlüssel zu seinem eigenen Ich sucht, hat man keine Zeit, die Verantwortung für ein anderes Leben zu übernehmen. Oder für mehrere.«

Hier machte Jake eine Pause, fuhr sich mit der Zunge über die trockenen Lippen. Sein Mund fühlte sich an, als wäre er mit Baumwolle gefüllt. Er zwang sich zu tiefem, regelmäßigem Atmen.

»Das waren törichte Tage für mich, Bliss. Ich wollte alles: eine Frau, eine Familie, ein Leben in der Quarry. Das war natürlich unmöglich.

Ting war Chiu-chow, sie war aber auch wohl bewandert in der Lebensweise der *gwai loh.* Wir hatten eine Tochter. So wie Lan größer wurde, wurden es auch die Risse zwischen mir und meiner Frau. Wir befanden uns beide in den Klauen wachsender Qual. Besonders ich.

Natürlich wurde auch Lan von unseren Streitereien berührt. Sie verstand nicht – *konnte* es auch nicht –, daß meine Abwesenheiten mit ihr nichts zu tun hatten.

Auf jeden Fall, sie wurde rebellisch. Zu Hause unglücklich, floh sie schließlich. Das war in Hongkong. Sie sah sich um und fand die ungezähmte Wildheit, die ich als Kind besessen hatte. Sie machte sie sich zu eigen.

Die Triaden nahmen sie nicht auf, sondern lachten sie aus. Sie war ja erst zwölf – und ein Mädchen. Außerdem, sie war zur Hälfte *gwai loh.* So wurde sie also gezwungen, weiter fort zu gehen.

Vor drei Jahren wurde ich auf eine höchst geheime Mission geschickt. Mein Bestimmungsort war ein winziges Dorf am Sumchun-Fluß. Etwas dort ging schief, furchtbar schief. Vielleicht waren wir verraten worden. Es gab eine hitzige Schlacht. Es war wie ein Krieg im kleinen.« Je näher Jake an den Kern der Geschichte herankam, desto kürzer und abgehackter wurden seine Sätze. Sein Atem fühlte sich heiß an, und er hatte begonnen, stark zu schwitzen.

»Mitten drin wußte ich es. Operationen, die gegen uns unternommen werden, tragen alle eine unterschiedliche Handschrift. Je nachdem, wer sie sich ausgedacht hat. Wie ein Fingerabdruck. Im Signalcode nennt man sowas die ›Faust‹.

Mir ging auf, daß ein Meister die Verteidigung geplant hatte. Ein großer Stratege. Sie lief ab mit der Präzision eines *wei qi*-Endspiels.

Du mußt wissen, daß unser Angriff blitzschnell erfolgte. Der Gegenangriff kam aber genauso. Auf diese Strategie waren wir nicht gefaßt. Einige meiner Männer verloren die Nerven. Das beeinträchtigte ihre Wirksamkeit. Wir wurden geschlagen. Und Niederlage bedeutete natürlich Tod.

Ringsum war Blut, sickerte in den Boden, tränkte das dichte Blattwerk, trieb hinaus in die schlammige Mitte des Sumchun-Flusses.

Nichiren war dort und leitete den Widerstand, als plazierte er seine Steine auf dem *wei qi*-Brett. Dabei hielt er sich keineswegs zurück. Er tötete zwei meiner Männer. Es sah aus, als sollte es eine Schlappe für uns werden.

Da merkte ich, daß ein weiteres Element in die Schlacht eingriff. Chinesen. Einige von ihnen erkannte ich. Sie gehörten zu einer höchst radikalen Splittertriade, die an der Grenze arbeitete und Leute aus Rotchina herausbrachte.«

Jake schluckte. Seine Augen hafteten mit einer unglaublichen Intensität auf Bliss. »Ich vermute, ich habe sie eine Zeitlang angestarrt, ehe ich wußte, wer sie wirklich war. Immerhin hatte sie sich verändert. Und trotzdem. Sie war noch immer meine kleine Tochter. Meine Lan.«

Es folgte eine lange Stille. Jake war in den chaotischen Trümmern seiner eigenen Gedanken verloren, die er auf dem schönen Gesicht von Bliss reproduziert sah. Er begann erst wieder, als Bliss sich rührte und ihn wieder ansah.

»Ich sah zu, wie sie einem von Nichirens Männern die Kehle durchschnitt.« Als er fortfuhr, hatte Jakes Stimme einen seltsam unbeteiligten Ton angenommen. »Sie tat es mit großer Geschicklichkeit, mit einer Art tierischer Wildheit, wie eine Löwin sie zeigt, wenn ihre Jungen bedroht werden. Ich konnte sehen, daß es ihr nicht wirklich Spaß machte. Es war Pflicht, war etwas, woran sie glaubte. Etwas, das weder ihre Mutter noch ich ihr hatten geben können.

Und im nächsten Augenblick spritzte ihr Blut umher. Sie wand sich wie ein Schilfrohr im Wind. Kugeln trafen sie, fetzten durch ihren Körper.

Nichiren lief weg von dem, was er getan hatte. Und ich, ich rannte ihm nach.

Nicht sehr weit, natürlich. Der Dschungel verschluckte ihn bald völlig. Als ich zurückkam, war meine tote Tochter verschwunden, mitgenommen von ihrer Triadenhorde.«

Eine Zeitlang starrte Bliss Jake an.

Schließlich schloß er die Augen. Das Mondlicht schien auf seine Augenlider, es sah aus, als würde er sie noch immer beobachten.

Der Taiwanese war in schlechtester Stimmung. Sein Bruder war vor zwei Tagen in dem Hallenschwimmbad am Morrison Hill ertränkt worden, die Bombe, die er in Macao gelegt hatte, hatte ihr Ziel verfehlt, und zu alledem hatte er hier schon acht Stunden wie ein Bär gehockt und auf seine Chance gewartet.

Er hielt das Infrarot-Nachtzielgerät an das rechte Auge und schaute wieder hindurch. Der Kopf von Bliss, dann der von Jake waren zu sehen. Dumm von dem Mann, dachte er, eine Frau in eine solche Lage zu bringen. Kein Wunder, daß er sterben wird.

Der Taiwanese hatte sie über die Firma aufgespürt, bei der sie den Wagen gemietet hatten. So leicht war das gewesen. Eigentlich sollte er schon zu Hause sein. In Taipeh hatte er ein blindes Mädchen namens Mo, das ihn zur Ejakulation bringen konnte, indem es einfach mit nackten Füßen über seinen bloßen Rücken lief. Jetzt mußte er an Mo denken, denn er vermißte sie. Er war mit keiner Frau zusammengewesen, seit er diesen Auftrag übernommen hatte. Der Taiwanese dachte daran, die chinesische Frau zu nehmen, nachdem er sein Ziel liquidiert hatte. Sie wäre wohl nicht so gut wie Mo, doch würde sie wohl genügen müssen.

Es würde schon gehen. Er war sich darüber klar, daß der Blutgeruch seine Hitze beim Sex steigerte. Er würde dafür sorgen, daß etwas davon da war, wenn er diese Frau nahm. Das mußte die Tatsache ausgleichen, daß er nicht daheim bei Mo war. Wenigstens war sie keine Fremde Teufelin. Westliche Frauen konnte er nicht ausstehen.

Der Taiwanese rutschte ein wenig hin und her; er merkte, daß er erregt war. Deshalb mußte er auch noch einmal durch das Zielfernrohr auf das Mädchen sehen. Das Fernrohr saß auf der Lyson TY-6000 Maschinenpistole, ein für ihn recht neues Spielzeug. Bisher hatte er immer die schwedische Kulspruta gebraucht, von der er wußte, daß es die stärkste Maschinenpistole der Welt war. Das war jedoch, ehe seine neuen Herren ihn mit der Lyson bekanntgemacht hatten. Die hatte eine Schußfolge von 850/Min., und das mit seiner Lieblingsmunition: Parabellum.

Der Taiwanese dachte an seine Instruktionen: sofort schießen. Das war aber, ehe sein Bruder unter Wasser gehalten worden war. Sein Ziel war jetzt voll im Fadenkreuz, auf geisterhafte Weise vom Infrarotlicht beleuchtet. Er brauchte nur den Abzug zu drücken und innerhalb von nur drei Sekunden wäre nichts mehr von dem Mann und der Frau übrig, außer einigen Flecken an den Felsen. So einfach war das.

Für den Taiwanesen kam das aber nicht in Frage. Nicht jetzt. Er war Träger des schwarzen Gürtels in *tae kwon do.* Der Mann im Fadenkreuz hatte seinen Bruder getötet. Rache dafür war jetzt Ehrensache, und das war etwas, das von Angesicht zu Angesicht zwischen Männern ausgetragen werden mußte. Das hatte überhaupt nichts zu tun mit achthundertfünfzig Schuß Parabellummunition pro Minute.

Der Mann stellte seine Lyson weg. Er glitt vom Felsen herunter, auf dem er gehockt hatte.

Diesmal spürte Jake die Annäherung. Er war tief in *chahm hai* gewesen, versunken in seiner Umgebung. Er war Teil der feuchten Nacht geworden, erfüllt von treibenden Wolken, zirpenden Zikaden, Tieren auf nächtlichen Raubzügen, dem Nachtwind in den Bäumen.

Fo Saan hatte ihn gelehrt, mehr zu tun, als nur in die Nacht zu lauschen. Er hatte Jake beigebracht, wie man eins mit ihr wird.

Folglich fühlte Jake die Annäherung des Taiwanesen. Für seine geschärften Sinne war es, als tauchte ein dunkler, feindlicher Schatten auf – eine Schwärze, tiefer als die der Nacht.

Er drehte sich um. Es blieb ihm jedoch nichts anderes übrig, als über den Felsen zu klettern, den er sich mit Bedacht als Rückendeckung ausgesucht hatte. Zu dieser Nachtzeit aber war der Fels schlüpfrig vom Tau. Jake verlor Bruchteile von einer Sekunde. In dieser kurzen Zeitspanne hörte er das leichte Surren und, anstatt sich zu schützen, versetzte er der überraschten Bliss, die gerade aufstehen wollte, einen Tritt, so daß sie fiel und damit aus der unmittelbaren Gefahr heraus war.

Jake erkannte eine *nunchaku,* wenn er sie hörte. Die Waffe machte ein ganz bestimmtes Geräusch, ein Trillern, wie von einer Lerche, ein Laut, der ganz und gar nicht in die Nacht paßte.

Seine Sorge um Bliss kostete ihn Zeit, und vielleicht hatte der Taiwanese mit seinen Gedanken vorher gar nicht so unrecht gehabt. Es wäre anders gewesen, wenn er zwischen den Habichtshorsten und den Wohnsitzen der Wohlhabenden hier oben allein gewesen wäre.

Das gefährliche Ende der *nunchaku* – einer Kette mit Metallstab – traf ihn quer über der Hüfte, und seine ganze rechte Seite wurde taub. Er fiel mit dem Gesicht in das nasse Gras.

Er sah Bliss, die einen Sprung in Richtung Schatten ausführte, diesen ergriff und umwarf. Schwaches Mondlicht, das unbeständig durch die fliehenden, stillen Wolken schimmerte, fiel auf den Taiwanesen. Sein flaches, glänzendes Gesicht war angespannt und verlieh ihm das Aussehen eines steinernen Gottes.

Kälte hatte Jakes Körper erfaßt, und er bemühte sich, ihrer Herr zu werden. Er verschwendete keine Zeit damit, sich zu bewegen. Das wäre töricht gewesen. Er konzentrierte sich lieber darauf, die Fühllosigkeit aus seinem Körper zu vertreiben.

Der Taiwanese war über Bliss. Sie hatte die Beine unter ihm gespreizt, als paarten sie sich. Die Heftigkeit ihres Kampfes hatte auch sexuelle Untertöne. Draußen in der Nacht, nur mit dem Mond und den Wolken als stummen Zeugen, hatte der Anblick etwas Surreales.

Jake sah, wie Bliss einen *atemi* auf die Leber des Taiwanesen anbrachte. Der Mann rollte halb von ihr herunter, stieß aber gleichzeitig das Knie nach oben. Bliss, die zum Teil immer noch unter ihm lag, konnte diesem Schlag auf ihren Hüftknochen nicht ausweichen. Jake hörte sie aufstöhnen.

Der Taiwanese ergriff sofort die Initiative und ließ eine ganze Serie von heftigen Schlägen mit den Knöcheln auf ihre Brust und den Leib niedersausen. Karate, dachte Jake.

Es war jetzt wichtig, daß seine Sorge um Bliss ihn nicht von dem ablenkte, was er tun mußte. Das war für ihn kein Leerlauf. Er mußte ein Gespür für den Stil des Taiwanesen bekommen: seine Stärken und Schwächen, seinen Kampfgeist.

Das Gefühl in seinen Gliedern kehrte zurück. Er konzentrierte sich auf das Atmen, um es langsamer und tiefer zu machen. Es war wichtig, seinem Körper Sauerstoff zuzuführen.

Der Taiwanese schien seinen Kampf mit Bliss schneller beenden zu wollen, als er gedacht hatte. Sie war zäher als erwartet. Sie hatte gesehen, wie Jake kampfunfähig wurde, wußte, daß es jetzt an ihr war, den Gegner lange genug hinzuhalten, damit Jake sich erholen konnte.

Als der Taiwanese sich verzweifelt bemühte, von ihr loszukommen, verstärkte er seinen Angriff. Es fuchste ihn, daß diese Frau anscheinend die Kraft besaß, ihn wider seinen Willen hier festzuhalten, und dieser Ärger war es vielleicht, der sie rettete. Wut und Ärger hatten keinen Platz in einem Kampf Mann gegen Mann. Emotionen beeinträchtigten die Entscheidungen, die in Sekundenbruchteilen getroffen werden mußten.

Er verstärkte seine Schläge, doch fielen sie ungenauer als zuvor, konnten leichter abgewehrt werden. Das war ihm natürlich nicht bewußt, und seine Unfähigkeit, einen entscheidenden Schlag anzubringen, steigerte seine Wut noch mehr.

Unter ihm fühlte Bliss, wie Schmerzen und Prellungen immer stärker wurden. Der Taiwanese war sehr kräftig, und er konnte sein Karate. Er verletzte sie schwer, sogar indem er ihre Verteidigung nutzte. Einmal dachte Bliss, sie würde ohnmächtig. Sie hatte jegliches Zeitgefühl verloren, und das war nicht gut. Sie schien auf einem Meer von Schmerzen zu treiben, als wäre sie in eine Feuergrube geworfen worden. Ihre Nerven signalisierten ihr, aufzuhören und auf Abstand zu gehen, aber sie dachte nur an Jake und machte weiter, kämpfte mit all ihrer schwindenden Kraft gegen seinen mächtigen Feind.

Jake rollte sich herum. Er war zwar kaum einen Meter von den beiden entfernt, doch kam es ihm vor, als wäre es eine Meile. Er kam wieder auf die Füße, sog die feuchte Luft ein und keuchte wie ein Läufer mit Trainingsrückstand. Er dachte daran, was Kamisaka ihm zur Begrüßung gesagt hatte.

Er warf sich auf den Taiwanesen und landete mit den Kanten der gefalteten Hände einen doppelten *atemi* in das weiche Fleisch oberhalb der Nieren des Mannes. Der Schlag ging tief. Hinter ihm saßen die ganze Kraft und der Schwung von Jake.

Bliss sah, wie das Gesicht des Angreifers sich in Agonie verzerrte. Er fletschte die Zähne, verzog das Gesicht zu einer schrecklichen Grimasse. Er gab keinen Laut von sich, mit Ausnahme des unfreiwilligen Zischens, als alle Luft aus ihm entwich. Seine Hände beendeten den Angriff. Er rollte von ihr herunter, und die nachlassende Spannung zauberte tanzende Punkte vor ihre Augen.

Jetzt griff der Taiwanese Jake an. Er dachte nicht an seine Schmerzen, und er kümmerte sich nicht um die *nunchaku.* Vor seinen Augen hatte er das Bild seines Bruders mit aufgedunsenem Gesicht und trüben Augen, die durch das Chlorwasser von einem Film überzogen waren.

Jake ging in einen *sumi otoshi,* packte den ausgestreckten rechten Arm des Taiwanesen. Er zog ihn an sich heran und drehte sich gleichzeitig nach links.

Dadurch verlor der Taiwanese das Gleichgewicht, und Jake konnte seinen rechten Arm hoch über die Schulter des Mannes erheben, rammte ihn gegen die Seite seines Gesichts und zog den rechten Arm hart nach unten. Gegen die sich ergebenden Kraftvektoren war der Mann machtlos. Der Taiwanese wurde auf den harten Boden geschleudert.

Sofort trat er Jake gegen den Knöchel. Jake fiel, und der Taiwanese schlug ihn ins Gesicht.

Blut schoß aus Jakes Nase, und der Taiwanese schlug ihm noch mit der Handkante auf das Schultergelenk.

Jake klappte zusammen, und der Taiwanese grinste in dem Gefühl des kommenden Sieges und folgte ihm. Genau in einen *atemi* hinein, der ihm drei Rippen brach. Das Grinsen gefror ihm auf den Lippen. Seine Augen öffneten sich in Erstaunen, als Jake wie von den Toten aufstand und einen zweiten gewaltigen *atemi* landete, der das Genick des Taiwanesen brach. Dieser starb in dem Gedanken, er hätte gesiegt.

Bei Einbruch der Dunkelheit kam der Furchtbare Sung aus seiner Villa, und die Verfolgung begann.

Jake und Bliss hatten einander bis zur Morgendämmerung fest- und warmgehalten. Jake war benommen und litt unter großen Schmerzen. Erstaunt stellte er jedoch fest, daß er sich mehr Sorgen um Bliss' Schmerzen machte als um sich selbst.

Mit unendlicher Geduld untersuchte er Zoll um Zoll ihren Körper, um den Schaden festzustellen. Wie durch ein Wunder war nichts gebrochen, doch ein großer Teil von Bliss' goldener Haut war entstellt durch Beulen, die von Stunde zu Stunde größer und dunkler wurden. Geplatzte Blutgefäße hatten unter der Bauch- und Brusthaut ihre Spuren gezeichnet.

Bliss hatte zusammengerollt an ihn gelehnt gesessen, ihr Kopf ruhte an seiner Brust, während er sie untersuchte. Ihr dichtes, glänzendes Haar berührte flatternd seinen Hals und das Kinn.

Sie gab keinen Laut von sich, auch nicht, als er unterhalb ihrer Rippen fest zudrückte, wo der Schmerz, wie er wußte, ganz besonders stark sein mußte. Er merkte, daß sie noch immer schwer atmete, aber daß sie versuchte, alles weniger schlimm erscheinen zu lassen.

Nachdem er fertig war, hatte sie seinen Namen ausgesprochen, als wollte sie sich selbst seiner Nähe vergewissern. Er hatte sie auf die Stirn geküßt, auf die Nasenspitze und die zarten Lippen und war unendlich erleichtert, daß ihr nichts Ernstes geschehen war.

Sie blieben so den größten Teil des wolkigen Tages zusammen. Mit Ausnahme der kurzen Zeitspannen, wenn der eine oder der andere in die Büsche gehen mußte oder die Beine strecken wollte, blieben sie eng umschlungen. Ihr mitgebrachtes Essen hatten sie schon längst aufgezehrt. Sie begnügten sich damit, das lauwarme Wasser aus der Feldflasche zu trinken. Seltsam, daß der Furchtbare Sung nicht ins Büro gegangen war, ja, daß er den ganzen Tag über nicht ausgegangen war.

Erst das Zwielicht machte ihrem angespannten Warten ein Ende.

Der glänzende, kastanienbraune Mercedes 500 SEL fuhr mit großer Mühelosigkeit über die bergigen Straßen in der Mitte der Insel. Jake hatte Schwierigkeiten, mit dem vierzylindrigen Nissan nachzukommen, und war dankbar, daß es fast keine geraden Strecken gab, wo der starke V-8-Mercedes einen unaufholbaren Vorsprung hätte herausholen können.

Immer wieder konnte Jake die Silhouette des Furchtbaren Sung auf dem Beifahrersitz des Mercedes sehen. Die Innenbeleuchtung war eingeschaltet, als wollte der 489 lesen, während der Fahrer die gewundenen Haarnadelkurven bewältigte.

Jake fuhr den Nissan, ohne die Scheinwerfer eingeschaltet zu haben. Das war zwar gefährlich, doch nicht so sehr, wie wenn er dem Furchtbaren Sung signalisiert hätte, daß er ihn verfolgte.

Dunkelheit legte sich über die Weite des Südchinesischen Meeres unten, und hier und da leuchteten die smaragdgrünen und rubinfarbenen Positionslaternen der Schiffe wie lebende Juwelen.

Der Mercedes fuhr mit fast rücksichtsloser Geschwindigkeit, als käme er sonst zu spät zu einer lebenswichtigen Verabredung. Der Fahrer war sehr gut, zum Glück, denn die Straßen, tagsüber im Bau, waren durch eine Vielzahl von Absperrungshinweisen und schwingenden Laternen, sowie kleinen Umleitungen über staubige Bankette, nicht leicht zu befahren.

Sie fuhren an der Nordseite des Violet Hill hinauf. Gleich jenseits des Scheitelpunktes bog der Mercedes plötzlich von der Straße ab. Jake verlangsamte das Tempo, doch sogar dann hätte er fast die Abbiegung verpaßt, die im Winkel von neunzig Grad von der Hauptstraße wegführte.

Diese Straße war vielleicht einhundert Meter weit gepflastert. Bald wurde ein Sandweg daraus, freilich einer, der offensichtlich viel befahren wurde. Jake schlich nur noch dahin. Die dichten Bäume zu beiden Seiten machten es dunkel wie in der Nacht.

Er hielt den Nissan an und lauschte angespannt, wobei er den Kopf aus dem offenen Wagenfenster hinaushielt. Er konnte keinen anderen Motor hören. Vorsichtig fuhr er weiter, und als er zwischen den Bäumen eine Lücke sah, lenkte er den Nissan hinein und schaltete aus.

Sie gingen zu Fuß weiter. Die Bäume hörten plötzlich auf. Sie befanden sich nahe bei einer Villa, die mit azurblauen Ziegeln gedeckt und in den Hang hineingebaut war, der steil zur Repulse Bay abfiel.

Jake nahm Bliss bei der Hand, und sie suchten sich den Weg bis zu einer Stelle, von wo aus sie die Eingangstür gut sehen konnten. Nur wenige Schritte weiter sahen sie an der Rückseite des Hauses eine breite, hölzerne Veranda, die sich bis auf die rechte Seite herumzog, auf die Jake und Bliss, halb verdeckt von Chrysanthemen- und Pfingstrosenbüschen, sich hockten. Jake sah, daß der Zugang zur Veranda von einem Felsvorsprung aus, kaum einen Meter entfernt, leicht war.

Der braune Mercedes war auf einer geschotterten Abzweigung des halbkreisförmigen Fahrwegs geparkt. Gleich gingen die Lichter an der Vorderseite der Villa und auf der ganzen rückwärtigen Veranda an. Jake sah, daß zwei Männer herauskamen und im Halbdunkel stehenblieben.

Dann hörte er weitere Wagen kommen und zog Bliss weiter zurück in den schützenden Schatten der Büsche.

»Er ist es!«

Das katzenähnliche, dreieckige Gesicht mit den großen Obsidianaugen, das auf einem langen Hals saß. Die kleinen, flach anliegenden Ohren waren wegen der langen schwarzen Haare kaum zu sehen.

Mit der gefährlichen, fließenden Geschmeidigkeit einer Raubkatze, die durch den Dschungel schlich, bewegte er sich den Schieferpfad entlang zum Haus.

Nichiren.

Bliss, so dicht neben Jake, fühlte die Spannung in seinem Körper wachsen. Ihre Finger schlossen sich um die Muskeln seines Oberarms.

»Tu's nicht!« flüsterte sie heftig in ihrem Versteck. »Da kommen noch mehr. Du hast zu lange gewartet, um jetzt noch die Pistole zu ziehen.«

Jake wußte, daß sie recht hatte. Es war aber nicht leicht, hier im Schatten hockenzubleiben, wo das Ziel seiner Rache kaum hundert Meter entfernt war. Ein Schatten, den er in den letzten drei Jahren über alle Kontinente hinweg verfolgt hatte. Wie besessen, seit dem Sumchun-Fluß.

Jetzt, im letzten roten und tiefgelben Licht, das im Westen verging, sah Jake Drei-Eide-Tsun und T. Y. Chung nebeneinander auf der Veranda stehen.

»Das verstehe ich nicht«, sagte Jake. »Dein Vater und Chung sind doch erbitterte Feinde.«

»Das dachte *ich* auch!« antwortete Bliss nachdenklich. »Wieviel hat mein Vater mir *nicht* gesagt?«

Auf der einen Seite sprachen der Furchtbare Sung und Nichiren leise miteinander. Zwei Wagen kamen an, und aus stiegen der Ehrenwerte Chen und Haifischzahn Tung, der Drachen der Hak Sam-Triade. Die beiden starrten sich mehrere Augenblicke lang an. Dann gingen sie gleichzeitig zur Eingangstür, hielten inne. Trotz der Umstände war es wie in einer Komödie.

Endlich kam Drei-Eide-Tsun heraus und verwickelte den Ehrenwerten Chen in ein Gespräch; so konnte Haifischzahn Tung zuerst eintreten, ohne daß einer der Männer an Gesicht verloren hätte.

Gleich danach führte Drei-Eide-Tsun den Ehrenwerten Chen hinein.

»Sie sind alle da«, sagte Jake. Aber es war seltsam. Keiner von ihnen machte Anstalten, das Gespräch zu eröffnen. Über der ganzen Szene lag eine erwartungsvolle Atmosphäre.

Auch Bliss fühlte das. »Irgend etwas passiert noch.«

Sie beobachteten weiter, während der Himmel dunkel wurde und die Lichter von Tankern auf dem Wasser blinkten wie herabgefallene Sterne. Den Strand unten schlenderten Hand in Hand und die Gesichter zum aufgehenden Mond gewandt Liebespaare entlang.

Jake spürte die Vibration und drehte den Kopf. Eine schwarze Limousine kam aus dem Wald heraus. Sie schien im Leerlauf zu rollen, so langsam fuhr sie. Der Wagen hielt vor der Haustür. Der Motor lief weiter, während ein dünner Chinese in einem glänzenden blauen Anzug in kerzengerader Haltung die Fahrertür öffnete und ausstieg. Diese Haltung kannte Jake.

Eine Ahnung erfüllte ihn, und ihm wurde ganz heiß.

Der dünne Chinese verneigte sich leicht, als er den hinteren Wagenschlag öffnete und die Hand vorstreckte, wie um jemand zu stützen.

Dann tauchte der alte Mann auf, und zum ersten Mal in seinem Leben als Erwachsener sah Jake das Gesicht seines Vaters.

Er hatte nicht den geringsten Zweifel darüber, wer er war. In den Augen, der Stirn sah er sich wieder, wie es wohl einem Bildhauer ergehen mag, wenn er nach langen Jahren das Gesicht seines ersten Werkes betrachtet.

Es war wahr, dachte er. Alles, was Bliss ihm erzählt hatte, war wahr. Nicht, daß er Zweifel gehabt hätte. Doch der Schock der Wirklichkeit war trotzdem atemberaubend.

»Buddha«, flüsterte Bliss, »es ist Shi Zilin! Warum ist er hierhergekommen? Seine Anwesenheit könnte den ganzen *yuhn-hyun* zerstören. Wenn die Triadendrachen ahnen, wer er wirklich ist, fällt alles auseinander. Was war so dringend, daß er persönlich kommen mußte? Er ist hier in großer Gefahr. Wenn die Behörden wüßten . . .« Sie mußte den Gedanken nicht zu Ende denken.

Der dünne Chinese hatte einen Stock aus dem Inneren der Limousine geholt, reichte ihn Zilin und zog sich zum Wagen zurück. Der alte Mann mußte den Weg über den Schiefer allein zurücklegen.

Keiner im Haus machte den Versuch, ihm zu helfen. Eine solche Geste hätte für den alten Mann einen enormen Verlust an Gesicht bedeutet. Alle aber waren sich seiner Gegenwart bewußt. Keiner sprach ein Wort, keiner trank. Keiner schaute auf das Meer hinaus oder den steilen Hang hinunter.

Jetzt, als Zilin an den Steinstufen war, löste Drei-Eide-Tsun sich von den anderen und stand in der Mitte der Veranda. Jake, der mehr auf Nichiren eingestellt war, sah, wie der andere vom Furchtbaren Sung wegging. An der Seite von Drei-Eide-Tsun begann er mit diesem zu sprechen.

Zunächst gab der ältere Mann keine Antwort. Dann, als Nichiren drängender wurde, begann er zu reden. Jake konnte nicht hören, was gesagt wurde, konnte aber sehr gut den Ausdruck auf Nichirens Gesicht erkennen.

»Dew neh loh moh!« sagte Jake. »Mein Vater ist Nichirens Quelle!«

Als Zilin auf der Veranda erschien, gab es einen Moment völliger Leere auf Nichirens Gesicht, und das war der Augenblick, als Jake sich aus dem Schatten löste und über den Rasen lief. Mit einem federnden Sprung landete er auf dem Felsen.

Bliss schrie ihm nach, aber er verschloß sich gegen den Laut. Er war einzig und allein auf diesen bestimmten Gesichtsausdruck konzentriert. Er hatte ihn schon einmal gesehen, als sie sich im O-henro-Haus gegenübergestanden hatten. Er war Jake aufgefallen, weil er ankündigte, daß Nichiren gleich zuschlagen würde.

Was hatte er den Drei-Eide-Tsun gefragt? Was hatte der ältere Mann geantwortet? Jake wußte es nicht; er war nur sicher, daß er schon zu spät kam.

Wie ein Blitz war Nichiren aus absoluter Bewegungslosigkeit in heftige Bewegung übergegangen. Er sprang Shi Zilin an, stieß den alten Mann wirbelnd zu Boden, ehe Jake dreiviertel des Weges zur Veranda zurückgelegt hatte.

»Ich möchte wissen, wer das ist«, hatte Nichiren an der Seite von Drei-Eide-Tsun gefragt.

In Wahrheit hatte Drei-Eide Tsun die erste Frage von ihm nicht einmal gehört. Er war versunken in den Anblick seines Bruders, den er fünfzig Jahre lang nicht gesehen hatte. Dies war der Augenblick, von dem er jahrzehntelang geträumt hatte. Eine Wiedervereinigung der Familie. Er zitterte vor Aufregung.

Seine Stille jedoch hatte Nichiren wütend gemacht. Er wiederholte seine Frage, und diesmal hörte ihn Drei-Eide-Tsun. Er wußte, daß eine Antwort nötig war, doch war jetzt sicher nicht der richtige Moment, Nichiren zu erklären, daß dieser Mann sein Vater war; und da er wußte, daß Nichiren einer Lüge sofort auf die Spur kommen konnte, sagte er ihm eine andere Wahrheit:

»Er ist Eure Quelle.«

Das war der Augenblick, als der leere Ausdruck über Nichirens Gesicht glitt wie eine Noh-Maske. Was Drei-Eide-Tsun nicht wissen konnte, war, daß Nichirens Mutter ein altes, zerschlissenes Foto von Zilin besessen hatte, das sie mitgenommen hatte nach Japan. Sie hatte immer gezögert, es wegzuwerfen, weil sie in den langen Jahren ihren Wunsch nach Rache erneuern konnte, wenn sie es betrachtete.

Bei ihrem Tod hatte Nichiren es gefunden und mit Hilfe ihres Tagebuches die Verbindung hergestellt.

Jetzt, viele Jahrzehnte später, hatte Drei-Eide-Tsun unbewußt den nächsten Schritt in der Verbindung geliefert: daß Nichirens Vater auch seine Quelle war. Und dieses Wissen war es, das Nichiren in Schwung gebracht hatte.

Ich weiß alles, was es über Sie zu wissen gibt, hatte die Quelle zu ihm über den Äther gesagt. All die unterdrückte Wut und Erniedrigung, die er von seiner Mutter in sich aufgenommen hatte und die für ihn – unbewußt – auch der Vater gewesen war, der ihn und seine Mutter ihrem dunklen Schicksal überlassen hatte, brach sich in ihm Bahn. Roter Zorn erschütterte ihn bis ins Mark, als er bedachte, daß er jahrelang die Befehle des einen Mannes blind befolgt hatte, den er sein Leben lang gehaßt hatte wie nichts auf der Welt. Diese Schmach! Die bittere Ironie drohte ihn fast zu ersticken.

Nichiren fand, daß er nicht atmen, nicht einmal klar denken konnte. Er wollte frei sein, zurückkehren zu Kamisaka, sein eigener Herr sein. Plötzlich wußte er, daß dies nicht möglich wäre, solange sein Vater lebte. Es gab keine Chance, wieder gegen die Disziplin zu verstoßen. Der Mann war ein Zauberer, daß er gerade ihn ausgesucht, ausgerechnet ihn auf diese Weise benutzt hatte. Das Ausmaß der Täuschung erschütterte Nichiren, machte ihm aber auch Angst. Er wußte, daß er gegen solche Verschlagenheit machtlos war.

Er wollte frei sein! Frei von allen psychischen Belastungen, mit denen er aufgewachsen war. Er zitterte vor Wut und Schrecken beim Anblick des alten Mannes. Furcht war Nichiren fast unbekannt, und es ließ ihn seinen Vater noch mehr hassen, daß dieser eine solche Empfindung in ihm weckte.

Kamisakas schöner Körper verschwamm in seinem Geiste mit dem Bild des narbigen Fleisches seiner Mutter. Er fühlte ein Brennen in sich, als wäre er gebrandmarkt worden.

Und wirklich, er *war* gebrandmarkt worden! Das sah er jetzt. Es war das einzige, das er klar erkannte. Seine Lungen platzten schier vor unnatürlichem Druck, und sein Herz hämmerte wild in der Brust. Wut hüllte ihn ein wie eine Feuergarbe.

Der Brand geriet außer Kontrolle.

Mit einem heiseren Knurren, das sich anhörte wie der Beginn eines schrecklichen, elementaren Ausbruchs, sprang Nichiren an Drei-Eide-Tsun vorbei und packte Zilin an der Kehle, ehe die Anwesenden ihren Schock überwinden konnten.

»Jetzt wirst du zu meiner Mutter gehen. Nur diese letzte Sühne kann ihren verstümmelten Geist heilen.«

Drei-Eide-Tsun hörte die Worte, und sie ließen ihn schaudern. Sie schienen aus einer Kehle zu kommen, die nichts Menschliches hatte.

Unwillkürlich öffnete Jake den Mund. Von tief drinnen drang das Brüllen des *kiai*-Schreis hervor, den Fo Saan ihn gelehrt hatte.

Es war ein tierischer Schrei, voller Kraft und Aggressivität, der die Bäume erzittern ließ. Er ließ jeden auf der Veranda auf der Stelle erstarren – und Nichiren gerade lange genug innehalten, so daß Jake den Rest des Abstands überwinden konnte.

Er sah den Körper des alten Mannes gekrümmt auf dem Boden liegen, sah, als er durch die Luft flog, das Gesicht, das ihn so sehr an sein eigenes erinnerte. Er spürte die außergewöhnliche Kraft in Nichirens Energie.

Jake landete einen Ellenbogen-*atemi,* dessen Wucht voll auf Nichirens Schulter niedersauste. Das Wichtige war, ihn erst von Zilin wegzubekommen. Jake hatte nur dies im Sinn, als er aber Nichiren von dem alten Mann wegzog, als er, jetzt in Nichirens Umarmung, über die glatten, geölten Bretter der Veranda wankte, da wurde das Bild von Lan in ihm deutlich.

Er wußte, daß er immer über dünnes Eis gegangen war, seit er am Sumchun-Fluß Zeuge ihres Todes geworden war. Vielleicht lag es daran, daß er Bliss jetzt erzählt hatte, was geschehen war, aber vielleicht war es auch der Kontakt mit Nichirens Körper.

Was immer auch die Ursache sein mochte, die Welt schrumpfte auf einen einzigen Punkt zusammen. Wie weggewischt war der Gedanke an den Austausch der *fu*-Stücke; fort der Gedanke an Kamisakas Freundlichkeit und Liebe. Rache erfüllte seinen Verstand wie ein großer Raubvogel und verdeckte einen ganzen Horizont von Möglichkeiten.

Nur Jake und Nichiren existierten – nicht diese Villa, nicht die auf der Veranda herumstehenden Leute, nicht die Repulse Bay, die weit unten im Mondlicht glänzte. Nicht einmal Bliss.

In ihm war jetzt ein rasendes Tier los, hatte die Krallen ausgefahren, den Rachen geöffnet, und sprang ohne zu denken ins Feuer. Dieses Tier stammte aus dem Urquell seiner unteilbaren Sorge und Schuld. Er war ein Vater, der versagt hatte. Ein Vater, der, zumindest nach seinem eigenen Verständnis, ebensoviel Verantwortung an Lans Tod trug, wie es Nichiren tat.

In dem letzten Schimmer von Bewußtsein in ihren Augen hatte er seine Schuld ihr gegenüber gesehen. Mariana, eine Erwachsene, hatte lernen können, mit seiner häufigen und langen Abwesenheit fertig zu werden. Ein Kind konnte das nicht. Am Ende hatte dieser Schrecken, diese Tragik dabei herauskommen müssen.

Wie ein Hammer den Amboß, hatte das sein Herz getroffen. Es hatte seine Seele verzehrt.

Seit damals war er am Sterben gewesen. Hatte er sich aus der Welt, die er sich selbst geschaffen hatte, zurückgezogen.

Wie sehr er Lan geliebt hatte! Und nie hatte er einen Weg gefunden, es sie wissen zu lassen.

Liebe kehrte sich in Haß.

Jake und Nichiren.

Über die Veranda stolpern, sich am Geländer fangen. Nichirens linkes Bein schoß in einem tödlichen *atemi* vor. Jake rollte sich weg, und das Geländer splitterte unter der Wucht des Fußtritts.

Jake landete nacheinander zwei blitzschnelle *atemi* bei Nichiren, ehe dieser sich aufrichtete. Wie ein Panther sprang er vor, erwischte Jake an dem Geländer. Mit einem Krachen gab das splitternde Holz nach, beide gingen über den Rand, hinaus in die Nacht.

Nichiren streckte sich, griff nach oben, hielt sich am Rand der Veranda fest. Jake, kurz unter ihm, schlang seine Beine um Nichirens Hüften. Er war blind für ihrer beider gefährliche Situation, wußte nur, daß er Nichiren gefunden hatte. Seine Gedanken waren bei Lan: ihrer Stimme, dem blutigen Gesicht, seinem eigenen tränenüberströmten Bild, das sich in ihren Augen spiegelte.

»Bah-ba.« Vater.

Ihr letztes geflüstertes Wort. Das hatte er nicht einmal Bliss sagen können. Auch jetzt noch war es zuviel für ihn, die Wiederholung.

Er schlug auf Nichiren ein, als wäre es der Teufel. Jake war es jetzt völlig gleichgültig, ob er lebte oder starb. Er wußte nur, daß das unauslöschlich traurige Gesicht seiner Tochter ihn verfolgte. Von Mariana konnte er träumen, Lan aber würde ihn jeden Tag seines Lebens verfolgen.

Über den kämpfenden Männern waren die Chinesen wie gelähmt durch die Urgewalt des Hasses der beiden Gegner. Zilin hätte vielleicht einzugreifen versucht, doch er lag in der Mitte der Veranda. Drei-Eide-Tsun und T. Y. Chung knieten neben ihm.

Es war Bliss, die, auf die Veranda springend und Jakes Weg folgend, unberührt erschien. Sie rannte zwischen den starrenden Männern hindurch und packte Nichiren am Hemd. Aber sein Gewicht und das von Jake waren zuviel für sie.

Sie schrie Jake zu, er solle aufhören. Dann, als sie sah, wie Nichiren versuchte, Jake mit den Beinen abzustoßen, schrie sie auch ihn an.

Keiner hörte auf sie. Vielleicht waren beide bereit zu sterben.

Jake war es gelungen, langsam an Nichirens Körper heraufzuklettern. Jetzt hingen sie nebeneinander. Jake gebrauchte die Hände, Nichiren Beine und Füße.

Sie starrten sich in die Augen, dicht genug, um ihren Atem gegenseitig zu spüren. Welch seltsame Funken sprühten zwischen ihnen? Welcher Zusammenstoß von Emotionen? Jeder war in seiner Vergangenheit gefangen: einem winzigen, schmutzigen Raum, lange unbenutzt, aber sicherlich nicht vergessen: Nichiren erinnerte sich an die Erniedrigung und die Verstümmelung seiner Mutter. Jake war erfüllt von dem Bild der ersten Strahlen der aufgehenden Sonne über den Baumwipfeln, die im Tod ein junges Gesicht beleuchteten, das zu begreifen er versagt hatte.

Unversehens wurde der endlose Augenblick unterbrochen. Nichiren, der sich am Rand der Veranda festhielt, war deutlich im Nachteil. Deswegen war Jake auch in der Lage, über ihn hinwegzuklettern. Er fand Halt an den Brettern und konnte sich wieder auf die Veranda schwingen, fuhr herum und ließ die Handkante hinunterfahren.

Nichiren schwang beiseite und wich dem Schlag aus. Jake keuchte und schwitzte und glaubte, es sei vorüber. Schnell stellte er jedoch fest, wie sehr er sich geirrt hatte. Nichiren hatte den Schwung von Jakes Angriff genützt, um eine Wendung nach innen zu vollziehen. Mit einer geschickten Drehung erreichte er die Veranda.

Er landete und ging sofort wieder zum Angriff über. Er erwischte Jake unvorbereitet und war gleich über ihm. Zwei heftige Leberhaken brachten Jake an den Rand der Bewußtlosigkeit.

Bliss war entsetzt und trat mit aller Kraft nach Nichiren. Die Spitze ihres Schuhs traf ihn an der Kinnspitze. Seine Zähne krachten zusammen und sein Kopf ruckte nach hinten. Er spuckte Blut.

Jake schlug sofort einen beidhändigen *atemi* gegen Nichirens Luftröhre. Dessen Körper bog sich nach hinten durch, trat aber trotzdem noch aus und traf Jake am Oberschenkelknochen.

Jake rollte sich ohne zu überlegen ab, sein Körper wollte dem Schmerz entgehen. Nichiren, der das erhofft hatte, landete einen Handkantenschlag auf Jakes Rücken.

Sich vor Schmerz krümmend, ließ Jake sein linkes Bein vorschießen. Er traf Nichirens Hüfte und schleuderte ihn rückwärts. Jake war schon wieder hoch, verdrängte die Tränen des Schmerzes. Schon wollte er wieder mit ausgestrecktem Arm zuschlagen, doch Nichiren wurde vom Geländer nicht aufgehalten. Bereits zersplittert, streifte eine zugespitzte Latte seine Seite – und dann nichts mehr.

Jake sprang vor, um den Todesstoß zu vollführen. Seine Finger trafen auf etwas, schlossen sich unfreiwillig darum. Er hörte ein scharfes Knakken, und dann war nichts mehr vor ihm außer dem blitzenden Südchinesischen Meer tief unter ihm. Ein feuchter Wind blies ihm ins Gesicht. Nicht einmal der Schatten eines Vogels bewegte sich dort.

Jake sprang an den Rand des zertrümmerten Geländers. Schließlich hörte er die weiche Stimme von Bliss, die ihm wie aus weiter Entfernung zurief:

»Er ist weg, Jake. Nichiren ist tot.«

»Bah-ba.«

War es der Nachtwind oder Lan, die er rufen hörte?

Er spürte, daß er heftig zitterte.

Bliss zog ihn vom Abgrund zurück. Licht ergoß sich über ihn, als er in die Mitte der Veranda zurückkam. Der Furchtbare Sung hatte die anderen Triadendrachen ins Haus hineingeführt.

Shi Zilin saß zwischen Drei-Eide-Tsun und T. Y. Chung. Die Haut des alten Mannes erschien so fein wie Reispapier. Blaue Adern zeichneten ein Muster darunter.

»Nichiren?« Seine Stimme war dünn wie seine Haut.

Jake konnte nicht antworten. Die Muskeln über den Kiefergelenken waren verkrampft.

»Er ist fort, *gaau-fuh*«, sagte Bliss. Wie lange hatte sie sich schon gewünscht, mit ihm zu sprechen. Ihrem Patenonkel.

»Fort.« In diesem einen Wort lag ein Leben voll unerfüllter Liebe.

Shi Zilin legte den Kopf an die Schulter seines Bruders. »Ach, Buddha, schütze, was von meiner Familie noch übrig ist.«

Jake machte einen Schritt nach vorn. Er wollte etwas sagen, doch sein Verstand war noch ein Wirbel von Emotionen. Das Tier in ihm war noch nicht zur Ruhe gekommen.

Nach drei Jahren des Eingesperrtseins konnte es kaum anders sein.

Zilins Blick hob sich, verweilte auf Jakes Gesicht. Lange Zeit tranken seine glänzenden, schwarzen Augen den Anblick in sich hinein. Fünfzig Jahre lang hatte er auf diesen Augenblick gewartet und davon geträumt; und lange Zeit hatte er nicht geglaubt, daß er je kommen würde. Er war wie ein Mann, der wochenlang nichts gegessen hatte und nun das köstlichste Mahl vor sich sah. Sein Herz war erfüllt von Liebe.

Zilin war völlig gefangen von seinem Sohn. Der Augenblick war so erfüllt von echter Empfindung, daß die Umstehenden nur gespannt zuschauen konnten.

Er wollte sprechen, aber die Worte blieben ihm im Hals stecken, so überwältigt war er von diesen Gefühlen, die ihm doch so fremd waren. Endlich sagte er leise: »Hilf mir auf die Beine, Jüngerer Bruder, wenn du so freundlich sein willst.«

Vorsichtig hob Drei-Eide-Tsun mit Hilfe von T. Y. Chung den alten Mann hoch. Er zitterte heftig.

»Jake«, sagte Zilin.

Jake, noch immer in Gedanken bei Nichiren, sagte: »Warum hast du nach Nichiren gefragt?«

»Es hat ja nicht so enden sollen«, antwortete der alte Mann. »Ich konnte die Tiefe des Hasses nicht voraussehen, den seine Mutter in ihn gepflanzt hatte. Ich glaubte, ich hätte ihm diesen Haß ausgetrieben.«

Langsam hob sich der Nebel. Jake fühlte, wie eine große Faust nach seinem Herzen griff und es preßte. »Ich verstehe nicht.« Und doch! Er verstand!

»Auch Nichiren war mein Sohn«, sagte Zilin. »Er war dein Bruder. Oder, genauer, dein Halbbruder.«

Druck!

Jake hatte das Gefühl, als stürbe er. Eine schwarze Welle der Verzweiflung, wie er sie noch nie erlebt hatte, überrollte ihn. Erst Lan und jetzt Nichiren. Er konnte kaum atmen. Sein Herz hatte anscheinend aufgehört zu schlagen. In seinen Ohren dröhnte es.

»Jake?«

»Ich habe meinen Bruder ermordet«, sagte jemand.

Erst nachdem er vor allen in den Wald neben dem Fahrweg geflohen war, erkannte er, wer dieser Jemand war.

Viel später, in der Stille ihrer Wohnung, brachte Bliss Jake ein *wei qi*-Brett sowie zwei flache Schalen, die mit schwarzen und weißen Steinen gefüllt waren.

Offen gesagt wußte sie nicht, was sie sonst hätte tun können. Er war hier gewesen, als sie nach Hause gekommen war, hatte auf dem Sofa gesessen und in den anbrechenden Tag hinausgestarrt. Hier und da waren noch Lichter an, eingehüllt in einen Perlmuttschimmer, der die Dunkelheit der Nacht hinwegfegte.

Obwohl er achtundvierzig Stunden nicht geschlafen hatte, machte er keinen müden Eindruck. Bliss hatte ihm etwas zu essen bereitet, doch er hatte nichts angerührt, sondern nur Wasser getrunken. Jetzt, als sie das *wei qi*-Spiel vor ihm niedersetzte, faltete sie ein Stück Papier auseinander, das Zilin ihr gereicht hatte, ehe sie seinem Sohn nachgeeilt war. Es enthielt eine handgeschriebene örtliche Telefonnummer.

»Jake«, sagte sie, »dein Vater hat mehrmals angerufen. Er möchte dich sprechen.«

Jake verharrte in Schweigen.

Bliss hatte für das, was er durchmachte, Verständnis, aber als die Stunden dahingingen, wurde sie nachgerade wütend. Dieser psychische Rückzug von ihm hatte etwas Selbstzerstörerisches. Jake war so versunken in der Vergangenheit, daß er den Kontakt zur Gegenwart verloren hatte. Das ängstigte sie, und schließlich, als es wieder dunkel zu werden begann, entschloß sie sich, etwas dagegen zu unternehmen.

Das L-förmige Sofa hatte eine niedrige, breite Lehne. Im Schatten und der Stille des Appartements zog sie sich vorsichtig aus. Nackt kletterte sie auf die Sofalehne. Wie eine riesige Katze näherte sie sich Jakes unbeweglicher Gestalt.

Sie sprang wie ein Raubtier auf seine Beute, dabei fielen sie beide auf den Teppich vor dem Fenster. Auf ihm liegend biß sie ihm ins Ohr, krallte ihm die Fingernägel in die Brust und schlang ihre Beine um die seinen.

»Bliss, nein!« Die ersten Worte, die er innerhalb von fast vierundzwanzig Stunden gesprochen hatte.

»Ja«, flüsterte sie. »Ja, ja, ja!«

Sie zeigte ihm die Zähne, ihre Augen blitzten. Ihr langes, schwarzes Haar flatterte wie ein lebendes Wesen zwischen ihnen. Mit fliegenden

Fingern öffnete sie sein Hemd, und als er versuchte, sie aufzuhalten, schlug sie ihm ins Gesicht.

»Bliss, verdammt!«

So ist's recht, dachte sie und gebrauchte Ellenbogen und Hüften, zeig mir eine Reaktion, *irgendeine* Reaktion!

Ihre Gesichter waren so dicht beieinander, daß er ihre Augenwimpern fühlte. Sie roch nach Zitrone und Moschus. Jakes Sinn war verdunkelt von Erinnerungen, die wie hungrige Tiere danach schrien, gefüttert zu werden. Er lehnte dieses Eindringen in seinen lebenden Alptraum ab. Er war ganz zufrieden gewesen, in seinem Schuldgefühl zu schwelgen – eine verzweifelte Sühne.

Bliss' aufgerichtete Brustwarzen glitten über seine nackte Brust. Sie beugte den Kopf vor, und ihre heißen Lippen umschlossen eine seiner Brustwarzen. Ihre flinke, rosige Zunge schnellte heraus, und sie stieß einen tiefen Kehllaut aus, als sie die Schwellung zwischen seinen Schenkeln spürte.

»Laß mich«, keuchte er. »Ich will nicht.«

»Oh ja, du willst«, sagte sie in sein Ohr. Ihre Finger machten sich an seinem Gürtel zu schaffen. »Was du meinst, ist, daß du das jetzt nicht verdienst. Das ist sehr westlich von dir gedacht, Jake. Ich hasse dich, wenn du so wirst.«

Er gab den Widerstand auf. Seine ungewöhnlichen kupferfarbenen Augen hatten in dem Zwielicht fast etwas Orangefarbenes. Aber wild waren die Augen von Bliss, in die er starrte.

»Haßt du mich wirklich?« Seine Stimme war belegt.

»Ja.« Ihre glänzenden Lippen waren halb geöffnet.

Jake langte nach oben, nahm ihren Kopf zwischen die Hände und zog ihn herab. Sein Mund legte sich auf ihren, und als die Zungen sich vereinten, rann ein Schauder durch Bliss' ganzen Körper.

Ihre Finger öffneten seine Hose und streiften sie ihm über Hüfte und Schenkel herunter. Wie wild kletterte sie auf ihn. Ihr Becken rührte sich, und er schnappte nach Luft, als er ihre feuchte Hitze spürte.

Immer noch mit zusammengepreßten Lippen langte sie nach unten, führte ihn in ihren geschmolzenen Schoß ein. Er bäumte sich auf und versank in ihr.

Bliss schnappte nach Luft. Sie keuchte an seinem Hals. Tränen traten ihr in die Augen. Sie besaß ihn, wie er sie besaß. Die Vereinigung war so vollkommen, daß sie das Gefühl für die Wirklichkeit verlor. Nie hätte sie geglaubt, sich einem anderen Menschen so nahe fühlen zu können.

Jake war mehr als ihr Liebhaber.

Ihn tief in sich zu spüren, ihn dort massierend, schuf eine Vollkommenheit in ihr, von der sie geglaubt hatte, nur Buddha könne sie besitzen. Stöhnend rieb sie die Hüften an ihm. Ihr Haar bedeckte sie beide wie ein Fächer.

Und als ihr Orgasmus kam, strahlte dieser bis in den Kopf aus.

Dann spürte sie seine heißen Zuckungen.

»Jake, oh, Jake! Ja, ja, jaaa!«

Ihr Kopf legte sich auf seine schwer atmende Brust, sie lauschte seinem Herzschlag, als wäre es der Pulsschlag des Meeres. Sie küßte ihn, während ihre Finger ihn streichelten. Als er endlich erschlafft herausglitt, nahm sie ihn in die Hand, zögerte aber, ihn loszulassen.

Jake spürte noch immer die Stelle auf seiner Haut, wo sie ihn geschlagen hatte. Draußen ertönte der Schrei eines Regenpfeifers. Er wußte, sie hatte ihn nicht verletzen oder schockieren, sondern lediglich an all das, was er war, erinnern wollen.

»Bliss«, sagte er. »Bliss.«

Und sie weinte, weil sie wußte, sie hatte ihn wieder.

Er war noch immer unnachgiebig. »Ich will ihn nicht sehen.«

»Jake, er ist dein Vater.«

»Glaubst du, ich will Teil seines *yuhn-hyun* werden? Er hat Mariana und David Oh vernichtet. Seinetwegen habe ich meinen Bruder getötet.« Er steckte das Stück Papier, das sie ihm gegeben hatte, in die Tasche, ohne auf die Nummer zu sehen.

»Bist du denn gar nicht neugierig, was der *yuhn-hyun* ist?«

»Er ist ein Rotchinesisches Unternehmen.«

»Du hast nur zur Hälfte recht. Er ist ein chinesisches Unternehmen.«

Er starrte sie an. Seine Hand kam aus der Tasche heraus. Als er den Papierstreifen einsteckte, waren seine Finger an etwas gestoßen. Sie beide betrachteten, was es war.

»Wo hast du das her?«

»Als ich Nichiren am Schluß noch einmal packte, bekam ich das zu fassen.« Jake hielt einen kleinen, abgenützten Wildlederbeutel in der Hand. Er band die Schnur auf, und ein Stück des *fu* fiel heraus.

Eine Zeitlang starrten beide wortlos darauf hernieder. Jake nahm es mit zum Tisch, auf dem Bliss das *wei qi*-Brett niedergesetzt hatte. Er griff in die andere Tasche, legte beide Teile zusammen: der Kopf des wilden Tigers.

»Das ist eine Seite des *fu*«, sagte er. »Ich möchte wissen, wer die beiden anderen Stücke hat.«

»Ich dachte, du wärst nicht interessiert am *yuhn-hyun?*«

Jake schnitt ihr eine Grimasse, und sie lief durch das Zimmer. Er beobachtete ihren goldenen Körper. Von hinten waren all die dunklen Beulen nicht zu sehen.

Als sie zurückkam, legte sie die geschlossene Faust auf den Tisch. Langsam öffnete sie die Finger. Sichtbar wurde ein Stück gravierter lavendelfarbener Jade, der Kopf eines großen Drachens: das dritte Stück des *fu*.

»Buddha!« rief Jake aus. »Wieso?«

»Ich bin Shi Zilins Patentochter. Vor langer Zeit, als er noch ein Kind war, hatte dein Vater einen Mentor, einen Jian. Verstehst du? Dieser Mann war mein Urgroßvater. Unter Shi Zilins Schutz reiste meine Mutter von China über Burma – wo ich geboren wurde – nach Hongkong. Sie war damals schon krank, aber es gelang ihr, mich noch zu dem Ziel zu bringen, das Shi Zilin ihr angegeben hatte: zu Drei-Eide-Tsun.

Es war meine Mutter«, sagte Bliss und paßte das dritte Stück den beiden anderen an, »die mir das gegeben hat.«

»Dann stammen sie also alle von derselben Quelle: von meinem Vater.«

Bliss sah zu ihm auf. »Ja.«

»Wer hat das letzte Stück?«

»Das weiß ich nicht. Ich glaube, nur Shi Zilin kann das sagen.«

Er wandte sich ab. »Mit ihm bin ich fertig. Ich hab' genug von Schatten und Lügen.«

»Ich glaube nicht, daß der *yuhn-hyun* ohne dich funktionieren kann.«

»Das ist mir gleich, Bliss.«

»Und was ist mit der Infiltration der Quarry?« sagte sie wütend. »Wir sind in den letzten vier Tagen gejagt worden wie die Hunde. Denkst du, das ändert sich? Darum mußt du dich sorgen!«

»Ob ich es tue oder nicht, spielt keine Rolle.« Er setzte sich auf das Sofa, begann abwesend die Eröffnung eines *wei qi*-Spiels. »Ich weiß nicht, was David Oh getötet hat.«

»Aber der Nachweis existiert.« Bliss zog sich ein Paar Jeans und eine gelbe Bluse mit V-Ausschnitt an. *»Huo yan.«*

»Das ›bewegliche Auge‹«, sagte Jake. »Nichiren benützte es als Teil seines Spiels. Und ich tue es auch. Glaubst du, ich hätte nicht versucht herauszufinden, was David Oh gemeint hat?«

»Es muß etwas bedeuten.« Bliss kam herüber und setzte sich neben ihn. »Du kanntest doch David eine lange Zeit.« Jake nickte. »Vielleicht liegt die Bedeutung in eurer Vergangenheit?«

»Ich kann mir aber nicht vorstellen, wo!«

»Hast du mit David zusammen *wei qi* gespielt?«

»Machst du Witze? David haßte Brettspiele jeder Art. Er war der ewige Junggeselle. Liebte es, in seiner Freizeit mit Mädchen zu spielen. Er hat ihnen immer erzählt, er sei vom Nachrichtendienst. Sie wußten nicht, was er meinte, bis er sagte ›Spion‹. Natürlich haben sie ihm nie geglaubt. Sie kicherten nur, schauten unter seiner Achselhöhle nach der Pistole, die, wie sie wußten, nicht da war.«

»Und trotzdem, ihr beide habt doch in den Jahren viel Zeit miteinander verbracht. Was habt ihr noch getan?«

Jake schob die weißen und schwarzen Stücke auf dem Brett umher, schuf Verbindungen. »Oh, wir haben vieles getan.«

Bliss lachte. »Wie zum Beispiel Mädchen jagen und gleichzeitig *wei qi* spielen?«

Es war als Scherz gedacht, aber es elektrisierte Jake. »*Dew neh loh moh,* ich habe ein Gedächtnis wie eine Schnecke!« Er sprang auf, schloß seinen Gürtel und zog sich das Hemd an. »Los geht's!« rief er.

»Wohin geh'n wir?«

»*Huo yan,* natürlich. *Huo yan!*«

In Wanchai, wo vor weniger als einer Woche David Oh um sein Leben gelaufen war, eilten Jake und Bliss dieselben verstopften Straßen entlang.

»Da war dieses eine Lokal, wo wir hingingen und das wir beide mochten«, erklärte Jake. »Da waren die Mädchen, für die David Oh eine Vorliebe hatte: sauber und jung genug, um noch interessiert zu sein. Es gehörte einem Mann namens Mok. Kahlköpfig, Ring im Ohr. Vielleicht ein Mongole. Wo er herkam, weiß ich nicht, aber so sah er aus.

Mok war der mieseste Hund, den David oder ich jemals getroffen haben. Zweimal haben wir versucht, ihn anzuwerben, aber er war nicht interessiert. Sogar die Triaden ließen ihn in Ruhe.

Er tändelte auch gern etwas mit den Mädchen, deshalb waren sie alle jung. Und außerdem war er ein *wei qi*-Fanatiker.

Sein Lieblingsendspiel basierte ausnahmslos auf *huo yan.* David war immer mit seinen Mädchen fertig, ehe das Spiel beendet war. Nicht einmal er besaß das Durchhaltevermögen, das Mok hatte, deshalb war er bei allen Endspielen dabei. *Huo yan* war der einzige Zug bei *wei qi,* den er kannte.«

»Deshalb meinst du, er hätte diese Unterlagen diesem Mok gegeben?«

»Das werden wir bald feststellen.«

Moks Etablissement befand sich in einem schäbigen, einstöckigen Gebäude in der Luard Road und sah so aus, daß nur ein betrunkener Seemann auf Landurlaub es darin ertragen konnte. Drinnen flackerten Farbspiele in Rot, Blau und Gelb über eine achteckige Tanzfläche. Uniformen und geschlitzte Röcke waren vorherrschend; man tanzte zu gellender Musik aus den frühen 60er Jahren.

Jake nahm Bliss bei der Hand und führte sie hinüber zum Barmixer. Nach kurzem Gespräch mit ihm wurden sie in den hinteren Teil des Raumes verwiesen.

Bliss entdeckte Mok sofort. Er sah genauso aus, wie Jake ihn beschrieben hatte, nur daß er mehr als einhundertzehn Kilo zu wiegen schien. Ein Muskelberg. *Sehr* bösartig. Als er aber Jake sah, strahlte er wie ein Leuchtturm in nebliger Nacht. Er erhob sich vom *wei qi*-Brett und schlug Jake auf die Schulter. Er schielte gutmütig auf Bliss, als Jake sie vorstellte.

»Kommt zurück nach all der Zeit auf ein Spiel?« Mok hatte einen abgrundtiefen Baß. Er schien tätowiert zu sein wie ein amerikanischer Seemann.

»Eigentlich nicht«, antwortete Jake.

Die beiden Männer sahen sich einen Augenblick an.

»David ist tot.«

»Verflucht und zugenäht«, sagte Mok und spuckte kräftig aus. »In dem Fall weiß ich, warum Sie hier sind.«

Jake brauchte kaum drei Stunden, um die Daten zu lesen und zu analysieren, die David Oh aus dem Quarry-Computer gezogen hatte. Hinterher wußte er, daß Gerard Stallings aus dem gleichen Grund getötet worden war wie David Oh. Er verstand jetzt auch, warum ein Liquidierungskommando ausgeschickt worden war, um Mariana am Abend seines Überfalls auf das O-henro-Haus zu erledigen.

»Wenn sie nur dein Stück des *fu* haben wollten«, fragte Bliss, nachdem er ihr die entsprechenden Daten erklärt hatte, »warum dann Mariana umbringen?«

»Weil jemand in der Quarry wußte, daß das *fu*-Stück versteckt war. Wer immer das Liquidierungsteam ausgeschickt hatte, kannte mich und Mariana gut. Er war sich darüber im klaren, daß Mariana das Versteck des *fu* niemals freiwillig preisgeben würde. Also sollten sie die Information aus ihr herausfoltern. Danach hätte sie natürlich sterben müssen. Sonst hätte sie ja eine illegale Quarry-Operation aufdecken können.«

Die Sinnlosigkeit von Marianas Tod wurde Jake so richtig klar. »Verdammt«, sagte er nachdenklich.

Bliss legte einen Arm um ihn. Gleichzeitig sagte sie: »Donovan oder Wunderman. Wer ist der Verräter?«

Jake, der in die sternenklare Nacht über Hongkong starrte, fühlte, wie ihn Müdigkeit überkam. Sein Rennen war fast gelaufen.

»Unglücklicherweise«, sagte er, »gibt es nur einen Weg, das herauszufinden.«

Über Washington braute sich ein Gewitter zusammen. Das Wetter färbte das Washington Monument schiefergrau und den Spiegelteich vor dem Lincoln Memorial wie Geschützmetall.

In Great Falls, etwa fünfundzwanzig Kilometer von Chesapeake Bay entfernt, waren dicke Wolken aufgezogen. Der feuchte Tag war klamm geworden, so als würde alles Blattwerk plötzlich schwitzen.

In Greystokes kühlem Arbeitszimmer im dritten Stock hatte Henry Wunderman sich in das mit Wissen angefüllte »Lagerhaus« des Quarry-Computers eingeschaltet. Die Sicherheitsmaßnahmen, die er und Donovan nach der Ermordung Antony Beridiens eingeführt hatten, befriedigten ihn immer noch nicht. Langsam wurde er besessen von Jake Maroc und der wachsenden Bedrohung, die Jake für die jetzt von ihm kontrollierte weltweite Organisation darstellte.

Der trübe Tag hatte Rodger Donovan nicht davon abgehalten, an seiner 63er Corvette zu arbeiten. Er hatte den Wagen neben den Rosengarten an der Seite des großen Hauses gefahren. Inmitten der summenden Hummeln, die fett und träge im Mittsommer herumflogen, fühlte er sich wunderbar allein – unbehelligt sogar von dem wechselhaften Wetter. Hier konnten seine Gedanken frei schweifen und an immer komplizierteren Programmen für das GPR-3700-Hauptgerät der Quarry arbeiten.

Als er die Stimme leise sagen hörte, »Hallo, Rodger«, unterbrach er, was er gerade tat. Er trug Gärtnerhandschuhe. In der rechten Hand hielt er einen fettverschmierten Schraubenschlüssel, in der anderen eine Zündkerze. Genau hinter ihm war ein Busch mit pfirsichfarbenen Blüten.

Er richtete sich auf. Er trug ein purpurrotes Ralph-Lauren-Polohemd aus Baumwolle, ein Paar alte, verschmierte weiße Hosen und abgetragene Slipper ohne Socken.

»Jake«, sagte er, ohne sich umzudrehen. Er erschien ganz ruhig. »Sie scheinen soviele Leben zu haben wie ein Romanheld. Ich wußte, wir würden Sie nicht umbringen können.«

»Das hat Sie aber nicht von dem Versuch abgehalten.«

Donovan zuckte bei dem Ton zusammen. »Natürlich nicht. Wofür halten Sie uns, für Amateure?«

»Schluß mit den Reden«, sagte Jake. »Führen Sie mich zu Wunderman.«

»Aha, Wunderman. Ich kann mir denken, daß er wissen möchte, wie Sie all unseren Sicherheitsmaßnahmen entgehen konnten.«

»Dann würde er enttäuscht werden. Vorwärts, geh'n wir!«

Jetzt drehte Donovan sich um. »Glauben Sie, ich würde Sie einfach zu ihm führen? Er ist jetzt der Direktor. Und Sie sind als ›Tödlicher Schurke‹ eingestuft worden.«

»Ich werde Sie kaum fragen, wie es dazu kam.«

»Es würde Ihnen auch nicht viel nützen, fürchte ich. Das ist Geheimsache.«

Jakes Gesicht wurde hart. »Wunderman!«

Donovan breitete die Arme aus. »Töten Sie mich mit einer Ihrer Nahkampfspezialitäten.«

Jake bewegte sich so schnell, daß Donovan nicht einmal Zeit hatte zu blinzeln. Ein blitzschneller Handkantenschlag traf ihn.

Donovan flog in die Rosenbüsche, aus seiner Nase tropfte Blut. Dornen durchstachen sein Polohemd, kratzten wie die Krallen von Katzen. Tränen traten ihm in die Augen. Er ließ den Schlüssel fallen, hob die Hand und wischte das Blut ab. »Mein Gott«, sagte er, »ich glaube, ich höre besser auf, Witze zu machen.«

Jake zog ihn auf die Füße. »An die Wand, Rodger.«

Der andere gehorchte, und Jake tastete ihn ab.

»Das war kaum nötig«, sagte Donovan. »Ich trage nie eine Waffe.«
»Vorwärts«, sagte Jake. »Ich brauche Sie beide zusammen.«

Donovans Gesicht hatte etwas Verzeihungheischendes, als er den Kopf in Wundermans Arbeitszimmer steckte. Die Nase und die Oberlippe schwollen bereits an, und er hatte sich einen Kleenexstopfen in die Nase stecken müssen, um die Blutung zu stillen.

»Du lieber Himmel«, sagte Wunderman, als er ihn sah, »was, zum Teufel, ist mit Ihnen passiert? Sind Sie auf Ihren Motor gefallen?«

»Es tut mir sehr leid«, sagte Donovan schniefend.

»Was?«

Jake schob ihn ganz in den Raum und folgte ihm.

»Ich glaube, er meint mich.«

»Ach, du lieber Gott!« Wundermans Augen quollen fast aus den Höhlen. Er saß in Hemdsärmeln vor der Computertastatur. Nur sein Kopf bewegte sich jetzt, als er Jakes Weg durch den Raum verfolgte.

Die drosselblau gestrichenen Wände waren bedeckt mit einer Fülle von präparierten Schmetterlingen, alle in kleinen Mahagonirahmen. Mit ausgebreiteten Flügeln nebeneinander aufgereiht, sahen sie aus wie eine Serie von Klecksographien. Über ihnen holten fluoreszierende Leuchtstoffröhren sämtliche Farben aus den zarten Gebilden.

Jake hatte die Computerausdrucke von David Oh nicht mitgebracht. Wozu auch? Der Verräter würde lügen, um sich selbst zu retten, und der unschuldige Mann würde lügen, um die Quarry zu schützen. In dieser Hinsicht, das war Jake klar, gab es keinen Unterschied zwischen ihnen.

Im Kampf, hatte Fo Saan Jake immer wieder gesagt, *sind Worte bedeutungslos. Menschen würden alles sagen, wenn sie glaubten, es verschaffte ihnen einen Vorteil. Nur Handeln ist von Bedeutung. Handeln ist geballte Absicht.*

»Sie haben jede Regel in den Statuten der Quarry verletzt.« Die Hände auf den Schenkeln, saß Wunderman da. Seit er Direktor geworden war, hatte er sich verändert. Nicht physisch, sondern emotional. »Erwarten Sie nicht, daß wir Ausreden für unsere Aktionen suchen oder uns für irgend etwas entschuldigen.«

»Henry glaubt, Sie werden uns töten.« Donovan stand immer noch dort, wohin Jake ihn geschoben hatte. Er machte nicht einmal den Versuch, sich zu bewegen. »Er ist überzeugt, daß Ihre chinesische Hälfte die Vorherrschaft übernommen hat. Er glaubt, Sie hätten nichts als Rache im Sinn.«

An der Art, wie er sprach, konnte Jake erkennen, daß er dieselben Fragen für sich selbst stellte. Wunderman mochte von diesen Dingen überzeugt sein, wie Donovan sagte, und Donovan war dabei, sich diese Überzeugungen zu eigen zu machen.

Jake sagte nichts. Er hatte nicht die Absicht, diese Männer in eine Debatte zu verwickeln.

»Jake«, sagte Wunderman in dem übertrieben vernünftigen Ton, den ein Arzt einem Verrückten gegenüber anwendet, »Sie müssen verstehen, daß die Tragik von Marianas Tod zu dem Trauma vom Sumchun-Fluß sowie dem Tod der *dantai* im O-henro-Haus noch hinzukommt.

So viele Tote auf dem Gewissen zu haben, ist für jeden zuviel . . . sogar für Sie. Wenn Sie jetzt aufgeben, ehe noch jemand verletzt wird, verspreche ich Ihnen, daß Sie nicht angeklagt werden. Wir werden Sie behandeln und wieder gesund machen.«

Jake konnte den Mann, der ihn für die Quarry angeworben hatte, kaum wiedererkennen, den Mann, der ihn durch die Ausbildung hier in diesen Hügeln von Virginia geführt hatte. Die Macht, nach der Wunderman sich gesehnt hatte, die Macht, die er jetzt besaß, hatte ihn verdorben. Vielleicht war die Verantwortung für ihn auch zuviel gewesen; bessere Männer als er waren schon unter dieser enormen Belastung zusammengebrochen. Oder aber ließ ihn sein Doppelleben vor der Zeit alt werden.

Donovan hielt den Mund, was für Jake nicht minder interessant war. Wie Wunderman ließ er seine Augen unverwandt auf Jake ruhen, aber in ihnen war keinerlei Furcht. Er war so ruhig, als werkelte er noch immer am Motor seines Wagens herum.

Jakes harter, einige Zeit auf Donovan gerichteter Blick kehrte zurück zu Wunderman. In diesem Zeitraum blieb ihm nur der Bruchteil eines Augenblicks für eine Reaktion. Am Rande seines Gesichtsfeldes sah er die Pistole in Wundermans Hand, und er mußte seine Entscheidung treffen.

Handeln ist geballte Absicht. Und sein eigener Gedanke: *Wer immer das Liquidierungskommando ausschickte, kannte mich und Mariana gut!*

Wunderman!

Die Pistole ging los, aber Jake war schon nicht mehr dort, wohin Wunderman gezielt hatte. Jake war ein Schatten in der Luft und landete einen Stoß mit dem Fuß auf Wundermans Brust.

Krachend flog Wunderman zurück, sein Kopf schlug auf dem Boden auf. Die Pistole flog ihm aus der Hand und schlitterte über den Teppich in die Mitte des Raumes. Jake schlug zwei Leberhaken so heftig, daß Wundermans Augen flatterten.

»Halt!«

Jake hielt inne. Donovan zielte mit der Pistole auf ihn.

»Ich sollte Sie erschießen, wo Sie sind!«

»Da ist ein Verräter in der Quarry«, sagte Jake. In ihm war keinerlei Empfindung. Diesen Augenblick hatte er sich ausgemalt, die Gesichter von Mariana und David Oh tauchten vor ihm auf, ihre Geister schrien nach Rache. Bei dem, was er jetzt tat, war nichts Zwingendes. »Ich könnte mir vorstellen, daß Sie zu der gleichen Schlußfolgerung gekommen sind. David Oh wurde liquidiert, weil er Informationen entdeckte, die im Computerspeicher vergraben waren. Dasselbe gilt für Stallings.«

Jake nahm den Schock in Donovans Augen wahr. Darin lag auch Verwirrung und ein gewisses Maß von Unglauben.

»Henry glaubt, Sie seien der Verräter.«

»Henry glaubt, *ich* hätte David Oh getötet?«

»Wir wissen, daß Sie vier Quarry-Agenten in vier Tagen getötet haben.«

»Sie haben David Oh auf dem Weg zu einem Treff umgelegt, den wir verabredet hatten. Dann jagten sie mich.«

»Mit der Anweisung, Sie als ›Tödlichen Schurken‹ einzustufen, ist das kein Wunder.«

»Wer hat diese Anweisung gegeben?«

Donovan antwortete nicht, doch seine Augen richteten sich auf Wunderman. »Himmelherrgott!« Er holte tief Luft und winkte mit der Pistole. »Geh'n Sie weg von ihm.«

Jake gehorchte.

Donovan kniete nieder, öffnete Wundermans Kragen, damit er zwei Finger auf die Halsschlagader legen konnte. Es war kein Puls mehr zu fühlen.

Nachdem er lange auf das graue Gesicht gestarrt hatte, sagte er, »Henry, du Schuft!«

Die beiden gingen zum Essen aus, in ein Restaurant, das französische Küche bot, nicht weit von Greystoke. Motten tanzten um die Lichter, und junge Mädchen mit ihren Freunden kamen mit lachenden Gesichtern und hellen Augen herein.

Donovans Nase war leicht verpflastert, doch sogar in diesem Zustand war es ihm gelungen, recht flott auszusehen. Auf ihn sahen die meisten jungen Mädchen, nicht auf Jake.

Donovan bestellte den besten Wein, und sie stießen auf den Henry Wunderman an, der dieser einst gewesen war.

Jake dachte an den Augenblick auf der Halbinsel, als Wunderman ihn angeworben hatte. »Auf abwesende Freunde«, sagte er, so, als wäre Wunderman im Einsatz vermißt worden, was er ja in gewissem Sinne auch war.

»Auf Mariana«, sagte Donovan. »Es tut mir wirklich sehr leid.«

Bis das Essen kam, hatten sie mehr als die Hälfte der Flasche ausgetrunken.

»Ich nehme an, wir werden niemals genau wissen, was geschehen ist«, sagte Donovan einige Zeit später bei Kaffee und Brandy, »was ihn umgedreht hat.« Er hatte Fasan bestellt und schon gegessen. Jake hatte Garnelen gewählt, doch die begleitende Sauce sagte seinem Gaumen nicht zu, und so lagen sie fast alle noch vor ihm. Er war dankbar, als die Kellnerin den Teller wegnahm.

»Es ist jedoch klar, daß Wunderman der untere Teil von Antonys Eisberg war.« Donovan schüttete den Brandy in seinen Kaffee und rührte wie abwesend um. »Wenn wir schon davon sprechen, haben Sie gehört, daß Daniella Workuta, der überragende Geist hinter dem Eisberg, soeben zum Chef des Ersten Hauptdirektorats befördert worden ist?«

Jake sagte, er habe es nicht gewußt.

»Sie soll auch das erste weibliche Politbüromitglied werden.«

»Warum erzählen Sie mir das?« fragte Jake. »Ist das nicht Geheimsache?«

Donovan machte ein Geräusch in seine Serviette. »Ich habe gehofft, ich könnte Sie dazu überreden, ins Nest zurückzukehren.«

»Das ist eine interessante Art, es auszudrücken.«

»Ich bitte Sie nur, darüber mal nachzudenken«, sagte Donovan und rief nach der Rechnung.

Es war aber nicht die Quarry, über die Jake bei seiner Rückkehr in sein Hotel nachdachte. In dem Zimmer waren – typisch für alle Hotelzimmer in Amerika – die schweren Vorhänge zugezogen, so daß der Raum einen düsteren Eindruck machte.

Jake ging quer durch das Zimmer und warf die Vorhänge zurück. Er sah in einen Hof, der ausgefüllt wurde von einer riesigen alten Platane. Ihre lichtgesprenkelten Zweige wiegten sich leicht im Sommerwind, da aber die Fenster des Zimmers geschlossen waren, drang überhaupt kein Laut herauf. Jake hätte ebensogut auf eine Stummfilmleinwand starren können.

Durch die Zweige konnte Jake ein kleines Café mit gestreiften Sonnenschirmen und winzigen Marmortischen sehen. Die Szene machte einen seltsam europäischen Eindruck. Während er schaute, schlenderte ein Paar mittleren Alters, ganz ineinander versunken und Hand in Hand, zwischen den Tischen hindurch. Für Jake, den Beobachter, war es ein melancholischer Anblick.

Beim Essen hatte er Rodger Donovans Angebot für einen ironischen Scherz gehalten. Doch jetzt, da er in die Sternennacht blickte, sah er, was Donovan in ihm gesehen haben mußte: daß er derselbe war, der er immer gewesen war. Er unterschied sich in nichts von den anderen Männern, die dieses tödliche Spiel spielten.

Als er wieder hinunterschaute, war der Hof verlassen. Und dann gingen gleich die Lichter im Baum aus. Jake sah auf die Uhr. Es war Mitternacht.

Er ging zum Bett und setzte sich. Eine Zeitlang starrte er auf das Telefon. Dann zog er ein Stück Papier heraus, faltete es auseinander, nahm den Hörer ab und bat die Hotelvermittlung um eine Überseeleitung nach Hongkong. Als sie ihm sagte, es gäbe eine direkte Durchwahl, gab er ihr seine Zimmernummer und wählte.

Das Telefon klingelte sehr lange. Als er dabei war aufzulegen, sagte eine Stimme: »Wai.« Hallo.

So viele Empfindungen rasten durch Jake bei dem Klang der Stimme, daß er kaum sprechen konnte.

Dann, einmal tief Luft holend, sagte er: *»Bah-ba.«*

Vater.

EPILOG

Hongkong / Washington

SOMMER, GEGENWART

Ein Hund tollte bellend am Wasser entlang. Er sprang nach einem roten Ball, streckte sich, krümmte sich in der Luft wie ein Geschoß. Als er landete, kam er Jake so nahe, daß dessen Hosenbeine sandig wurden.

Jake und Zilin gingen zusammen den flachen Bogen des Strandes bei Shek-O entlang. Es war Vormittag. Die trübe Sonne ließ den Ozean aussehen, als sei er mit Sahne überzogen.

Zilin hatte gerade den Bericht für Jake über sein Leben in China beendet. Er hatte die Nachricht vom Tode der Schimäre mit typischem Gleichmut aufgenommen. »Jetzt weißt du sogar mehr von mir als meine Brüder.« Jake sah den alten Mann an und dachte, er wird wohl immer voller Überraschungen sein.

»Es war nicht richtig von mir, dich und deine Mutter zu verlassen«, sagte Zilin. »Genauso war es unrecht, eine Mätresse zu nehmen. Aber ich war blind, verstehst du. Ich war erfüllt von dem, was ich, wie ich glaube, tun mußte. Ich traf Entscheidungen und dachte nicht ein einziges Mal an die Folgen.

Ich war wie ein Mönch, Jake, der nach vielen Jahren im Dienste seines Gottes auf die Welt losgelassen wird. Ich funktionierte nach einer völlig anderen Reihe von Geboten.«

»Der *yuhn-hyun.*«

Zilin nickte. »In gewisser Weise, ja.« Sie machten einen weiten Bogen um ein braunes Kind, das am Rande des Wassers Sandburgen baute. »Ich konnte nicht begreifen, daß meine Handlungen Rückwirkungen auf die Menschen rings um mich haben würden. Oder vielleicht tat ich es doch und ließ nur die Wirkung unberücksichtigt.

Du hast mir erzählt, was aus meiner Athena wurde, nachdem ich euch verlassen hatte. Ich weiß aus dem, was ich mit den Jahren von Nichiren erfuhr, wie sehr ich Sheng Li verletzt habe. Der *yuhn-hyun* tötete sie, oder vielmehr, daß ich vom *yuhn-hyun* besessen war.«

Eine Zeitlang gingen sie stumm weiter. Wolken türmten sich am Horizont. Mit einer silbrigen Gischtwelle raste ein Motorboot vorbei. Eine junge Blondine in einem Bikini hob die Hand und winkte ihren Bewunderern an der Küste zu. Sie war sich ihrer selbst sehr sicher.

»Ich muß mich ausruhen«, sagte Zilin nach einer Weile. Er ließ sich neben den Sandburgen des Kindes am Rand des Wassers nieder. Jake, der neben ihm stand, sah zu, wie er Schuhe und Socken auszog und die Hosenbeine hochrollte und die Füße in die anrollenden Wellenausläufer steckte. Der Anblick trieb Jake Tränen in die Augen.

Zilin, der dem Kind beim Spielen zusah, merkte nichts.

Jake hockte sich neben seinem Vater nieder. Sie hatten sich nicht umarmt, als sie sich hier getroffen hatten; nicht ein vertrautes Wort wurde zwischen ihnen gewechselt. Das war nicht chinesische Art. Vielleicht hatten sie stumm miteinander gesprochen.

»Ich will jetzt hierbleiben«, sagte Zilin. Er richtete den Blick hinaus auf das Meer. »Kommunist bin ich niemals gewesen. Ich liebe mein Land, aber ich bin nicht begeistert davon, was aus ihm geworden ist. Den Kommunismus habe ich vor vielen Jahren aus Pragmatismus in mich aufgenommen. Und ich hatte recht damit. Der Kommunismus hat China wirklich geeint. Ich bin heute noch überzeugt, daß dies der einzige Weg war, unsere Geschichte der gegenseitigen Zerfleischung aufzuhalten. Wie du wissen wirst, ist es sehr schwer, sich von der Geschichte zu lösen. Aber wie viele meiner Brüder wußte ich nie, wann der richtige Augenblick für die Lösung vom Kommunismus gekommen war. Er hat seinen Zweck erfüllt. Ich denke, wir alle wußten das schon vor einiger Zeit. Wir gebrauchten ihn aber weiter – für uns selbst, vermute ich, und sonst nichts.

Und jetzt ist es der Kommunismus, der uns an die Vergangenheit bindet. Er ist es, der unseren Aufbruch in die Zukunft verhindert. Das ist es, warum der *yuhn-hyun* wirklich ins Leben gerufen wurde.«

Jake, der darauf wartete, daß sein Vater fortfuhr, beobachtete, wie er es gelernt hatte, die Leute am Strand. Nicht einmal in dieser Atmosphäre konnte er vergessen, wer er war. »Der *yuhn-hyun* entstand, als ich überzeugt war davon, daß Hongkong die Rettung von ganz China wäre. Wenn ich Hongkong vollständig kontrollieren könnte – und jetzt spreche ich nicht von der chinesischen Regierung, sondern vielmehr von mir selbst oder von jemand mit meiner Einstellung –, könnte ich die Zukunft von ganz China kontrollieren. Ich könnte große Geldmengen in die Schwerindustrie stecken, ich könnte freies Unternehmertum fördern, indem ich die Bindungen zwischen den *tai pan*-Häusern hier und den Versorgungsquellen auf dem Festland stärkte. Ich könnte innerhalb von fünfzig Jahren die Vereinigung von ganz China bewerkstelligen.

Das war das Ziel des *yuhn-hyun*.«

Jake dachte lange darüber nach. Er erinnerte sich an die Worte von Bliss: *Es ist ein chinesisches Unternehmen*. Sie hatte doch die Wahrheit gesprochen. »Aber die ganze Kolonie kontrollieren«, sagte er jetzt. »Ich sehe nicht, wie du das tun könntest.«

Zilin lächelte, aber in seinem zerbrechlichen Gesicht war kein Humor zu erkennen. Das Netzwerk von blauen Adern war überall zu sehen. »Ich bin Jian. Was ich schaffe, lebt. So etwas *ist* möglich, das ist sicher, mein Sohn. Es war ja schon zum Greifen nah.«

»Sogar jetzt?«

»Es ist noch nicht viel Zeit vergangen, ja.« Die Sonne fiel in seine Augen, verwandelte sie von Schwarz in Weiß. Jake konnte in der Schläfe das Blut pulsieren sehen. »Es wird aber jetzt nicht geschehen. Zu viele Menschen sind wegen meiner Gleichgültigkeit gestorben. Ich bin müde. Auch ein Jian braucht einmal Ruhe.«

Rechts von ihnen kam eine Welle weiter herauf, löste die Mauer der Sandburg des Kindes auf. Der Junge starrte einen Moment auf den eingeebneten Platz, ehe Tränen aus seinen Augen stürzten. Dann kam seine Schwester aus dem Wasser und schaute auf ihn herab.

Sie ging auf die Knie, der Sand klebte an ihrer honigfarbenen Haut. »Hier«, sagte sie. »Hier.« Und begann, die zerstörte Mauer wieder aufzubauen. Nach einer Weile hörte ihr Bruder auf zu weinen und half mit.

Jake, der diese Szene beobachtet hatte, lächelte. »Vater«, sagte er dann, »würdest du mir von dem *yuhn-hyun* erzählen?«

Zilin nickte. »Wenn du willst. Aber ich muß dir erst noch etwas sagen. Nichiren hat Mariana auf meinen Befehl hin nach Japan gebracht.«

Die Wellen rollten auf den Strand wie immer, aber für Jake waren die Geräusche so laut wie Flintenschüsse.

Mariana, mit weißem Gesicht, der Sturm drückt sie mit dem Rücken gegen den schlammigen Felsen. Sie gleitet ab, verschwindet.

Mariana! Nein!

»Ich möchte fortfahren.«

Jake hörte die Stimme seines Vaters kaum. »Warum mußtest du Mariana verschwinden lassen?« Seine Stimme war ein heiseres Krächzen.

»Schimäre erfuhr von der Macht des *fu*. Er schickte in der Nacht, in der du so voreilig das O-henro-Haus überfallen hast, ein Liquidierungskommando in deine Wohnung.«

Jake registrierte die Zurechtweisung in der Stimme seines Vaters kaum. »Ich weiß das, doch ich verstehe es trotzdem nicht. Mariana wäre nirgendwohin gegangen mit Nichiren.«

»Natürlich nicht«, erwiderte Zilin ruhig. »Nicht mit dem, was sie über die lange Feindschaft zwischen euch beiden wußte oder vermutete. Es war wichtig, sie auf andere Weise zu überzeugen.«

Zilin starrte auf das Meer hinaus, seine Augen sahen jedoch nichts. »Nichiren rief sie an. Er warnte sie vor der Ankunft des Kommandos. Es war nötig, es dringend zu machen. Sie glaubte ihm noch immer nicht. Warum sollte sie auch? Die Quarry war auf eurer Seite.

Also nannte er ihr den Namen des Gruppenleiters, und das war jemand, den sie gut kannte.«

»Evans.«

»Evans, ja. Schimäre wußte anscheinend nicht, daß Mariana bekannt war, was Evans tat. Sie verbarg sich deshalb außerhalb des Gebäudes, und als sie Evans sein Team hineinführen sah, konnte sie nicht mehr anders, als Nichiren zu glauben.«

Eine Zeitlang schwiegen sie. Endlich sagte Jake: »Aber warum Nichiren?«

»Ich sah keine andere Möglichkeit. Ich mußte Mariana schützen. Ich hatte wenig Zeit. Ich wußte, das Liquidierungskommando würde sie finden, wenn sie in Hongkong blieb. Also mußte sie raus.

Ich dachte, der sicherste Platz für sie wäre bei Nichiren. Ich nahm an, keiner in der Quarry käme darauf, sie bei deinem Feind zu suchen.«

»Sie taten es aber doch«, erwiderte Jake bitter. »Sie fanden es heraus.«

Zilin nickte. »Und ein Machtkampf in der Sowjethierarchie schickte auch noch ein KVR-Team nach Tsurugi. Es tut mir so leid, mein Sohn.«

Jake spürte, wie der alte Mann neben ihm zitterte. Ihm brach fast das Herz. Wir haben alle etwas Schuld, dachte er. Aber in erster Linie ist es das Leben, das zu führen ich gewählt habe. Meine gewalttätige Welt hat sie umgebracht. Eine Welt, die ich liebe.

Mit der Zeit fing er sich wieder. »Erzähle mir vom *yuhn-hyun,* Vater.«

Zilin akzeptierte diese Wendung, weil sein Sohn es wünschte. »Gut. Du weißt bereits über Drei-Eide-Tsun und T. Y. Chung Bescheid. Du bist der einzige. Nicht einmal Bliss weiß, daß sie meine Brüder sind. Ich will, daß es so bleibt. Die Folgen dieser bestimmten Information wären viel zu gefährlich. Du weißt, daß sie unter der Tarnung ihrer Rivalität Gesellschaften aufgekauft haben. Sie haben das unter meiner Leitung getan, so daß alle diese neuen Firmen jetzt Teil des Ringes sind.

Als Teil dieser Irreführung ist T. Y. Chung eine Geschäftspartnerschaft mit Five Star Pacific eingegangen. In sechs Monaten werden wir dank der Machenschaften eines meiner Feinde in Beijing die klare Mehrheitskontrolle dieses Hauses besitzen.

Die Triaden gehören uns auch. Drei-Eide-Tsun ist, wie du weißt, mit dem Furchtbaren Sung befreundet. Damit haben wir die 14 K. Sir John Bluestone ist mit Hak Sam verbunden.«

»Dann bleibt die Green Pang übrig«, sagte Jake. »Ohne die Triade von Shanghai wirst du nicht weit kommen.«

»Richtig«, gab Zilin zu. »Das bedeutet Andrew Sawyer – und Ehrenwerter Chen, der praktisch den gesamten Goldverkehr von und nach Macao kontrolliert.« Er wandte sich jetzt um und schaute Jake in die Augen. Für einen Augenblick fielen die Jahre von ihm ab, und Jake sah den jungen Mann, der sein Vater einmal gewesen war. »Du hast drei Teile des *fu,* mein Sohn. Andrew Sawyer hat den vierten.«

»Sawyer. Buddha!«

An den Hängen oberhalb von Shek-O gab es einen kleinen, verschwiegenen Buddhisten-Schrein. Spät am Nachmittag betraten die beiden Männer sein kühles, dämmeriges Inneres. Der Duft von Zedern vermischte sich mit dem sich kräuselnden Rauch der *joss*-Stäbchen.

Zilin verbrachte lange Zeit im Gebet. Jake an seiner Seite dachte an andere Dinge, weltlichere, aber nicht weniger wichtige. Er mußte sich noch immer daran gewöhnen, einen Vater zu haben, der Nächste eines Menschen zu sein, mit dem er das gleiche Blut teilte. Oft entdeckte er, daß er zitterte. Er dachte, es könnte vor Erleichterung sein.

»Der *yuhn-hyun* ist jetzt nutzlos«, sagte Zilin, als sie im Schatten des farbig gestrichenen Bambusvorbaus des Schreines saßen. »Ohne daß jemand da ist, der ihn führt, ist er nichts.«

Die Sonne im Westen schüttete ihr goldenes Licht über dem Südchinesischen Meer aus. Sogar die am Horizont aufziehenden Wolken waren im Augenblick verborgen.

»Du sprichst jetzt vom *tai pan* aller *tai pan*«, sagte Jake vorsichtig.

»Richtig. Er würde ganz Hongkong kontrollieren ... schließlich ganz China. Denn ohne internationalen Handel und die riesigen Einkünfte, die er bringt, ist China nichts.«

»Du hast mich, Vater.«

Zilin schüttelte den Kopf. »In dein Leben ist schon genug eingegriffen worden, mein Sohn.«

»Ich bin dafür wie geschaffen.«

Zilin zögerte, kämpfte mit sich selbst. »Auf der ganzen Welt, Jake, bist du der am besten qualifizierte Mann für den Mittelpunkt des *yuhn-hyun*. Das war meine ursprüngliche Absicht. Du und möglicherweise Nichiren in Japan, bei Ausdehnung des Ringes.«

»Dann ist es abgemacht.«

»Nein. Nichts ist abgemacht. Viele Jahre lang benützten wir auf dem Festland die Lehren von Marx und Engels, um eine Form von Ordnung zu erreichen und Freiheit von den *faan-gwai-loh,* die, nicht zufrieden mit der Vergewaltigung unseres Landes, damit drohten, uns ganz und gar zu schlucken. Der Kommunismus war ein Mittel zum Zweck. Es war mir schon einige Jahre klar, daß wir den Zweck längst erreicht haben. Wir erfreuen uns jetzt einer gewissen Stabilität, aber wir sind noch immer dem Feudaldenken verhaftet. In Beijing gibt es noch eine Fülle von rückständiger Philosophie.

Was mir ebenfalls klar gewesen ist, ist die Tatsache, daß Chinas Zukunft jetzt im Kapitalismus liegt. Hongkong – und durch Hongkong ein vereintes China mit Taiwan – wird in der Lage sein, sich selbst zu ernähren, wenn es sich der Marktwirtschaft zuwendet. Das ist es, was der Kapitalismus uns jetzt bieten kann.

Aber der Weg ist gefahrvoll, sowohl in Beijing, wo es noch immer mächtige Maoisten gibt, wie auch in Rußland, wo der Kreml in Furcht vor unserer wahren Unabhängigkeit lebt. Auch das gehört zum schrecklichen Erbe für den *tai pan* aller *tai pan*.«

»Vater, als ich nach Washington flog, habe ich etwas über mich selbst erfahren. Mein Leben ist das, was *ich* daraus mache.«

»Auch dann, wenn du jetzt weißt, daß Fo Saan Teil des *yuhn-hyun* war?«

»Ja. Auch dann. Fo Saan hat mich ausgebildet, aber es war *mein* Können. Er hat nicht versucht, meine Interessen zu beeinflussen.

So ist mein Leben heute das, was ich daraus mache. Wenn ich sage, es ist abgemacht, meine ich es auch.«

»Es muß etwas sein, was du dir wünschst.«

»Selbstverständlich.«

Zilin beobachtete den Sonnenuntergang. Er war überrascht gewesen, wie anders doch die Welt außerhalb Beijings war. Er mußte sich immer wieder daran erinnern, daß auch dies hier China war. Seltsam, dachte er jetzt, sogar die Sonne sieht hier anders aus. Es würde schon einiger Eingewöhnung bedürfen draußen in der Welt. Er wußte, seine Zeit würde nicht mehr ausreichen, alles aufzunehmen. Aber nachdem er gegangen war, würde Jake da sein. Er war überrascht, wie wichtig für ihn dieser Gedanke war. Schließlich nickte er.

»So sei es denn. Ich habe bereits mit Andrew Sawyer gesprochen. Er schuldet mir noch etwas, was er nie ganz zurückzahlen kann. Er ist *tai pan* durch mich. Deshalb hat er das letzte *fu*-Stück bekommen.

Sawyer gab mir einige interessante Informationen, die ich jetzt an dich weitergebe. Sir John Bluestone ist Spitzenagent des KGB im asiatischen Raum. Sawyers eigener jahrelanger *comprador,* Peter Ng, war Bluestones Agent. Um ihn haben wir uns schon gekümmert.

Mit Bluestone, allerdings, ist es eine ganz andere Sache. Wenn du Sawyer aufsuchst, wäre es nach meiner Meinung klug, Bluestone an seinem Platz zu belassen. Er steht in direktem Kontakt mit Daniella Workuta, und ich glaube, es wäre in unserem besten Interesse, die Dinge so zu lassen, wie sie sind, zumindest vorläufig.«

»Einverstanden.«

»Gut. Die einzige noch offene Frage ist jetzt: Wie hat Schimäre von dem *fu* erfahren? Diese Information stammt von einer Quelle, die ich bisher nicht aufdecken konnte.«

»Das heißt, da ist noch jemand draußen und läuft frei herum.«

»Ein Agent, den wir nicht kennen, ja.«

»Ich finde ihn.«

Jake dachte an all die Leute, die für ihn verloren waren. Wie lange hatte er geglaubt, er hätte keine Familie? Jetzt hatte er seinen Vater zurück. Und mit ihm waren Onkel, Neffen und Nichten gekommen. Er fühlte sich wie ein Mann, der nach Jahren der Wanderung in der Wüste auf König Salomons Minen gestoßen war. Sein neuer Reichtum erstaunte ihn. Zilin schloß die Augen. Er fühlte die Sonne auf seinem Gesicht, aber es war sein Sohn neben ihm, der ihn erwärmte. Er spürte eine Hand auf der seinen, und dieses Gefühl überwältigte ihn. So sehr, daß er sich sagte: In diesem Augenblick ist alles in Ordnung.

Er träumte von Paris. Das geschmolzene Sonnenlicht breitete sich wie Honig auf den Boulevards aus. Er war in seinem Appartement im zweiten Stock eines vornehmen Hauses im sechzehnten Arrondissement. Die vielen hohen Fenster gingen auf den Hof, der sogar in dieser Jahreszeit grau erschien.

Der Traum, den er in regelmäßigen Abständen träumte, begann immer mit einem kurzen Blick in diesen Hof, wie ein impressionistisches Gemälde. Grau konnte er sein, doch immer angefüllt mit Vögeln.

Er hörte ihren Gesang. Immer waren diese Laute unlösbar verbunden mit dem Klopfen an der Tür. Sein Puls beschleunigte sich, als sie in die Diele trat. Er wurde von ihren kühlen grauen Augen gefangen. Sie waren auf die gleiche Weise gefleckt, wie eine bestimmte Stelle auf einem Gemälde von Seurat, das er liebte. Er konnte diese Stelle stundenlang betrachten, während die Farbpunkte herumwirbelten, sich umgruppierten und neu formierten und so neue Farbtöne schufen.

Wie er das Gemälde liebte! Wie er diese Augen liebte! Und das dichte, honigblonde Haar, das ihr Gesicht einrahmte. Wenn sie englisch sprach, tat sie es mit keiner erkennbaren Spur eines Akzentes. In seinem Traum war ihre Stimme eher eine visuelle als eine akustische Gegenwart. Wie der graue, von Vögeln erfüllte Hof, besaß sie eine magische Eigenschaft. Wie das Gemälde von Seurat. Sie kam dreimal in der Woche. Von Woche zu Woche nie an den gleichen Tagen, niemals zur gleichen Stunde. Immer rief sie ihn am Tage an, um die Zeit festzulegen. Immer sprach sie englisch, obwohl er fehlerfrei russisch sprach.

Sein Traum endete mit einem ganz bestimmten Bild. Sie war nackt, stand oder saß; des Lichtes wegen war er nie sicher, was es war. Es war das Licht eines Künstlers. Er malte sie. Anstelle eines Pinsels gebrauchte er einen Penis, fuhr mit seiner Spitze über ihre unglaublich weiße Haut. Er tat das, bis sie völlig bedeckt war mit den modernen Runen der Computersprache.

Immer, wie jetzt auch, wachte er mit einer Erektion auf, die so hart war, daß sie schmerzte. Der Traum war wie ein Rauschmittel.

Unter der Dusche, vom Duft von Patschuli, sprach er ihren Namen aus, als würde das sie aus dem Dampf herausholen.

»Daniella!« Abgetrocknet, rasierte er sich, starrte im angelaufenen Spiegel auf sein Gesicht. Er zog sich mitternachtsblaue Leinenhosen an und ein cremefarbenes Ralph-Lauren-Polohemd.

Mit den Füßen in die abgenützten Slipper schlüpfend, dachte die Schimäre daran, wie er doch, auf seine Weise, ein Künstler war. Wie er mit den Programmen, die er für das Hauptgerät GPR-3700 der Quarry schuf, die Leute sehen lassen konnte, was gar nicht da war.

Pfeifend ging er hinaus, um seinen Bericht abzufassen. Träumen tat er von Daniella nur an den Tagen, da er mit ihr verabredet war.

Dann glühte für ihn der ganze Tag. Genau wie das Gemälde von Seurat.